本书由贵阳市宣传文化事业发展专项资金资助出版

董瑜剧作选

董　瑜·著

中国商业出版社

图书在版编目（C I P）数据

董瑜剧作选 / 董瑜著. -- 北京 : 中国商业出版社, 2018.9

ISBN 978-7-5208-0564-3

Ⅰ. ①董… Ⅱ. ①董… Ⅲ. ①剧本－作品综合集－中国－当代 Ⅳ. ①I230

中国版本图书馆CIP数据核字（2018）第205259号

责任编辑：武文胜

中国商业出版社出版发行
010-63180647（传真）www.c_cbook.com
（100053 北京市广安门内报国寺1号）
新华书店总店北京发行所经销
天津顾彩印刷有限公司

*　*　*　*

165毫米×240毫米　16开　37.5印张　560千字
2018年9月第1版　2018年9月第1次印刷
定价：68.00元

*　*　*　*

《红星与十字架》剧照

《巧妇可为》剧照

《文朝荣》剧照

自 序

人生画廊，一段不了的情愫……

书，印出来是给人看的，要是书印出来没人看，这可能是出书人最大的悲哀。印了书没人看，我不竟就要问：“您老还有必要出书吗？”

说到出书，怀有这次种心思者还不在少数，干了四十八年自己深爱的戏剧创作，汇集成册也算是对这辈子有个交待。

最近看了些艺术颁奖活动，颁奖单位都要列出艺术家的获奖理由。就是说做什么事大都要有个由头，就连官员用公款外出旅游也要找个“学习”或“交流”的由头。

这些年来接触的文体还不算少，唯独没接触过“前言”文体，算是开个洋荤，自己来写回“序”想找个站得住的出书理由。

说话退休了，好多人都出了那么多的小说、散文、诗词或什么文集。心里嘀咕……要不我也跟着出一本书？这件事还真是让我纠结了好一阵子……不敢称什么家，也算个剧作者吧？许多长者前辈大都在退下来之前，少不得有出本书的“规定动作”出本自己作品集。我……有这个必要吗？理由是这种“剧本集”的书会有人看吗？

走市场就更不要谈了，就为发给身边认识的几个朋友？辛辛苦苦送给人家，别人还要把它卖给收废品的，怪麻烦的。况且，印刷费还是一笔钱嘞？所以我一直纠结……出书，这多余吗？不打算出这个剧本集？好像又欲罢不能……

那现在要出这剧本集的理由又在哪呢？思忖良久，找了几条出书的理由……

其一，留下我那个时代的足迹？剧作的形式真实地记录下近三十多年的创作思想轨迹，是真实思想情感的流露，也包含我对人生，对那个时代的社会人的思考；对于美好事物的渴望。是我对社会最底层劳动者的同情和赞美。如在《巧妇可为》的写作就浸透了我对下岗工人的无限同情。下岗，这个牵动千家万户的改革阵痛已经过去十多年了，但“下岗馒头”一直还是我的购买首选……

其二，给贵州戏剧舞台添几个鲜活的戏剧人物；在艺术长廊上，能描绘出一两个鲜活的人物形象，也算是为贵州戏剧人物画廊里抹上一笔色彩。

其三，这几篇剧稿里饱含了我对那个时代，一些小人物的美好回忆，也是一段抹不去的记忆，一段不了情愫……

这就是我要出这本书的理由了吧！

剧作家就是描绘鲜活的人物性格的。剧作里的人物，不同于绘画的是戏剧人物是流动的，稍纵即逝的。好多戏剧家都热衷写历史上叱咤风云的大人物，而我的这个集子里的戏剧人物却是些寻常百姓小人物，普通人。这些小人物也是构成我们现实生活的主色调。如果描绘得血肉饱满，生动鲜活，也一定会给贵州戏剧画廊带来生机，带来绚丽多姿的色彩。他们有带领村民开山造田十多年解决了两千多人温饱的村党支部书记何元亮；有自强不息，自主创业的下岗女工林巧珍；还有在共和国遭到“非典”肆虐时，有一位勇敢报名奔赴北京小汤山的军人母亲白瑞芳；其中有受尽家乡父老歧视、谩骂，甚至家人的不理解，还一直坚持计生工作不懈的计生工作站长杨桥宝；有清贫不移，固守文化阵地的文化站的站长罗文富；有常年忍受寂寞痛苦，愿为乌江航道献青春的乌江汉子绞滩工人秦孝思和那群汉子；还有仅仅只当了一天红军，打了一枪就负伤留在了贵州大山里受尽苦难，仍旧坚强活下来的红军战士洪江昊；也有为了保住家乡的绿水青山苦口婆心，四处受气，不惜“得罪”乡邻的移民的……当然也还有那段怎么也无法解开的一段戏剧不了情……

作者自序

目 录

广播剧

戏曲剧本

音乐剧

校园剧

话剧

一同成长

时　间　现在进行，时空跳跃。
地　点　城市和农村灯光来切换。

人物表

何妍丽　女 39 岁中学老师，万能达前妻，墨轩母亲。
万能达　男 40 多岁，快餐饭店老板，何妍丽前夫。
孔玉琳　男 15 岁初三学生，孔主任儿子。
孔　父　男 40 岁外科医生，孔玉琳父亲。
万墨轩　女 15 岁初三学生，万能达女儿。
朱业修　男 30 岁乡镇学校老师。
杨德昌　男 38 岁，废品公司老板。
杨广田　男 15 岁，农村学生，杨德昌的之子。
小黑蛋　男 15 岁，农村学生。
胖眼镜　男 15 岁，城市学生。
眼镜爸　男 30 多岁，的士司机。
妈妈、女儿、父亲、等若干。

由成长、励志、快乐三个方面来构成该剧的主题，让我们思考大人和孩子一同成长的话题。一同成长这个话题，不仅仅孩子，每个家长也是第一次，对于孩子的教育和成长都是第一次，没经验可谈。希望在关心孩子成长的同时我们家长也一起成长。

第一单元　关键

[这是个积木搭建的中性舞台，表演支点空间是抽象的，环境是通过表演而存在的可变空间。

[LED在播出美丽无比的大自然风光，山川河流，花鸟鱼虫，奔跑追逐的猎豹和麋鹿。丛林里撒欢跳荡的猴群……

[LED的节目声音弱下来，光线弱下来，一束追光打在门外的孔父身上，孔父脑袋几乎贴在了地上，他在努力地从门底缝处露出光的变化来判断屋里孩子学习的情况。

[一柱光点慢慢拉大成光柱，赫然出现的是一个报纸糊成的长筒套在了电视机上，那个男孩从纸制筒子里面在观看电视。

[孔父敲门："玉琳，要不要吃点东西？""不要！""要不喝点水？""我说过了不要，你烦不烦？""……那你？唉！我这还真是有点烦……"

[另一个表演区里一位母亲也在努力窥探房间里的动静，无奈搬来桌子还是看不见，于是在桌上又放置凳子，她轻轻地爬上高高的凳子，试图从天窗缝隙处看到女儿的学习情况。

[孔父安装好监视器后，饶有兴趣地在偷窥孩子在屋里的举动。电话汇报："老婆……对，是前老婆，你就

放心，他正在看书，他所有的一切行动都尽收眼底，都在我的监控之中，针孔探头的效果还真不错，简直就是现场实况直播……看来科技真是第一生产力。”

［孔父全神贯注地在看监视器，他正在得意地自言自语：“这下他的全部行动都在我的监控之中了……咦！图像怎么会消失呢？”

［站在高凳子上又垫凳子的母亲正在探视时门忽然开了，女儿已站在了她的面前。“妈，你觉得这样……有意思吗？”

［母亲急中生智：“我……跟我扶好凳子啊，该死的蜘蛛，（掩盖尴尬）……看你往哪儿跑！看你往哪儿跑！”继续拍打。

母　亲　我看你还跑不跑？看你还……这下必死无疑！这个蜘蛛要爬进你房间去，那还得了？

女　儿　您……不去军统搞窃听真是怪可惜了的。

母　亲　嘿！这孩子……怎么说话的？你以为我吃饱了撑的？还不是为给你加把油，争取考上重点高中，为你能考大学入了一份保险，拿到一张入场券，现在可是你的最关键时刻。

女　儿　……又是关键，小学你说考上一所好中学是我的关键时刻，现在你又说是考上重点高中是关键，高中又是考大学的关键。……你能告诉我哪年不关键？让我也轻松快乐会儿，看看电视，听听音乐。

母　亲　哪年不关键？这……我还真说不好，哎！我就不明白，别人家的孩子怎么就那么努力，怎么劝都不肯睡觉……他们认为学习就是享受，就是幸福，就是快乐。

女　儿　节假日你怎么舍不得花一点钱买书读，而要花那么多钱去旅游呢？玩儿，是人的天性，孩子们只有在玩儿的时候才快乐。

母　亲　可是我们生活的这个国家各种资源都缺少，缺煤炭，缺淡水，缺土地资源，就是不缺人。十三亿，你看这满大街哪儿哪儿都是人，你每天上学都能看到。

女　儿　（学母亲语气）那么多的公交车吧？就是挤不上去。妈是怕你输在起跑线上……竞争，竞争，难道说竞争就是我唯一的出路了？

［另一表演区，父亲饶有兴趣地看监控器，儿子的图像突然消失，扭头发现儿子早已在他身后站定。（尴尬）

孔　父　我……你没发现这玩意儿……有点像我们医院的胃镜检查仪器？

孔玉琳　那是经过病人本人同意才使用的一项检测器械，老爸！未经允许窥探别人隐私，是在犯法你知道吗？

孔　父　别人？……你是别人吗？我看我儿子我犯的哪门子法？

孔玉琳　这你说的？好，哪天我在你和妈妈的卧室里安个针孔摄像头，我也给录一段视频？

孔　父　你敢？……看老子怎么收拾你。

孔玉琳　爸，您还有什么招数？

孔　父　作为你爹，我真是没招了，我是混得很失败。

孔玉琳　你还是很成功的，供我吃，供我穿，还供我读书坐车……你还不算成功？

孔　父　你看看你现在这个学习态度，爹求求你再努把力，咱们争取考上一中？

孔玉琳　那二中三中呢？市里那么多中学谁来上？你能不能想想怎样才能给我一个快乐的学习心情？这才是最重要的，快乐！懂吗？

孔　父　我们俩之间怎么快乐？要么你快乐，我就不快乐。你想要我快乐，你就得辛苦，就要努力，就要……有点难受。

孔玉琳　老爸，再这样下去，我肯定被你逼疯……

孔　父　你这次要是考不好，我才要被你逼疯。

孔玉琳　看来我们两个之间总有一个要疯！

［母亲、孔父以及众家长焦急不安地发出内心的呼喊：“你以为我们愿这样？这不是要中考了吗？”

［“吵什么？”何妍丽出现，家长们立刻静下来。

［何妍丽拿出一个本子念题：“经过我们学校几位数学的分析研究，这次中考的数学考试题很可能是……”

［所有的家长都拿出笔记来“哗哗”记录。

［何妍丽：“几何的题目很可能是……”

［所有的家长立刻埋头“哗哗”不停地抄写。

［何妍丽：“代数和微分类的题目很可能有……”

［所有家长听完后又一次埋头“哗哗”这抄写记录的声音夸张放大。

何妍丽　我再说一遍，从现在起，考试前的这几天不能洗澡、洗头……

家长甲　不洗澡……老师，这是为什么呢？

众家长　（贵阳话）噫！招呼感冒！真的有点……铛！

何妍丽　还有，绝对不能在外面吃早餐，一旦腹泻——就是拉肚子，娃娃想要考一个好成绩就成了一个泡影，老师们这几年来所花费的努力都将前功尽弃，功亏一篑。

［所有的家长不停地点头称是，像鸡啄米般。

［孔玉琳和万墨轩一起嚎叫：“啊！”

［他们从两个空间走到一起，感慨摇头：“我们……无语了！”

（RUAPU）

啊！真的郁闷！刨烦！

那看不完的功课还有好多篇？
史地文生物，哪歇背得完
还有英格利希，脑壳象稀饭
永不改变的是那郁闷的黑板
爸妈成天在耳边唠叨没个完！
[家长们唉声叹气！
（ruapu）
娃儿的成长真的伤脑筋
又不敢重是来也不敢轻
既不敢松来是也不敢紧
都说是可怜天下父母心

家长们　刨烦！郁闷！

子女们　郁闷！刨烦！

[表演者定格，停顿，几乎窒息。

[便当“快乐快餐店”里锅勺敲击铁锅的声“咣咣”作响。

[胖嘟嘟的蛋炒饭老板万能达心疼地抚摸孩子们的头：“孩子们别难过，老爸可怜你们啊！有什么烦恼找老爸解决，有什么苦恼就向我哭诉，孩子们，我会给你们开辟一片绿地，可以点击出一片湛蓝湛蓝的天空！我对这几年中考题目的出题规律，用筛选法做了切实可行的分析，你们到我的微博看看，只要好生背下来就OK，忘掉一切不愉快吧，获得片刻的轻松，阿门！”

[何妍丽出现，同学们即刻散去。

[万能达：“你？想吃怪噜饭还是蛋炒饭？”

[何妍丽：“万能达，你怎么能这么无聊？你还真的觉得自己挺有能耐的？你就是一个炒蛋炒饭的，要是你都能猜题还要我们这些老师干什么？你会把孩子们给毁了的，知道吗？’

万能达　何老师言重了，从法律意义上讲我们已经不是一家人了，跟我说话能不能稍微客气一点？

何妍丽　没法儿跟你客气，你到底想干些什么？……我是他们的老师，我要对每一个同学的前途负责任。还客气？我就搞不懂，你不就为了店里招揽几个买蛋炒饭的，就……敢猜题？你这破快餐店里为什么非要放两台破电脑，真恨不得砸了你这破快餐店……

万能达　你别咬牙切齿的，当心你的烤瓷牙。你可以骂我，可以羞辱我，甚至不搭理我，这都没问题。可你不能谩骂互联网，这是二十世纪人类最伟大的科技成果之一，它让我们这偌大的地球变成了地球村，互联网是人类文明进程中的重要标志，是最便捷，最节能，最直接的沟通方式。是科学发展观的最完美体现。

何妍丽　正是因为这样我才搞不明白，我整天辛辛苦苦上课，你却为了自己获得一点蝇头小利，为了几盒破蛋炒饭，不惜毁掉我的学生。

万能达　我的何政委，学生现在的学习已经不堪重负，我们提倡学生学习要努力，但不要把努力变成暴力。不是吗？我们不能把教学变成了不流血痕的暴力！我在努力为他们解脱重负，我在配合你完成崇高的教育事业。别忘了，这些年来我一直在潜心钻研每年中考的出题规律，事实证明我每次都比那几个高级教师猜得准。

何妍丽　你不要鬼扯，我真搞不懂你到底想干什么？教学是专门的学科……科学懂吗？

万能达　哦，那些高级教师猜不准题还是科学吗？我猜题是为了让孩子们从题海里解放出来，这难道不好吗？

何妍丽　你……那完全是撞大运，你这样做是为了报复我吗？应该好好反省的该是你自己。

万能达　……这么多年了，你最大的失误就在于你总是以真理化身自居，一贯正确，对我是这样，对学生更是这样。

何妍丽　教学是我的事业，是我的职责使命所在。孩子们的学习成长比我的生命都重要。

万能达　又跟我朗诵共产党宣言，我们都该学一点科学发展观，增加一点科技含量，就连马列主义都在不断发展，你怎么可能永远正确呢？好了，谈话可以结束了。

何妍丽　站住！我在警告你，中考前不许你再散布你的那些破猜题……要不，当心我让学校把你这破“快乐快餐店”给关了！

万能达　真理的化身，别光顾发泄情绪，合同是受法律保护的一种契约，（贵阳话）好生学下（哈）民事法好不？

[何妍丽愤然离去。

[孩子们走近万能达，万把他们拥进自己的怀抱，犹如牧师一般接纳孩子们的到来。

第二单元　朋友

[另一个家庭的妈妈敲门：“睡着了？再喝点咖啡提提精神接着学……”

[里面没有动静，妈妈又一次的催促：“先看数学，要是累了就拿化学打开看看玩，化学要是看累了就看看物理玩，要是再累了就翻翻英语书，背背单词玩……

万墨轩　妈，合着我这一晚上……都在玩儿？

何妍丽　看完就睡觉，明天我负责叫你起床，明天的早餐要多吃几个鸡蛋，说是可以补脑。

万墨轩　再吃……我都快下鸡蛋了。

［何妍丽接着唠叨，只见女儿出来根本就不理会她的话。这才发现女儿耳朵不对劲，根本就没有听见她在说什么，妈妈大声在女儿的耳边呼叫“霏霏！霏霏！你的耳朵怎么了？”

万墨轩　妈，你在搞什么名堂？怎么只见你的嘴在动，不出声音？

何妍丽　赶紧睡下，看看你这是怎么了？

［母亲急打120急救车。

［LED出现救护车奔驰的画面。

［何妍丽一脸严肃地训话：“为了给学生们一个宽松的考试心态，给每个同学布置一个作业，就是跟你们的父母交一次朋友。”

［可是同学们觉得难以置信。

同学甲　交朋友？这可行吗？

同学乙　这事玄，我跟谁交朋友也不敢和他们……

同学丙　我哪敢跟他们交朋友？何老师，要不您……亲自发短信息或者电话告诉他们好了。

［何妍丽对同学出现“耳鸣事件”感到忧虑，

［她发起了一次减轻压力的“交朋友”活动。

［家长甲：“你和我能交朋友吗？这不可能？等我打电话跟何老师核实后我们再谈朋友。”

［家长乙：“一看你这就是在模仿老师的笔迹，何老师怎么会让我和你没事闲扯交朋友？还要适当的让你有户外运动？就是放你出去野，出去玩是不是？等我核实一下笔迹再和你谈朋友的事。”

［家长丙：“稀奇！还真的是何老师的短信，（拨电话）何老师，有件事情想跟你核实一下，你的电话是不是没放好，有学生动过？我收到个信息，说是要让娃儿些出去玩一下？……喔！”

［何妍丽：“这是真的，是我发出的信息，请一定按照学校的通知遵照执行，毋庸置疑。

［缓过神来：（贵阳话）“真的是……逗起闹！”

第三单元 平等

［城里孔玉琳的家庭环境。

孔 父 孔玉琳，你过来！今天你们老师给我发信息了……

孔玉琳 哦，是口头表彰……

孔 父 真的想把你脸皮撕下来……

孔玉琳 爸，你不是说好的要做君子，只动口……

孔 父 只动口？老子想动刀！

孔玉琳 爸，你的刀是用来治病救人的，不是用来恐吓青少年的……我在想我们之间能不能都跳出自己所扮演的社会角色，就是你今天晚上你不是我爸了，我呢，也不是你儿子，我们成了好朋友，好哥们儿。

孔 父 你现在还像我儿子？你都快成我爹啦。

孔玉琳 我们做一次平等对话，就是促膝谈心，像哥们儿一样的聊天？不要总摆出一副“严父”的样子，你不想听听我都在想什么？

孔 父 行，今天我就配合你玩玩儿，开始吧儿子。

孔玉琳 爸爸，不是说父母是孩子最好的老师吗？你怎么就不愿跟我像朋友一样聊聊天呢？

孔 父 我都是你最好的老师了？还做什么朋友？

［孔玉琳拿来一瓶酒。

孔玉琳 这样，我也不是非要逼你做我的哥们儿，今天我陪你喝杯酒总该可以吧？

孔主任　就你？

孔玉琳　我哪敢和您比？就陪陪您，自从妈出国以后，你是又当爹又当妈，您容易吗？我敬您一杯还不行吗？

孔　父　……这还差不多，那就喝点吧，（父子一饮而尽）对了，你学生能喝酒吗？

孔玉琳　其实也就是相互沟通沟通。

孔　父　用酒沟通，所有的关系就会改变，很快就会发展成哥儿们关系了，对吧哥儿们？

孔玉琳　哥们儿？这不行啊，还是父子关系。

孔　父　观念陈旧，人的关系是可以改变的，我们俩儿的关系就不能变？我们科刚分来的那些小姑娘刚来的时候叫我孔主任、孔叔叔，现在她们都叫我哥们了！奇怪……

孔玉琳　我知道了，好多您这样成功人士都兼任“关工委”的职务。

孔　父　什么关工委？

孔玉琳　关心下一代工作委员会，括号，主要关心女孩子的成长。

孔　父　……臭小子！我怎么揍你？（要动手）

孔玉琳　哎！说好的是哥们儿喝酒，你要这样就不平等了？

孔　父　是啊，我把这事儿忘了，你说，我到底哪儿不行？

孔玉琳　一般的人认为你已经是成功人士，但我觉得你还只是个医院的外科主任。

孔　父　我还不算成功吗？我每天都在救死扶伤，拯救人的生命。我的工作很有意义……

孔玉琳　也就是说你在拯救人的肌体，一边救死扶伤，一边收受别人“红包”。

孔　父　你以为我愿意收吗？你要是不收那个红包，患者会认为我不能高质量地为他做手术……懂吗？

孔玉琳　一个伟大的俗人。

孔　父　我是俗，你将来打算干什么？就是……远大志向。

孔玉琳　想知道我的理想？其实就是进一步研究微软游戏设置系统。

孔　父　不就是玩儿吗？还研究啊？我还以为你有多大个理想呢？

孔玉琳　爸，其实你不懂我的心……

孔　父　（唱）其实你不懂我的心……玩儿就是你的理想？

孔玉琳　我是想努力学习钻研，将来也建立一个适合我们中学生玩的游戏软件……我要研究的这个游戏一定是把中学生所有的课程编程设定为游戏的升级门坎，在游戏中学习，在玩游戏中——完成所有的作业。

孔　父　就是寓教于乐，寓乐于教。

孔玉琳　对，就这意思，这不仅仅是玩，快乐人生是一种境界……

孔　父　我的手术刀可不能玩儿，那是要出人命的。

孔玉琳　不是有位哲学家说："人类其实就是游戏人生。"

孔　父　你要让我痛快喝酒，就别跟我提你那游戏，你啊，慢慢研究吧，我只知道我做手术要绝对安全，人命关天。来，儿子喝酒。

[孔玉琳默默无语，借助酒兴他们俩人唱起来："你说你就要远航，我默默无语，其实你不懂我的心……"

[他们慢慢入睡，突然闹铃响起。

[孔父摇醒儿子，"快，起床上学。"

[孔玉琳："哥儿们，再让我睡会儿……"

孔　父　（贵阳话）喊我哪样？认不倒了？去（苛）学校！

[孔玉琳恍然大悟，从平等的情景中回过神来。

万能达　我们的家长能不能跳出家长这个社会角色，和孩子来一次平等对话，一次朋友般的聊天。在平等的位置上来倾听他们的心声。遗憾的是好多家长刚放松下来和儿子聊了几句心里话，很快又恢复到那副严肃的"马脸家长”他们连平等都不能做到还能成为朋友吗？

何妍丽　我认为有的家长太没原则了，怎么可以和孩子喝酒聊天、称兄道弟的，我明确表示反对这样的交流，孩子是需要约束的，成年人上班还要签到呢！人是需要约束的。父母和孩子可以交流，但社会角色决不能变……

第四单元　道德

［一个高档手机的铃声响起。

爸　爸　坨坨，老者给你个（apple）手机，苹果！

胖眼镜　这算是奖励？……老爸发不义之财了对不对？爸，这可不像你的为人，记得你不是跟我讲过雷锋叔叔助人为乐的故事吗？

爸　爸　雷锋？……那是哪儿年的事了？现在时代不也在那什么吗？拾金不昧？爸一个开出租车的，要是在那儿等那位哥儿们过来，就得少拉几趟。我的经济损失谁来负责？

胖眼镜　看来雷锋叔叔的故事也成“股市”了，一会儿就是一个跌停板。

爸　爸　我搭时间就是在搭钱啊！又正赶上高峰期，如果我过去还要跑老远……

胖眼镜　于是你就把手机“昧”了。

爸　爸　错！你爸是那种人吗？你爸拾金但是没有昧，爸学雷锋了。只不过我没这么傻，接到机主的电话后我立刻主动向他表示原物交给失主。只是……当那个失主在拿到手机从兜里掏出了两仟块钱表示感谢我……就收下了。

胖眼镜　啊！……这还叫学雷锋啊？这是趁人之危，说你是敲诈勒索都不过份。

爸 爸　怎么说话的？什么叫敲诈呀？爸又没跟那个人要，是那哥们儿自己非要给的，难道你爸这不是在拾金不昧？

胖眼镜　把手机归还给失主，这是在学雷锋。但是后来你又收受了酬谢，就成了有偿服务。

爸 爸　可爸在那儿等了他一个多小时，耽误了我跑车，我的损失由谁来承担？而且那哥们儿是甘心情愿。八千多的一个手机，关键里面有重要客户的信息。酬谢我两千块钱，他还是赚了！

胖眼镜　……反正我觉得你这不是在学雷锋。

爸 爸　总比捡到了别人东西就归己要好的多吧？

何妍丽　这也许就是市场经济下滋生出来的一个新问题，我们还不能给它下一准确的定论。这样吧同学们，你们可以好好的再读雷锋的故事，也许我们会从里面找到正确答案。

[同学们中间有个叫戴雪梅的女孩在哭泣。

何妍丽　戴雪梅同学，有什么话慢慢讲，……你这是？

戴雪梅　我妈妈去年秋天在街上看到一位老大爷被自行车撞倒，当场就晕了过去，妈妈好心把他送到医院去抢救。没想到那个老大爷的子女们却认定是我妈妈撞倒了那个老人，把我们家的钱都花光了……妈妈就是为了学雷锋，弄得我们好几年都不得安宁。

[戴雪梅难过地在一边擦泪。

戴雪梅　妈妈，怎么会是这样的呢？人怎么会变成这样呢？都是我……都是我害了你，妈妈，既然这位老人认定是我们推倒了他，我就养着这个老人。我决定不读书了……我就打算学一辈子雷锋。

妈 妈　孩子别说傻话……总不能因为这个老人的事，我们这个社会就不学雷锋，让人与人之间的关系变成马蜂……人与人之间互相关爱，尊老爱幼是我们这个民族的传统美德，我们这个民族决不能沦落为“最缺德的时候……”

戴雪梅　妈妈，你教育我尊老敬老，如果这个老人真的昧着良心做人，我们……也还要敬老吗？

妈　妈　我们当然还要……敬他，如果说我们把他救助到医院是为了拯救他的躯体，我们能把他接到家里敬他，也许唤醒的是他的道德和良知……

戴雪梅　我们家省吃俭用，就为唤醒一颗泯灭的良心？

妈　妈　如果说我们的行为能唤醒一个人的良知，你觉得不值吗？我们的社会不能变成卖了有毒的大米去买注水的猪肉，喝三聚氰胺牛奶，生了病去吃垃圾皮鞋制成的胶囊，所有的交易都浸泡在福尔马林里面……如果有一天我们这个民族变成一个毫无道德可言的民族，那人类还有希望吗？

戴雪梅　难道我们就这样任凭这个老人诬陷吗？

妈　妈　……这张银行卡是我们家多年的积蓄，我们不跟他的家人争执，先把老人的住院费交了，老人出院后她的子女不管就先接到我们家……

[老人的儿子过来，严肃地问他：“爸，你要老实讲，我再问你一遍，确定是不是她们推你摔到的？”

[儿媳妇：（贵阳话）“老者，你要自家想好噢，髋关节骨折噻……是一大笔医疗费用哦”

[老人左右为难……

[音乐起，切光暗转。

第五单元 快乐 尊重

[LED 出现画面聊天页面。

[孔玉琳发现月亮山小学的“快乐牧童”希望加他为QQ伙伴：

“牧童你好，我同意加你，你的学校在哪儿？你的学习累吗？你是怎么出来的？原来我怎么没见过你？”

“我们学校很远，在大山里，我很开心。是悄悄翻窗户进来上网的，认识你特别快乐。”

“每天没完没了的作业，怎么会快乐？”

“我家走到学校要走两个小时。”

“你们学校在山下？”

“先上山，再下山，然后再上山，再下山，淌过一条河再翻过一座山就到了。”

“每天八点钟就上课吗？”

“雾太大看不见黑板，十点以后才可以上课。下午四点钟就要放学，天黑就看不见下山了。”

“你们平时都玩些什么？”

“下河摸鱼，上树掏鸟窝，放狗撵山，晚上照泥鳅……好玩的多了。”

“上晚自习吗？”

“八十多个学生分三个班，一个老师上课都还忙不过来。没有晚自习，我除了开心就是快乐了。”

“真想去你那儿享受一把快乐呀！”

“你想快乐吗？我倾情提供。我也想进城看看坐坐地铁、电梯，轻轨列车，还有看看飞机起飞……到你们的天堂过几天好吗？”

“你帮助我在隐身十天，我们明天就出发，我马上把我爸的电话发给你，到时他一定会为你排好一切的。”

“那就说定了，我要下线了，老师要来查夜了”

“我们换个活法？”

[俩人同时发出“耶！”的呼喊。

[舞台的后面出现一群自行车技巧表演，他们兴高采烈，心情得到了最充分的释放。

[LED 画面里出现鸡鸣、狗叫、老牛低吟。

[LED 画面里出现鸡鸣、狗叫、老牛低沉的叫声中出现一所农村学校。

[切换到这所小学‘快乐互动’的欢迎会。

[朱老师领着孔玉琳、万墨轩到来：“同学们想知道这两个同学是哪里来的？……我们还是让他自己介绍吧。”

[孔玉琳介绍自己：“我叫孔玉琳，是初三的学生，到这儿几百公里，我却走几天。坐了火车坐汽车，坐了汽车，还坐了马车……”

[万墨轩做哑语让孔玉琳翻译，孔说：“她说我们过河的时候摔了一跤，在云山雾罩里走了一早上才见到各位神仙（同学笑）我们喜欢你们，请接纳我们。”

[“欢迎欢迎，热烈欢迎！”热烈的掌声。

[墨轩忽然尖叫：“啊！啊！孔玉琳，我……我听见了，这不是海潮声是掌声！对，就是掌声……”

[孔玉琳欣喜地大声朗诵海子的诗句：

“面朝大海，春暖花开……

从现在起，做一个快乐的人。

喂马、劈柴、周游山寨。

从明天起，关心粮食和蔬菜。

我有一所房子，面朝大海，春暖花开。”

万墨轩　从现在开始，我要做个快乐的人。

给每一条河，每一座山取一个温暖的名字。

我只愿面朝大海，春暖花开……

[这里是农村学校的操场上。

朱老师　同学们，今天有位从大城市里来的孔玉琳、万墨轩两位同学，他们来到我们学校，并参加我们的升旗仪式。我们欢迎他们！

[掌声。

朱老师　下面我们一起朗读升旗誓词……

[升旗手同学悄悄在朱老师耳边建议：“让孔玉琳同学领诵誓词！”

[孔玉琳接过誓词：“我和我的祖国，一刻也不能分隔……然后他改用英语誓词：

我和我的祖国，一刻也不能分隔。

My motherland and I can not be separated even for a moment

不论我走到哪里，都有一首赞歌。

No matter where I go ,there are always a hymu with me

我热爱每一座高山，我热爱每一条河……

love every mountain and every river……

[孔玉琳英语朗诵誓词，获得大家热烈掌声。

朱老师　好！很好！今天的英语科代表就换成孔玉琳同学，你的发音比我好，大家好好向他学习。

孔玉琳　朱老师，这……我行吗？

朱老师　你一定行！我的英语都要向你学习。第一节课就由你来上，这是校长的决定。

孔玉琳　校长？

朱老师　我就是这个学校的校长兼老师啊？

[同学们发出开心的笑声。

孔玉琳　这是真的？我可以上一节课了？……朱老师，我太感动了，这是我第一次受到老师的信任。

[英语："我和我的祖国，一刻也不能分隔……"

[同学们读："我和我的祖国，一刻也不能分隔。

My motherland and I can not be separated even for a moment

不论我走到哪里，都有一首赞歌。

No matter where I go ,there are always a hymu with me

我热爱每一座高山，我热爱每一条河……

love every mountain and every river……

万能达　一段升国旗的英语誓词，给这个每天都要被老师告状的孔玉琳收获到了他平生第一次尊重。也可能就是这次尊重，会改变这个孩子的一生。

[观众就关于成长期中学生的自尊心话题展开议论。

[甲说：有些个娃娃，不能太给他脸……

[乙说：对，你给他脸就找不着北……

[丙说：尊重，是每个孩子成长为人的重要标志……

第六单元　爱美

[同学们见到墨轩的数码相机，格外兴奋好奇，她们在摆出各种姿态互相拍摄。

[墨轩的闪回……

[城里家中，墨轩在镜子前沉吟许久，她在努力地思考如何改变自己的容貌。

万能达　墨轩，别成天对着镜子看了，自己的那块脸还不认识了？抽空也该看看书，

万墨轩　爸你回来，别动！让我看看你的脸……我这脸这么宽、大、圆都是遗传了你的这块大脸。

万能达　你要生下来不像我，那……就有两种可能，一是你妈作风有问题，二是我肯定要带你去做DNA，这就叫血缘关系。

万墨轩　我要是跟你没有血缘关系就好了……

万能达　你说什么？没血缘关系我还这么宠你爱你？

万墨轩　……让妈妈找个瓜子脸的叔叔……我是说，哎呀！就是试管婴儿那个意思。

万能达　（摸她脑门）孩子，不发烧吧？想吃什么爸去做。

万墨轩　别做了，我吃什么尽往脸上长肉，爸，我这张脸太大，这该怎么办？

万能达　面子大好啊，别听他们胡说，一点都不大，就是圆了些。不是有句话说是“面如满月”吗？

万墨轩　（嚎叫）啊！别说了！我脸长成这样都是你的责任，你要承担全部责任。

万能达　行，爸承担责任，不就是脸宽点吗？爸给你多买几瓶擦脸油，不就是费些化妆品吗？

万墨轩　不是擦脸油的事，我要你出钱给我去做整容手术。

万能达　好好的脸做什么整容？鼻子、眼睛什么都不缺，别瞎闹啊。

万墨轩　不是跟你瞎闹，我是认真的。我都到韩国人开的美容院做过咨询了，可以把我的腮帮削掉一部分，三个小时，

只要三个小时，一张最时尚的最美女形象代言人在顷刻之间就将诞生。

万能达　……削哪？腮帮削一块下来？那还不疼死了？

万墨轩　疼，当然疼，但是与获得美丽相比较，这不算什么，我的誓言是："痛，并美丽着。爸，你就出一笔手术费就行了。

万能达　大概……这个手术要多少钱？

万墨轩　要不了多少，也就是几万块……

万能达　……几万块？你爸我得卖多少蛋炒饭？

万墨轩　嚷什么？你就知道蛋炒饭，你这是给女儿买份美丽！美值多少钱？美丽无价。

万能达　墨轩，几万块钱爸不是出不起，可，你想好了吗？把好好的脸削一块，……有这个必要吗？

万墨轩　爸！我班所有的女同学都有帅哥男同学配对了，只有我还是"待嫁女"谁都不愿和我配对，所有出头露面的事都没我什么事，我真的快崩溃了！我一定要改变这一切！

[万能达动情地抚摸女儿的头，心里矛盾。

[何妍丽与观众讨论中学生的爱美话题："美丽和快乐直接相关，我们的孩子在心理上都面临这个让他们忧虑的事。

何妍丽　墨轩之所以敢跟你要钱去削瓜子脸，这就是你平时对孩子娇宠的必然结果，一个十五岁的中学生整什么容？有什么必要去整容？不好好学习，中学三年劝退了四次，换了三个中学，还想整容？我都没脸见人。

[观众甲："我们有些老师对学生就是存在以貌取人的现象，我的女儿就是因为长得太胖，一直不受待见，我倒赞成孩子适当的做一点整容手术。"

[观众甲、乙、丙、丁各抒己见……

第七单元　成功

[这是老总办公室。豪华的办公室墙壁的正中央醒目地悬挂着一个背兜。

[杨广田毫不犹豫地坐在爹的大班椅上喝茶，杨德昌进来看见儿子坐在大班台上立马叫他下来。

杨德昌　你先下来，坐这儿。你……好久来的？

杨广田　我……进城好多天了。

杨德昌　是你妈叫你来的？

杨广田　我是来参加快乐互动新感受活动的。

杨德昌　什么快乐互动？你还不快乐吗？

杨广田　还行，挺开心的。

杨德昌　怎么才来找我？是……没钱了？

杨广田　是……我这次是进城来看看城里人是怎么上学的，明天就要回去，想找你要点钱，想给同学们买些纪念品。

杨德昌　要钱是吧？下了这个楼到后边的院子里凭自己的劳动自己去挣，砸扁一件十公斤的废铁一块钱，扎多少废品挣多少钱。

杨广田　爹，我是你儿子……

杨德昌　你是我儿子？吃饭、睡觉、读书由我负责。这是额外的开支，得靠自己挣。

杨广田　行！爹……你现在用钱还会去扎费铁吗？

杨德昌　我的钱都是凭自己的劳动自己挣的，你要想成功，必须从这儿开始。

杨广田　好歹我是你儿子，能告诉我你是怎么成功的吗？

杨德昌　我还是不说了吧，你……不一定爱听。

杨广田　我听，只要你能告诉我怎样才能成功。

杨德昌　……那是九年前，我只身进城打工挣钱。身上只有这个背篼，走街串巷收废品捡破烂。要改变命运，就要经得起摔打，摔下去还要自己爬起来。你看那河的水，不管河道拐多少弯，它都会义无反顾地一直往下淌。人要有理想，不管这个理想有多大，都要扎实肯干，肯卖力出汗，这个背兜，见证了你爹走向成功的艰辛和脚步。

杨广田　我主要想知道你是怎么成功的？

杨德昌　也许是冥冥中的巧合，幸运之门终于被敲响……那天我在收购废旧书报时，有位老人看我在专注地在看中学课本，感动了那个老人，他索性把那些书本免费送给了我……

杨广田　你不是要整天走街串巷收废品，有时间看书吗？

杨德昌　和我一起的弟兄们拿出他们身上不多的一点钱支助我，他们每天每人省一口，让我能潜心读书。经过顽强的努力……我终于考入大学。背着这个背篼我走进了学校，放学我就出去收废品，我的生活仍旧是大汗淋漓，这个背篼一直放在我的床底……每当有同学看见我在掏厕所做工攒学费时，也感到过难为情……

杨广田　你还掏过厕所？爹，其实我最想知道的还是你是怎么当上老板的？

杨德昌　有句话一直支撑着我，就是劳动光荣！后来，你爹我战胜了白眼，战胜了虚伪面子，毕业后我成功做大了废品收购的网点和网站。可以说，这个背兜里承载着我走向成功的所有本钱。

杨广田　劳动光荣？街上那么多人，他们天天都在劳动，怎么就当不了老板呢？

杨德昌　小子，看来你对当老板很感兴趣？

杨广田　那是，你每次回家去，乡长书记都要请你到最好的饭店吃饭，一桌子的肉……

杨德昌　哦！对了，你这个学期学习的成绩怎么样？

［下意识看好了逃跑路线，找个有距离的地方。

杨广田　成绩？还……那样，也就考了一百多分。

杨德昌　哪门功课？

杨广田　什么哪门？我说的是……几门加起来。

杨德昌　几门功课加起来？也好！你的成绩倒也稳定，年年都是一百多分。

杨广田　爹，你是生气了？

杨德昌　倒也没什么，不知道你成天在学校都学什么了？

杨广田　我好像没学什么，就是很开心快乐，学校好玩儿。

杨德昌　开心就好，那将来你打算干什么呢？

杨广田　（贵阳话）我儿天准备做老板，你说的“劳动光荣”我记到啦。

［抚摸孩子的脑袋：“小屁儿……”

［切光暗转。

第八单元　友情

［万墨轩找到一个隐蔽的地方，确定四处没人后，先打开黄泥。然后把荷叶打开，那只鸡烤得热气腾腾。

［万墨轩开始大口地吃鸡。

［小黑提着芭篓跑上：“墨轩，墨轩你看这些泥鳅，你不是想吃肉吗？”

［墨轩在不停地打饱嗝。小黑蛋这才发现地上的鸡骨头，又见不远处散乱的鸡毛，不祥的感觉顿生。

小黑蛋　你这是……吃肉了？

万墨轩　（点头）我饿得心慌……

小黑蛋　……你这是吃的什么肉？

万墨轩　我是抓了那只……

小黑蛋　你不会是……你肯定不会是抓我的大红公鸡对吧

［抓起鸡毛再次向她确认："你说啊，你吃的不是我的大红公鸡，你说啊！你倒是说话啊？"

［万墨轩被小黑蛋的神情惊呆了。

万墨轩　大红公鸡是被我……吃了。

小黑蛋　你没有吃，你说，你没有吃大红公鸡……要是没了大红公鸡，我明天怎么知道天亮？爸爸妈妈在外面打工，只有大红公鸡和我做伴，它天天叫我起床上学，你怎么会吃了它？……（哭）

万墨轩　小黑蛋，你不要难过，我错了，我赔你大红公鸡，没人叫你上学，我把电子表给你……

小黑蛋　我不要！我就要我的大红公鸡，入少先队时要交钱买红领巾我都没舍得卖大红公鸡，我在乡场上卖了整整一天的洋芋，还没有凑够红领巾的钱。

［万墨轩安慰小黑蛋："小黑蛋别哭了，我错了，这个星期天我和你一起去赶乡场，我和你去卖洋芋，买红领巾。"

小黑蛋　把大红公鸡的骨头捡起来，找个地方埋起来……

［万墨轩忍不住一把抱住小黑蛋，他们都哭了。

［LED 画面里出现鸡鸣、狗叫、老牛低沉。

［暗转成教室。

朱老师　同学们，我们只有努力学习才是唯一改变自己命运的途径，只有好好学习，才有可能走出山……

[孔玉琳站起回答：“好好学习，将来就可以走出大山，有本事的都走了，大山里不还是老样子吗？”

朱老师　从我接管父亲的这根教鞭这些年来，希望多出好学生，我们学校学子走出山外做大事，这就是我们学校的荣誉和骄傲。

孔玉琳　我不同意通过刻苦努力的学习，成了离开贫困的办法和途径，而应该鼓励学成归来，想法改变这里。

朱老师　孔玉琳同学的想法无疑是好的，每个同学都是个体，只要每一个个体都能实现了冲出大山，我们这里才有可能实现改变……

孔玉琳　老师，我认为每个同学首先要树立远大的人生目标，我们的行为才会有巨大的动力。

[同学们议论纷纷，观众和剧中人进行互动交流，参与这个关于人生理想目标的讨论……

万能达　现在我们的家长对于孩子教育的付出巨大，这一代孩子对于社会的思考会越来越少，他们感恩的只有父母。于是他只具备狭隘的回报心理，淡漠了对整个社会道德的修养，更谈不上对社会的回报。

[尾声

[农村和城市的两个星空下，同学们对星星说……

[草垛、古槐、低矮的校舍旁，星空下的孩子们仰望天空，感慨万千。

[城市的孩子和农村的孩子都分别坐在朱老师和何老师的身边。

朱老师　同学们，大家在一起已经相处好多天了，明天他们回到城里的学校，在这即将分别的时候，我提议，今天我们面对星空，面对夜空每个人都说说心里话。

何妍丽　大家都如实说出内心的一切。今天我以朋友的身份听听你们的真实感受。

孔玉琳　快乐互动新感觉就像一场梦……像一阵风，吹进我的心里，终身难忘……

万墨轩　这是我第一次睁着眼睛在做梦，美得那么真实……

[一段歌词。

我真想有那么一所学校
铺开那快乐的画布一张
快乐是我们最大的愿望
我有翅膀，就一定能自由飞翔
我爱做梦，梦想能自由飞翔。
我爱辽阔，任我的心如野马脱缰……”

[家长们在焦急地等待中考的孩子，他们出来了，像母鸡呵护小鸡一样地被接走。

万能达　中考结束了，这些孩子可能考到了他们自己满意的高中学校，家长们悬着的心也终于踏实了，从中考的考场里出来的他们又重新背负上了沉重的课程，我想知道，他们还快乐吗？他们还有快乐吗？我们的家长……你们想过吗？

[还有几个家长没有接到他们的孩子，焦急地四处寻找打听。这时所有的孩子来到这里，他们大声惊呼：“你们看，他们在滑翔伞上！”

[舞台的LED视频上豁然出现数个滑翔伞在空中徜徉翱翔，孩子们那么兴高采烈的高呼呐喊，空中的孔玉琳、万墨轩等孩子从空中划过时向同学们大声呼喊：“你们快乐吗？”孩子们的心情得到尽情的张扬释放。

贺 寿

剧中人物表

龙思良——男，四十多岁，某县副县长，后担任县长。曾提名参选某地级市市长，因没能参选市长，后任政府主管城建的副市长，是副市长中的市委常委。

杨宜娇——女，龙妻，在市里开发区管委会任职。

龙 母——女，七十岁，龙思良母亲，退休教师。

徐嘉惠——女，三十多岁，龙宝庚的妻子，原在一家国企做会计，有会计师资格证。

常和平——男，五十七岁，龙厅长称他为“老常哥”厅办公室副主任，办事得力。

龙锦平——男，五十岁，何尧表哥，地产开发商。

龙宝庚——男，四十岁，龙思良弟弟，下岗工人，经济状况窘迫。

戴梦雪——女，二十多岁，电视台《温馨空间》室内装修栏目的主持人。

第一场 “小办”变“大办”

时 间：下午。

地 点：龙思良家乡老宅堂屋。

[这里是距离县城数十公里的古镇。

[龙家的堂屋内陈设古朴而简单，堂屋正中一个大大的“寿”字。

[龙家里外灯火通明。左右两边进门处有对联格外醒目：上联“平安方可享四季”，下联“吉祥自然得如意”。

[院内人声鼎沸，欢声笑语。

[好些上菜“帮杂”一阵的小跑如飞“走菜”。

[灶上还不时地传来报菜名的吆喝声。

[堂屋内传来推杯换盏的兴奋笑声。

[杨宜娇被常和平从里面餐厅叫出来：“我的好妹妹呃，该怎么办？又来了好多客人，最少还要加五桌，刚来的都是周边几个乡镇的客人……”

杨宜娇　不是才加了几桌吗？怎么又坐满了？我没知……哪儿来的这么多客？

常和平　是我接的礼金，都是思良的那些乡镇上的朋友，还有几个是办公室主任，我熟得很……

杨宜娇　……有什么办法？那就再加几桌吧？

常和平　这些个远亲近邻都是来贺龙家老母七十大寿的客人，总不能让人家回去吧？

杨宜娇　怎么还有客人？老太太七十岁大寿，思良就是不准办这台酒的，我是背着他悄悄收的礼金……只想悄悄办几桌酒。我还要去赶紧去买几瓶酒！

常和平　我的一个朋友听说老太太七十大寿，特地送来九件寿酒……你看这上面还写有‘龙老太太七十寿诞专用酒’的字样。

杨宜娇　真的啊？待会儿你带我去见见这个老板，我敬他一杯酒。

常和平　他手下的人送来留下一句话就走了：“送来的九十九瓶寿酒要用完”。

[这时有客人来贺寿，杨忙迎上去接礼。

[说话间，携带格式礼品的人等络绎不绝地朝龙母家鱼贯而入。

[杨宜娇和常和平出来接受贺寿礼。

[各自献上给老人贺寿吉利话……

“祝龙老太太福如东海，寿比南山！”

“祝龙老太太吉祥如意，福寿安康！”

“祝龙老太太德高寿高，儿女们步步登高……”

“龙老太太，一祝您老福星高照，二祝你老福运成双，三祝儿女们得高升……”

[吹打班子家强曲调声。

一贺你家谷仓堆得满，
二贺你家人丁好兴旺，
三祝寿星家和万事兴，
多子多福金玉铺满堂。

[众和。

四季风调雨水顺，
五子登科百事昌，
六只麒麟托福来，
七仙下凡配董郎，
八仙过海样样会，
九龙盘柱得久长。

[众鼓掌叫好。

[顷刻间拜寿礼品堆成小山。

（花灯调）

养姑娘的陪嫁妆，
养儿子的盖新房，
龙家儿子有出息，

光宗耀祖当县长。

[龙母出来见这么多的寿礼，疑惑不解。

[吹鼓手们接唱。

黄的是金那白的是银，
红红绿绿的是贺礼品。
看龙家儿子的本事大，
门前排队是送礼的人。
龙家的妈妈你莫心急，
富贵荣华就坐享其成。
贫在闹市时无人问，
富在深山却有远亲。

[吹打音乐声中，还不断有人送来礼品。

[龙母焦虑："我这七十岁寿酒不办了！不做寿了！关门！关门！赶紧的跟我关大门！

[传来汽车刹车声。"

[龙思良铁青着脸缓步走进来。

[龙的突然出现也令杨宜娇吃了一惊，急忙将龙拉到大堂一边沙发坐下。

杨宜娇　思良，你不要黑着块脸嘛，先坐下来，听我慢慢跟你讲……

龙思良　我只问你一句，不是说好的只办四桌吗？

杨宜娇　我也没想到这些人听说老家太太办寿酒，都是不请自到，还有那些乡镇送来的礼……我只好把"小办"几桌变成"大办"了。

[龙马起脸一声不吭，这时有一个喝醉了的亲戚看见了龙，过来敬酒。龙把酒杯使劲砸在地上，摔杯声后酒席间顿时鸦雀无声。大家慢慢离席，不欢而散了。

[杨尴尬地："对不起啊，大家慢走……老常哥，麻烦你替我去送送客人。"

[这时杨给龙思量到了杯茶水，龙生气推开。

[见客人离去，龙怒斥杨："我就晓得你要搞这些鬼名堂……我在不在家，这些事情人家都会记在我的头上。你以为我还是原来的城建局长啊？你呀你……"

杨宜娇　你听我讲嘛，本来只想请几桌，就想请自家屋头的这几个近亲来吃杯酒……哪晓得会一下冒出这么多人来……

龙思良　我只问你一句，我事先跟你打过招呼没有？我再三跟你讲过，已经不是在县里面了……做事要动动脑子，动脑子！懂吗？

杨宜娇　我没想到会……

龙思良　蠢呐！（叹气）嗯……老话讲："老婆管好了生窝崽，管不好就生祸灾"，现在好了……你家老公怎么去要求别人？做事要好生想下，要想想会造成什么样的后果，要想想会造成什么影响……

杨宜娇　一天就晓得影响……你也只敢要求我？别人不也照样办酒，我看也没见出鬼来？

龙思良　别人我要管，首先要管住自家人……

杨宜娇　哪家没个人情往来？六亲不认，我做不到！

[龙压低声音："你呀……蠢婆娘！"说完愤然而去。

[常和平与龙锦平进来，正好与龙思良擦肩而过，龙见常没好气地："你啊？……干脆，你以后跟她当办公室主任！尽搞些鬼名堂。"龙随后离去。

[常尴尬地笑，安慰杨："这思良也真的是，这么多人面前一点面子都……不就是多请几桌酒嘛……你放心了，我把他们都打发走了，人家专门从好远的地方赶车来吃酒的……搞得大家都没面子。"

杨宜娇　这才刚刚当个县长，官还没做大，狗脾气比官还大？他不会是在哪儿弄了个骚狐狸吧？

常和平　不会的，这领导的压力大，所以脾气就大。

杨宜娇　这阵动不动就训我一顿，堂堂的夫人快成他龙家的受气丫鬟了！想吼就吼，想骂就……

[杨委屈抹泪。

常和平　哥的好妹妹，你就放一百个心，（压低声）你老家不是墩得有个儿子在吗？龙县长他就是长两个翅膀也跑不脱的，现在做官的特别讲究夫妻要原配，这叫……稳定压倒一切。

杨宜娇　是的啊！当初幸亏听了你的话，要不是悄悄咪咪的给龙哥（低声）生下那个儿子……我现在就惨了。

常和平　嘘！小声点……只有你才能把龙家的“香火”世代传下去，别人谁也别想取代你这正宫娘娘的地位。

[杨破涕为笑。

杨宜娇　老常哥，说是嫂子的美容店成天跟人设计纹眉毛，纹唇线眼线，什么时候也请嫂子为我设计一下？像我这把年纪的女人，要是再不装修一下这块脸，怕真的是拿不出手了。

[常端详须臾。

常和平　宜娇妹妹啊，还真是我不肯帮你这个忙，这每个人的相不同，还真不能随便乱动的，我一个朋友见过你，说你的相……算了，我是不跟你讲得好（杨追问）说是有……（压低声）有几分观音相……你还真别笑，他真是这么说的，说你的这个相啊是贵不可言。

杨宜娇　算了吧，老常哥你又拿我开心解闷吧？思良才当县长，你就说我是富贵相……

常和平　你不信？我早就说过龙思良很快要升官？他是不是当县长了？你就说是不是吧？我研究了好几年的《易经》，

就差去给人设坛做法了。你别笑啊……当初我就跟你讲，你命中带有子嗣，那会儿你也不信。我说龙家的“香火”一定要靠你来传，结果怎么样？你该信了吧？硬是生出个大胖儿子来吧？

杨宜娇　嘘！你小声点……再跟你打个招呼，千万要保守秘密。你看我脖子上的这些肉……要不我干脆去趟韩国，把我彻底重新装修下。

常和平　我劝你千万不要轻易动了面相，特别是思良现在步步登高，顺风顺水的时候，这女人的面相都带有“风水”……龙县长家老爹的墓地就是块风水宝地，这几年龙哥一路飞黄腾达，就是龙家地下的老祖宗在显灵。

杨宜娇　嗯……你还真讲对了，我听他讲过，说是当年他爹过世的时候，专门请了个有名的先生看的风水，说是龙家的后人肯定发达。

常和平　我跟你说过的，这看风水有讲究的，不是迷信，说是非什么……非物质文化。

杨宜娇　给龙思良他爹看下这块坟地后，没几天就一病不起……临终前他才说，看下的那块坟地是龙兴之地，敢取这块宝地的风水先生，不死也要瞎只眼……还说龙家下一代会出个大人物。

常和平　你看怎么样？今天还就应了老先生说的“龙兴之地”……你不说坟地我差点还忘了，听人讲，去年还有人为思良爹重新去包了个好的大坟……

杨宜娇　真的？这两年我恰恰没去上坟……是你亲眼看见的？还是听说的？

常和平　想知道真假还不好办？明天我们去龙老伯的坟上看看不就晓得了？

杨宜娇　……会有这样的事？我们明天就去！

[切光，幕落。

第二场　雁过留声，人过留名

时　间：傍晚时分。

地　点：龙家客厅。

[追光下的巨大时钟在飞快旋转。

[时针行走声音被放大加快。

[杨宜娇和常和平在削好的水果上插牙签。

杨宜娇　我听这个老板说，思良家爹的那块坟地风水好，是块旺子孙的风水宝地。

常和平　他这个龙老板家爹就是个看风水的高人，当年龙县长家爹的那块坟地就是他爹看下的。

杨宜娇　哦！是他家啊？难怪思良邀他到家来做客他还不愿意来？看来这高人的脾气就是古怪。

常和平　他说龙县长家的那块坟地占尽龙家湾的风水，所以说龙家发达是天意，他们懂风水都不愿意点破……这其中的玄机。

杨宜娇　我晓得，一般高人都傲慢，我家思良很少请客人到家里，龙老板是第一个。

常和平　经不住我劝，他不还是来了？看他们还谈得蛮投机的，应该喝得差不多了……

[龙思良和龙锦平喜笑颜开地从里间餐厅一边剔着牙齿出来。

[龙思良把客人让在沙发落座。

[杨宜娇要去倒茶，被龙拦住。

[龙亲自为其端来茶。

龙思良　请老乡用我们家乡的花生、核桃、芝麻茶，（龙忙站起接茶）来请坐。

龙锦平　嗯……这是我们湖南家乡的味道，香气四溢，味道纯正！今天有幸见到龙县长，平易近人没有架子，锦平真是三生有幸！

龙思良　叫老乡就好，什么暂时的，老乡才是长久的。听老常说好不容易才请到你，思良三生有幸！（拱手礼）

龙锦平　不敢当……我一个生意人，就怕一身的铜臭气熏到龙县长……

[两人都开怀笑了。

龙思良　你为家父重新包坟，我这做儿子的无论如何是要当面谢你的……“他乡遇故知”实乃人生的一大快事，我认下你这个老乡了，很高兴你接受我的邀请。

龙锦平　想不到我们龙家湾出了你这了不起的人物，我为龙家感到荣耀，给龙姓本家伯伯包坟就是为了表达我做晚辈的敬仰之心。老人家的那块坟地……我一定要跟你讲，左边有青龙，右边白虎，前朱雀，后玄武……那是占全了。

龙思良　听老辈子说过，说当年吴三桂领雄兵数万路过龙家湾，他的马在田里长跪不起，吴三桂只得下跪，那匹马才肯前行……

龙锦平　这不是封建迷信，这是非物遗产。不信你就看……上天会佑我龙家人丁兴旺发达，光宗耀祖！

[龙锦平刚喝了一口茶，杨要去续水，龙亲自去为其杯里续水。

[龙锦平连连致谢“不敢当，不敢当……”

龙思良　出来这么多年，有时也想给龙家湾的本家乡邻们做一点事，回馈乡里嘛，我是一直有这个想法，就是缺个机会……

龙锦平　你是做大事的人，自有你们的难处，我完全理解。

［龙锦平窃喜，是打“亲情牌”的火候到了。

龙思良　雁过留声，人过留名嘛，有些事我也就是想想而已。

龙锦平　龙县长……好好好！龙哥，老话讲得好，金榜题名，是读书人的成功标志；衣锦还乡，是做官人的成功境界。总不能穿起绫罗绸缎走夜路？谁看见你的锦袍玉带？那个晓得你龙市长还乡？要不这样，小弟斗胆在大哥面前表示一点小意思，我出资，以您的名义重修老家龙氏祠堂。

龙思良　这当然是好……就不知这样做老弟那里是不是方便？

龙锦平　很方便，就算小弟我高攀你了！此举可重振我龙家祠堂的荣耀，为龙家祖宗争光添彩！

［此举果然渗透进龙的心里，博得龙的好感。

［龙锦平看出了龙扬名后世的想法，为满足他树碑留名的虚荣心，龙锦平决定再进一步。

龙锦屏　龙市长，人生一世草木一秋，衣锦还乡的时候，总不能穿起蟒袍玉带走夜路啊？小弟出资，以您的名义重修我龙氏祠堂，再把龙家的祖宗家谱也一并重修出版。让龙家子孙后代都晓得，龙家曾经出了您这个了不起的人！

［此举，龙心中大悦，兴奋得有些控制不住自己。龙欲言又止。

龙思良　（转对女眷）你们先忙你们的去。

［女眷下去后，龙起身把门严实关好。

龙思良　（压低声）锦平老弟……家谱的事可以先放一放，等明年农历二月以后再说……

龙锦平　农历二月，二月二是龙抬头？龙哥你的意思莫非是……

龙思良　这个……首先交代，我就犯点自由主义了，记住先不要张扬出去……明年市里人代会要换届了，当然，这也是组织安排。我的工作岗位可能……会有变动。

龙锦平　县长还要往上的话……哦！那就是市长了？

龙思良　这个嘛……先不要声张，都要等人代会召开后就有结果了，这也是组织原则嘛，到时候以报纸电视台发布消息为准……

龙锦平　好！好！好！小弟这里提前恭喜了！到时候我召集市里所有的老乡为你摆酒庆贺……对，我专门为你酿制一批十八年醇的“红运来”酒。

龙思良　好啊！让你费心了……不能太张扬了，这个酒千万不要做，要是传出去很不好……

[就在这时老母亲怒气冲冲到来到家里。

[龙思良忙起身迎候老人坐下。

龙思良　娘，您老出门也该给我来个电话？ 我好去接您老啊！

龙　母　我还没老糊涂，该走哪条路？娘比你明白。我怕来晚了，赶不上见你的面了……

龙思良　（说家乡方言）娘，你莫讲鬼故事吓到你家伢子啰，我怎么就没（念‘冒’）得命了？快把你包里头好吃（念‘乞’）的给我啰。

龙　母　我没吃的给你，我晓得你眼下不缺吃的，天天有请你吃，吃肉你都吃不过来，就怕你吞下的是带钩的诱饵。

龙思良　娘，你有什么事情就明道讲，你是在拿我开心，看看你的这包里都是什么“诱饵”？我不信你会空手来看儿子……

[龙从包里拿出一把香、蜡、和一刀钱纸。

龙思良　娘……这么大老远的你带这些香蜡纸钱做什么？

龙　母　早点准备出来，说不定你马上就用得上。

龙思良　儿子活得好得很，你老人家是找的哪个风水先生算的这个“凶卦”？

龙　母　娘不信神信鬼……我看出来你有牢狱之灾，要不我会几百里跑来救你一命？

龙思良　我吃得下睡得着，得的什么病？要你老来救我啰？

龙　母　你还不晓自己犯的什么病？我看这香蜡纸烛兴许你真是要用上啰。

龙思良　儿子好好的，烧什么纸钱？

龙　母　娘在屋头睡不着，想了几晚上，越想越觉得你有大难当头，就怕来晚了救不活你……

龙思良　你……凭什么说我得病？得的什么病喽？你老不会是在宣传迷信吧？

龙　母　我问你，娘做个寿，送来的贺礼足足摆满了半个堂屋。这不是得病又是什么啰？

龙思良　（恍然大悟）哎呀！娘啊，搞半天你说的是这个事啊！您老人家含辛茹苦抚养我们兄弟姊妹几个长大太辛苦，我给几个老同学打个招呼来给你祝个寿，送点小礼物不算什么的……”

龙　母　这……还不算什么？你口气好大？那么一大堆的贺礼要花那么多的钱，还不算什么？

龙思良　娘，你就放心的……

龙　母　我就是不放心喽……娘就是要你清白做人。老话讲的好，“箩筐要编圆，做官要清廉”那些人凭什么送我这么重的寿礼？那不是礼，是药！吃不得！今天吃，好吃得很。明天吃，好吃的开！吃着吃着就会毒穿你肠子，要了你的命……

龙思良　娘！你言重了……

龙 母 ……记得你四岁那年，天干欠收饿肚子，你跟我说肚子饿得冒清口水，饿得你才四岁娃娃会跑那么远到公社小学去找我，憋我给买米粉吃……妈看你饿得实在是太可怜，狠了狠心，剪下了做姑娘那时就留起的那条长辫子卖到供销社……换来三角九分钱。

龙思良 娘！……又讲那些伤心的事做什么？

龙 母 那天就是你四岁的生日，妈给你买了个刚出笼的糖包子，只见你狼吞虎咽的吃，那包子的糖把你嘴皮都烫起泡了……你烫得是一边哭一边吃……

龙思良 你不是说“家贫出孝子”吗？现在儿子有办法了，可以买好吃的孝敬你了……

龙 母 我不敢要这样的孝敬！娘要你好生做人……

龙思良 你儿子就是在做好人啊？我天天忙得是早出晚归，政府评你儿子得“五一劳动奖章”我都没腾出空去领。

龙 母 思良，你要还是我的儿子，就把那些礼原封不动的送回去。你要不听娘的……我就在你那个政府楼前摆个摊，告诉大家来买我儿子龙县长收的礼品，我要让全县的人都晓得。

杨宜娇 妈！你这不是成心出思良的洋相吗？

龙 母 我跟我儿子说话，你闭嘴！就是出洋相也是出我儿子的。男人不学好，你也跑不脱！

[龙思良示意杨宜娇回避一下。

龙思良 娘！摆摊的事千万做不得……你这不是难为我吗……你要做什么？

龙 母 一个做娘的在救她儿子的命！（龙母见他还未笃定）你不是喜欢有人给你爹包坟吗？你马上就去跟娘也包个坟……

龙锦平 （上前劝）老人家，您老不要难为龙市长，常言道：‘怒火伤肝’呐……

龙　母　肝伤不要紧，人要没命了，伤心都来不赢。

龙思良　好！妈，听你老的……明天我就回去还，保证把这些礼品一份一份的还回去。

［龙面对老母亲，一筹莫展，无可奈何。

［切光，二场结束。

第三场　雄心勃勃正在畅想未来
换届会没能够如愿以偿

时　间：傍晚时分。

地　点：高级党校。

［闪回，当年在党校结业那次聚会的情景。

［龙锦绣和几个同学在党校食堂聚会，为他们半年的党校学习结业聚餐。龙上桌，嘴里还在模仿北京店小二跑堂的吆喝：“来喽！”另一个同学模仿京味十足的腔调：“蒸羊羔，蒸熊掌，蒸鹿尾、烧花鸭、烧子鹅……”女同学甲被他们模仿的“京味儿”逗笑，开心极了，同学们兴高采烈。

女学甲　好了，别点这么多，吃不完浪费了。

龙思良　今天要不多点几个菜，明天一离开学校，这张饭卡就作废了……

男同学　吃不完？我就带回去给我老婆尝尝，这就是我们食堂的京味……

［学北京话：“我们北京只卖菜，不卖辣椒”。

［三人发出会心的笑。

［拿出瓶子：“这儿还有半瓶辣椒没吃完，让我们提前感受一下回家的味道……”

龙思良　啊！你可真是有城府，居然还藏有存货啊，来来来，倒在这个菜里，都倒出来啊！

男同学　菜上得差不多了，严档案怎么还没到啊？

龙思良　大姐，这回你们信了吧？我这个老弟是个细心人吧？任何时候他对女同胞都会格外惦记……

男同学　我是关心女同学，我敢说出来啊？不像有的人是藏在心里悄悄关心……闷骚！

女学甲　龙思良啊，在这件事情上你就尽管放心了。他夫人我有幸见过，说他夫人是个美女那都太浅薄，让所有的女人都嫉妒……

龙思良　过奖过奖了，顶天也就是“村花”而已。

［女同学乙这时赶来。

女学乙　怎么，你们在说我是村花？我不允许你们在背后这样议论赞扬我啊？”

龙思良　好！齐了！有人一直在念叨你呢，你要是不到啊，他都不准我们开饭……

女学乙　为了弥补我的姗姗来迟，我依然捐献出一瓶贵州好酒请各位品尝！

［大家斟酒举杯。

龙思良　（感慨）同窗才半年，道不尽万语千言。希望各位能在自己的岗位上，竭尽全力，让家乡因为有我们而山河大变，地覆天翻！

男同学　“仰天大笑出门去，我辈岂是蓬蒿人！”我坚信各位不会辜负这人生难得的机会！在这个平台上起飞！飞得更高！

女学甲　“春风得意马蹄疾，一日看尽长安花”！有歌词唱“再过二十年”……再过十年，就十年。乘改革春风，我们的家乡会因为我们而扶摇而上！把我等的风姿得尽情施展！干杯！

女学乙　等等，我还有祝酒词。其实……我也很激动，又说不出什么豪言壮语，我还是回我的档案馆，我会如实地记录下你们每一位的辉煌成就和业绩。在临别之际只想告诫几位雄心勃勃的同学一句话，算是我的临别……戏言：‘能吏寻常见，公廉第一难。’

女学甲　这句话的意思是，有本事的官吏常可以看到，能做到公正廉明就非常难了。

龙思良　意思蛮好，只是缺了点雄心豪气！

女学甲　这话难得，也只有同学才会告诫各位，确实是语重心长……来，干杯！

[四人举杯将酒饮下。

[升光，闪回到现实。

[电话铃声响，龙思良从梦中醒来。

[情绪低落地接电话：“嗯……是我，对，对，看了你的标书，工程用地怎么模糊不清呢？ 还有工期，绿化占地，电水配置好几项加在一起预算都不对？啊，所有的建筑材料一定要标明生产厂家、标号、以及运输损耗，安全方面也没有具体措施……看来是没把我这个副市长放在眼里啊！听好了，老子做工程那会儿你们还在吃奶。

[生气地挂掉电话。

常和平　龙市长，你看看这是谁来了？

[几年过去，龙锦平的的头发明显秃了不少。

龙锦平　万象更新，新年伊始，我惦记老乡，特地来看龙市长。一点土特产算是来拜年，不成敬意，不成敬意。

龙思良　别叫市长啊？是副市长，其实叫老乡就行，老乡过得久。怎么样？县政府的专用接待酒卖得还好吗？

龙锦萍　这几年托龙市长的关照，酒业比以前是做大了些，可现在白酒生意不好做啊！特别是哪个……“几项规定”越来越严，只能走中档酒的价格还将就拖得走。这次出来就想请市长……

龙思良　有什么难事也别见外，老乡的忙该帮的想办法也要帮帮。

龙锦平　我的事都是些小事，摆一摆吧。今年是老母亲七十有五岁寿诞，我们酒业的董事会特意为老太太订制了一款百岁寿酒。

常和平　锦平，你把那个寿酒拿给龙市长看看……

［龙思良观看酒瓶造型：“寿星捧福……这瓶是禄捧寿，这是喜捧寿……福禄寿喜创意很独特！只是，贺寿这个事……我要先和老太太打招呼，别像上次……搞得我不好下台。

常和平　是啊！白忙活了一阵，猪八戒照镜子……搞得大家脸上都不好看。

龙思良　这样，常主任先把锦平安排到政府招待所住下，晚上我把应酬都推了，和锦平老板聚聚。

龙锦平　正好，我们把贺寿步骤方案议一下。

［常送龙锦平出去。

［有座机电话进来：“我是，音乐会？　我就不去了，你给办公室吧……那好吧，几大班子都去我去。

［音乐声起。

第四场　意外邂逅红颜女

时　间：晚上。

地　点：剧场。

[这是象征性的剧场。

[音乐会正在演奏乐曲《蓝色多瑙河》。

[龙思良正在欣赏乐曲。戴梦雪走到他面前。

戴梦雪　对不起，这是……我的座位。

龙思良　我就是六排……

戴梦雪　你看吧，这是我的位置。

龙思良　对不起，我这就走……

[龙不假思索起身离去。

[戴梦雪这时才发现周围人群有好些是她认识的领导。戴梦雪把票拿出来看时，才发现她的票竟是楼上六排。

[LED 播放出乐团演奏《拉德兹进行曲》

[龙要离开剧场时被戴梦雪叫住。

戴梦雪　帅哥你好，是我没看清楚票……让你到楼上去。

龙思良　你说是……我没弄明白？

戴梦雪　我的票才是楼座，我把你撵到楼座去了……

龙思良　哦！你就是……我坐错你位子的那个？对不起小姑娘。

[龙掏出票来看。

戴梦雪　是我，是我对不起你，把你撵到楼上去。我特地在这等你，就是为了跟你赔理道歉。

龙思良　赔什么礼啊？音乐会听见就好，楼上楼下都一样。你怎么发现你的票是楼上的？

戴梦雪　后来，我发现坐在我周围的人有好几个市里领导……

龙思良　（笑）哦！可我没注意到啊？音乐会带耳朵来就行。

戴梦雪　我怎称呼您呢……

龙思良　名字已经不重要，就叫我大叔吧。

戴梦雪　不，是帅哥。为表示歉意，想请你到奶茶店喝一杯好吗？

龙思良　这合适吗？……我请你吧，我也很喜欢吃那种雪糕，叫哈根什么着……

戴梦雪　哈根达斯，不是雪糕是冰淇淋。

龙思良　对，是冰淇淋……世界这么大，能在一个座位上相遇，也算是巧合。

戴梦雪　是缘份，那就说好了，您请客我埋单。那就请吧，大帅哥！

［戴做“请”的手势。

［龙犹豫了一下，缓缓地牵住她的手。

［隐约能听见曼妙的《蓝色多瑙河》音乐声。

［暗转成冷色调的追光下。

［龙思良内心独白：“……失去参选市长的资格后，在任副市长这段时间里，是我人生中的另一道门槛……”

第五场

时　间：白天。

地　点：家里。

［龙回来他们已经散了，茶几上有好些茶杯。

［回家的龙发现老婆再给神龛上香。

龙思良　这是干什么？怎么还在家里供上神龛了？别人来家里看

见像什么话？明天赶紧撤了啊？

杨宜娇　我就是不撤，不是说信仰自由吗？你信你的政府人大，我信我的观音菩萨。

龙思良　你啊！没这么任性的，好歹你还是开发区的干部，信什么菩萨？我看你该挂张钱在那儿。

杨宜娇　你不喜欢钱？上次给妈做寿龙锦平说的话你不听嘛……选市长不就应验了吧？

龙思良　妇人之见……参选的事情复杂得很，这可不是哪个神仙道士能算出来。你身上缺得就是正能量。

杨宜娇　妈办七十岁寿酒的时候？龙锦平劝你办九十九桌你就是不信嘛？结果怎么样？都找你谈话当市长了，硬是在人代会给飞了？你不得不服吧！

龙思良　照你这个说法，以后干部提拔都由算命先生算算？

杨宜娇　信不信由你，我给妈电话说要给她办贺寿宴。老太太不答应："一不逢九，二不逢十的，七十五岁做什么寿？"

[龙得知母亲态度，有些犹豫。

龙思良　不答应办？要说这七十五岁也是有些不靠前不靠后的……要不就算了？

杨宜娇　办不办，你做儿子的说了算，老太太这两年身板明显不如从前了，你这几年也不太顺，万一要等不到妈的八十大寿你不要骂我没提醒你……

龙思良　……这酒还是办。老太太那儿我去说……不能什么事都依着她……只是规模是不是控制一下？纪委那帮家伙盯得紧啊！

杨宜娇　你啊！都说你屁眼大，什么都不怕！老人家一辈子含辛茹苦不容易，你要是想做个孝子，就壮起胆子办了！你要不想做孝子，就夹起沟子……

龙思良　……带这个头？些不合适吧？

杨宜娇　有权不用，过期作废！不趁这机会捞一把的就是傻子，你以为纪委就没顾虑啊？查出那么多干部有问题，这不是给政府丢面子吗？

龙思良　放屁！谁丢面子？查出谁有问题，丢他妈谁的面子。组织上信任我，好歹我还分管这么大个摊子……办酒这事，要想个万全之策。

杨宜娇　信任？换届怎么没让你当市长？不是都提名了怎么又变了？人家早就下了药……你还傻乎乎的，叫你去走动你还不去，你会搞到事那才怪？

龙思良　越说越不靠谱了啊？有些话别人可以说，你不能胡说。几个副市长中我不还是常委吗？以后管好你那张嘴。

杨宜娇　常委？我看你是常委屈。脏活儿笨活儿由你去干，好处呢，没你什么事了？你啊？也就是匹配菜……

［龙被这句话刺痛，心里很是不悦。

杨宜娇　你不要跟我瞪眼，人家有本事的早已经把权力转换成钱，转换成外国的豪华别墅，子女大学毕业可以在那儿创业。

龙思良　好的不比！我有点累了，让我待会儿……

［杨宜娇要离去想起什么：“哦，那个龙老板说请你这个星期六去参加什么剪彩活动”

龙思良　剪什么彩？

杨宜娇　说是一所学校。

龙思良　……哦！想起来了，我要去的，那是我的母校，也是老太太教了一辈子书的学校。

杨宜娇　……哎！我想到个办法，你跟妈就说是……新建学校落成典礼办酒！我通知客人就说是老母亲的七十五寿宴好不好？

龙思良　……不行，来贺寿的一定会有寿礼。老太太一看就明白，啊，你收了一大把礼金，我硬着头皮去找挨骂？你这婆娘心眼真坏。

杨宜娇　我收的礼还不是为你好？要不这样……你不是说经常开那个……电视什么会吗？在龙家湾镇上办三个分会场，学校办新校竣工酒，送寿礼的安排到两个分会场。

龙思良　这……哎！还真是个办法，就这么办！

[切光，鼓乐大作。

第六场

时　间：傍晚时分。

地　点：龙家堂屋。

[这是龙家老屋。堂屋内点起了喜庆的灯笼。

[常和平，龙锦平在迎接客人中找人。

[杨宜娇匆匆赶到："龙老板，让你久等了。我到思良那边去，见些重要客人。

龙锦平　没什么，只是让你受累了。

常和平　这边几桌亲戚已经开席，老太太已经在正席坐定。

杨宜娇　（低声）……这边没什么事情吧？那就好，那就好。龙老板，去那边结账我才知道，说是你把所有酒席的帐都结了……怎么能让你承担这么大的花销？

龙锦平　一点小意思，你别太客气了！

常和平　送酒，再送上这席，这不就圆满了吗？

杨宜娇　不行不行，思良晓得你去结账又要说我不懂事。

龙锦平　几万块钱的小事，都是好朋友不说这些了？

杨宜娇　这个事……不能这样，我现在就把钱结给你。

常和平　嫂子，小声些……锦平的一点心意，你要手下的，方便的时候在别的地方你帮他一把就全在里头了。

杨宜娇　……我能帮他点什么呢？

龙锦平　下半年还真有个招投标项目，想请嫂子助我一臂之力。

杨宜娇　投标？我是一窍不通啊？

常和平　你不通不要紧的，我可以教你通啊？只要你能帮锦平把这块土地拿下，别的事你就不要管了，就等着发财吧！

[杨宜娇还是不知所以然。

龙锦平　嫂子，坐下我慢慢告诉你。我做的酒业已经发展到一定的规模，现在要发展，要转型做物流仓储，做大型超市，就因为这个项目大，所需土地也就大。

常和平　锦平，你去送送那几个客人，我和嫂子谈……

[龙锦平招呼着去送客人。

[常和杨坐下窃窃私语……

杨宜娇　常主任，我有点害怕，就我家两口子的收入就是不吃不喝，几辈子也修不了宾馆哦？

常和平　宾馆的所有权是龙老板的，你只管拿经营权就可以了？你的名字不在上面怎么查？

杨宜娇　这倒是个挣大钱的机会，太大了……我害怕出事情，搞不好害了我家老公。

常和平　你先不要答应我，你知道就行……

[龙母从别人那里只知道“分会场”时，怒冲冲出来：“龙思良呢？龙思良到哪里去了？”

杨宜娇　妈，您有事只管跟我讲，我在这儿……

龙　母　我的事你办不了，你把我儿子找来。

常和平　龙妈妈，龙市长有点事情，他让我在这儿，有事情你吩咐我就可以。

龙　母　他……不是说庆贺新教学楼的吗？

常和平　是的，是庆贺教学楼的……

龙　母　你是常主任？你敢再说一遍！你跟我说说，那酒楼门口“龙母七十五寿宴”的大招牌是怎么回事？

杨宜娇　妈，这……思良的朋友太多，临时来了，不好请回家来，就在镇上饭店请他们吃饭了。

龙　母　临时来的？临时的客人会把两家大饭店的楼上楼下都坐满了？

杨宜娇　……都是为庆贺学校新建教学楼的客人。

龙　母　你听着！思良瞎了眼，找了你这个败坏家风的扫把星，早晚要灾祸临头……家门不幸啊！

杨宜娇　我是扫把星？我给龙家生了传宗接代的香火人……

龙　母　男人不学好，他要是犯了法，你也跑不了！

杨宜娇　我跑不了？没见过你这不近人情的老太婆……

［龙母愤怒之极，气得晕了过去。

［龙思良回来见母亲气得晕倒，痛心疾首。一猛地一把将张大“寿”锦彰扯下来，把桌子上的一大盘寿桃掀了一地。

第七场　犹豫不决，进退两难

时　间：一天夜里。

地　点：室内。

［睡着的龙思良被电话声吵醒：“谁啊？几点了……什么事？你再说一遍……唐市长他……消息确切吗？昨天我还和他在开表彰会的啊？哦……是突然，太突然了，他怎么会呢？

［龙焦虑不安，他开始犹豫，惴惴不安……

[杨宜娇身着穿睡衣。

杨宜娇　毛焦火辣的做什么？

龙思良　唐副市你认识的，今天被“双规”了……我们要考虑有事……宜娇，要不我们算了？

杨宜娇　你怎么就……胆小鬼！你听到什么了？

龙思良　这些年零敲碎打的……好像也有几个钱了，要不以后……我想……是不是就算了？

杨宜娇　要说吃饱饭是没问题的，要是想把儿子送出国留学，将来回国来要想发展，那就需要大量的资金起步……

龙思良　好了！不说了，看来这下了水也只能跟着你往下淌了。

杨宜娇　跟我往下淌？儿子姓龙，是你龙家的香火。

[龙内心矛盾、犹豫、复杂……

[杨看出龙复杂的内心，把他抱在怀里安慰。

杨宜娇　再忍一忍就过去了，唐市长不知道是哪一脚踩空了？我们很快就会改变现在的生活，那时候我们就可以到国外一个美丽的地方，我们的儿子就会过上幸福的日子……

龙思良　我天天在会上要求大家要廉洁自律，在背地里我却在干这种勾当……我对得起谁啊？”

杨宜娇　我理解你……都是富贵在逼人呐？别说话了，听话，你该好好睡会儿。

[杨把他拥在怀里，龙慢慢进入梦乡。

[梦境中，老母亲和妻子的思想纠结……

[杨极力鼓励龙：“你怕个什么？别人不也在捞，谁做官不捞点好处？ 没事的，就你胆子小……这个年头是胆大的骑龙骑虎，胆小的只能骑猫猫屁股。过了这个村就没这个店了，我们的儿子将来要想发展，需要大量的钱起步！”

［梦境中，龙被两个女人撕扯……

［一边是龙的母亲，她在苦苦呼唤儿子："思良儿啊！人要洁身自爱，要珍惜这难得的机会，你能为官一任，就要造福一方。娘提醒你好多人是'聪明反被聪明误'，千万别让这句话成为聪明者的墓志铭。娘知道你是个孝子，娘不求那不干不净换来的荣华富贵，做人要堂堂正正，做事要心安理得。"

［另一边是杨宜娇在使劲拖拽，不断地的鼓励他："谁还不知道做官是怎么回事？千年的衙门，流水的官。你还能做一百年官啊？你能做一辈子官啊？一个人就这短短的几年光景，不赶紧趁这机会搞点钱，二天你后悔就来不赢了……"

［母亲苦口婆心："思良儿啊！你要想好了，人要是选择做官，就要想好做甚么事！那些钱是国家的，是动不得的啊！你这辈子要想好，真要是想求财，那你就干脆选择去做生意，做买卖，做大买卖！安安心心去挣钱，理直气壮发大财"！

［犹豫不决的龙："我太相信我的那点聪明才智，终于没能把握住这次机会……曾经犹豫徘徊在'险境'边缘，最终还是落入了'陷阱'明知不可为而偏为之……"。

［龙在会议讲台上："我们干部，特别是党员干部，一定要保持清正廉洁，不要收受贿赂。有的同志可能要问：'难道就没人送钱给你龙市长'我老实告诉你们：有！当然有！而且还经常有。在这里……我也不妨传授一点自己的廉洁秘诀，不要怕别人送钱……有人听了可能下一跳。真不要怕，你要是不收那些老板的钱，人家投资人就不敢和你合作。他会产生顾虑，他希望能有人为他说话，增加他在这里投资的信心。招商引

资要有手段，要有胆略，要敢想敢干！不要畏畏缩缩，要有想法，有办法，庸庸碌碌你不要在改革开放这个时代的带头人。我有三种处理方式：一是当面退还；二是顾及送礼人的情面不好拒绝，找人转交；三就是直接交给组织。这也是一种投资手段……”

[讲台旋转过来时，杨宜娇蹲在在讲台下面，她正得意地清点他们敛财得来的“成果”，她在点钞票……

[龙思良：“哎呦……随便点一下可以了！要不干脆密封打包送到你家乡下去藏起来。”

[杨宜娇还在不停地点钱。

龙思良　你记住啊，记得留出一些钱来上交，这是万全之策，这也是最安全的“反侦察”的手段。

杨宜娇　（点头）嗯嗯嗯……老公，你真是太鬼了，这办法好！缴纳这点钱，就相当在缴纳个人所得税。我懂！万一以后有人敢来揭发你……

龙思良　我就理直气壮地告诉他，你送的钱我已经上交组织了，欢迎你现在就去纪委告我！”

[杨抱起一包钱要走，龙把她叫住。

龙思良　回来！（严肃认真地）杨宜娇，你跟我听好了，一定记住，只收现金。凡是送金条、银行卡、字画、古玩、玉器、名表……反正任何不便保存的物品，一律上交，收下这些就等于给纪委提供“证据”，万一要被查，分分钟就会搜出来，所有的物品一律上交，要想做到万无一失，必须把这些最危险的“证据”毁掉。”

杨宜娇　（搂着龙发嗲）知道了老公……我一定记得把这堆钱交出去，只要不把你交出去就好……”

[这时听见“咚咚咚”一阵猛烈的敲门声。

[龙思良从梦中惊醒，回到现实中来。

第八场　苍蝇不抱无缝蛋，铜壶不漏水不滴。

时　间：白天下午。

地　点：龙的办公室。

［一个雪白的乒乓球从窗口跳进龙的办公室。

［龙看了一眼没理睬，有一个乒乓球跳进来，龙捡起看时是戴梦雪和他联系。

龙思良　你啊！调皮捣蛋，我真拿你没办法……

戴梦雪　又开会，哪儿来这么多会啊？怪不得老百姓都在吐槽你们……

龙思良　什么吐槽？说来听听。

戴梦雪　说是……狠抓，就是开会。管理呢？就是收费。落实，就是标语。验收，就是喝醉……

龙思良　纯粹是负面新闻，要说你们电视台拍不出什么好新闻，拿政府公务员来调侃调侃倒是蛮在行的。

戴梦雪　我们广电局长是你的同学，我有一天做了新闻主播，可能就会有改观……你说话啊？最近你明显有些憔悴，抽时间我带你去放松一下。

龙思良　整天有忙不完的事，恨不得一天变成四十八个小时。

戴梦雪　我的大帅哥，人不能老是待在办公室里，整天憋在这儿你都快憋成大叔了，我们出去做些户外运动好不好？

龙思良　不会又叫我去打乒乓球吧？还是室内运动吗？

戴梦雪　我们去漂流？不，我们去做一次野外生存训练！去……跋山涉水，我们一起登山，你背我趟水过河……用纯净的泉水煮野果，我要给你做一个瘦身计划。你想想，只有我们俩儿的大森林里面，自己动手搭宿营帐篷，晚上在篝火旁边你给我讲鬼故事……

龙思良　这不行……你就不怕遇到坏人？

戴梦雪　坏人？谁比谁坏……还不一定呢？

龙思良　……不行，明天一清早我有个要紧的开会。

戴梦雪　我要你去你去嘛……（撒娇）

龙思良　野外生存我就不去了，我从小就在农村长大，天天都是野外生存……

戴梦雪　……对，要不去体验滑翔索道，很刺激的，好几百米的索道，下面是深山峡谷，两面是悬崖绝壁。我和你挂在一个锁链上，脚一蹬“唰”地飞出去，体验穿云破雾，展翅翱翔……我们一起飘向神奇莫测的未来……

龙思良　这个嘛……好像有点意思啊？要不你等我会儿，我这就去通知下午的会改时间。

戴梦雪　你快点啊！

［龙匆匆离去。

［徐嘉惠匆匆来到龙的市长办公室。常和平紧随其后跟进来。

常和平　嘉惠，你到这儿来干什么？……有什么事你可以直接跟我说啊。

［戴梦雪见此情景，拨通电话便匆匆离去。

［常万万没想到自己安排到关键部门的这位市长弟媳竟然会看出标书的问题。

徐嘉惠　常副主任，这明摆着的事，你难道看不出来吗？这份标书里头有问题……根据施工预算要求，工程造价……这几家的标书怎么会做出这样离谱的工程预算来？要么他们诚心不想中这个标，要么他们脑经出毛病了？

常和平　你有事到我那儿去谈好吗？由我给你解答好不好？

徐嘉惠　我找了两个甲方工程审核专家咨询过，他们都不置可否……

明眼人一看就知道这里面有‘猫腻’，我只好来找市长反映了。

常思量　哦！……有些事情的背景很复杂，你刚来不久还不了解。嘉惠，你呢先不要大惊小怪，抽空我再给你说说这个事……

徐嘉惠　这个事不复杂，不就是在背地里搞“暗箱操作”吗？国家这么多个亿的大工程，我能不大惊小怪？

常和平　嘉惠……我还是小看你了，原来你不傻啊？既然是个明白人，我们说话就不累了。我得提醒你一句，当初你两口子到这里讨口要饭的时候，是我，是我常和平给了你们一碗饭！这才过了半年就忘了？……再怎么说，这做人总要讲点良心吧？

徐嘉惠　我正因为讲良心，才冒着风险来找龙市长检举这个事。

常和平　好，算我眼拙，你是正人君子，国家财产的守护神好不好？你可以穿社会主义的衣服我不管着，但你总不能脱掉我们商人最后的这条裤衩吧？　你守你的底线，我守我的底裤行不行？

徐嘉惠　请你不要侮辱商人这个高尚的称呼，你连做个‘奸商’都不配！奸商好歹只是把利润放大了些，伪劣产品毕竟还有件产品啊！你顶齐天也就是个下作的……偷窃盗贼。

常和平　好……骂的好，现在我信了那句话“可怜之人必有可恨之处……”

[常见怎么都拦不住这个冒傻气的女人，徐嘉惠还执意要将此事告知龙。常哭笑不得，怎么也劝不住她。

[这时龙宝庚拄着拐杖来到，宝庚劝阻不成，气急的宝庚扬起拐棍追打徐……嘴里还不停地骂其是“不知好歹的傻婆娘”。

徐嘉惠　我才不傻，我在和坏人坏事做斗争……

龙宝庚　斗你家屋头！……难怪你一个会计找不到事做，我看你是活脱十足的一个“港都”。

［龙思良进来见状，阻止了宝庚的粗暴行为，龙思良看出徐此举的真实用意……

［常和宝庚离去。

［徐嘉惠：“龙市长，你是管承建的领导，这份标书明显在搞“围标”的猫腻……“

［龙给徐到了杯水。

龙思良　嘉惠，你坐下慢慢说。

徐嘉惠　我可以负责任的说，从这几份标书的报价和工程、工期方面，明显是在搞“围标”的游戏。几家公司在联手推这家公司，让它能中标……拿到这块土地。

龙思良　嘉惠啊！就算这里面可能会有些“偏颇”，还会有一些不太合理的地方，但这里头的事情很复杂，你说说……该怎么办？

徐嘉惠　这里头的“暗箱操作”是人就看得出来，别人是怕得罪人，我不怕，你是我大哥啊！我是专门来问你……该怎么办？

龙思良　……嘉惠，我是这么想的啊？你呢……只要把自己的份内工作搞好，不该操心的你就别操心，别人的事由别的人来考虑好不好？

徐嘉惠　大哥……还是应该叫你龙市长好，既然把我放在这个岗位上，发现问题，我不能装傻？要是出了问题那是不得了的！我有责任把真实情况向你反映。

龙思良　老常哥给你安排这份工作不容易，是请你来帮帮忙，不是要你来……添乱的。你自己掂掂分量好吧？你要老是这样……最好不要难为我。

徐嘉惠　卖花生瓜子做小生意的都要讲个宅心仁厚，国家投资好多个亿的大工程啊！如果在招投标上都不能够做到透明公正，这不是在犯罪吗？……我晓得你是怎么想的。你一直觉得是你帮了我们夫妻，让我们生活有了着落。你一定认为你这是在施舍。但我却正是因为珍惜这份亲情，更应该把这件事情的后果如实告诉你。

龙思良　嘉惠，我真是真心实意在帮你！为你着想……做人，总该讲讲良心吧？

徐嘉惠　大哥，我就是讲良心才来找你的！这是天地良心！这样下去会不得了的！你以为我在犯傻？大哥，我不傻，我只是不会“装傻”！我是真真实实在帮你，你要是在听不进我的话，就叫老常开了我好了……

龙思良　你这是……我可以理解你这是不想接受我的这份帮助了？

徐嘉惠　颠倒了，是你不想接受我的帮助。我……情愿放弃这份收入可观的工作。

龙思良　弟媳妇，我是为你和宝庚好。你不就是个会计吗？到哪儿你还不就是个会计？

徐嘉惠　龙市长你说得对，说破大天我也就是个会计，是个讲良心的会计，是个从不做假账的会计！

龙思良　好了，你也不用给我上课了，你爱上哪儿……就随你的便了。

［徐嘉惠看着这位油盐不进的龙思良……她只好默默无语地离去。

第九场

时　间：夜晚。

地　点：泳池边透明豪华包房。

［玻璃外是泳池，抒情音乐不时飘过来。

［龙与戴饮了不少红酒，已有几分醉意。

戴梦雪　……帅哥哥，少喝点吧，我懂你，我知道你苦闷、憋屈、要是再喝，就不怕我拖你下水？

龙思良　拖吧，既然到河边，就不怕打湿鞋……你说庸人多好啊？他们是这个世上最幸福的人。但是能人，他们苦吧？累吧？他们费尽移山心力，只落得“半江渔火，几杵疏钟，两行秋雁……”

戴梦雪　是啊！能人为什么总是……得不到应有的待遇，你说，将来谁还愿意干？这是分配不公吗？令人心寒……看来人还是该为自己的将来想一想。

龙思良　真没意思啊！人生得意须尽欢……会须一饮三百杯，干！

戴梦雪　你一个人为这座城市做出了那么多成绩，让那些庸官望尘莫及。结果你落得一个嫉妒，于是，嫉贤妒能这种心理疾病的人他们开始算计你。我在想，这改革开放的红利该怎么分配？这块大蛋糕怎么切？十三亿人的泱泱大国，这红利怎么分？好多人一辈子碌碌无为，他们成天无所事事，他们反而能坐享其成？你却辛苦了一辈子，这合理吗？

龙思良　（动情）梦雪，你肯定会成为我的知己……你会笑话我这个五十岁的老男人，认为我是信仰缺失，可我也曾有过雄心勃勃，意气风发过……

戴梦雪　其实你是信心缺失，既然有些事情不能求其上，可以取其中啊？人生苦短，机会难得。

不是说家国情怀吗？你的才华不能为国所用，当不能实现你的抱负……你还有家呀？

［戴与龙继续喝酒，戴梦雪给龙递上水果。

龙思良　现在我觉得一切都没有意义……刚买的这辆车，请您笑纳。

戴梦雪　谢谢我的帅哥哥，等我挣了钱，我送你一条挪威游艇，我们沿着海岸线去看看世界，什么叫退一步海阔天宽！

龙思良　一言为定！你陪我去？

［戴："来！我们不见不散！"举杯共饮。

戴梦雪　……清代咸丰，同治年间，有个叫胡雪岩的就是从二品顶戴商人，曾开创福建船政局，上海采运局，还创建了'胡庆馀堂血迹药号'那是绝对的智者。他能把做官和生意，生意和做官结合的水乳交融浑然一体。"

龙思良　我佩服，可我没那本事。

戴梦雪　你有！你有这个资源只是有待开发。我帮你开发，我帮你打理，你一定会成为龙…… 龙雪岩。

龙思良　好，我就只等你来开发吧，一言为定！

［抒情音乐起。

戴梦雪　龙帅哥，你最喜欢的《蓝色的多瑙河》我们跳一曲？

［龙思良看看自己的浴衣："这样适吗？"

［戴梦雪脱掉浴衣，露出性感的身姿："我的帅哥哥，勇敢一点你就会成为龙雪岩……

［龙脱掉浴衣和她一起翩翩起舞。

［电脑灯和爱奥一地视频展示舞者们露出的各个性感部位。

［戴突然身子一闪几乎跌倒，龙一把将其扶住："没事吧？""喝多了点，让我靠靠"

［他们的身体越来越近。

［她把自己的唇慢慢贴近他。

［灯光聚焦她浑圆丰满的胸部在起伏，

［她在局促地呼吸。

[他的手慢慢解开她泳衣后面系的蝴蝶结带子。

[他们在忘情地接吻……

龙思良 （内心独白）终于解开了你最后一道防线……

戴梦雪 （内心独白）终于解除了你的武装……

[切光，音乐仍在继续。

第十场 千呼万唤留不住

时 间：冬天的傍晚。

地 点：龙家老宅。

[内心独白：“这天恰逢老母亲的八十寿辰。我向检察院工作人员请求见母亲一面，检察院同意并陪同他前往。”

[龙家老宅子今天还是灯火通明，而且还添加了两个有寿字大红灯笼。

[吹打鼓手把喜庆气氛烘托得格外热烈。

[进家门的龙跟家里的人耳语，要个洗脚盆。

[龙母见儿子神色不对，后面跟的人，心里已经明白了八九分。

[龙母挥手鼓乐声停止，龙母凝神看儿子……

[龙努力回避母亲的眼神，他从家人手里接过母亲那个老木盆，往里到了好多热水。

龙思良 今天是您老八十大寿，儿子工作忙，等会儿就要走……儿子给您洗个脚吧。

龙 母 好啊！你也该忙到头了……

[龙思良问：“娘，儿子要出趟远门，要好久好久都不能回来看您老人家。

龙　母　你……去吧！别惦记我……娘要身体好，就等你回来给我过九十岁大寿。

［龙母拿出一个量米的竹筒。

龙思良　娘，这不是家里的量米筒吗？拿这个来做什么？

龙　母　你还认识这个是量米筒？这是我们老百姓过日子的物件，也是古老的度量衡。那是在上个世纪的七十年代，家家吃饭都要计算……那时你还小还不懂啊！每顿饭你悄悄多量一筒米，还不到月底就会没米煮饭了，就只能饿肚子…… 从那以后你懂得了量米筒是我们家的规矩。这也是你名字叫思良的由来，人不讲规矩不行的……

龙思良　娘，儿子懂了……

［龙思良听完故事，感慨万千　。

［音乐声起《儿行千里》歌词。

一

是真情，是真意
千针万线慈母寄语
从山村你走进城里
牵肠挂肚惦记着你
娘情愿三餐粗茶饭
娘情愿身着粗布衣
清白做人贴心贴体
切莫忘记脚踏实地

二

在风里，在雨里
家乡五谷养育了你
远走高飞春风得意
那田那地那牛那犁
娘盼儿能出人头地
切莫忘记乡间贫瘠
最是牵挂，儿行千里
切莫忘记，民心民意

[画外音：“长寿，是人类社会与生俱来的追求；贺寿，也是传统文化中体现儿女孝道的重要过程……在人的成长过程中，为什么想要达到目的，怎么会与自己初衷相悖的结果？”

[画外音：“对人的欲望和遏制的思考……

[画外音：“从源头上扼制腐败的滋生……

——剧 终——

作者寄语：宋代大理学家朱熹说过：“世路无如贪欲险，几人到此误平生。”

注释：世上的路，没有比贪欲更险恶的，多少人都是因此误了一生。

红星与十字架

袁本文 董 瑜

人物表

肖 哲 男 26岁 红六军某师师长
黄大友 男 16岁 师长的警卫员
许有仁 男 24岁 红军某师政治部保卫科长
周少中 男 23岁 红军某团前卫连连长
孙 青 女 17岁 卫生员
余冬生 男 25岁 师作战参谋
勃沙特 男 37岁 瑞士籍传教士
冯林格 女 28岁 奥地利籍传教士
寨 主 男 40岁 苗寨寨主
苗族老人 女 70多岁
刘中举 男 20多岁 国民党军战俘
红军战士、苗民、唱诗班若干

第一场

时　间：1934。

地　点：贵州苗岭山区

［雄浑的乐曲夹杂着密集的枪声。

［一片硝烟弥漫。天是红的，地是红的，尸体也是红的。

［山风中，一位又黑又老又矮又瘦的苗族老太太悄然而上。她的背上负载着一只硕大的竹筐，木然地给一具具尸体的脸上盖好一张张叶子。

［静场。

［画外音：1934 年 10 月，一支由七千人组成的中国工农红军，从江西出发，转战数省之后进入贵州苗岭山区。面对这险恶的崇山峻岭，中国工农红军二万五千里长征的序幕。

［一群黑色的人影缓步走来，借助燃烧的火光，可以看出他们是红军战士押送一群土豪劣绅来这里行刑。

［几个土豪战战兢兢，其中有两个金发碧眼的外国人，他们也许还不知道这是去服刑，若无其事的昂起他那高傲的头，他就是瑞士传教士 R·A·阿尔弗雷德·博沙特和冯林格。

［许有仁疾步走来，见执法队的战士还站在那里。

许有仁　周少中，这是怎么回事？为什么还不执刑？

周少中　报告，有两个人的身份还没有搞清楚。许科长，你不是让我们来处决几个土豪吗？我们发现……里面有两个洋人。

许有仁　什么洋人？是俩个外国的反动传教士。他们和土豪一样都是美帝国主义派来的特务，就是我们的敌人。马上解决掉！

周少中　好不容易抓到的这俩个传教士要是……马上就把他们处决……我已经向师长报告，说不定在他们身上有有价值的情报。

许有仁　靠他们？……在这些反动教士身上获取的情报你觉得可靠吗？周少中！

周少中　到！

许有仁　你，立即把这些土豪处决！别的事你少废话。

周少中　许科长，这怎么能是废话呢？你叫我处决的是土豪，这两个洋教士怎么能算是土豪呢？应该算是洋豪。我不能这样随便处理，应该向师首长报告。

许有仁　周少中，你知道我是干什么的吗？我就不信……我还命令不动你了？要不是看在你还能打打仗，周少中你信不信？我现在就撤了你的连长。

周少中　你就是明天撤了我，今天我也要向师首长报告这个重要情报，我是前卫连长，我的责任就是向师首长提供一切军事情报。总不能没问清楚就枪毙人。

许有仁　好，周连长……看来你是不打算执行我这项命令了？

周少中　许科长，我已经派人向师首长报告，你现在把这两个教士枪毙了，要是师长向我要人我……我怎么交代？

许有仁　我就不信我枪毙两个反动神父有什么大不了的？

［这时勃沙特好像听懂了他们的谈话，纠正许的讲话。

勃沙特　这位先生，我们不是神父，我们是基督教内地会的牧师。

许有仁　（冷笑）在我的眼里你们都是一群帝国主义派来的反动派，等你见了我们中国的阎王爷，不管是神父还是牧师都是一样的名字——鬼！周少中，看来你是——要抗命？

周少中　在没有搞清楚他们的身份之前，我不能执行你的命令。

许有仁　好！现在我就宣布周少中禁闭十天，新任连长马上就到！

周少中　（拔枪）……禁闭我？理由？

许有仁　我现在就告诉你理由，有人报告你私自侵吞两坛子药酒，好几天了，我一直考虑现在战斗频繁没找你算账。怎么样，没有冤枉你吧？

[几个战士上去将周的枪下了，随即要带走，周大叫。

周少中　“许有仁，你不能枪毙了他们！

许有仁　听我的命令！统统有，举枪预备——

[师长的警卫员黄大友到来。

黄大友　许科长！你等等。师长马上就要过来了。

周少中　黄大友……你们放开我！我要跟许有仁论论公理，我要见师长！

许有仁　还看什么？统统带走！统统关起来！明天一起枪毙！

[苗族老人见要将传教士带走，上去阻拦时被推倒在地。

[远处传来“立正”的声音。肖哲等一行人过来。

许有仁　（敬礼）报告师长，天亮以前可以处理完搜缴来得战利品。

肖　哲　听说抓了两个外国人传教士？现在……

[余冬生上。

余冬生　报告！前面部队正与敌人遭遇，前卫部队已经展开，来电请求行动路线。

[矮瘦的苗族老人这时过来。

余冬生　老人家，你知道这里到施秉有多少里路吗？

[苗族老人不语，只用呆滞的目光望着这群陌生人。

余冬生　那么到黄平、余庆呢？

[苗族老人还是摇头不语。

许有仁　报告师长，军团转来中央急电。

肖　哲　念。

许有仁　“务必将你部行动路线、位置准确电告中央，勿误！”

肖　哲　回电：我部进入黔省后因无黔省地图，故行军十分困难。所过地区均系崇山峻岭，道路险恶。这里的苗侗人少有知二三十里以外道路者，无法确定行军路线和所处位置。部队待命作突围准备。请速回电指示。

许有仁　（对余）立刻发出！（余下）

［警卫员黄大友上。

黄大友　报告！前卫连抓住两个外国洋教士，（递过一个皮制手提包）这是从他们身上搜出的东西。

肖　哲　周连长怎么不来报告？

［黄大友欲言又止，眼光移向许有仁。

许有仁　噢，周少中连长抢走几瓶战利品药酒，并无节制滥饮，是我关他的禁闭的。

肖　哲　他的手臂负伤，是用来止疼吧？

许有仁　不管他用来干什么，部队有铁的纪律。

［黄大友从皮包里掏出一把口琴来吹。

肖　哲　又忘了？不许私留战利品。

黄大友　是！（放回包里）。

肖　哲　把他们请过来，问问道路情况。

黄大友　许科长已经把他们关起来了，我是来向你报告，（从皮包里拿出一迭纸），这是从一个家伙身上搜出来的一张像地图的东西。

肖　哲　老许，你……怎么能关起来？（突然意识到）刚才你说什么？搜到了什么。

黄大友　喏，就是这张像地图的东西。

［肖哲接过去，打开，果然是一张一平米大小的地图。

肖　哲　（难以置信）是一张……地图？ 是外国地图？

黄大友　那个外国佬说是我们中国的。

肖　哲　不，不象。那是……

[肖取出那本中学生地理课本对照，眼前突然一亮。

肖　哲　是外文版的贵州地图！听着，赶快把那个外国人放出来，想办法给他弄顿好饭吃，然后，立刻带到团部，我要见他！

黄大友　是！（急下）

许有仁　师长，这是反动教士的地图……这可靠吗？

[切光。

第二场

时　间：紧接前场

地　点：临时拘役处

[黑暗中，一盏昏黄的马灯渐渐拨亮。一位红军哨兵守在那。

[周少中坐在一端，战俘刘中举坐在另一端，中间是一男一女两位传教士。勃沙特，瘦高，金发，手里捧着一本《圣经》，沉默中显出几分不安。女的叫冯林格，着黑色长袍，一头白种人所特有的金发盘在脑后，眼神里除了惊恐以外，更多的是傲慢。

[孙青进来送饭。周少中先接过一大碗红薯大口吃起来。战俘看了一眼，没有食欲。

[给勃沙特和冯林格的却是米饭、肉菜。

勃沙物　吃东西吧，这饭菜比我想像的要好得多。

[冯看着丰盛的晚餐马上意识到了一种潜在的危机。

冯林格　勃沙特，你不觉得这些饭菜的出现正预示着什么吗？

勃特沙　……你是说？

［冯忍不住想哭。

孙　青　快吃吧，待会儿还有事。

勃沙特　（突然醒悟）天哪！难道说今天晚上他们就要……

刘中举　快吃一点吧，在我们中国临死前都也有这么一顿。

孙　青　不许胡说！

［战俘悻悻地低下头去。眼睛盯着那些肉菜。

周少中　孙青，难道老子还不如几个狗特务？他们又是米饭又是肉？这是谁他妈的馊主意？

孙　青　……师长交待的，你不服气？

周少中　是师长？……他……

孙　青　是的，好不容易才弄来的。

［周少中愤愤地将红薯摔出去老远。

孙　青　这是命令，我有什么办法？

周少中　没你的事，你走吧！

［孙青从地下拣起红薯拍打着上面的灰。

孙　青　周连长，你不吃点东西怎么行？

周少中　……我吃不下！

孙　青　你的伤一直不见好转，有火就朝我发好了……

周少中　孙青，我不是……

［周惭愧地低下头。

孙　青　这样下去对你的伤没好处，把绷带打开我看看。

周少中　不用了吧！每次都是用盐水洗，还不如给我再弄点药酒来止止痛呢……我好几天睡不着觉了……

［孙青看着痛不可支的周少中，心中一阵心酸。

孙　青　周连长，你把绷带打开吧，今天有药。

周少中　哪来的药？

孙　青　师长要我拿给你的。

周少中　这怎么能行！我不能用这么贵的药，拿回去！

孙　青　周连长，师长特别关照，你的伤口在恶化，要我……

周少中　这么啰嗦，你回头告诉首长，就说我换过了。

孙　青　用盐水你不肯换，用药你也不肯换

［孙左右为难。

周少中　哎呀，你别哭嘛！现在不是缺药吗，这点药你就先尽重伤员用吧。……我答应还不行吗？

［孙破涕为笑。

孙　青　说话算数，我去准备一下，你马上就过来换。

［周少中答应了，孙青才放心地走去。

［周少中回到原本的位置时，一阵眩晕，几乎倒下。冯林格欲上前扶他，被周甩开。

周少中　走开！女特务！

冯林格　我不是特务，是牧师，是上帝的使者。这是误解。

周少中　误解？你们这些洋人，没一个好东西！早晚得把你们……处理掉！

冯林格　处理掉？（惶恐）噢，上帝！我们怎么会落到这样一个鬼地方！难道上帝的眼睛出了毛病？人们成了迷途的羔羊……

勃沙特　不允许你对我主怀疑！别忘了你是个牧师，这突然发生的一切，我在想，这也许正是主的意志。

刘中举　别吵了！快点吃吧，就是死了也做个饱死鬼。

勃沙特　不许你亵渎我主！我相信他是会解救我于苦难之中的。

刘中举　什么？上帝能从这里头救你们出去？做梦吧，别说你们那个外国人上帝，就是中国的观音菩萨也救不了你们。

勃沙特　罪人，无知的罪人！（用英语）

冯林格　没有必要和这种人交谈，（用英语）愚蠢！

刘中举　洋娘们儿，今天叫你尝尝老子的厉害。

［刘一把将冯如小鸡似的拽进怀里进行猥亵，冯挣脱，回手一记耳光打在刘的脸上。勃上去阻拦，被刘推开，（圣经）落地。勃要去拣时被刘中举踏在脚下。勃沙特无法容忍这种污辱。

勃沙特　你要为你这种野蛮的行为负责！

［刘要对勃动武时被周拦住。

刘中举　哥们，你要是喜欢这洋娘们儿？我帮你把她的衣服剥光。

［刘被周一拳打倒。

周少中　你还是不是人？

［刘不解地爬起来。

刘中举　你……

周少中　这是在红军的拘留所里，你想干什么？

刘中举　（悻悻地）红军怎么啦？我们国军喝几口酒不会被关大牢。

［刺痛了周。

周少中　……你怎么能跟我们比，你们那叫卖命，我们红军是革命！

刘中举　革命？总不能革命得叫自己的弟兄吃红薯，把好饭好菜却让给洋鬼子。

周少中　（语塞）……我们红军的事用不着你管。

［冯与勃不解地望着这位红军犯人。

［黄大友提马灯与卫兵同上。

黄大友　（对勃沙特）请你跟我走。

卫　兵　（对勃）叫你呢！跟他走吧。

［勃与冯顿时惊恐起来。

勃沙特　冯林格，也许我们将永远分手了。（用英语）

［惜别之情油然而生。

［勃郑重地将那本《圣经》捧交给冯林格。

勃沙特　请你保存好，代我向主祈祷。

冯林格　勃沙特……

勃沙特　如果可能，别忘了写封信告诉我的母亲。

［冯猛地与勃拥抱，挥泪而别。

［黄大友见此情景不好意思地扭过头去。

卫　兵　快走吧。

［黄悄悄地掏出一块锅粑给周。

黄大友　周连长，这是我给你弄的锅粑，你要好好地承认错误。

［勃与小黄下。

卫　兵　首长要我把这个女教士带到隔壁祠堂去住，这儿你看着点，我把她押去就来。

［卫兵押冯下。

［刘见卫兵离去，周在吃锅粑，计上心来。

刘中举　（摸出两块大洋）长官，我太佩服你们的军纪，尤其是你，称得上一条汉子。

周少中　少来这一套。

刘中举　我一直想……想参加你们红军的。

周少中　（冷笑）你参加红军？就凭你……吃得了这份苦？

刘中举　不瞒你说，我还和共产党一起参加过北伐呢。真的！你要是收下我，我一定为共党孝犬马之劳，就是赴汤蹈火，肝脑涂地，在所不辞。

周少中　说得怪好听。

刘中举　为革命，我可以对天发誓！

周少中　行了！你就让我歇会儿吧。疼死我了……

［周疼痛难忍。

［刘环顾四周，确认机会已到，取出一包药。

刘中举　我这里倒是有一几颗药，马上可以止疼，就不知道你敢不敢……？

[疼痛中的周“霍”地站起，欲接受，犹豫。

[切光。

第三场

时　间：紧接前场。

地　点：设在破庙里的师指挥部。

[香案上一支红蜡烛在燃烧。

[师长肖哲在仔细琢磨那张外文版的贵州地图。

[黄押勃上。

黄大友　报告，外国佬押到。

肖　哲　请进。

[勃沙特惶恐不安地走向肖哲。

肖　哲　黄大友，愣着干嘛，倒水。

[黄将水勉强地递过去，“给”字说得十分生硬。

肖　哲　去吧，没你的事了。

黄大友　我要负责你的安全。

[肖哲挥手示意黄退出。

肖　哲　（对勃）听说你会说中国话？

[勃点头。

肖　哲　怎么称呼你？

勃沙特　瑞士人，叫阿尔佛雷德·勃沙特，中国名字叫博复礼。（有些吃力的中国话）

肖　哲　到贵州几年了？

勃沙特　整整十年了。（忍不住）先生，我不懂，为什么抓我们？如果你们要钱只管拿去好了……

肖　哲　你把我们当成……什么人了？

勃沙特　我不管你是什么人，我不知道。也不想知道，如果没有猜错，你们就是人们常说的“共匪”，“共产共妻的土匪”。

肖　哲　住口！

[肖欲发火，努力地克制住了自己。

肖　哲　我强调一下，请你不要把我们当作土匪！你的钱一分未动，你可以马上拿去。

[勃接过钱物，愣住了。

勃沙特　那……你们这是为什么？

肖　哲　……想和你交个朋友。

勃沙特　朋友？就是说……你们可以释放我了？

肖　哲　我根本就没把你当成犯人，就谈不上什么释放。我们有责任对一个闯入战场的宗教界人士进行保护。……眼下我遇到了困难，想请你来帮助解决一下。

勃沙特　我，一个牧师，能帮你什么呢？总不能帮你们去打仗吧？

[肖哲笑。打开香案上的那张地图。

肖　哲　这地图是你的吗？

勃沙特　是的。

肖　哲　借给我用用可以吗？

勃沙特　你不是都拿在手里了吗？

肖　哲　（笑笑）你同意了？好，能告诉我这上面是什么文字吗？

勃沙特　法文。

肖　哲　能请你尽快译成中文可以吗？

勃沙特　我中文程度不高，这么大的地图译出来需要很长时间。

肖　哲　两天，最多三天能译完吗？先译黔东南和黔东这个部份，我急等着用。

勃沙特　用我译的地图去打仗？

肖　哲　对！去打仗，我们必须杀开一条血路，突围出去！

勃沙特　这……等于在帮助你杀人？不！我不能去帮助战争，我是牧师，教义不允许我这样做！我主耶酥反对一切暴力。

［肖哲拍案而起，有些沉不住气，但他马上意识到自己失态了，便尽量克制着平静下来，下意识地拨亮了马灯。

［灯光成“底光”效果，两个人的面孔形成变形的恐怖状。

肖的内心独白：“牧师先生，你知道不译出这张地图的后果吗？”

勃的内心独白：“如果我不译出就杀了我们，是吗？”

肖的内心独白：“ 杀了你？”

勃沙特　杀吧！就是杀了我，我也不能违背我的教义！

肖　哲　你是我请来的的朋友，怎么会杀了你！我只相信朋友是会相互帮助的。

勃沙特　原谅我的固执，我不能做战争的帮凶。

肖　哲　不，是帮助！我的战士每天在流血，流血！你知道吗？你和我们处在同一地理位置上，不管你愿不愿意介入这场战争，你的生命都将和我们连在一起，我们一起受到枪炮的威胁，我们要突围出去，把你送到安全地段，你懂吗？

勃沙特　有句话我不知道该不该问……你们为什么非要用暴力去对抗暴力呢！

肖　哲　这个问题……首先是存在着暴力，人们只能用暴力这种手段去铲除这些暴力和不平，最终达到和平。

勃沙特　为什么不用主的爱来唤醒人类的爱，对于那些迷途的孩子，我主告诉我们，只能用爱的手去抚慰他们的灵魂。

肖　哲　暴力也分为正义与非正义，这就是社会政治斗争的真谛。其实，宗教也有过暴力，诸如欧洲的宗教战争……

勃沙特　宗教是不为政治左右的，宗教不应隶属于任何国家、阶级、政党，而属于全人类，主的爱放之四海，无所不在。

肖 哲 好一个虔诚的基督徒！依你所论，我们的相遇，也许正是你主耶和华的旨意，在我们最困难的时候派你来为我们译这张地图的吧！

[勃哑然，肖大笑。

肖 哲 勃先生，我们尊重你的信仰，我党的宗教政策历来是尊重信仰自由的，我们不要再进行政治、宗教的争论，以友谊为我们共同点好吗？你不是说上帝的爱无所不在吗？那么，上帝是决不会容忍你把这几千人的性命交给魔鬼的。

勃沙特 将军，你容我想想好吗？

肖 哲 我们先吃点东西，今天晚上要辛苦你了。

[肖哲把桌上的布揭开，是煮熟的红薯，肖拿起一个大口地吃起来。

[勃愕然，这时，许有仁上。

勃沙特 你吃这个？上帝啊……

肖 哲 就这个，都快没有了，不革命能生存吗！

[肖与许同时笑起来。

许有仁 教士先生，上帝是保佑不了我们，要想活命，只有进行你死我活的斗争。

勃沙特 为什么要你死我活呢？

许有仁 对！革命就是你死我活。（见勃不解）比如说有人打了你一巴掌，你怎么办？

勃沙特 他要是打了我的右脸，我会把左脸再送上去。

许有仁 （诧异）那……他要是又打了你的右脸呢？

勃沙特 让他打，打七十个七次，七个七十次。

许有仁 什么？七七四百九十次？

勃沙特 为了让人们脱离罪恶，醒悟良知复归人类的美德，我愿将我的一切献上，以免去更多的罪孽。

［许欲发火，被肖制止。

许有仁　……人都变成这样的软骨头，那还革什么命？！

勃沙特　先生，我和你无法沟通，

许有仁　（恼怒）这个……反动教士。

肖　哲　老许啊，先让我处理完军务，有些问题以后抽时间再讨论行吗？

许有仁　师长，叫他译地图我不反对，但这样的人翻译的地图可靠吗？

［小黄急匆匆报告。

黄大友　报告，周连长把那名战俘放跑了。

许有仁　什么？放走了那个湘军参谋？把他押进来！

［周被押进来。

［肖盯住他，整个舞台上只听见急促的呼吸声。

［夸张的音响效果。

肖　哲　说话呀！到底是怎么回事？

［周猛抬头，欲言又止。

卫　兵　我押那位女教士去祠堂时，没想到周连长竟被战俘用鸦片弄醉，让他跑了，这是从他身上搜出的鸦片。

许有仁　（对周）是这样的吗？

周少中　我有责任，我……

［许将鸦片交给肖哲，肖怒视周，狠狠地将鸦片砸在地上。

肖　哲　你……你知道放走那个湘军参谋的后果吗？在这种时候放走一个俘虏，你知道意味着什么吗？

周少中　你枪毙了我吧！我对不起……

肖　哲　你对不起红军，也对不起你死去的两个哥哥！

周少中　师长，……你毙了我吧。

肖　哲　（对黄大友）叫孙青给他最后换次药……

［肖哲一挥手，周疾步走下时与勃沙特撞了个满怀，周与勃对视遂急下，这一切都被许有仁看见，马上产生了疑虑。

许有仁　慢！周少中你过来，你一定有什么事瞒着我们，只要你说出实情，可以重新考虑对你的处理……

周少中　我没什么可说的。

许有仁　师长，这件事不能孤立的看，直觉告诉我，战俘的逃跑，其中一定有复杂的原因，为什么传教士一到就出现这样的怪事？

肖　哲　别把事弄复杂了。

许有仁　不！这是我们保卫部的职责，这件事我来处理。

［许把周领到一端。

许有仁　（亲切地）少中同志，你还有什么话要留给组织上吗？

周少中　尽快找到药品，伤员太……痛苦了。

许有仁　我没想到你这么一个苦大仇深，作战勇敢，立场坚定的同志会干出这种事情？（提醒暗示他）是不是……受了特务的引诱？

勃沙特　将军，请允许我离开这里！

许有仁　站住！（停顿）不要心虚嘛，我们的战士不会诬陷一个好人，也决不会放走一个坏人。

勃沙特　我抗议！

许有仁　周少中！事情已经很清楚了，现在是组织上考验你革命立场的关键时刻，只要你讲出事实真相，仍然还是好同志。

［周少中朝勃沙特走去，这时的空气几乎要凝固了。

周少中　我真恨不得把这些洋鬼子毙了。

许有仁　少中同志，欢迎你回到革命队伍中来。

［许要与周握手，周抽出。

周少中　不！我尽管和这些洋人不共戴天，我最讨厌那种小人手段，诬陷！战俘是我放走的，没有任何人指使我。

许有仁　……你真的不想活了？

［勃感激地望着周。

许有仁　立即执行！

［周刚要走，被勃拦住。

勃沙特　将军，我请求给他一条生路，你能满足我的这一请求吗？

肖　哲　勃先生，这是我们军队的纪律。

勃沙特　给你译地图，我不也触犯了教会的诫律？

肖　哲　（语塞）……老许，从江西一路走来，周家兄弟三人就剩下他一个了，现在又身负重伤。……能不能再考虑一个处理意见？

许有仁　部队靠的就是铁的纪律。

周少中　师长，为了革命你枪毙了我吧！

勃沙特　将军，我以上帝的名义乞求你！

周少中　用不着你为我求情，滚开！

［许有仁犹豫，终于决定。

许有仁　执行！

［周被卫兵带走，勃绝望地望着肖哲。

勃沙特　我……我请求你们立即杀了我，地图我肯定不会译！杀了我也不能译！不译！

［勃愤然离去，肖拦住他。

肖　哲　勃牧师，你冷静一下。

许有仁　让他走，我看这反动教士还能把天给弄塌下来！

［肖断然作出决定。

肖　哲　勃先生，请你等等，我们会考虑你的请求。

许有仁　师长……你要对你的决定负责任。

肖　哲　我首先是要对全军负责任。我们当前正处在三面受敌的困难的时刻，如果连个朋友都团结不住，老许，我真的搞不懂你到底想干什么？

许有仁　就……就凭这反动教士的嚣张气陷，他能为我们译出地图来吗？这种人能诚心帮助我们吗？

肖　哲　我们不把人家当作朋友，人家怎么会诚心帮助我们呢？

许有仁　我就不相信，没那张地图我们就冲不出去！

肖　哲　有仁同志，我们党从来就不是孤家寡人，我们需要大量的朋友。现在不是耍性子赌气的时候。我们要对七千人的生命负责任。余参谋（余应声“到”）马上到保卫部传我的命令，叫他们枪下留人，周少中听候处理。

余冬生　是！（下）

许有仁　你……（气冲冲下）

肖　哲　看来，要过这苗岭山区，不仅要讲民族政策，党的宗教政策也要大力宣传。勃先生，刚才发生的不愉快我向你表示歉意。

勃沙特　我说过……我们之间很难统一。

肖　哲　不着急，只要以朋友相交，会找到一个共同点的。已经半夜了，我们相信你会尽快把地图译出来的。黄大友，送勃先生到祠堂那边去休息。

黄大友　（拔出枪）走！

肖　哲　哎！你干什么？

黄大友　……不是叫我把他押走吗？

肖　哲　听好了，是送到祠堂去，从现在起你就是勃先生的警卫员了。

黄大友　我？！……我不去！

肖　哲　再说一遍？

黄大友　……那你怎么办！

肖　哲　服从命令！

黄大友　是！

［切光。

第四场

时　间：次日早晨。

［黄大友与勃沙特朝河边走来。

［冯在河边梳洗，老远看见了勃沙特，惊喜地奔跑过来与勃拥抱。

［黄大友好奇地看他们拥抱，不好意思地把头转过去。

冯林格　这是真的吗？真的还活着？我们真的还活着，是真的。

勃沙特　这是他们的长官给我配的警卫……

冯林格　不，是看守，我昨天一晚上都在为你担心……太可怕了！

［冯再次拥抱勃，黄大友只好走开。

［两人祈祷，勃突然想起什么来。

勃沙特　冯林格，你替我保存的《圣经》呢？

冯林格　被一个军官没收了。

［勃不安。

勃沙特　我此时觉得心里一片空白，……脑子乱极了，只能求助于主给我力量，从《圣经》里找到答案。我主耶稣会告诉我们该怎样去摆脱这突然到来的灾难。

冯林格　勃沙特，能原谅我吗？

勃沙特　如果离开主的指引，我的眼前将是一片漆黑，整个世界就没有了空气、阳光、你……太不了解我了。

［勃痛苦。

冯林格　能告诉我，他们昨晚叫你去干什么吗？

勃沙特　我见到他们的指挥官。

冯林格　指挥官？为什么见你？阿尔费雷德，你……你要毫无保留，把你做的一切告诉你的主！

勃沙特　他们……叫我去翻译那张法文地图。

冯林格　翻译地图干什么？

勃沙特　可能用来打仗。

冯林格　（紧张）你译了没有？到底译了没有？

肖　哲　我正在考虑。

冯林格　（悬着的心放下来）上帝，你真幸运。

勃沙特　什么意思？

冯林格　这都不明白？译完地图，中国人就会……卸磨杀驴。

勃沙特　……不会吧！他们不像我所想像的那么可怕，而且不像一般的军队。他们也有信仰，不像报纸上常说的“共匪”。

冯林格　他们不会杀我们？

勃沙特　我心里很乱，这地图……译不译？

冯林格　不能不译，但是不能马上译完，这样我们就能多活几天，寻找机会脱离他们。

勃沙特　来人了。

[黄大友上。

黄大友　勃……先生，吃饭吧。

勃沙特　（对冯）喏，这就是他们长官给我委派的警卫员。

冯林格　（不懂）警卫？

勃沙特　就是保镖。

[冯看着眼前这个矮小的战士忍不住笑。

黄大友　严肃点！要不是首长下命令我才不给你们当警卫呢。（对冯）我是来通知你去吃饭的，就在那边。

[冯女士下，小黄叫住勃。

黄大友　你的饭在这儿。

［小黄掏出红薯，勃接过大口吃。

勃沙特　……还有吗？

黄大友　把我的给你。

［勃见黄也只有一个，不忍。

黄大友　吃吧，你真想谢我，把你的那个能吹响的玩艺儿给我玩玩。

［勃发现眼前这个小战士挺有意思，便从包里拿出口琴。

勃沙特　这叫口琴，拿去玩吧。

［小黄高兴地接过，一转念又退还给了勃。

黄大友　不行，还你吧，师长知道了会把我关禁闭的。

［勃惊讶地看小黄。

勃沙特　你今年多大了。

黄大友　快十六了。

勃沙特　还是个孩子？

黄大友　孩子？再过几个月就满十六了。

勃沙特　你拿去玩好了，就说是我给的。

黄大友　不行，纪律要自觉遵守，连首长都不能违犯。你要乐意，吹支歌给我听听好吗？

［勃看着这个可爱的孩子，产生了一种说不清的好感，情不自禁地吹了一首《赞美诗》。

［小黄听着这支优美的旋律忍不住唱起“打倒土豪”的歌来。

［勃也开心地用口琴跟他的旋律，两人感情十分融洽默契，充满着童趣。

［他们正沉浸在快乐之中时，许有仁急匆匆过来。

许有仁　黄大友，你这是在干什么？列宁室里面正好多人正在上课，唱的什么东西？（看见勃沙特）……注意阶级立场。

黄大友　是！（悄声）许科长，是师长叫你来赔礼道歉的吗？

许有仁　去，小家伙懂什么？这是党的宗教政策。

黄大友　你……你不也才刚刚懂嘛。

［想教训黄，看他那副调皮样子又认不起真来。

许有仁　我可以向他……赔礼道歉，但赔礼道歉并不等于就可以放松革命警惕！（欲向勃道歉，又抹不开面子）。

［勃把头扭向一边避开许。

［黄看到许的窘迫像开心地笑。

黄大友　许科长，要我回避一下吗？

许有仁　勃……神父，（勃更正："是牧师"）勃牧师，昨天的事，我不够冷静，有……失礼的地方，请多多原谅。

勃沙特　我只需要你立刻把《圣经》还给我，立刻！

许有仁　勃牧师……勃先生，你看能不能这样，《圣经》我替你保管，把你送到安全地带再还给你也不迟。

勃沙特　不！我一刻也不能离开，请你马上还我。

［许无奈，从公文包里取出《圣经》还给了勃。

勃沙特　我与我主同在，我便有了力量，信心……

［小黄入神地看勃在祈祷。

黄大友　许科长，你好像也有这么一本书。

许有仁　哦，那本书卡尔．马克思的《共产党宣言》……对了，勃先生，你是外国人，我这里有一首歌曲，里面有句外文弄不懂是什么意思，请你给翻译一下。（递书）

勃沙特　卡尔·马克思？德国人……

黄大友　我们红军都读他的书……我们信仰他的主义。

勃沙特　他……是什么教派？

许有仁　不许瞎说，我们共产党人信仰的是马克思列宁主义，……最终实现共产主义，反正说了你也不懂，这句外语的意思你能告诉我们吗？

勃沙特　（念歌词）起来饥寒交迫的奴隶……起来全世界受苦的人……英特纳雄奈尔就一定要实现……

许有仁　对，就这句“英雄纳雄奈尔”，是什么意思！

勃沙特　（继续念）“从来没有什么救世主，也不靠神仙上帝”……（打住，反感）

许有仁　那句歌词到底是什么意思？

勃沙特　（抵触）我不懂！

许有仁　你不是外国人吗？

勃沙特　不懂就是不懂！（忿忿而下）

许有仁　（不悦）我看你是假装不懂！

黄大友　哎，许科长，你……注意政策。（要去追）

许有仁　（叫住黄）小黄，我也提醒你，当心丧失阶级立场。依我看，这些教士的反动本性是永远也改不了的。

［黄悄悄收起勃丢下的歌篇。

黄大友　不行啊，师长命令我负责他的安全。

许有仁　什么？……给他配警卫员？太过分了。

黄大友　是啊，你找师长说去，现在我可得执行命令。

［黄朝勃去的方向追下。

［许无奈地叹口气，欲走，发现孙青哭着朝这边走来。

许有仁　孙青啊，你这是怎么了？

［孙只顾哭，不理他。

许有仁　没有粮食了？有人欺负你了？

［孙青摇头。

许有仁　到底发生什么事了？你倒是说呀！

孙　青　伤员们的伤一天天在恶化，什么药都没有，动了手术的伤员没有止痛药，痛得整天在骂人……

许有仁　怎么能骂人呢？你告诉我是哪个？

孙　青　许科长，你不要去找他们，只要能减轻一点伤痛，我委屈点没什么……

许有仁　唉，这的确是个问题……（想起什么）孙青，能不能找两个洋教士想点办法？

孙　青　不行，我请示过师长，他不同意。

许有仁　为什么？

孙　青　他说，教士本来对我们就缺乏了解，把我们当成了土匪。向他们提出药的事来合适吗？眼下要尽快译出地图来。

许有仁　人都死绝了，谁去执行政策？哼，给教士派警卫员是哪条政策？这是阶级感情问题！我这就去找他。（匆匆下）

[这时，黄和勃转回来了。

孙　青　（小黄突然跳到她面前）小黄你还笑呢，人家都快急死了。

黄大友　急什么？

[孙青见勃在场，将黄拉到一边。

孙　青　要马上给伤员烧点洗伤的盐水，火柴湿了，你有火柴吗？

黄大友　火柴？……你等等，我去问问这个洋教士看他有没有。勃先生，你有火柴吗？

勃沙特　（摇头，看天色）你等等。

[勃从书包里拿出一个放大镜，然后将一根纸捻放在放大镜下，少时，纸捻燃了起来，小黄和孙青都看得发呆了。

[圣乐声中火苗冉冉升起，黄和孙兴奋地看着燃起的火。照得他的脸火红火红，孙青接过火情不自禁地抱住小黄亲了一下便跑下。

[黄大友摸摸被亲过的脸，幸福得半晌回不过神来。

[勃此时又感到一种点燃教堂烛火的快感。

黄大友　勃先生，这是神火吧？

勃沙特　是光学原理，是太阳透过放大镜聚热的结果。

黄大友　噢，你的魔法真大，昨晚上你救下我们周连长，我们师长还真就把他放了，你真神了，我从还没见过师长收回过发出的命令。

［勃听说周连长获救，感到慰籍。

勃沙特　（祈祷）耶酥在上，你有一双明亮的眼睛，小黄，我很高兴你带给我这个好消息。

黄大友　你真高兴是吗？那你给我用口琴吹吹这首歌好吗？

［勃接歌谱吹出 5 ｜ 1 · 7 2 1 5 3 ｜ 6 — 4 0 ｜……

勃沙特　这不是刚才那首歌吗？

黄大友　（笑）就算是吧，可以告诉我，这“英雄纳雄奈尔”是什么意思吗？

［勃看着这可爱的孩子，笑了。

勃沙特　（拼读）这是……英语，我只懂得法文和意大利文，英语的意思是……

黄大友　你肯定知道，你要是告诉我，我把这本书还给你。

［勃定睛看时，是那本《圣经》勃欣喜万分。

勃沙特　谢谢你，我的小朋友。你怎么知道我……

黄大友　（神秘地）师长说的，你每天都离不开这本《新旧约全书》……

勃沙特　怎么！你知道这本书是《新旧约全书》？你懂英语？

黄大友　我不懂，师长上过教会中学，他懂。

勃沙特　奥！Oh！My God!（我的上帝）原来是这样。

黄大友　千万别说是我拿给你的，要不许科长又要我背书了。

勃沙特　背什么书？

黄大友　别以为就你有本书，我也有一本外国大胡子写的书，你还不一定看得懂呢。

［黄从包里拿出一本书来，勃看时是《共产党宣言》。

勃沙特　这是德文版的书，你要背这本书？

黄大友　我不认识只能背，歌词里的这句话是什么意思？

[勃被黄的童趣深深感染。

勃沙特 这句英语的意思是……“国际共产”

黄大友 对！国际共产主义万岁！勃先生你能唱给我听听吗？

勃沙特 不行，我不能唱。

黄大友 （一转念）那你用口琴吹好吗？

勃沙特 不行，这是我的教义所不允许的。

黄大友 （扫兴）没劲，你要不是教士就好了。

勃沙特 ifnotheyefeithIinCabIedonrhovp
（如果没有信仰，我无法生存，我将活不下去）。

黄大友 你说什么？

勃沙特 没有信仰，我将活不下去。

[冯林格急上。

冯林格 勃，都是你！什么时候才能离开这个该死的地方？

勃沙特 冯，你冷静些。

冯林格 我没法冷静，我希望马上获得自由！懂吗？自由！

[肖哲、许有仁等卫兵紧随其后。

冯林格 将军，为什么还不放了我们？我们犯了贵国哪一条法律。

肖 哲 （笑）你们没犯法。

冯林格 那你认为我们是特务？

肖 哲 冯女士，我是这样看的。帝国主义国家派遣来华的神职人员当中确实有不少承担了搜集我国各种情报的任务，有的甚至介入了政治斗争。更多的则是以传教为主，我们将根据具体情况，区别对待。正因为如此，我们并没有把所有教士都视为特务。

冯林格 既然我们不是特务，为什么不马上放了我们呢？你们需要勃沙特译地图，他留下好了，为什么把我也留下来？

勃沙特 冯，请你不要失礼。（用英语）

肖 哲 敌军正在朝我们运动，我们正处于三面受敌的包围困境之中，如果你们离开我们，随时都有被误伤的可能。

冯林格　我们是基督教内地会神职人员，连蒋委员也是基督徒，政府军会保护我们的。

肖　哲　蒋介石是基督徒，但他的士兵可不知道你们是基督徒，你们会发生危险。

冯林格　我不懂这块苦难的土地为什么总是处在枪声炮火之中。

肖　哲　中国人对战争更是深恶痛绝，要知道吗？中国的第一门大炮的铸造居然是一位外国神父叫南怀仁的在 1680 年为大清帝国建造的。

[两教士愣然。

[余冬生急上。

余冬生　报告，东面流过来的这条小河的水突然变得混浊起来。

[肖观察。

肖　哲　勃先生，这条河的上游有什么重镇？

勃沙特　是牛场街。

肖　哲　距我们这里有多远？

勃沙特　大约八公里。

肖　哲　朝我们这里来的人都要淌水过河？

勃沙特　是的。

肖　哲　我们上游正有大队人马向我们这里开来。通知部队，朝苗岭山转移，命五十六团做断后。

余冬生　是！（下）

冯林格　要我们行军？我怎么能行？

肖　哲　不但要走，而且要快，子弹不长眼睛。

勃沙特　冯林格走路不行，我的鞋也穿底了。

肖　哲　许科长，请你把我的马给冯女士骑，勃先生的鞋你也想想办法，我们走！（急下）

[许脱下鞋给勃，太小。

［周少中正好来到这里。

许有仁 周连长，你过来，把鞋脱下来给他，快！

［周先是一楞，仅管不愿意，还是脱下来给了勃。

勃沙特 （不安地）那你呢？

［周理都不理，径直走去。

［两个教士面面相视。

第五场

地 点：苗岭山峦。枫香树遮天蔽地，山谷间瀑布飞下，红叶点染着秋意，苗寨所特有的吊脚楼掩映在竹林之间。

［慓悍的青年男子，手持猎枪从一棵大树那边握住古藤，悬空悠到左侧一巨石上，而后击响铜鼓。

［顷刻间出现许多衣不遮体的苗族青年后生。

［击鼓的后生向一位较年长的汉子。这位满脸胡茬子的中年汉子是苗寨的寨主，他“霍”地拔出雪亮的苗刀，铜鼓声中那群年轻人举起明晃晃的刀枪起舞，舞蹈表现一种抗争、不屈。当中年男子举起那把祖传的苗刀砍去时，全场静止，跪在地下。

寨 主 嘎呆们！（苗语：小伙子）这棵大树的每一块刀痕，都是我们苗家遭汉人欺负进行反抗的英雄见证！

［众青年齐声用苗语喊：“永世不忘！”

寨 主 今天汉人又来了，我们怎么办？

［众人齐声喊：“杀”！ 声音回荡在山谷之间。

［高处有人喊：“来了”众苗民分头隐去。

［少顷，勃沙特上，见水井俯身痛饮，开始坐下来译地图。

［远处传来小黄的说话声，小黄上。

黄大友　勃先生，你在译地图是吗？

勃沙特　你怎么知道我在译地图？

黄大友　我一会儿见不到你，心里就发慌。

勃沙特　告诉我实话，是怕我跑了是吗？

黄大友　我才不怕你跑呢，要说跑山路，我让你先跑一袋烟的工夫都能追上你。

勃沙特　走了一天，又累又饿，要是能弄点吃的就好了。

黄大友　我刚给你削了一把木勺，不比你丢的那把差吧！

勃沙特　嗯，真不错，没有米饭再好的饭勺没有用啊。（两人笑）

黄大友　周连长他们到山上苗寨去了，一会儿搞到粮食，我先给你添一大碗来，美美地吃一顿。

［勃抚摸着小黄的头，充满感激之情。

［黄大友好奇地看勃在织毛衣。

黄大友　勃先生，你织的毛衣是给你堂客……是给你的老婆的？

勃沙特　我？……我没有老婆。

黄大友　（笑）你不说实话，那天我到拘留所去……你和那个冯女士（调皮地笑）……亲嘴了。

勃沙特　（恍然大悟）诺，那是我们的礼节，她不是……我老婆。

黄大友　我们中国人就是自己老婆，在人多的地方都不敢……那样。（做亲嘴样）

勃沙特　将来你想要……亲的那个女人是谁？想过吗？

黄大友　……想过，我最想亲的是我妈妈。……我十岁那年她就不在了。勃先生，你猜我现在最想亲的是什么？

勃沙特　我猜猜，……是孙青？

黄大友　勃先生，你不要拿我们开心好不好，我现在最想的是亲一下香喷喷白米饭。

［勃沙特开心地从包里取出一罐蜂糖来。

勃沙特　来，我这里还有点蜂糖，你吃一点。

黄大友　不行，我不能吃你的东西，只是犯纪律的。

勃沙特　不犯纪律，是你们师长送给我的。

黄大友　那更不行了，这是给你营养补体的。要不……你把口琴悄悄借给我吹吹？

勃沙特　来，我决定把这把口琴送给你了。（黄犹豫）

黄大友　那……那就借给我多玩几天，等我们分手再还给你，千万不能让师长知道？

［忽然传来一声枪响，小黄忙把勃拉倒在地。

勃沙特　这……是不是碰上国军了？

黄大友　不会，这是猎枪的声音。

［周少中率一队战士上，师长、许有仁等紧随其后上。

肖　哲　周连长，枪声是怎么回事？

周少中　我们正要进苗寨探路、征粮，枪就响了，没有人中弹。

肖　哲　这里的情况正如我们所预料的一样，十分复杂，看来不能贸然进寨，刚才的枪声就是个信号，先向他们喊话。

周少中　是！我来喊:“苗民弟兄们！我们是红军，你们不要怕。我们是取道路过这里，拿钱向你们买些粮食。”

［一苗民手持弓箭出现在高处。

苗民甲　（用苗语）不懂你们说什么，快走开！

周少中　他说些什么？（举起大洋）我们用大洋买你们的米。

［苗民只摇头不说话。

肖　哲　语言不通。

［这时山顶上出现一个彪形大汉，他就是寨主。

寨　主　（用苗语）我们苗家没惹你们，赶快离开，再不走，我们就开枪了！

［大家仍听不懂，干着急，一旁的勃沙特吓慌了神。

勃沙特　不好！快走开！他说再不走开就要开枪了。

肖　哲　怎么，你懂苗语？

［勃点头，众惊喜。

肖　哲　勃先生，请你告诉他们红军是苗民的朋友。

［勃欣然接受，操着生硬的苗语复述了肖哲的话。

寨　主　（苗语）是朋友，……你们就先上来一个头人吧！

勃沙特　他说如果是朋友，就先派一个头领上去面谈。

周少中　师长，让我去吧。

孙　青　不行，周连长正在高烧，伤口情况……

周少中　师长，别听她的，我是前卫连长，让我去！

肖　哲　向他们说明我党的民族政策，盼望你能带回好消息，把身上的枪解下来。

周少中　是。

［周刚走几步被肖叫住，他发现周光着脚。

肖　哲　穿我的鞋去！

［周穿上了肖哲的鞋，肖哲深情地为周正了军帽。

肖　哲　去吧！

［一个苗民从山上下来搜了周少中的身后带上山去。少顷，山上传来一声枪响，山下的红军为之一震。

［山上又传来寨主的喊声。（苗语）"再来一个头人。"

［一苗民又大声地复述了寨主的话。

勃沙特　他说……还要派一个头人上去。

许有仁　（挺身而出）师长，让我去！

肖　哲　不行！人家点名要头人上去，我去吧！

许有仁　你是师长！是指挥员！

肖　哲　我有责任向他们说明我们的来意。

［忽然山上射来几支箭，肖一把将勃和许按倒，有一个战士中箭受伤。

［许有仁见战士中箭鲜血直流，气愤之极。

许有仁　师长，下令吧！我保证在天黑前把寨子拿下！

肖　哲　不行！苗民不了解我们，我们也不了解苗民，那还不成了打冤家了吗？我们是党领导的红军，怎么能用枪口对准苗族同胞呢？

许有仁　（指受伤战士）师长，你没看见，他们这是在交朋友吗？我们现在处在敌人的三面包当中，而且敌人的围圈正在步步缩小，军情刻不容缓。

肖　哲　越是在这种紧要关头，处境越是困难，越是要想办法取得苗民的支持，心里不把别人当朋友，是交不到好朋友的。

［勃沙特见战士血流如注，再也不能控制自己。

勃沙特　我不能容忍他们这样滥杀无辜！这也是我的神圣职责，我懂苗语，将军，我请求让我上去跟他们说明情况。

［黄大友和孙青都拦住勃。

黄大友　勃先生，上面的情况不明，我们决不能让你上去！

勃沙特　将军，我不明白，你们的军事实力远比他们强大，为什么还要忍耐，为什么不开枪！那漫山遍野的猎枪、弓箭，都在对准你们，你们这是为什么？

肖　哲　勃先生，你不是主张打了左脸再把右脸送上去吗。

［勃哑然。

肖　哲　同志们，苗族是我们苦难的同胞，他们对我们还不了解，我们决不能和他们刀兵相见！勃先生，请你再用苗语告诉他们，就说我们是北上路过此地的。

［勃深深地为红军的宽容而感动。

［音乐起，勃拉开嗓门向山上高喊：“（苗语）他们是来交朋友的”

［所有战士齐声高喊：“我们是来交朋友的！”

［勃忍不住掉下泪来。

肖　哲　我们和苗民是亲弟兄。

［勃用苗语复述肖的话。

肖　哲　兄弟之间不要自相残杀。

［勃用苗语复述肖的话，他在使劲地一遍遍喊……

勃沙特　将军，我……从来没见过你们这样的军队。

肖　哲　（笑）在我们中国，就连老百姓都懂“心诚则灵”这个道理。

我们红军要想和苗族人民交朋友，心不诚怎么能行？

勃沙特　（好像明白了）将军，你们这是真正的基督精神！

肖　哲　不！这和基督精神不同，我们爱人民。但是对敌人，我们枪会毫不留情地施行暴力。请你用苗语告诉他们，我们再派一个人上去。

勃沙特　怎么，你们还要派人上去？谁？

肖　哲　我。（从容地解下手枪）

黄大友　师长，带上枪吧！

肖　哲　尽说孩子话！哪有带着枪去交朋友的？照顾好勃先生，尽快把地图译出来。

［小黄含泪点头。

勃沙特　将军，我和你一起去吧！我也要吃粮，我要用主的爱溶化一切暴力！

［肖哲欣喜地发现勃开始对红军产生了同情。

肖　哲　上面是有危险，我只希望减少许多不必要的流血牺牲。

［勃强烈要求要和肖一起上去。

勃沙特　我在苗乡传教多年，我懂苗人语言，可以给你做翻译，让我和你一起去平息这场误会。

许有仁　师长，你非去不可吗？

肖　哲　有仁同志，不论发生什么意外，一定要严格执行党的民族政策，及时向军团首长汇报，千万不要感情用事。

[肖和勃一起朝山上走出。

[山头上出现寨主，一挥手，几个苗族老人拱手托出一个大簸箕，上面放着泥土、银子、稻子三样东西，端到肖的面前，肖抓起泥土放了回去。

肖 哲 土地是苗家的，我们不要，只是借路让我们过去。

[拿起银子又放了回去。

肖 哲 金银不要，苗家朋友是金银换不来的。

[肖拿起稻子，然后放进一枚银元。

肖 哲 我们断粮了，向苗家买些粮食。

[苗族老人朝头人点了点头。

[寨主大步走下来，端详肖哲。

寨 主 红军是朋友！是靠得住的朋友！我们刚才失礼了！

[寨主招手，众苗民簇拥着周少中下山来。战士们见周还活着，非常高兴，红军战士和苗民汇成一片。

肖 哲 我们断粮了，能不能卖些粮给我们？

[肖招手叫战士将一口袋大洋倒入簸箕。

寨 主 哪有朋友进寨子来吃饭还收钱的！这也是苗家人的规矩。

肖 哲 你们的日子也很苦，这是我们红军的纪律。

寨 主 你们红军有你们的纪律，我们苗家有待客的规矩。苗家人再苦也不能亏待朋友。嘎呆们，把粮食抬送红军！

[众苗民答应“多嗨”（即汉语“是”）

肖 哲 （握住寨主的手）谢谢你们了！

寨 主 红军朋友……我有个请求，要等天黑以后你们才能过寨。

[许有仁非常警惕。

肖 哲 我们尊重你们的风俗。

许有仁 寨老，是苗家的风俗？不知道这里面有个什么讲究？

寨 主 （难为情地）不怕朋友见笑，我们寨子里的媳妇、姑娘没裤子穿，不好见客人……

[众红军惊讶。

肖　哲　原来是这样！同志们！通知过寨部队为苗族弟兄姐妹捐一些衣服。

[场上的红军战士当场纷纷脱下自己的衣服。

寨　主　红军朋友，难为你们了！（招手）来喝一碗酒，点起火把迎红军过寨！

[苗族男女声大合唱，乐曲高亢激昂，歌词的大意是：“月亮少不得星辰，大树少不得树根，朋友少不得真诚，心上的歌只唱给心上人。”

[苗族姑娘手捧酒碗敬红军。

[一群青年男女执火把起舞，凝重而又深沉，原始粗犷。

[无数支闪烁的火把汇集后，形成熊熊大火，照亮了山谷和人群。

[红军战士与苗族青年男女跳“踩鼓舞”。有力的脚步声震荡着整个山谷。

[在旁边观看的勃沙特，面对眼前的场面陷入沉思。

[就在这时，周少中突然昏倒。

[切光，暗转。

肖　哲　孙青，周连长的伤怎么样？

孙　青　（表情漠然）他的伤由于长期得不到药物治疗，已经恶化，如果不采取紧急措施，就会有生命危险，目前有好多伤员都面临这样的危险。

[这时从远处传来一声声惨叫。

[锯子在截肢的声音在无限夸张放大。

勃沙特　将军，这是在打土豪？

肖　哲　不，甘溪战斗部队伤亡较大，药品奇缺，很多伤员做截肢手术都没有麻药。

勃沙特　做截肢手术……不用麻药？

肖 哲 孙青，你小声些。（走进孙的光圈）

[勃的光圈隐去。

孙 青 周连长已经出现败血症，如果不做截肢手术就会死的。

肖 哲 孙青，你就不能想想别的办法？

[孙青走进另一个光圈里。

孙 青 办法到是有，勃沙特就能搞到药，你又不准去找他……

[又传来伤员的惨叫。

孙 青 你听见了吗？他们没有止痛药，他们是人啊！一个人的忍耐力是有限度的，（传来惨叫）你听见了吗？你是他们的师长，你能无动于衷吗？

[孙青隐去。

[伤员的一声声惨叫、呻吟，如条条鞭子落在肖哲的身上。

[周少中上。

周少中 师长，医生说，你同意给我锯手？

肖 哲 少中同志，这也是为了保全你的生命。

周少中 （激动）我也明确告诉你，老子不干！你要是硬要锯，还不如把我枪毙了！锯了手，不等于向敌人投降了吗？

肖 哲 从长远着想，这是唯一的办法。

周少中 不！不能锯了我的手！怎么我都行，我求求你了！（跪下）

[冯林格从另一端上，闻声止住。

[肖哲急忙将周扶起，许有仁、余冬生上。

余冬生 师长，接到侦察报告，大约有四个团的广西敌军正向我军包抄过来。企图把我部堵在乌江南岸。

肖 哲 通知部队轻装、辎重物资丢到江里，但不能丢下一个伤员，天黑以后开始渡江。

余冬生 那些俘虏，还有那两个教士怎么办？

肖　哲　我们马上去研究渡江方案，勃先生和那个女教士的事由老许来处理。

［冯林格惊恐不安地急下。

第六场

时　间：紧接前场，圣诞节。

地　点：山野间。

［勃沙特从山上采来树枝拼成字母“我与我主耶和华与我同在”他在做圣诞节日祈祷。

［勃正沉醉在这美丽的幻觉中时冯林格匆匆过来，打断了波的梦境。

冯林格　勃牧师，马上就要大难临头了，你怎么在这儿做什么祈祷？他们就要……快急死我了。

勃沙特　我在向我主祈祷，今天是平安夜，我好不容易才找到这么一个清静的地方。

冯林格　上帝啊！你还有心在这里做祈祷？赶快跟我走！

［拉住勃要走。

勃沙特　到底发生了什么事？

冯林格　快跟我走，我会告诉你的。

［冯拉着勃仓皇逃下。

［许、黄急上。

黄大友　（呼叫）勃先生！勃先生！他们会上那儿去呢？

许有仁　我早就跟你说过要提高警惕，你就是不听，这下好了吧？

［小黄意外发现地下用树枝组合的外文字母。

黄大友　许科长，你看这是什么？

[许认真地看了半天。

许有仁　这是外文，可能是反动标语口号。

黄大友　这么说他还没走远？

许有仁　我们分头找！

[两人分头下。

[勃固执地返回，冯紧跟其后。

勃沙特　不，我不信他们会杀了我们，这……不可能！

冯林格　我亲耳听那个军官说要把我们处理掉，难道不相信我？

勃沙特　他……真是这么讲的？

冯林格　我向基督发誓！

勃沙特　中文里处理和安排有时是同义词。

冯林格　噢！你简直像中国的书呆子！我们有必要用宝贵的生命去验证一个词的多义性呢？我不懂，“枪毙”和“屠杀”两者之间有什么本质上的区别！

勃沙特　那位将军正在等着我们的地图，（从怀里取出）已经译完了，我这样不辞而别……不好。

冯林格　天啊！你要用生命去体验一下“卸磨杀驴”这个成语故事？

勃沙特　不，在和他们交往接触中，我能判断出他们是可信的朋友，我一直在思考，我们的被捕，也许正是主的安排。

冯林格　我现在只有一个念头，那就是马上离开这支军队，离开这个国家，这里的人们只需要吃饭、生存，他们不需要上帝。

勃沙特　冯林格，你怎么会……上帝对人类最深的爱，表现在他为了救赎世人，舍去了他的独生子。他要我们和平待人，仁爱、忍耐、恩慈、善良。如果我们看见灾难而不去援救，还谈什么爱人如己？我从他们身上看到了人类永恒的家，我做的一切都是圣灵的呼唤……

冯林格　阿尔佛雷德，也许你是对的，但我有一种不祥的预感。

［黄大友与孙青上，发现勃，惊喜。

黄大友　勃先生，我叫我好找！部队马上要出发了，你刚刚到哪去了？

勃沙特　小黄，如果我跑了你会怎么样？

黄大友　我会受处分……

勃沙特　怎样处分？

黄大友　枪毙！

勃沙特　我给你们译完地图你们就杀了我是吗？

黄大友　怎么会？这次行军许科长还特意为你们打了两双草鞋呢！

冯林格　姓许的？

黄大友　就是那个没收你的《圣经》，结果发现你们不在了。

勃沙特　《圣经》？……糟了！我的《圣经》丢了！

冯林格　怎么会呢！

黄大友　你到过哪儿？仔细想想。

勃沙特　（猛然想起）刚才我在山下摔了一跤，一定是丢在那里了。

［勃欲前往，被小黄拦住。

黄大友　不行，你不能去找，部队马上就要出发了！

勃沙特　（发怒）你说什么？不允许我找《圣经》？你知道《圣经》对我意味着什么吗？没有《圣经》我就等于只剩下了一副躯壳，等于一具没有灵魂的活尸体，你懂吗？

［勃欲走。

黄大友　站住！你知道吗？那里是敌人开来的方向，太危险！

勃沙特　我就是死，也要把《圣经》找回来！（固执地冲下）

［黄大友奋不顾身地也冲了下去。

［山下传来枪声。冯林格闻声要到山下去，孙青拦住。

孙　青　冯女士，你不能去，太危险！

冯林格　我们教会是受政府军承认的，他们有保护我们的责任，怎么会开枪呢？让我下去！

孙　青　你不能去！

[一串弹飞来，孙青赶快把她按了下来。

孙　青　别再喊了，太危险！

冯林格　噢，我的腿出血了，（疼痛）他们……竟敢违犯国际保护法，我要控告他们！

[周少中带战士赶到，见孙正在给冯包扎伤口。

[枪声突然停止。

周少中　出什么事了？

孙　青　赶快下山去，小黄和勃先生地山下。

[少顷只见勃抱着满身是血的小黄上来，小黄手中的枪滑落下来。把小黄放下。

勃沙特　上帝啊！这都是我的罪过！

孙　青　都怪你！都怪你！（急得团团转）

勃沙特　你快点行吗？

孙　青　你叫什么？药？那里有药？早就没药了！

勃沙特　噢，天哪！你们为什么不早告诉我？我是能买到药啊！你们为什么不早告诉我？为什么？

孙　青　我……我们早就想向你提出来，是许科长考虑到你们……要我们执行宗教政策。

[勃和冯受到极大震动。

冯林格　勃沙特，他醒了。

[虚弱的小黄睁开眼睛，看到勃手里的《圣经》。

黄大友　勃先生，这回可要保存好啊……

[音乐声起。

勃沙特　小黄，是我……，我永远不会饶恕自己！

黄大友　勃先生，我是真不想和你分手……我就要把口琴还给你了……

[小黄用手指指军挎包，勃从中拿出口琴。

黄大友　（声音微弱）我……我把它还给你了……

勃沙特　我说过的，送给你了。

黄大友　（摇头）不，这是纪律。……真想能听你吹支歌。

[勃点头同意。

黄大友　就吹那支……你最不愿意吹的……

[勃从小黄那顽皮的一笑里明白过来。他毅然地吹起了《国际歌》。小黄的脸上浮起了笑容。小黄在歌声中死去。

孙　青　小黄！（撕心裂肺，泣不成声）

[勃的口琴从手中落下时，男女声大合唱《国际歌》。勃一步步退向那延伸出来的巨大十字架构成的台口，一转身时，那轮红艳艳的太阳慢慢落了下去。

[这是国际歌与基督教的赞美诗交相辉映。

[朦胧中出现身着洁白长裙的女子唱诗班，她们身着中性服装将一束束洁白的花朵插满小黄的身边。唱诗班在崇高的圣诗乐曲中低吟，声音空旷，滚滚回荡。

勃沙特　（在圣乐中诵祷文）我要一心称谢你，在诸神的面前歌颂你。我要向你的圣殿下拜，为你的善良和真诚称赞你的名，我呼救的日子，你就应允我，鼓励我，使我心里有能力。我虽行在患难之中你必伸手将我救活。我的仇敌发怒，你必伸手抵抗他们，你的右手必然救我。你隐藏着伤痛和苦难。奉献你的爱。友谊和血的连接，超过人世间的一切，为那珍贵的友谊，在这患难与共的土地上，开出圣洁绮丽的鲜花。安息吧。我的朋友，愿圣子圣灵保佑你的灵魂升入天堂，阿门！

[勃在唱诗班的两行圣女排列中间缓步朝黄大友走去。《国际歌》与赞美诗音乐互相交织……勃将译好的地

图郑重地交给肖哲。

[在一边哭泣的孙青将那把口琴交给勃。

孙　青　这是小黄临终嘱咐的，现在把它还你……

勃沙特　这一切都是我造成的！

孙　青　（看着那本《圣经》）你不是说上帝是万能的吗？为什么不叫上帝救救小黄！啊？勃先生，你说的上帝在哪儿？为什么不救救小黄？

[勃被问得目瞪口呆。

["上帝在哪儿？"这句话在山谷中回荡。

[切光，暗转。

第七场

时　间：晚上。

地　点：伤员简易治疗点。

许有仁　报告，我们在一所小学拾到的报纸上发现了二军团的大概位置。他们已经从湘西出发，进入黔东一带。中央命令我们火速突围与二军团会师。

肖　哲　苗民同胞已为我们扎好竹排，选派了最好的船工，帮助我们渡江，突围出去。前卫连和机枪连开路，伤员的安置由许有仁负责，一定要坚持到部队全部撤出大峡谷，渡过乌江后，你们才能撤出战斗。

许有仁　是！

[肖下。

[勃沙特看见许多伤员躺在担架上。

[许有仁向伤员发放大洋等物资。

伤员甲　首长，就是死我也不能离开部队。

许有仁　活着就是胜利，这是首长再三考虑后，是不得已的选择。

伤员乙　大洋就不用了，我只有一个要求，我要入党。

［所有的伤员齐声要求：“对，让我们入党！”

伤员甲　首长，我们不能脱离党！我们会成为火种！

［许有仁被他们感动，考虑再三做出决定。

许有仁　党组织接受你们的请求，我和连长做你们的介绍人……

［许和几位战士把殷红的党旗从舞台的里端拉过来，鲜红的党旗覆盖了整个舞台。

［所有的伤员躺在地下举手宣誓，有一位伤员右手袖子是空的，他举起了左手宣誓：“我自愿加入中国共产党……”

［宣誓声和音乐声响彻夜空。

［勃沙特所在的光圈里，他手扶《圣经》在为红军战士祈祷。

［切光，暗转成枪声、炮声交织成一片，粉色的天幕上能见到红军战士行军的各种姿势的剪影。

［切光，暗转成星空浩瀚的夜空。

［一束宁静的带有宗教色的紫色灯打在勃的身上。

［天幕一轮桔黄色光恰似一轮皓月，一支抒情而带有一种畅想的诗乐曲时隐时现。黄色光环里出现了黄大友。

［小黄画外音：“勃先生，我借去玩几天，分手的时候还给你，千万别让首长知道。”

［许有仁出现：“我可以向他赔礼道歉，但不等于就可以放松革命警惕！”

［许消失，周出现：“我和这些洋鬼子有不共戴天的仇恨，但我不会耍那种小人的手段！”

[周消失，孙出现：“勃先生，你不是说上帝是万能的主吗？为什么不叫上帝救救小黄呢？”（消失）

[勃陷入深思。

[一支红军长征的主旋律奏响。整个夜空有无数以红色为主，黄绿少许的五星出现，旋转，如浩瀚的银河在流淌。勃仰望夜空的红星，心潮起伏。

勃沙特　（独白）我主耶稣，降罪于我吧，我开始怀疑我的眼睛，我看见了一群人，他们正在为解救世人的苦难而奋斗。他们善良、勇敢、智慧、诚实。我和他们结下了不解之缘。成了患难之交。从他们身上，我看到了这个苦难民族的希望。至高无上的主，饶恕我心中蒙上了一层永远抹不去的红色之光。

[肖哲走进光环。

肖　哲　勃，就要分手了。在我们相处的日子里对你关心不够。

勃沙特　临别之际，我有句话也许问得太早了，如果真像你们所说的你们最终取得了胜利，还会像今天这样与朋友相处吗？

肖　哲　会的，我想会的，中国人不喜欢过河拆桥。

勃沙特　将军，我们在这里分手吧，请你把我捆在这里。

[肖不解其意。

勃沙特　等于你们给了我一张通行证。

[肖哲明白，含泪将勃捆在树上。

[肖哲看着勃沙特，感慨万千，招了招手，转身疾步走下。

[一串马蹄声远去。

[瘦矮的苗族老太太双手抱着一捆草鞋上。看着远去的红军，她坚定地一步一步的朝红军远去的方向走去。

[红军，苗族，圣诗乐曲交织在一起，雄浑而和谐。

［一片漆黑，捆在那里的勃沙特形成一个自然的十字架。

勃沙特　再见了朋友，祝一路平安。阿门！

［缓缓切光，徐徐幕落。

——全剧终——

代理村官

时 间 2000年。地点：贵州大山里的苗寨。

人物表

杨桥宝 男 二十七岁、农校畜牧专业毕业生、村委委员，后来是代理村主任计生服务室指导员。

杨八根 男 五十多岁、原大队会计，是寨里的实权人物。

阿 桑 女 二十多岁、原是乡里计生专干，现在是村里计生指导员。

杨昌发 男 二十八岁、原村委会主任，后外出打工。

香婆娘 女 三十多岁、贺歪嘴的老婆，曾在省城里打过工，是寨子里有名的风流女人。

冯 竹 女 二十多岁、乡长的老婆，泼辣横蛮。

彩 凤 女 卡香的老婆，婚后不孕，是杨桥宝的过去的情人。

姚卡香 男 彩凤的男人，会议首木匠活儿，后外出打工。

阿桑娘 女 四十多岁、杨本根年轻时的相好。

季乡长 男 三十岁、谷龙乡副乡长，冯竹的丈夫。

贺歪嘴 男 三十多岁，装神弄鬼的“巫师”靠悄悄给人取环从中获取暴利。

第一场

［白天，村口。

［在一首苗家所特有的迎亲乐曲中，响起古乐，燃放鞭炮声。

［人群的喧哗声，欢笑声热闹非凡。

伴　唱：苗山千里
千里苗山
欢天喜地
喜地欢天
男婚女嫁
育女生男
年年岁岁
岁岁年年
男儿竖起金芦笙
女儿展开花雨伞
闹干米酒十八坛
闹得群山在震颤
我们闹、闹、闹，闹浑这条禄河水
我们唱、唱、唱，唱它个地覆天翻

［妇女们在热热闹闹地给新娘订被子，一边订一边向新娘家致贺词："订一床，祝你们一心一意一铺床，一生一世的安康。"

"订两床，祝你们妻贤夫勤成双对，和和美美共火塘。"

"订三床，祝你们生个男儿中金榜！生个女儿赛凤凰。"

“订四床，四季风条雨水顺，五谷丰登粮满仓……”

[人群中不断地传来：“祝她家添丁进口人兴旺！”

[男人甲：“不行不行，这是违反计划生育政策的。”

阿桑娘 阿桑你就不要再忙了，今天是你做新娘的日子。那些事我自己能做的。

[阿桑独白：“妈，我已经把水缸挑满了，我想再帮您舂回碓……碓舂的谷子只是破了皮，阿桑我心里流的是离别的泪……”

[阿桑娘内心独白：“红烛闪闪亮，然的是娘的泪。红烛闪二回，娘从今往后难入睡……碓窝响一声，娘的心都要碎了。那碓窝声声响，都快震裂娘的肺……”

[这是楼下传来木叶声，阿桑忙把窗户关掉。

[昌发的内心独白：“明明窗户映出了她的身影，好像是在擦泪？又像是在躲我？为什么不敢听我把木叶吹？为什么答应我的事不做数，如今又反悔？为什么昨天讲的话，今天又答应了人家的媒？我要问个明白……我还要使劲吹！”

[杨八根赶来劝昌发：“长发，你跟我回去，这些事都是命中注定的，这个时候阿桑她的心头也不好受，你就不要再去闹她的好日子了，要好好地把他送出寨去……她不肯出来见你总是有她的难处。”

[这时有人来报信：“格西寨的迎亲的来了！”

[鼓乐声大作。

格东寨男人甲：沿江苗家十八寨，

问声客从哪里来？

你家靠着哪匹山？

你家们从那边开？

寨上的水井有好大？

门前的枫树那个栽？
寨上的田土有几担？
寨头的铜鼓哪个抬？

格西寨男人　我家住在格西寨
吊脚楼朝八面开
千里江河千里井
枫香是我祖先栽
寨上田土有几块
够吃九朝九十代

格东寨男人　送来的彩礼摆开看
鸡鸭鱼肉各有几担
客人邀请了好多桌
备下的米酒好多坛

[格西寨男人犹豫再三，吞吞吐吐地……
“礼物轻来不好看
一头肥猪只砍一半
半只鸡来半只鸭
米酒也只有半坛……

[格东寨的人群里发出轮声：“这到底是怎么回事？”“……这种规矩我们从来没见过”

[昌发从人群里出来：“你们这是在开玩笑？还是不懂接亲的规矩？”

格西男人　昌发大哥，我们这事来……我实在是说不出口……能不能借各地方我跟你单独讲。

昌　发　树上无枝花不开，稻田无沟水不来。有什么话你就当到全寨子的人讲清楚。

格西寨男人　那……我们都是隔条河的寨邻，你叫我们讲，那我们就直截了当的讲。我们寨上的好多家人生第二胎……

都被阿桑发了款。现在大家都不答应她嫁到我们寨上去。

昌 发 小兄弟，你晓不晓得我们两个寨子曾经为一桩退亲的事搭上了十多条人命，差点烧了寨子。

格西寨男人 这件事我们寨子是有些理亏，要杀要剐随你们的便，要是格东寨提出悔亲赔钱，寨上老人讲了我们愿意认罚认赔。

[人群里发出各种议论声。

昌 发 小伙子，你们格西寨这个搞法确实太伤人了。一个姑娘在接亲的这天遭退亲，将来她还怎么做人？老公死了还可以改嫁，门坎还没跨出去就让人家退了亲，就成了“坝脚货”这不是要了她的命吗？

[格西寨的人：“长发大哥，这是我们赔阿桑的钱，这是我们寨老乡给苗侗寨赔礼的酒，你要是喝下这碗酒我们这就回寨子去。

[昌发端过那碗酒“咕咚咕咚”一饮而下，讲将酒碗狠狠地摔在地上“快滚！”

[典型的苗族飞歌音乐声悠远淳厚。

[这里是苗家寨门口的大树脚，白天。

[一群苗家小伙子扛着行李要随昌发出去打工，妇女们将他们拦截住。妇女们苦口婆心，连拉带扯不肯放他们。

[男人们执意要走，态度坚决，一片吵闹声。

（苗歌伴唱）蕨草出土把头勾，

黄豆出土把脸丢。

今生今世抬不起头，

酒染脸红也遮不住羞。

[妇女跑来的脚步声：“八根叔来了！”

[八根匆忙将昌发的行李一把抢过：“放开！爹，你放

开我！”

八　根　放下？……听见没有？你们都给老子把行李放下！听见没有？先跟老子讲清楚再说。

［大家不知如何是好，将背包扔地下的声音。

昌　发　你们看我干什么？要是没这个胆子的就回寨去！二天别后悔。

八　根　昌发，不要忘了你狗日的还是村主任。你敢把人都放出去，到时侯乡里头会有人来收拾你的。

昌　发　这个窝窝囊囊的……村主任我不当也罢。

［众人纷纷要出去，被八根拦住。

昌　发　你让他们走，他们要走不关我的事。

八　根　把他们放走，老子看你二天怎么对乡政府交待？怎么收场？

昌　发　爹！太丢人啊，好臊皮！我实在咽不下……咽不下这口窝囊气。

格东格西就隔着一条江，凭什么我们就要人前把头低？凭什么我们要当众遭人欺？我真的是脸上羞，真的好臊皮……只恨我昌发没有逑出息。阿桑这么好的姑娘怎么就嫁不出去？她为了给妈妈看病欠下这么大的一笔钱，人家还扬言不要我们格东寨还。是条男子汉就咽不下这……这口窝囊气。我昌发对不起阿桑众乡邻，对不起格东寨的父老众兄弟。带着今天我们出去，死活也要闯出一片新天地。

卞　香　格西寨敢这样不讲理，还不是仗着有几个求钱，我就不信凭我的木匠手艺就找不着钱。

男　甲　人越穷越出鬼，屋越漏越进水，阿桑这样的姑娘都嫁不出去，我们枉自是个男子汉。

男　乙　人家无理有钱，我们是有理无钱。结亲退亲随他的便。

昌发你说的话还算不数了？

八　根　我们寨子混到这步田地，当初也怪阿桑你不听我的话，偏要去乡里当什么计生专干，得罪了人家格西寨的人。

阿　桑　……是我给全寨子对了脸，计划生育这个工作总要有人来搞啊？

八　根　不要讲了！计划计划，都是你这鬼姑娘惹的祸！你还不跟我滚回寨子里头去。

[阿桑委屈地哭泣。

昌　发　弟兄们，从前我拦了你们的财路，我昌发对不起你们。现在，哪个要走统统放行。站起屙尿的男子汉，都给我去闯！

[众纷纷响应。

[本根激励拦住他们。

[这是阿桑也闻声赶来，拦住了昌发。

阿　桑　昌发，都是我不好，让你们的丢面子……我也是没办法的事。

昌　发　不要讲了，都是我这个当哥的没有出息，你娘不就是嫌我没有钱吗？我现在就出去挣钱回来，老子就不信我堂堂一个男子汉讨不起一个婆娘。

阿　桑　昌发，你讲话怎么这么难听？我不是商品，有钱就可以买的。

昌　发　不是为了钱？那你娘为什么不肯答应我们两个的事？

阿　桑　我也讲不清楚，反正我娘不是为了钱的事……

八　根　昌发，你……把寨子头牵牛的都放走了，田哪个来种？

昌　发　格西寨的田土不也是空起？人家出去挣得钱，我们为什么不能？政府不是也号召农民可以外出打工，这叫“劳务输出”。

八　根　男人不犁田，明年吃什么？

昌　发　只要有了钱，讨婆娘，盖新房，哪样都能买，还怕买不来几口袋米？

八　根　都不种田，那钱上会生出谷子来？

昌　发　爹，一天到晚田！田！田！世世代代都在念，格西格东都是人，我们站在田头的就矮人家一半。

八　根　穷富高矮我不管，种田离不得男子汉。田土不能当儿戏，全寨老小一年四季要吃饭。

昌　发　爹，你放心，我保你有钱买米。

八　根　老子是农民，农民都拿钱去买米，那米是从哪里出来的？我是寨上的“老会计公”我要对得起乡亲们。乡政府号召我们要种好责任田，你家几爷仔闪不得火。

昌　发　和你讲不清楚，我的事请你不要管。反正田我是不种了，走。

［众男子与他朝寨里走去。

［本根奋力阻拦，昌发情急之下把包头帕扯下来：“把他捆在大树上，要不都走不成。”

［这时有人喊道：“昌发，你敢把老者捆起来，万一有人把他放开，还不把我们掐死啊？”

［昌发：“大家还不赶快走，要是有人把他放开来那才是真的没命了。”

［杨八根是又吼又叫，却没人敢去救他。

［就在这时只听见一声“劁猪——煽牛啰”见杨桥宝来到寨门口，八根的脸上露出了希望：“桥宝，快点把爹解开”

桥　宝　是哪个吃了豹子胆，光天化日下敢把我家爹捆起来？

［大家都不敢作声，桥宝要去解时立马有人尖叫：“解不得啊，要出人命的！”

桥　宝　我看你是活得不耐烦了……昌发？莫非爹是你……捆的？

昌 发 ……是我捆的怎么了。我看哪个还敢拦我们出去打工？

桥 宝 哥，看在我的面子上……你看是不是先把爹解下来，有事都可以商量的嘛，要是让爹家那七兄弟晓得了，那还不把我们锤扁了。

昌 发 你看他那副架式，哪个敢跟他商量？你看他是不是商量得通的样子？把他解开来我肯定只有死路一条。

桥 宝 你的话我信，可是……总不能把爹老捆在那儿也不是个事啊？再怎么说他也是我们的爹啊，你说呢？

昌 发 他只要答应放我们出去，……我立马放了他。

桥 宝 爹，好汉不吃眼前亏，要不就……说句软话，我就给老人家解开。

八 根 （大怒）不要说捆起我，就是杀了我也讲不出半句软话。老子家兄弟八个，我怎么就养出了这么个孽障！

桥 宝 爹，昌发他都答应把你……放了，你老人家就让一步了嘛？

八 根 让？老子……退一万步讲，就是真的要走也要把村委会的事情给乡政府交代清楚才走得脱嘛。

桥 宝 哥，爹讲得在理。你一个村主任，你没有个交代就走了？全寨的人要是有个事情找哪个？特别是管计生的主任都走了，这件事你是向乡政府拍过胸脯发过誓的，开不得玩笑的。

［昌发觉得这是个大事，把桥宝叫到一边。（悄声地）“桥宝，你不是一直觉得怀才不遇吗？现在机会来了，我出去的这段时间村委会主任……就由你来当。主要是计划生育的那块事你要盯紧点计生服务室的事你先管起来。”

桥 宝 我？……我行吗？

昌 发 你怎么不行？计生干部培训班你也还去参加过培训吗？

又是中专生，村委委员，你是最合适的代理村主任。

桥　宝　哥，这一出去不晓得好久才回来……还有什么要交给我的？

昌　发　大印都交给你了还有什么交待的？什么事情都有你来做主。

桥　宝　……那好吧，那你只管放心的走吧。

［昌发掏出印章交给桥宝。

［杨八根大叫：“昌发……你，你这个报应儿！这村主任是要选举的，这个开不得玩笑！

昌　发　你吼什么？我走了你们选一下不就得了。桥宝他是村委委员，又是农校毕业生，怎么就不能当个村主任？桥宝，村里头的事就全靠你了，田土都分到个人了，你主要是管好计生育一块。爹，昌发对不起你老人家了……走！

［众男人和他纷纷离去。八根拼命也没能叫住，无可奈何。

［桥宝过来：“爹，强扭的瓜不甜。他们实在要走就让他们走吧，以后有什么事就来找我……

［边说边为其解开头帕。

八　根　什么，你……真的是拿起鸡毛当令箭，你以为昌发放个屁你就是村主任了？要全村的人来进行“海选”先选出村委委员，在进行选举，才晓得哪个是下一任村主任。

［桥宝的手停了下来。“爹，你是不是看不起我这个村主任？”

八　根　你以为这村主任是哪个都当得了的？你听爹的话，好生去劁你的猪骟你的牛。哎，还不赶快把我解下来？

桥　宝　等一下，爹……我们爷仔俩儿先商量一下，也就是说你还不打算承认我这个村主任？

八 根 你……桥宝啊，不是爹瞧不起你，你真的不是这块材料。

桥 宝 别人瞧不起我，是因为我是个劁猪的。没想到你也……瞧不起我？今天我还就把句话放在这儿，这个村主任我还当定了，计生服务的保健员我还当定了。现在我就去乡政府要求下文。

[桥宝委屈而去。

八 根 桥宝，你先把爹解下来啊？

[桥宝要走，又觉得有些不合适。怒火上心头："就不解！就不解！昌发捆的你找他来帮你解！关我什么事！"

[桥宝愤愤而下。

[远处传来悠远深沉的苗族古歌。

盘古开天地，
草木还未生，
日月天地来相撞，
孵出儿女十二人，
采来黄泥天天炼，
血拌黄泥做成人，
世人本是黄泥做。
无血无肉没有魂，
只有血肉无泥土，
做个人也活不成。

第二场

[白天，村口。

[远处传来牛叫声。

[卡香挑着铺盖和木匠工具上。

后面传来彩凤的呼唤："卞香"。

彩　凤　（怯生生地）卡香，你……非要走啊？

卞　香　不走，天天守着你干什么？过门都五年了，生了个女娃娃就……我不想再瞎耽误工夫了。

彩　凤　……只要我们天天晚上在一起，早晚都会有的……

卞　香　算了，不做那些无用功的事了，出去挣点钱来修幢新房住。

彩　凤　早点生个男娃儿，给你壮脸，我在寨上也抬得起头……

［一阵心酸。

卞　香　嗨，你哭哪样？

［他放下担子帮她擦泪。

彩　凤　卞香你不知道……嫁到你家五年多了，只生了个女娃儿，家里要看娘的脸，出门又怕见烂舌根。现在你要又出门去打工，圈头水牛谁喂养？坡上田土谁来耕？

卞　香　生不生仔不要紧，女人重要的是名声。白天外头你要少插事，天黑早点拴好门。田土荒起不要紧，牢记女人要守本分。男女是非离远点，到时候莫怪我翻脸不认人。

彩　凤　那田土……就仅它荒起？

卞　香　几千斤谷子我不看重，凭我这手木匠活路挣几个钱是小菜一碟。我看重的是婆娘有个好名声。不要学"香婆娘"那样假借请人犁田，其实是"偷汉子"来"播种"你要是学她莫怪老子六亲不认噢！

彩　凤　出门在外你要多保重，家头的事你放心。

卞　香　放心？我就是有点不放心，那个桥宝老是在惦记你，我在家的时候还悄悄地拿些膏膏水水的药来给你……一年多了，也没见你给我生个一男半女的出来啊？不要以为我不晓得。你记住，不要去别人家串门，更不准别人来我家窜门。

[卞香下。

[彩凤见有人朝这边走来。

[贺疤子嬉皮笑脸地过来。

贺疤子　彩凤妹子，别忙走嘛……这个卡香真的是英雄气短，为两个钱就舍得丢下我家采凤妹子出去。

彩　凤　他在家闲起也是闲起，出去打工挣几个钱贴补家用也没什么不好的……

贺疤子　现在外面的姑娘开放得很，万一卡香他在屋里这块田里没收成，你就怕他在外面别的哪块“田坝头”种下个什么种的……那就不好说了。

彩　凤　不会的，我家卡香不是那种人，你以为个个都像你家香婆娘那么风流？

贺疤子　我家香婆娘……主要是你哥我有男科病，你们两个气饱力壮的怎么就怀不上呢？你要是信得过哥的话，那天哥给你好好看看，开个偏方？

彩　凤　疤子哥，我走了。万一让卡香家的本家人看见我在这里和你讲话，我就讲不清楚了。

[彩凤匆匆离去。

[桥宝过来，与贺疤子相遇。

[贺歪嘴见是桥宝就要走，被桥宝叫住：“贺歪嘴你跑什么？”

贺歪嘴　我……跑什么？是桥宝兄弟啊？听说你当了代理村主任，正赶后天我家一加一要办喜酒，正想请你去喝一杯喜酒呢。

桥　宝　喝酒倒是小事，不晓得你家一加一讲的是哪家的姑娘？

贺歪嘴　一加一也二十多岁了，一直是我的一块心病。这回事讲得是你家香姐姨妈家的姊妹……

桥　宝　又是姨妈姑婊亲？疤子哥，……不是我讲你，你和我家香姐就是婊亲，还没教训？儿子都二十多岁了还算不清一加一。我现在是以代村主任的身份告诉你，这门亲事我不能答应。

贺歪嘴　桥宝，当哥的是好心好意的来请你喝酒，你不要给脸不要脸，我家讨哪个媳妇关你屁事。

桥　宝　这是近亲结婚你懂不懂？我马上跟乡里打电话，你要是能开得到结婚证我就不姓杨，没有结婚证你敢办酒，我就敢收拾你信不信？

贺歪嘴　老子不跟你啰嗦，大家都是乡里乡亲的何必呢……别看你年轻的时候雄赳赳，老来的时候才晓得灰溜溜。（要走）

桥　宝　歪嘴哥你等会儿，我听人将你最近又在背地下私自给育龄期的婆娘取环，我提醒你这是违法的事情。

贺歪嘴　真得是活天的冤枉，我再怎么胆子大也不敢干这种事情，我在里头这些年政府不是白教育我了？我是跟那些婆娘开点妇科病的小秘方，取环我是万万不干的，要是乡政府计生站晓得了那还得了？

桥　宝　村里头马上就要把计生服务室恢复起来了，要是发现有人在这方面作手脚，就请他去乡政府讲清楚。

贺歪嘴　那是一定，那是一定，没什么事我这就走了，我屋里还有好多事……

桥　宝　记住我的话，千万别犯在我的手里头。

［贺歪嘴忿忿离去，冯竹正好与他擦肩而过。

冯　竹　歪嘴哥，明天我家请满月酒，你要是不来我就不去喝你家的喜酒。

贺歪嘴　满月酒？不是说生个姑娘也要请满月酒？乡长家生个儿子是条龙，生个姑娘娜也是只凤凰鸟啊。我一定来贺喜。

冯　竹　到时候一定来啊，礼不要送得太重，影响不好啊！

[桥宝没好气地："他家这台喜酒肯定办不成。"

冯 竹　桥宝兄弟，这才刚刚当上代村长，这脾气就大起来了？

桥 宝　冯姐，你不晓得，歪嘴家这会讲的姑娘又是近亲，二回生下来娃娃不又是个二家二？歪嘴成天和那些婆娘在一起搞封建迷信，求男得男，求女生女。有人还反映他悄悄的帮人取环。你说不管管他还得了吗？

冯 竹　那是要好好的管管他，这个避孕环是乡政府的计生站放进去的，什么人都能随随便便就取出来那还得了？当真是没有王法了，计划生育我晓得的，一胎上环，二胎扎，三胎四胎是刮、扎、罚。

桥 宝　那是过去老百姓的对计划生育的误解，是落后观念，现在我们要从生活、生产、生态、生育这个高度来看这个问题，要从根本上认识到这个问题的严重性。

冯 竹　对那些自觉的，对那些累教不改的也该下手狠点治治他们，哪天有空我一定要好好的教训那狗日的贺歪嘴。

桥 宝　一天到晚埋怨自己穷，一锅饭本来是三个人吃的，你生八出来怎么会吃得饱？不搞好人口控制这开发扶贫、生态建设都是一句空话。

冯 竹　桥宝兄弟这才当了几天代村主任，这水平提高的真的快。我今天找你就是想请你开个证明，我好去乡里给我家宝贝姑娘办个户口。

桥 宝　开个证明到我家去就给你开……冯竹姐，我怎么听人家说你生的是个儿子？

冯 竹　哪个缺德鬼说的？他这是想坏我家季乡长的名声！我明明生的是个姑娘，你要是不信就去我家看一眼，是男是女不就清楚了？

桥 宝　竹姐，我……是要去看一眼才能跟你开证明，这个事情马虎不得。

冯　竹　要看你现在就去看，我是心中无冷病不怕吃西瓜。……桥宝弟，你不会是我这时候才来请你去喝满月酒，就故意刁难我吧？

桥　宝　竹姐，我怎么会故意刁难你呢？我是想你是乡里领导的家属，要带头做好计生工作，就让我看一眼是男是女好不好？

冯　竹　那……也好。你有空就来看吧，来的时候……先打个招呼。

[冯炸炸呼呼地离去。

桥　宝　先跟你打个招呼，我还看个逑啊？

[音乐声起，阿桑唱着哀伤的歌朝这边走过来。

从前世上只有山
从前世上只有河
从前饥饿食野果
且公当娘做成人
来到世间怎么活
当娘挤奶育谷种
且公牵牛开荒破
太阳月亮送春雨
从此人间犁田土
五谷生长才得活

[桥宝这时见阿桑过来，两人相见欲说无言，她要离去。

桥　宝　阿桑……

[阿桑停下，须臾。“有话快说，我还有事。”

桥　宝　你不愿意见我？

阿　桑　我还有什么脸见人？

桥　宝　这是要去哪儿？

阿　桑　寨子里我是抬不起头了，还不如到外面避一下。躲得远远的，眼不见心不烦。

桥　宝　是我爹？不行……我堂堂一条汉子，不能让你受这窝囊气，你不要出去，我看会出鬼来。我现在当了代村主任了，寨子头的这些计生工作你一定要出来帮帮我。

阿　桑　桥宝，你要是再和我谈计划生育这件事，我马上就走。

桥　宝　阿桑你等等嘛，我晓得现在是扁担开花，各管各家。是一盘散沙，但是计生工作散不得。好多家的男人都出去打工挣钱，育龄期妇女流动性太大，计生工作要是不抓紧，抓不得力，非计划生育的人口就有可能冒出来。乡政府要我来负责这个事。乡长再三讲计生工作搞得好不好是我们试验区三大主题的首要任务。这方面你是在行的，怎么能不来帮我一下呢？

阿　桑　你还嫌我的心伤得不够吗？现在是猫有猫路，鼠有鼠洞，各家的田土可以各人种。计划生育的事你还不知道？人家都叫我们是“五皮干部”整天是硬着头皮，厚着脸皮，磨破嘴皮，饿着肚皮，走破脚板皮。得罪了众人，没想到在我出嫁的大喜日子，让人家臊皮……谁爱管谁管去，我是不想再管了。

桥　宝　这些我都知道，计生工作是“全求人”的工作，做群众的工作要求人，需要经费要求人，做自己家的亲属的工作更是要求人……一句话，全要求人。

［传来八根的喊声：“阿桑，还不走？还等人家戳脊梁骨啊？”

［八根看见桥宝阿桑火起。

八　根　你还嫌你惹的祸不够？你……还不赶快出去避几天寨。

阿　桑　我想了好久……还是不想出去。一来我没有传染病，二来我家也没失火给寨上带来什么灾难。凭什么就让我出去避寨？

桥　宝　对！就是不出去。我看谁敢碰她一根毫毛？

八　根　我跟你没话讲。阿桑，你……好，我去跟你家妈讲。

［桥宝拦住八根。

桥　宝　爹。

八　根　嗯，有事？

桥　宝　哥出门时留给我下这颗公章，你说有事我怎么能不管？

八　根　你？赶紧把公章交到乡政府去。你哥的这个村主任是乡政府召开村民大会选出来的，你以为那个村主任是谁想当就可以当的？

桥　宝　我也是村委啊？凭什么我就不能当这个村主任？

八　根　你啊，还是该干什么就干什么去。骟猪骟羊，各有所长。赶紧找两个钱，早点把婆娘讨进屋来这才是正事。

桥　宝　这里有乡党委……给你的一封信。

八　根　……说些什么？

桥　宝　要我暂时先把这个村主任……当起来。

八　根　（难以置信）你？……代村主任？

［八根苦笑。

桥　宝　爹，别笑嘛，我知道你是从心里瞧不起我。不是我死皮赖脸要当村主任，是季华书记硬要交给我的光荣任务。

八　根　硬要交给你？……你也敢当？你以为这官是什么人都做得的？老子 看你是活得不耐烦了。

阿　桑　什么事不是人做的，菩萨不都是人塑的。

八　根　好、你实在要当也不是不行，先把那个“惹祸精”撵出去避几天寨，过几天开村民大会我就喊村委们选你当村长。

桥　宝　凭那样要她出去避寨？阿桑她犯什么寨规了？你要是为这件事就不选举我，那……我宁愿不当这个村主任。

八　根　那……你就把公章交出来。

桥　宝　我凭什么交给你？书记说，我就是不当也要交给乡政府。

［八根又气又恼，哭笑不得。

八　根　孽瘴啊，格东寨要遭殃了。

桥　宝　爹，我还偏要当一回……村官给你看。

第三场

［白天，河边。

［河边传来一声沉闷的牛叫声。

［白天，江边的水声。

［江边一群妇女在漂洗腊染布的嬉戏声。

女声合唱　春来苗岭花满坡，

桃花才红李花落，

花香惹得人心醉，

花香引出妹的歌。

妇女甲　哎，你们看桥宝朝这边来了。

妇女乙　真的是寨子头跑光了男子汉，当真是只要见到个公的就急得你家几姨妈双脚跳，一个煽猪匠也值得你们这么神魂颠倒的。

［众姐妹的哄笑声。

妇女甲　我们看一眼解不了恨也可以解解馋嘛。

［又引起阵哄笑声。

妇女丙　大姐，你要是真的喜欢他，我们让你先上。

妇女甲　怕我不敢？哼，八根那鬼老者那么凶，哪个敢做他家儿媳妇。

妇女丁　你呀是叫化子嫌糯米饭粘口袋，姐妹们，快躲起来。

妇女乙　对，锅巴也是饭，先唱歌把他逗过来。

妇女丙　公鸡叫母鸡叫，哪个找到哪个要。我先来。

［她打了个“哦呼”！开始对歌。

（唱）

江边水暖好洗衣，

油菜花黄惹蜂蜜，

躲在花丛喊声哥耶，

哥你为何不答话？

脸泡红得像萝卜皮。

［桥宝应声唱：

多谢妹你看得起，

莫拿糠萝装白米，

哥我心里有急事，

过了清明是谷雨。

妇女丙　（唱）

哥有心事我着急，

哥你断粮我舂米，

哥哥要是肚皮饿，

妹揭鼎罐先仅你。

桥　宝　（唱）

妹是一匹嫩白菜，

哪个见了哪个爱，

只叹今生福分浅，

哥的鼎罐已有盖。

［妇女丙语塞唱不下去，退下阵来。

姑娘乙不服气，与桥宝对歌。

妇女乙　（唱）

拣条丝瓜你当门栓，

拣块破布你当被单，

昨天还是个煽猪匠，
拣得个公章有好大个官？

桥　宝　（唱）
阿妹你莫把脸变，
桥宝心头毛沾沾，
要我给寨上的妇女……检查环，
我桥宝一条男子汉……不知道该怎么办？

妇女乙　环？是检查耳环？还是检查……哪样环？让你你这样为难？

[桥宝这时发现躲在一旁的妇女发出笑声。故意把她们激出来。

桥　宝　（含湖其词地）乡长布置任务，要我提供村里头妇女准确……上环的数字。

[妇女们听后蜂拥而出，顿时笑成一团。

妇女甲　桥宝，你把话讲清楚？

桥　宝　不要吵，乡政府知道我们寨上里劳务输出，寨上只剩下些婆娘赶紧统计出我们村上环的节育的详细人数，还有七八个村民小组要跑，我都急死了。

众妇女　是不是又要催粮催款，刮宫引产？

[众妇女大笑。

[桥宝灵机一动使出一个激将法。模仿乡长样。

桥　宝　乡长他说啊："不是我思想不解放，也不是我死守老眼光。
苗家有规矩，男人不在家时女人不能和别人交往。特别是检查避孕环的这种事……反正那个地方是不能随便……让别人看的。"还有些话……我都有些开不了口。

[众妇女像炸了窝一样。

妇女甲　呸呸呸！他当的什么臭香（乡）长。都什么年代了？不这样少见多怪。

妇女乙　妇科检查有什么？亏他还敢当乡长，封建脑壳旧思想

妇女丙　走，我们去找他讲理去！

[桥宝见大家群情激动真的要去乡里，忙把她们拦住。

桥　宝　各位大姐不要生气，这个话……不是乡长讲的。

妇女乙　是哪个讲的？

桥　宝　我怕你们不敢去检查，是我和你们在开个玩笑。

[大家知道上当，于是便把他按在地上嬉戏打闹。

[桥宝不停大喊。

[“把他的裤子剐了，先检查他上环了没有？”

[桥宝大叫：“救命啊！我的童贞遭毁了啰！”

[“这个家伙裤子捆了个死疙瘩。”

[彩凤来到江边洗衣，见状立即往寨里走去。

妇女甲　彩凤！快来打桥宝白屁股。

彩　凤　你们看吧……我还有急事要做。

[大家停止打闹，扫兴地看着远去的彩凤。

妇女甲　呸！有什么了不起的，才收到老公寄来几个臭钱，就想在我们面前装富婆，我们没见过大票子也见过白银啊？

妇女乙　桥宝，跟我们老实讲，为哪样彩凤见你就躲，你去年去帮她家骟猪是不是做了什么见不得人的事？

[桥宝爬起来穿好裤子。

桥　宝　不要乱讲，没有的事情。人家怎么会瞧得起我。

妇女乙　为什么那天卞香回来会打得她鼻青脸肿象鬼叫？

桥　宝　我……怎么晓得？反正这件事跟我没关系。

妇女丙　是不是你骟猪骟花了眼，顺手把采风也骟了，要不他怎么会天天和老公睡一床被子娃儿就是不上身呢？

[众妇女笑。

桥　宝　你们真是不晓得愁，乡里要检查环的事情我该怎么办？

妇女甲　怎么办？

桥　宝　莫非老公一出去，这计划生育的事就不要人来管了？

妇女乙　这个你就放心了，这些男人每个月朝屋头寄钱是有的，要寄个娃娃回来就难了，他们就是想要个娃娃，那个东西也没有那么长，够不着啊。

［中妇女开怀大笑。

桥　宝　要是个个婆娘的肚子都不检查，不摸底，万一哪个悄悄的怀上了？那时候就不好讲话了。

妇女甲　桥宝，你要是想乘机看一下我们的……你就明倒讲，也不是不可以，那天晚上你悄悄的来我家屋里，干脆就帮我种下去，我保证有酒有肉招呼你。

妇女丙　哎，你莫学香婆娘请人来犁田，犁倒犁倒的，犁到床上去哟。

［众妇女笑得前仰后合。

桥　宝　这些婆娘硬是不正经，计生工作是大家的事。我一个虾子挤得出几滴血，还是要靠大家来支持我。我们寨子要想致富，就要组织起来把计划生育的事办好，再把苗家的挑花、银饰、蜡染、草药种植等多种经营搞起来，以后就不用再到外面去打工了。再把沼气池也修起来，这样才能保住我们的生态环境。

妇女乙　能不能叫阿桑来给我们做……　那个环的检查？

桥　宝　阿桑？是啊，她刚刚遭退婚的那件事搞得寒心死了，看来还是要争取早点做通她的工作。我这个“代村主任”做不好这件事，乡长就要打我的屁股。我就打你们的屁……当然，你们的屁股我又不敢打。

［妇女们哈哈大笑。

妇女甲　桥宝，我们也不难为你，实在要检查一下环也没什么稀奇的，主要是怕寨子头的老人家晓得了要骂人的。

妇女乙　还有你家八根爹那么凶，哪个婆娘敢去开这个头。

妇女甲　还有那个自以为金婆娘的彩凤，她要是敢先让你检查一下她的环，我们就保证都让你检查。

桥　宝　你们就不要开这个玩笑了，彩凤她嫁过来也好几年了肚子都没有动静……他现在是想办法早点怀上才是当务之急。我那回去帮她家骟猪都惹了祸，我实在是不敢再去……

妇女甲　你要是没这点胆子，就不要当这个村官。姐妹们，我们走！

桥　宝　你们不就是考考我的胆子吗？……白天我不敢去，我……晚上去好不好？

[桥宝欲追赶，远处传来香婆娘的歌声。

香婆娘　（唱）

桥宝老弟你莫跑
姐是空船缺根篙
漂在江心不粑岸
成天空起好心焦
铜鼓生来要人打
蕨菜不摘变成草
弟你骟猪我不嫌
将就歪锅配歪灶

桥　宝　（唱）

大姐不要开玩笑
骟刀不能当柴刀
坡上干柴多的是
生柴何必估到烧
大姐生来好相貌
有鱼还怕招不来猫

香婆娘　（唱）

锅头的母鸡它不会飞
坡上的野兔随你去追
江边柳下我们悄悄坐
反正粑粑落地不沾灰

桥　宝　香大姐，你放我走了嘛，我还有急事情。

香婆娘　桥宝，大姐我找你是看得起你这个小弟弟，去年我宫外孕大出血，要不是你喊来十多个男子汉把姐抬到城里去抢救，我的坟头早就长出好高的草来了。

桥　宝　你不讲这件是我还差点忘了，那天到了医生讲你已经是生育过的妇女，怎么里面会没有上环？是不是歪嘴哥跟你悄悄去了？

香婆娘　我看你真的是管得宽，婆娘的那里的事你也要管？你这才是当个小小的代村主任，要是当个县长还得了？别忘了你前个月还是骟猪匠。

桥　宝　香姐你不要生气，这是计划生育的大事情，开不得玩笑。

香婆娘　少跟我花口花嘴的，我要和你好你又不干。我家儿接个媳妇你又说我们是近亲，一加一好不容易才讲个媳妇，你又拦倒不准接。你到底是想干什么？

桥　宝　一加一也是我的一块心病，其实大姐你也不要着急，我想这个事情总要像个办法来解决。我不也是一大把年纪了还没有讨媳妇进家。

香婆娘　你怕我不晓得？你还在想到那个嫁不出去的阿桑。

桥　宝　（动怒）你……你不要出口伤人嘛，阿桑她嫁不出去那是为了计生工作得罪了格西寨的人，我们该同情她才是。再说我就是喜欢阿桑也不犯法嘛。

香婆娘　承认了吧，我还以为你有好大个出息？一个嫁不出去的阿桑值不值得你去追嘛？你们的那个计划生育不就是要“催粮催款，刮宫引产”吗？

桥　宝　不要乱讲，这是对我们计生工作的污蔑。阿桑她嫁不出去也是有原因的，那时她长期以来认真工作，这才得罪了一些人。我一个代村主任，总该有这点起码的正义感。……我不许你乱开黄腔，人怕伤心，树怕剥皮。

［桥匆匆离去，她愣了半晌。

香婆娘　哼！昨天还是个骟猪匠，今天就跟我打官腔，我家讨个媳妇你不准讨？我就不信你狗日的村主任就不讨婆娘。

［村口，大树脚下。白天。

［树上的吱了声，鸟叫声。

［八根坐在村外大树下抽着旱烟袋，长吁短叹。

［桑娘上，两人相见心绪万千。

桑　娘　二十七年前的那个晚上，还是这个老地方，还是这棵老枫香……

八　根　就为我去乡里参加计划生育培训班回来，动员寨上妇女们去做计生手术，得罪了寨老们，把我五花大绑捆在这棵大树上，打得是青一条来紫一杠，裤裆底下尿水淌。

桑　娘　事情就像发生在昨天一样，就因为我帮你在寨子里头发放避孕工具、没想到正赶上那年田里的谷子空壳，打不出米来闹了灾荒。说是计划生育避孕药坏了寨上的风水，说是我们坏了本该丰收的好年成……枫香树还在，让我刻骨铭心。八根，太阳都落坡了，你还在这里干什么？

八　根　让牛再吃点草……我在这里等你，有话跟你讲。

桑　娘　阿桑她死活不肯去避寨，我这是替她去江边“避寨”守碾房。

八　根　也好，带上这把电筒，晚上可以照亮。

［桑娘接过。

桑　娘　你这……这是为哪样？

八　根　那天阿桑退亲的事，我晓得她心里也委屈。寨上的这些鬼仔跑了个精光，我让她先出去避下寨，我是怕你们孤儿寡母的吃眼前亏。

桑　娘　我是上辈子欠你的账，解放都几十年了你为哪样要搞这些名堂。

八　根　我也是怕寨上的人心头又气，你又不是不晓得，我是为了平息一下大家的火。让你代阿桑去避寨我这心里头也不是个味道。

［桑娘要走。

［八根有些放心不下地："白天放牛时我过来陪陪你，晚上你要关好门……"

［阿桑与桥宝同时追来。

［阿桑："我跟你讲，我是死也不会去避寨的。"

桥　宝　（追上来喘着粗气）阿桑，你听我讲，我们不能和寨上所有的人对立起来，我爹是寨上多年的老会计公，他虽然不是村主任，寨上的人都听他的……我现在还扳不弯他。

阿　桑　你扳不弯他就来扳我是吗？我好欺负是吗？我告诉你！我就是不信这个邪！

桥　宝　我真的希望你不要因为退婚这件事就……垮下去，我现在真的象热锅上的蚂蚁，计生工作还需要你来帮我一把。

阿　桑　我？你最好现在别提这烦心的事，你要是条男子汉，敢接下村主任这副担子你就挑起来，你要是胆小怕事，是个软趴蛋，你就早点把公章交回去，劁你得猪去。

桥　宝　阿桑，你听好了，我杨桥宝我能接过这个村主任来我就敢把他当好，要不我将来还怎么为人？

阿　桑　桥宝，你看见了吗？八根要撵我娘去避寨，你要是怕就赶快回家去躲起来。

阿　桑　娘，我们回去，我不要你去避寨，我看天会不会塌下来？

桑　娘　阿桑啊，你八根大伯也是为你好，不要再惹出什么祸来。

阿　桑　寨我是不避的，有本事和我去乡政府评理。

八　根　（气急）桥宝，你还是不是我儿子，去劝她们一句。

［桥宝为难，不知如何是好。

桥　宝　爹，你要是有气朝我出，（含糊地）避寨的事……我看是不是就算了？

八　根　你……再讲一遍？把话讲清楚点。

桥　宝　我好歹也是个村主任……我有什么不敢讲的？我不同意。

八　根　你……（举手要打）

［桥宝跑去。

八　根　你狗日的不是我儿子！

［桥宝在老远回答：“我首先是村委会主任。”

［暗转

［白天、冯竹家院坝里。

［热闹的人声鼎沸，不时传来的笑声、鞭炮声、猜拳行令声。

［冯竹今天在请满月酒。

妇女甲　冯竹姐，生个姑娘请满月酒者在我们寨子是头一回啊。

冯　竹　这就是旧思想了，你没看见寨门口写的大标语“生男生女都一样，女儿也是传后人”娃娃的爹是乡长，当干部的觉悟不能和普通老百姓那样高嘛。

［众人的附和声：“对嘛，干部就是要带头移风易俗。”

“古代出杨门女将，竹姐这个姑娘将来肯定又是一个女乡长。”

“不起止，肯定是个女县长。”

"说不定还是个女省长呢！"

［众人的附和声："女省长！要当就是女省长！"

冯　竹　八根伯，借你的吉言，我先敬你老人家一碗酒。我家这个姑娘能向八根百家桥宝一样能当个女村长就不得了了。

八　根　我家那个不争气的儿子让你笑话了，你家这是乡长的千金小姐，我家桥宝怎么好拿来和她比？这个玩笑开不得。

男人甲　你家老公也没见啊？是不是当了领导太忙了？

冯　竹　他出差到外地还没回来，还特意交待要我陪你们多喝几杯。

男人甲　竹姐，乡长不到就说是太忙，今天怎么也没看见我们刚上任的代理村主任桥宝来吃酒啊？

冯　竹　我特意去请了，人家现在是村主任，哪里是我们想请就请得动的？不过话又讲回来了，我家八根伯都亲自来了，要说我家这个姑娘的面子还是蛮大的。

男人乙　看不出这昨天还在走村串寨劁猪的桥宝架子还是蛮大的……

［桥宝应声答道："我哪里敢摆架子，竹姐，我来恭喜你家喜得……千金！"

冯　竹　不敢当不敢当，快把姑娘抱过来沾一下村主任的喜气，将来好前程似锦，升官发财。

［小孩的笑声。

桥　宝　好乖的娃娃，……像两个月了吧？

冯　竹　……我的奶水好，孩子自然就长得快。跟舅舅笑一个。

桥　宝　现在的娃娃真的是长得快，还不到两个月就冒牙齿了？

冯　竹　那是的啊，过去养一头猪要十个多月，现在半年就长登膘了，这就是科学，过去冬天哪里敢想吃黄瓜、新辣椒？

自从有了大棚蔬菜的种植技术，那样菜我们都敢想，都吃得上。

桥　宝　那……那是，过来让舅舅抱一下好吗？

冯　竹　好啊，舅舅抱一抱，姑娘越长越发俏。舅舅想一想，当心拉你个黄金万两。

桥　宝　摇啊摇，要到外婆桥，白米饭，酸汤肴，舅舅要我少吃点，嫂嫂说我害饿痨……不好，撒尿了。

［桥宝：“来，舅舅跟你换个尿片……”被冯竹阻拦：“等一下”。

冯　竹　桥宝，我看你越来越不象话了，今天是我家的大喜日子，你以来就阴阳怪气的，我都一直在忍，乡里乡亲的，就是不想撕开这层脸皮，八根伯，你老人家要出来给我评评这个理，哪有当舅舅的头回见面就要看外甥女的屁股的？

八　根　老子看你是喝多了？不要和他一般见识，还不赶紧坐下来？

桥　宝　爹，我也不瞒你们，我听人讲竹姐家生的是……是个男娃，我也是为了平息这个谣传才来核实一下，也是为竹姐她好，姐夫现在是乡长，领导要是能带头做好计生工作……以后讲话才有底气。

八　根　你这个狗脑壳，也不看个场合。就是要看男看女也不该你去看，喊个大嫂把她泡尿不就晓得了？

桥　宝　不行，我一定要亲自看个究竟，才好登记生育表格。

冯　竹　既然桥宝兄弟非要看个究竟，我一个干部家属也该配合他的工作，我给娃娃换片你就看吧。八根伯，你老人家也来做个证，省得人家整天嚼我的滥舌根。

［众人同时地：“是个姑娘，桥宝你看清楚了。”

［八根一时下不了台。“你这个给我丢底败兴的鬼仔，

你跟老子滚出去，再也不要进我的家门。”

[众人议论纷纷：“桥宝也真的是太过份了……”

[音乐声中众人笑声越来越大。

第四场

[晚上，彩凤家。

[夜。雷声滚滚，风雨交加。

[桥宝独从雨中跑来，雨水中的脚步声。

[旁白：“刚刚被爹赶出门的桥宝又遭到大雨淋，淋得像是只落汤鸡似的，黑夜的桥宝这時真的感到是那么无助、孤独，又冷又饿的桥宝都不知道该上哪去？寨子头的事却是千头万绪象一滩烂泥。他不知不觉间来到彩凤家楼下，无可奈何的桥宝怯生生叫了声‘彩凤……哥有急事找你。’”

[彩凤开窗声。

彩　凤　是谁在楼下？哪家的男人不害羞？

桥　宝　不是我桥宝不害羞……也不是我桥宝脸皮厚。你能不能开门让我先进屋去，有件事听我跟你慢慢讲。

彩　凤　有什么话你就开口，没什么事就快点走。为什么偏要进家来？黑天半夜我怕你……又要惹别人嚼舌头。

桥　宝　彩凤，你轻点不要吼，四邻知道了我又要丢丑。你也落得名声臭，你不让进家我这就走，这就走……

[这时雨声更大了。

[桥宝感到湿淋的衣服贴在身上，冻得直哆嗦，紧靠一处避雨。

[这里有一段抒情音乐。

［彩凤见他这般模样，心里十分矛盾。

桥　宝　唉，彩凤啊，你怎么就这样不相信人，我这个代村主任在寨子的乡亲们面前，抬头不见低头见，心肠就这样狠？

彩　凤　……不是我不愿给开门，不是我太无意无情，也不是我忍心让你在门外遭雨淋，我是开门也不好，关门……也不行。只是我嫁老公卡香出门时留下话，我不敢……我不能给你开门。我不敢……桥宝啊你是晓得的，真的是……女人难做。

桥　宝　怎么？你生病了？

彩　凤　不，心头烦，你去年给我的那个洗那里的……药是叫什么？

桥　宝　叫高锰酸钾，还有……怎么？要是用完了，我在给你拿一些。

彩　凤　还有你给我用过的那几种药……我想拿来供在神龛上。

桥　宝　这是科学，神龛是用来供奉……你供这些药干什么？

彩　凤　无缘无故的，不晓得怎么的，我的肚子里好像是……多了个人。

桥　宝　怎么会多了个？……嘿嘿，这是大喜的事情。真是功夫不负有心人，去年我再三喊你去县卫生院看看妇科你还不想去，现在你相信生娃娃也是科学了吧？过两天我陪你去乡里计生站做个尿检就可以肯定了。

彩　凤　你说我不该把这些药供在爱我家的神龛上吗？

桥　宝　供就供吧，这也算是崇尚科学啊？只是……卡香他不在家，你要赶紧地告诉他这个好消息。

彩　凤　那我明天就……去乡里他哥那里找到他现在的地址。

［黑暗中香婆娘路过，她躲在暗处看见了这一切。

香婆娘　我说他怎么装得一本正经的，原来这只猫是在这儿偷晕。

[她捂嘴笑。

[白天，阿桑家楼上。

[织布机在嘎吱嘎吱作响，楼下传来木叶声。

[阿桑在织布机上织布，没有理会吹木叶的人。

[桥宝见阿桑布他开始学蛤蟆叫，没想到阿桑端起一盆水到了下去，应声传来桥宝的叫声“哎哟！”

阿　桑　是谁在我家楼下也不说一声，要是盆开水那还不烫死你啊？

桥　宝　阿桑，你装什么装？你明明晓得我在楼下吹木叶，你真的是心肠狠，一盆冷水把我叫了个透心凉。

阿　桑　不是我心肠狠，你兑现你的话了吗？村里的计生工作搞起来了吗？你有什么资格跑来我家楼下吹木叶？一天到晚胆小怕事，怕得罪人，挟起尾巴做老好人。我真的是……看错了人。

桥　宝　阿桑，我天天都在努力，眉毛都快然气来了……我家爹的脾气你又不是不晓得，有些事情要慢慢的来，他老人家要是肯站出来替我讲句话，寨子头的计生工作就一竹竿捅开了……还有你，是计生工作的行家里手，我倒是想做好，但还是个新手，原来是学畜牧专业的，马竹扇牛我在行……我们寨子头的这些人你又不是不晓得，有些事情还是女的做起来方便。

阿　桑　桥宝，我一辈子都嫁不出去你管不管？

桥　宝　我……我管就我管，大不了你就嫁给……说老实话，我还真的不想要你嫁出去呢。

[阿桑害羞地过来追打桥宝。“叫你乱讲，叫你乱讲……我是你的姐姐，那有弟娶姐的？”

桥　宝　是你要我管的，我答应管了你为什么又要打我？

[这是传来阿桑娘的声音：“阿桑，你是在和谁讲话？”

[音乐声中两个人立即躲起来悄悄嬉笑。

[另一光区里。

[白天，计划生育保健室。

[喧闹声中阳桥宝："大家让一让，我把牌子先挂上去。"

[杨桥宝的计生保健室又要重新开张了。

[杨八根跑来。"放下来，放下来！桥宝，你又要搞什么鬼名堂？老子看你真的是无聊，大男八汉搞什么不好，搞这个看裤裆头的卵事情……"

桥　宝　爹，我搞的这是计生指导服务室。这关系到全寨子妇女的生育健康，是我这个村主任的工作权限。

八　根　老子活了几十岁了，头一回听见男子汉跟婆娘伙检查裤裆的事情，我这当爹的都替你脸红……你们看什么看？都跟我滚开！我看哪个婆娘敢进去？你们还嫌阿桑惹的祸不够啊？你个婆娘要搞计划就去乡里计生服务站。不要脸的东西……

[八根骂骂咧咧地离去。

[看热闹的人群慢慢地散去，香婆娘来到诊所前。

香婆娘　桥宝老弟，恭喜开张大吉！这春兴草旺的，我家门前的那棵老槐树都发新芽了。你说这女人要是三天两天的没个男人也就忍过去了，这日子一长谁受得了，你说是吗？

桥　宝　香姐，我不知道你说得是什么意思？

香婆娘　要不是看在你是我家老公和你是亲戚的份上，我才不管这些闲事。老话讲得好啊："是酒，就要有人喝，是女人，就要有人摸。"

桥　宝　你的话我越发听不懂了，有话你就明说，别跟我绕圈子。

香婆娘　这两天浑身酸疼，吃饭也不香，晚上连那种事也不想做……

桥　宝　你这是感冒了，我跟你开点药吃了睡一觉。

香婆娘　我这里有一瓶药，你看能不能治我的病？桥宝：这是一瓶柴胡，还真的是治你的病的。但这种药不能吃，是针剂。

香婆娘　管它什么真计假计，只要能治病就是最好的计。

[桥宝打 anpo 得声音。

桥　宝　把裤子脱下来。

香婆娘　你想干什么？

桥　宝　肌肉注射，就是打针。

香婆娘　打哪里？

桥　宝　臀部，就是屁股。

香婆娘　（骚呼呼地）你这个坏家伙，我……你就不怕看女人的大屁股，搞不好是要生眺症噢？那……我就真的脱下来啰？

桥　宝　生什么眺症？你不脱这针怎么打？

香婆娘　脱就脱，你一个童男子都不怕羞，我一个生过仔的婆娘怕什么？反正这屁股看一眼也不会少一斤去。

桥　宝　谁叫你全脱下来？露出一点就行了……

香婆娘　你不就是想看吗？就让你看个清楚。

[桥宝一针下去，香婆娘很快就晕针，叫了一声就倒了下去。

[将盆、瓶子之类的东西打翻。

[计生保健室门前，晚上。

[人们的熙熙攘攘声由远而近。

[贺歪嘴和儿子一加一，还有何加的家族的男子们都气势汹汹地来到桥宝的计生保健室门前。

贺歪嘴　桥宝，你跟老子出来！

一加一　桥宝，你跟老……子出来！

［桥宝从屋里出来的开门。

桥　宝　歪嘴哥，有事吗？

贺歪嘴　有事吗？你装得跟没事一样，老实讲，今天你跟我家婆娘……都怎么了？

桥　宝　我跟她打针，可能是药物过敏……

贺歪嘴　你……我问你，你怎么打到我家婆娘的屁股上去了？

桥　宝　你去问一问访一访，那家医院打针不是打屁股？

贺歪嘴　这么说，你看见我婆娘的屁股了？

桥　宝　不是我非要看，是她自己全脱下来的……

冯　竹　他看屁股是有瘾的，见哪个都想看人家的屁股。

［众人一阵哄笑。

贺歪嘴　（贺咬牙切齿）这么说你摸了我老婆的屁股了？

桥　宝　我是给她打针，……是用棉签抹的。

［众人又是一阵哄笑。人群中有人议论："肯定是想摸香婆娘的屁股才下的蒙汗药。""他家婆娘的屁股是又白又肥吧？"

［贺歪嘴忍无可忍："贺家的本家们！还不动手等什么？"

［这时贺姓的本家男人们蜂拥而上，眼看就要殴打桥宝。

［贺家的男人女人们骂声不断，桥宝试图要解释。

［就在这时，只听得香婆娘大喊一声："住手！打不得！"

［众人立即停下了来。

贺歪嘴　你这个憨婆娘还嫌丢人丢得不够？你还出来干什么？

香婆娘　针是我叫桥宝打的，裤子是我自己脱的，要是桥宝看见了，那是我愿意的。

贺歪嘴　我看你这个婆娘是不是有点疯了？你个老子滚回去！

［"啪"香婆娘伸手就是一个耳光打在贺歪嘴的脸上。

香婆娘　你狗日的也不想一下，桥宝还是个童男子，这盆脏水要是泼在他的头上，将来叫桥宝兄弟还怎么做人？

贺歪嘴　你遭人家欺负了，我们贺家的男女老少出来为你出这口气。你到好，反到出来为这个流氓讲话，老子看你真的是不要脸了。

香婆娘　你才不要脸！那年我宫外孕大出血，你狗日的又不在家，要不是桥宝兄弟出来救我，我早就没有命了。要是他不来看我……人家怎么知道我在大出血……是个人就该讲点良心。这计划生育不就是屁股下面那点事吗？大家都不让人家看，你倒是说说这个事让人家怎么干？

[大家这才纷纷散去。

[只有一加一还在兴奋地叫着：“香婆娘，咚咚呛，对准屁股打一枪……”

[白天，八根家。

[一阵鸡飞狗跳声中只听见本根在追打桥宝。

[急促的奔跑声里还夹杂着踢翻了盆盆罐罐的声音。

八　根　是真的本事大，你这个当村主任都当得去看婆娘的屁股去了？你这个腐败分子，我明天就去乡政府反映你这些丢人现眼的事。

桥　宝　爹，你也听我讲句话嘛，我也是没办法。乡里要每个村里马上统计育龄妇女上环的准确数据，村里妇女的只有阿桑懂这个，她就为计生专干得罪了人，让人家格西寨的退了婚，她是伤透了心……我怎么办？我只好硬着头皮来……

八　根　你就硬着头皮去……看香婆娘的屁股？

桥　宝　爹，你不要讲得那么难听嘛，这计划生育工作难免要……就是看屁股也是为了村里的计生工作。

八　根　你跟老子还犟嘴，今天看我怎么收拾你！

[八根追打桥宝在前面奔跑，不停地喊：“救命”

［白天、乡政府办公室内。

［桥宝拉着冯牡竹进来。

冯　竹　桥宝，你放开我，这第二胎你办就办，拉我来乡政府干什么？

桥　宝　我到乡里医院调查过，医生讲你生的男娃，我还要问问乡长，她是孩子的爹，他总该不会连是男是女都不知道吧？

［乡长从里间办公室里出来搭话：“桥宝问得好，我现在就告诉你，我的老婆生的是男娃。他趁我不在家时候背着我办满月酒。这件是我从县里回来的第二天我就知道了，感谢桥宝兄弟及时纠正了这件事，要不然我这乡长就要犯大错误啊。”

桥　宝　乡长，我……是不是让你有些下不来台？

乡　长　你要是知道了不讲，等将来铸成了事实，那我才是真的下不了台。

冯　竹　桥宝，你做事不要做得太绝，你二天就没有事要求人了？

乡　长　计生工作的事一要靠大家来支持，二来要靠各级领导监督带头，我是一乡之长都这样生男报女，将来还怎么去要求别人？

桥　宝　感谢你在关键时刻站出来支持我的工作……

乡　长　这是党和政府计生工作，怎么说是你的工作呢？这是我们大家共同的工作。十多年来，经过我们计生干部艰苦努力工作，使我们的地区少生了六七十万人口，如果大家都做老好人，都怕得罪人，特别是怕得罪领导，这计生工作还怎么搞？

桥　宝　季乡长，感谢你在关键时刻给了我……支持。

乡　长　就凭这一点，当初乡党委决定让你来代理村主任是非常正确的选择。

[苗族山歌。

好着急，好着急，

清明过去是谷雨，

土未破，田未犁，

阿朵挺起了大肚皮。

画外音：“彩凤的肚子在一天天大起来，卡香的地址却怎么也找不到，卡香突然的回来，彩凤吓得不知该如何是好。待她来向卡香说明情况时非但不不听他的解释反而怒眼横睁地斥责他道:“你这个不要脸的婆娘，就在这是卡香又听见了村里人的议论，他看着婆娘一天天长大的肚子……而彩凤一时也不知该怎么向卡香交待？”

[桥宝一下坐在了地下。

[女声画外音：肚子一天天大起来的彩凤，心急如焚。众妇女的议论声不绝于耳。

[香婆娘和那些妇女在津津乐道地传播着彩凤怀孕的原因。她们交头接耳，眉飞色舞。

[一群妇女找到桥宝，她们是卞香和他家族的亲戚们。

[彩凤奋力阻拦却无济于事。

[桥宝有口难辨，一阵辱骂声。

[紧接着就是众人殴打的拳脚声。

[阿桑赶到极力劝解：“你们要是怀疑彩凤肚子里的孩子可以去做亲子鉴定的……你们要打就先打死我！”

[众人这才忿忿离去。

[桥宝躺在地下在痛苦地呻吟。

[传来贺歪嘴等人的笑声。

桥　宝　这些人真的是……无法无天胆子旺。一伙婆娘也敢来打我……堂堂村干部，我是浑身有嘴去跟谁去讲？我、我真的恨不得，恨不得跳进这禄江头洗清我一肚子的冤啊……

阿　桑　桥宝，不要动。我用盐水给你洗下伤。

［音乐声中，阿桑在细心地在为他洗伤。见他被打成这样，她心痛不已。

桥　宝　天哪！我的保健室的牌子也砸碎了……（痛哭）阿桑，看来我真的不是当官的料，我还是去走村串寨干我骟猪老本行，这碗饭我吃不下。

阿　桑　早晓得今天要打退堂鼓，当初就不该接村主任。

桥　宝　当初我是气那些人瞧不起我这个骟猪匠，当一回村主任给他们看看，我桥宝也不是一口漏酒的缸。哪晓得会……当成现在这个样子。

阿　桑　现在你要是退下阵来，就证明你真的认输了。

桥　宝　眼看着寨子里的那么多的育龄妇女，计生的事还是没人来管，我心头急啊。试验区已经快这么多年了，计生工作搞得好坏，直接影响到我们能不能从根本上解决脱贫的一项根本。寨子头还是那么严重的封建思想，我真的想和我爹硬碰一下……不晓得寨子头的人咋个会只听他的呢？

阿　桑　硬碰硬你是会吃亏的……我到有个主意，就怕你……没这个勇气。

桥　宝　阿桑，别人看不起我，你也不相信我？你说，什么主意？

阿　桑　你爹不是凶得很吗？他是寨上的实权人物“会计公”你要是他肯出来说一句话，他来跟你挂牌子。我看哪个婆娘敢不来检查环？

桥　宝　你是说我家爹？我去找他。

阿　桑　你过来，你看这样行不行……

桥　宝　（欣喜）

好，明天晚上就下手。

阿　桑　你把衣服脱下来，我给你缝两针。

［苗族古歌起。

古时苗家无衣裳
寒风刺骨难抵挡
蜘蛛姑娘好心肠
教会苗家会织纺
日出男人去耕种
女人月下细细纺
犁铧深深种下爱
细细丝线情义长

［桥宝此刻千言万语涌心上。

［阿桑分神中针刺了手。桥宝下意识地握住她的手。

桥　宝　刺手了吗？

阿　桑　……不要紧的。

桥　宝　唉，人到二十五，衣服无人补，这回又遭剩菜汤撒了把烂药，这辈子怕是讨不到婆娘了。

阿　桑　其实有个姑娘暗地里喜欢你……你自己还不晓得。

桥　宝　哪个姑娘……会喜欢我啊？

阿　桑　她……她远在天边，近在眼前……

［阿桑说罢羞涩地。

［桥宝愣了半晌。

桥　宝　阿桑……你不要拿我开玩笑。

阿　桑　终身大事，我从来不和人开玩笑。

桥　宝　你说的是真？

［两人猛地抱在了一起。桥宝突然惊叫："哎哟，轻点……"

阿　桑　怎么了？

桥　宝　我，这里打脱了好大块皮。

［两人笑。

［暗转成另一场景

［夜晚，夏虫的鸣叫声。

八　根　月朦朦，夜朦朦，说阿桑他娘今晚要来找我修电筒。

［桑娘悄悄来到八根家。

桑　娘　山朦朦，水朦朦，八根说有件破衣服要我晚上去缝。

八　根　阿桑娘，屋头坐。

桑　娘　就在外头吧，省得人家讲闲话。有话就在这里讲。

八　根　说是你的电筒打不亮，给我看看，可能是哪儿接触不良？

桑　娘　对了，把你的衣服拿给我，你要补的是哪边肩膀？

八　根　新换的电池硬梆梆，轻轻一按它就亮了。

桑　娘　这原本是件好衣裳，他骗我来是要搞什么鬼名堂？

八　根　是为阿桑来赔礼？还是有别的鬼花样？

桑　娘　本根，你找我有哪样事情？

［本根猜出了八九分。

八　根　是桥宝……这挨刀的鬼仔。

桑　娘　是阿桑……那背时的姑娘。

［两人醒过神来，顿时觉得一阵不安。

［桑娘与八根交换东西时手碰到一起，当即象触电一般收回，四处张望无人后，两人的手终于握在一了起。

（伴唱）

情绵绵，意绵绵

岁月悠悠，年复一年

两人本是还夙愿

面面相视，默默无言

八　根　握住她的手，浑身象通电。轻轻拉一下，象扯风筝线。

桑　娘　牵住他的手，象是蚂蚁沿？羞得要收手，心头又不愿。

说不清来理还乱，密密麻麻成一团。

八 根 是情还是爱，是命还是缘？

桑 娘 是悲是欢？悲喜参半。

八 根 是苦是甜？五味俱全。记得我们那年外逃的那个夜晚……

桑 娘 牵着我的手翻过多少山，顺着清江往下淌，情做水来爱做船。

八 根 盼风吹云散星光满天，一同渡过幸福岸，谁知你去而又复返你被逼婚嫁下湾寨，春花秋月各一边。

桑 娘 我嫁湾寨心不死，如今你日子好过了是一件好事都不干。当年一条铁打汉变得好横蛮。昌发出走……你却要把我们母女撵，桥宝遭打你是装憨不管。计划生育受阻，你还在这里坐得安。

桥宝他办个计生保健站，为什么你处处把他为难？寨上的这些事你到底还管不管？

八 根 桑娘，你以为我不急？我这心里头都急得在淌汗。

桑 娘 你不出来，哪个敢带头“开秧门”？那天满寨子的牛打架，哪个还敢乱牵牛下田？

八 根 他能干得很，哪里还把我在眼睛头。才当个村主任就去串寡妇门。遭人打，我当爹的还有脸去为他讲情？

桑 娘 桥宝是为劝媳妇们出来检查环，才遭打的。

八 根 阿朵肚子头的娃娃是哪个的？

桑 娘 几十岁的人了，听风就是雨，桥宝头天去他家，第二天那娃儿就三个月了？

八 根 ……我还不是听人家讲的。

桑 娘 不信你去问阿桑。

八 根 我一个老辈子……管那些闲事？我天天都在想，今年“秧门”该哪个时候开？心头也是毛焦火辣的。

桑 娘 你家爷仔两个还不去齐心合力赶紧挂起保健站的牌子来，

还愣眉鼓眼的干什么？

八　根　我是“会计公”，老子，莫非还要去求儿子？

桑　娘　你呀，还是那水牯牛的脾气。那天寨子的牛怎么会打的拉都拉不开呢？

八　根　（笑）憨娃儿些她们不想一下，那公牛多母牛少，拉在一堆咋个不打架？

［就在两人笑得前仰后合时，远处传来声音，发现有人。

八　根　不好，有人朝这边来了。

桑　娘　咋个办？要是遭人看见传出去，我们还咋个见人。

八　根　走，我们到屋里躲起来。

［本根、桑娘急速进屋，吹灯。

［室内传出桑娘声音：“不要吹灯，鬼老者。”

［八根声音：“开起灯人家就要来敲门。”

［少顷，桥宝探头探脑上。环视四周，至窗前细听，确信本根已睡着。

桥　宝　出去了，他中了阿桑的调虎离山计，事不宜迟，说干就干。

［摸至牛圈边停住。

桥　宝　不行，他要是半夜起来喂夜草，发现牛不见了，还不打断我的连二杆。这……这该怎么办？

［桥宝进圈牵牛，牛叫。

［屋里的本根要冲出来，桑娘把他拉住。

八　根　不好，有人偷牛。

桑　娘　去不得，一开门出去，我们这辈子在寨上还怎么做人？

［八根此时才意识到他和桑娘的处境。

八　根　哎呀，牛要是遭偷了，我肯定也活不成了。不该喊你进屋来，这下惨咯！

桑　娘　硬是自作自受。（笑）要么丢丑，要么丢牛，随你要哪头。

［八根急得团团转，猛然想起主意。

八　根　小偷素来胆子小，不能开门出去，还不能吼一声把他吓跑？

［八根使劲咳嗽一声。

［那人影不但不跑，反而转房门走来。

八　根　噫，这个强盗胆子还蛮大的，不但不跑，还朝我们走来了。

［桥宝来到窗前。

桥　宝　爹，你老人家这么晚了还不休息？

八　根　（假装）哪家的鬼仔，快走！我要是出来就不怕我打死你。

桥　宝　我是你家桥宝，特地来看下你。

八　根　少来气我就谢天谢地，还敢劳你还来看我？

桥　宝　是你老人家处处给我出难题啊。

八　根　我给你出难题？我是全寨的“会计公”我要守寨上的规矩。

桥　宝　苗家有规矩，清明谷雨要开犁，你老人家是“会计公”，总不能在一边看儿子的热闹吧？

八　根　桥宝，你、你，（动情地）还记得我是“会计公”你是来找我合计种田的事……

桥　宝　爹，我怎么敢忘记……你心疼我从瘦小薄身单无体力，省吃俭用勒紧裤腰带，送我读书到城里。昌发十四岁回家学种地。他在坡上吃的是红苕饭，我在学校读书带的是白米。三伏天他田坝头汗水滴，我在树荫下凉凉快快把文习。隆冬数九天你卖柴进城给我送棉衣，我手捧着棉衣泪如雨。当牛做马感激不尽您老的恩情，来生再世也还不起。眼看村里的计划生育工作搞不下去，妇女们有些顾虑。我想请您亲自出马来为我挂保健室的牌，不知道爹是不是同意？

［八根为真情所动，他要去开门桑娘又把门闩销起。

八　根　桥宝，我的好儿子。我也没想到寨子里的这些婆娘伙……怎么会连检查环都还有顾虑？改革开放首先就是要解放思想，还这么封建？年轻人该解放这些旧的东西。我的爷爷就是没有计划生育，一家伙生了我们兄弟八个，大家才叫我“杨八根”我年轻的时候就曾经为这个事情吃过亏，也伤过心啊！

［桥宝激动万分。

桥　宝　让我进去，原来是我桥宝把你老人家看低了，我和阿桑是来向你道歉赔礼，想不到老人家这么深明大义。

八　根　桥宝，我的儿啊，原谅爹不能够开门给你，这件事爹还要蒙倒遮起……等秋后打出新米，选一个好日子我再向你……泄露天机。

桥　宝　爹，你就是给我找个妈又有什么稀奇，我也想和阿桑……和你们一起办酒，我们……爷崽同喜

［桑娘忍不住笑，本根忙示意不要出声。

桑　娘　快开门咯，我来补衣服怕都是他和阿桑出的鬼主意。

［八根开门声。

桥　宝　（逗趣地）我刚才看见灯是黑的，原来你老人家在装睡着。

八　根　你去通知全寨，明天“开秧门，保健室挂牌一道手办！

［八根、桥宝与全寨的苗家妇女。

［铜鼓发出的厚重的声音在山谷间回荡。

［雄浑厚重的音乐声骤起。

［她们以苗民族古歌的形式祈祷：

且公　当娘你们高高在上。

你们牵出长长的花带

一头捆起太阳
一头捆起月亮
你孕育出谷种
教会我们开荒
没有太阳谷子不黄
没有月亮不能“游方”
你把谷种撒向人间
苗家才有白米香
苗家才能把酒酿
男人有酒敢做敢为
女人有酒勤劳善良
我们祈求风调雨顺
我们祈求五谷丰登

八　根　我们格东寨今天计生保健挂牌。

［人群齐声高喊“挂牌喽！”

［苗家木鼓奏出的声。

女　声　男儿竖起高高的芦笙

男　声　有歌我们唱、唱、唱

女　声　女儿展开百褶裙含苞待放

男　声　到酒我们喝、喝、喝
土地得阳光春雨万物生长
当娘且公孕谷种世代久长
土地恋太阳
且公爱当娘

海雀那山，那片林

人物表

文朝荣　男　40 岁到 72 岁　海雀村党支部书记。

陈天光　男　27 岁　犯过经济错误后又重新入党。

文正学　男　小学老师，后任村委会主任。

安细妹　女　29 岁　被男方家撵回海雀的寡妇。

文　妻　女　40 多岁　为文朝荣这个“好人”辛劳一生的妻子。

禄老奶　女　93 岁　海雀村困难孤寡老人。

杨二妹　女　29 岁　文家儿媳妇

县委书记　40 多岁　县委领导。

罗老四　34 岁村民。

罗二孃　女　31 岁　村委妇女主任。

罗老四　男　35 岁　村民，罗二孃的弟。

细妹哥　男　33 岁　村民。

台盟挂职付县长、中年人、群众若干。

第一场　敢于担当

［文朝荣画外音：“我们的祖先到底是哪年迁徙到海雀的？肯定是更久更久以前……老祖宗会落脚在在这里，到底住了好多代？我问过老人们，也都记不起来了……他们为哪样选这里落脚？取名叫海雀。我想那时肯定这里是水草丰茂，山上有大树，山脚淌清泉，要不咋个叫海雀？这不是传说，现在都还看得见那三个没有水的干海子……那水呢？那海子的水跑哪儿去了？海雀的山怎么就成了光秃秃的山？有人说我们海雀人种树有背景原因，这句话是说对了，我们这个村贫困会惊动了党中央；刚到任第三天的省委胡锦涛书记，就来到海雀调查贫困情况……”

［晚上，月黑风高。

［在光秃秃的山上临时搭建的窝棚边。

［场次事件，还未种下的树苗被邻寨的盗走。

［和衣睡在树苗旁边的文正学听到“悉索”的响声，好像有人摸到他的树苗旁边来，刚要喊叫就被他们摁倒在地将他捆了个严实，堵上嘴巴蒙上了麻袋。

［文正学被他们以麻袋笼住动弹不得，来人将树苗一捆捆偷走。

［在麻袋中的文正学在挣扎，陈天光和几位男人被狗的叫声惊醒，从窝棚出来，这才发现。

［群情激奋，决定要把树苗讨还回来。寨子男人们发生对峙，冲突将一触即发。

［文朝荣怒吼：“当真是翻天了！敢偷我的树苗？无法

无天了！他……这是在欺负我们海雀！你们还看我搞哪样？吹牛角号！就是拼上二两命也要把偷走的树苗讨回来！”

［陈天光：“那坡脚寨的人要是不依呢？”

［文朝荣：“自家看到办！死活要讨回树苗来！”

［海雀的男人们怒吼：“晓得了！”众人手执镰刀、锄头的苗、彝、苗汉子们朝坡脚寨奔涌而去。

［彝族的皮鼓声沉闷而雄壮。

［文朝荣的儿子文正学却犹豫不决，冲出去又退回来。

［文正学惊恐不安地：“爹，他们冲下坡脚寨去了！万一……要是打起来怎么办？”

［文朝荣假装没听见。正学大声叫道：“爹！他们快要打起来了！你是支部书记……你管不管？”

文朝荣　听到！你要是我的儿子就跟我冲下去！

文正学　……我一个老师，天天在教学生要讲道理，不能以这样的方式来解决问题。

文朝荣　（火冒）你要还是个站起屙尿的男人，就跟大家一起冲下山去！老子不是在和人打架！……是在跟坏人坏事作斗争！

［胆怯的正学咬咬牙冲了下去，那条狗也随他而去。

［文朝荣：“我咋个会有这么个‘软粑蛋’”？

［远处传来人群激烈的争斗声，狗叫声。

［声音由远而近，得胜回来的男人们扛回了一捆捆树苗。陈天光和几个彪悍的男人押着一个中年男人。

陈天光　文支书，这个人……咋个办？

［文朝荣恨恨地看了被捆的人一眼，接过一根扁担递给陈天光后歪歪了嘴。

［陈天光：“你看清楚哦？他是……”

［文朝荣：“不看！先让他长点记性！”

［陈天光会意地把那人拉下去就是一顿扁担。

［大声喊叫声传来：“啊！你们先看清楚？你狗……你敢打我，老子是……我是文朝荣的亲家！”

文朝荣　你还还敢称老子？老子打的就是你！还敢冒充我的亲家？再重打这个狗东西几扁担，让他长记性！

［那人接着喊叫，少倾，那人被带过来，还在揉屁股。

中年人　好，文朝荣！算你狠！敢喊人打我？你六亲不认？我还是不是你的亲家？

文朝荣　我打的是偷树苗的。到海雀来动哪样都好说，谁动了我的树决不行！动我的树就是要我的命！绝饶不了他！

中年人　看清楚，我……我是你的亲家！

文朝荣　（电筒细看）咦！还真的是我的亲家！亲家亲家？你也不能让我倾家当产！亲家？你都侵犯到我家里来了，还敢偷我的树苗？那我还和你亲哪样？晓得这些树苗是哪样？是我海雀的命，是海雀七百多号人的出路！那个敢动我的树，就莫怪我文朝荣六亲不认！

中年人　你……支书打人，我要到乡里去告你！

文朝荣　你捆的不是我的儿子，看清楚！他是人民教师！我没告你，你还要去告我？你偷盗树苗这是偷盗刑事案件……我不把你捆起去送官已经是客气的！

中年人　你打我……你私设公堂就是违法！

文朝荣　这回看在你亲家的面子，只打几下屁股，算是跟打个招呼！下回再敢来偷树苗，那就由民兵拿猎枪上铁沙子、铁码子，用对付野猪的办法来对付你！

中年人　好！你记到起！……文朝荣！

文朝荣　你不要记我文朝荣，最好记到猎枪打野猪！

［那中年人和个同村的人匆匆下。

[文朝荣：“看哪样？赶紧把树苗分到各山林去，天亮就种树！

[大家散去，只留下儿子忐忑不安地站在那里。

文正学　……爹，当真要备起猎枪啊？

文朝荣　不备起猎枪？你说咋个办？

文正学　爹，我是怕……那猎枪要搞出人命的！

文朝荣　不备起猎枪，有人再来偷我的树苗咋个办！

文正学　……我怕猎枪会惹出事来。

文朝荣　我在让你想办法，都说读书人……看来我还真要备几根猎枪，以后你就天天背起猎枪到坡脚寨去转一圈，回来就去教你的书。

文正学　我就没事了？

文朝荣　有事，跟我写些木牌牌插在坡脚寨那边，在上头跟我写起……山上安得有野猪夹，那个要是敢上山来，要是夹断他的莲儿杆（脚）那是活该！由他自家医治，肯定不关我的事……

文正学　爹，我就写“山上有野猪夹，严禁入内”第二行写“强行闯入 ，后果自负”。

文朝荣　就这个意思，这个你还在行。字要写大点、写雄点！

文正学　哦！我晓得了，你是想吓他们？

文朝荣　二天要多动脑筋，你莫读书读成个书呆子。

[“哎，晓得了”正学提起的心才放下，匆匆而去。

[这时陈天光搬树苗过来，见文朝荣就想跑。

文朝荣　站到起！有话要问你……哪个喊你下手打人的？

陈天光　我看你？我看见你一歪嘴了，我才把他……打了几下屁股。

文朝荣　其实……打了就打了，让他也晓得锅儿是铁铸的，看他二天还敢来偷我的树苗？

陈天光　你肯定是怕他告到乡里头去，说书记打人？

文朝荣　偷了东西还去到处讲，他不丢人啊？又被亲家打了屁股，他还好意思去告？我是怕影响两个寨子的关系……天光，他不晓得我的这些树苗是咋个来的？是我到区政府求人，哼穷，赖起不走，还请发树苗的那个鬼仔喝了一斤包谷酒……是我这辈子头回干拉拢干部的事，好不容易求人求来的这些树苗。偷我的树苗就是要我的命！树苗，比命还重！

陈天光　朝荣哥，我晓得要不是惹你气登头，你是不会歪嘴让我打……你亲家的。

文朝荣　不叫打，叫收拾！是在跟坏人坏事作斗争！记到了？

［陈天光见文朝荣嘴里念叨："叫收拾！是在和坏人作斗争！"远去。

［海雀村嫁出去的安细妹，满脸茫然地背上背一个孩子，手里牵着两个孩子回到了海雀村。

安细妹　……天光哥，你在做哪样？

陈天光　你是？是细妹啊？……你这是回娘家来？

安细妹　我男人今年才走几天，我是被……男人家的人撵回来的。

陈天光　撵回来？嫁到她家做媳妇说撵就撵回来啦？他们总要有个说法啰？

安细妹　（伤心）说我和娃儿在白吃白喝他家的……光哥，我回来就是来找你想个法。求你给几个娃儿找个吃饭的地方。天光哥……那年你跟我讲过，只要是我的事，那样事你都肯干？

陈天光　细妹，不要难为哥……哥刚犯过经济错误，你要是再让我犯个作风错误，我还活不活？文大哥他不嫌弃我，给我个重新做人的机会。我和他在坡上种树。

安细妹　你……讲过的话不算数了？

陈天光　那年子你是水汪汪的，你家爹妈嫌我，拿杠子追了我半匹坡。总不能别人喝完酒让我来……拣糟啊？

安细妹　我现在成了没人要的酒糟了？这几个娃娃……咋个办嘛？

陈天光　你遭婆家撵回来……我找时候跟文支书讲，要是能帮你……我肯定帮。

［这时几个种树的几个男人过来，他们在悄悄耳语。

［男人甲：“鲜噜噜一个姑娘，才几年的功夫就变成蔸烂腌菜了”

［男人乙：“落毛的凤凰不如鸡，嫁出去的姑娘，就像泼出去的米汤。作孽啊！”

安细妹　天光哥！求求你们几个当哥的收留我们娘仔几个，要是可怜我们，找个吃饭落处！

［安细妹的哥过来，后面是他的老婆刘二孃。

细妹哥　……你还不死心？靠天光？算了！他自家都吃不饱饭，他拿哪样来喂这一啪啦娃儿？……你还是赶紧回你家婆婆家去，死赖活踹就不回来。

［细妹哥老婆悄悄在戳她的男人，细妹哥为难。

细妹哥　细妹，不是哥不收留你，你回来住哪里？你名下的土地我们都分了，你回来没得土地你们吃哪样？

罗二孃　要说呢……我和你家哥管你几天的饭还可以，要是你名下没得土地，全部靠我们……真的背不起。

［文朝荣这时从远处过来。

罗二孃　细妹，不是我们几个不肯帮你，你晓得，自古老话讲的是：“嫁出去的姑娘，泼出去的水”我们也不能坏了这个老规矩。

文朝荣　这是混账规矩！在我们海雀要改过来“嫁出去的姑娘，不是泼出去的水！”……过去我们海雀是男人找不到婆娘，现在是嫁出去的姑娘也遭人家撵回来了！海雀的日子再不改变，我们还咋个为人？

男人甲　支书，你要想好哦？留下细妹就要划出土来给她种，这个事……闹不得洋噢？

文朝荣　划！砸锅卖铁都要划！不能让细妹娘仔几个饿肚子。……她有难处了才回来，为哪样她不去别处？要回海雀来？这里是她的娘家！

男人乙　她娘家都不管？还不是一个字——穷！

文朝荣　为哪样穷？是我们这群党员没搞好，没有带领海雀村民找到致富的路子！就是因为穷，细妹才被欺负，海雀的女儿被人家欺负丢的是我们的脸。她现在被人家退回来不是她的责任，是我们这群党员要是不留她，这个时候我们党员要是梭边边躲起来，还叫男人吗？

男人乙　要说细妹她娘仔几个也可怜的，海雀的土地都划出去了，现在去划哪家的好？

文朝荣　要我们来做哪样？我们入党时发的誓，是在骗人啊？是在欺骗党吧？海雀村男人讨不到婆娘，现在女人嫁出去都退回来了……我们还有什么脸皮说自家是共产党员？这时候党员要是不敢站出来担当，二天干脆鸪起屙尿，做个男人都不够格！

细妹哥　文支书，我……我也来参加你们种树！

［老婆悄悄拉他衣角，被他甩开：“拉哪样拉？我要是再不跟文支书一起扎实种树，枉自做一回男人！”

文朝荣　细妹哥你听到！细妹先住你家几天，过几天所有的党员都要去跟细妹搭间叉叉房！在海雀，嫁出去的姑娘不是泼出去的水！

［灯光转换成种树的LED视频，一群男人光卓身子在奋力挖坑，太阳下油亮的脊背。

［歌词

扎劲的挖下种树的坑
海雀的脊梁铁骨铮铮
坚定的信念铸就坚韧
拼命挖断那颗穷根根

海雀村有一个带头人
发奋苦干凭铁骨钢筋
今天种下海雀的梦想
希望的苗在发芽生根

第二场　坚定决心

[文正学在追光下讲述："我记得……刚开始种树就遇到困难，海雀村的党员选择了勇敢担当！父亲的"担当！做男人的资格！"这是海雀的党员群众立志几十年荒山植树改变家乡面貌的最重要的原因……父亲下了"卖牛"的决心植树！"一个农民要卖掉自己的牛意味着什么？父亲"下狠心"要跟荒山要生存权！"

[事件是——文朝荣给海雀村下定决心。

[升光，光秃秃的山上开始种上了好些树苗，文朝荣逐一检查种植的要求，发现有好几个坑挖达不到要求。他一怒之下统统拔起。愤怒地大叫："这一片坑是哪个挖的坑？有跟我站出来！"

[所有人静静地没人敢出声。

[这时文正学慢慢走到坑前怯生生回答："坑是我挖的，树……我种的。"

文朝荣　还有脸讲？你晓得这是什么行为？欺骗！你在敢欺骗土

地，土地肯定欺骗你！就这个坑坑种树啊？埋泡狗屎都埋不下！你这是在投机取巧！

文正学 我……没力气挖坑。

文朝荣 没力气也要拼命挖！我看你吃起来比那个都凶！坑坑浅了，雨水一来树苗就……就扯出来了。

文正学 爹，你……有话好生讲嘛，开口……就骂人。

文朝荣 骂你？我要不是支部书记，打你的心都有！……现在起，每个人都划片包干，坑坑挖好要检查后树苗才能种下去。

文正学 ……这碗饭我是真吃不下……我还是出去找饭吃。

[文正学怒冲冲地离去。

文朝荣 嘿！这秀才敢造起我的反来了？你们接到种树不要停下来，我马上去把他喊回来。

陈天光 文书记，说句老实话，我们也没力气挖了。

文朝荣 天光，你也凭良心说下，哪朝哪代有人关心我们这个山旮旮？只有共产党；中央领导人听说我们这里吃不饱饭，他们心急火燎……省委书记啊！刚到贵州才三天就来到海雀！为哪样？就为我们几个是党员没把党交代这担事做好，老百姓吃不饱肚子！我们有哪样道理不好生把种树的活路做好？

陈天光 说到底这种树是为我们自家好，咋个反过来让领导为我们着急？我真的想把脑壳藏到裤裆头去……

刘二嬢 这些小树苗苗……晓得要等到那个猴年马月才成材？我们还等得到……那一天吗？

文朝荣 ……那天我听正学在跟娃娃些讲过一句……哪样语？对，叫“守株待兔”我还以为是守到猪等兔子，他说的那个“株”就是树，说是有一天，一只兔子跑得太快撞死了，那个靠在树下的懒汉捡到那只兔子后从此就不做活路啦，就天天在那里等。

群众甲　天天就在树下等啊？后来等到兔子了？我看他有点傻！（众人笑）

文朝荣　不消说，那人肯定是个傻……子，话说回来，他守株待兔，好歹他还有棵树靠起等，我们海雀连棵树都不得，我们要是也等？一万年都等不来兔子，连根兔毛都等不来！只有一条路，干！

刘二孃　干！我们先有"株"遇巧才等得来只兔子！最好等头猪，一头大肥猪！

[大家笑。

文朝荣　你们还真不要笑刘二孃，有了树就有草，有了草就可以养猪养牛，有了猪粪牛粪，土地就有守城，不就可以变成钱了？

陈天光　搞半天我们挖的是"钱坑坑"？

[众人乐。

文朝荣　你们都接到挖，我要是收拾不了这个正学，我还当哪样爹？马上就放你们走！

[文朝荣匆匆回家的路上。（跑步机履带上完成）

文朝荣　我就不信不能把'和尚坡'变成经济林！造福我们海雀的老百姓，我这辈子就干这一件事，也没枉自做一回海雀的带头人！

[LED 视频吧光秃秃的山坡变为绿色林海。

[绿色林海变成光秃的山，一会儿又变成林海。

[数次更迭的光秃秃的荒山和林海表现文朝荣的内心期盼向往……

[在文朝荣的行走中完成舞台场景的迁换。

[场景已经是文家院子里。舞台一角是写意的牛圈。

[牛圈里不时传来牛的叫声。

［文朝荣见儿子在生闷气，正要发作，文的妻子给儿子端出来一碗水和毛巾，为儿子擦汗。

文朝荣　……给我也来碗水！你儿子真的给我长脸啊！

文　妻　有话好好讲，我儿子好歹是教书的老师，成天和你坡上种树，他咋个吃得消？

文朝荣　成天光读书，不到坡上淌几身汗我看他也教不好书。二天他再讲到植树造林，保证他讲得活灵活现……

［儿媳妇端了碗水出来："爹，你坐到喝碗水，歇下气"。

文朝荣　……冷水啊？

文　妻　媳妇看你一肚子火气，喝口凉水泄火。。

杨二妹　爹，你是成天种树太累了哦？有个事我和正学商量好几天了，想讲给你老听下。

文朝荣　我才种了不到一个月的树，你们都商量几天了？难怪正学种树不肯下力？有话你让他跟我讲……

文正学　讲就讲，我是想好久了，我想……我想趁年轻出去打工挣钱。

文朝荣　商量半天就商量出个逃跑的想法？我现在就回答你，你听好了，不同意！我坚决不同意！

文正学　凭哪样别人可以去，凭哪样我就不能去？

文朝荣　就凭你是我的儿子，凭我是海雀村的带头人！别人可以出去打工挣钱，你就是不行！你种不好树也打不好工！

文　妻　爷仔两个有哪样话不能好好讲嘛。

杨二妹　正学，你莫把爹气到了……我看你这几天硬是胆子搞大了？

文正学　成天种树，不晓得哪年才见到你说的钱。

文朝荣　都像你投机取巧，是不晓得哪年子才见到钱？人这一辈子做好一件事就不错了，一脑门子的钱……

文正学　我出去打工是为了挣钱，你种树不也是为了挣钱？

文朝荣　我是要为海雀人挣钱！你挣几个小钱能我和比啊？

文正学　那些树苗苗才好大点？挣到钱要等到哪年哪月？出去打工……吹了糠就见得到米。

文朝荣　你过来，你过来，（正学要躲）你怕我会打你？……去把我的算盘拿过来，今天我算一笔帐给你听。你看啊……这是我们要种的松果林，一颗树成林后一年就可以有这个数的收入，那一亩有好多课树呢？要是一万亩又是好多？（珠算“啪啪”响）就是这个数了，想不到吧？那一年是好多收入呢？是这个数……我们先乘以这个数是好多？那除以我们海雀的782人呢？哎！你说这是个哪样阵势？哪样的气派……

[LED出现文朝荣随身携带的那个算盘。放大了的算盘珠拨动声音在不停地发出“霹雳扒拉”。文朝荣的台词和珠算声交相辉映。

“逢一进一，逢二进二，逢三进三，逢四进四，逢五进五，逢六进六，逢七进七，逢八进八，逢九进九.

二归（用2除）：逢二进一，逢四进二，逢六进三，逢八进四，二一添作五.

三归（用3除）：逢三进一，逢六进二，逢九进三，三一三余一，三二六余二.……

[珠算口诀表的声音不绝于耳。文朝荣：“怎么样？你找的钱大还是我为海雀找的钱大？”

文正学　爹，种树不是我的强项，教书实在太清苦。我还是想……你就放我去找几个钱贴补家用了嘛。

文朝荣　你还是在打自家的小算盘，要算大帐，心里头要有把大算盘。教书是清苦，你好生想，你要是教出一个娃娃来就会富裕一家人。你要是教育出十个娃娃来呢？二十个？三十个娃娃来呢？那我们海雀村就有希望了！

杨二妹　爹，天天打大算盘，那我不就吃眼前亏啊？

文朝荣　眼前我们是吃点亏，二天海雀村好了，大家都好起来了，我们吃点亏值得！

杨二妹　这是为哪样啰？

文朝荣　为哪样？就为你们是我的子女，是我的亲人，我是海雀村的带头人！你们就要带头支持我！就为这个！

文正学　好！我讲不赢你，我马上就回坡上种树好不好？

文朝荣　呕！（见儿子低下了头）这就对了嘛？吃饭要煮米，教书的要讲理。讲理讲不赢我还不赶紧去种树你还想搞哪样？

［文正学悻悻而去。

杨二妹　我去灶门口刨几个洋芋拿去！

文　妻　全家人都要跟到你种那个树，晓得要等到哪年？

文朝荣　我晓得，说了你儿子几句，心头不高兴。你是支书家老婆，讲话不能觉悟太低！

文　妻　一天在教训人，你饿不饿？（递过烤洋芋）

文朝荣　哦？我还真的是饿了，二妹，去拿碟辣椒面来。

［文朝荣见二妹进屋，悄声地对老伴说："出去打工？都是这个二妹出的鬼点子"。

文　妻　就是二妹出的也不是什么鬼点子，小两口想出去挣几个钱也是好事。都像你，屋头的哪样都朝外面拿，哦！对了，那天我煮好的一篮子鸡蛋是不是你拿了？

文朝荣　你记到！二天讲话千万要注意影响呕？我，一个党支部书记，啊？支书偷你给姑娘坐月子的鸡蛋？　这话要是讲出去，你要考虑我在海雀的威信？特别是后果不好。

文　妻　我管你的哪样威信？我煮的一篮子鸡蛋放在那里，只有我两个晓得，不是你是哪个？你说的要调查，好多天了都没破案。

文朝荣　好好好，你放心，总有一天会破案的。那时你要为我平反。

［这时猪圈传来猪叫声。

文　妻　平反？再不喂圈头的猪就要造反了……

［文妻匆匆而去。

［陈天光抱一把草进了文家院子，直奔牛圈而去。

文朝荣　陈天光，你这是……你要搞哪样名堂？

陈天光　喂牛！你看不懂啊？

文朝荣　我不是刚刚把正学撵回坡上去了吗？你咋个又跑起来喂牛呢？

陈天光　哦？我们在坡上挖凼凼，你在这里吃烧洋芋？

文朝荣　我做了半天正学的思想工作，肚子饿了吃点东西……

［陈这时只见牛把那捆草拉了进去。

陈天光　我的朝荣哥，你快来看，你看看这牛吃的好香？牛饿了不会扯谎，人饿了呢？肯定要讲实话。

文朝荣　天光，有哪样话就跟我讲。

陈天光　我又不是傻子，有话我当然要讲！……当初你喊我种树的那歇是咋个跟我讲的？我们海雀很快致富了，还要奔小康！顿顿都能吃饱饭，白天有酒喝，晚上……唱山歌。对不？（文朝荣："对"）接到你还要跟我找个婆娘？（文朝荣："对啊？"）

文朝荣　还在不是才种树，才刚刚起步。离致富还远得很。

陈天光　老话讲的好："人是铁，饭是钢。吃饱了才能想婆娘"。我现在哪样都不想，就想好生饱饱地整顿饭！

文朝荣　天光，你放心，等我们的种的树长起来，你讲的这些都会实现！

陈天光　现在坡上是苞谷洋芋都吃完了，饿起肚子哪个挖得动凼

凼……你还要我们把凼凼挖深点？（哭泣）

[文朝荣心情沉重。把手里的洋芋给了陈，陈天光大口吃起来。

文朝荣　兄弟，我诚心感谢你跟我讲的这句实话……坚持搞下去海雀才有出路！……老奶！这半箩洋芋我让天光先拿到坡上啊！……你还不赶紧走，赶紧走！跟大家讲，我马上就想办法搞些吃的……

陈天光　朝荣哥，我一定代表党支部向大家传达你的指示！

文朝荣　你？……一个犯错误被开除党的人，你敢去传达我的指示？合适不？

陈天光　嘿嘿……我都忘记了，开除了觉悟还是在的噻？

文朝荣　我记到你的觉悟，还不赶紧走，老奶来了要啰嗦。

[待文妻出来时陈天光已经拿走了。

文　妻　他……一个都没留，都拿走了？

文朝荣　这回洋芋是我拿走的！二天还你……

[文朝荣在动脑筋，他已是没了主意。

[就在文朝荣一筹莫展的时候传来一声——牛叫。

[文朝荣盯着牛圈里的牛半晌："对啊！我还有牛啊！

[文朝荣一步一步走近牛圈。

[文妻预感要发生什么："朝荣，你盯到牛看哪样？"

文朝荣　有办法了，老太婆我明确通知你，我打算把这头牛……卖了！你会不会同意吧？

文　妻　你再说一遍？我没听清楚。

文朝荣　我打算……把牛卖了。

文　妻　（爆发）我不同意！我死都不同意！（极力控制）你……你这个鬼老者，有些话我不讲你是给你留面子！越来越得脸了？人家的男人想办法拿东西回家。你倒好，成天只晓得把屋头的东西朝外头拿！吃自己的饭出去帮人家做活路！偷姑娘要坐月子吃的鸡蛋，出去给别人吃，死活还不认账！

文朝荣　没想到你……脾气还蛮大嘞？

文　妻　脾气大有哪样用？要力气大！明年开春你去耕地。这家里还有哪样你都拿去！还有个猪你也拿去！还有……这日子不过了！

文朝荣　……那头猪才半大，还在抽条，卖不了几个钱。

文　妻　你！你……还真的打算把猪也卖了啊？你是在种树？我看你是中邪了！

［急得哭泣，生气，愤怒地冲进了屋去。

文朝荣　老太婆你听我把话讲完嘛……嫁给我好多年了，头回见她发这么大的脾气。

［从里屋传来文妻愤怒的回答：“都要卖牛了……还讲哪样屁话？”

［这里有段彝族特点的音乐。

［文朝荣慢慢从蹲在地下用刀把红薯藤剁成小节，装进箩筐后朝牛圈走去，去而复返，从一个篾篓里抓起一把苞谷参进饲料里。一把两把……他小心地将饲料箩放进牛圈里。

文朝荣　老黄牛啊！你咋个不吃呢？等下我要牵你去牛马市场，要是有人看中你……这就是我最后一回喂你了。你就吃点嘛，咋个不吃呢？这料里头有苞谷……平常我舍不得喂你，在我家这些年你是辛辛苦苦帮我做活路，今天你怕是要是离开我……

［牛在圈里“妹儿——妹儿！”叫得令人心碎。

文朝荣　妹儿，不要叫了，你叫得我心都碎了（文流泪）……卖了你我不心痛啊？我也心疼！我心都在淌血……你一年四季陪我耕过好多地？

[牛还在叫：“妹儿——”

文朝荣　你要是再叫噻，我……我都牵不动你了……我也是实在没办法啊！那么多人要吃饭，等到要钱去买粮食，他们是在为海雀做大好事！不能饿到他们。

[圈里老牛停止了叫声，文朝荣叫它“妹儿！……妹——儿”

文朝荣　妹儿啊！咋个不做声了？你……你在淌眼泪啊？我这辈最对不起的就是你啊！你是……答应了？

[切光。

[追光下的文朝荣：“种这么大一匹山的树，再艰难也要走下去！一杆秤要有定盘星，做件事要有主心骨，党支部就是海雀的主心骨。顶起火就要把这一枪打出去！拼起命我也要把种树这个事咬紧！人家肯下力气来种树，我一头牛都舍不得，“和尚坡”咋个会长出树来？”

[这时文听见那头牛在长长地鸣叫：“妹——儿！”

[文朝荣手提着镰刀，走在山路上，狗在后面跟着跑。

[LED 视屏显现出光秃秃的山变成了绿树的山。

[这是给舞美换景的“幕前戏”

[刘二孃：“这幢‘叉叉房’是当时海雀村的真实写照，文朝荣织全体党员给孤寡老人，还给那个细妹都搭建了这样的房子遮风避雨……”

[文朝荣组织好多党员（舞美人员）搭建“叉叉房”的景。

[禄老奶高兴得跑前跑后，不知该如何是好：“我家也要树新屋了！”

[禄老奶：“朝荣，我咋个感谢谢你对我的恩情？我就是到了阴曹地府都要感谢你……”

[文朝荣凑近老人大声：“奶啊，莫感谢我，你要谢就

谢党支部”！

［路老奶：“叫那样……党支部？（文点头：“对”！）老人不解：“朝荣，你好久改名字了？”

［文摇头：“我还叫文朝荣，我们大家就是党支部！”

［禄老人：“哦！你又改名字叫党……（文朝荣：‘党支部’！）老人不停地念叨：党支部……朝荣啊，还是麻烦你写给我，我怕把你的这个名字搞忘了”。

［文见老人还没明白话的意思：“二天有人问你那个帮你盖的房子，莫说是我哦？就说是党支部盖的！”

［禄老人：“都喊了几十年的朝荣，喊惯了……这个名字我记不到”。

［文朝荣：“等下喊正学写给你，你记到党支部就行了”。

［禄老人：“这又是为哪样呢”？

［文朝荣：“……人怕出名，猪怕壮”！

［禄老人：“猪壮了是怕杀，你怕又那样”？

［文朝荣：“我？我和你老人家……讲不清楚”。

［文正学在桌子上写下了党支部大字地给老人。

［文正学：“奶！就是这个！你收好啊”？

［路老奶：“你爹叫党支部，……那你姓哪样”？

［正学调皮地：“我也姓党……我叫党员”！

［大家一齐大声告诉禄老奶：“我们哪——都姓党！”

［老人手捧写有“党支部”纸条：“都姓党？那是个大姓啊”！老人彻底蒙了。

第三场　公心清廉

[罗老四在追光下：“记得哪年秋天，县委领导考虑到文朝荣上了年纪，提拔他乡里任科技副乡长。可没想到的是居然被文朝荣给婉言拒绝了。他请求领导让他辞去副乡长，要回海雀来继续给老百姓做点实事……”

[第三场事件“清廉”“公心”对己严要求。

[第一场景，这里是乡政府的一间办公室。

[“副乡长办”的牌子悬在头顶高处。

[一张桌子，一张椅子。一部电话，

[舞台一侧是文朝荣的家里，一家人都高兴……

[儿媳杨二妹：“爹这回当了副乡长嚜，这一辈子都不要种地，每个月都可以按时按点的领钱了，二天我家正学还可以去顶替……”

[文妻：“二天去赶场坝就在你爹哪里歇个脚煮顿饭吃，好好生生逛一下那些铺子，买几块好布料做衣裳。在他那里歇几晚再回来”。

[文正学：“过几天我就拿几条“老烟刀”（腊肉）去看爹，让他跟我也调到乡里头学校去，爹有个事情也好有个照应”。

[一家人笑逐颜开。

[在舞台一侧的乡政府的场景，文朝荣着急地一遍遍在拨打座机电话。

[电话终于拨通。

文朝荣　书记啊！我是海雀村的那个文朝荣，哦！……谢谢你的关心，我刚刚才晓得，我都到乡政府……来啰来啰，办公室连睡觉的吃饭的地方都安排好啰，我火急火燎的跟你打这个电话是有个请求……书记啊！首先，感谢组织的信任，我还是想……回海雀去。不是我……我肯定要服从组织的决定。

[书记的画外音：“ 朝荣同志，副乡长这个岗位也是个非常重要的岗位，组织上把你放在那里也是有过非常缜密的考虑的……按照正常程序是要通过乡一级人代会来选举才能产生的。你先到任，下个月人代会再补选，要知道，这是组织上对你的信任。

文朝荣　书记，我想把我的想法给你汇报下……我是这样想的；第一组织上可能是看我年纪大了，是有照顾的水分。（书记要解释）……书记，你听我把话讲完嘛！年轻化、知识化、专业化我是一条都不占，我在想把这个位置让给年轻的同志来干，肯定会发挥他们更大的作用。我呢，就占了个革命化，我可以回海雀去革命啊？不一定非要在这个领导岗位上，我是怕耽误全乡的……

[书记画外音：“朝荣同志，你也听我讲一句，饭店的经理不一定都要会炒菜。这个科技副乡长你很合适，这是个管理岗位，是要你……”

文朝荣　书记啊！我真不是谦虚谨慎人，我是个榔头捶粑粑——实打实的人。我能有哪样管理水平？管理海雀那匹坡我都费劲，关键的是我算了一笔帐，我也算给你听听啊！……一个松果树一年可以收入好多起呢？

[文蹲在办公椅子上娴熟地拨动算盘，速度飞快。

[文的嘴里在不停地报着一组组数字，如数家珍。

文朝荣　……要是海雀还能在这几年再种些经果林，那会有好多收入呢？那就是这个数字了！你说我在这里当乡长，海雀的老百姓会损失好多钱？

［又一次拨起他烂熟的的算盘珠子……（绕口令般的数字）“逢一进一，逢二进二，逢三进三，逢四进四，逢五进五，逢六进六，逢七进七，逢八进八，逢九进九．二归（用 2 除）：逢二进一，逢四进二，逢六进三，逢八进四，二一添作五．三归（用 3 除）：逢三进一，逢六进二，逢九进三，三一三余一……书记，你算下，这是笔不小的帐，不信你自家打一遍……

［文这时才发现电话夹在肩膀上，书记和自己不在一个空间。

文朝荣　对不起，我只顾算我们海雀的那本小帐了……书记，书记你咋个不作声了？生我的气了？

［书记感慨万千地：“朝荣啊！我看不见你算的帐我听得见你的心在海雀……有的人成天不好好干自己该干的工作，生方设法的拍马奉承，请客送礼，四处跑官！

文朝荣　我每天都在巡山跑啊！一天不跑海雀那片山林，我一天都不安心啊！书记！我求求你了！

［书记画外音：“你这个情况……抽空我找组织部的同志商量一下。

文朝荣　谢谢书记，我明天就回去！我要有空进城来送你一篮糯苞谷。

［书记哈哈大笑：“人家是跑官送礼，你是卸了官要送礼？留到自家吃啰！”

［这里是第二个表演场景，文家的堂屋内。

［表演空间转到了文朝荣家的堂屋内。

［朝荣气冲冲回到家里。

［儿子见文朝荣回来：“爹，妈把饭都热在锅头了，我给你添”。

文朝荣　吃你们的，放我清静下！

文正学　爹，是那个……惹你了？

文朝荣　……罗老四，这个家伙啊？敢不响应号召，不配合计生政策不说……还敢跟我顶嘴？

文正学　哦！罗老四啊！他是为那天发地盖薄膜的事，和我吵起来了，普及地盖薄膜种植技术他不信也不来，现在看人家收的洋芋比他多他要来领薄膜了，这时候薄膜又没有了，他心头肯定有点火冒……

［罗老四这时被陈天光连拉带拽带进来。

陈天光　说话啊？今天你要是不讲出个子丑寅卯来，看我咋个收拾你，讲！

罗老四　表哥，你不要发火嘛……别的事情都好商量，这个是决定我罗家后代有人的大事。

陈天光　你晓得计划生育的重要性不？是锦涛书记给我们毕节试验区定下的三大主题！保护生态，就是树种。还有脱贫致富，种起树来你有钱用了吧？三是计划生育，就是控制生娃娃……朝荣哥，我把老四喊来给你赔礼道歉。

罗老四　哥，你教育我半天，你咋个不去计划呢？

陈天光　我看你不新鲜哦！还没结婚就去计划啊？

罗老四　哦！见你成天去细妹家，我还以为你们……

陈天光　我……我是去关心细妹，人家孤儿寡母的。

文朝荣　刚吃了几顿饱饭，就忘记了海雀是咋个走到今天这一步的？你家婆……刘二孃也是村干部，要事事带个头。

罗老四　带头？哦！……这些脏笨活路喊我带头？好事情不得我的？领地盖薄膜咋个就没得我的份了呢？

文正学　老四，要讲良心话，当初是你不相信洋芋地改薄膜种植技术，看到人家成了你才来……

［刘二孃冲了进来：“罗老四，你去不去？海雀村就数

你不讲道理……文支书，我……我咋个有脸当这个妇女主任？

罗老四　……我不讲道理？你讲道理你去啊？

文朝荣　老四，我们海雀和全国一样，人多地少。这控制人口真的闹洋不得，十多亿人吃饭，再不控制那样地改薄膜都不行啊！这个计划要坚决执行。

罗老四　光喊我去执行，你怎么不先带头去……？

陈天光　我看你真的是？文书记前几天才去乡里带头做了“计划”回来。

[从兜里拿出计生登记本子。

文正学　医生开的证明，好生看下。

罗老四　（看本子）……你老人家计不计划的还有那样用？这把年纪还闹得起好大动静来？有本事让你正学带个头去计划。

[陈天光大怒，要动手：“老子看你的屁眼胆……越来越旺了？”

[文制止陈：“天光，有话好好的讲。”

文朝荣　老四啊，听你的意思是正学要是去做了计划，你就答应响应号召对不对？

罗老四　哎！我……是这个意思。

文朝荣　好，你等到！……明天你们一起去乡里头。

[暗转到夜景。

[听见屋内正学媳妇杨二妹大闹：“不行！你敢去！我先跟你讲，我不答应！打死我都不答应”！

[文妻闻声出来。

文　妻　二妹，这是出哪样事了？

杨二妹　妈，爹他要……我说不出口。

[这时文朝荣从儿媳妇出来的那个门里出来。

［文妻：“鬼老者，你是咋个二妹了？

文朝荣　我（有些尴尬）我能咋个她？我是找她……跟他商量个事。

文　妻　黑天半夜的……你一个公公爹找儿媳妇商量哪样？

文朝荣　我……别的事我会找她商量？这个事情还真的要让她晓得。

文　妻　二妹不要哭，你爹找你……到底是哪样事？

杨二妹　爹跟我……哎呀！他自家说，我讲不出口！（哭泣）

文　妻　老者，到底是哪样事嘛？你们想急死我啊？

文朝荣　你急哪样？我让正学带头去……去那个……计划，天天都在讲：‘从我做起’这不是句空话，我是村干部，讲话就要兑现！

文　妻　……你这是要正学去……

杨二妹　哎呀！就是要把他……计划了！

文朝荣　让正学去计生，这是基本国策，是响应计生号召，我这个当爹的绕山绕水绕不过杨二妹这一关啊。

文　妻　你……你这是要让文家断后啊！

文朝荣　咋个是断后呢？正学有一个姑娘，现在还怀起一个娃娃……

文　妻　要是生下来还是姑娘呢？我在问你，你说话啊？

文朝荣　生男生女……实话说，生女娃做活路是软点，以后科技种地也是可以的啊。

文　妻　你把家里头的洋芋、苞谷、鸡蛋、哪样东西都拿出去，我也忍让了。你把牛卖了，我咬咬牙也依你了。现在你要把我的儿子拿去……把他拿去挨一刀，让文家从此断后？我……不答应！

文朝荣　正学家妈，我文朝荣要是教育你说“生男生女都一样”那不是实话。在海雀生男娃儿二天就是生了个强劳动力，这是事实！……你想过没有？我一个穷山沟沟的支部书记，因为工作没做好，让老百姓一直受穷，连吃饭都吃不饱的小小海雀村。惊动了好多中央首长，我们的贫困连着总书记的心，一直让他们牵挂……我只恨我的能力小，这些年改造光山过上了好日子，有好多的民主党派，台盟中央都派人下来关心我们？控制人口是在为我们着想，我们要是还想的是“传后人”我们对得起哪个？

[二幕戏。

[升光，一边是“叉叉房” 一边是新盖的小洋房。

[洋房堂屋的正中央供奉排位是“党支部”几个大字。

[陈天光和台盟中央派驻赫章任职的付县长来到。

[陈天光：“付县长，这就是海雀村的特贫困户禄奶奶家”。

付县长　老人家，您老高寿啊？

陈天光　老人家有些耳聋了，（大声）奶！城里来的付县长来看你，问您老有好大年纪了？

[禄奶奶迟疑半晌：“县长问我？九十几岁了。

付县长　这边房子是你家？（奶奶点头）那边的那个“叉叉房子”是谁家？（奶奶：“也是我的”）

付县长　又低又矮，为什么不把它拆了？

[禄奶奶：“拆不得！留起它。我一辈子都忘不了，那是我的恩人帮我盖的。”

付县长　您老能告诉我是谁给盖得房子吗？

禄奶奶　就是……堂屋头的那个人。

付县长　……党支部？

禄奶奶　你们认倒起的？

导　演　老人家，这是党的一个基层组织。

［老人指堂屋排位上赫然出现“党支部”几个大字。

［县长走近供桌：“党支部”……老人家，别人家都是信奉观音菩萨什么的，你供奉的这是……

禄奶奶　菩萨不管我这老奶的死活，党支部管！我只信党支部！

付县长　你怎么供奉的这几碗粮食啊？您能告诉我这是为什么吗”？

禄奶奶　是党支部把我们从吃洋芋，到吃苞谷，现在吃上了白米饭！

［付县长感慨万千：“老人家说的有道理”。

［二幕拉开，转到第四场。

第四场　海雀那片绿色梦

［台盟驻赫章的付县长心情沉重地：“检查出疾病的文朝荣感到了来日不多，时光的短暂。文支书急需尽快把小学的选址落实，施工，争取早日落成。他要求把新的小学校要修建在村委会旁边。“过去我们海雀是苦干求生存，现在海雀要巧干谋发展”

［文朝荣匆匆走在山间行走。

［文朝荣内心独白：“看来这回病痛确实不一般。以往我生病吃药就好……莫非真像医生讲的是——癌症？……要抓紧了，要抓紧了……如果上天让我活过这个年，我就要把新的学校建成！这是海雀的明天！海雀的绿色梦！”（跑步机）

［二幕拉开，文朝荣回到家里。

［疲惫的文朝荣坐在那里浮想联翩……慢慢睡着。

［梦中的文朝荣身着彝族盛装，佩戴红领巾，在鼓号音乐中讲话："老师们好！海雀的这些娃娃们就交给你们了！同学们好，你们真的好啊！你们要好生读书，党中央，台盟中央，各级领导支持我们建成了海雀小学！……我们这代人一辈子只能苦干实干，巧干不够，我们为哪样巧干不够。都是吃了没文化知识的亏。我们为什么不能巧干呢？要想巧干就要学知识，要懂科学就要有知识。为哪样把小学校建在村委会隔壁？紧紧粑到村委会，我好天天去关心你们学习，我好时时关心你们进步……"

［少先队的鼓号声把他从梦中惊醒。

［文正学见爹从梦中惊醒，给文朝荣递过一碗水。

文正学　爹，你今天回来的早，你是走累了？

文朝荣　看来老就是老了，想再干几年怕也不行了……

文正学　爹，这话不像你老人家的个性？ 我要告诉你个好消息！从县里划到村委会的账上一大笔款子，你亲自抓的那个药材种植项目又正好缺资金，真的是架起锅来就有人送豆子来了！你说巧不巧？

文朝荣　你把话再讲明白点……

文正学　这笔款可不可以……半年，学校缓建半年好不？

文朝荣　我晓得这笔钱是上级领导，是台盟中央专款拨给我们建学校的钱。一个都不能动，一分钱都不能花在别处！

文正学　我是想先把划拨的这笔钱用到药材基地的那个项目上救个急……

文朝荣　正学啊，我们这辈人用了几十年下力气种树，才实现"温饱"。二天海雀要想再上一匹坡就要靠"巧干"靠科技发展。发展就看你这个村委会的带头人了。文家不是大姓，我们彝族才几户人，还赶不上苗家族群的十分之一，是大家以公心为重，选你来当村主任。我们的肩膀上担的是海雀八百多个人的信任！二天的海雀发展要人啊！这个学校有好重要你去想一下，培养人才是脱贫致富奔小康的根和本。

文正学　学校的事能不能……缓建个半年？慢慢的来？新的校址都还没有选定，眼前药材基地的资金实在周转不过来……

文朝荣　不行！我说不行就是不行！上级拨的款决不能挪做它用！马上开工建学校！

文正学　爹！这个事……没得一点商量余地了？

文朝荣　没得商量，也不敢商量了！前半辈子我在种树，这山上见了绿，树上结了果，海子又见了水，后半辈子我要为海雀村树一发有才学的娃娃来，那我们海子就真的要发展了。

文正学　……校址？

文朝荣　就紧贴在村委会旁边的那块空地！

［追光打在文朝荣的身上。

［文内心独白：海子的“绿色银行”建成了……苦干实干加“巧干”，就是科学发展观。

［二幕戏，

［文妻在簸箕里面选豆子，

［文朝荣来到她身后：“我也来……帮你选豆子？

文　妻　……朝荣？今天太阳从哪边出来的？咋个有空在屋头坐下？

文朝荣　我啊？是想跟你好好陪你坐下，侃下龙门阵……来，我跟你选豆子，明天把娃儿些都喊回来推豆花吃。

文　妻　娃儿家爹，今天咋个好像换个人了？是哪点不舒服？

文朝荣　我这辈子都在忙……今天就想和你坐下……

[文失控地一下坐下来，老伴急忙过来打量他，文朝荣：“今天是有点累了，你不是跟我讲过想去城里头旅游吗？你服侍我种了一辈子树，海雀变化了，海子的水又回来了，周围七个村都得到我们海雀的水用。……你不晓得啊！好多城里的人都来海子旅游。我这几天一直没力气，你啊干脆扶我去再看看这一万四千亩山林……说不定是最后巡一次山了……就算是带你去旅游了。

文　妻　朝荣？你今天咋个尽讲些不吉利的话，老实跟我讲，你是不是那点不舒服？

[文避开妻子疑惑的眼神，情不自禁地从后面抱起老伴摇摇着唱童谣……

奶奶牵起爷爷去逛街，
幺二和三就进城来
爷爷进铺子买了瓶酒
奶奶买包水果糖来嘬
糖是甜的嘬一口
酒是辣的也要喝……

[他们相依相伴，吃力的走在山间小路上。

[跑步机完成他们的旅行。

[二墓拉开，绿色群山映入眼帘。

文　妻　朝荣，招呼遭娃儿些看见……你成天都在这山上转，我看你还去抱你的那些树去！

文朝荣　白天抱我的树好不自在，晚上还是要抱一下我的宝贝老奶！

文　妻　老都老了，还不得正型……

文朝荣　支书抱你一下符合法律条款。老者嘬你一口表示我们家庭和谐温暖！……你和我这辈子成天受累，我都没有和你去乡里赶个场，去赫章逛下大百货公司……抽时间我带你去逛毕节的大街，晚上路灯都亮哗哗的。

［这时细妹匆忙跑来，她的婆婆追来，要接细妹回去。

安细妹　文书记……我嫁的那家婆婆跑来要喊我回去！

婆　婆　支书？……我打算接细妹回去。

文朝荣　想接她回去？这个事情怕不是那么简单啰，你先跟我讲清楚，当年你又哪样把她家娘仔几个撵出来的呢？

婆　婆　那年春我家你也晓得的……

文朝荣　海雀的姑娘不是匹菜叶子，想丢就丢，你想留就留啊？我要告诉你，今天你就是八抬大轿来接也要先给海雀人陪礼道歉！让你晓得，海雀嫁出去的姑娘不是泼出的水！

［婆婆点头连连认错要拉细妹走时，陈天光闻讯赶来："站到起"！

陈天光　你同我们支书讲？现在要喊细妹回去，你要先问下我同不同意？

婆　婆　你是哪个？

陈天光　安细妹的男朋友，打了谷子就要办酒结婚。

婆　婆　我想接细妹回去……可以商量下？

陈天光　接哪个都好说，接我家细妹去你家没得商量！

［婆婆只得灰溜溜离去。

［细妹追下："妈！吃了饭再回去"！

［陈天光："有情有义，是我们海雀人"！

［就在他们离去后，文朝荣再也支撑不住，倒在了妻子的怀里。

［文妻惊呼他的名！

尾声——

[陈天光在做报告：“尽管文支书生前再三叮嘱丧事从简，天寒地冻的不要惊动乡亲们”。可是家人打开大门时，眼前的一切让人们惊呆了……”

[二幕拉开时海雀乡亲们伫立在冰雪中……

[白雪皑皑中千人自发送老支书文朝荣。

[陈天光：“年关将至，隆冬数九的一个夜晚， 县委书记来看望病中的文朝荣。文叮嘱家人：“大过年的不要惊动乡亲们，丧事从简，让我要站好的最后一班岗。一切从简，决不要铺張……

[全村的男女老少伫立在冰天雪地里……

[铁炮声中彝族古乐奏响。

[村民高喊：“老支书走好！”

[唢呐声高奏：《在希望的田野上》

[川红花（药材）RED 一段一段铺就成一条大道。

[文朝荣手执镰刀径直朝前走来，他仍在巡山。

[两面的 LED 视频播放流动的青山绿树。

[文朝荣后面出现一个人，两个人，三个，四个……有孩子都跟在他后面大步向前走。

——剧终——

红红火火朝天辣

人物表

杨桂香　女、四十八岁，牛湾镇香辣香辣椒厂厂长，庆阳的妈。
罗文富　男、四十九岁，牛湾镇文化站长，罗椒红的父亲。
罗椒红　女、二十二岁，牛湾镇香辣香辣椒厂厂长助理，罗文富之女。
庆　阳　男、二十五岁，桂香的儿子，牛湾镇政府副镇长。
毛　兜　男、二十五岁，香辣香厂的保安，罗的儿子，脑子稍有点“一根筋”。
四方伯　男、五十多岁，“端公”即风水先生。
小幺妹　女、二十多岁，刘姨妈之女，外出打工回来的“按摩女”。
刘姨妈　女、四十多岁，村里“小买部”老板，幺妹之母。
（乡里乡亲若干。）

第一场

［农村所特有的幢幢农舍，犹如散落在山野间的别墅一般。

［小桥边，破旧祠堂上一块大大的石碑，上写有：“八圣宫”字样的匾额尤其醒目。

［远处田野里火红的辣椒染红了田野山峦农舍。

［店主刘姨妈出来见在小买铺门前的罗文富正在犹豫。

罗文富　表妹，你现在要是不忙呢？哥找你……吹下壳子。

刘姨妈　哟，贵富哥，今天你咋个有空来我这里呢？不要哥啊妹啊的，莫让桂香听见……惹些闲话来讲。要打酒就赶紧，我还要陪他们打牌。

罗文富　莫忙嘛，我这是……我在城里头给你买的一件红灯草绒的坎肩……不晓得你穿着合不合适？

刘姨妈　我看你真的神？跟我买哪样衣服嘛……不怕人家别个讲闲话？

罗文富　（压低声音）我堂堂文化站长都不怕，你一个寡妇怕哪样？

刘姨妈　表哥，你就干脆讲明今天你到底有哪样事？

罗文富　我想……来，打二两苞谷酒。

刘姨妈　只打二两？

罗文富　你不要嫌我打得少，过两天我可能要照顾你一笔大生意。

刘姨妈　你照顾我一笔大生意？最多是买些红纸写对联、扎灯笼、顶齐天卖几十个彩色灯泡。

罗文富　小瞧我？我要么不办酒，要办就大办酒席！我们文化站要是有了活动地盘，那就是全镇文化生活的一件大事。最少要买几十斤酒，还有炮仗……

刘姨妈　对不起，讲晚了，有人订在你前头了，我这两坛子酒都不够，还要到城里头去进货。

罗文富　是哪家要办酒？

刘姨妈　香辣香辣椒厂的杨桂香，扬总经理要办哪样……古稀老人，是哪样老人长寿节办酒。

罗文富　给全镇的老人过节？

刘姨妈　你小瞧人家杨大老板，要满请全镇的老人，听讲还要请城里头的好多领导来。

罗文富　哦……她这是要搞哪样呢？

刘姨妈　文富啊……我咋个听人家讲你要把八圣宫祠堂搞成文化站？

罗文富　表妹，你也听说了？要是文化站建起来，到时候每天晚上就可以把大家喊拢来，接受远程教育，农闲时办各种培训班。遇到赶场天还能方便全乡的农民朋友到农民书屋读科技图书。方便他们学习种植业、养殖业技术，科技图书还能告诉你们婆娘伙些咋个计划生育……

刘姨妈　去，没得句正经话。你今天是不是来打我这个铺子的注意啊？罗表哥……我一个寡妇人家，你成天朝这里跑，不怕影响你这个文化站长的名声，人家讲起来不好听嘘，你这个寡公表哥也给我这个寡妇表妹留点名声嘘。

罗文富　表妹，你先……不要关门嘛，听我跟你讲嘛……来，好好好，再打二两苞谷酒。

刘姨妈　二两酒？不打。

罗文富　好，打半斤好不好？

[拒绝给罗打酒。

[罗要解释，被刘抢先关上了门。

刘姨妈　你不要讲了，我不听！我明白了。我只问你一句，我的这个铺子搬到哪里去？二天我的日子咋个过？我二天吃哪样？我要是没得生活着落，你养我一辈子啊？

罗文富　你不要喊嘛，我们的文化站办起来，有茶室、有照相馆、有图书室，还有……

刘姨妈　你不是不晓得我大字认不得几个，我只问你一句，我到你的文化站里头去搞哪样？

罗文富　到时候我雇你来做管理人员，就是……搞卫生。

[罗刚要再解释时杨桂香来到面前，把他拦住。

杨桂香　好大的口气啊？你都要招清洁工了？好！文化——站

长……你还真是吃不得一顿饱饭，（刺激他）听人家讲你这个站长……牛湾镇好像连工资都不发的？

罗文富　不发工资？……我不也是文化站长？……我这个站长是镇政府亲自下得有正式红头文件的，你以为是开玩笑的？

杨桂香　罗站长好清闲啊，有空来关心一下小卖铺的表妹，不是要招她去当你的女工啊？还是乘机把刘姨妈的这个门面搬走啊？

罗文富　……杨老板真是气魄大啊，我也是刚刚才听说杨老板在筹办酒席，搞得全镇的酒都要脱销了。

杨桂香　（调侃地）我成天累得是见酒就醉，见床就睡……哪里敢和你这个站长比，成天抓大事，抓精神文明建设，两手都硬。正好，明天我们厂要给镇里的老人们办个长寿节，这也算是你搞的精神文明建设。红纸我都买好了，想请你帮忙写几个字。

罗文富　这是好事情，财大不气粗，官大不发怒。这是为富之道，也是为人之道。杨老板要讨个哪样字只管交待一声。

刘姨妈　杨老板你们两个慢慢讲话，我去给你泡壶茶来。

［刘姨妈将罗文富送的那间坎肩悄悄拿下去。

［杨桂香一把将坎肩抓过来。

杨桂香　刘姨妈在哪里买的这坎肩？好少性啊……穿起我看看嘛。

刘姨妈　我……那我就穿起你看看？

［刘穿上衣服，有些不自在。

杨桂香　好看，时髦，合身。

刘姨妈　好是好，就是瘦点了。

杨桂香　好就好在这腰身上，刘姨妈，你还不晓得？腰杆收进去，上头下头这两陀东西不就鼓起来了？城头的女人就讲究要前拱后翘的……说是……性感，哎呀就是逗男人喜欢。

刘姨妈　哎呀！你要死……

杨桂香　哎，刘姨妈老实交待，你成天都在铺子头，肯定是哪个有欣赏能力的人……去城里头帮你买的？

［刘姨妈正不知该怎么对答时，罗文富赶紧抢过话题。

罗文富　桂香，可能是刘姨妈的幺妹从大城市买来的……是不是？

刘姨妈　我讲不过你这个不正经的，你们两个坐倒起，我去泡壶茶来。

［刘姨妈匆匆下，罗见事头不对要悄悄离去的当口，杨大叫一声："站到！……心头不虚跑什么？"

罗文富　我……我跑什么？

杨桂香　（压低声音）耶……罗文富？想不到你老几十岁的人了还想学跳花灯步，看不出，你阴倒还藏得有条花摇裤？说！这件红坎肩是不是你买的？

罗文富　话不要讲得那么难听，哪样花摇裤？我是她表哥，买件衣裳给她有哪样稀奇嘛？

杨桂香　你这些日子硬是忙得是鸡飞狗跳的，成天朝镇里头去跑，到底是要搞哪样？

罗文富　都是些杂七杂八的事，好多事情还全靠你们企业家的支持。你的事我也没少帮啊，就说你厂里头，哪件事我们文化站不支持？

杨桂香　那是你该做的。

罗文富　你搞的那个香辣香辣椒酱打省外市场，不是我在网上帮你查询资料做市场分析。你现在是财大气粗了……我是为了大家有个文化活动场所，庆阳他很支持，你……肯定不会和我们小小文化站去抢这块地盘，你杨大老板丢不起这个人。

杨桂香　你……罗文富，你成心是不是？……我就是搞不懂，挤夸我的辣椒厂……你会得到哪样好处？不要忘记厂里头有你的儿子，还有你的女儿椒红。

罗文富 辣椒资源大家都可以共享嘛，大家致富才是富。

杨桂香 好多年了，我一直搞不懂你咋个就那么喜欢搞那个鬼打文化站。成天吹吹打打的也就算了，现在……你是不是成心要和我作对？你不要惹我鬼火冒，我的脾气上来你是晓得的。

罗文富 我肯定要为我们镇的文化站想啰？不能哪样好事情都让你家占去，镇里的这条街上总不能都是铺子，起码要有个文化娱乐的场所吧？

［罗要离去被杨叫住：“罗文富！你这狗东西，你太看不起人了。”

罗文富 我罗文富看不起哪个也不敢看不起你杨大老板，县里有名的“三八”红旗手、县政协委员……我正要向你汇报一下我们文化站写了申请，想把镇上的这个八圣宫整修出来……

杨桂芳 搞错了吧？县建设局、土地局、好几个领导审批的是我的申请。

罗文富 不可能，我向县文广局打了报告的，镇里头在研究我的报告。

杨桂香 我……我看你是鸭子死了——嘴壳硬。

［罗见四处没人于是主动地。“你和我……不要罗嗦了，要掐你就赶紧掐一下，我还有急事”。

杨桂香 你信不信？这块地皮你就不要和我争了，你要是敢和我斗你就输定了。我今天的心情好……（悄声）今天就不掐了。哎，我听说你家椒红就要成我的儿媳妇了？

罗文富 （笑）这也怪不得你家儿子，主要是我家椒红太优秀，一家养女十家求嘛，看来椒红有眼力，能不能看上你家那个儿子还不好说……

[刘姨妈泡好茶出来。

[就在这时音乐声中一群年轻人身着五彩花灯服装，载歌载舞，将新娘新郎迎上后开始了黔北农村的婚礼演绎。

[毛兜兴奋地高声喊道：“一拜天地，一心一意！一进洞房，一鼓作气……生个胖弟弟！（众笑得前仰后合）二拜高堂，养育之恩，终身不忘！双双对对，孝敬爹娘！生儿生女，儿孙满堂……

青年甲　儿孙满堂搞不得，搞不得，违反了计划生育政策了。

[罗拨开人群将毛兜拉到一边。

罗文富　毛兜，这么大的事情你们咋个不跟我讲一声？

毛　兜　老……者，你赶紧站上去，受新姑爷和新娘子一拜。今天是庆阳和椒红的大好日子，庆阳，快点接着来呀……

杨桂香　停一下！庆阳……椒红，这是好久定下来的这门亲事？……我怎么一点都不晓得？

[庆阳过来与她调侃：“妈，椒红她一分钱的彩礼都不要，白让我讨个媳妇进门你还不高兴啊？”

[众人起哄：“郎才配女貌，珍珠配玛瑙，明年子开春花枝俏，你老人家就等到把——外孙抱！”

[众人笑，杨桂香感到意外：“罗文富……你说，这是你的点子？”

罗文富　捆绑不成夫妻，“男大当婚，女大当嫁”自古以来谁也挡不住，再说了，我的姑娘配你家庆阳那是富富有余，中专生配大学生，红丝线穿绣花针。天作之合……

杨桂香　不要以为我不晓得这里头的把戏，不要借儿女们的婚事……

[这时急坏了一旁的庆阳，上来制止。

庆　阳　妈，你怎么这样讲话呢？罗叔叔是在跟你开玩笑……我们这是在排演你交代哪个节目《开财门，接姑娘》

杨桂香　你们这些年轻人跳的是哪样？妈也是跳了一辈子花灯的，没见过你们这种跳法的，妆都不化我还以为……把我吓一大跳。

毛　兜　我们这是为了迎接辣椒集贸超市开工典礼……排练的新节目《大开财门接姑娘》正在来劲，喔嚯！遭你破坏了。

[罗感到事情的严重性

罗文富　你们先等下（严肃地）庆阳，……我刚才没有听清楚，你再跟我好好说一遍什么辣椒……集贸超市？

庆　阳　就是要把我们这里做成全县，全省，甚至西南地区有名的辣椒系列产品批发集市。

罗文富　这个超市……打算选在什么地方？

庆　阳　我妈讲八圣宫这块地县里头已经在审批，要在八圣宫这里建一座上规模的……

罗文富　你讲哪样？你不是说镇里头正在研究……庆阳你是副镇长，……你要跟我讲清楚。

[庆阳支支吾吾，椒红抢过话头。

椒　红　就是把周边几个县形成一个较大的辣椒产区，形成以辣椒为原材料的加工产业链……拉动我们这个区域的发展。

罗文富　椒红，不关你的事……你让庆阳他自己跟我讲。

杨桂香　庆阳，你怕哪样？照实跟他讲。我就不相信他会把你吃了？

庆　阳　罗叔，我妈是想把镇里的辣椒做成……一个大辣椒的概念，希望得到你的支持……

罗文富　才当几天副镇长……有自己的主意了？我早就跟你讲过，你当的是镇长不是辣椒厂的厂长。你首先要想好全镇的发展，眼睛不能只盯到经济，更不能只想到你一家的企业发展。

庆　阳　罗叔，我也在想……

罗文富　你要想好！

杨桂香　庆阳，儿子，你大胆地跟他讲啊？罗文富，你不要威逼我家庆阳，我儿子已经想好了……

庆　阳　妈，关键是我现在还没想好……

罗文富　好！好儿子，没想好就慢慢的想，罗叔相信你会想好的。

庆　阳　椒红，这个……

椒　红　庆阳，你不准动摇啊？我们的香辣香厂不要说是在镇里就是在县里头也是利税大户，辣椒厂的发展就是镇里头等大事。所有的事情都必须给我们让路，镇里头要想发展，你是晓得经济的分量哦？

罗文富　庆阳，大男八汉的还怕她要挟？

庆　阳　我倒是不怕她，我怕钱……

杨桂香　听到起？椒红都晓得这个的厉害，都站在真理一边讲真话。

罗文富　杨总经理，请你不要恐吓镇里的领导干部。

杨桂香　当副镇长了，自家心头有主意了是不是？

椒　红　妈，你先不要逼他，让他好生想。

庆　阳　……我跟你们讲老实话，镇政府的意见都还没有统一。

杨桂香　我会要他们马上统一。庆阳啊，人家椒红都比你通晓情理，你该不会是怕他……这个未来的老丈人吧？

庆　阳　关键我家罗叔他……他占理，牛湾镇的经济发展是重要，再重要也……少不了文化啊？

杨桂香　耶！还没成女婿就开始护倒他了，二天要是讨了婆娘成了家，我这个老奶还不爬在地下过日子啊？

庆　阳　全镇上上下下都算上，哪个媳妇敢喊你……爬起过日子？

罗文富　（忍不住笑）知母莫如子啊，庆阳镇长的这句话经典，讲得好。

杨桂香　（气急）你……你刚才说哪样？

［杨要动手被罗拦住："君子动口不动手，他不仅仅是你儿子，他还是镇政府的领导，动手打人，有失"十佳企业家"、政协委员的水准"。

杨桂香　我打的是我家儿，关你屁事！

罗文富　一个堂堂的老总张口就骂人那就更是有失风度啦？庆阳是我们镇的副镇长，我就是镇上的普通群众有责任保护他的安全。

［众笑成一片。

杨桂香　看哪样热闹？散了散了，听见了吗？

［杨一把将大锣夺过，冲着庆阳他们面前"咣当"扔掉地上。

［大家悻悻散去，毛兜回来拣起那面地上的铜锣。

毛　兜　好咯，铜锣都……开裂了。

［毛兜沮丧地离去。

［罗要离去，杨突然爆发："罗文富！你……你气死我了！"

罗文富　不是我气死你，是你逼死我了！八圣宫要是能改建成牛湾镇的文化站活动中心，全镇的老百姓都受益嘛。

杨桂香　有本事你就自己修啊？……这两年你硬是长本事了，不要忘了这些年来你的那个文化站我是出了好多钱，农推站、远程教育、兽医监察点、就连你家……毛兜不都是我安排在厂头的？毛干翅膀硬了，敢和我作对，你到底想……做哪样？

［切光，暗转成两个光区。

罗文富　桂香，那件……对不起你的事，这些年我都悔都悔不转，一千天我罗文富都认这笔账。二十多年了，心里头一直……觉得愧对你。成天挟起尾巴做人，事事我都让倒你，就是犯了罪么还有个刑期。你说，你还要我做哪样？

杨桂香　当年的事我一辈子都不会忘记……

［台上光压下来，回顾他们两个当年的这段戏用剪影来表现。

［杨画外音：“明年打完谷子，你说就接我……到你家。”

“我……早都晓得了，回回都是喝人家的酒，明年该喝自家的了。”

“嫌皮赖脸，你妈讲的等我过了门，要我好生的收拾你。”

“两个锤子打粑粑，还不晓得哪个收拾哪个？”

“我只说一句，……生死我都等到你。”

“不要讲得那么吓人，没有白米饭，包谷、洋芋也当得顿。”

“我怕你在外头遇到……你不会变心啊？”

“尽讲些做梦都梦不起的话，我就是想变心，也要人家城里头的女人看得起我唉？”

“你那张嘴是又会说又会唱的，我还不是有些……担心。”

“我要是做了对不起你的事，你就剥我的皮，抽我的筋。”

“你要是变了心，我就……掐死你！”

［杨桂香一人在村口等待，万万没想到罗文富却带着一个挺着大肚子的女人回来了，三人相见，尴尬罗文富面对杨桂香都无言以对。

［黔北民歌：

"都怪她
都怪她那回子来刮痧
那回来刮痧……姑娘挂刮成了娃儿家妈
糯米打成了你家妈的——热糍粑！"

[光升起。

罗文富　桂香……我对不起你，伤了你的心。

杨桂香　就一句伤了我的心……就算了？

罗文富　我一个人在外头做活路，得病没人管，就在我举目无亲的时候……她来了，她来招呼我，给我搞药来吃，做饭来吃，……我感激她……那天刮痧时她把两砣热乎乎的东西粑在我的背上时……我真的是扛不住了。事后我也后悔过，对不起你。我是男人，我先要对得起怀起我的娃儿的那个女人……我晓得你还在恨我。换倒你是我，你该咋个办？

杨桂香　好……过去的事情就算了，后来呢？你家婆娘病死那年你为哪样还是不肯放下你那臭架子？还是又臭又硬。

罗文富　那件事……不提也就算了，提起来我就鬼火冒。我好歹也是个男子汉，硬是活生生的逼得没办法……

[暗转闪回。

[唢呐丧葬音乐声中。

[以纯朴的唢呐曲调来表现黔的丧葬文化特色。

[罗在给丧妻上香，杨也来为亡者上香。

[两人面面相视，默默无言。

罗文富　你咋个……也想起来看一下，想不到，是在为我难过？还是……

杨桂香　我为死去的人高兴，她再不痛苦了。我更为活到的人难过，都已经一个多月了还拔不出来，像滩稀泥巴。赶紧爬起来……走的就让她放心的走，活到的还要好生的活下去。

罗文富　……好歹夫妻一场，还给我丢下两个娃娃。

杨桂香　……我家里那个变鬼才两年，没想到毛兜家妈……唉！这都是命啊，命中注定我们这辈子姻缘还没断……

罗文富　求你让我安安心心的烧点纸，等她入土为安后，我们的事……二天再讲。

杨桂香　大房走了，我这个二房也该来和她办个交接仪式。庆阳家爹死那年你不是还去帮忙打井、抬棺材吗？我也该来看看嘛。

罗文富　我们……现在就来，……怕是早了点吧？不行，不要说别人讲闲话，娃儿们面前怕也讲不过去噢？

杨桂香　你就直截了当讲，你答不答应我们两个打伙过日子？娃儿们要是不答应，我们还不过了？

罗文富　好歹也夫妻一场，总要等“烧七”再谈这件事吧。现在尸骨未寒，我怕人家讲起来……难听哪。

杨桂香　讲哪样？我杨桂香讨老公进屋光明正大，又不是偷男养汉，全镇的男女老少我满请，大办三天酒。

罗文富　……等一下，你讲哪样？你讨老公进屋？是你讨我进屋？你把我当哪样人了？搞半天我罗文富要去你家“倒插门”啰？

杨桂香　吼什么？我的泡椒厂现在的资产有好多你不是不晓得，你不嫁给我莫非要我嫁给你这个穷光蛋？

罗文富　……好，我罗文富再穷也是堂堂一条汉子，就是要我的命，我也不会到你家去吃“软饭”！

杨桂香　你一个光棍汉还带起两个娃娃，我是看你可怜才收留你，你以为我还是当年的那个才十八岁就遭你骗进牛圈的傻姑娘……

［罗急忙把她的嘴捂上。“……求求你小声点好不好？”

杨桂香　那些事你做都做得，啊！我讲都讲不得了？我嫁人的那晚上……庆阳家爹发现我是个“二手货”时，打得我是鼻青脸肿，那天我是哭到天明……我现在连讲下都不行？

罗文富　你……要讲你能不能小声点……好不好？我好歹也是镇里的文化站长，再说都儿大女成人的你也给我留点面子嘛。

杨桂香　死要面子活受罪，你要是答应我就打伙过日子，我不让你再当这个鬼文化站长了。

罗文富　只听说城里人有“包二奶”的，我大男八汉的总不能让你把我“包二公”你要是愿意，就嫁到我的屋头来……填房。

杨桂香　凭什么让我来“填房”？就是先来后到我也该是大婆娘，二十多年了……我争的就是这口气。

罗文富　（火起）杨桂香，你不就是找了几个钱了吗？想码倒我吃？罗文富不伺候！

杨桂香　罗文富！你不要不识好人心。要不是看你死了婆娘又带起两个娃娃过日子，就凭你当年……老子恨不得掐死你才解心头的恨。

罗文富　你要掐就只管掐，掐死老子也不买你的帐。

[气急的杨桂香狠狠地掐了罗一把，罗大叫“啊！”

[杨忿忿而去，四方伯路过听见喊声过来看个究竟。

四方伯　文富，你遭哪样掐住了？

[罗急中生智接着唱了起来“啊……”

[一边揉被掐的胳膊。

四方伯　造孽啊，死了个婆娘人都快疯了，看来还是不讨婆娘的好，落得个清静。

罗文富　你狗日……才疯！你是讨不到婆娘的苦。个多月了我还没抽出空来找你算账，叫你来看个日子，你硬是黑起良心跟我看了个“停七天”的日子，害得我借了七八千多斤米才把这单事办完。

四方伯　我还不是想让你多收点礼……哪个晓得你的人缘那么好，都是来混吃的，送二十块钱吃七天，都是些哪样亲戚？

罗文富　看来没钱的日子是难过，是个有钱人就敢欺负你。

四方伯　是不是刚才哪个婆娘欺负你了？

罗文富　……还有哪个婆娘敢欺负我！

四方伯　是刘姨妈？……她和你是姨表亲，打断骨头还连着筋。

罗文富　从我家二舅妈那头算过来她还是我的长辈。

四方伯　啊！我晓得了，就是那个筋暴暴，响当当，气饱力壮的婆娘——杨桂香？

罗文富　嘘……小声点，不要乱讲！

［四方伯点头。

［闪回现实。

罗文富　嗨！……过去的事不提也罢，今天八圣宫这块地皮，我们没得一点商量的余地。

杨桂香　你能不能听我一句话，不要再去搞那个费气倒力的文化站了，到我厂里头来做点实实在在的事，这句话我跟你讲过好多遍了，挣点钱才是真的。

罗文富　谢谢你的好意，你有你的财路，我有我的财富，只是你看不见。

杨桂香　我只看见你成天的满世界求人、像个穷和尚在化缘。你要是肯来帮我，把几家厂组建成一个集团公司，肯定能把牛湾镇的辣椒市场做大做强。

罗文富　做大做强我不反对，周边几个县不是都有你的辣椒批发市场了吗？眼下急打紧的是想把我们镇的“农民书屋”搞起来，改变我们镇农民的科技知识落后才是当务之急，真正从根本上实现“学在农家”长智慧。

杨桂香　我们牛湾镇的辣椒历史悠久，听说古代那时候我们牛湾镇的辣椒就进贡给皇帝了，建个辣椒博物馆不也是文化？

罗文富　你的那个小九九我就不点破了……

杨桂香　我看你真的是瓦匠婆——泥腥重。（疑心重）

罗文富　桂香，我们还是做点实事，让牛湾镇人和城里人的距离缩短……

杨桂香　我搞的辣椒批发市场，就是个能让椒农们致富的好项目，农民嘛，只有多挣些钱财是粑粑实实的事。

罗文富　桂香，文化站才是功在当代，利在千秋大好事。我是想给大家谋一个文化活动场所，城里人为哪样瞧不起我们？我就是要让富起来的农民树立个形象。大家都是老中医，哪个还不会开个把方子？

杨桂香　你开个交换条件。

罗文富　要说条件就是这块地，只能建文化站。

［杨气愤地离去。

杨桂香　我和你没有什么好谈的，罗文富……你记到！

［又回来，冷不防狠狠踩了罗一脚，忿忿离去。

［罗痛叫：“啊！”

［罗的儿子毛兜刚好这时从这里路过，闻声过来见是他爹。

毛　兜　爹，你惊抓抓喊哪样？是哪个欺负你？我分分钟帮你……摆平。

［看着远去的杨桂香，掏出警棍发出“啪啪”的蓝火花。

罗文富　站住！你要搞哪样？吃多了没事干？赶紧牵狗去厂头转转，守好厂里的治安才是正事，不要跟我到处捞七混杂的。

毛　兜　爹……你忘记了？前几天你不是说……安老二出去打工去了，民兵应急分队的工作不得人来管嘛？

罗文富　你……你有空就先代管一下，这个事要镇里头研究一下，你的主要任务是管好厂里头的治安。

毛　兜　我这下有空，厂头我安排了两条狼狗在值班，镇里头的治安我还……还不是放心不下？刚才那个人好像是庆阳家妈？他们说你和她家妈是……娃娃亲？

罗文富　（没好气）好了，你不要烦我行不行？听清楚，只是喊你先代管一下……真的是“铛脑筋”

毛　兜　爹，你只要让我当这个民兵应急分队长，我毛兜值班你就一万个放……放心。

罗文富　好好，我放心。你就先代理几天队长。去去去，赶紧走喽。

［毛兜刚走几步，又返回。

毛　兜　爹，我有件事一直搞不懂，我在厂头搞保卫科长算……算不算科级干部？

罗文富　你想搞哪样？你就管好那几条狗，保证厂里头的财产不被盗，其它的事你就不要管啦。

毛　兜　我晓得，你跟庆阳家妈妈讲话是管火的。我……现在又代理民兵应急分队长，两个官加起来是不是……相当于科级干部啊？

罗文富　（不耐烦）毛兜，你要再烦我，马上就把你撤了，信是不信？

毛　兜　老者，你今天脾气有点毛纠，是不是庆阳他家妈又惹你生气了嘛？

罗文富　你……说完了没有？

毛　兜　……这一关你硬是火气旺……得很？想……开点了。

［罗心烦意乱，叹了一口气“……尽是些烦心的事！”离去。

[毛兜望着远去的罗文富，一肚子不高兴。

毛 兜 他还不耐烦？要……是换个人我还……懒得和他罗嗦。

[这时着装时尚的小幺妹从外面回来，正好与毛兜撞上。

小幺妹 毛兜哥，毛兜哥你认不到我了？我……就是小幺妹。

毛 兜 （打量）噢，是幺妹啊？你在外头搞的那些……事情，人家都来和我讲了。没想到你……还敢回来。二天出门要多穿点，当心蚊子咬你的……白巴腿。

小幺妹 毛兜哥，这两年我还不是想在外面见下世面，都怪我长得太漂亮……有个老板看上我了，硬是估到要我……嫁给他。

毛 兜 听讲你去搞哪样……“乱摩”？你要老老实实跟我交代出来，我才好对你进行严格的管教……不，管理。

小幺妹 是按摩，保健洗浴按摩。毛兜哥，不要听他们乱讲，幺妹是哪样人你还不知道？

毛 兜 幺妹，你不是说要嫁给大老板了吗？你……还回来搞哪样？

小幺妹 我回来是……是准备来办酒的。

毛 兜 就要……办酒了？原来你家妈不是答……应……看来我这表哥只有喝酒的命了。也好，有用得到我毛兜的地方只管讲，要是有那样难处就……向我汇报。

小幺妹 好的，我忘不了你的……

毛 兜 算了，少跟我搞那些筋筋吊吊的事，你原来不是跟我讲“只要和我在一起，喝水也像喝甜蜜”搞半天你还是嫁给有钱的老板了。

小幺妹 有些人乱讲我，坏我的名声。连我家妈都……不理我了，只有毛兜哥你还理我还肯和我……

毛 兜 他们是些哪样层次？你家毛兜哥现在是代理民兵排长。只要你看得起我毛兜，我敢保证，哪个要是敢欺负你就来找我。

小幺妹　毛兜哥，你真的是我的毛兜哥……

[要拥抱毛兜，毛兜躲开。

毛　兜　不要乱抱，等下电棒打倒不得了！

[切光。

[山歌起：人家的辣角尖朝地

老子的辣角噻——翘起尖尖朝天辣”

第二场

[怀着丰收喜悦的村民们在收辣椒，晾晒辣椒的劳动场面。

[罗文富也在晾晒一串串红红的辣椒。

[庆阳被椒红拉到罗家门前，庆阳犹豫不决要离去。

椒　红　庆阳，连我爹都不敢见，你还想不想完成你妈交待的任务？

庆　阳　你爹我倒是敢见……只是，你们要我……把他的文化站长撤了，是不是……不太合适？

椒　红　连这点胆子你都没有，二天还想不想当镇长……胆小鬼！

庆　阳　我怕你爹……说我……我是牛湾镇的副镇长，不是你们辣椒厂的厂长。

椒　红　你不逼他，我爹会主动让出那块地来？我们的理想就永远是幻想。

庆　阳　椒红，你们这是在唆使我……我要是平白无故地把你爹的文化站长撤下来，我还讲不讲原则？……总要有个由头嘛。

椒　红　你就告诉他……文化站长要实行年轻化，这就是理由。

把自家未来的老丈人换下来，这是显示你镇长魄力的机会。

庆 阳 我明天咋个面对他老人家？他是你爹，我真的下得了这个手？

椒 红 就因为他是我爹，八圣宫这块地盘……就让给他？就放弃我们厂的利益？就放弃我们厂的发展机会？他不当文化站长不还是我爹吗？我看你是不是有点傻？

[罗文富来到他们的后面。“你在说谁傻啊？”

[操起他的木匠工具开始做神龛香火台。

庆 阳 喔！……罗伯伯？我们在商量怎么把你撤了……

罗文富 哪样？你再说一遍？

椒 红 不对，我们在商量，

椒 红 ……庆阳家妈妈想请你（交请帖）去吃酒。

罗文富 喔，哪样好事要请酒？

庆 阳 是……是订货。

椒 红 今年厂头效益好，给镇上的老人家们办个酒。

庆 阳 为长期供应辣椒的农户们办几桌酒。

椒 红 爹，这是镇里头的大好事，我已经答应庆阳家妈了，你肯定会去吃酒的是不是？

罗文富 你答应，我不一定答应。庆阳妈……这个时候办酒是有目的的。

椒 红 庆阳家妈说，今年辣椒，生意做得好是靠大家支持，就想给七十岁以上的老寿星们办几桌酒，也是体现我们厂对乡亲们的一点回报。

罗文富 你妈有日子没和我这么客气了，前几天我们文化站要搭个赛歌台，她不是说厂里经费紧吗？办酒花销也不小啊？

庆 阳 罗叔，你老人家一定要赏光。

［罗拿起毛笔来在神位上写下“天地国亲师位”的字样。

罗文富　赏光？可能赏不了这个光。椒红，你去告诉庆阳家妈，就说这顿酒我不能去。

庆　阳　罗叔，你要是……我妈又要讲我没得出息。

罗文富　你们这是让我为难，我去吧？肯定不自在。不去吧？又好像不太合适。你就……把请帖放下吧。

［庆阳如释重负地：

庆　阳　我这就去告诉我妈，罗叔，过来的时候我妈还特意交待……想请您写颗三米见方大的“寿”字。

罗文富　庆阳家妈不简单呐，她是醉翁之意不在酒，看来她是想给自家做个大广告。椒红，你就跟庆阳家妈说，我太忙，没空去！

［杨桂香这时来到罗家院坝里。

杨桂香　罗站长好忙哦，是文化工作忙得走不开嘞？还是诚心要跟我打蹩！

罗文富　是杨总啊？我再忙也不敢跟你杨大老板比，你一忙就能忙出钱，我是再忙也挣不到几个钱。

［拿起神位牌来端详少顷。

杨桂香　我那里为镇里的老人办寿酒，你罗站长说没空。没想到你到有空在忙这些封建迷信活动？

罗文富　我这也是没办法，这几个香火神龛是我做的，在为搭建赛歌台筹措资金。但是你看好了，这上头写的是“天地‘国’亲师位”不是“天地君亲师位”这个群众文化，不是封建迷信。

杨桂香　和你开个玩笑，不要紧张。我托你写的那颗寿字，你不会也忙得没空帮我写吧？

罗文富　我搭建歌台的资金还在筹措，我比不得你杨老板财大气粗，我要自家一点点的去忙啊。

杨桂香　搭建歌台的资金？……我晓得有人会扯故故的，所以我才特意专门把赞助搭建赛歌台支票拿过来了。

罗文富　（愣了愣神）那……那就请你明天……不，我明天写好亲自给你拿来好不好？

杨桂香　谢谢罗站长。

罗文富　不客气。

[切光暗转。

[红彤彤的辣椒成串地挂在高高的晾晒杆上，恰似一条条火龙。

[唢呐声声，熙熙攘攘声中杨桂香家的庭院里是一片繁忙景象。

[有人在杀猪，肥猪声嘶力竭的声音。

[有人在摆酒席的红桌、板凳、红筷子，五颜六色的菜肴端上来。

[贴着大红纸的酒坛一个一个端上来，人声鼎沸，热气腾腾。

[这些过程用情景表演来再现。

[展现贵州农村办酒时那特有的浓厚纯朴的风俗场面。

[摆酒碗，开酒坛。

[杨桂香，满脸春光，喜气洋洋出来。

杨桂香　小伙子们起菜！姑娘们把酒到起！承蒙各为乡里乡亲、各位老寿星多方关照，抬举捧场，我家的生意是兴旺发达，蒸蒸日上。托党的“三农”政策好，赶上改革开放的好时光。这回我到县里开政协会，特意向县政协领导汇报我想要办一个“长寿老人节”的想法，政协的领导非常支持。大家辛苦一年，今年的辣椒收成好。请各位乡邻长者老寿星过来喝杯水酒，叙下家常，祝今天来光临我家的老寿星们健康欢乐，福寿延年，祝老寿星人寿年丰，幸福安康！来，干了这一杯！

[大家兴高采烈，酒碗碰得“铛铛”作响，其乐融融。

[这时庆阳和椒红见罗文富朝这边走来。

庆　阳　妈，罗叔来了。

杨桂香　来了就来了嘛，莫非还让我接他？

[罗找了个高坎处把那个大大的“寿”字贴好，又招呼两小伙子抬上来一坛子酒。

罗文富　恭喜恭喜，双喜临门！

杨桂香　罗站长有年头没光临我家了，还不赶紧入座。

罗文富　桂香，不是我挑你的毛病，这么大的喜事才上一瓶苞谷酒？毛兜、椒红你听到，每桌再上一瓶酒，你不要多心，是我的一点心意，把酒端起来我再告诉你们个好消息。

杨桂香　那年你当上文化站长，我是太忙都没有过来祝贺你，今天咋个敢麻烦你文化站长亲自上门来祝贺呢？

罗文富　我哪敢跟你比？我一来是向你做的“长寿老人节”公益活动表示祝贺。二来，向你们宣布一个好消息。今天来的老人家不少，我大声点。各位老寿星，各位乡亲！你们只管喝，趁现在大家都在，我宣布一个镇政府的决定：　我们牛湾镇政府研究决定……把八圣宫改建成“牛湾镇文化活动中心”的报告批下来了。

[杨愣在那里。

四方伯　庆阳家妈，前几天不是听说你要修个……哪样辣椒馆？

罗文富　如今家家都盖起新房，日子过得是衣食无忧。为哪样还是家庭不和，成天打出打进的呢？，就差一个文化娱乐活动场所，我们农民要争取改掉那些不文明的娱乐方式……文化活动场所搞起来，大家就可以来参加一些健康的娱乐活动了……早日实现“乐在农家是动力”。

杨桂香　（打断罗）我只问你一句话……

罗文富　（抢过话头）马上就要讲到你的好事了，这次在会上还特别表扬了我们镇的杨桂香，希望她还能像以前那样，继续支持镇的文化公益活动，关爱老年人，一如既往……

杨桂香　一如既往？罗文富，少拿我当龙灯耍，哪个都不是憨包……

庆　阳　妈，注意场合，有意见下来还可以商量嘛。镇里的决定是经过研究的。

罗文富　这是镇政府的决定，任何人都扳不弯……

杨桂香　我现在就去问一下他们，是修个文化站重要？还是我这个利税大户的事情重要？我还偏要扳弯来给你们看看。

庆　阳　镇政府……我们是经过认真考虑的，两个文明都要抓……

杨桂香　两手都要硬是不是？今天我让你看看到底是哪个硬？

庆　阳　妈！……你就是硬过我和罗叔又能怎么样？（轻声嘀咕）不就是有几个钱吗？

杨桂香　你大声点，我听不见。

庆　阳　我？我是说……罗叔他们的文化站很可怜。

杨桂香　没有我的香辣香辣椒厂在镇里顶倒，我看你这个镇政府工资怕都发不出来，还跟我比哪个硬？

庆　阳　妈，这话出格了啊？不要忘记我们家香辣香辣椒厂有今天是靠党和政府的改革开放政策好，过几天好日子就……

杨桂香　就做哪样？……要是有人看我挣两个钱不舒服，不考虑我的发展，我只好把厂子搬到别的地方了。

庆　阳　你……你这是在要挟……

罗文富　（火了）杨桂香，你不要动不动就拿搬厂来吓政府，耗子再大，未必还能大过猫去？

［杨桂香大怒

杨桂香　“罗文富！今天我是在请全镇的邻们吃酒，不吃就滚！

少了你这个胡萝卜我还办不成斋了？你马上跟我滚！”

罗文富　你喊我滚我就滚？今天我来吃酒是你亲自登门请我来的，我还偏不滚！你敢咬我一截。

杨桂香　罗文富我还告诉你，你不就是怕我发财吗？那块地盘我还就选定了，就是砸锅卖铁我也要把你的那个文化站拱下来……

［罗气愤之及“你不是有钱吗？老子今天就是不买你的这个帐，不就是一万块钱吗？我不要了行不行！”

［罗撕了支票，上到高坎出手一把将那个巨大的“寿”字搬了下来。

［杨怒火中烧，冲上去撕扯罗文富，两人打做一团，乡亲们劝阻。

［桌面上的盘子碗筷也被打翻，顿时乱作一团。

［这时有人大喊：“不许动！那个还敢动？打架斗殴？你们敢违反治安条令！”大家看時毛兜。只见他左手拿警棍，右手拿手铐。

毛　兜　你看哪儿？就是你，跟我到村治安办公室走一趟。

［罗试图反抗，被膀大腰圆的毛兜一把抓住扭动不得，毛兜轻轻一把将罗文富推出老远。

［杨桂香却本能地把罗文富扶了起来，气愤地抓住毛兜。

杨桂香　毛兜，你看清楚了？他……他是你爹……

毛　兜　我爹又做哪样？是我爹就更要尊守……治安条令。

罗文富　毛兜，你这……东西，你眼睛瞎了？连你家爹都不认了？

毛　兜　哪个是东西？你再讲一遍？我现在是民兵应急分队队长，我只认得到治安条令。

［罗文富想冲上前去打毛兜，被杨桂香拦住。

［毛兜一把抓住罗文富就要带走，杨却紧紧的拖住了毛兜。

杨桂香　架是我们打的，求求你让我也和你爹走一趟，好不好？

毛　兜　那好……还有你，也一起跟……我走一趟。

[杨怕罗文富吃毛兜这愣头青的眼前亏，极力劝罗不要反抗。罗无可奈何只好乖乖就范。

[众大笑不止。

[切光，暗转。

[这是村治安办的门前，罗文富和杨桂香两人乖乖地在听毛兜训话："我都不晓得咋个讲你们好？都老大一把年纪了，说起来都还……是我的老辈子，还打架？还骂流……流话。还说是文化站长，总经理，带头打架。破坏和谐社会，违犯了治安条令……想做哪样？你们自家说该……咋个办？

[这时庆阳和椒红赶来试图为他们求情。

庆　阳　椒红，毛兜的那根筋又上来了，拿起电棍在我妈和你爹的面年晃来晃去的，你还等什么？

椒　红　你又不是不晓得，毛兜那根筋上来谁都劝不了，这两个老的也真是不象话，这把年纪了，有什么事不能好好的商量。

庆　阳　这个事情主要责任在你爹身上，我看他今天是成心……来捣乱的。

椒　红　你妈也不是盏省油的灯。把我爹的脖子都抓出血了。

庆　阳　我看得清清楚楚，是你爹先动的手。

椒　红　是你家妈先动手！

庆　阳　你家爹先动手！

[两人争吵起来，声音越来越大。

毛　兜　你们吵哪样？还……还想不想放人？

[庆阳和椒红点头哈腰向毛兜献殷情："当然是想早点解决问题，毛兜，是不是看在他们是初犯，教育一下

就放他们回去把饭吃了？”

毛　兜　不能因为他们是我家老者，你家妈，就放他们回去。我不就成了……徇私枉法了？

庆　阳　那……你打算怎么处理呢？

毛　兜　按照治安条令打……打架斗殴处以十五天拘留……

椒　红　毛兜……给你根鸡毛你还真当……你还是好生想一下喔？

（威胁）

毛　兜　你喊我叫哪样？搞错不得？我现在是民兵应急分队长，保卫股长一肩担，镇里头所有的治安都要我来负责任。开……开玩笑的是不是？

椒　红　你就直截了当讲，庆阳妈和爹的这个事情你打算怎么办？

毛　兜　听你的这个话里头好像有吓……我的意思是不是？不要把我惹毛呕？等于我是你吓大的啊？我腰杆上的这根电棍等于是吃素的喽？

椒　红　毛兜哥，我哪里敢吓你？我是怕你把他们拘留了，厂里头的工作离不开她哦，二来呢，万一要是把他们关出个好歹来我们咋个办？你是肯定晓得轻重的，我就不多讲了。

庆　阳　我晓得毛兜是能顾全大局的。

毛　兜　你们不讲，我……也晓得该咋个办，这个情况是有点特殊，那就……罚点款？

椒　红　哪样？你要罚他们的款？我看你真的是有点“铛”。

毛　兜　罗椒红，你再讲一遍，我就马上改判……

罗文富　椒红，你明明晓得他的脑壳有点……你就莫惹他了嘛。

毛　兜　讲清楚，我的脑壳做哪样？

罗文富　我是讲你的脑壳……有点法制观念，没讲错吧？

毛　兜　这还……差不多，要是敢多二，我就不信收拾不了他。

杨桂香　毛兜，你真不要徇私情，该拘留你就拘留。千万不要留哪样情面。

罗文富　（着急）桂香，你就不要架起锅来找豆子炒了嘛，他是个人来疯……

毛　兜　你是不是要……渡我？……实话跟你讲，要不是看在你和我家老者男女关……关在一起，我是怕你们再犯错误。

罗文富　莫非你还要把庆阳家妈做哪样？

毛　兜　我是怕……本来人家都在讲些风言风语的，再把你们关在一起，多的事都惹出来了，就……罚点款算了。

庆　阳　哪样风言风语？你讲清楚。

毛　兜　别人讲的，关我哪样事？……自家不晓得去问？来，看在你是我的……就罚五十块钱。

［杨桂香想掏出钱来交给他。

毛　兜　（对罗文富）还看哪样？文化站长打架，罪加一等，要罚六十。

罗文富　凭哪样罚我六十？

毛　兜　凭你是文……文化站长，又是我家爹，不重点罚下，二天我咋个去管别个？

［罗文富拿出一张百元面值的钞票。

毛　兜　我不得零钱补你，就……先存在我这里。

罗文富　（无可奈何）看老子回家咋个收拾你……

毛　兜　万一你哪天又犯了治安条令，就一起吹脱了。

［罗文富还想争辩被杨桂香拦住：“算了，你就不要冒皮皮了嘛，好汉不吃眼前亏。”

［庆阳和椒红目送两个老人离去。突然转过身来收拾毛兜，毛兜见势不妙大喊大叫：“救命啊！有人打民兵应急分队长！”

[切光，暗转。

[升光时，椒红和庆阳在绿树成荫的河边，用流动水声来完成环境转换。

庆　阳　……黑天半夜的约我到河边来做哪样？

椒　红　你们镇里有难处你约我过好多回？我就不能约你出来一回？

庆　阳　我怕你找我出来是……办些我力所不能及，办不动的事情。

椒　红　……忘恩负义的家伙，你哪回找我出来不是办些办不动的事情。我就搞不懂你怎么会站在我爹那边，八圣宫这块地……

庆　阳　椒红，今天不谈这件事好吗？你约我出来要是为了你们厂的这个事……我就回家了。

椒　红　这个事咋个成了我们厂的了？这个厂是你家妈十多年的心血，你上大学的学费，你的一切不都是厂养活你么？

庆　阳　我……我是全镇人的镇长，不是香辣香的厂长。你就不要替我妈来逼我好吗？我的心里头乱得很……

椒　红　你？……好！你是镇长对不对？以后你不要再进我们的香辣香厂，永远不要来见我。

[椒红伤心地跑下，庆阳追下。

[升光时，罗被杨扶到她的花板床边，取来药酒给他揉伤。

[这是有无数红辣椒串做成的洞房花板床，是一个虚拟环境。

[音乐起时传来一段当年送罗外出打工的那首黔北民歌。

[药酒擦处罗感到一阵刺痛。“你擦的是辣椒水啊？”

[杨是又气又恨又心疼。

［罗走到另一个光区里，就构成两人心理空间。

［罗感到被打处一阵疼痛："你这个婆娘好狠心，打得真的好疼啊……"

杨桂香　贵富，要是疼得厉害，你就骂我一顿好不好？

罗文富　我也是一时鬼火起……不晓得伤着你没有？真是被你气得没办法了，……你咋个就不能理解我的心事呢？修建一座文化站，为镇上老百姓做件好事嘛，我就想不通你为哪样偏要跟我作对呢？桂香，……我是做过对不起你的事，你也掐了我……这么多年，莫非你还要记我的仇吗？咋个不做声？是身上的伤在痛？

杨桂香　皮上的伤没有心里的伤疼……你就那么在乎那个文化站吗？我不是都把学校需要添加教学设备，把最重要的事情都给你办了吗？辣椒贸易市场这个项目，是可以让周边的老百姓都能受益的好事情，你咋个就想不通呢？在这件事上是你跟我过不去？……这些年我时时刻刻想着你，帮着你，护着你，挂牵你……你看！你看！你自家看！

［从箱子里拿出好些鞋垫来，狠狠地摔在罗的面前。

罗文富　桂香，那年你给我的鞋垫我也一直藏在箱子底。我们……

［杨桂香和椒红在一个光区里，背靠背地表现他们各自的内心情感。

杨桂香　哎……这男人是盐，没有盐，这日子没法过。但是又不能当饭吃。

椒　红　嗯……男人就像这朝天辣椒面，辣就辣个底朝天。到来不去的还叫个哪样辣椒面？

杨桂香　男人是盐，过日子……离不开，又不能不能当顿吃。

椒　红　男人是辣椒面，要辣就辣它个浑身冒汗。

杨桂香　椒红啊，你还年轻，也喜欢的是猛男。其实男人就是盐。

[另一个光驱区里罗文富与庆阳在表现他们的内心世界。

罗文富　嗨……女人是一坛酒，整一口时，日子过得有味道。整多了，就要……被拿翻。

庆　阳　女人是一瓢水，不喝吧……口渴。喝多了真的是……胀肚子！

罗文富　不对，女人是酒，一口不喝？还老惦记到。多整几口，就找不到路回家了……

[椒红与庆阳两人也进入光圈。

[杨桂香见庆阳气就不打一处来。

杨桂香　你还敢来见我？你看这些伤……都是那个鬼老者打的。你要还是我的儿子，你就让镇政府把那块地划到我的名下。别的事我们没得商量！

庆　阳　妈……你听我讲，我……

杨桂香　你还有脸回来？给我滚出去，你不是我的儿子！

庆　阳　妈，罗叔他也是……慢慢的你会想通的。镇里头没有文化站，一个文明古镇咋个能没有文化……

杨桂香　鬼迷心窍！一个月不发工资，没得米下锅噻，我看你家几姨妈还讲不讲文明？老话讲得好：“花喜鹊尾巴长，讨了媳妇忘了娘。”你倒好，还没讨媳妇就忘了娘，没得出息。

庆　阳　……二天我讨个有出息的老婆，我不就有出息了？

杨桂香　二天？就是妈给你找的这个椒红了啊？不要再跟我搞出些花花来。我辛辛苦苦供你进城读书，指望你回来能顶天立地。

庆　阳　妈，你这个副镇长的儿子，就是想把我们全镇的辣椒事业做得更大，是让全镇的农民能顶天立地。妈，你不是一心想跟城里人比高低吗？儿子就是在为你实现这个愿望。

杨桂香　出鬼了，都说你是粑耳朵，还看不出来连椒红都收拾不了你了？

庆　阳　……耳朵粑不要紧，只要有硬起来的想法。

[另一光区内，罗文富见椒红，故作生气地试探她。

罗文富　你咋个偏偏要和那个庆阳……我和他家妈就……扯不清，又来你这单子事……你是怎么想的？

椒　红　我要和庆阳，非他不嫁。

罗文富　（试探她）那娃儿三杠子打不出个冷屁来，有哪样好的？

椒　红　三杠子打不出来，就打四杠子。爹，你为哪样偏要把他打出屁来呢？牛湾镇要发展，庆阳是个人才，不要看他人蔫叶叽，一肚子好主意。

罗文富　啊……你要是真有主意啊，就把他给爹娶进来做“上门郎”，还愁我的农民书屋培养不出人才来？

椒　红　爹，你是要我把庆阳他娶……娶进屋来？

罗文富　这娃儿是大学生，又当了副镇长，遇事还能秉公而断。能站在我们文化站这边，正直、有见识、有知识、有胆识……胆子也大起来了，关键是敢和他妈叫板了……真是了不起！

椒　红　叫板？我看他迟早要……挨板子！

罗文富　哎？我看这个娃娃不错，庆阳要是能来支持我搞的农民书屋，二天我们牛湾镇的农民一定能把辣椒种植业，辣椒的加工业搞活、搞大。农民啊，光靠勤劳，不动脑筋，想把辣椒产业做大那是不可能的。要靠知识，要靠科技啊……（计上心来）椒红，就这样定了，把庆阳招上门来，有肉么也要烂在自家锅头。

椒　红　你是说我招他上门来？这个嘛……只要你答应我一个条件，就是那块地……

罗文富　椒红，这个……你就不要操心了，我会和庆阳家妈讲的。

［罗文富和椒红闯进了杨桂香和庆阳的那个光区。

罗文富　桂香，你看……我是诚心诚意的来向你赔礼道歉，看来我们这辈子还是有缘分的，我们是阴差阳错没搞成，老天爷有眼，我们的儿女们走到一起了，没想到吧？这就叫“头年子撒的油菜籽，二年子才开花”我们是做不成夫妻也做回亲家。

杨桂香　今天咋个想开了？

罗文富　都是笑话，只要你不嫌弃我就是万幸啰，你家庆阳到我家当上门女婿，我害怕你不答应呢……

杨桂香　你说什么？我的儿子到你家上门？你痴心梦想！

罗文富　你……我们马上就是亲家了你讲话客气点嘛，我咋个会是痴心梦想呢？喔，当年你挣了几个钱不是也要招我上门，今天你儿子咋个就不能当一回我罗家的上门郎呢？

杨桂香　罗文富，你先不要太高兴，我们说的都不算，孩子们的婚事他们说了才作数。庆阳，你说！上门郎的事你是怎么想的？

［庆阳磨叽半天不敢讲话，椒红在一边鼓励他。

庆　阳　（鼓足勇气）我……上不上门椒红说了算，我……听她的。

杨桂香　我是前辈子做的哪样孽？咋个养了你这么个没出息的“耙耳朵”！

庆　阳　耙就耙，只要听得见话就是好耳朵。

［杨火冒三丈，上去要打庆阳，被罗文富和椒红拦住。

罗文富　打不得哦，刚被毛兜罚了款，该长点记性。桂香啊，娃娃们的婚事要听他们的，讲出来的话要算数啊？

［杨想打被罗拦住。“有话好好的讲嘛，他现在不光是

你的儿子，还是我的女婿哦”？

[庆阳与椒红跑下。

[杨怒火未平，把一肚子火发到了罗的身上。

罗文富　都说辣椒尖尖都是朝地下长，也架不住有的辣椒尖尖朝天辣的啊？兴你要我当“上门郎”的，就不兴我家也招个女婿上门？那年你招我去做上门郎，我没发那么大的火吧？老天爷真的公平，这叫一报还一报。

杨桂香　罗文富！你……你要是敢让庆阳进你家当上门郎，我就马上把椒红的副总换了，我就……我就不认这个儿子……

罗文富　你真的舍得把这么大个儿子给我？我还真不晓得该咋个谢你啊。

杨桂香　你就这样走了？

罗文富　我不走还搞哪样？等你后悔了我不白白打脱一个儿子啊？

杨桂香　罗文富！

罗文富　小声点，我耳朵又不聋。

杨桂香　你晓得我心里头在……想哪样？

罗文富　想明年打新谷子的时候，过来吃你家的小孙孙的满月酒。

杨桂香　吃酒？……我恨不得“酒”（揪）死你！

[杨狠狠掐罗，罗痛又不敢叫唤：“啊！掐死我也是你家亲家公”！

[杨是哭笑不得：“你这个冤家”！

[杨疾步而去。

[罗边揉胳膊还在向她调侃道：“看好日子讲一声，先办个订婚酒”！

[切光。

第三场

[灯光升起时，这里是刘姨妈家小卖部，对面就是杨桂香的大门。

[罗文富来到刘姨妈的小卖铺："妹子，来……半斤酒。"

[酒瓶子被刘推开。

罗文富　……你要搞哪样？

刘姨妈　（伸手）先把前几回的酒钱开了。

罗文富　妹子啊，等哥哪天有了钱……一起开给你。

刘姨妈　我想晓得你哪天才会有钱？我是上辈子欠你的呢？还是这辈子该你的？你自家说赊了好多酒了？今天不给酒钱打不出酒了。

罗文富　山不转水转，低头不见抬头见。要不是我当年去修水库……要不是落雪落凌下不了山噻，你早就是我老婆了……

刘姨妈　找不到话讲了？我看你是喝了也是醉，不喝也是个醉。再赊半斤酒给你，喝了赶紧走。

罗文富　唉！这都是命啊……眨眼就五十多岁的人了，你也不要再等了，这辈子是不消了。白天没酒喝，晚上没人……（苦笑）不说了，不说了。

刘姨妈　我愿意等，关你哪样事？酒也打给你啦，还不赶紧走，等下让对门的看见你又在我这里，你不怕她掐死你啊？

罗文富　我又没做哪样亏心事，我怕她做哪样？人正不怕影子歪（见杨出门来）妹儿啊……先让我在你的柜台下头躲一下再说。

[杨桂香出得门来，她扯了红布条挂在门前，高悬一面

镜子、一把剪刀，两串红红的辣椒。“刘姨妈，给我钩斤酒来。”

[刘打酒。

[杨桂香四处张望，“刘姨妈，我刚才好像听见有人来过？”

[刘一阵慌乱，掩饰道：“没有人来过啊？”

杨桂香　我好像听见那面“十处罗”在门前讲话。

刘姨妈　那是你心头在挂牵他，迷心窍了。

杨桂香　我会迷幻他？他美得很啊……

[这时幺妹从杨的门前过，杨关心地。“幺妹，这是从哪儿回来啊？”

幺　妹　我想出去……散下心。

杨桂香　是……去找那个毛兜。……那毛兜又是个没轻没重的愣头青，万一到时候……吃亏的是女娃娃。

幺　妹　我们又没做哪样……

杨桂香　没做哪样？万一做出点哪样来嘘……就不好收场喽。

幺　妹　我和毛兜哥是从小一起长大的，他对我好……

杨桂香　幺妹，你转过来……（打量）是长胖哎？还是……姑娘家要当心点啊？

[幺妹有些生气地进了铺子，一脚踢在罗文富的身上。

[幺妹正要叫，被罗制止。

[刘姨妈示意她快进屋去，“你是不是又把酒打洒了？”

[刘姨妈把酒打好给她拿过来。

[杨桂香把祭洒在门前地上。

[刘姨妈过来搭讪。

刘姨妈　桂香啊，你这么大老板还……信迷信啊？

杨桂香　不信不行啊，家里出鬼了，我也要赶紧的驱鬼避邪。

刘姨妈　是为有人闹了你家办酒那件事？抽个空我是要好好讲下

他。

杨桂香　你也不要讲了，（饮酒）抽空你还是操心帮你家表哥讲个婆娘，省得他一天到晚不得个安身的时候……

刘姨妈　……你讲的是真话？就怕他媳妇还没讨进屋，有人就要去找他拼命。

杨桂香　我会为他去拼命？（饮酒）我现在恨不得掐死他……

刘姨妈　算了吧，那天两个人才打得鼻青脸肿的，那毛兜才动手推了文富一把，看把你急得啧啧啧……算了吧，别以为我是瞎子。

杨桂香　……来，刘姨妈，你陪我喝几杯。

［俩人边斟边饮。

杨桂香　他姨妈，你说这人啊一辈子到底在想什么？没吃的时候想有口饭吃；等有吃的了，富起来了，像你现在富起来了，哪样都有了吧？又缺个贴己的人……不晓得哪歇才是个头？

刘姨妈　要说这人纳……也真是个怪，老话说得好啊："不是冤家不对头。"你家儿子咋个就偏偏会喜欢上那个椒红？

杨桂香　……真的是按葫芦又冒起个瓢。他们要是成了一家，二天……我又咋个……咋个办呢？

刘姨妈　二天你们两个的……那件事情又该咋个办？

杨桂香　不说二天的事咯，眼前的事就够我烦心的。……你说我那个儿啊，……他咋个会想起来要去当上门郎？真的是……

［庆阳、毛兜等来到小卖铺附近丈量土地面积。

［罗文富远远地躲在后面静观其变。

［庆阳他们来到自家门前见杨在门前便有些胆怯。

杨桂香　量啊，我的傻儿子，怎么不量了？胆子不小吗？

庆　阳　是……是罗叔喊我帮他量的……（下决心）嘛，你就让我当一回男子汉了嘛。

杨桂香　一个上门郎也敢说是男子汉？你不是想在妈的面前充一回男子汉吗？有本事把媳妇讨进家来，妈就认你这个男子汉。

［庆阳憋了半天说不出话来，这时看热闹的刘姨妈出来帮他打圆场。

［罗在柜台里面闻听此话，着急地刚要出来，又觉不妥又缩了回去。

刘姨妈　唷，这是姑爷回门呢？还是新娘来见婆婆啊？嗨！管他是哪样，反正是好事情，先进屋再讲话。

［这时小幺妹拉刘姨妈衣角，示意她不要管闲事。

［庆阳十分尴尬。

椒　红　姨妈不要乱讲，我们一没打结婚证，二没办酒，三没得到老人同意。再说庆阳也没住我家，谈不上回门。

刘姨妈　哦，我还以为你们是先煮饭……后淘米呢。

杨桂香　刘姨妈，你放心。我儿子到不会这么没规矩，怕就怕他那个老丈人搞“先斩后奏”那一手，那年他不是办酒才三个月娃儿就生出来了。

椒　红　杨姨妈，那些陈年老帐的事情就不要再提了，哪个见过亲家母讲亲家公坏话的，您自己脸上也不光彩。

［没想到毛兜听出了这话里有话。

毛　兜　你……讲清楚，哪个家办酒才三个月就……生出娃娃来？幺妹，你不是跟我说，娃儿要怀九个半月了嘛？三个月就是……未婚先孕对不对？你们等……等倒起，我会查个水落石出。

［罗在柜台里面听见这话，急得差点跳了出来，无奈刚出来又缩回去。

刘姨妈　幺妹！你找不到话讲了？你跟他讲这些做哪样？要是惹

出点什么事来我看你咋个办？

小幺妹　他不问我，我咋个去跟他讲这些？

毛　兜　姨妈，你不是说要我好生管一下你家幺妹了嘛？这段时间她……每天都要定时来向我汇报思想。

[罗文富在货柜里面听见这话，毛焦火辣。

[杨故意放大声音讲给远处的罗文富听见。

杨桂香　毛兜乖儿，你硬是聪明，轻轻一点就通？

毛　兜　我通哪样通？说了半天你到底在说哪个我还是搞……不清楚。

杨桂香　你……你回去问你爹，他肯定会告诉你的。

毛　兜　我现在就去查，我就不信我查不出来。

[毛兜匆匆下。

庆　阳　妈……求求你不要这样好不好？你还嫌不乱吗？

杨桂香　呦，还没过门就护到老丈人家了？当真是“讨了媳妇忘了娘，养儿养女走过场”。

椒　红　杨姨妈，话不能这么讲，我是真的想嫁过来当你的儿媳妇，就不晓得你老人家愿意还是不愿意？

杨桂香　……你讲的是真话？

椒　红　你答应我一个条件，让我爹把搞文化站活动中心搞起来，我就让庆阳搬回家来，等秋天谷子黄的时候我们把酒办了好不好？

杨桂香　椒红……说的是真的？不能骗你家妈？

[椒红暗示庆阳表态。

庆　阳　搬回来……当然是没问题，只是这文化站改建工程还缺些资金……别的几家厂家都答应出点，你要是不出……

杨桂香　钱的事好商量。前几年搞“远程教育”那些活动，哪样钱不是我给你罗叔赞助的，缺多少只管讲，几万块钱的就不要去难为椒红她爹了。

庆　阳　（情不自禁）妈，你说的是真的？

杨桂香　哎，扯了结婚证再来和我讲这是赞助费。

椒　红　经费到账我和庆阳就回来办酒。

庆　阳　（悄声地）椒红，你一下要我做上门郎，一下又嫁到我家，就不怕你家爹？

椒　红　妈，那你可能要搬个地方啦？

［这时罗闻声从刘的柜台里钻出来，挤进人群里面。

杨桂香　你咋个会从那里头跳出来呢？

罗文富　有话可以好好的讲，都是抬头不见低头见的邻居，文化活动中心修起来也是大家受益。

杨桂香　文化站要在八圣宫修活动中心，要我家腾出这个院子来，这个话就不公道了，“十处罗”要修这文化站是为我们镇上的子孙后代享福。

［罗听到杨的这番话，难以置信。

［围观的人群议论纷纷。

［只剩下罗文富和杨桂香。

罗文富　你真的能让出这块地来？我真的没有听错？

杨桂香　不要客气，我还不晓得该咋个谢你嘞。这是县建设局刚刚批的文件，好生看看。

［罗看完就懵了，正好看见庆阳与椒红过来。

椒　红　爹，你和庆阳家妈年轻的时候到底有什么事？刘姨妈讲的是真的？

罗文富　不要打叉，你先跟我讲清楚，那块地镇政府咋个又答应批给她了？

椒　红　批给谁家，横竖还不一样。

罗文富　大不一样！你说，建设局咋个又把那块地……又批给庆阳他妈了？不行！（一下坐在地上）

［庆阳忙把罗扶起。

庆　阳　罗叔，不要着急，你可以打我，骂我，千万不要气出个好歹来！

罗文富　关键是……

[罗脱下鞋来要追打椒红，庆阳挡住，二人跑下。

[罗不知如何是好。

[杨见罗如此焦虑，也感到有些担心。

罗文富　杨桂香，这回你搞到事了！你先不要高兴得太早，我会让他们……永远进不了罗家的门！

杨桂香　辣椒尖尖有朝地的，也有朝天的。兴你找女婿上门，就不兴我讨媳妇进屋？等她明年生了个胖嘟嘟小外孙，到时候你不要进我家门。

[罗百思不得其解。

杨桂香　你找什么？地下又没钱。

罗文富　杨桂香，求求你不要和我斗气好不好？我们文化站需要这块地盘……

杨桂香　……有人可能斗得过我杨桂香，还没听说有哪个斗得过钱的？

[杨离去。

[切光，暗转成黑夜。

[罗忿忿地敲响刘姨妈的小卖部："开门"！

[刘内应："那个鬼挨刀的，半夜深更的敲你家妈的脑壳啊"？

罗文富　是我这个鬼挨刀的，连我的声音都听不出来？

刘姨妈　（刘开门）你……你还有脸来敲我家的门？有什么事情赶快讲。

罗文富　打斤酒喝。

刘姨妈　你啊？不卖！

[刘要关门被罗挡住，从兜里掏钱。

罗文富　十块钱买瓶酒。

刘姨妈　一百块都不卖。

罗文富　两百块，……五百块！卖不卖？

刘姨妈　五百块？……拿来。

［罗数钱，刘拿了一瓶酒给他“嘭”地一声重重地把门关上。

［碰在罗的脑袋上，生疼。

罗文富　敲我的竹杠，还敲了我的脑壳，这个婆娘真的惹不起……

［罗越想越气，打开酒瓶喝。

［黔北民歌：“人家的辣角尖朝下

老子的辣椒么——翘起尖尖朝天辣”

［少顷，罗便醉了，迷糊着睡着了。

［这时幺妹过来，毛兜紧跟其后过来。

毛　兜　幺妹，你跑哪样嘛？

［他们竟然没发现大树后面睡着的罗文富。

幺　妹　我怕有人看见，我妈又要骂我。

毛　兜　幺妹，你不是说回来要办酒的吗？这么多天了咋个还没见动静？

小幺妹　还不是……我要等张老板来才能办酒，办完酒我们就要去外国旅游。

毛　兜　看来你还是要继续改造，人家外国人都来看我们这里的山水风景，你还到外国去看哪样？你以后穿多点嘛，我都有点……扛不住，一般的人肯定就要……犯错误？

幺　妹　你看我的腰杆……是不是有点胖啊？

毛　兜　是胖了，肚子好像也鼓起来了。

幺　妹　真的？……你真的看出来了？

毛　兜　我讲的都是老实话。

幺　妹　毛兜，……我有件事可能瞒不住了，要是跟你讲了你能帮我保密吗？

毛　兜　一点问题都没有。

［罗这时被吵醒，在一旁听他们谈话。

小幺妹　毛兜哥，……算了，还是不讲了。你要是真想改造我，帮我……毛兜哥，你能帮我招进你家香辣香厂工作吗？

毛　兜　进厂？这个问题我还要和我……我家老者他商量一下……

小幺妹　算啰，你在厂里头做不了主，说话不算数。

毛　兜　我说话不算数？我还把话放在这里，你进辣椒厂的事我现在就跟你搞定，明天就来上班！

小幺妹　毛兜哥——你真的靠得住了……（要吻她）

［毛兜躲开，“你不是说就要……结婚了嘛？我们还搞……这个怕不好吧？”

［幺妹忍不住失声哭了。

毛　兜　你不要哭嘛，要是被人家看见还以为我和你哪样了。

幺　妹　我……根本就没有哪个老板要讨我，我……被人家骗了，回来办酒的事……是假的。这阵肚子越来越大……纸是包不住火了。毛兜哥，你帮帮我嘛，我会一辈子记住你的……啊？

［毛兜听她的话后，震惊，同情，一股男子汉的勇气油然而生。

毛　兜　哥向你保证，再重的担子我毛兜都敢接，只要你把娃娃生出来我就敢当爹！

［她激动地要和他拥抱时后面罗大声咳嗽，他们松开了。

［罗过来打量毛兜，毛兜极不自然。

罗文富　毛兜，本事见长啊？你不是说和小幺妹在一起是要帮助她进步吗？

毛　兜　开始那会儿我是这样想的，不晓得怎么搞的？后来就有点……有点……

罗文富　讲啊？有点哪样了？帮助她？怎么帮到她的嘴上去了？

小幺妹　罗伯伯，这不怪毛兜哥，是我喜欢他……我回家来没人理我，是毛兜来帮助我，毛兜哥一点架子都没有，你老人家就答应……我们好吗？

罗文富　他还有架子？我担心的是你的肚子！万一你们哪天搞出什么事来，我这当爹的咋个开交？

小幺妹　毛兜都答应我明天去厂里上班了，我们恋爱是正当的啊？

罗文富　毛兜，你都敢招工了？胆子搞大了？

毛　兜　不是我胆子大了，是她的肚子大了……我和幺妹她也是没办法的办法，我已经决定正式通知你，男子汉大丈夫敢做敢当，大不了就和她结婚！

罗文富　肚子大了就结婚？结你妈的的脑壳昏！老子看你大白天做梦，想得美！

毛　兜　等一下，你不说肚子我还差点忘记了，（掏出罗的结婚证和户口来）你和我家妈是九月份结的婚，咋个十二月就把我生出来了嘞？

罗文富　（语塞）老子什么时候生出你来来……关你哪样屁事？

毛　兜　你不要讲蛮话，咋个不关我的事？要是三个月就生出来了，肯定是……未婚先孕。是违反计划生育政策的。

［罗一时没了主意，脱下鞋来追打毛兜：“老子就是违反了，有本事就去告我”！

［毛兜绕大树转圈，一边还在辩解：“户口和结婚证上的时间写得明明白白，铁证如山！有本事就讲理，打人是违犯治安条令的……

［小幺妹一把将罗文富抱住：“毛兜，快过来收拾他！”

［毛兜掏出警棍又收住了手。

毛　兜　算了，我不能执法犯法，饶了他吧！

［罗又气又羞，捶胸顿足，打了自己一个嘴巴。

［切光暗转。

第四场

［舞台寂静，须臾。有呻吟声："哎唷"

［毛兜的手电顺着声音射去，只发现恰似一只醉螃蟹般的罗文富躺在那里。

毛　兜　老爹，你咋个跑到这里头来了？

罗文富　老子……我咋个会稀里糊涂……来这里的？

毛　兜　这是杨阿姨家后院坝，你咋个来的……自家心头不晓得？

罗文富　少啰嗦，赶紧放开我……哎哟

毛　兜　怕不会哦？先搞清楚，你现在是铁证如山落在我的手头了，都捉到现场了你还气粗哪样？

［罗害怕毛兜大声张扬影响不好，立即软了下来。

罗文富　你脑筋有毛病啊？

毛　兜　少啰嗦，赶快把你的企图交待出来。

罗文富　你这狗……你是我的乖儿子。

毛　兜　乖不乖你说了不算，现在是你夜晚进入寡妇单身女人的院坝，自家说……该咋个办？

罗文富　毛兜，爹现在没得空，哪天我会好好跟你讲。

毛　兜　现在就讲清楚，要不就走不脱。

罗文富　爹现在心烦……看在我是你家爹，就先放我一马。

毛　兜　放你一马？你好不好意思？每次开会你都讲："现在大家都富起来了，要把建设精神文明放在第一位，不准喝酒闹事，不准看黄碟，没想到你是……说一套做一套，半夜三更的跑到……一个寡妇家院坝头来……你说该咋个办？

罗文富　毛兜，二回我一定注意好不好？。

［这时杨桂香和小幺妹闻声赶来，见状急忙要上去救罗。

杨桂香　哎呀，你这是唱的哪一出？毛兜，还不赶紧把他放开。

毛　兜　杨总，这件事你不要管。这回他是落到我的手心头了，我要让全镇的人都晓得。

［罗一听急了：“毛兜，　你千万不要，二天爹还怎么做人……

杨桂香　毛兜，先把你爹放了，有哪样事情可以慢慢讲嘛。

毛　兜　杨总，你不讲我还差点忘记了，我想安排幺妹进厂，他不帮我讲话不说，还敢动手打我……搞得我一点面子都不得。

杨桂香　现在我替你爹就表态，明天你就让幺妹去厂头上班好不好?

毛　兜　你……还没交待你和我妈结婚三个月就生出我来的那件事你还没交待清楚，杨姨妈当到你的面，你大胆的揭发。

［杨忍住笑，看罗那副狼狈像动了恻隐之心。

杨桂香　毛兜，听杨姨妈的，先把他放了，哪天我跟你讲好不好？

［杨桂香叫毛兜、幺妹要把罗放了。

毛　兜　等一下，我先拿手机跟他拍一张相片，留个证据。

［毛兜见他鼓着那双眼睛，心里直发毛。

［幺妹不解：“毛兜哥，你刚才不是……咋个又跑了呢”？

毛　兜　算了，我再和他谈这个事……老者太不得面子了，搞不好又要……

小幺妹　那你把她交给杨姨妈，他不是更不得面子？

毛　兜　（诡诈憨笑）我家爹……就服她收拾。

［毛兜和小妹下。

［静场，两人尴尬地坐在大树下。罗不自在。

罗文富　最露脸的时候都让你……看见了……现在有人高兴的很

哪，庆阳这回是肯定要当选镇长了。

［毛兜带庆阳、椒红、小幺妹躲在树后偷听他们谈话。

杨桂香　文富，我是特地来告诉你庆阳和椒红的事……

罗文富　还问我做哪样？儿女们的事由他们自己做主，不要又像我们，哪样债都好还，情债……还不清。……杨老板，你现在财大气粗，活动的本事肯定比我大。这块地……我要搞的是文化站，是我们决不可缺少的。人和其它动物不同的地方就在于人不能光吃饱了就能满足，吃饱了就睡的那是猪。

杨桂香　罗文富！……我辛辛苦苦办厂我为哪样？我挣钱不假，我不也为那么多人找到了挣钱的地方吗？我起早贪黑的忙，我到成猪了？你说，我杨桂香哪点对不起你？不晓得你为哪样要和我作对？这到底是为哪样？

罗文富　为哪样？我还不是为了大家办个“农民书屋”为了让广大农民能早日实现“学在农家长智慧”都能办起自己的辣椒加工业来。

杨桂香　都来做加工业？那……我的厂还办不办？我的生意还做不做？

罗文富　你？……总不能只想你做独家生意吧？好多年了，你老是和我打别扭，别就别在你只想你自己的厂做大，做独家生意。桂香，你咋个就不能为我们牛湾镇的文化想一想呢？

［杨面对罗，酸甜苦辣一齐涌上心头，她咬紧牙根上去要掐罗。

［杨桂香刚要掐罗，罗换了一只胳膊。

罗文富　掐这只吧，这边都青了……

［杨捞起看时，一块块被她掐红的印子让她心里一阵发酸……

［这里有一段抒情音乐。

杨桂香　这些……都是我掐的？都是我不好，不该那样和你斗气。

罗文富　不，是我做了让你一辈子都不能原谅的事……该掐，掐死我，我都认这笔帐。

杨桂香　……文富，要说恨你我是真的恨，恨不得……把你咬来吃了才解恨！你晓不晓得我……这么多年是怎么熬过来的？你以为我天天在掐你我的心里就好受吗？每次掐完你，我又在掐自己……

［罗捞起她的胳膊，青一道紫一道赫然眼前。

杨情不自禁地扑向罗文富的怀里。

罗文富　桂香！求求你狠狠地掐我吧，这样我的心里头会好过些……

杨桂香　我……我想咬死你！

［两人靠近，就要互相“咬”时，只听的大树后面哭声传来。

［毛兜嚎啕大哭着从树后面出来：“爹，杨姨妈你们就大胆的整吧，我保证睁一只眼闭一只眼，再也不来管你们的事啦……”

［庆阳和椒红、小幺妹也泪流满面地从树后面出来。

罗文富　你们怎么在偷听？

［四个人哭得像孩子一般，他们同时地：“爹、娘，你们接到整，我们……再也不管啦……

［切光。

［黔北民歌音乐起

尾　声

［这里是新建成的八圣宫文化站的房顶要“上梁”的喜庆场面。

［火红的辣椒挂满了整个舞台。

［音乐声中，全村的男女老少在忙着给梁上系大红彩球。

［杨桂香和罗文富等手拿剪子要来剪彩。

［罗与杨相互谦让。

罗文富　乡邻们！过去我们羡慕城里人有煤气；现在我们农村人也有了沼气。城里人电视上面有机顶盒；我们农民安上了村村通的“大锅盖”。城里人能住进百把个平米的房子，我们农民家家住的是……别墅。今天是牛湾镇文化站上梁的好日子，也是我们村里落实“四在农家”取得很大成绩的好日子。（激动）

罗文富　不要激动，要说我们和城里人的差距是越来越小，要说有差距。那就是城里的汽车越来越多，空气不好了。我们农村是绿水青山，鸟语花香，他们要想赶上我们农村的空气，他们可能还要忙一阵子了。（众笑）今天我们也有了文化站，DYD 放映室，是我们文化站农民书屋落成的好日子，我们的辣椒要走向全省全国市场！将来……（激动）

庆　阳　（接过刘的话）实实在在的依靠科学发展观，建设社会主义新农村的光明前景就在我们前面。罗叔，这里有你一份县政府的文件。

［罗打开看时愣在了那里。

椒　红　鉴于香辣香辣椒厂是我县的龙头企业，纳税大户。将这项建筑的一二层楼定为辣椒文化贸易展厅，三楼以上为文化站活动中心……”

杨桂香　文富你看清楚，这是县政府刚下的文件，真的不是我……

罗文富　其实……也不得哪样，真的……不是有句话说：“经济是基础”，看来我们的文化只能‘是上层建筑’来，我们还是为文化站有了自己活动中心干了这一杯！

[他们将酒杯里的酒一饮而尽。

[人们将糖果撒向孩子们，一片欢腾。

[披红挂彩的梁柱在欢庆的音乐声中慢慢升上去。

——剧终——

巧妇可为

董　渝　樊小锁

人物表

林巧珍　女，三十九岁，下岗女工，在厂里担任过团支部书记。
孙　芹　女，四十岁，下岗女工。
郑大娇　女，三十九岁，下岗女工。
孔　光　男，四十岁，下岗男工，原厂里工会宣传干事。
韩　宇　男，残疾人作家，五十岁。
蔡老五　男，私营企业老板，四十二岁，林巧珍前夫。
刘　源　男，四十岁，某单位干部，孙芹丈夫。
蔡玲玲　女，十一岁，林巧珍之女，学生。
张小红　女，二十六岁，蔡老五之妻。
书　记　男，四十八岁，某市委书记。
汤主编　女，三十五岁，某音像公司组稿人。
女老板　女，三十多岁，某洗脚城老板。

时　间　一九九七年冬天。
地　点　西南某城市。

[这时一个时装模特表演的T字台多了一横的不等式中性舞台，沿伸在观众席的舞台高度和座位几乎平行，所有人都能明显地感到这是一个放大的“工”字。

[较细微的：“戏”可放置在观众席里的这一横上去表演，如有要虚化的动作，表演起来多有不便，可放倒T字的任何一个位置处理。

[舞台升光，巧珍愣在那里，她三十八九岁，不难看出脸上早已显现出中年妇女的沧桑。

[巧珍细心地、依依不舍地把工具箱里的工具拿出来做一次认真的擦拭，把工具一件一件放回工具箱里，最后摘下那副戴了多年的袖套时，她的眼睛湿了……她忍不住从工具箱里拿出把长卡尺来，在不停地推移变换着上面的数码。

[大咧咧的郑大娇从这里路过，看见发呆的巧珍。

大　轿　哎，哎哎哎，别量了，找不着尺寸了，你还想质检谁呀？自己都喊下来了，还等什么？名单不会念漏的，你现在已经不是车间的团支部书记了。

[巧珍苦笑了一下，朝大娇的背上就是一拳。

巧　珍　我是找不着尺寸了，你啊，整个一白胆猪！

大　娇　在乎又怎么样？去年我还是厂里的“先进”，这不，今年就成了“先出”了。六个行政各行政干部就没事干了，我能怨谁？这就是现代化，这就是解放生产力。认了吧，安安心心地回去，把老公侍候好……对不起，我真不是故意惹你心烦……你不还有孩子吗？把孩子带好。

巧　珍　带好孩子？孩子吃什么？学费你拿？

大　娇　我脑袋都很快炸了。老实说，我也找不着北了，你愿意再待会儿你就待会儿吧，我先走了。

巧　珍　你等等，我一会儿就来。

大　娇　那我可先走了？对了，厂长叫我把这封信给你。（巧珍展开）都什么时候了，还要这鉴定来干什么？这张纸能当饭吃？能当钱花？（夺过扔在地下，巧珍捡起）

巧　珍　我在厂里工作了十八年，回家对孩子得有个交代，将来出去找事干兴许还用得着，就算五十五岁退休，还有十来年工龄吗？工作没了，人品不能没？我就剩下这个了……

大　娇　行，你就留着吧。

[切光。

[升光。大娇家。

[大娇将做好的饭菜放在一张桌子上，精心地摆设好等丈夫孔光下班回来。

[她打量着菜肴，总觉得差点什么，于是拿来座垫，继而又点燃蜡烛，　顿时增添屋里的温馨气氛。

[她换上了睡衣，放起了音乐。

[孔光回到家，大娇忙迎上去为他挂衣服换拖鞋，问寒问暖，殷勤。

[孔光不适应大娇的反常举动，觉得不安。

[她为他酌酒拈菜，孔光摸不着头脑了。

孔　光　大娇你……你今天这是……厂里发得奖金了？

大　娇　（支吾）你吃吧，哪来那么多废话。

[受到这般殷勤款待的孔光有些不知所措。

孔　光　哎，戏过了啊？要说这人也真是的，当牛作马习惯了，猛不丁的有一回，这心里头没着没落的。我这样“苦大仇深”的人，猛地翻身做主人，我哪受得了这么大份幸福。

大　娇　吃！喝！赶明天以后我天天给你做饭倒酒不就结了？你不就习惯了？告诉你吧，我要做家务，那谁是一流的。楞什么呀，菜凉了？

孔　光　这菜里没下药吧？不会像潘金莲谋害武大？

大　娇　（高举轻打）蔫坏，快吃饱了洗脚上床。

孔　光　这么早就上床？是不是太残忍了点？（望着不容商量的她）行行，上床还不行吗？早睡早起身体好！

[切光

[另一表演区升光

[巧珍与放学归来的女儿相遇。女儿挽起妈妈的胳膊。巧珍帮她取下书包。

玲　玲　妈妈，我自己背吧，你上一天班够累的了

巧　珍　妈妈不累……（为女儿翻好领子）

玲　玲　（高兴）妈妈，我告诉你一个好消息，我们班办的“校园手抄报”获得全校第一名。

[巧珍心不在焉没做出什么反应。

巧　珍　（应付）好好，以后还要努力。

玲　玲　妈妈，你怎么不高兴啊？

巧　珍　没不高兴啊？

玲　玲　妈……下岗是什么呀？

巧　珍　你……怎么想起问这个？

玲　玲　我们班上有同学说下岗就是没有工资了，有的同学说下岗是因为在厂里不好好干活被开除了，还有同学说……

巧　珍　玲玲，小孩在学校好好上学，别管这些……

玲　玲　妈妈别生气，班上有个同学的爸爸下岗了，叫她就在我们学校门口卖米粉，妈妈，你说是不是被开除了？

巧　珍　不是的……

玲　玲　那是为什么？

巧　珍　玲玲（试探）万一有一天妈妈也下岗了你会不会。

玲　玲　（不接受）不、不、不，妈妈你千万不能下岗，我要读书，我不去卖米粉，我还有爸爸，你要下岗我就惨了！

巧　珍　好，妈妈不下岗，就是为了我的宝贝女儿我也不能下岗。

玲　玲　妈妈要好好工作，听话，领导就舍不得让你下岗的。

巧　珍　玲玲，我们回家吧。

［她们边走边谈离去。

玲　玲　真的？我说的那个叫杨萍的同学，是我们班的学习尖子，他失学后老师和同学们都舍不得他。那天他来学校站在教室外面流泪，我们班同学别提多难受。

巧　珍　这孩子是够可怜的。

玲　玲　妈妈你真的同情杨萍吗？

巧　珍　真的，我对这种家庭遭遇的孩子特别同情，像你这种年纪的孩子怎么能不上学呢？

玲　玲　妈妈，你说得太对了，和我们老师说的一样，我们班的同学们已经做出了决定，要集体募捐让杨萍同学能重返校园？

巧　珍　募捐？

玲　玲　就是大家凑钱，妈妈你愿伸出这友爱的援助之手吗？

［巧珍思索。

巧　珍　我当然应该响应，但不知道你打算捐多少？

玲　玲　我是发起人之一，我得拿得出手才行。至少也要五十块，这不为难你吧？上个月郭阿姨结婚你不还给了她一百吗。

巧　珍　玲玲，照理说这个数字实在不算大，可……但……

玲　玲　妈妈没准就是这次捐的钱，就能为国家培养出一个人才，你想这是多有意义的事情。

［巧珍略犹豫后，咬牙掏出钱包。

[玲玲高兴地搂住妈妈吻了一下。

玲　玲　妈妈！太谢谢你了，但我发现你还有点心痛是吗？（巧珍想解释）妈妈你什么也别说（打量妈妈）嗯，妈妈不愧是当过共青团书记的人，思想觉悟就是不一样。我向你保证，我们班的手抄报下一期一定有描写你的文章。

[巧珍苦笑，搂过女儿抚摸她的头。就在她们朝舞台里端走去时，发现在家门口有个黑影。见巧珍知青时的老同学孙芹，她身旁有铺盖卷，屁股下坐着两箱酒。

巧　珍　孙芹？你这是怎么了？

[孙芹忙抹去脸上的泪水。故做轻松地和巧珍及玲玲寒暄

[巧珍见地下东西，明白了几分。把女儿拉到一边耳语。

[她来到孙芹面前。两人面面相觑，孙芹低头忍住了泪水，巧珍从她身边那两箱酒，似乎明白了孙芹家里发生的一切。

巧　珍　走吧，进屋吧，你的手冰凉。

孙　芹　巧珍……

[孙芹要说什么，巧珍拉住了她的手。

巧　珍　什么都别讲了，进屋弄口热的暖暖身子。

[巧珍刚触到她的手臂，孙芹痛得叫出声来。

巧　珍　你这是？

孙　芹　没什么，真的没什么……

巧　珍　你说这是怎么了？连我都信不过？

孙　芹　（终于忍不住）他……他打我。（孙伤心地哭出声来）

巧　珍　这是为什么？他凭什么打人？你去告他！

孙　芹　我成天靠他养活，我还有什么理由去告他。我和他一闹，他不正好找到离婚的理由了。

巧　珍　跟这种人在一块过有什么意思？早离早解脱。

孙　芹　不，我不离，我不能离，我就是不离。我四十的人了，现在工作没有了，要是再离婚连家也没有了。他总不能老是这样打我骂我？……忍一忍不久过去了，不管怎么说总还有个家呀。我想在你这儿住几天，等他气消了再回去……

巧　珍　可怜的好姐姐……

［巧珍一把将孙芹拥在怀里。

孙　芹　巧珍，我推车在街上走了一下午，不知怎么的就来到你这儿了，我嗓子眼儿都是硬的，什么也吃不下。别人嫁了一个就白头偕老了，我嫁了两回就没碰到一个好的，好男人那么多，我怎么就碰不着一个？

巧　珍　这个事儿我都想过几年了，也没理出个头绪。

孙　芹　你信命吗？

巧　珍　从来还没算过，自己都不知道的事别人还能算出来吗？

孙　芹　你说我们这代人是怎么了？生下来赶上六零年，长身体闪着了。念书又碰上六六年，知识又废了，心想着到农村去炼一颗红心，赶明儿嫁个人，做个良家妇女吧，又赶上个晚婚晚育，把孩子也耽误了，好不容易盼来经济建设的好年头，我们赶上了下岗。怎么就一件好事都没让我们赶上呢？

巧　珍　你们家刘源怎么能在这时候和你分手呢？

孙　芹　要不怎么说是命呢？（孙难过得说不下去）

［巧珍　把她搂在怀里。

巧　珍　好了，别难过。

孙　芹　怎么能不难过，别人下岗回到家还有个人安慰几句，我这倒好，厂里家里我是一块儿下岗，你说这算怎么一档子事儿？

巧　珍　没良心的东西，亏他还是个国家干部，没一点人味。赶明儿上他们单位告他去。

孙　芹　犯不着，人家是独儿子，要个后也是正经的要求，都怨咱这命不好。我哪怕能像你，丈夫跑了，还有姑娘做伴儿，每天早上起来去上上班，高低还是个对社会有用的人。你说我这样，以后怎么办？

巧　珍　孙芹……记不起是哪个名人讲过："只要能站起来。就能走下去，人之所以称为人，就因为它能站着行走。"我想只要不认输，办法总会有的。

孙　芹　（叹气）巧珍，你要是有一天也下了岗，说起话来也就不这么轻松了！我不怕你笑话，就我们这把岁数的女人，晚上走在大街上想碰个流氓都碰不上，哪还有什么办法。

巧　珍　孙芹，你怎么能这么……说话呢，我不承认我们这么没用，说句心里话，我还不服这口气，你还记得我下乡的头一年吗？被蚂蝗追得满田地里跑，第二年不照样挣了一千多个工分吗？分下的粮食吃不完，你和我不还挑了一担白生生的大米回家过年吗？人活着，不能丢那股劲。走，进屋先把饭吃了再说好吗？

孙　芹　……心里难受得吃不下。

［切光。

［另一表演区升光。

［孔光和大娇在各自的被子里。

［孔光翻身，长吁短叹。

［大娇也不能入睡。

大　娇　没睡呢？

孔　光　你不也没睡吗？

大　娇　心里烦？想什么呢？

孔　光　我在想……睡吧，你明儿还要上班。

大　娇　心里想什么……钻我被子里不就结了。

孔　光　我……就想和你说点事，怕你……

［大娇误以为丈夫是想干“那事”伸胳膊搂住他。

大　娇　孔光，我脾气不好，以后一定改，说，是不是想叫我温柔些？唷。孔光，你好像比前一阵瘦了。

孔　光　哎，你别这样，我们说会儿话好吗？

大　娇　两口子说什么呢？摸着黑我都知道你想干什么，你不才一中专生吗，想干什么就痛快些。

孔　光　……你等会儿，说说厂里边的事好吗？

大　娇　你哪出毛病了？没听说过两口子在被子里谈厂子里的事儿，告诉你，以后别再跟我谈厂里的事儿。

孔　光　那……

大　娇　孔光，你成了心半夜想起歌来唱，惹我心烦怎么的？

孔　光　我哪儿敢呢，我们厂里这些天都吵着裁员下岗的事……

大　娇　我们厂也一样，昨天我和巧珍都他妈的通知下岗了。

［静场，孔光一下子坐了起来看着大娇。

大　娇　怎么了你？咱家的日子可指望你呢，你可得在厂里好好干，我从明天起就在家里给你做饭，保证把你侍候得好好的。

［孔光慢慢躺下去。

［沉闷的停顿。

［从孔光的被子里传出哭声。

大　娇　你怎么了？你这是……你不会也下岗了吧？

孔　光　都一个礼拜了，我没敢跟你讲……

［大娇猛地一下头都炸了。她从床上跳了起来。

大　娇　你再说一遍，你……也下岗了？你怎么会下岗呢？你不是工会干部吗？

孔　光　我怎么就不会下岗呢，兴你下就不兴我下……（抽泣）

大　娇　（没了主意）我操……起来，还睡什么？走。我们去找巧珍合计合计，想个法去。我不信，活人会被尿憋死？走啊！

［孔光仍然蒙着被子哭个不停。

［大娇一时火起，掀开了孔光的被子。孔扯过来围住下半身。

孔　光　你干什么呀你，我没穿裤衩！

大　娇　快穿上吧。

［孔围着被子四处找，发现竟然掖在她的后腰上。

［巧珍和孙芹的表演区升光。

［巧珍大声喊："你们吵什么？"

［大娇拉着孔光骂骂咧咧地走出了那个表演区。

［孔光只顾哭，裤子也穿反了。大娇叫他改正过来。孔光却不能改，"我里面是'空城计'"

大　娇　你真是个窝囊废，一个大老爷们儿哭个什么？

巧　珍　大娇你别劝他！看他能哭多久，我到是难得听一个大男人哭得这么精彩的。（孔光停了下来）你哭啊？看能不能哭出个办法来，我到要看你能把馅饼从天上哭下来。

大　娇　没出息的东西，哭啊！怎么不哭了？

孔　光　就不哭！男子汉大丈夫说不哭就不哭！下岗怎么了！你不是也下岗了，咱们不还是一般高吗？谁怕谁呀？

［巧珍，孙芹，大娇忍不住笑了起来。

大　娇　孙芹，你什么时候来的？

［孙芹欲言又止。

大　娇　嘿，真他妈的绝了，七四年咱三个一块下乡，九六年又一块儿下岗，这可是缘分。巧珍，你说咱们该怎么办？

总不能整天坐屋里哭天抹泪吧？

孙　芹　你也下岗了？

巧　珍　嘘，小声点，别让孩子听见。

大　娇　嗨，人家都沉重了一天了，我原指望这个大男子汉来养活我，这下好了。

巧　珍　大娇，你别着急，现在有政策，两口子不能同时下岗，你们这种情况到劳动局反应一下，会得到解决的。

孙　芹　那我们呢？

巧　珍　我们？我们只能靠我们自己叻。

孙　芹　靠我们自己？行吗？一不会做生意，二没本钱。这是我下岗时厂里发的两箱酒，我卖了好几天都没卖出去，还叫老公给揍了一顿，各行都有各行的道。

巧　珍　道都是自己闯出来的，我们不能坐着等，得自己去走，去闯！得闯出条道来。

孙　芹　闯？怎么闯？我心里空空荡荡的，上哪儿闯去？

大　娇　哎，我那天在公共汽车站旁边看见一大块招聘专栏，上面有好多单位，不对，是公司要招聘工人。我们也去试试？

孙　芹　可那上面好像只招聘十八到二十岁的小姐，我们这把年纪的大妈人家要吗？再说我们这副打扮，背时倒霉的样。

大　娇　这身衣服怎么了？又不是去做三陪，我是劳动挣钱，难道还要我画上眉毛口红，穿条露胸露背的裙子？

孙　芹　说的也是，我们这把年纪的人，就是穿着那种衣服也不会有人看我们了。没准还说我们是神经病。

巧　珍　去应聘嘛，给人的第一印象很重要，是一个人的精神面貌，我们要赶快行动起来，我相信那句话，路是人走出来的。

[切光。

[另一表演区升光。

[孙芹怯生生的走进一家音像发行公司。

[女老板坐在大班椅上，正欣赏着几张美人照片。

孙　芹　请问，这里招聘发行业务员吗？

[女老板仍旧背对着她在审视宣传画像。

汤主编　（对着电话）画面设计是美，只是缺少刺激的部分，要突出女人最美的地方，你是学美术的，还要我来教你吗？你就以你一个男人的直觉去发现女人的特点在哪儿？晚上加个班。（挂电话）

孙　芹　请问……

[女老板转过身来，打量孙芹。

汤主编　你是来应聘的？

孙　芹　我在报上看到公司里要招聘……

汤主编　你能干什么呢？电脑？你肯定不会。合成器？你可能连听都没听说过，你想来应聘什么呢？

孙　芹　我想做音像制品销售业务员。

汤主编　噢，推销业务员就是什么人都可以干的？能说出几个世界上最流行音乐人的名吗？知道马利亚．凯丽吗？迈克尔·包顿？莱昂奈尔·里奇？麦当娜呢？没听说过吧？

[孙芹摇头，表示没听说过。

汤主编　外国的你不知道，王菲、那英、张学友、刘德华、你应该知道把？这位大姐，这销售业务员也不是谁都可以做的，像你这种条件，到劳务市场区碰碰运气，你看好吗？

[孙芹默默地退了出来。

[切光。

[另一表演区升光。

[大娇从里面走出来，嘴里在不停地数落着。

[孔光忙上去要安慰她，大娇仍旧怒火中烧。

大　娇　……要不要无所谓，我也不是非要赖在他这儿。讲些话太欺负人，我当一二十年工人了，只听过工人要有志气，还没听说过端盘子的要什么气质。

孔　光　人家有人家的用人标准，不行就算了，我们再去找别的地方。

大　娇　不是要不要我的……关键是太气人。有气质不也是端盘子吗？没气质也就是端盘子吗？洗盘子刷碗要什么气质？

孔　光　你小声点吧，你没弄懂的事多着呢，在这儿嚷着多不好。

大　娇　有什么好不好的？我咽不下这口气。这服务员的还要量什么身高……还说我的腰太粗，这腰粗跟端盘子有什么关系？我四十老大几的人了，这腰能细得了吗？太气人！

孔　光　你消消气行吗？我们去找一家不量腰身的地方好吗？

大　娇　哎，人家这么欺负你老婆你就一点也不生气？

孔　光　我……我生气又管什么用呢？

大　娇　没出息的东西。

孔　光　没有出息不要紧，要紧的是怕没出路。

[大娇深深的叹了一口气。

大　娇　窝囊！

[切光。

[升光时有时另一表演区。

[巧珍出现在洗脚城的巨幅脚板广告画面前，光圈里的巧珍好像经过了一番收拾打扮。

女老板　（念“鉴定书”）“各用人单位，我厂下岗职工林巧珍，在我厂工作期间，工作努力，思想进步，技术上刻苦学习，是我厂的优秀职工，曾担任过厂车间团支部书记，多次被评为厂先进……”（似乎没看懂）拿来。

巧 珍 什么？

女老板 文凭。

巧 珍 洗脚也要文凭？

女老板 这不是一般的洗脚，这是我们祖国传统医学的秘诀，涉及中医学、生理学、循环系统工程学等学科，其中的奥秘深不可测，没有一定的文化水平是不行的。

巧 珍 毕业证书找不着了，我是厂里的劳模、先进，这是鉴定书。

女老板 我这里要的是高素质的脚部按摩师，漂亮的按摩小姐，按摩技能是我们招来客人的本钱。现在没有人会因为这里有劳模来光顾我的洗脚城。

巧 珍 毕业证书真的弄丢了，我真是高中毕业生。不信我可以笔试。

［女老板点着一支香烟。

女老板 好吧，我可以知道你的实际年龄吗？

巧 珍 我……不瞒你说，我的年龄是大了点，但我在工作上决不会比别人差。

女老板 能不能把你那美丽的刘海捞起来，让我看看你的脑门？

巧 珍 老板，这好像不是应聘的考试范围。

女老板 招聘启事写得明白，要求五官端正，怎么说不是考核的一个程序呢？（下了决心）好吧，你看吧，你尽管看吧。

［巧珍强忍着屈辱捞开刘海露出了脑门，眼中呛满了泪水。

女老板 放下来吧，我尊重你的隐私，女人的年龄我可以不打听，但你能让我看看你的手吗？

［巧珍把手伸过去让女老板看。

女老板　粗糙，老茧太多，骨格太短太粗，看不出女人的美，这样的手怎么能使客人满意呢？太粗糙了。说老实话，我看你也不容易，本想留用你，但这双手实在不适合干我们这一行。去找找别的活儿吧，干我们这一行，讲究的就是这双手。

［巧珍出来，望着自己的这双手，半天没回过神来。

［她把那张鉴定撕成条，散落在地下。

巧　珍　我这双手难道就没用了？连洗脚都不行，我还能干别的吗？

［切光。

［再度升光时，大娇、孙芹她们都走进了光圈。

［她们两个也是垂头丧气，无精打采。

巧　珍　你们俩儿这是怎么了？找到活儿了？

大　娇　完了，像我们这把年纪的人算是彻底没活了，到那儿都是废物点心，没人搭理，青春是没了，领导阶级也不是了。现在最吃香的是大老板，工人老大哥废了，咱们是要什么没什么。

巧　珍　不，我们还有一双手，这是无价之宝。你们想想，世界上有什么事不是这双手干出来的？我就不信我们的这双手就什么都干不了。

大　娇　什么都能干，不能叫我们去当保姆，做老妈子吧？前些日子我家里原来用过的保姆竟跑到我屋里来问我愿不愿去她办的托儿所里当阿姨，说工资开得比在厂里高。

孙　芹　你怎么没去？

大　娇　我没理这码茬，嘴里没说心里想，我好坏也是国家的正式职工，好赖也是厂里的管理干部，没想到眨巴眼儿的功夫什么都不是了。你说这一肚子火找谁发去？

巧　珍　谁也别找，自己干。大娇这句话到提醒了我，你们看行不行婀，咱们办个服务公司，以钟点记时的办法来收取报酬的服务公司。服务公司？

孙　芹　怎么服务法？

巧　珍　清洗打扫庭院卫生，办公室、家庭室内卫生，衣服、被子折洗熨烫……

大　娇　得，打住吧，说半天这跟当老妈子有什么两样？

巧　珍　老妈子怎么了？你生孩子时不也请了人家来帮你渡过难关吗？你以为你现在很高贵？工人阶级不就是劳动人民吗？什么时候你感到自己比老妈子高出一等了？我们该明白自己所处的地位是什么？什么是我们的本色？我们的强项？

大　娇　什么是我们的强项？

巧　珍　劳动，劳动光荣！只要还承认自己是劳动人民，还分什么劳动的贵贱？我们几个当知青那会儿不照样整天跟牛粪打交道吗？那会儿谁说农民下贱你答应吗？

大　娇　那是什么……现在又是什么年月了？

巧　珍　现在咱们不还是一个劳动者吗？

大　娇　哎，我……这怎么回事呢？劳动者？听着这几个字怎么就那么别扭？

孙　芹　虚荣，虚荣心在作怪。

大　娇　哎，你们这算开个批判会怎么的？

［半天没说话的孔光答了句话：“我觉得巧珍说的在理”

大　娇　（一脚踢在他的屁股上）去！这儿没你什么事。

巧　珍　咱要成立这个公司，还真需要一个知识分子，孔光不是在工会里能写写画画吗？你愿不愿加盟我们公司？

孙　芹　这公司总得有个名称啊。

巧　珍　你给想一个。

孔　光　……我想不出来。

巧　珍　我们一帮下岗女工来干这事……能不能就叫“巧大嫂服务公司”？

孙　芹　公司听着太豪华，谁敢来请咱们？人家拉板车叫车行，装卸工叫脚行，咱们就叫“巧大嫂服务行”你们看行不行？

大　娇　管他妈叫什么名字。只要能挣钱吃饭。

［大家乐。

巧　珍　大娇，你这张嘴文明礼貌些，将来面对的是客户，可不比厂里都是自个儿的姐妹。

大　娇　行！我他妈……呸！我要再说脏话你们扣我的工资。公司今天算成立了。（开酒）来，我们先喝碗酒，以壮行色。

［巧珍拿来碗倒满了酒。

孔　光　我一个爷们儿怎么可以和你们大嫂在一块儿搅呢？

［大娇揪住他的耳朵：“就你还敢瞧不起我们女的？”

巧　珍　把酒端起来，只说一句，自强不息！

［一起高喊：“干！”

［切光。

［再次升光时舞台上多了一块做工十分简陋的招牌，上面有“巧大嫂服务行”字样。

［电话是那张办公桌上唯一的摆设。孙芹、大娇都眼巴巴地注视着那台电话出神。

［孔光从另一端提了一些饭菜上。

孔　光　吃饭吧，没生意还是要吃饭的。

［她们两个没理他。

孔　光　刚开张嘛，别着急，等大家知道了我们就忙不过来了。

大　娇　都六天了，一个客户都没有，这他妈的成了守株待兔了。

孙　芹　你说话又不卫生了，改不了的臭毛病。

大　娇　一个人都不登门，这心里就发慌。哎，孙芹，你说原来在厂子里闲几天也没慌过，怎么自己做买卖没事干心里就毛毡毡的心发慌，什么道理？

孙　芹　这就叫不当家不知柴米油盐贵，什么叫紧迫感？这才是真正的市场经济。这房子和电话都是租的，一天没客户，我们就要往里贴钱……越想越害怕。

大　娇　也真是的，原来听说厂里出现亏损，好像跟自己没多大关系，现在这种感觉可从来没有过。

［林巧珍从外面回来，扛着一个大包和一令纸。见几个都在看着她发呆。

巧　珍　看着我干吗？快出去把那几令纸扛进来。孔光，你打开这个，里头有油印机，钢板。

［孙芹和大娇扛进来一些彩色纸。

大　娇　巧珍你这是要干吗？

巧　珍　老这么下去你们不着急？我可是一夜没睡好，想出个主意，你们看行不？哎，有吃的没有？我可是饿坏了。

［孔光忙把饭端过来。

［孙芹倒了一杯水。

巧　珍　你们还没吃吗？快来，吃了饭干活。

大　娇　你就快点说出来我们才吃得下。

巧　珍　我昨晚琢磨了一个晚上，老在想怎么就没有客户？是人家不需要还是人家根本就不知道？后来我得出结论，肯定是人家不知道。你看街边卖皮鞋的都要做广告。咱们这个行只有一个人，你再不幺喝，别人谁知道你是巧大嫂？

大　娇　可我们哪来钱做广告呀？要么我怎么琢磨一晚上呢？广告我们打不起，咱花几百块钱印传单总可以吧？我一大早就去买了这些纸，今天就请孔光给刻几张蜡纸印出来，晚上我们就开始出去发传单，宣传自己。

孔　光　你们先吃点饭，我不刻出蜡纸来你们印什么？

[大娇孙芹这才端起饭来大口地吃。

孙　芹　你发现没有？巧珍还真有点领导的头脑，到底是当过团支书记的。

巧　珍　（狼吞虎咽）哎唷，噎死我了。

[切光。另一表演区升起了光。

[女儿玲玲叫“妈妈”。巧珍走进那个光区。

[孙芹和大娇、孔光这边出现剪影的印传单过程。

巧　珍　玲玲放学了，冷吗？（把围巾给女儿围上）。

玲　玲　不冷，一点也不冷。妈妈，你这些天都在和孙阿姨，大娇阿姨在一块儿，你是不是也下岗了？

巧　珍　没有，我只是在帮他们做点事。你上街买点吃的回家做作业吧，我可能晚些回来。

玲　玲　妈妈，你真的没下岗？

巧　珍　真的，你不信妈妈呢？你想妈妈这么能干，怎么会下岗？

玲　玲　妈妈，你就是下岗了也一定能干出一番事业来。

巧　珍　玲玲，你今天心里好像有心事。快回去吃点东西做作业吧。

玲　玲　妈妈，要是我们还有位同学需要捐助，你还会给我钱吗？

巧　珍　会的，要等我下个月发了工资才能给你。

玲　玲　妈妈你真优秀……这是爸爸给我的明年全年的生活费。

[巧珍点数，发现多了。

巧　珍　一个月一佰，应该是一仟二，怎么是二仟四呢？

玲　玲　爸说这两年物价上涨，还说你缺钱……

巧　珍　你把这一仟二佰块钱退给他。离婚协议书上定的是多少我只能要多少。多一个不要少一个不行。

玲　玲　妈妈，其实……我知道你……没有钱。

巧　珍　玲玲，别胡思乱想了，吃牛肉粉加粉加肉，这正经一顿饭。

［这时追光把她们分离成两束光，表现两个人的内心。她们距离很近但互相又不交流，是人物内心独白。

玲　玲　妈妈，你的表情早就告诉我你下岗了。不要再瞒着我。我那天去包里取零钱坐车发现了你的那张鉴定。

巧　珍　我没下岗！我不会承认我是下岗的。你把你爸爸的钱退回去，我兜里没钱，可我争的就是做人的尊严！放心，我不会叫你失学的，你只管好好学习，别的什么也别管，我在厂里下了岗，我会在别的地方上岗，妈妈永远是你坚强的靠山，你别这么看着我，你该相信你的妈妈……

玲　玲　不，我本不想揭穿你，你为什么一个人承受失去工作的压力？你再不承认我就把你的鉴定拿去给爸爸看了。我知道你是怕我知道了你下岗就不吃鸡蛋了？其实你最近买的菜越来越便宜，我就知道你有难处了。

巧　珍　等你长大了我一定把这件事告诉你，孩子怎么应该去承受这份压力，你让妈妈一个人承担了吧。你只记住一句话，努力学习，做对社会有用的人，这是妈妈的心里话。

［玲玲拿出那张鉴定来读。

玲　玲　各个用人单位：兹有我厂下岗职工林巧珍，在我厂工作期间，工作积极努力，思想进步，技术上能刻苦学习，是我厂的优秀职工。曾担任过厂团委书记，多次被评为厂先进，劳模。现在厂里严重亏损… … 算了，不念了，念着心里也怪难受的。妈妈，知道你现在心里难受，又不想叫我知道。好吧，我就为你保住这个秘密，我一定要为你做点事，我会和你和阿姨们一道度过这个难关的。

〔切光。

[呼啸的北风。升起光时是寒冷的夜晚。

[市区的大街上那特有的冷色高光路灯下走来巧珍、孙芹、大娇、孔光等。

[她们走在大街上，介绍自己的行业服务项目。但她们有些羞于介绍，甚至有些难以启齿。

[巧珍向一位途经这里的女人介绍，那女人先是不理，走过几步后又折回来要了一张传单。巧珍抓住这个机会向她介绍自己的服务行能为客户所提供的服务项目。

[那女人从深深的裘皮大衣毛领里露出红艳艳的小嘴。

张小红　你们服务怎么收费？

巧　珍　按小时付费，一小时十块钱。保证清洁，保证让主人满意，我们的口号是“用我们真诚的双手，给您创造一个全新的空间。”你需要服务时请您随时拨打这个电话。

[小红打量了巧珍一眼。

张小红　行，就这么着，到时一定找你去试试。可你得记住一条，就要你去，年轻漂亮的我不要。

巧　珍　行，请记住我的服务号是 01 号。

张小红　比如说洗衣机在洗衣服，你就坐在那儿等啊？这钟点我不就亏了吗？

巧　珍　不会的，我可以利用这个时间把地板、卫生间、厨房、客厅、卧室给你收拾好，保证做到手不停，脚不停，您尽可以放心，我不希望只为您服务只是这一次，希望成为您永久性的服务行。

巧　珍　好吧，到时候我会叫你的……

[她边讲边下，巧珍却一个劲地追着继续向她说明自己的服务态度等。

［从另一端孙芹紧随一个男人走来。那个男人衣着考究，只见他脚步匆匆，像是在躲孙芹似的，死活不肯接受她发放传单。而孙芹却热情地希望他能接受。那个男人猛把衣领放下露出脸。

刘　源　老子看你是瞎了，你不要脸我还要脸。

［孙发现他就是她的丈夫刘源。要走开时被他叫住："站住！黑天半夜的在路边电杆下丢人现眼，你让我怎么做人？"

孙　芹　我……（怯弱）我来宣传自己，哪儿错了？

刘　源　……再说一遍？你那也叫单位？这叫宣传？一个女人家，你不觉得脸红吗？知道的说你是下岗工人，不知道的还以为你是"鸡"呢。

孙　芹　刘源，请你讲话尊重人。

刘　源　你还值得叫人尊重？你也配尊重？别忘了我大小是个单位的中层干部，明天单位上的人说我老婆在大街上去别人家做钟点工，我这脸往哪搁？

孙　芹　钟点工怎么了？有什么丢人的？

刘　源　够了，我知道你又要说什么了，我没良心的是不是？我就不明白，你为什么死皮赖脸的非要赖着我……　你怎么就不肯离婚呢？我每个月付些生活费给你行不行？

孙　芹　不，我和你在一起生活不是为了让你养活我，你不要这么伤我的心。

刘　源　既然不让我养活你，你就在离婚协议上面鉴个字，不要让我太难堪，好歹夫妻一场，你也顾及一下我的面子……

孙　芹　我凭自己的双手劳动，挣钱吃饭。你怎么就没面子了？

［孙芹从地下捡起刘扔下的那一大包传单。刘过来还要制止她，她一把夺了回去。刘与她争执中将孙推倒。

刘　源　只要同意和我离婚，以后你干什么与我无关，我再也不管你。

孙　芹　刘源，这半年来我没挣一分钱，整夫吃你的用你的，我心里别提多难受，我和姐妹们在找点活干，没什么丢人的，等我挣了钱，还想给你多添两件像样的衣服……

刘　源　行了吧！　等你挣了钱？到哪儿挣钱？就在这大街上？就在这儿拦住人家？去给人家做保姆？你自己看看自己像什么？

孙　芹　我像什么……

刘　源　我养活不了你的问题，看来我们之间的差距层次，一点档次都没有……

孙　芹　档次？我们工人就是劳动吗？现在下岗做服务行不还是劳动吗？前两年厂里发了奖金回家，那会儿你从来没说我们工人档次低……（伤心）

［韩宇上。

韩　宇　哎，这不是刘源吗？你这是？

刘　源　韩老师，没你什么事，我跟我老婆谈点事，还不回家，在这儿丢人！

［拉扯孙，孙不从。

韩　宇　有话好好说。

［大娇从另一端过来。见刘拉孙不从，刘极粗暴。

大　娇　这是刘源吗？你要敢再动她一下我可就对你不客气了？

刘　源　你敢把我怎么样？

大　娇　孙芹是你老婆，你要敢再欺负她，我就敢把你按地下骟了你，信不信？'

［大娇说话就要动手，刘立马规矩了。

刘　源　粗俗　！我管我老婆碍你什么事？

大　娇　瞧你人模狗样的还戴副眼镜，整个一法盲，老婆就可以

动打吗 ？ 那我今儿也抽你两耳光你尝尝这是个什么滋味。

[大娇追刘，刘围着孙和韩的身后转，孙芹拦住大娇。

得得得，我不管了还不行吗？惹不起你我走还不成吗？悍妇！

大　娇　悍妇？什么叫悍妇？

孙　芹　悍就是强悍的妇女。连起来就是强悍的妇女，凶猛的意思。

大　娇　凶猛，对这种男人凶一点有什么不好？都像孙芹一样让人欺负了还护着他。刚才要不是你拦着我，非好好教训他一下，要不他还老觉得自己蛮不错的。我走啦！

[大娇朝另一端下去。。

[孙芹要去拾起地下那些传单，突然觉得有些头晕腿软韩宇扶起了她："你这是哪不舒服！ "

孙　芹　可能是冷的。你们这么晚了出来做什么呢？噢，对了，韩老师，我们厂里……效益不太好，姐妹们几个成立了一个巧大嫂服务行，您以后要是有什么家务需要做就说一声。

韩　宇　你说的效益不好，不好到什么程度？很不好……是下岗了。哦，是这样，天这么晚了，气温还在下降，你吃得消吗？

孙　芹　没什么，找活干嘛，当然得吃点苦。

韩　宇　你给我几张，我在朋友同事间，为你们散发出去，做些介绍工作。

[孙芹感激地拿了几张给他。韩还

要，孙又给了他一摞。

[孙要离去，韩又叫住她："晚上太冷，把这条围巾戴上。

不行，你呢？

韩　宇　我不要紧，马上就回家，你还要在街上走很久。

［孙见争执不过，接受了韩的围巾。

［ 孙一直目送韩一歪一歪地走进夜幕。

［孔光和大娇从不同方向走来。大娇接过孔光的包，发现里面的传单原封不动。

大　娇　你这一晚上都哪儿去了，怎么一张都没发出去？

孔　光　我……我不好意思。

大　娇　有什么不好意思的。你没听巧珍讲美国总统下台了都做木工活，咱这是凭劳动挣钱有什么丢人的？

孔　光　这巧大嫂是我一个大老爷们儿喊得出口的吗？

大　娇　你啊，还大老爷们儿呢？饿你三天就不大老爷们了。

孔　光　唉，自古以来讨饭的做官容易，当官的去讨饭可就难了，我好坏也是工会干部，虽说是以工代干，可到底是个干部。

大　娇　你……你真是厕所里的石头，又臭又硬，滚吧！

［她一把夺过他的那包传单。

［孔光为难地要了回来。鼓了半天劲才叫出一声："巧大嫂，我是巧大嫂"……他一边叫一边走下。

孙　芹　要说也真有些难为孔光了，人家毕竟是中专生知识分子。哎，不是说劳动局要给他安排工作了吗？

大　娇　他也算是知识分子？人家大学生不也照样端盘子、做保姆的。读书人，更应该明白，劳动光荣。这是小学生都知道的道理。走，我们从这边再发过去。（二人下）

［玲玲从另端上。她手里也挟了一大包传单。吆喝着上。

玲　玲　巧大嫂为您打扫庭院，为您拆洗被单，衣服。巧大嫂……

［玲玲冷得手有些发僵，她把小手放在嘴前呵出热气取暖。

［书记打着雨伞上。

[手机响接电话。

书 记 我的意见也是市委研究的，能不能把整条延安路划出来，凭下岗证办理摊位。

[风声中飘下些雪片来。

[玲玲发现远处有人过来，立刻振作起来向那人吆喝。

[书记停下来打量这小姑娘，接过了她送上的传单，凭借着路灯的光细细看了传单的内容。

[玲玲却在不停地向他介绍巧大嫂的服务态度和服务项目。

书 记 小姑娘，你总不会是这巧大嫂的工作人员吧？

玲 玲 大伯，我这是在为我妈妈她们宣传，我妈妈下岗了，可是她们的服务行，好久了没有顾客登门，你说这事着不着急？

书 记 你这么晚还在外面发宣传广告，天怎么能起来上学呢？

玲 玲 我妈妈的服务行要是再没有生意 我这学可能也就上不了几天了。

[书记捧起小姑娘的脸来端详良久，书记把雨伞给了她，他心情很沉，刚走出几步又回来，“为什么不在纸上打广告呢？”

玲 玲 报纸广告要好多钱，发传单可以要钱。

[书记记下了她的话。

书 记 你把这传单给我一张可以吗？

玲 玲 当然可以，多给你几张，也请大伯给宣传一下，给你们亲朋好友，传一下。（给传单）

书 记 好，好，好，我一定为你宣传，而且还要为你们找一桩生意，好吗？

玲 玲 太好了，太好了，谢谢您了。

[书记刚走出几步，玲玲叫住了他。

书　记　小姑娘，你还想跟我说什么呢？

玲　玲　伯伯，您是不是也下岗了？

书　记　（蹲下来）没有，伯伯现在还没下岗，可是不好好干，不好好为人民服务，大伙就会把我选下来的，我就下岗了。

玲　玲　我妈妈可不是因为不好好干才下岗的，我妈妈是厂里的劳模，还是团支部书记，可不知怎么搞的也下岗了。

书　记　这是计划经济转，到市场经济时出现的暂时困难……小姑娘，我说这些你听得懂吗？将来你长大了就懂了。

玲　玲　我只听懂了你要为我妈妈她们找点活干。

书　记　我说话一定算数。（下）

［巧珍从书记身旁擦肩而过。她见雨地里站着的是玲玲，手里抱着一卷传单和雨伞，她疾步冲了上去。

巧　珍　玲玲，你怎么会在这儿？这么晚了你出来干什么？

［巧珍发现了女儿手里的传单，她明白这一切。

玲　玲　妈妈，你听我告诉你一个好消息。

巧　珍　谁叫你来的？谁叫你来的？你现在是学生，你还是个孩子。［她气极在喊叫。

玲　玲　（不示弱）我自己要来，我能为你干点事，我要叫你赚到钱，你下岗了，你以为我不知道？我知道，我什么都知道！

［巧珍一着急扬手要打玲玲。

［女儿愣住了。母女二人都定住了，沉默，久久的沉默。二人终于抱在一起，她心疼地抚摸女儿的脸。“妈妈吓着你了吧？”玲玲放声哭了。

［这时大娇和孙芹朝这边走来。“巧珍你？你怎么了？”

孙　芹　你打孩子了，你怎么能打孩子呢？玲玲，妈妈打你了吗？

玲　玲　没有，没有，妈妈没打我，真的，妈妈真的没打我。我知道妈妈下岗了，你们的服务行没找到业务我着急。我要参加你们发传单，我要让你们早一天找到活干。

[孙芹一把搂住了玲玲，把她紧紧拥在怀里。

孙　芹　孩子，你知道妈妈为什么不愿告诉你，就是怕影响你的学习，你妈妈就是再难也不会叫你上不了学。你知道，这么冷的天妈妈为什么要出来挣钱吗？妈妈就是为了你能安心上学啊。你怎么就不理解你妈妈的心呢？

玲　玲　孙阿姨，你放心，我一定好好学习。我一定为你们争口气……我今天晚上一定要和你们一起发传单。

[这时毛雨下得越来越大了。

孙　芹　玲玲，你要听话，明天还要起早上学。

玲　玲　孙阿姨，我刚才见到了一位伯伯，他说明天一定帮我们找一桩生意。

大　娇　是真的？巧珍你听见了吗？我们明天就会有事可干了。

[巧珍过来，心疼地握住女儿的手，心里感慨万千。

巧　珍　玲玲你冷吗？

玲　玲　我不冷，我一点也不冷。

大　娇　来，我们来一起搓搓孩子的手。[孙芹、巧珍、大娇、玲玲几双手在一起，紧紧握住。

巧　珍　我听说过唱歌可以御寒。

孙　芹　我们唱什么歌呢？我可是一首流行歌曲都不会。

大　娇　对，唱我们插队时顶着寒风修水库的那支歌。

[她们一起唱起了那支难忘的歌，那支鼓舞人心的歌。“我们走在大路上，意气风发斗志昂扬……革命洪流不可阻挡，向前进，向前进，朝着胜利的方向。”

[切光。

[舞台再次升起光时。巧珍正跪在地下用力地擦着地板。

[张小红穿着一件半透明超低胸的真丝外套和一条短得

露出大腿的超短迷你裙。她手里抱着一只小狗在不停的玩着，一边指着地下某个地方叫巧珍重点擦试。

张小红　你把这里，这里狗撒过尿的地方要重点擦，对，放些洗洁精。我查尔斯宝贝什么都好，就是解溲不会上卫生间，对了，把这儿收拾好，把这镜框帮我挂上去，就挂在这里。

［巧珍仍在埋头做活，用一个“嗯’’字答应了她。

［张小红手里的狗在闹。“是不是饿了查尔斯贝贝，妈妈这就给你弄吃的去。”（追下）

［巧珍做完了地下的活，在茶几上拿起那镶着人民币的“喜”字镜框，里面是她分手五年的前夫，她再也忍受不了心中的屈辱，她放下了镜框，冲出了家门。她无意之间发现自己的手里还攥着那张抹布，她愤愤地掷在了地下。她要离去，又停住了。

［女儿玲玲的画外意：“妈妈你可万不能下岗，别人家妈妈下岗还有爸爸，我可全指望你了。”

［巧珍擦去脸上的泪水，从地下拣了抹布。她慢慢回到了张小红的里。她拿起了那幅用货币镶嵌而的“喜”字相框，挂在了上方。

［张小红拿奶瓶在给怀里的宠物狗查尔斯，一边在欣赏巧珍手上的镜框。

张小红　歪了，再往右边一点，你下来当心，别摔下来。

巧　珍　你喜欢这个镜框？

张小红　我才不喜欢呢，拿钱镶着的边太土气，可我们老五他喜欢，他说两口的爱情从来就不是电影里演的样，首先是建立在经济基础的，钱这东西是俗一点，但却客观实在，好多人恋爱时都挺崇高的，认为婚姻只要有爱就够了，可是后来还是为了钱苦恼吵架，最后只得说拜，虽然说这相框是俗气一点，可理是对的。

巧　珍　总算找到个知音了。看得出你和他挺投缘的。

张小红　知音不敢讲，倒是挺投缘的，要不怎么会成一家呢？大姐，我觉得和你也挺投缘的，赶明儿我家里有什么事我就直接要电话找你，我今天看了一下，你做事对我的心，要不你干脆到我家来做包月，你要是愿意，工钱我还可以多加些。

巧　珍　包月我们可以商量，但不能老是我来，其实我们服务行的姐妹们都是一样的，谁来都会认认真真做好每一件事的。

张小红　不行，我只认你，就这么讲定了，你真的成了无产阶级知识分子了。哦，你也下海了，大家都下海了，这块大陆又留给谁呢？可惜了，太可惜了，你本来可以成为一个很优秀的音乐编辑的，真为你惋惜啊。这有什么办法呢？也没什么可惋惜的。我不还在做带子吗？只是现在更加考虑市场规律了，我现在的盒带发行量很大，很有市场潜力。今天来找你就是希望能有几首叫得响的作品，公司才能打开销路，赢得更大的市场，同时也捧红几个歌星。小汤，我们要尊重市场规律，但不能一昧的去迎合一些人的低级趣味。我的话你可能不爱听，我以为这是一个音乐人的社会责任感。

汤主编　韩大师，　这个我明白，不能老要我们对社会负责任，谁又向我们负责任呢？我现在办这家音像公司就是想探索出一条路来，既对社会无害，又对音乐人有利的一条新路，请您一定给予支持。干脆这样，我给你找人写了几首词，您自己选几首好吗？你这是要给我命题作文。主要是考虑到盒带投放市场的发行量。你看这几首词，你任选几首自己喜欢的，公司可以先预付稿费的百分之七十，我们的稿酬是国家音像公司的十五倍，付出和所得绝对成正比。

[韩宇接过歌词。（念）“撩开你遮羞的外套，绽露出女人你本来的面貌，情似一把火，熊熊的燃烧，爱似一把火，点燃了你就使劲地烧，使劲地烧……”这词也太露了。你要不喜欢，这首怎么样？韩宇“女人为你苦苦地熬”？小汤啊，实在抱歉得很，我拿不了你这份稿费，我确实没有这方面的生活，你还是另请高明吧。

[韩边说边朝里屋走去。

[汤着急地要向他解释。

汤主编　韩大师，稿酬还可以商量，你……这个糟老头，顽固不化。

[孙芹出来收拾汤面前的那个茶杯。

汤主编　谢谢，不用再冲了。

孙　芹　我是去洗茶杯。

汤主编　你？我好像在哪儿见过你？

孙　芹　我去你的公司应聘过。

汤主编　哦，想起来了，想起来了。到这儿来给韩大师做女秘书不妨是条出路，再高尚的男人也脱不了这个俗，你可得把女人的本钱用好用足了。

孙　芹　请你放尊重些，我是来做家务的。

汤主编　（笑）别害怕，我们都是女人，韩大师一个单身汉有什么可以做的，我还不知道？男人有了想法后，总要找理由来做幌子，你应该有这点悟性。

孙　芹　你不要把所有的人都看得这么低。我不是那种人，韩老师也不是你所想象的那种人。

汤主编　用不着表白，伟人都有七情六欲，何况凡人呢？好了，别认真，我是艺术家，喜欢开玩笑，你用不着这么紧张，我可以悄悄地告诉你，有付出才有收获。

孙 芹　你！……你是我在韩老师家见到的最不愿意再见到的人。

汤主编　好了，你不愿意见到我，我也不愿意再来这个鬼地方。请你转告那个自以为是的老韩头，只要有钱，我不信找不到个穷作家，多来米发索拉西，没什么了不起的，不就七个字来回倒腾吗？

[韩从里屋出来。

韩 宇　……我怎么结交了这么一个人，这么一个丢人的人。

孙 芹　韩老师，你不要生气了，您没必要为这种人生气。

韩 宇　（怒）这这这种人难道就不生孩子的？她们怎么能只为眼前这点蝇头小利置国家的未来和一个艺术家的良心于不顾呢？这种人难道也还配搞文化？也配搞音乐？她还配称之为人？

[韩气得手在发抖，茶杯掉在了地下，孙忙为他收拾。

孙 芹　韩老师您不要生这么大的气，怒伤肝气伤脾，对身体没好处。

韩 宇　我不是气，我是痛心，一个好好的音乐编辑怎么会坠落到这个地步？哦，你要走了是吧？我把钱算给你，这个月你来了四次，每次两个小时，共八十块钱，你看对吗？对了，还有八块钱的交通费。

孙 芹　韩老师，我们服务行规定不收用户的交通费。

韩 宇　这个月辛苦你了，下个月天气快转暖了，你看能不能半个月来一次？

孙 芹　行，您需什么时候来只要打个电话就行。我走了，韩老师。

[孙要走，韩叫住她。

韩 宇　小孙，我也说实话吧，我这个月都在忙给孩子们出书的事，收入就少了些，所以……

孙　芹　韩老师，其实你不用为这个担心，我这几个月可以免费为你服务。这钱你还是拿着买点营养的东西吃，身体要紧，您太累了。

韩　宇　那怎么行呢？这是你的劳动所得。

孙　芹　对一般人来说是这样的，我不能帮助你什么，这点事就算我支持您，也就是关心我们的孩子们，我这点觉悟还有，我虽是下岗工人，但毕竟是工人。

韩　宇　你的心我领了，但这钱我无论如也不能再拿回去。

孙　芹　行，那下个月我免费为您服务，就这么着吧。

［孙芹刚要走，头一阵晕眩倒了下去

韩　宇　小孙！小孙！

［切光。

［再次升起光时，孔光从观众席走过，总觉得别人在看他，他有意识地把背转过去不让别人看见。

［大娇上来，老远见孔光在打开文件夹，向路上的行人兜售牙签。

孔　光　牙签，真正的楠竹牙签，一块钱五包，塞了牙你不掏要难受一天，五包牙签可以用多久起码要一个月，一个月是三十天，算算账，这是千值万值的，一块钱五一包，五包才一块钱。

［孔光发现了远处的大娇，忙把夹子一合，装得若无其事地。

［大娇走了过来。

孔　光　大娇，你这是要上哪儿去？你这看着我干什么？我在这里等车，要出去谈一笔生意。

大　娇　你……你这笔生意有多大？是不还要对我保密？可不可以把你的文件、合同拿给我看看？

孔　光　……暂时还是商业机密，到时会告诉你的？

大　娇　这笔生意的成交额一定很大吧？不是一块钱五包？还是五包一钱？

［孔光一下哑然而立。

［大娇一下子打开了他的那个夹子，牙签“哗”地一下散落一地。

大　娇　孔光，你说呀，你倒是说话呀，为什么要瞒着我？为什么就丢不下男子汉那点虚荣？巧大嫂有什么丢人的？你宁愿到这里来卖牙签也不和我们一块干？你这是何必嘛。

孔　光　大娇，我……我再想想行吗？你不生气嘛。

大　娇　我不是生气，我是心疼你。看着你整天出去偷偷摸摸的替人开“摩的”，又挣不着钱，回到家还要强撑着面子买些好吃的给孩子，我心里难受极了。为了节省家里的开支，你半夜起来掐电话线，你以为我不知道？我是不愿意点破你。

孔　光　大娇，你别讲了，我参加巧大嫂服务行还不行吗？

大　娇　孔光，告诉我，你吃饭了吗？我请你吃肠旺面。不许说谎，吃大碗还是小碗的？

孔　光　那就吃大碗的吧。

大　娇　孔光，总算听见你的一句实话了。

［大娇心疼地把瘦小的孔光搂进怀里。

孔　光　（惊慌）……大娇别这样！有警察过来了！

大　娇　（搂得更紧）警察怎么样？正二八斤的夫妻，又不是“搭偏厦”。

［孔光笑了。

（切光。

［另一表演区升光。

［孙芹苏醒过来时，发现自己是睡在韩老师的家里。

韩　宇　小孙，你觉着好些了吗？

孙　芹　韩老师，我刚才是怎么了 7　.

韩　宇　你是太累了，以后要注意休息，特别是营养要跟上，像你目前这种情况就不要干重活儿了。

孙　芹　我干习惯重活了，没什么事，可能是贫血性头晕……我常犯这毛病。

韩　宇　我要是知道你身体这么虚弱我是不会叫你干这么重的活儿的。

孙　芹　韩老师，给你添麻烦了。

［孙芹刚要从床上起来，韩制止她。

韩　宇　别动，你再休息一会儿，我给你弄些吃的来。

［韩拿来饼干盒子，孙芹接过，感激之情溢于言表。

［她猛地打开吃了起来，吃得是那么香。

韩　宇　慢一点，别噎着了，我给你倒杯水来。

［韩把杯子递给孙芹时，发现她的手上开了许多裂口。

［韩心疼地抓住了她的手。“手上开了这么多裂口，冬天水凉，冻得疼吗？”

［韩从柜子里拿一瓶雪花膏。

韩　宇　你常擦这个，手就不会开裂了。

孙　芹　韩老师你真好。

韩　宇　从你的身上我看见了一股力量，一种发奋进取的精神，使我产生了一个旋律，一组强烈的音符，我要为你，为你们这群生活的强者写一支歌，赞美这双劳动的手，这双创造世上万物的手。

［切光。

［另一端升光。

［这是巧珍的前夫蔡老五家。巧珍做完了家务要走，蔡老五叫住了她。

老 五 巧珍，不坐会儿就走？

巧 珍 晚上七点钟我还要赶到市二医去，有个病人的家属来电话要个人去，说有活儿干。

老 五 就占用你四十分钟的时间，随便聊聊。

巧 珍 我们服务行还没开办聊天这项业务。也不好跟你收费。

老 五 很好，已经有点经济头脑了，这是你的进步。唉，还记得当初我整天琢磨着去跟别人家安铝合金门窗，厕所下水道堵嘛，我去输通，卫生间味太大，我就想出个闭臭阀，安个抽风扇。你是怎么说我来着？对了，说我给工人阶级丢了脸，还说我是下九流。逗，真逗，真他妈逗。你现在干的活儿好像也不太高贵？所不同的只是你捣鼓的是厨房，人吃饭的地方。我侍候的是人拉屎的地方厕所而已，也就是说，你侍候的是上边，我忙活儿的是下边。可我就是因为解决了厕所不臭，获得了国家专利，我的固定资产不说了，光流动资金就有四佰多万，厂子呢也不大，只一百来个人，有三条生产线。你服务的是上面，嘴巴，好像要高尚一些，只是收入是不是少了点？

[巧珍起身要走，老五拦住了她。

老 五 不是说好了给我四十分钟吗？坐下，坐下，甭动怒，别生气。

巧 珍 你要干什么？

老 五 这一点你放心，怎么着也是夫妻一场，你总不会怀疑我会对你非礼吧？

巧 珍 蔡老五啊蔡老五，离婚也好几年了，你怎么还这么庸俗？真是狗改不了吃屎。

老 五 嘿，你瞧不起谁都可以，可千万别瞧不起狗。就我们家那条查尔斯公狗，每天是牛奶鸡蛋，肉末猪肝，要少了西红柿白糖人家都不吃，就它那件皮背心，都是意大利进口的，每次洗澡的浴液你用国产的飘柔，它死都不干，这么跟你说吧，有条英国女狗来找它交配一次，按市价身体损失费是三仟块，比一个三陪小组的价格要高出十倍。开始我也想不通，后来一想对的，谁叫我们家查尔斯是涉外婚姻呢？

巧　珍　原来听说挣了几个钱的老板俗不可耐，低级下流，我总是不太相信，今天还真信了，我们的谈话可以结束了。

老　五　再待会儿好吗？咱不聊我们家查尔斯卖淫的事，咱聊点高尚的，有诗意的行吗？唉，这人那真是三十年河东，四十年河西，你说我们现在是在梦里，还是在梦外边？想当初你在车间厂子里是那么崇高，团委书记，好像那会儿你一撒手，社会主义大厦就要倾斜是的。我呢，又不给你争气，整天忙着在厂子外边挣钱，整个一资本主义的活典型。

巧　珍　厂子让别人给兼并了，优胜劣汰，这是改革的必然趋势，谁也不可抗拒。作为一个工人我感到痛心，也很难受，但我们问心无愧，厂到今天这个地步，原因是多种多样的，但还轮不到你来嘲笑，你从来就没把厂子放在心上，至少你不配谈厂子的兴衰。因为你从来没把心和工厂联系在一起，我是下了岗，但我仍然是一个好工人，我总有一天会爬起来的。

老　五　这我就纳闷了，既然你是个好工人，他怎么就会下岗呢？没弄明白，我真没弄懂。

巧　珍　下岗是计划经济转向市场经济的暂时困难，这跟工人表现的好坏没关系。不过我要告诉你一句话，你听清楚了，下岗和被开除有着本质的区别，是完全不同的。

老　五　你……还是这张不饶人的嘴。这么些年你还是一点没改。

我们之间总不能这样无休无止地争吵下去吧？你我现在都不是当初的你我了，也就没必要再去争个谁胜谁负了，我呢，不想以胜利者的姿态来和你讲话；你呢，也用不着再打肿脸充胖子。我是真心诚意的想帮帮你，也可以多帮你们几个姐妹，到我的厂里来打份工，也算是我们今天话有个结果。

巧 珍 蔡老五啊蔡老五，我们服务行现在是还不如你的工人收入丰厚，但是还没混到让你怜悯的地步，我们会凭自己的双手改变我们的生活的。

[巧珍要离开，老五又拦住她。

老 五 巧珍，我也提醒你一句，我是个男人，我也有自己的尊严，原先在厂子里是和大家离心离德，是做过些小偷小摸，这些年来我一直愧疚。一直不敢跨进厂门。虽然挣了些钱，但总觉得还是低人一等。现在厂里的姐妹遇到了难处，你就不能让我表示一下我的同情心吗？哪怕分十个八个工人到我的厂子里，也算是为厂子里分担了一点忧愁，也算是对我的昨天做一点弥补作一点忏悔。巧珍，算我求你了。

巧 珍 对你我只有一句忠告，将来你可能会成为一个像模像样的私营老板，但你永远不能成为一个好工人。

老 五 别跟我玩那些豪言壮语，你不要以为几个下岗工人是什么抢手货，我几分钟可以到延安路去叫几十个下岗工人来我厂里上班，你信是不信？

巧 珍 我信，但你记住，你可以花三五佰块 钱就可以买一个下岗工人来为你所用，但你永远也买不到一个工人的优秀品质。

老 五 巧珍，我不想和你争了，但有一件事我想和你商量一下，希望你能尊重我的意见，把孩子改判给我……这些年

我对孩子的关心太少太少，你现在又处于这种情况，我想这样会

巧　珍　不，不可能，你不能这样做。

老　五　你先不要把话说死，你不要紧张，我是在和你商量，我这里的条件好，有利于孩子的成长。

巧　珍　孩子的成长不仅仅是物质条件优越就能行的，把玲玲交给你我不放心。

老　五　巧珍，你可以瞧不起我，你也可以不承认我是你的丈夫，甚至可以不承认我们曾经是夫妻，但玲玲是我的女儿，我是玲玲的父亲这已经成为事实，而且永远不会改变……我过去做过一些对不起你和孩子的事。我知道你现在是一无所有，只有这个孩子在你的身边，我现在是提出把孩子接过来对你是残酷了点，可我不能眼睁睁地看着我的女儿跟你受苦，不能因为我们之间的恩怨让孩子受委屈！

巧　珍　不要让孩子受苦？不要让孩子受委屈？蔡老五，当初你整天在外面鬼混，经常带一些不三不四的女人上门来，那时候你想过孩子受委屈吗？你想过这对孩子幼小心灵的伤害有多大……

老　五　巧珍，你不要说了！

巧　珍　不是我要说，是你逼我说的，我实话告诉你，孩子我是不会给你的，我相信我有能力对孩子负责，你要起诉，你要打官司，我都奉陪到底！

老　五　打官司就没必要了，孩子的事我们还可以商量嘛，但有个请求你必须答应我。

巧　珍　你说吧。

老　五　我……我请求你以后再也别到我这儿来干钟点工了好吗？从法律上说你可以不承认我是你的丈夫，可我不得不

承认你是我孩子的母亲！你知道吗巧珍，我每次看见你在这儿拖地板洗衣服干杂活……我心里是什么滋味？比杀了我还难受。巧珍，我求求你别用这种方式来折磨我了好吗？，

巧　珍　你以为我愿意这样吗？这是我一生中最不愿意干的一件事。不是我要用这种方式折磨你，是生活在用这种方式在塑造我？

老　五　巧珍，看在我们曾经夫妻一场的份上，让我为你和孩子做点补偿吧，你和孩子在经济上全由我来承担，钟点工不要再做了，好吗？

巧　珍　现在我做钟点工已不仅仅是在解决生活问题，我不仅要做，而且还要带着姐妹们一起去作，做得更好！这个你是永远也不会懂的。

老　五　你又何必……

巧　珍　我理解你的担心，我会说服你的太太接受我们服务行其他的姐妹来做钟点工的，我答应你，我永远不叁来你家了。

老　五　巧珍，我不是这个意思……

巧　珍　不过你也要答应我一个要求，不。请求。

老　五　你说。

巧　珍　从今以后，不管任何时候，不许再要孩子这件事，不要再来打扰我，让我和玲玲平静地生活。

［切光。

［升光时已是巧大嫂服务行。许穿着“服务行”广告背心的男女在忙碌着。

［孔光带领书记和秘书一行上。

孔　光　巧珍，今天一早市委书记和妇联领导到了我们的各个服务点，询我们的各种情况，书记听说你在一定要让我

带他来见你。

巧　珍　书记您好，您看您这么忙，还要亲

书　记　林巧珍同志，我可是早就知道你名字，今天总算对上号了，刚才路小孔告诉我，咱们巧大嫂服务行人员现在已有两百多人了，想建净菜部、搬运部、病人护理部，是场地和经费问题你就放心吧，我一定很快的解决。

巧　珍　（感动）书记，我知道，在国家有困难，政府有许多事情。我们巧大嫂服务再不意给政府找麻烦成为政府的包袱。

书　记　你们不是包袱，是财富。巧珍同志，我们是共产党领导的社会主义家，党要求我们必须关心群众的: 活和疾苦，妥善解决下岗职工再就业的问题，我们政府要做好我们该的一切。感谢你了。

歌词

用我们勤劳的双手
酿造出生活的美酒
用我们坚强的双手、等待，
靠自己 把人的尊严铸就组织起来
用诚实韵劳动换回了社会的尊重
用无畏的双手
开拓生活的出路
扶老携幼朝前走……

——剧终——

组 织

董 渝 樊小锁

人物表

何元亮 男（苗族）四十多岁 大关

[村支书

李玉芳 女（苗族）二十八岁 支委、妇女主任

何大光 男（苗族）三十多岁 支委、花红之夫

常 平 男（苗族）二十七岁 农村青年

唐四妹 女（苗族）二十五岁 农村青年、老帮之女

花 红 女（苗族）三十岁 大光之妻

唐老帮 男（苗族）五十多岁 支委、四妹之父

常平妈 女（苗族）五十多岁 常平之母

崽 妈 女（苗族）五十多岁 玉芳的婆婆、村里的接生婆

寡 妇 女（苗族）四十九岁 宾阳的富婆

红霞、富生、老人、巫婆、群众甲乙丙丁、村里群众若干。

第一场

[这里是以石头为主体的苗寨

[苗寨里的人们在上下张罗凑东西。拿锅碗瓢盆的人们

在忙碌。寨上的男子常平要倒插门。

[大光扛了几张长凳上场，背一位长者叫住：“有红漆的不得”？

大光：就这几根板凳都跑了大半个寨子。

[这是有几小伙子扛了木桶到常平家来。

[常平妈招呼她们把硕大的木桶放在正中央。几个男子在往昌平身上浇热水。

“冲一瓢，夫妻恩爱得百年合好。”

“冲二瓢，二人恩爱，白头到老。”

“冲三瓢，三元得中多富贵。”

“冲四瓢，洗头上，冲掉晦气财源广”

“冲五瓢，洗身上，多子多福人丁旺”

“冲刘瓢，冲脚板，好运伴你走四方……”

大　光　等下，多打点肥皂，人家说要把浑身上下的火烟烧的味道洗干净，不要遭人家接亲的笑我们大关的男人臭哄哄的。

甲　将就啰，还想要香皂？就这坨肥皂都是跟潘二娘讲了好话才借来的，有些家还不肯借。那丝瓜瓤使劲搓……

大　光　还要搓？常平的皮都搓红了……这些人，硬是兔得很，这也该给寨上绷个面子都不肯，他家以后就不求人了？

乙　既是个人总要有点人的味道，

大　光　我们大关还想人丁旺？女的都朝外头嫁，这下男的也朝外头嫁了……（觉得失言）我不晓得这人丁咋个旺法？

常平妈　讲这些做哪样？你肯来帮忙，我都不晓得咋个感激你唷。噫，按老规矩是八坛米酒八床被，还差几床啊？

红　霞　借不到，满寨子都借遍了，肯借的，那被条破得都见不得人，有的又不肯借，借了被条的这几家都不肯来吃酒。

[常平妈急得不知如何是好。

何大光 怪逑了，这些人家二天都不打算添人进口了？你跟我讲是哪几家，二天我要是去帮忙，我都是他的崽。

常平妈 他光大叔，他们不来我心头明白，是看不起我嫁儿子……

[常平妈难过得要哭。

[李玉芳等妇女上去劝慰她。

这时穿了一身崭新卡机布中山服的常平从屋里出来。

常　平 他们不来算了，都回去！都回去！喊他们都关起门莫出来，丢人……我一个人去丢！

常平妈 傻崽，莫乱讲。我晓得寨上人都在看到那个何元亮，他不拢边，大家爱都不会来的。

李玉芳 常平妈，你莫着急，我们去把他找来。

[几个妇女纷纷呼喊着“何元亮”这时听到远处传来鼓乐吹打声由远及近。

平常妈 唉！这咋个开交唷？

何大光 这猪杀不杀？怕到时来不赢喔！

平常妈 把它杀起，我们自家吃个热闹。来几个算几个，我自家的儿子我自家金贵……。

何大光 放心，我保证一刀见血满堂红。

常　平 娘！人家不来，你们杀起猪来做哪样？……你让我一个人清清静静的走了嘛，喊起那么多人一起看我丢脸啊？

[常平气极跑下，昌平妈去追。几个妇女到处喊“何元亮！”何元亮躲在大石头后面，待她们走远后出来。]

何元亮 闯倒鬼，闯倒鬼，满寨子的人都在喊，个个都在把我追。常平的这顿酒，看来我是躲不掉。心里头不愿意，嘴上又不好说。

[何元亮听见有人在喊他，刚要跑，和迎面走来的玉芳撞了个满怀。

玉　芳 何元亮，站到起，人家常平家是喊你去吃酒，又不是喊你去吃药，为哪样到处跑？为哪样到处躲？

何元亮　……嗨！不好说，我不好说

玉　芳　有哪样不好说，莫是赶不起这份礼？

何元亮　我……干脆跟你讲老实话，我不是赶不起礼，我是臊不起这张皮。

玉　芳　常平妈好不容易借来锅碗瓢盆，杀猪、开酒、办几桌席，你不拢边。寨子里的人都不去，你让常平咋个想？人一辈子就这一回。

何元亮　不是我不去……我们大关这前些年是女的一个个嫁出去，现在搞得男的也要嫁出去，大关搞成这个样子，我这个村长书记还有哪样脸去吃酒？千把人的寨子有百多个光棍汉，别人不讲我们，自家这块脸也找不到地方搁。

玉　芳　那……你是不打算去了？

何元亮　我……我硬是为难，不晓得咋个办。

［这时候崽妈领着来接上门郎的那个寡妇来到。

崽　妈　“活的犟”，硬是犟，硬是难请呐，这大关寨我还从来没有请不动的人。人家新娘在宾阳镇，连镇长都请得动，你不就是个村长嘛？

何元亮　崽妈，我这两天身上不好过……手头有活路要整。

崽　妈　是身上不好过，还是脸上挂不住？不要以为寨子上的人喊你声幺叔你就幺不倒台，我好不容易给常平找个好人家，你就给我这个面子。

［寨子上的好多人，其中不少党员、支委过来围观。

寡　妇　我以为是好大个幺叔，怕还不到我大。活路忙得连吃餐酒都抽不出空来呀？你一个活路值多少钱？我给你出。二十块一个活路？四十块？八十块？顶齐天一百块钱了嘛？我出一百块，买你喊全寨人去吃顿酒。

平常妈　元亮，你就过来吃杯酒，平常娃儿一辈子就这一回，算是给我个老面子了……你好歹让他出门去……

寡　妇　还怪我不会讲话，我要让他知道寡妇也不是（埽）泔水桶，残汤剩水我还不吃。我一个寡妇今天有本事招个“童子鸡”上门，就不会在乎花几个钱请全寨子的人热闹一把。

平常妈　好了，你少讲几句好不好？屋里来客还要过去张罗一下，今天晚上你们还要上路

寡　妇　嘿，你想要我晚上走？我还偏不走！要在你家歇一晚！等明天天大亮我再出门！我还要喊几个鼓手吹闹一个通宵。我花钱讨男人，图的就是个热闹！ 我明媒正娶，又不是偷个野汉子，为哪样要我黑天半夜的出门？

崽　妈　对，有些人害怕白天出门，就偏要白天出去！

平常妈　你们就留点德，给寨子上的人留点面子。

寡　妇　我给他留面子？哪个给我留面子？吹鼓手们听着，把喇叭吹响点，我每个人加八块八！

[寨上的许多人都有点忐忑不平。寡妇离去，喇叭声骤然响起。一些群众纷纷离去，只有几个支委仍然在那里一声不吭。何元亮一动不动，他的手在发抖。

（伴唱）脸上羞，耳根根热来烫脸皮，

心头气，凭什么人前把头低。

对不起，寨上的父老和兄弟。

真的是，乡亲们面前好臊皮……

[支委们唉声叹气，纷纷发泄着心中的怒火。

甲　“硬是丢底败姓，二天我们大关人出去咋个做人？”

乙　“人穷志短，狗瘦毛长。这个婆娘有几个骚钱恨不得剥人皮来打鼓。”

丙　“酒我是不去喝的，哪个有脸去就哪个去，老子咽不下这口气。”

［何这时从坎上站起，异常平静。

何元亮　去，这顿酒我一定去喝。

老　帮　你……你讲的是真的？

甲　气昏头了？

何元亮　我没昏头，通知在组织的人都要去，原来大关村讨不起婆娘，你们不急。现在混到嫁男人的地步了，大家才觉得臊皮啊？去！大家都要去！我带头去！反正酒下不下肚皮脸都是红的。

甲　老子不去，再饿酒也不去丢这个“古迹”人活一块脸，树活一张皮。

何元亮　人活一块脸？年年领政府发的救济我看大家还不是领得尚好，要想不在人前把头低，就要攒劲争口气。

乙　讨不起婆娘就够丢人的了，嫁男人出去还要我们去喝酒？那酒我咋咽的下去？你们要去你们去，打死我都不去。

何元亮　好，你们不去，我一个人去。

［大家纷纷阻拦何元亮

甲　幺叔，你不能去！

乙　何幺叔，你去不得，我求求你叻嘛！

何元亮　不，别人可以不去，我是一定要去的，再丢人也要去。大关嫁男人丢的不是常平的脸，也不是丢大关村的脸，真正丢的是我们组织的脸！是我们这伙在组织的人不得把大关寨搞好！原来是女娃儿想方设法嫁出去，现在落得男娃也一个个出去“倒插门”责任在我们这伙人，是我们丢人！我有哪样理由不去？你们要是听我的，就把鼓乐喇叭备齐，热热闹闹的把常平送出寨。要笑，该笑我们无能！寨上的人要骂，该我们组织的人去承担！

［何朝寨里走去，大家陆续随他而去。

[头发梳得溜光的常平喊上："妈，不要求他们，不要办酒了。

[他没见母亲，看着何与众人朝寨里走去。

常　平　硬是难为寨上的人，闹得全寨上不得安生，为哪样不让我一个人悄悄的走……

[这时挺起肚子，扛起一个大包回到大关村的四妹和常平撞见了。

四　妹　常平你这是……

常　平　我……今天办酒成亲。

四　妹　讨的是哪家姑娘？

常　平　我讨得起哪家姑娘？是个婆娘。去她家……倒插门。

四　妹　你心甘情愿？

常　平　兴你嫁出去，莫非让我在屋头傻等？

四　妹　我……也好，我也就不得哪样牵挂叻。

常　平　你都挺起肚子叻，还有哪样牵挂？

四　妹　这一切都是命中注定的，我们是命中注定无缘的人，奔死奔活也搞不成。

常　平　你当初……我有哪样办法？

四　妹　……去吧，二天也把你妈接出去过几天好日子。大关不是人过的地方。

常　平　好日子是人家的，我们人穷到哪里都抬不起头，树小在哪里都盖不起楼。

四　妹　还好，我总算回来看到你一眼……

常　平　有那样好看的，看我丢脸？

四　妹　这辈子可能就这一点缘，我要感谢老天。常平，我想给你点钱，算我对你成家表示的一点心意。

常　平　不要，我看见钱心烦，当初不就因为我没有钱，你家爹才活活把我和你拆散，你自家留着，穷死也不会用你的钱。

四　妹　常平，你还在恨我？

常　平　我恨我自己，我没出息，不怪天不怪地。

四　妹　你不恨我就把这点钱拿到，我从来不指望这钱能买回你的爱。你不收下，我这辈子都不好过……

常　平　我收下，算我借你的。

［喇叭声吹得人心烦意乱。

［常平与她依依不舍地离去。

［四妹见他远去肝肠寸断。

四　妹　常平！我一辈子都不会忘记和你的爱，你的情！你帮我背过柴，掰过包谷，教我写自己的名字。这是命，自己造的孽，自己该受的罪……你这一去永不回，我满肚子话去找谁？

［切光。

［舞台正中央，鲜红的条桌上摆好拦路酒。

［寡妇牵着常平在前头，后面簇拥着吹鼓手和围观的人群。

［何元亮和支委们锣鼓齐鸣，从另一端上，拦住接亲的队伍。

［何这边抬的被条明显差于寡妇方抬的那么鲜亮华贵。

［但寡妇对何元亮等一群人送亲的行为表现出高兴得神情。

寡　妇　“活得犟”。不，何支书。我昨天的话有不中听的地方，就当我不得讲。这几张钱请你分给大家买碗酒喝。

［大家面面相视，没有人接钱。

［何却接了过去，一张一张分给大家。没人肯接，何就入进他们的兜里。大家都羞得低下头去。

何元亮　拿到，拿到。这是常平的媳妇，你们的晚辈发给的红钱，要收到。她的话不中听，这钱还是中用嘛。你们不接我先帮你们揣到。

寡 妇　何支书，听人讲你的唢呐吹得好，我出八十八块钱，请你吹一调给我们听下？

何元亮　要得，不要说八十八块钱，就八块八我也吹。

何去找一个支委要唢呐，那人不给，何一再找那人要，那人故作不明白。

支委甲　何幺叔！你……

何元亮　喊你拿，你就拿过来。人家有钱，人家愿出钱请我吹，我们就吹一调，一来向人家贺喜，二来送常平出寨……

[何鼓起腮帮，吹起当地民风特点十分浓厚的曲调，先是吉庆中含些哀凉。

[支委们羞得无地自容。何却吹得那么投入动情。眼眶里噙满泪水。

[一曲终了，寨民们顿觉感到不自在起来。有人出来打圆场，叫几个小伙姑娘出来唱“拦路歌”

（唱）

大关有上下十八寨，
问声客从何处来？
你家屋靠哪匹山？
你家的门朝哪边开？
土头的包谷收几挑？
场坝的铜鼓哪个抬？
接亲的吹鼓手们接唱：
出了大关十八拐，
我家住在宾阳坡脚寨。
高高的山上有吊脚楼，
门朝四面八方开。

枫树本是祖公栽，
寨上的田土不算多，
够吃九朝九十代。

［宾阳接亲的吹鼓手出来向他们解释道：

众鼓手　我们吃的是白米，包谷我们是用来喂马喂猪。

［大关 寨的歌手们顿时哑然，这时何大光站了出来。

大　光　包欲拿来喂猪的？这话你敢再讲一遍。

宾阳小伙　包谷是拿来喂猪的，不信你可以

［何大光气得说不出话来，冲上去要动手，被何元亮拦住。

何大光　大光你要做哪样，人家是客，我们苗家从来不得打客人的，要在人前显贵，就要在人后受罪。人家宾阳吃白米，我们要为人家高兴。我们要想过好日子，要靠我们自家展劲。来，我们大家好好的吹N″调子送小常平到宾阳去成亲。

［大光咽不下这口气，丢下铜锣忿忿离去。

［何元亮吹起了“迎新娘”的曲调。宾阳的接亲队伍已走远，但何还在吹，吹得人们的心都碎了。

［村民：“何幺叔，不要吹了嘛，我求求你不要吹了！”

［何慢慢放下锁呐。

何元亮　你怕听这锁呐声？

支委丙　你把我们的脸都快吹破了。

何元亮　今天腮帮一鼓，脸皮一厚，我们就把常平送出寨去了，不得好大个难处。可是脸皮再烫，腮帮吹破，也送不走贫穷！我们这个组织再找不到出路，还有什么皮脸说自家是党员？干脆把脑壳钻到裤裆头！

［切光］

第二场

［舞台升起光时，只见何大光的婆娘花红扯起嗓子在喊“大光”！玉芳出来要她小点声，示意大光在开会。

玉 芳 花红嫂你小点声，我们在开会。

花 红 我又不岔进去和你们开会，你把大光喊出来下。

玉 芳 大光他不能出来，你不能等下？

花 红 你不喊我自家喊。大光！大光！

［玉芳忙制止她。

玉 芳 我跟你讲，里头在开会，你吼哪样？

花 红 稀奇罗，我喊我自家的老公都不行？我又不喊别个家的老公。你不服气，你把他喊回去嘛！

［大光手忙脚乱地从里面走出来：“玉芳你去开会，我有点事情……”

［大光把花红拉到另一端压低声音：“傻婆娘，你喊哪样？何元亮那块脸，你又不是不晓得，都马起好几天了，正架起锅找不到豆子炒，你是想惹他日绝我一顿？”

花 红 他敢骂你，我才不怕他！我又不借他包谷还洋芋。他凭哪样天天把你扯起去开哪样逑会？成天开会，有本事你们也开顿白米饭出来？

大 光 你轻点，何元亮听见的。

花 红 怕哪样怕？我看他会吃人？有空成天鬼扯，还不赶紧出去杀几个猪卖找点钱。那屋基脚下起你还管不管？

大 光 这是组织会，要想法子让大家过好日子。

花 红 好日子人家杨疤子也在组织，他还不成天在外头杀猪买？人家屋上盖的是瓦，窗孔镶的是玻璃，身上的花衣裳，锅头煮的是肉，碗头是酒，娃有糖吃……

大　光　我……和你讲不清楚。

［玉芳从里面出来。

玉　芳　大光……支书喊你进去开会。.

大　光　等到，我马上就进来。花红，你先回去。

花　红　你今天不回家，我就在这点不停地喊。

大　光　你这个傻婆娘咋像四季豆不进油盐呢？

花　红　我不进油盐？你还说我是傻婆娘。我就是没搞懂你偏要进组织去搞哪样？是多得几包化肥么？还是多得几升包谷？不晓得你们一天到晚鬼扯哪样？

［何元亮和几个支委从里面出来。

何元亮　大光，你不把意见讲完就出来和婆娘扯哪样?

花　红　大光不和我扯，天天和你扯，你……又不管饭?

［大光扯她的衣角，示意不要乱讲。］

何元亮　好吧，我们就在这里扯一下，每个人都要有个态度。群众可以想不通，让他们多想下，再看一下。在组织的人不能再耙稀稀的，要是连我们的思想都不通，下一步就动不起来。

［大家沉默

［何元亮视线落在何大光的身上，大光见躲不过站了起来。

大　光　讲老实话，老祖宗不晓得包谷不好吃啊？肯定是……种不出谷子来。致富的路子多得很，为哪样偏按倒石头去整?

何元亮　大光我插一句，外头有条件好的地方可以致富。我们大关还不得到这一步，大关首先解决的是吃饭问题。

大　光　不是我反对搞几块田来种，我们这里连泥巴都不得，这田……咋个种？包谷种得好好的，世代都吃过来了，为哪样你就吃不得？为哪样不去想别的法子？

花 红 老母鸡要是打的起鸣，还要公鸡来做哪样？还是去想下别的法子？

大 光 你这傻……不要乱插嘴！这是组织会！回去！

花 红 我不，我也要听下，你不是讲要多接受教育么？

大 光 你……你莫做声好不好？

唐老帮 要说这石头上开田，祖辈没听讲过，要是有个闪失，明年吃哪样？现在都是各家搞各家的，哪个肯下这个蛮力气？

何元亮 要想过好日子，就要多出汗。我们心头要有个数，一斤包谷五角钱都卖不出去，一斤米可以卖一元钱。我们这代人苦一点，二天大关的下一代就有好日子过了。

大 光 在石头山上开田……你打算搞几年？

何元亮 一年不行两年，摸出条路子来就可以挖掉这颗穷根根。

大 光 有这几年去搞石头；可以出去找好多找钱？石头上开田，要花好多个工？一个工又管几块钱？

何元亮 再难的事都是人做的，我那年去乡头修路，硬是在山岩上生生的开出条路来？岩山上修得出路，为哪样开不出田？土，可以从石缝缝头去抠。

大 光 那开石头要不要炸药？那炸药要不要钱来买？寨上人穷得裤裆都不得底，哪家有闲钱来买炸药？不要以为抬个梯子就可以上天，吃一餐斋饭就成了仙。

何元亮 用柴烧石头，浇水石头就裂开了，我就不信不能把石头开出来，就看有不得这个志气。

大 光 光有志气不得钱，还不是空的。一句话，穷！不得钱寸步难行。

唐老帮 元亮，大光讲的是老实话，我们大关是穷，世世代代都是这个样－子不也过来了。

何元亮　是的，我们大关世代连包谷都吃不饱这不假，过去我们大关一无所有，这也不假。

支委甲　现在还不是一穷二白。.

何元亮　不！有一条你们没看到。世世代代大关没有组织，今天我们有了个组织。一九五四年冬天有个姓赵的连长，来大关 搞土改时，住在我家。我们大关没有土地，穷得连个地主都找不出来，只成立了个贫农协会。那个姓赵的连长要走时，把他身上带的东西全部分给我们。到我的面前时，他已是两手空空。他讲：“我把该送的东西都送了，给你们留下最好的东西是组织。讲完他就走了。那时我太小，我进他住过的房里找了好久，都没有看见他讲的组织在哪里。后来我参加了组织，才知道，这是个无价之宝。就是这个组织带领我们种出了高产包谷，就是这个组织建起了小学校。这个组织也一定能带领我们克服困难，把日子搞富。

花　红　大光，原来我一我默倒组织是只管发救济的呢？

大　光　又岔嘴？

何元亮　我看开石造田的事，还是举手表决吧！

大　光　我……心里头也没底，哪个爱搞哪个搞，我再想下。

［花红见大光走了，她也随他而去。场上的人仍旧保持沉默。何终于忍不住向大家发问。

何元亮　讲嘛，吃半碗饭你各人挨饿？

［大家还是不做声。

何元亮　要是一遇到事情就讲老祖宗没做过，老祖宗没用过化肥，大家还不是用得好好的？

［何见大家还是不作声，着急：“你们鼓起眼睛看我做那样？同意不同意放句话嘛？”

唐老帮　你讲的都是对的，喊我们不要出去，天天去敲石头。把你家堂兄何大光放出去杀猪找钱？

何元亮　哦！说了半天是为了何大光？你们讲出来嘛！

甲　你总不能自家打伞撑雨，让我们淋成落汤鸡。大家都是明白人，莫拿我们当憨包打整。

何元亮　是要我把何大光喊转来嘞？

乙　自家看到办啰……要搞大家搞，要跑大家跑。

［纷纷离去，只有李玉芳未走。

何元亮　玉芳，你咋个没走？

玉　芳　……你和大光要好生讲，‘刀不快要慢慢磨，要吃笋子慢慢剥’急不得哦？

何元亮　去把他喊来，不愿看见他那个恶婆娘。

［李玉芳欲走，何改变了主意。

何元亮　算了，我自家去，你赶紧回家，你家那个婆婆娘也不是省油的灯。

玉　芳　不要紧，我的苦日子快熬出……。

何元亮　你熬出头？（李要走）你等一下，你心头窝得有事情？不想跟我讲 ？那你走吧。

［李玉芳哭了起来。

何元亮　哭哪样？有哪样话就讲。

玉　芳　我在外头忙一天，回到家就要挨婆婆骂，说我是想出去找……野老公，想改嫁二！

何元亮　男人死了几年，改嫁也是合正理的，莫非还想要你守一辈子寡呀？只管放心大胆出来工作，我给你作证。

玉　芳　你还作证？说的就是你……

何元亮　扯……鬼谈，我都四十几的人了，再说我们也隔得太远了。

玉　芳　元亮哥，你不晓得我的难……

何元亮　玉芳，组织会替你作主。

［崽妈正巧出来找玉芳。

崽　妈　哪个要替她作主？我还是她妈，哪个要来替她做主？

何元亮　崽妈，先跟你打个招呼，要支持玉芳出来为大家做事。

崽　妈　咦！一个寡公，寡母咋个开会？难怪她不愿意在家喂猪，原来在外陪支书。

何元亮　你……她是你媳妇？这个话都讲得出口？看你是讨骂？

崽　妈　我倒是不想讨骂，倒是有人守不住空房，想要……讨寡妇。

何元亮　……改嫁也不得哪样不可以的？

崽　妈　都怪我儿命苦，玉芳的八字太硬，我也想通了，有肉拦在锅里头。有人看中她也该来和我打个招呼，把事情讲明，省得她扯起开会的幌子，　黑天半夜不回家。

李玉芳　妈，你乱讲哪样，我真的是在开会。

崽　妈　少来这一套，我懂！年轻的时候我也参加过民兵排，还不是想在里头选个好人材。

李玉芳　我们是在打算开山造田。

崽　妈　你们……当真要开山造田？

李玉芳　未必还骗你？我正想和你商量下，我们是不是先拿块地出来试一试？

崽　妈　（急打断）你把我家的地给何元亮试试？来拉我家这个傻媳妇？哪个要动了我的地，我就去乡里……不！去县里告他。

［崽妈匆匆下后又转来

崽　妈　开石头造田？哪天还想不想拣匹树叶变钱。

［崽妈离去。

何元亮　玉芳，看来你还是莫惹她，万一她当真去告一伙，半路杀出拦路鬼来，那才是烧香惹鬼叫。

李玉芳　你不敢搞了？

何元亮　要搞，这田一定要搞！天塌下来也搞！不下死心搞，我们大关就没得出路。

[伴唱起。

“活得犟”偏不信这个怪

不信石岩梁打不开

不信贫穷属苗家寨

只要人有股志气在

咬牙关，难关就能能闯过来

他坚信，只要组织的人心齐

千年铁树也能够把花开

[另一演区升光

[常平回到了家乡，身着西装戴着斗笠，挑了一担很沉很沉的东西。放下担子歇气。见远处有人朝这里走来，要回避已来不及，只得把斗笠拉得很低。

[唐四妹挺着肚子打猪菜回来，发现了常平。

[望着常平，万语千言涌上心头。

（伴唱）

山里头的歌山里头听

山里头的人山里头亲

山里头话是山里头的音

山里头的草鞋在山里头行

掐断茅草还留着根

打断了骨头还连着筋

唐四妹　哎，有钱的人硬是大不同，身上穿得是灯草绒，好久不见了，把头抬起来我看一看嘛。

[常平站起来。

常　平　看就看，还不是个穷光蛋？当年遭你看不起，今天还是没出息。有事你去忙你的去，我想一个人在这里歇一口气。

唐四妹　我就不走，就是要烦你！当初要是嫁给你，好歹也有个说话的，如今我是回家看爹他马起脸，出来又遭众人嫌。都不愿和我讲句话，我活起做哪样……

常　平　你不是恨死这个山旮旮，嫁出去了还回来做哪样 ？

唐四妹　命中注定穷一世，拼死拼活也无用。我嫁的那个老鬼是有婆娘的，还有哪样讲的？

常　平　那你肚子头这个娃儿？

唐四妹　要不是这个娃儿牵到我，早就不和你讲话了……

常　平　为哪样不去告他？

唐四妹　自讨的，是我求他把我带出去，是我愿意和他住一起的，我想怀个娃娃就可以一辈子拖住他。他没有错，错在我的心太高，命太薄。

常　平　我不信穷命永远不变，一个人要看有没有骨气。听何幺叔他们要开石造田，我就是打算和他一起干。

唐四妹　你家婆娘答应你回来开田？

常　平　我们……已经打离婚。你给我的几百块钱，买了这挑炸药。

唐四妹　……你咋个这样憨！人家是做梦都想吃口白米饭，你偏要从米罗朝倒糠箩头钻。别人是想起法子跑出这大岩山，你倒好，拿起钱去买起炸药回大关　寨来砌石头田坎。原以为只有我是颗苦蒜，原来你也是命中注定的穷光蛋。

常　平　我生来是条男子汉，凭哪样靠女人吃碗“软饭”，人活着没有自尊心个都瞧不起你，我决心已下！不用你管！

唐四妹　唉！又是一个‘‘咬卵犟”

[切光暗转。

（伴唱）

哥们么穷，

哥们头上戴的是烂斗篷，

斗篷么烂，边边圆，
哥们人穷志不穷。

第三场

[大光的妻子花红端着两盘菜从屋里出来，放在了院中央，正当她唱着要进屋的时候，发现了玉芳正朝她家走来。

玉　芳　花红嫂，你有哪样高兴事唱悠悠的。

花　红　我……做几个菜……。

玉　芳　水豆豉拌苦蒜糊辣角，折耳根拌子姜尖尖，还有哪样好吃的在锅，香气都喷出来了。

花　红　猪大肠闷洋芋……不是大肠是小肠。

玉　芳　哎呀，管它大肠还是小肠，我又不吃你的，你急哪样？大光。又杀了猪去乡头场坝上啊？

花　红　他呀，出去走亲戚去了，你几趟家找他有哪样事？

玉　芳　当然是有事情，我坐起等他。

花　红　你等他？晓得今天他回不回来？他是酒肉朋友多，走到哪里煮一锅，喝到哪歇算哪歇，你等不到的。

玉　芳　几回了都不见他，今天我就在这里死等，太阳都要落坡，我就不信他会不归窝。

花　红　玉芳妹子，我不晓得你要来，也不得煮你的晚饭。

玉　芳　我吃了饭才来的，你自家吃，莫管我。

花　红　玉芳妹子，平常你硬是脚板贵，嫁过来多年都不来坐一下，今天来了就不要走了，肯定是有那样要急的事，等大光回来我跟他讲。

花　红　玉芳啊！其实我们也不是外人，远近都还扯得清是亲戚，从大光姐姐家婆婆娘那头论，你是要喊我声嫂子，要是从我舅妈家那边算过来，我倒要喊你声表舅妈了。

玉　芳　我喊你嫂子，或是喊你一声表舅妈都不打紧，我今天是非要等大光回来是真的。

花　红　你们组织弄个多人，又是你们忙你们的去，再说你屋里头也有那么多事，你不去忙，搁下惹崽妈骂起来难听得很。

玉　芳　屋里头的事都忙完了，猪喂饱了，牛也喂草了，鸡也进笼了，我今天是专门腾出空来等你家大光的。

［花红看今天是实在躲不过去了，又来主意了。

花　红　实话和你说吧，大光生病了。

玉　芳　病了？你咋个不早说，他是哪里不舒服，我们也好去帮他讨点药。

花　红　自家的老公我自家管，总不能喊你晚上来服侍他，你还是去忙自己的事情，先吹凉自己的那碗稀饭。

玉　芳　花红嫂，我们组织是要为大家把稀饭变成干饭，大光是我们组织的人，我看一下他，总是可以的吧？（欲进屋）

花　红　你站到起！我老公有我自家照顾，凭哪样要你去看？

玉　芳　你刚才还讲我们是亲戚，咋个连看一眼都不行？

花　红　大光……大光得的这种病见不得女人，那天来给他下药的一个郎中讲的。

玉　芳　那你不是女人？你进去得，我就进去不得？我今天还偏要进去一下，大光要有三长两短一，我去抵命。

［玉芳要进去，花红仍在阻拦，两人互不相让，拉扯得难解难分，这时何元亮叫住了她们："都站到！"

何元亮　你们在拉扯哪样 ？

花　红　他幺伯，你来评个理，大光得病睡在床上，玉芳还偏要喊他去开会，你是村长，你管不管？

玉　芳　他讲大光得的这种病见不得女人，我就偏要去看一下，我看会出鬼来。

何元亮　哦，我不是女人，我是男的，我该可以去看下罗？

花　红　幺伯，你还是不要去麻烦了，其实也不得好大个病，有我一个服侍他就可以了。

何元亮　不麻烦，玉芳来几趟都不怕麻烦，我自家的堂弟，不看一眼我也不放心。

花　红　那……他幺伯，你还是不看了嘛，大光他……他得的是一种传染病，要是把病传到你……

何元亮　我这个人活得犟，病不敢来找我，让我进去看一下。

[花红仍旧拉着何不放。

花　红　他幺叔，我求求你不要看了好不好？我请你老人家吃酒，下黄焖大肠。

何元亮　大光病在床上，那就我怎么喝得下去？猪大肠？你这个猪大肠？大光不出去杀猪，你这猪大肠又是从哪里来的？

花　红　这……不晓得，他要是不病，要是还起得到床，我都要积极支持他参加组织，帮大家办事。

何元亮　大光病了，你敢再讲一遍。

花　红　真的不骗你，他病的实在是老火。他要是不病我拦也拦不住他，他是最听组织的。

何元亮　他现在最听婆娘的。

[从外面回来的大光接上了嘴。

何大光　我不听婆娘的听哪个的 ？快来帮我接到起。

[几个人帮他把一大背篼东西放了下来。

玉　芳　大光，你咋个背这么重的东西，不是说你病的老火了嘛。

何大光　哪个说我病的老火？

何元亮　说你病得都起不起床，我才想最后来看一眼。

何大光　是哪个狗日的咒我死啊？我看他是活的不耐烦了……

花　红　哎呀……昨天你不是讲脑壳痛了吗？

何大光　我哪里脑壳痛，我看你是发梦冲。

花　红　哎呀你……你过来。

［花红和大光在一边解释，何大光这才恍然大悟。

何大光　你，嗨唷，你这个傻婆娘，你就跟她明到讲，竖房子要钱，我去外头劳动致富，是光明正大的事，躲躲闪闪的做哪样？去！拿酒来倒起。哥，我这个婆娘不该哄你，怪我不得和她讲清楚。

何元亮　你婆娘哄我，你躲我都不要紧，总会见面的，今天我只问你一句话，组织的事你还参不参加？我和大家都还拿你当个支委。

何大光　哥，你莫要一惊一乍的嘛，好歹我还是白起就在和你讲话，现在处处都是致富门，个人顾个人，还天天把大家捆在一起做哪样？又不是过去搞生产队那时候。

何元亮　大关村和外头富裕寨子不一样，第一要解决口粮问题。要组织起大家来打这场硬仗，我们在组织的人不出来带头怎么行？

何大光　几百户人家你管得过来？还是想点办法，捡起你的木匠活路，自己先富起来。好，人各有志，我也不强求你，但你不要一天到晚看不得人家富起来。

何元亮　我是巴望不得大家都富起来。

何大光　那你还天天来刨烦我做哪样？

何元亮　你在组织一天我就要来刨烦你一天。每个在组织的人先要带领大家吃饱饭，才讲的起富起来。都去顾个人找钱致富要我们这个组织做哪样？

何大光　在组织的人多得很，你为哪样就偏偏盯到我呢？乡头做计划生育你要我带头，种杂交苞谷新品种你要我带头，为哪样回回都要我带头？我看你是半夜吃桃子专门按到粑的捏。

何元亮　遭你说对了，在组织的人样样困难都要带头。你想下，我和你是叔伯兄弟，你都不听我的，我还能归拢起哪个来开山造田？

何大光　好，要造田你去造，嫌我这个兄弟关系妨害你，我们断绝兄弟关系好不好？只要你以后少来惊绊我。

[何元亮慢慢从酒桌边站起来，他在极力控制着自己。

何元亮　你要断绝兄弟关系也可以，只要你还在组织一天，我就由不得你想来就来，想去就去，除非你断了组织关系，我就一辈子不跨你家的门槛了。

花　红　兄弟关系都断了，组织关系还要来做哪样？断就断，这样你就可以安心找钱了……

[何大光听出了何元亮话里德分量，霍的站起，照花红“啪”的就是一个耳光。

何大光　你懂个球！组织的事你少给老子插嘴。何元亮，想抹我的组织？我看哪个敢！

何元亮　不服气马上开个会，听下大家的意见。是竖房子，还是带头干？你个人称下斤两。

[大光拿过麻袋李的杀猪刀，犹豫了一下，最终还是把刀砸在了地下。

何元亮　好！过去的事就不讲了，吃了晚饭来开会。

[大光望着远去的何元亮和李玉芳，总觉得心头还有气没倒出来。

何大光　何元亮啊活的犟，你要是敢下我的组织，老子记你狗日的一辈子！

[切光，暗转，另一演区升起一盏昏黄的马灯，支委们团坐在一起，大光来后坐离他们较远的地方，有人叫

他坐拢来，他却执意不过去。

何大光　我在这里听得见。

何元亮　现在开会，我们大关村明摆着的难处，就是吃饭问题。不闯过这个大关只有永远受穷，永远没有往前发展的希望。前段时间大家提出说我们这里尽是石头，连泥土都难找到，怎么种田。不种又能怎么办？我提出开石造田，我们组织的人能不能带着个头？请大家表个态。

唐老帮　不把吃饭这个大关闯过去，讲哪样都是空的，只是这开石造田闹不得杨，要当年不得收成，寨上千把号人去找哪个要饭吃？

支委甲　走新路就要冒点险，是不是先开一块来试一下？

何元亮　哪个敢站出来打这个头炮？

唐老帮　何元亮……这开石造田你到底成不成心？

何元亮　我何元亮就是有天大的胆子也不敢拿土地来耍把戏。在组织会上我敢讲假话？

[音乐声起。

唐老帮　好，有你这句话就好。我和你，一家出一分地。要落水一起落，要起坎，一路起坎。就是搞不成，就当遭猴子偷了几百斤苞谷。

何元亮　说了就是。你出一分，我出一分。

支委甲　我出一分！

何大光　我也出一分。

玉　芳　我做不通崽妈的思想，开田我斗两百个工。

支委乙　你们也想一下，遇到天干不落雨那谷子活得成？

何大光　我在老山守阵地时，修个蓄水池，个把月不落雨扛得住。

何元亮　菩萨的胡子也是人栽的，我就不信有哪样难处会难倒我们组织的人，讲定了我们就动手！

[众人站起，把手扭结在一起。

众　人　说干就干！

[切光，岩炮一声接一声，硝烟中传来铁锤打钢钎的叮当声，烟雾中何与几个支委奋斗在石场上。

第四场

[舞台是中性平台成了若干条石，散乱在四处。

[四妹挺着肚子，提个瓦罐来给开石的人们送水。她朝工地那边吆喝："唉，快来喝水！"

[四妹的爹老帮先过来。

老　帮　你吼哪样……你来做哪样？

四　妹　太阳大，你们在窝脚敲石头，送点水都送不得？

老　帮　……默倒挺起个大肚子好看得很？喊你不要出门，不要到处窜，背后讲的话难听的很。

四　妹　我送水来，你还要……我拿回去。

老　帮　搁到起，还不快点走？明天不要来了？

[常平这时也走了过来。

四　妹　我就要来，就要来！

[她索性坐在石头上哭起来

常　平　四妹哭哪样？是你又骂她。

老　帮　我不骂她骂哪个？都怀起人家的娃娃了，遭一脚踢出了门，还有脸满到处蹿，她不嫌丢人我还要顾这块老脸。

四　妹　我哪样都不得了，进城的梦想不得了，名声也没有了，就这一个娃儿我再不要起我还有哪样？

老　帮　躲在屋头莫出来嘛，看到你我就烦，前世造的孽。

常　平　老帮叔，四妹现在够难受的了，你就不要成天骂她了，她落到今天这个样子你也跑不脱责任。

老　帮　我有哪样责任？我要她进城去找个男人，享清福。不得喊她去嫁个老鬼嘛。

常　平　尽讲些不得良心的话，要是她嫁了个有钱的你就跟到沾光，上当受了骗你就成天骂她，也太不近人情了嘛。

老　帮　嘿，老子在骂自家的姑娘，关你屁事，是不是当初我不得答应你娃儿和四妹，还在寒心我？有屁眼你现在把他接到你屋头去？

常　平　唐老帮！你不要逼我，把老子惹毛了，我就把她……算了，我犯不着和你赌这口气。

老　帮　老子谅你也不得这个胆子。

［唐老帮抱起水罐下。

常　平　这个老不死的，你有本事不喝四妹送来的水嘛。

［四妹要走。常平提醒她“沟沟坎坎的你好生走”四妹心里一热回过头来望着常平。

四　妹　常平哥，我现在这个样子难看的很？

常　平　你记到起，再好看的人都是大肚婆生下来的，不要管人家讲哪样，你就天天来送水，你爹敢再骂你，我跟何幺叔讲！

四　妹　常平，你当真信岩石上会造出田来？会打得出谷子来？

常　平　我信何幺叔讲的那句话，世上再难的事都是人干出来的，在很古很古的时候，我们苗家不会织布，一年四季不穿衣裳，一到冬天就守在火塘边不能出去打猎，有个叫阿秀的姑娘，从蜘蛛织网产生想法。她找来麻线天天织，织了三百六十个日日夜夜，终于织成了一块布，从此苗家才有了衣服穿。

四　妹　小时候我也听阿妈讲过这个故事。

常　平　做哪样事都要有决心，有干劲，再难的事也做得成。

四　妹　寨上的好多人都要来和组织的人一起干，我以后天天来给你们送水，送饭，你去跟阿幺叔讲一下嘛。

常　平　放心，我负责他会答应。

［常平妈来送饭，见儿子和这个大肚婆在一起，心里就老大不高兴。

常平妈　常平，你还吃不吃饭？吹壳子吹得饱？

常　平　妈，才来，我饿得前胸贴后背了，四妹，你也吃点。

［四妹接过包谷粑要吃。

常平妈　人家在城头吃好的惯了，哪里还吃得惯苞谷粑？

［四妹咬了一口的粑粑放回篮子，撑起身子走了。

常　平　妈，你太过分了。

常平妈　我过分？当年我低三下四的求她，她偏要嫁进城去，这下好啰，大起个肚子不得人要了，不要和她来往，省得人家讲你吃的“残汤剩菜”。

常　平　妈！我们是从小在一起长大的，她现在很可怜。

常平妈　你听到，我把难听的话讲在前面，你不要叫花子可怜相公，不准和她啰嗦。

常　平　妈，我……

常平妈　不要讲了，就是一辈子讨不到媳妇，也不能去接这桶“残汤剩菜”。别的不说，肚子头的那个崽算哪个的？

［何元亮和几个支委过来。

何元亮　今天你给我们送吃的来，等我们二天打出白米，先让你尝第一碗。

常平妈　何元亮我给你讲，我是给儿子送吃的，从来不指望吃你们的白米饭，等哪天太阳从西边出来的时候，你们就种出白米了。

老　帮　我们要是种出来你咋个办？我们赌哪样？

常平妈　我不和你赌，赌输了我的儿子还不是在里头，我是怕你们白忙一场，到时连碗晌午都种不出来，每个人还贴进去几百个工。

常　平　妈，你讲些吉利话嘛，我们自己不找条出路，莫非天天坐起等天上下白米啊？

常平妈　你默到那谷子都是哪个想种就种得出来的？打田下种有下数，插秧下去转兜又有下数，插秧晒田也有名堂。我在娘家那阵老人家讲过："白露谷子不勾头，赶紧割去喂老牛。"

何元亮　你在娘家种过田，到时候来给我们指点下。

常平妈　我只种过坝子田，从来不得在石头上种过田，你们这个田我们是指点不到，你们忙，我走了。

［常平妈走了，何却楞了一会。

常　平　唉，不要听她拿话来吓唬我们，路边打草鞋，有人讲长，也有人讲短，各人要有各人的主见。

何元亮　她的话也有道理，大关世世代代都不得种过田，要出去找人讨教一下，蛮干不得，全寨的人都在看我们，出不得差错。

［玉芳跑过来。

玉　芳　炮眼都打好了

何元亮　走，放了这一炮吃晚饭。

［众人下，隆隆的炮声中夜幕已降临。一轮皓月挂在中天。

［几个姑娘，小伙背猪草，洗东西路过这里，她们好奇的看那新砌成的田坝。

［常平用铁丝在加固撮箕。

［她们从石头后面露出头朝这边走要和常平对歌。

红　鞋　（唱）

凹凼有水妹洗衣

哥哥要洗讲一句
石头砌田好稀奇
妹想上前问一句
（合唱）
哪年哪月得吃米
哥你为何不言语
隔到石头喊声哥
脸泡红成萝卜皮
[常平见躲不过，只好回了歌。

常　平　（唱）
多谢妹你看得起。
哥哥有事心头急，
有朝一日谷子黄，
添碗白米先敬你
[常平跑下，玉芳缝着肩垫过来听年轻人对歌。
[何元亮正好过来。

何元亮　你在笑哪样？

玉　芳　唉！那边坡的几个年轻人去唱山歌。

何元亮　寨上穷，光棍多，唱吧，老实讲你也该成个家，万一唱哪个合心的呢？

玉　芳　你不也是也在……打单吗？

何元亮　我咋个和你比，我都四十几的人了，早就过趟了。

玉　芳　……不过趟。

何元亮　我？老大一把岁数了。

玉　芳　要是有人喜欢大的呢？

何元亮　我穷得只有苦给她吃。

玉　芳　要是她不怕苦呢？苦尽甘来。只要同心协力干，日子会好起来的。

何元亮　玉芳，算了嘛，我们还是讲别的……借颗针给我。

玉　芳　要针做哪样？针线活路我给你做。

何元亮　手戳进去颗刺，把它挑出来。

玉　芳　我帮你挑。

［玉芳一把拉过何的手为他挑出了刺。何刚要收回，玉芳又拉住了他，为他轻轻吹伤口。

［何再次要收回时，玉芳却紧紧拉住不放。

［何一阵不安。玉芳却不放手，何慢慢的把另一只手伸过去拉住了他的手。

（伴唱）

牵住她的手，
浑身像通电，
轻轻拉一下，
像是扯风筝线，
牵住她的手，
像是蚂蚁沿，
羞得要收手，
心头又不愿。

［玉芳把何牵到石头上坐下，要为他缝肩上的破处，针却怎么也穿不过去，何拿过来也未能穿上。

（伴唱）

一颗针一根线，
针线何时才相连，
针孔小线头软
是我的手在颤？
针落地听得见
为何彼此却无言……
说不清理还乱，

密密麻麻成一团。
是情还是爱?
是命还是缘?
是悲是喜?悲喜参半,
是苦是甜?五味俱全。

[崽妈上场,见玉芳和何元亮在一起,咳嗽了一声,两人闻声放开。

玉　芳　妈,你哪下来的?

崽　妈　我说咋个成天不回去,原来在这里找到好玩的。

玉　芳　他的肩膀破了,我给他补一补。

崽　妈　屋头的猪饿了,哪个去煮一煮?

玉　芳　妈……

何元亮　崽妈,你不要阴一句阳一句的,玉芳一个单身,我单身一个,我们在一起又有哪样?你开通点,我们将来还帮你做些活路,省的你年年去雇人点苞谷,挖洋芋。

崽　妈　何元亮你都把灯点亮了,我也就把话讲明了,这个媳妇是我花了八百块钱,两千斤苞谷讨进屋的,崽不得生一个就想走,没得那么撇脱。我儿子命短不假,玉芳改嫁我也不拦她。只有一条,哪个有本事讨她,先把我家的钱赔了。我家是杀猪摆酒讨进来的,也要杀猪摆酒嫁出去。让她不明不白的嫁出去?休想!

何元亮　你讲话算数?

崽　妈　我崽妈吐出口水都砸得起个窝,有本事你就来讨这个婆娘,不得本事就趁早去睡你的硬板床。

何元亮　我明年正月间就到你家来兑现。

崽　妈　现在玉芳还是我的媳妇,你先放她跟我回去忙屋头的事情。

玉　芳　妈,我不能回去,这是我们组织上在开石造田。

崽　妈　你走不走?

玉　芳　不走！

崽　妈　你……好，你们等到起，我要去乡头告你们，到时候你们才晓得锅儿是铁铸（念到）的。

［崽妈气冲冲的离去

玉　芳　咋个办？我家公公爹是县农资公司的，要是搞出点哪样名堂来……

何元亮　我就偏不信这个怪，上级组织会只听他一个人的，就不准我何元亮造田？

［这时突然传来一声炮响，几个人把浑身是血的大光背了上来。众呼唤他的名字，他却不省人事。

唐老帮　大光去检钢钎，不晓得咋个会又响起了一炮。等下要是让他婆娘晓得了，满寨子一闹，以后哪个还敢来开田？

玉　芳　炸掉一只手，别的地方没有伤哪样，血流得太多。

何元亮　马上送到乡里头医院抢救。

群众甲　天这么黑路远，就是抬得出去，哪个有钱救命？

［这时寨上的人陆陆续续赶来，等着何拿主意。

何元亮　天大的事救人为大，富生，红霞，你们带几个人去把我房上的瓦揭下来，把圈头的猪捆起来，当钱押给医院。

唐老帮　揭了瓦你还过不过日子？

何元亮　人在组织在，再难也闯的过去。

群众乙　几十里山路咋个去得？

何元亮　抬！在组织的人换到抬！救命要紧。

［一位白发老人也冲上去参加抬。

何元亮　老人家，天黑路难走，你老人家就休息吧，有我们年轻人。

老人家　元亮啊，我晓得，大光是组织的人，你们没日没夜的开石造田，为大家找出路，我们都看在眼里，今天有人受了伤，我们该不能嗦边边？

［众人回答“抬！”

老　人　我老了抬不动，打个火把送几里路行不行？这是大家的一片心了。

［何见大家都打起了火把，四周也有火把正在朝这里走来。

［何在众人的簇拥下，抬起了大光。一束红光照在何元亮等支委的身上。

（伴唱起）

火辣辣的太阳火辣辣的晒，

硬邦邦的汉子硬邦邦的岩。

火辣辣的穷帽子是火辣辣的戴，

硬邦邦的三顿饭硬是好实在，

火辣辣的肩膀火辣辣的抬，

硬邦邦的石头田硬是“组织”开。

第五场

［在紧靠天幕正中央的平台上，一个女人在那里挣扎，不时的发出痛苦的呻吟。她就是唐四妹。她在临产前的挣扎。

［唐老帮铁青着一块脸，等待神婆的法术奏效。

［许多人在围着神婆做法术。

神　婆　（念念有词）天打开，地打开，门打开，窗打开，有门有盖都打开。是龙是凤快出来。是龙是马跑出来，跑进京城中秀才，凤做八抬大轿子，富贵荣华福如海。箱打开，柜打开，金银财宝尽你戴。打出来，打出来，枪打炮打众妖怪。敲起来，响起来，铜盆接你落下来……

［四妹仍在那里惨叫不止，娃儿仍旧没能生下来，众人

不知该如何是好。

神　婆　怪球了，一天一夜了，就是龙太子也该生下来了。

老　帮　罪孽啊，是哪个造的这个孽？我……怎么会养出这么不争气的冤家？

[这时何元亮、常平来到，把神婆骂走。

何元亮　快走开！生娃儿搞这些名堂咋个会出的来？赶紧去请崽妈来，生娃儿找崽妈嘛。

老　帮　她不肯来，说这个娃儿不干净。

常　平　哪样不干净的，我去喊。（下）

何元亮　你跟她讲，是我喊她来，她今天要是不来出了人命，我要找她麻烦的。

[玉芳从四妹的身边出来。

玉　芳　四妹出血太多，去给她搞些吃的来，她现在已经没有力气了。

何元亮　动静都不得？

玉　芳　是娃儿太大，就看她拼得过这场不。

老　帮　求菩萨保佑我的苦命儿平安。

何元亮　你又在搞迷信。起来，不要忘记你是在组织的人。

老　帮　现在这……这个摊子咋个办？

何元亮　一个人从生到这个世上就在板命，斗争。不靠天不靠地，就靠自己拼。

[常平把崽妈连拉带哄叫到了这里。

崽　妈　我讲过的，不得爹的娃儿我不接，图的是屋头清净。

何元亮　你屋头要是出哪样鬼来我负责。

崽　妈　你负责？我屋那窝猪崽要是不成，你负得到责。

何元亮　几个猪崽我责，你要是见死不救出了人命，我当真负不到责了。

老　帮　崽妈，四妹的这条命全托在你的手头了。

常 平 崽妈你不要信迷信，你一回救两条命是做大好事。

崽 妈 你不信我信，要不你们抬到乡医院去。

玉 芳 只怕四妹不行了，她那块脸一点血色都不得了。

老 帮 崽妈，算我求你了，你要是嫌钱少我给多点钱。

崽 妈 老帮，这不关钱的事。

何元亮 不关钱的事，关人命的事，你就讲句干脆话，到底搞不搞？要是你家屋头出哪样事，全由组织负责。我代表组织在这里当到大家的面讲的。

崽 妈 好，那就捏起鼻子哄眼睛，你们找个人认这个崽，我就帮她接下来。

老 帮 这下我去哪里找个人来认？哪个愿背这个黑锅？

［停顿，人群中常平站出来。“我愿意认！”

［常平妈拉住了儿子。

常平妈 傻崽，你还嫌丢人啊？

常 平 嫁出去当上门郎我都当了，我还怕哪样？只要能救四妹和娃儿。

崽 妈 你进去朝四妹的屁股下头喊三声“出来！赶紧出来！”就不得你的事了。

［常平正要朝里走，老帮拉住了他。

老 帮 常平，你得想好，你进这屋头去，就要讨四妹呢。

常 平 （下了决心）你把猪杀了，酒开天封，我和四妹一起过了。

［崽妈和常平进了屋内。

［传出常平的喊声“出来！赶紧出来！赶紧出来！“

红 霞 何幺叔，出来了！

何元亮 你讲清楚，哪样出来了？

红 霞 谷子出来了！

何元亮 真的？

红 霞 真的，谷子抽穗了！

[这时屋里传出来一声婴儿啼哭“哇”……

[玉芳把一个白胖胖的儿子抱了出来。

[全场一片欢腾。

富　生　这里还有一封县委给你的信。

何元亮　县委晓得我们在开石造田，非常高兴。肯定了我们的做法。还决定用以工代赈的方式，支援我们一些炸药和钱，大搞农田基本建设，还说年底要来吃我们的白米饭。

[大家沉浸在一片欢腾声中，跳起苗舞。

[何接过那个胖乎乎的婴儿，眼里噙满了泪水。

[切光，但欢呼声仍在持续。

尾　声

[大家在欢声笑语中看青年们跳苗家“木鼓舞”

老　帮　你们看见何元亮去哪里了没有？

富　生　我们找了，不晓得去哪点去了。

红　霞　玉芳，你应该晓得嘛，何幺叔总不会瞒到你。

[玉芳举手追打红霞。红霞急忙躲。正好躲在了走来的何元亮的身后。

红　霞　何幺叔你跑哪里去了嘛，玉芳找不着你，就打我。

[众笑，玉芳不好意思的低头。

何元亮　这次听说我们组织的江总书记要接见我，还要听我汇报，我咋个向总书记汇报呢？

唐老帮　你就讲我们大关村每个人开石造田花了一千个工，再也不吃政府的救济了。八七年起，开始向国家卖粮食了。八八年到九０年，我们又花了一千个工开石造田，每年可以向国家卖粮食……

[何元亮见老唐翻本子找数字。

何元亮　我记不得那么多，讲不来汇报，还是拿一包白米给江总书记，算是我们大关村组织向党中央的汇报。

[何从那个黄色军用挎包里拿出白生生的大米。

乌江汉子

一、

[这里是贵州东部高原的重重群山。

[一条清澈透明的乌江，浩浩荡荡奔流而下。

[两岸青山苍翠墨绿，刀砍一样的石壁直插云端。

[轮船航行间夹着悠悠的汽笛声。乌江水好比无数条蛟龙在汹涌的奔腾，把机动船拍打得时高时低，令人惊叹不已。

[旁白（秦孝思）：“从航运学校毕业分到市交通局还不到一个月，按照老规矩，就叫我下到乌江航运段所辖的雷公滩绞滩站来，说是下基层锻炼。我的老家就在乌江边上一个叫龚滩镇的地方，我的爷爷还在乌江边上跟着贺龙打过游击，后来被敌人打死在乌江里，我爸也是老乌江，在镇上教了一辈子书，我一直在最基层长大，却还要下来锻炼，唉，他们说这是制度，新分来的学生都要过这一关”。

二、

[猪的嚎叫声。

[几个汉子七手八脚地按着一头百把斤重的猪，那猪拼死挣扎，企图要逃脱死亡的来临。

[这时有条汉子端来一盆凉水，他用凉水浇泼猪脖子，这一激不要紧，那猪奋力一搏，从人身下窜了出了，朝前奔去。

[那黑乎乎的汉子火了，将盆扔在地上。嘴里不停地嘟囔着："都闪开，都有闪开！连个猪都搞不定，拔根毛吊花杆死了算球！"

[那黑汉子用肘子夹住猪头，从屁股后头拔出杀猪刀朝猪脖子用力捅了进去。一股鲜红的血喷射而出。

黑大汉　盆，快拿盆来接！

[猪血还在喷射，猪在无力的呻吟。

[黑大汉这时双手一提，猪软软的倒在了地上。

黑大汉　刮毛，吹气你们总他妈的会了吧。

[大汉们蜂拥而上，开始给猪吹气、浇开水、刮毛等程序。

[那黑大汉一边洗手，一边在抹去脸上溅的血点，发现了眼前这位陌生人。

黑大汉　你……

孝　我是航运学校分配到这里来……来这里锻炼。

[黑大汉接过介绍信，边打量眼前的这位实习生。

黑大汉　锻炼？绞滩这活儿上绞台就会干……只怕你吃不下这份苦来……不过这两天不会吃苦，要扎劲吃肉，吃不快就要臭。

孝　你就是……站长？

乔　什么站长，就叫我王乔宝，要是觉得难得记就叫我乔好了，秦孝思？

孝　你要是难记就叫我孝吧。

[乔不住地点头，眼珠子死死地在盯住孝。欣赏地："块

头不小，去年来的一个读书人要调回龚滩古镇去，这下好了，一头猪是又送行，又接风，两件事一起办了。

老　人　乔站长，乘天还早我就打转回去了，二天需要哪样只管讲一声就成。

乔　老伯，猪钱收好没有？

老　人　收好了，收好了。

乔　吃了泡汤再走？

老　人　不吃了。我家孙女还想回镇上哩。

乔　哦，就是那个叫什么狗……猫……

老　人　猫妹。

乔　对对对，你看我这记性。您怎么也不叫她下船来耍耍？

老　人　唉，我还捉了几只鸭子到镇上去卖，叫她看着哩。

[收拾猪的一伙人还在那边手忙脚乱，七嘴八舌。

乔　这帮龟儿子，连个死猪都整不利索。孝，你替我送送老伯，我过去看看。

孝　老伯，你好生走。

三、

[远处江边猫妹在叫："鸭子，公，鸭子跑了！"

[老伯、孝两人急忙跑去，将鸭子又赶回船上的笼子里，有一只鸭子却撇开三人，向水中游去。

猫　妹　哎呀，鸭子下水了。

孝　莫着急，我来捉。

[孝纵身跳入江中，一阵追逐之后，抓住了鸭子。

老　伯　这回要关好笼子，不要再打脱出去了。

猫　妹　大哥，谢谢你。

孝　没什么。

猫　妹　来，擦擦身上的水。

孝　不用擦。这鬼天气，正好凉快凉快。

猫　妹　大哥，你真会说笑。

猫　妹　（默默自语）这位大哥，真有意思。

老　伯　后生娃娃，有文化，又会水，将来哪个嫁给你，管保享福。

孝　老伯，你莫胡乱说笑。

猫　妹　公，坐好，起船了。

[猫妹也不与孝打招呼，闷着头，一个劲地划船走了。

四、

[傍晚，绞滩站伙房内，锅碗瓢盆的碰撞，咚咚地倒酒。大碗的酒摆了一地。

乔　乘着还没喝酒前，我介绍一下，这个小兄弟，大家叫他孝，是从省航运学校分到市交通局的，现在下来我们雷公滩锻炼，以后就要在一起添饭吃，大家要多点关照他，原来想民一走，我们这里就没有知识分子了，天无绝人之路，又来了一个——大家刚才也看见了，这小子的水性不错，像我们乌江人——该我们雷公滩改造有望……民为了炸滩，贴进去一条腿，现在龚滩镇有好姑娘愿和他过一辈子，也感谢有人瞧得起我们绞滩工，我成全你们。来，干了这一碗，二天日子过好了，不要忘了我们这帮绞滩工。

民　[慢慢抬起头，他苍白的脸在火光中显得特别激动。乔，我碰上好媳妇，一定也给兄弟们讲一个……

乔　等一下，这句话你把它咽下去，什么难处绞滩站都抗得过去，就是这女人……不讲了，喝酒。

[汉子们一阵狂笑，开始了畅饮，大块吃肉。

孝　乔站长……

乔　叫乔。

孝　乔，厕所在哪里？

乔　厕所？茅厕哦哦？东头。（大家哄堂大笑）嗯，你不会是怕喝酒吧？不要紧，只要我在，不会整你的。

孝　酒喝多了，我真的要出去方便一下。

［旁白：我乘着酒性来到屋外，看见民和那个女人站在一处，像是马上就要离开绞滩站。朦胧中我仿佛在民的身上看到了自己的影子，我再定睛看去，那个民与我又是那么的不一样。

孝　怎么，你们不再吃点？

民　孝，我们这就准备走了，你不要打扰他们了，乔心头不舒服，我不敢进去打招呼了，你知道就行了。

孝　那我送你们下江去。

民　我们讲好的，等会有条上水船。

孝　来，我帮你把铺盖搬下去。

民　不用了，这里天气说变就变，留给你用吧！哦，还有这个收音机可以将就听。

五、

［江水默默地流淌着，间或屋传来一两声猜拳声。

［绞滩站内。

［喝的兴高的乔突然发现孝不见了。

乔　嗯，孝呢？那个秀才上哪去了？

［大家这才注意到孝不在屋里，有人嘟嘟囔囔地说出外方便去了。

［乔这时把大家都招拢来，低声交代。

乔　　你们都跟我听好了，这个秀才不容易，能到我们这里来的都是好样的，要多照顾他。牛魔王，我这也是在跟你打招呼，要把一个人留下来，就要留住他的心。

牛　　前头几个读书人我们不都照顾了吗？临了哪个不跑？哪个在这鬼地方过得下去？

[乔语塞了，他深深叹了一口气，一仰脖子，把碗里的酒喝了下去。

乔　　我们尽我们的心吧！人家实在待不下去，那是他的事。哎！我就搞不懂，我就不信这绞滩站就容不下一个读书人。

[门被人打开了，孝拿着哪个收音机进了屋。

众　人　孝……

孝　　乔站长，还有各位大哥都听着，一匹草就有一滴露水。大家过得下去，我也过得下去……

[乔兴奋地把孝拉到火锅边坐下。

乔　　我们也学城里的人做个介绍，这个肉最多的刘德旺，他就是‘牛魔王’。这个老师傅叫胡顺良，大家都叫他‘胡子长’。还有这个病歪歪的大哥叫黄先岳，因为他长得难看，我们都叫他‘黄脸婆’。还有这个娃娃，向河亮，读过半年初中，因为屋里困难，还不到十七岁就冒充年龄进了养河段，现在有几个钱了，就到处托人帮他讲婆娘，大家都叫他……

[向河亮去捂乔的嘴。

[想婆娘！大家一起大喊起他的绰号来。

[静夜中这几条汉子笑的是那样狂放。

乔　　（笑过后又哭了）：想婆娘？等想到婆娘那一天就该跑了，以后哪个狗东西要是有了婆娘就忘了我们这个绞滩站，我会收拾他们的。你们晓得我最恨哪样？婆。

只要找到婆娘就要坏我的风水，就要把我的人勾走。我想不通那婆娘……就那么迷人？

六、

[夜，绞滩站。

[乌江水在默默地流淌。蛐蛐在静静的叫。

[孝躺在床上怎么也睡不着，来回的翻腾着。

[乔鼾声如雷。

[孝轻轻地开门出来，坐在一块大石头上抽烟。望着院里的电杆出神。

[旁白：这是我到绞滩站的第一个夜晚，这是我从未见过的一群人，特别是乔喝醉后的这番话让我感到左右为难，让我想起了远在省城的她……她真的叫人牵肠挂肚，割舍不下，就像乔说的那样，把人的心都勾去了，难怪乔这么讨厌女人。女人真是坏了他的事么？这个怪家伙实在少见。

[一个女人的声音在叮嘱："我爸爸调到上海了，我不想留校，我打算在上海找工作。孝，你也来吧，上海才是我们施展的好地方……"

孝的画外音：可我已经分配到了乌江航运局。

女声画外音：这么重要的事你为什么不和我商量？你……我爸爸在那边联系的是我们两人的工作，你不是说做梦都想去上海吗？

孝的画外音：我是说过这话，但学校已经将档案寄过去了，我说什么也得去呀。

女声画外音：你……孝，你实在要去，就去两个月，到时候弄个什么病假条就赶快回来。

孝的画外音：可我没什么病啊？

女声画外音：不会编吗，犯傻呀？

孝的画外音：就我这么棒的身子骨，编病号也得人家信啊。

女声画外音：你要每天给我打电话……要不然，我给你打，你一去就在宿舍装一部电话……嗯，你还要一天一封信，我喜欢你写的字……好吧，三天一封，最少一个星期。孝思，我还从来没离开你这么久过，真舍不得你……你不会在乌江边上认识什么姑娘吧？

[乔起床出门，发现孝。

乔　谁？

孝　我，孝。

乔　深更半夜你一个人坐在这里发什么愣？

孝　床太硬，睡不着……

乔　刚到这儿都这样的，过些日子就习惯了。

孝　乔，我没事，回去睡吧。

[乔和孝进屋里。

[孝躺在床上，翻来覆去还是不能入睡。

[乔倒在床上便发出了呼噜声。

[乌江水依然默默地流淌着。

七、

[清晨，江边。

旁　白　日子就这么一天天地过下去了。今天说是要去测量滩点，所以大家伙起得特别早。

[小向和黄脸婆在河边洗脸，牛魔王干脆跳进江中，清晨的江水冷得他一边叫一边洗，好不痛快。

［小向在悄悄地洗着内裤。

黄　哎，牛魔王，你看‘想婆娘’在洗内裤呀，又‘跑马’了？（黄脸婆幸灾乐祸地笑着）

向　求求你，黄脸婆，不要吵吵嚷嚷的。

牛　‘想婆娘’，你怎么回事？

向　每回做梦和女人在一起就……跑出来。

牛　能做个好梦是福气，我是闭起眼想老婆，睁着眼也想婆娘，就是做不出个好梦来，你们说，这是什么名堂？

黄　我看你这个病，要去找个婆娘来解决一下实际困难，这种事不是想一下就能过得去的。（黄脸婆突然想起什么）哎，你们看见没有，乔一大清早起来就忙着烧开水，他这是要搞什么名堂？

向　这个你都看不懂？那个秀才是城头人，城头人时行喝开水，人家的肚子比我们的金贵。

［黄脸婆听小向这一解释，鬼火直冒。

黄　有什么了不起，不就多读了几年书吗，乔再对他好也是空的，到时候也要跑，割来的肉是贴不上身的。

牛　老子把他像这块石头一样扔进河里。早点把这个小白脸轰走，省得天天像供菩萨一样，浪费表情。（牛魔王没好气的朝河里扔出去一块大石头。）

［孝醒来，见天已大亮，他匆匆穿好衣服出来时，见乔正抡着斧头劈柴禾。

孝　乔站长你歇会儿，我来劈。

乔　（疑惑的眼光看着孝）：你行？

孝　我行。

［孝接斧头抡了起来，下下不落空。

乔　嗯，孝，看得出是个行家里手，原来干过？

孝　打小就进山砍柴，就靠这把力气还挣过不少学费呢。

乔　好，这就好。我煮了一锅肉，快去吃。黄脸婆、牛魔王，想婆娘，大家拿碗去添肉吃。

孝　（添起一大碗肥肉）：就吃这个？没有别的了？

乔　对，这两天要抓紧吃肉，不能让它坏了，过两天没肉就吃白饭。

牛　（大口地吃着，一边嘟噜着说怪话）：这两天是神仙过年，过两天就下凡了，

乔　（揭开一口大锅）：孝，你要喝开水在这舀。我们待会就要出去，乘这几天不下雨，先下和尚滩、观音滩去，太阳落坡就回来，你刚来，就在屋里歇两天。

孝　站长，我和你一起去，闲着也是闲着，让我也去见识见识……

乔　（点头答应了）：胡子长，你腿不灵便，就在屋里闷锅饭，煮锅肉等我们回来，向，去把大锅头的开水灌起，拿个大塑料壶提起，孝……渴了可以喝开水。行，走吧。

[乔带头，他们一行人沿着山崖出发了。

八、

[白天，乌江两岸。

[他们在万丈石壁上攀沿。喘息声。

[骄阳似火，夏虫鸣叫。

[乔爬上了一座很高的崖壁，坐在一棵树下歇息。

乔　来，休息一下。

孝　乔，这匹山陡得怕人，我们应该顺江下去的，这要绕到什么时候才到和尚滩？

乔　要是那边下得去，打死我也不走这条路。孝啊，这么长的滩，年年都有好多船在这里出事，我们这个站要管

理三滩一峡五个信号台。段里要彻底改造这三滩一峡，搞好了大家好，要搞砸了，几万块钱就打了水漂，这可是画了押，签了责任状的，闹不得半点洋。

牛　（刚爬上来，倒身坐到地上）：哎，这就是疏通航道，迎接西部大开发。

孝　乔，我看还要把一些水文资料好生看看，再来过细的测一遍，才能确定炸点的位置和用药量。

乔　孝，你只管测量，架子让牛魔王他们弄。

［孝在认真测量，他们一个个满头大汗，喘着粗气。

［他们在险滩处一次次对江中的礁石进行探测。

［小向提着那壶开水走得十分吃力。

向　黄脸婆，你不要见死不救，我实在是提不动了，你就这么看得下去，死都不帮我一把？

［黄脸婆累得气喘吁吁。

黄　活人叫尿憋死，你不会先倒了，等会儿再接些水？笨得伤心！

［向这才猛然醒悟过来，悄悄地倒了开水，提着空壶朝前追去。

乔　吃得消吗？这么热的天，受苦了，明后天我下河摸鱼给你吃。

孝　鱼，我到不太想，现在就想搞口水来喝，喉咙管都快开裂了。

乔　（大声对山下喊）：小向，快点把水提上来，我们干得受不了啦！

［乔打开一张图纸，和孝一起看。

孝　你看，这个河段是没问题了，在这里，还有这里按上炸点，把几块礁石去掉后，江流肯定会变得缓和了。

乔　用药量不能太大，搞不好这里的河床到是拓宽了，上游的这里，这里就又会出新的激流，明天我们再到这里来测量一下，要摸清水底的情况，做到万无一失才能下手。

［向把水提了上来，乔忙把水壶扭开递给孝。

孝　乔站长，你不要太客气，你先喝。

牛　叫你喝，你就喝，我们随便在哪里都可以喝，这是专门给你……（牛魔王还要说下去，被乔踢了一脚）

［孝愣住了。

［乔也有些不好意思。

乔　孝，老看着我干嘛？一壶开水，又不是什么稀罕物，你就喝吧。

孝旁白　没想到我喝下的这壶水是向在半山腰接的山泉水，肚子里的肥肉加上这壶半是开水半是泉水的混杂物，竟成了一幅泻药，差点要了我们大家的性命，当然，这是后来才知道的。

九、

［傍晚，绞滩站。

［隐隐飘来悠婉的山歌：

太阳落坡鬼出窝

哥的床板硬来被子薄

想找个人讲句话

妖精鬼怪都找不着

［孝和乔躺在床上。

［听见乌江的流淌声。

［乔听见孝在翻身辗转。

乔　孝，吃得消吗？要不你歇一天？

孝　没事，我原来在家也常常上山砍柴。

乔　听你翻了半天了，是身上痛？

孝　身上倒是没什么事，只是肚子有些不舒服。

乔　吃不惯我们这里的饭？明天给你煮稀饭。

孝　可能是水土不服，过两天就好了。

乔　孝，我前些天到段里去开会就听说你要来我们雷公滩，还知道你父亲是老乌江，帮游击队运过弹药，你要靠拢组织，为他老人家争口气……

孝　乔站长，不要跟我来这一套啊，说句实话，我到什么地方还没定呢，拓宽江面，炸礁石这件事我一定努力做好，这你尽管放心，以后的事，我也说不好……

乔　孝，你以后到哪里我管不了，但你从今日起，不许再叫我站长，就叫乔。你有文化，懂技术，将来是前途无量啊，不像我，只能一辈子在乌江边，在这没有人烟的山旮旮头渡一辈子了。年轻时上山下乡，后来当兵又到者阴山、猫耳洞里一蹲就好几年，还是离不开山，退伍后又到这雷公滩，成天和山打交道。不怕你笑话，就想把乌江的航道疏通了，出去过两天安逸日子。

孝　乔站……乔哥给我们找嫂子没有？

乔　找到一个，二手货，她的老公也是个排工，让乌江卷走了。

孝　嫂子干什么工作？

乔　她那不能叫工作，只能叫活路，搓综绳卖，几个月都才见一面……胯裆都快长青苔了。

［孝笑了，忍也忍不住。

乔　你找老婆了没有？

孝　还没有。

乔　抽空帮你找一个。

孝　不要，我不忙这事。

乔　眼睛高，看不起乡下的？

孝　那倒不是。

乔　其实城头的乡下的，好看的和不好看的都差不多，关了灯，一百分。只要能贴着你过日子。

[孝忍不住又笑，突然觉得肚子不对劲，忙起来冲出去了。

十、

[晚上，绞滩站屋子里。

[另一间房里的黄脸婆和向听见有人在外面拉稀。

黄　乔，你拉肚子？

孝　我是孝，肚子有些不舒服。

黄　哎，这荒山野岭的，也没有地方可以抓药，要是在城里就好了？

孝　没事，到一个新地方，可能是换肚肠。

[黄脸婆和小向在屋里偷着乐。

十一、

[清晨，绞滩站。鸟叫声在山谷里回荡。

旁白：第二天清晨，同事们都纷纷起了床，可我却四肢乏力，怎么也撑不起身子，我没有预料到这次腹泻会有这么严重。

[黄脸婆先起床，拿着条毛巾朝河边走去。

[乔起来，见孝还在熟睡，轻轻走出房门，来到向和牛魔王他们的屋里叫他们后就进了伙房。

乔　快点起来，早点吃了饭好出发。

［向和牛魔王下到河边。

向　黄脸婆，你怎么这么早就起了？

黄　年纪大的人比不得你们年轻人，睡多了腰杆疼，得不到睡又脑壳疼，成天出去和这个狗日的乔拼爬山是拼不过去了，那个孝昨天晚上跑了几回肚子，今天怕是可以歇一天了。

向　歇一天？想得美。乔把我们喊起来就去烧开水去了。他在劈柴，你听不见？

［果然，远处传来劈柴的声音。

牛　还要烧开水？从来没见乔这么看重过人，你们不要惹他，乔发起火来不得了。

［黄脸婆一听鬼火冒。

黄　他是人我们也是人，凭什么我们就低人一等，今天那个孝不去测河床，老子就不去。看哪个敢咬我一截去！

向　对！一视同仁，要休息大家休息，我还不是浑身疼。

［这时乔来到河边。

乔　你们几姨妈是洗脸还是洗胯？快点吃饭，乘早晨凉快好赶路。

［几个人敢怒而不敢言，慢腾腾地朝火房走去。

［黄脸婆走到院坝头见有几根柴禾还没劈，计上心来，立即与向耳语："要睡不成大家睡不成，那个小白脸是来工作的，不是来休息的。"向操起斧头就开始劈柴禾，要把孝吵醒。

［乔听到声音立即跑上来阻止他。

乔　向，你轻点，还有柴烧。莫把孝吵醒来。我都是跑到下坎那边去劈的。

［向还是不听，仍旧在劈。乔过来夺过了他的斧头。

乔　你鼓着个眼睛瞪着我干什么？

向　孝又不是客人，他是来锻炼的，又不是来享清福的。

乔　你轻点儿行不行？有什么不舒服，我们等会儿出去讲行不行？

向　不行，这是绞滩站，吃不下这份苦就不要在这里鬼混。

乔　哼，你这个……娃娃怎么就听不进人话呢，昨天晚上孝跑了几回肚子，多让他睡下都不行吗？人家从城里来，不习惯这里的生活，歇天吧也是合情合理的吗？黄脸婆你说，你来断个公理。

[黄脸婆阴阳怪气地过去劝开了向。

黄　算了算了，我们生就的苦力命，认了吧，人比人要气死人。

乔　黄脸婆，你这话是什么意思？

[黄脸婆正欲乔争论时，孝出来了。

旁白：我躺在床上，听着别人为我的事在争吵，觉得浑身不自在，硬是挣扎着起身出了房门。

孝　哦，对不起，我起晚了，马上走，马上走。

[大家散去。

[胡子长给孝端来一碗稀饭，孝接稀饭吃。

[乔还在那里生闷气，独自进了伙房去继续添火把水烧开了。他在伙房里将开水灌进壶里，他越来越咽不下这口气，冲出来大声宣布道："今天孝生病歇一天，其余的人都和我去测量礁石的炸点。"

[大家听后都没做声，只有黄脸婆慢慢起身来到伙房门口。

黄　乔站长，我早几天就到了休班的时间了，这两天又不舒服，想回去看一眼。

乔　去吧，让你老婆好好给你泄泄火。还有哪个身体也不舒服的，都可以请假。

[向心里也憋了一肚子火。

向　乔，我也有点不舒服……

乔　向，你好像还没到修班的时候，忍几天吧，

向　我不舒服，浑身疼……

［乔什么也不说，过去就把向的衣服拔了下来，在他后背上拧了一把。

乔　发痧了。牛魔王，打碗水来。

［旁白：牛魔王站着不动，胡子长从伙房打了碗水来。乔从地上拣起一块光滑的鹅卵石开始给向刮痧。乔用力刮下去，向的背上冒出血红的条印。

［乔又是一下、两下、三下，向的背上发出沉闷的声音。

乔　要是疼就喊一声。

［向死活不吭一声，咬着牙忍受乔的报复性体罚。

乔　要是疼就讲话，我就轻点。

［向眼里呛满了泪水，死活就是不吭声。

［乔轻声细语地提醒向："好像没有什么痧呢？你要是不讲话，我就再刮重点？"

［旁白："看着乔用力地刮，向忍着痛却一声不吭，满头的汗水顺着脸颊往下淌。眼前发生的这一切让我吃惊，让我透不过气来。我忍无可忍，见乔还在用力刮，便夺过乔手里的石头扔了出去，第一次对乔发了火。奇怪的是乔并没有和我争执，而是如释重负地坐在地上，长长地叹了口气。"

孝　乔站长，你怎么能这样呢？你要刮就刮我！你知道这是什么行为吗？体罚，这是体罚！

［乔却一声没吭，长时间的沉闷。

乔　向，你要是身体不舒服就在屋里歇着吧，我们走吧，

［乔见孝走了，他恶狠狠地看了向一眼跟着走了。

向　我……好了，跟你们一起去。

十二、

[白天，乌江险滩处。

[乔和孝走在前面，他们从岸边的岩壁往下滑，一次次地测出这里的水深和礁石的所在位置。

[牛和向在后面艰难地跟着，牛把那桶开水递给了向。

牛　向，帮忙把水提好，我去架脚架。

[向极不情愿地接过了那桶开水。

向　牛魔王，一桶水有什么大不了的。

[向见前后没人就把壶里的开水到了个干净，然后要到溪沟里灌溪水。这一切被牛看得明白清楚。

[牛过来制止了向的这一行为。

牛　嘿，你怎么把水给倒了。

向　倒了又怎么样，到时候接点山泉水喝还不是一样的。

牛　向，没良心的事做不得。

向　为哪样我们喝得生水他喝不得？

牛　人家是读书人，能到这个鬼山旮旮头和我们打堆不容易，我们不能坏良心。

向　哎呀，你小声点，乔和孝过来了。

[他们一行四人都累得倒在阴凉处。

[牛魔王从塑料袋里拿出来一块猪肉。

牛　来，孝。吃一点才有力气再朝上走，

孝　昨天晚上肚子不舒服，不想吃东西。好吧，就喝口水。

[孝伸手要去拿壶喝水，牛夺过来。

牛　你等一下，我烧热水给你泡茶喝。

[向架起了火，在烤猪肉。

乔　孝，你等一下，我摸几个鱼来烤给你吃。

[乔说话间脱了个精光，一个猛子潜入深潭。

［孝在等待他浮起，但过了好久都没见乔上来。

孝　　他怎么还没起来，会不会出事？

牛魔王安慰孝：不会的，我们乔还有个绰号，叫‘水懒猫’，他摸鱼的地方，打鱼郎都不去。

［乔的头从水里冒出来。他的嘴里，手里都是鱼。

［向烤的猪肉这时冒出了一股难闻的味道。

向　　乔，这猪肉好像有些臭了，

乔　　胡子长用盐淹过的，不会坏，可能是这两天吃多了。

［乔先拿起了一块吃了起来。牛和向无可奈何地跟着乔吃肉。

［柴火噼叭地燃烧声。

乔　　孝，肉你不吃，这鱼烤好了你快过来吃一条。

孝　　香，真香。

十三、

［太阳快落山时龚滩古镇。

［集市的嘈杂声。一妇女：“收了算了，太阳都要落坡了。”一男人：“小白菜放不得，今天不卖出去，明天就烂了。”

旁白：就在我们翻山越岭测量河床的时候，黄脸婆回到了小镇，他一路上没有耽搁，直奔他家走来。

［黄的家里。

［中年男子从后面猛一把抱住了黄的老婆，她被那人抱住了以后猛烈的亲吻。

老　婆　　等一下，你忙什么，天都还没黑你就来这里，怕别人看见。

男　子　　别人我管不了那么多，你不是跟他们讲我是你家舅舅吗？

老　婆　　舅舅也不能成天钻外甥女家。

男　子　　你老公成天不在家，闲着也是闲着，凑拢来打个平火吧？

老　婆　你们这些船老板，有几个钱就喜欢做这个鬼事……

[男子上去又一次吻她的胫部。

[这时听见有人敲门。

[两个人一阵慌乱，女的忙把弄乱的头发整理好，待她要去开门时突然发现那男人嘴上的口红。

老　婆　口红，快把口红擦干净！

[男人擦干净了口红。

[她把门打开时，是她的男人黄显岳回来了。

老　婆　是你回来了？我还怕你要过几天才回来呢。（黄打量着屋里的这个陌生男子。）他是我家思南的表舅，到这边来做点小生意……

[黄盯着他的眼睛看时，那个人一阵慌乱，表情极不自然。黄望着自己的女人和那中年男子，不言不语。那个男子耐不住着尴尬和沉闷，匆匆离去。

男　子　我还有事，先走了。

老　婆　他在这边做些生意，还给你扯了块料子，过两天去给你做件衣服。

[女人没话找话地向黄问话，企图要冲散这沉闷。黄却仍然一语不发，呆坐在那里。

老　婆　……我和他只是在房里说些远房亲戚的事，真的没做什么，你不要疑神疑鬼的……

[黄强忍着心中的怒火，故做轻松的把那包水果放盆里洗。

老　婆　……你讲句话嘛，你好像是猜我和别的男人……

黄　不要讲了，多一句话你都不要讲，天知地知，你知我知，我都没讲你一句，你还叽叽咕咕做什么？

老　婆　我只是想告诉你，我是清白的。

黄　背着我和别的男人亲嘴，也是清白的？（黄忍无可忍的讲出了她的行为。）

老　婆　（女的猛的站起争辩）：我和他搞什么啦，你看见我和他亲嘴啦？

黄　自己去镜子头照一下，先把脖子上的口红印子擦干净，再讲你是清白的。

老　婆　是我……

黄　是什么？是你自己亲在自己脖子上的？你再亲一口我看看。

［女人语塞，再也无言以对。

［黄显岳和那个女人睡在床上一声不响。

［两人都睁着眼睛。

［屋里蛐蛐在叫。

［那女人终于开口了。

老　婆　黄哥，我错了，我对不起你。

黄　晓得就行了，以后不要再犯这些事。

老　婆　我不想改，我熬不住这样的日子……

黄　你要怎么样？

老　婆　我想了好久了，我们还是离了算了，我不晓得还要熬多少年，我怕以后还要对不起你，我不愿意这样，你也不愿意这样，是不是？

［黄显岳坐起来，望着月光下的那女人良久，他一句话也说不出，穿上衣服，背着那个包出了家门。

［月夜，龚滩古镇。

［黄来到码头，坐在一棵大树下。

［他独自一人，望着那轮明月，思绪万千。

十四、

[傍晚，绞滩站。

[江水在流淌。

旁白：绞滩站这天是腹泻得一塌糊涂，由于天气热，猪肉搁的时间又长，每个人都不同程度地拉肚子。

[乔、向、还有牛魔王轮流翻地朝厕所跑，腹泻不止。向刚坐下，还没讲两句话又朝厕所跑去。

向　快点出来，我憋不住了。你要是再不出来我就……我干脆解到外头了。

[孝看这个问题严重，去找胡子长商量该怎么办，没想到胡子长也在床上挣扎，腹疼不止。孝一下慌了手脚，来到屋外，见乔蹲在那里。

孝　乔，这样下去不行，要赶紧找药来止住才是办法，这时候去哪里找药呢？

[乔上气不接下气的在那里哼哼。

乔　狗日的，是猪肉闹的鬼，明天把剩下的倒了，全都倒了。

孝　现在不是倒不倒的问题，要想办法止住腹泻，再这样下去，要脱水的，是要出人命的！

乔　我有哪样办法？总不能拿个苞谷来堵起呀？等明天再说。

孝　不行，要赶紧找药，止住腹泻的药。

乔　我现在站都站不起来了，我去那里找药？听天由命了。

孝　怕是明天就没命了……

[孝又跑到向那里。

孝　向，你跟我讲，这里顺江而下，要漂几里路才有集镇？

向　要漂一二十里才有个镇子，归四川管。你要干什么？

孝　我漂下去找药来。

向　你不要命了？去不得，有几个滩险得很，打鱼的人都不去的。

孝　　那就看我命大不大，要么我死，要么你们几个就活不成了。

［孝执意出门，乔和几个人都叫不住他。

［乔急得乱叫。

十五、

［乌江的滩头。夜晚。

旁白：我凭着自己的水性和救生圈的浮力在激流中漂下。一会儿沉下去一会儿又浮了起来。终于，越过激流在一个有灯光的地方遇上了船。

［音乐转为雄壮。

猫　妹　公，你看那里好像有人。

老　伯　这深更半夜的游什么江嘛！这下头就是黑龙滩，卷进去就没命了！

猫　妹　哎，朝这边游过来了。

老　伯　小伙子，游过来——快，撑过去，把长竿子递给他。

猫　妹　你抓住，抓紧，用力划过来……

十六、

［绞滩站。

［医生在给乔、向、牛等输液。

［他们的腹泻得了控制。

［孝在他的床上紧捂被子，浑身在发抖。

［向看着孝。

向　　怪了，你硬是活起回来了。

乔　　老伯，猫妹，多谢你们了。今天要不是遇到老伯的船，孝的命，我们的命都难保啊。

老　伯　乌江边上的人不讲这些客气话，二天小心点。这个白面小伙我们好像见过。

猫　妹　公，你忘了，那回打脱鸭子就是他帮忙捉到的。

老　伯　哦。乔站长，你们好生养病。二天有空再来看你们。乌江水在静静的流。

旁白：不知是怎么的，我只要一看猫妹那双火辣辣的眼睛就心跳得不行，就像生怕她看出我的心事似的，其实我心头并没什么念头，一点也没有，真的没有。可又不知道为什么会心跳，甚至害怕和她的眼神碰到一起，怪事。

孝　向，你今天好点了吗？我煮一锅洋芋稀饭你和牛哥喝点。

[牛起来舀了一碗喝了起来。

牛　好东西，我这肚子这两天硬是难过。孝，这回全得你帮我们拣回一条命。

孝　向，你想吃点什么，我想法做给你吃，

向　我什么都不想吃，你要是愿意，把那个收音机拿来让我也听听，里头有女人讲话，那个葩葩的声音可以治百病。

牛　脚都软得站不起来了还在想婆娘？（牛魔王大笑起来，突然觉得肚子一阵疼痛）哎唷——

[孝把那个收音机拿来送给向。

孝　今天乔要回镇上。

[向高兴地猜测。

向　去看他的老婆。，

孝　是帮我们找个煮饭的。

向　乔是去‘推豆腐’了？

孝　你胡说什么！我叫他去找个做饭的来，我们的伙食就可以改善一下了。

向　饭菜都是小事，我跟你讲过，要是能找个女的来就好了。

孝　我跟他也讲过，乔一提起女的就来气，他怎么就这么容不得女的呢？

向　他是饱汉不知饿汉饥，也都怪那个民的婆娘。孝你是不晓得，我们绞滩站有好多人都是被这婆娘拖走的，乔才这么着容不得女人。

孝　向，你要是哪天有了女人你会不会也离开我们绞滩站？

向　那是不可能的，我要是有了个婆娘，我就叫她绞滩站来，帮我们做饭，洗衣，唱山歌……

［这时黄脸婆来到了门口。

孝　黄哥你怎么就回来了？

黄　乔呢？

孝　在伙房里面忙哩。

黄　我去看看他。

［绞滩站伙房。

乔　黄脸婆？怎么丧着个脸……和婆娘吵架了？

［黄摇摇头，故作轻松的站了起来。

乔　家里有事？

［黄还是不做正面回答。

黄　乔，你们这是怎么啦？这么多盐水瓶子。

乔　唉，别提了，你要是那天不走，也要倒霉，我们几个吃了那些猪肉，拉肠泻肚，差点把命都丢了。

黄　出这么大的事？

乔　你这是怎么了？

黄　（喉中哽塞）：一言难尽，那个婆娘……

［乔明白了黄家里发生的一切。

乔　兄弟，不要难过，事情不发生也发生了，只要她改了就行，这过日子也像这乌江水一样，你让它流过去也就流过去了，不能在一件事情上太认真。

黄　我忍着这么大的耻辱原谅了她，她却不愿和我再过……要和我离婚。

乔　狗日的烂……这么下得手，伤口上撒把盐。

[这时听到向那边收音机的声音：（歌曲）有位佳人在水一方……

十七、

[镇上乔的家里。

[乔的老婆在弹棉花。

乔的老婆　回来了，乔。这么晚才下船？

乔　早就上码头了，去段里办点事。

乔的老婆　你等下我去搞个菜，打斤酒来。

乔　吃过了。

乔的老婆　烧水洗一下？

乔　不洗。我先去睡了。

乔的老婆　八百年都不回来，不和我讲句话就去睡？

乔　莫烦我。

乔的老婆　一进家就马起脸，哪个惹你了？

乔　你……你看得出这几封信是男的写的，还是女的写的？

乔的老婆　这信还有公母？

乔　你看像不像女人写的字？

乔的老婆　是女人又怎么样？

乔　你说这女人是什么人？一般的朋友不会写这么多信。要是遇到城头的小妖精，我们站上来的那个小伙子就留不住了，河道改造又要扯谈了。

乔的老婆　你就不会在镇上找个美人去把他稳住？男人和女人一生

情啊，你再想撵都撵不走。

乔　　嗯，这倒是个主意。我怎么就没想到呢？

［乔把那几封同一地址发出的信放进了他的黄挎包里。

旁白：在回家之前，乔去了段里，拿了快报信件，这里边也有我的信件。不过，我再也没有读到过这些来信，我说不清楚这到底是悲还是喜。

十八、

［江边。机帆船、柴油机发动声、笛声、买卖吆喝声。

乔　　姑娘，你的黄瓜怎么卖？

猫　妹　要是打口干就拿一挂去，什么卖不卖的。

乔　　噫，我们见过面。你这个妹崽还蛮大方嘛，我要是多买些去做菜呢？

猫　妹　那就开钱嘛，我把黄瓜都给了你，我回家要遭公骂的。

［乔笑了，乔觉得这个姑娘的性情很可爱，突然想起来要找的煮饭工人。

乔　　哎小妹崽，我要是连你一起请到我们绞滩站去，你去不去。

猫　妹　那要看你买我去做哪样？要是涨干饭我就不去。

乔　　有出息，好妹崽。我们那里缺个做饭的，你愿意去吗？

猫　妹　好啊，我先看一眼，要是好我就去。要是不好，我就转回来卖我的黄瓜。嗯，不过得给我公打个招呼，要他同意才行。

［姑娘跑过去与一个老人讲几句就回来了。

［乔帮她把箩筐挑上船时，一不小心跌坐在船舷处，那黄挎包浸在了江水里。

旁白：黄挎包掉进了江中，信件也被水浸泡得体无完肤，事情发生得如此机巧，正合了乔的心意。乔捧着从水里捞上来的黄挎包，决定还是把它带回绞滩站。

十九、

[白天，绞滩站。

[胡子长在吹木叶。

[牛魔王、黄脸婆、向、还有胡子长都躺在江边的一个岩石上，居高临下。

牛　黄脸婆你那天回家是走对了，要不就你这副身板，三泡稀就要了你的命。

胡　我还以为这条命走到头了，还是全得孝，人家是读书人，关键时候他硬有主意，不是他敢夜闯长滩，等你回来怕是只有去坟上看我们了。

黄　我真的不是开玩笑，要是我不走就好了，人啊，早死早消停。

向　尽他妈的说便宜话，这次回家和嫂子放了几颗信号弹？（向眉飞色舞地要黄讲述他的房中事）

黄　没有，真的没有，别这么看着我。

向　鬼才信，牛魔王你信不信？不信吧？胡子长你信不信？怎么样？连我们老童子军都不信你的鬼话，一个多月不见荤了，你会不“狼”到天亮那才怪。

黄　向！不讲这个好不好？

[向见黄发这么大的火立马换了个口气。

向　好好好，不讲不讲，是不是嫂子‘骑红马’（例假）挂了‘舒婷’免战牌？

黄　……我讲的都是实话，不信我也没办法，我不想讲这些求事。

牛　讲一个回合给向听下吧，向要是听不到你讲的床上事，

他今天晚上是睡不着的。（牛魔王调侃地在一旁抽烟）

黄　没有我怎么讲，哎，你们烦不烦人？

［胡子长见黄脸婆要发火了，忙上前劝道：

胡　算了算了，他不想讲就算了，我走了。

向　你忙什么，呆会儿他要是讲了你不要来问我。

胡　我都快五十的人，听不听也就那么回事了。

［他们用期待的目光在等待黄讲，黄动也不动在那抽烟，没任何反映。

向　你说你没有和嫂子干那事儿？好，敢和我撒泡尿吗？你要是撒的和我一样远，我就不再问你这件事了。

黄　我看你有些无聊。

向　怎么，不敢，心虚了吧？

黄　我……我三十大几的人怎么和你这童男子比。

胡子长插了话：和我比，你总比我小头十岁吧？

黄　比就比！肾不亏，我心虚什么？

［向、黄、胡子长站齐了一起朝岩石下撒去，三条水线飞的老远老远。

［就在这时，乔和那个姑娘下了船后正朝绞滩站上来，老远就见三条水线腾空而下，落在地下啪啪作响。那姑娘好奇：

猫　妹　大哥，这是什么水怎么从岩上飞得这么远？

［乔和姑娘走出来后才发现是三个男人在朝岩下撒尿。

猫　妹　丑死了，你们这儿的人怎么这么野？

乔　等会儿我要讲他们的。（对岩上扯起了嗓子大喊）你们几个找不着事干？

［胡子长和黄脸婆忙转过身去，只有向还在若无其事的反问乔：“要脸不要脸谁还不知道谁呀，不服气你来一泡，没准还撒不了这么远呢？”

乔　　老子看你是皮子痒了，看清楚点，你家没姐妹呀？

　　[向这时才发现乔的后面跟着一个女孩子，慌忙转了过去。

　　[乔是哭笑不得。

　　[乔拉着那姑娘上了绞滩站的院子里。

　　[乔也看出了她有些不自在。

乔　　哎哎哎，有你们这么看人的吗？介绍一下，这位姑娘叫……叫什么来着？

猫　妹　　猫妹……

　　[“猫妹？”哥几个都在重复着她的名字。

向　　不就是那天送孝回来的那个姑娘？是我们的救命恩人啊。

乔　　对，他叫猫妹，是我去请来给我们做饭的，是炊事员，以后就由她为我们做香甜可口的饭菜。她还是个小姑娘，大家要尊重她，要爱护她……

　　[向亟不可待地插上嘴。

向　　我们保证爱护她，让她随时都能体会到我的爱，我们的爱……

　　[猫妹被他们的目光再次搜索着，她有些支持不住的把乔拉到了一边轻声告诉他：“大哥，我……我还是回去卖我的山黄瓜吧，我不想挣你们这份工钱了。”

　　[她边说就边朝江边走去。

　　[她在前面走，乔在后面追。

　　[她走到江边时正与从江边洗衣服回来的孝撞了个满怀。

　　[她认出了他。

　　[乔追了上来向孝介绍：这姑娘是我从龚滩镇请来的……刚到就要回去。

孝　　怎么？这里不好？还是不习惯？

猫　妹　不……不是的。

乔　那几个鬼崽把她吓的，小姑娘，其实这里的那几位师傅都是好人，只是见到生人看得呆了些，过两天你就习惯了。（乔试图留住她）

孝　小妹，这好人坏人不能只看他们的容貌，比如我吧，脸可能比他们白一些，但小白脸不一定就长好心眼那。

猫　妹　不，你是好人，我早就见过你，你是个好人。

孝　你那天还在黑龙滩救过我的命，是我们大家的救命恩人呢！

猫　妹　嗯，那天在江边，我家的鸭子就是你帮抓到的。

乔　就是嘛，你帮我们，我们也帮你。我看是不是先试几天？我们这段时间工作太忙，需要你这么个帮手。

[猫妹睁着眼睛看了看乔，又望了望孝，她终于改变了主意，决定留下来试试。

猫　妹　说好了，就试几天？

二十、

[旁白：猫妹总算留下来了，乔看上去相当高兴，不过我总觉得这事和我有什么关系，从今天看来，那时乔就有了这种良苦用心。

[晚上，绞滩站。

[乔和向、牛、黄、胡子长在屋里。

乔　几个都过来，把煤油灯和蜡烛都点起来，把这些报纸都拿去看看，段里还要求要写学习心得体会。

[几个同时叫了起来：“哎哟，这不是要我们的命吗？哎！”

乔　妈的，落在河里头，报纸也读不成了，包里的东西都泡汤了。

向想出一个主意：乔，这种事就让孝来完成了嘛。再说这湿报纸也看不成。哎，那个猫妹要不要一起学习？

乔到窗外张望了一周，悄悄地把哥儿几叫拢在一道：你们几个兄弟都听着，这个姑娘你们谁也不准动脑筋，到时候不要说我事先没打招呼。

几个又是一阵叫苦：哎哟，这不是要我们的命吗？

向着急了 婚姻自由，恋爱也自由，凭哪样不准我去找她？

乔　凭老子是站长，你们要惹得这绞滩站鸡飞狗跳，我就把那个姑娘辞退了，有本事到外头去找。兔子不吃窝边草。

向　去哪里找？这个鬼地方跑出只耗子来都是公的。

胡　那这窝边草又留给哪个呢？

乔　留给哪个我不管，反正你们不能动。

[乔说完就出了房门。几个人面面相觑，不知如何是好。

牛　乔这个狗日的是饱汉不知饿汉肌，他到是一个月出去退一次钢火，说起来当然轻松。

向　哼，不动就不动，只要他乔忍得我们也挨得过，他要是为自己备好干粮，就怪不得我们。

[向提一桶水出去，从头淋下。

[只听得房里的几个人一起叫到：“难过！”

二十一、

[晚上，绞滩站。

[乔回到房里时见孝以睡下了，轻手轻脚地脱了衣服上床。

孝　乔，你到段里去了吗？

乔　你还没睡呢？

孝　没有。

乔　去了。

孝　有我的信吗？

乔　信？……有好几封，都是别人的，集了一个多月的报纸。在上船的时候又落到水里都泡了汤，大家还准备推荐你给段里的墙报写篇文章呢。

孝　那些报纸你都翻过了没有？那里面经常夹得有信。

乔　没有，我都看过了。怎么？想家了？

孝　没有，我是想学校的同学或是别的什么地方……可能要给我写信。

乔　不会是女同学吧？

孝　……没有的事，哎，我叫你寄的信你寄了吗？

乔　哎哟，瞧我这记性，我到段里一忙就把这事给忘了，还在这呢，下次，下次吧，我一定记住把信给寄出去。

孝　那……多久才到镇上去？还是把信还给我吧。

乔从床上爬起来，来到孝的床前，神秘地告诉孝：这回我到段里，他们问起你在这里的工作，我如实的向他们做了汇报，段里的领导要提拔你当副站长。

孝　副站长？我锻炼完就要走的。

乔　走哪去？大家都一致看好你这样的人才呢，以后站里的事你多操点心，我还能干几年？

孝　乔，你下次去段里把我的情况向领导讲讲。

乔　嗨！别人想干还不一定提他呢，要不是我看中的人，想给我做副站长，做梦去吧。

旁白：乔回到了他的床上立马就进入了梦乡，而我却怎么也不能入睡，从枕头底下拿出临行前萍给我的BP机，思绪万千，耳际又一次响起萍的声音："我爸联系的是我们两人的工作，你不是做梦都想去上海吗？"

乔的声音:“不是我看中的人,想当副站长,做梦去吧。”

萍的声音:“拿着这个,我办了漫游的,接到信号就回电话。一分钟也不许耽误!

[孝辗转反侧,怎么也不能入睡。

[乔在那边发出呼噜声。

二十二、

[清晨,绞滩站。

[山谷间鸟叫声。

[天刚发白,院里就传来劈柴的声音。

[向光着膀子在院里劈了好一大堆柴禾了。

[胡子长和牛魔王被劈柴声吵醒。

胡　嘿,这小子还真想吃天鹅肉?向,当心别把腰闪了。

牛　想婆娘要想在点子上。

[向见猫妹挑着水桶去挑水,忙上去帮助她挑桶,说道:“猫妹,我晓得水井在什么地方。

[乔也被吵醒,出来看到了这一切。乔笑着摇头,不能理解向这反常的举动。

乔　今天太阳咋个从西边出来了。

[他抬头见晾晒在绳子上的乳罩,叫住了猫妹。

乔　猫妹,以后这些女人穿的东西晾在背静的地方。

猫妹　晓得了。

[猫妹和向走远了。

乔　早晓得向这么勤快,我还去请个人来做什么。

二十三、

[清晨，溪流边。

[向热情的为猫妹指点着这里的一切。

[猫妹被他的热情包围着，有些受不了。

[他们来到这清澈透明的溪水边。

猫　妹　你让我来吧，这是我的工作。

向　不妨的，我先帮你舀一回，下回你就自己舀好不好？

猫　妹　不用，我自己会的，多谢你，还没敢问大哥的贵姓？

向　我姓向，我是这个绞滩唯一的两个单身汉中的一个……

[猫妹笑了，笑得很开心。

猫　妹　唯一的两个？哈哈哈……

[向被她笑得不知所措。

[猫妹弯下腰舀水时，向无意从她的领口看进去，那硕大无比的一对乳房。向的两眼发直了。

[猫妹没有意识到，还在舀水。

[向的嘴张开了，他在努力的咽着口水。他想回避不看，但又管不住自己的眼睛。

[阳光从树叶中射过来，此时的猫妹是那么好看。

[猫妹终于对向的眼神有所察觉，他忙侧过身去，在那边舀水。

[他一阵慌乱，水从舀满的桶里溢了出来。

二十四、

[绞滩站。

山歌：

太阳落坡鸟归窝

床板硬来被子薄
找不到妹来讲句话
这样的日子好难过

[工作了一天的这帮男人回到了站里，他们回到屋里就朝床上倒去。

[猫妹把饭菜搞得停当后，就提着开水进了孝和乔的屋里。

猫 妹 乔大哥，这是你要的开水，伙房头还有凉茶。

[乔累得不想讲话，而孝却起来向她点头表示感谢。

孝 谢谢你猫妹，又是热饭，又有凉茶。这样的日子过着，将来我都不想回去了。

猫 妹 那就一辈子做我们绞滩人。

孝 我还真有这个想法，就是没有人洗衣服呀。

猫 妹 我帮你洗……

孝 嘘，我……和你开个玩笑，我自己能行。

乔猛地从床上下来大叫：吃饭，搞点酒来！

[哥几个听见有酒，都来了精神。

[可口的饭菜摆在院里，乔把大碗一字放在桌上："猫妹，斟酒。说一句话，为我们第一餐现成饭菜，为绞滩站又添人进口，干了！"

[大家一饮而尽，接着就狼吞虎咽地吃起来。

[旁白："乔的这番良苦用心没给我带来什么变化，到是在这几位绞滩工的中间引起了轩然大波，都认为机会来了，乔的招呼哪里拦得住这股力量，这种难以抑制的欲望，几碗烧酒下肚后，他们各自心里开始翻江倒海。"

二十五、

[晚上，绞滩站下面石头滩处。

[众人唱山歌：

太阳照到山坡坡
想起妹妹的小酒窝
哪天酒窝装满酒
嘬上一口醉死哥
扑爬跟头滚下坡

[牛、向、黄、胡喝得几分醉意，歪歪倒倒来到河滩上就地睡下，有的朝江里撒尿。

牛　只有这会儿才放松了……自打那个猫妹来到站里，你们见乔的那块脸了吗？一天黑起，就像我们欠他米还他糠似的。

黄　这泡尿屙的舒服，今天我进茅房都紧张，咳了几声才敢进去的，嘻……就怕撞见那只母猫。

向　狗日的嘴吧干净点好不好？人家辛辛苦苦煮了那么多好吃的饭给你吃，你要讲点良心吗。

[向有些不高兴。黄脸婆见向有些翻脸，踉踉跑跑走到向的身边，拍了拍他的头。

黄　我的小老弟，你不要自作多情了。种谷子的不一定吃白米，老话讲得好，‘命中没有你莫费劲，命中归你你躲不脱。’

向　你这是什么意思？

胡　这意思你还不懂？你不要鹅抱鸭蛋——空欢喜。

[向听胡子长这么一说更懵了。

[黄脸婆看向这么着急，便换了一个话题。

黄　向，你说你喜欢猫妹，你喜欢她什么地方？

向　　我……你这一问我还真的讲不出来，反正我看她哪里都顺眼，特别是那个酒窝……还有两大坨壮鼓鼓的……算了，不讲了，我讲出来你们要说我是流氓了。

牛　　你是讲她那两个咪咪？假的，我听他们城里头的人讲过，都是揣些海棉在里头。

向　　这个你就是外行了，猫妹的那两个是真的。

［黄脸婆也站在牛一边："假的，女人，从咪咪到良心，都是假的。双眼皮也是割的，高鼻子也是垫的，弯弯柳叶眉也是画出来的，不怕你们笑话，我家那个婆娘的那个咪咪我摸过……哈哈哈，这么厚的海棉垫在里头，全他妈的是假的。你们记住了，女人的身上没什么真的，全他妈假的……"

向　　我不管你怎么说，猫妹的是真的，千真万确。你们要是不服气，我们就来打个赌。

牛　　赌就赌，输了咋办？

向　　我要是输了，我就……把这架收音机砸了。

牛　　你要是赢了我，我把这表砸碎，丢到乌江头。

向　　说话算数？不准反悔？

牛　　一言既出，驷马难追！

向　　好，我就告诉你，那天我在溪水边帮她去挑水，她弯腰去舀水，我亲眼得见，看得一清二楚，保证没有掺假。

牛　　这个话鬼才信，你说你看见了是真的，我说她的那咪咪头垫的是海绵，哪个讲得清楚？

［大家觉得向的话不能说服大家，纷纷表示不能断定向取胜。

［向急了，见大家都不信他讲的事实，为了向所有的人表示自己的正确，他猛的从兜里掏出来一个女人用的乳罩。

[大家见这东西都信服了，乳罩确实单一层布，并无海棉。

[向洋洋得意的向大家展示。

向　看清楚了，这是我悄悄拿来的知道是谁的吗？猫妹的，这是她晾晒在山坡上的，我帮她收回来，这下你认输了吧？

[大家眼睁睁的望着牛魔王，看他履行自己的诺言。

[牛魔王也确实承认这是事实，没有海棉。

向故意戏弄牛：没见过吧？这东西城里叫它乳罩，乳房的罩子。我们叫它咪咪笼，是专门笼在那两个山头的笼笼。

[大家笑得十分开心。

向　怎么样？要兑现了吧？你还有什么话讲？

[牛依依不舍的从手上脱下了那块手表来。牛要把它放在石头上时犹豫了。

牛　向，这块手表是我身上唯一值钱的东西，是我爹死的时候留给我的，要我将来给儿媳妇的见面礼，你看我能不能改砸别样？

[向也被他的话所感动，觉得这东西确实不好砸了，但又不想放过牛。

向　那你说该砸什么呢？

牛　我……我砸我的……我砸颗门牙好不好？

向　好，说话算数，不能耍赖。

[牛毫不犹豫的从地上拣起一块鹅卵石来‘啪’的一声磕在了他自己的嘴上，门牙果然掉了下来。牛的嘴立刻流出血来。

二十六、

[清晨，绞滩站。

[猫妹在伙房里忙碌，她为大家端来一碗碗早餐。向要进伙房去端灶台上的那一碗，被猫妹拦住了。

猫　妹　向，你的是这一碗，你的肚子大，这个碗大。

[牛和黄，还有乔都蹲在外面吃，向也出去了。

[孝是最晚一个进的伙房，猫妹把那碗面条给了孝。

猫　妹　就在屋里吃，这里有凳子。

孝　外头凉快。

猫　妹　那……

[孝出了伙房，蹲在外面吃面条，没想到吃着吃着从面条下面翻出了两个荷包蛋。牛魔王发现在他的碗里怎么也找不着荷包蛋，这一切都被乔发现了。

[牛想去找猫妹问个明白，被乔拦住了。牛魔王不知道这里头是怎么回事。

[乔却明白这是什么意思，孝当时心里不知如何是好，怎么向猫妹说出我的难言之隐。大家放下碗后就出发了。

[猫妹后来才发现灶台上的碗里，荷包蛋还在里面时很不高兴，

[山歌：

太阳照在山旮旮
哥种豆子妹种瓜
瓜藤爬在豆栅上
迟早挽成死疙瘩

二十七、

[绞滩站，白天。

[山谷里机帆船的行进声隐约能听见。

[乔和孝在江边接河运段送来的肉菜和段里这个月的工资。

[那条船驶远了。

乔　这里头还有块肉，今天晚上要好好吃一顿了，从上次杀了那条猪到现在有一个多月了都没好好见荤。

牛　这里还有一壶酒，该好好打打牙祭了。

[他们几个把东西提上了江岸上坡坎。

[乔在发放给每个职工工资。

乔　今天晚上每个职工凑十块钱，打牙祭。

[大家纷纷从工资里拿出十块钱来交给了乔。

黄　酒要管够，不要限我们量。

乔　黄脸婆你喝得了好多？哦，你等一下，我跟你讲件事。黄到了乔的屋里，两个人沉默了半天，还是乔先开了口：法院要你去办离婚手续。

黄　什么时候？

乔　下个月十三号。

黄　到时候你代我去，我不想看到她。

乔　黄哥，你不要难过，二天再找个。法院还是要你自己去，这个闹不得样。段里这两个月有五对要离婚的，段长也鬼火冒，要法庭来我们这里办理，我叫他们带话去了，我们这里离不开人。……要让那个婆娘来我们绞滩站，当着我们的面讲出个幺二三来。

黄　……算了，不要难为她了。

乔　不要心肠软，就是要臊她的皮。

黄　　随你的便……

二十八、

[傍晚，绞滩站。

[江水的流淌声。

[黄脸婆和向喝得满脸通红，他们坐在江边怪叫，江对面的山上一次回声过来，悠远而深长。

[黄掏那东西又要往江里撒尿。

向　　黄哥，你又在江边撒尿嘛，乔看见又要骂人。

黄　　他骂他的，反正我是死猪不怕开水烫。我不怕他了，撒泡尿他也要管？我就不信他会咬我一节去。

向　　乔都是小事，人家猫妹天天都要到江边来洗东西，莫让她看见了，给我个面子好吗？

黄　　给你个面子？你以为你是什么？那个猫妹会对你有意思？她早就瞄准那个小白脸了。

向　　小白脸？你是说……孝？

黄　　你看不出来？她悄悄帮孝洗衣服，帮你洗了没有？孝每天早上面条底下有荷包蛋，你有没有？

向　　这些都是真的？

黄　　不是蒸的还是煮的？好多天了都不忍心告诉你。

[向从江边的石滩上拣起两块石头使劲敲击，那声音是那么刺耳，叫人心碎。由于他使劲太大，那两块石头都碎了。

[向的眼眶里呛满了泪水。

向　　你为什么要告诉我？为什么？为什么？难道我连做个好梦都不行吗？你为什么要弄醒我……我这辈子惨了，看来这老婆是没望头了。

黄　　老弟，没老婆好，没老婆可以省去好多烦恼。

向　　你他妈的有老婆当然讲话轻松，可我没有，从来还没尝过有老婆是什么味道，我这辈子做男人干什么？我不是白做了回男人吗？

黄　　老婆？哈哈哈，我他妈的也算有老婆？我老成了乌龟王八蛋了，我这男人做得有多窝囊你知道吗……（黄号啕大哭起来）

[向从兜里拿出一瓶酒来。

向　　黄哥，我不晓得你……来，喝。喝醉了好睡觉，一醉解千愁……

[他们俩人又对饮起来。

[山歌：

太阳照在茅草坪

妹像天上五彩云

飘来飘去飘不定

又会下雨又会晴

二十九、

[傍晚，绞滩站。

孝　　猫妹，你等下……

[孝话到嘴边又不知到该怎么讲。

猫　妹　　孝，有话就直说。这是给你洗好的衣服。

孝　　我……你看啊，你是个好姑娘，可是我不能骗你……我不会在这里待很久，我要是将来走了，会伤害了你的……

猫　妹　　你不喜欢乌江？

孝　　喜欢……

猫 妹 那你为什么要走?

孝 我……怎么跟你说呢?

猫 妹 是不喜欢我们?

孝 不，不是的。

猫 妹 那是为什么?

孝 我答应过别的姑娘。

猫 妹 那她为什么不和你一起到乌江来?

孝 她没来过，她要是来了也会爱上乌江的。

猫 妹 要是她不爱乌江呢?

孝 她要是不爱乌江……

猫 妹 你还会爱她吗?

孝 我……没想好。

猫 妹 想想吧，我等你……

孝 不要这样……我值得你这么爱吗?

猫 妹 我说不清楚，反正我喜欢你……可能因为你是个读书人。听人讲我们这乌江要是多有些读书人来做事，苦日子就快熬出头了。

[远处传来“起火了”的呼声。

三十、

[白天，龚滩古镇。

[旁白：黄脸婆和向在柴油机房抽烟引起的那场火没能扑灭，绞滩用的柴油机报废了。乔这回没发火，他知道黄脸婆喝醉酒是心里难受，是因为老婆跟别人偷情，要离开他……这是绞滩工、也是多少代绞滩工的辛酸史。多少年了也没人能改变。乔喝了一晚闷酒后决定第二天去镇里修理柴油机，这场事故暂不向段里报告。

［乔和孝，还有牛魔王几个人把一大个柴油发动机抬下了船。

［孝叫放下歇口气，望着远去的那条船出神。

乔　看什么，没见过船？（乔打趣的叫他快起肩抬起来）

孝　那船头有个女的好像在那见过。

乔　看得见摸不着，又有什么用？送到嘴边的肥肉你又不吃。你啊，贱骨头！

［孝和他们把机器抬着上了码头。

三十一、

［航运段，白天。

［孝和牛进了段里。

旁白：趁来镇里修理柴油机，我特地和牛魔王来到了段里。

牛　孝，你有什么事跟我讲，我熟。

孝　没事，去拿我们站的报纸，顺便看看有没有我的信。

牛　那报纸有什么看头，还是先去街上找个地方喝一顿。

孝　你等我一下。

［孝进了收发室。

孝　我是雷公滩绞滩的，我叫秦孝思。请问有我的信吗？

收发员　你就是秦……这是你们的报纸。

孝　没有我们的信件吗？

收发员　你们站长乔来打过招呼，要他来取信件。

孝　就是说他来取过信件？有我的信件？

收发员　对。

［孝和牛出了段里。

［孝一肚子怒火在燃烧。

[急切的音乐。

孝　牛魔王，走！

牛　去哪？

孝　绞滩站！

牛　那……

孝　我请你喝酒。

[孝和牛在绞滩站对饮。

[牛喝得十分过瘾。

[孝在喝闷酒。

牛　想开点，乔是个好人，他这是留下你来为乌江做些大事，不是每个人他都能看得起的。话又讲回来，这件事做得是有些缺德，我要好好讲他几句的，狗日的乔太鬼。但心肠是好的……来，喝。

[孝一声不吭，闷头喝酒。

牛　明后天就能修好机子了，这两天乔可能回去陪下他那个黑婆娘了。

[孝仍在喝酒。

牛　那个婆娘是一无户口，二无工作，成天走村窜寨帮人修伞补鞋、弹棉花。这下乔要回去帮补下头那个洞了……

[孝喝得太多，呕吐了。

[乔兴冲冲地来到小饭店里。乔在眉飞色舞地告诉孝好消息，但孝却一言不发。

乔　孝，牛魔王，你们两个倒清闲，跑到这里来喝酒。这两天把我忙得。……孝，不舒服？

牛　他喝多了点。

[孝仍一言不发。

乔　孝，你的组织问题解决了，七月一日就可以宣誓了……

孝　乔……我的信为什么不拿给我？

乔　没有啊……我……好像没收到过。

孝　再讲一遍。

乔　……没有，是不是夹在报纸里头？找找看，回头我帮你找。

孝　我帮你找，你打开箱子、抽屉，还有你的包……这是什么？

乔　那天回来的时候我不是掉进了河里头，信都泡烂了……我想也没有什么了不起的事……就没有告诉你。

孝　……你知道那些信对于我意味着什么吗？你知道这是犯法吗？

乔　你听我跟你讲……

孝　我不听！我不听！萍要是因为这件事离开了我，我饶不了你！

［雷电声大作，外面下起了瓢泼大雨。

孝大叫　你为什么要这样？这是为什么？

乔　这一切都是为了把你留在乌江，你才来几个月又提副站长，又入党，我在这个绞滩站十多年了，破天荒为你找来个女人，我哪里对不起你？你要是为这几封信就要砸死我你就砸吧。你记住雷公滩绞滩站对得起你，我问心无愧。

孝　你这是要干什么？你还想留我？劝我？都不必要了，就当从来不认识我，我也当从来没来过这里，不要解释了，说什么都是多余的了……

［乔无言以对。

乔　孝，你等一晚上行不行？

孝　没这个必要了。

乔　就等一晚上，我连夜去打电话，向你的女朋友解释。给我一天时间，明天太阳落坡我要是不把这件事向你的女朋友解释清楚，你走，我保证不拦你。给我一天时间。你要是这样走了，我一辈子心都不安……

胡　　算了吧，这么大的雨，下半夜就要涨水，这么长的乌江，你去哪儿找？

乔　　大家都不要拦我。

胡　　孝，你就说一句……

乔　　听到没有，别人不要管！

［乔刚出去，天上就又是雷电又是雨的。黄脸婆等也跟着出去。牛魔王和向也随后跑了出去。

牛　　乔，去不得！要出人命的！

［雷电交加，暴雨大作。

［胡子长叹了口气：唉，这个天出船，不是去撞鬼？

三十二、

［乌江边。

［旁白：乔终于还是没能找到萍，也没能为我解释清楚，我从此和萍失去了联系，永远失去了。后来听说萍到上海半年后就嫁了人。养了孩子……不知到她现在想不想我，我一辈子都在想她，永远也想不够。让我一辈子不安的是乔和黄大哥为了去找萍，被洪水冲走了……更让人难过的是连遗体都找不到，可能是溶进这滚滚的乌江了。那天正和牛魔王、向、胡子长在江边祭奠他们时，法院的人和那个女人带来各黄大哥的女人来了，这场离婚案也只能不了了之了。我当起了绞滩站的副站长，才晓得乔为什么拼命留我下来……

——剧 终——

广播剧

一天，一辈子的红军

《一天，一辈子的红军》——剧情简介

他，第一天当红军，他，第一次打仗，这位红军战士的一条腿被野猪夹夹断后被人救起，为一件解释不清的事情，更是为了不给红军带来坏名声，这个失散的红军战士，以他一生的代价来维护了一个关于信仰和诚信的故事。

这个长征故事，是上个世纪三十年代发生在贵州一个不知名小镇上。长征，已经成为贵州特点的“红色文化”资源。今年，正值长征胜利八十周年之际，又一次提及这个关于信仰，关于人格，关于真爱的故事，就是该剧所涉及的内容。

该剧以一个红军战士与老百姓之间所发生的故事所构成。这个故事可以引起今天人们对诚信，对信仰的深思。

莫盘嫂、江伢子、姚道姑等，从不同的角度来与现代人进行叙述。

故事涵盖红军纪律，人的尊严，理想信仰来进行讲述。

人物表

1. 莫盘嫂　女　二十七岁，潘老三的女人。
2. 江伢子　男　二十二岁，长征中散落在贵州的红军战士。
3. 潘老三　男　三十三岁，古镇做香蜡纸的手艺人。

4. 姚道姑　女　三十多岁，道姑，后还俗，在乡间行医。

5. 黄百年　男　四十多岁，“端公”为人料理后事的土公子。

6. 向桂珍　女　红军卫生员。

7. 潘叔公　男　七十多岁，潘家祠堂主事。

8. 干　部　男　三十多岁，民政部干部。

［红军战士、宗祠族老甲、乙、丙和群众若干。

一、［时间：上世纪八十年代。

［地点：列车上、贵州某古镇、潘家、姚家、潘家祠堂、学校等时空。

［时间：夜晚。

［地点：行驶着的列车软卧车厢里。

干　部　老人家……您来过贵州？

向桂珍　我到贵州那会儿还没有你呢。火车马上就要进贵州了。

干　部　真的？这么黑的天您竟然知道到哪儿？老同志，我是民政部门的……这次我去贵州是去调查核实几件长征遗留下来的一些相关事宜……

向桂珍　长征？好啊……如果你的路线和我相同的话，说不定我还可以为你……做向导，我曾经用双脚丈量过这片土地。

干　部　我这里带有长征路线图。

向桂珍　在贵州这块土地上，我不需要看地图。你是要查一方面军路线图，还是二方面军的长征路线图？我能把详细的里程告诉你。

干　部　您？老同志您……真是神了，您也知道长征？

向桂珍　（感慨地）我不光是知道，我参加过……

干　部　您……您老参加过长征？老人家您真的了不起，您能给我说说当年长征的事吗？

向桂珍　说到长征，你一定听说过遵义会议，……还有一支部队是六军团，就是后来党史上常讲的红二方面军……

［老人陷入深深的回忆“那是1936年初，我们二、六军团离开贵州时，我受命留下来把几个伤员安置到老百姓家……那是一群无法行军的红军战士……”

［列车呼啸着进入隧道。

二、时间　夜晚。

室外　山间。

［躺在担架上的伤员在痛苦呻吟“我们不能离开部队……”

［熊熊燃烧的火光的燃烧声，

［沉甸甸的口袋扔在地下“扑通”向桂珍从口袋里拿出大洋给每个伤员们发放。

［伤员们又陆续把发给他们的大洋放回口袋。

伤员甲　卫生员，就是死，我们也不能离开部队。

向桂珍　连长，同志们，这也是不得已的办法。这是……部队首长特别留下给你们的一些大洋，用来养伤、你们在老乡家过日子的花销……

伤员乙　卫生员……我们不要钱！我们不能离开部队，掉队就是死啊！这里的老乡……能收下我们吗？这是要掉脑袋的事！

向桂珍　江伢子，一路给我们挑药品抬伤员，你很辛苦，这几块大洋是你的工钱，也是给你回家的盘缠。

江伢子　我不要钱，当挑夫是为了挣钱活命，看了这些天，你们是老百姓的队伍，让我参加红军。刚才我都和你们一起起誓了……我还不算是红军？我肯定不做逃兵。

伤员乙　对，我们不能离开部队。

［她感动，做决定。

向桂珍　大家放心，只要我还活着，就一定做你们的见证人……

江伢子　我们都不会死！……只要你发杆枪给我，我就能打掩护。

向桂珍　当红军很危险，你现在还是做挑夫，你穿的这身衣服就可以回家去，你要拿上这杆枪就会有生命危险。

江伢子　我都和你们起誓了……一路跟你们走来我都看见了，红军是老百姓的军队，我早就把我当作红军了。

向桂珍　江伢子，参加红军是要经过组织审批的……

伤员甲　卫生员，我看这个时候能和我们宣誓的人，就发杆枪给他吧。来，把我这顶帽子带上！记住，以后有人问，你就说这是红军排长的帽子，哪个敢说你不是红军。

［江伢子戴上帽子："二天哪个还敢喊我叫挑夫？"

伤员甲　向卫生员，我们就是跟着部队走也是个拖累，将来我们养好伤要归队总要有个凭证？

向桂珍　……我从这面红旗上撕下红布条，就凭这个红布条作证。你们会成为火种，会成为革命的种子，撒遍贵州这片崇山峻岭间。

［大家低声重复："我们会成为火种，革命的种子，我们会撒遍贵州这片崇山峻岭……"

［誓言回荡在山谷间。

江伢子　大姐，你们作好突围出去的准备，我先从那边打响，把敌人吸引到那边坡去，听见我们的枪声，你就带伤员马上从这边冲出去。

向桂珍　江伢子，你要当心，……我们下游渡口见！

江伢子　放心，我在家成天打猎，汉阳造的枪我在行得很。

［撕下两根红布条的声音。

［江伢子：“向医生给我一根红飘带。”

［江伢子与战士匆匆离去的脚步声。

［他们把军旗慢慢撕成若干条，慎重地分发给每一个伤员。

［切光，暗转。

［歌声起。

当了一天红军
用去整整一生
夹断了一条腿
结下不解的情

三、这是古镇旁一座文庙改建而成的小学。

［躺在院子当中的巨大的石狮子是唯一的舞台支点。

［“铛”“铛”……沉闷，浑厚的钟声在山谷间回荡。

［传来孩子朗朗读书声：“首都，北京。天安门……”

［洪江昊拿来稻草，双脚蹬开编织架开始编草鞋。

［民政干部来到他的钟楼旁边的小屋前。

干　部　老人家……你好啊？我是民政部的，我想向你打听个人，说是这所学校里头有个人，据说他在这个学校做敲钟的校工……说是他就是长征留下来的红军伤员？

［老人沉默半晌，没搭理他的问话。依旧打他的草鞋。

干　部　老人家……

洪江昊　我就是你要找的那个老人家，我，就是那个敲钟的校工。

干　部　对不起，我还以为……我这次是专门下来调查核实一批当年长征经过贵州时，因负伤留下的伤员下落情况……

洪江昊　我……我不是红军。我已经在这里敲了几十年的钟了，你要是没事就可以走了。

干　部　我听甘溪古镇的当地人说……您不是本地人，是当年红军长征来到这古镇上的？

洪江昊　那年头也有出来做生意的，我再告诉你一遍，我真的不是红军伤员……

干　部　您……一个外乡人怎么会在这所学校落脚下来，敲了这么多年的钟呢？

洪江昊　问得稀奇，我一个校工不敲钟做事，我靠什么谋生？你要是没别的事我就不陪你了，学生该下课了。

[洪江昊熟练地拿起锤子敲响了那口文庙里的古钟。

[钟声坚定深沉，在一声声回荡。

[深深的回忆中的音乐响起……

四、白天，院内。

[旁白："这个故事要追溯到几十年前的贵州黔西北的古镇上，那天这个做像蜡纸烛的手工作坊人家。"

[划火柴声。莫盘嫂点香，敬香。

[潘老三忙着把纸浆、竹签等做香的原料摆开晾晒，见老婆还在烧香念佛，不高兴地。

潘老三　等下再烧香好不好？趁今天太阳好先来帮我把香纸晾开来，明天我急着去赶马场。

莫盘嫂　你啊，就晓得成天都要朝外头跑，成天是不着家……找那么多钱有哪样用？还想不想给潘家留个香火？

潘老三　……你倒是成天不是经念就是拜佛，香纸比哪个都烧得勤，都好几年了……肚子还不是没见动静？这香火都是命中带来的……

莫盘嫂　没得动静能怪我一个人吗？你是成天在外面跑，三天打鱼两天晒网，自己扳起指拇儿数数，哪次回来都没把被窝睡热和就又爬起跑了，我这肚子朗格会有动静呢？

潘老三　该出芽的地乱丢颗瓜子乱结一地的瓜，不结瓜的那块地再撒好多种子到头来还是空欢喜。

莫盘嫂　呸、呸、呸乌鸦嘴！我在给树神烧香，尽讲些不中听的，你不想要续香火的我还想生个养老送终的呢。

[潘闷头不答她的话，收拾起镰刀杠子要走。

莫盘嫂　你又要去哪里？你烧了香再走。

潘老三　不要耽误活路，我还要趁早去割担竹子。

莫盘嫂　你今天不烧香，就哪里都莫想走。

[潘无奈地拿起一炷香来点着，拜了插进香炉。

[潘拿起杠子悻悻地走了。莫盘嫂叮嘱："早点回来吃饭，烧水给你洗个热水脚……"

[就在莫盘嫂收拾东西，刚要进屋黄百年在院墙外出现。

黄百年　莫盘嫂，大清早就烧完香了？这求神讲就的就是心要诚，你心硬是诚呐。

莫盘嫂　是黄大哥呀，你这又是来打听哪家要办丧事吧？做生意的人都怕看到你，人家也要图个吉利。

黄百年　昨天晚上好像听见山那边放铁炮，不晓得又是哪家老人归天了，今天一大清早就过来向你打听一下……

莫盘嫂　都是盼别人家好，只有你盼到人家驾鹤归西。去年初你跟我算的今年要喜得贵子，这眼看就谷子都要打完了，怎么一丁点动静都还没有哎？

黄百年　先煮碗荷包蛋，然后给我卷擀烟……今天我是特别为这件事来的。

莫盘嫂　那天你跟我掐算，是又拿了我的钱，又收猪头，还有一坛酒。半年都过去了咋个还没兑现？又想来吃荷包蛋，我家都是公鸡下不出蛋来，屋里的那口锅漏了。

黄百年　公鸡下不出蛋来不打紧，要是母鸡也下不出蛋来时……

二天的日子就难过了。老三就是不想讨小，怕他屋头的老人们也不答应哦。

莫盘嫂　他敢！

黄百年　就算潘老三胆子小，就算他看到鲜辘辘嫩婆娘一点都不动心，死活不答应讨小。老话讲得好："不孝有三……无后为大"啊，哪个抗得过去。

莫盘嫂　听你弄个一讲，我还就拿他没得办法了？

黄百年　办法只有一个。

莫盘嫂　哪样办法？

黄百年　生一个胖嘟嘟的儿子。

莫盘嫂　说你妈半天我不是生不出来吗？

黄百年　我倒是有个主意，就怕你舍不得……下这个血本。

莫盘嫂　只要把娃儿生出来砸锅卖铁我都认。

黄百年　你先好生祭扫三天，再把你家这个屋子的朝向好生看看，你家的屋子还真的是犯忌，坐北朝南，娃儿乱窜。坐南朝北，啥都没得。这屋子朝向确实的不好啊……

莫盘嫂　我晓得了，你的意思是要把我家的房子车个转，（黄答："对"）大门要朝南边开？（黄答："对"）明年我家就娃儿满堂屋窜？（黄答："对对对"）对你妈的脑壳！老娘吃多了没事干，推起幢房子打转转？

黄百年　莫盘嫂，不是我拿话来吓你，要想生娃儿就要推起房子打转转，不要说房子，就连你这个名字都……都要换。老辈子讲得好：这个磨盘放好多东西，它是放得进去留不住的……

［莫盘发火，操起东西朝黄打过去，黄边跑边申辩："莫盘嫂你不要打嘛，我也是为你家好，这两天要是有人来买你家的香纸就告诉我一声哦"。

［黄扫兴地离去的脚步声。

莫盘嫂　你一天到晚就盼人家屋头死人，盼到去混吃混喝。

黄百年　（远处声音）要是人都不死，我不信你家做的香蜡纸烛……未必卖给自家啊？

［莫盘嫂随手捡起扫帚向黄掷去的声：“闭起那张臭嘴，尽讲些不发财的话……”

［潘老三吃力地将一个人背进了院子。“莫盘赶紧来接我背上的人……”

莫盘嫂　老三，这人是从哪里……你这是去哪里背回来的？

潘老三　赶紧去拿碗水来，我看他是饿晕过去了。

莫盘嫂　我看……不像是赶路的，像是……不会是前天在甘溪古镇那边打仗的兵？是的，你看他的身上有伤！有好几处啊！

潘老三　管他是当兵的还是哪样人，救人要紧。

莫盘嫂　不行，不能这样不明不白的就往家里搬，浑身是血到处是伤……不吉利。

潘老三　不吉利？人家是踩到野猪夹上才伤成这个样子的，我怎么能不管嘞？

［撕开他衣服裤子看伤口时看见他脖子上怎么会有条红飘带。

莫盘嫂　你看这里有条红飘带，他脖子上系有条红布带，啊！他是不是前些几天过这里的红……红军？

潘老三　管他是哪样红军绿军的，先救活了就让他赶路。我又不留他一辈子。

莫盘嫂　那他这个脖子上的红布条？要……要真的是红军？千万留不得，让区公所的人晓得了是要砍脑壳的。

潘老三　我看你真的有点憨，你都晓得成天求佛，人家还不是捆根红布条辟邪。

莫盘嫂　他这只脚是？

潘老三　他是踩在野猪夹上了，还不赶紧把他抬到屋头去。

莫盘嫂　要是让人家晓得了，怎么开交？

潘老三　为什么要让别个晓得？……要是不让他们晓得，哪个会来砍我的脑壳？把他藏好点就是了。

莫盘嫂　不行！说破大天都不行！这是要掉脑壳的大事情，要惹大祸的！这个事你要听我的。

潘老三　哪件事我不是听你的？你是要我……要我们见死不救？

莫盘嫂　不是我见死不救，是把他救活了我们就要死。如今这年月是兵荒马乱的，人家是躲都躲不赢，你还去惹上门来。听我一句话，好好的过两天太平日子好不好？

潘老三　……他现在这个样子，把他丢出去肯定只有死路一条。

莫盘嫂　要不……要不这样，我去找一副刀伤药来给他包好，再给他弄些吃的，你在哪里捡的还是放回那里去。生死由命……命大，他就活。要是活不了……我们也算是尽心了。

潘老三　（见有松动）那……那也只好这样了，赶紧去找刀伤药来，我给他搞些吃的。

[歌声起。

当了一天红军
用去整整一生
夹断了一条腿
结下不解的情

第二集

五、

[旁白：莫盘这时来到姚道姑的家里。

［莫盘嫂来到姚道姑家门外，轻轻敲门声。

莫盘嫂　（轻声地喊）道姑……我是潘老三家的莫盘。

姚道姑　哎呀，莫盘嫂啊？怎么搞得轻声细气的，有哪样见不得人的事情搞得神叨叨的？莫不是帮我薅到个男人？

莫盘嫂　真的是个没正经的道姑，我来找你讨几副刀伤药给……给我家潘老三。

姚道姑　你家老三哪里见血了？

莫盘嫂　快莫说了，不晓得朗格搞起的，镰刀割到……脚了。

姚道姑　老不老火？那我们赶快去给三哥上药？

莫盘嫂　……不打紧的，我去给他包药就是咯。

姚道姑　换别个，我可以不去，三哥脚遭割到了，那我肯定是要亲自去给他包药的。

莫盘嫂　（急了）不要，只要拿几副药，药我自己包……

姚道姑　不要我去就不要了嘛，怎么把你急成这个样？

莫盘嫂　……我急哪样？老三他伤的不是个地方，镰刀割到……哎呀，他割到……“那里”了。

姚道姑　喔！你说清楚不就没得事了？要是伤在那个地方……还真的只有你去给他上药。我一个道姑家……还真的有些不方便。不过话又讲回来了，我这个当妹妹的就是去给三哥包个药，有啥子稀奇的？

莫盘嫂　不行……还是不方便，你一个道姑家的要不得。

姚道姑　好好好，这包刀伤药你拿去自家上，先用盐水洗干净伤……好心不得好报，烧香到还惹鬼叫。

莫盘嫂　谢了啊，等他伤好了接你去家头喝酒。

［莫盘嫂的脚步声远去。

姚道姑　哼，成天把个男人窝在屋头还不是怀不起个娃儿，好大回事？我哪样没见过……

［脚蹬药碾子碾药声。

[这时黄百年来到姚道姑家。

黄百年　莫盘嫂，看见我怎么就走啊？

姚道姑　不肖说，又来打听哪个家的老人咽气啦，哪个家的婆娘生不出娃儿，对不？黄神仙，一天你来晃几趟，你不怕讲闲话，我这寡妇还要不要名声？

黄百年　寡？那是你自家要守，还俗有好几年了，只要你肯抬起莲花步到我屋头去，还有哪样闲话？

姚道姑　也不屙泡尿看下自己是啥样子，你养得起我吗？

黄百年　我是养不起你，你养我还不是一样的么？……莫盘她来你家还不是为了多卖几包香蜡纸烛，我打听哪家老人……我好去帮看块坟地，还不是为了找几个酒钱。

姚道姑　这辈子遇到你我算是倒霉了，要是早晓得你会做这看风水的土公子，打死我也不做这该死的草医。

黄百年　道姑妹子，话不要弄格讲，我们都是吃“倒霉”饭的，大家都不得病你那个郎中的日子也不好过，要是镇上的人活一百岁都不死，我这个土公子又吃哪样？她莫盘家的香蜡纸烛又去卖给哪个哎？

姚道姑　尽讲些倒霉饭的事，赶紧走……我听见哪家有事就跟你讲好不好？

黄百年　昨晚上明明听见有人家放炮仗，放得还蛮长的。不晓得……要不莫盘怎么会来找你嘞？

姚道姑　我看你听见炮响就是“落气炮”？听见哭声就想财运到。听讲是当兵的在山坳上那边打仗，树林林都打得冒烟了……

黄百年　喔，我还以为……那刚才莫盘是来？

姚道姑　莫盘家老三遭镰刀割到大腿了，来讨一包刀伤药。

黄百年　哦！来要包药啊？你再讲一遍她是来讨一包……哪样药？

姚道姑　刀伤药。镰刀割在把腿上咯，莫盘怕我去看她家男人的……

那个不该看的地方。

黄百年　喔……刀伤药？

六、

［旁白：“莫盘嫂刚回到家潘老三迎了出来。

潘老三　怎么样？没有问你是要刀伤药做什么吧？

莫盘嫂　肯定是要问的，我说……

潘老三　姚道姑问这刀伤药了没有？

莫盘嫂　问了，她还说要来给你包药，我死活不要她来，她是要和我来的，后来还是让我把她拦住了。

潘老三　哎呀！你……你怎么要拦她嘛？你越是拦她，她就越会怀疑这里头有哪样事瞒到她。

莫盘嫂　我要是不拦她，她肯定就来了。他要是看你的脚上没有伤，不要说是露马脚，怕是牛脚都露出来了。

潘老三　你拿起药就回来了，她肯定还是……怀疑我们家里头？她……她还讲了些啥子？

莫盘嫂　我说你是镰刀割了大腿根那里，她就……她就没再讲啥子了。

潘老三　你怎么说我割到那里了嘛，人家讲起来难听嘛。

莫盘嫂　我要是讲别的地方，那个骚道姑就要来跟你包药……对了，我走的时候看见黄百年朝姚道姑家去了……

潘老三　糟了，这个黄百年是个听到水响就会找来的蚂蟥。赶紧拿被窝出来让我睡在椅子上。

莫盘嫂　……大白天的你睡起做哪样？

潘老三　装病啊，黄百年一下儿就来了。

莫盘嫂　我不信，他黄百年……

［这时传来黄百年的声音：“潘老三，莫盘嫂！”

莫盘嫂　怕他来他还就偏来了，黄神仙，你又朝我家跑，又有哪样事啊？

黄百年　我听说老三遭镰刀割到……“那里”了，那是传宗接代的宝贝东西，当哥的自然要来看下咯。

莫盘嫂　黄大哥，不劳你费心了，……要不是你今天在我家讲些不吉利的话，我家老三也不会割到那里去。

黄百年　怪我，都怪我不好，哪天我还是要来好生帮你家看看到底是哪里不对头。

莫盘嫂　你赶紧走，成天跟人家做戏倒霉的事，二天少来我家转，尽带些晦气来霉我家。

［莫盘推他出去。黄解释：“我是来送刀伤药的！”

潘老三　黄神仙，二天就不麻烦你啦。

［黄：“老三，自家兄弟有事就讲一声！药，拿给你。”

［黄百年刚离去，就传来姚道姑的声音：“莫盘嫂！老三的伤恼火不？我还是放心不下。”

潘老三　拐啰，这……这该怎么办呢？

莫盘嫂　都是你惹来的祸嘛，看你怎么开交？

姚道姑　老三啊，赶紧把裤子脱下来，伤口要洗干净才上药，要不二天流脓淌水的就不好医了。

潘老三　多谢了，还劳你跑来送药，一点小伤几天就会好的。

姚道姑　大意不得，要紧的是它割的地方不好，那个地方有个丁点闪失……二天莫盘嫂你怎么办嘛？

莫盘嫂　道姑妹儿，你就让老三好生休息了嘛？

姚道姑　我还是放心不下，是专门跑来看看他的那个伤口……最好还是我帮他洗干净伤口。

莫盘嫂　要洗也轮不到你，你把药搁起，我会帮他洗干净的。

姚道姑　我就是不放心你上药才来的。

莫盘嫂　哪有当妹妹的帮哥洗那个地方的？你实在是……只要你

家哥答应你就给他包。

［潘老三马上做出反应："不行，我就是死了也不能让妹儿来给我包……包药嘛"

莫盘嫂　看嘛，不是我当嫂的小气，那个地方是不能随便让别个女人……看的。

姚道姑　看你吓得那个样子，不洗就不洗，还吓出汗来了喽？

［潘如释重负地："我是怕你……洗那地方，我二天还怎么见人嘛？"

莫盘嫂　妹儿是逗你玩的，你还真的把那个当金宝……道姑妹儿，今天就不留你吃饭了。

［姚和黄离去的脚步声，嘴里还在念叨："不是那个人，八抬大轿喊我，我还不一定来呢……"

莫盘嫂　喊你不要把人背进家来你偏不听，这下好了，要是让人家晓得了怎么办嘛？

潘老三　我救的是人，又不是做哪样伤天害理的事。

莫盘嫂　你没见他脖子上的那根红飘带？万一他要是红军呢？我们的脑壳还要不？

潘老三　救都救回家来了，你没看见，野猪夹把他的脚都夹断了，莫非你忍心把他丢到坡上去？

莫盘嫂　赶紧给他包好药，趁早送走，留在屋头迟早是个祸根。

潘老三　不得行，我家祖祖辈辈做香纸卖，积德行善是我家的祖训。我天天给别人做香、蜡、纸、烛，只求潘家有个传香火的人。老辈子讲过："救人一命，胜造七级浮屠。"

莫盘嫂　七级糊涂？我看你龟儿是脑壳糊涂。没看到告示？哪个看见红军不举报，那家隐藏红军就要杀头，我看你龟儿才是八级糊涂。

潘老三　多行善事，广积荫功没得哪样错啊？你说他是红军？一条红飘带就是红军？你还盖起那么大一床红被面，莫非你也是红军喽？……你嫁过来好几年了，横竖是怀不起个娃儿……我们救下这条命，也算是做件善事，说不定当真就怀起娃儿了嘞？

莫盘嫂　你是说……救他条命，做件善事，老天爷就会保佑我给你家生个传宗接代的？

潘老三　你成天烧香拜佛，哪样叫广积荫功，多行善事？你肯定比我懂啊。老话讲得好："心诚则灵"。

莫盘嫂　这……好倒是好，我就是怕被人家晓得了怎么开交？

潘老三　菩萨的胡子也是人安上去的？办法都是人想出来的。只要我们诚心救这条命，还怕想不出个法法儿来？

[这时红军战士洪江昊推门出来，站在了门口。

潘老三　你怎么自家出来了？赶紧进屋去，当心人家看见。

莫盘嫂　先吃些东西，才给你包了药，你要好生养些日子。"

[洪江昊狼吞虎咽地吃东西声。

洪江昊　……大哥大嫂，你们的救命之恩，我今生今世要有个出头之日，一定会报答你们。（要走，脚步声）

莫盘嫂　你要去哪里？

潘老三　你不能走，你的伤要养些时候再走。你一个生人在镇里头露面，马上就有人去报告。

莫盘嫂　小兄弟，刀伤药我都讨来了，你就安心养几天再走。

洪江昊　……你们的话我都听见了，不能连累你们。

莫盘嫂　我们又不晓得你是哪样人，养好伤你就走。

洪江昊　我……不瞒你们说，我就是红军。

莫盘嫂　你是红军？

[潘忙制止"轻点！莫让人听见！"

[夫妻俩同时："他当真是……红军？"

[歌声起：

得一惊，他当真是红军

怎么办？搞不好要丢命
莫奈何，这是命中注定
认天命，多行善菩萨灵

第三集

七、时间
　　地点

［旁白：“这是解放后的六十年代的一天，莫盘提竹篮来到钟楼旁的小屋前，见没有人看见就匆匆过来。但是他没有想到他的背后姚道姑尾随其后悄悄观察她，躲在不远处的墙角窥视她。

［洪江昊见莫盘到来，很是不安，要回避。

莫盘嫂　你躲哪样？未必我还会吃了你……我就是来给你送点吃的，菜粑粑还是热的，赶紧吃。

［洪江昊接过菜粑粑便大口地吃了起来。

莫盘嫂　慢点，招呼鲠倒起。

［洪突然停下。

洪江昊　莫盘嫂，你们都吃些什么？你把这些吃的都给了我……那你们怎么办？

莫盘嫂　我们有家有口的总比你一个人好过，你一个人在这个学校里头……成天冷锅冷灶的，饿死都没人晓得。

洪江昊　不会的，我抽空到山上去采些野菜煮来吃，我们红军……挖野菜我在行。报纸上说这是自然灾害，是苏联老大哥逼我们还债，咬咬牙熬过了这该死的六零年，日子就会慢慢好起来的。

莫盘嫂　他们说，只要你去县里头的那个……民政科，是民政科，说你当过红军，立马就有顿饱饭吃。现在到好，成天瘸起条腿去挑水，扫地，敲钟。每天听见这钟声响，我这心里头就好生的难过。

洪江昊　我活得蛮好吗。我……和你那件事一直都讲不清楚，总不能把这些不明不白的事抹在红军的身上去。

莫盘嫂　你为革命受过伤，为什么不去跟政府说出来？听说政府会给你发钱，过几天好日子。

洪江昊　不，我不是在战斗中负的伤，我是踩在野猪夹上断的腿……

莫盘嫂　我们都是清白的。娃儿都生下来了，他潘家的人也都看见了，香火长得和他家爹是一模脱壳的……凭良心讲，我们要是真有那个事，潘家也不会饶过我的。

洪江昊　这么多年了，潘家没有一个人敢出来对你讲一句重话。你要感谢镇上的乡亲们……不但没有处罚我，还让我留在这学校里敲钟，有个落脚的地方。我是要感谢……我怎么才能讲清楚这件事啊？

莫盘嫂　讲不清楚就不要讲了，我们没有那个事，当初你为哪样不把这件事推在我的身上呢？

洪江昊　我后悔当年为什么不敢承认……其实我是爱你的。我痛苦，我矛盾，我不知怎样面对这件事？莫盘嫂，你是能跟我作证的？当初不是你要一副生孩子的药方吗？我给过你药方，我们怎么……莫盘嫂，我还需要讲得清楚吗？

莫盘嫂　千怪万怪都是我不好，我的一句气话，就害了你一辈子。……你讲不清楚？我又讲得清楚吗？

洪江昊　讲不清楚，也就让他讲不清……算了。

莫盘嫂　江昊，莫非你这辈子就这样算了？

洪江昊　那不是算了，我……我还能怎么样？

莫盘嫂　你就不想成个家？

洪江昊　我现在这个样子，自己都难养活自己，谁会来跟我这个敲钟的？会来跟我过这个穷日子。

莫盘嫂　要是有人愿意呢？……早晚也有个人和你讲话，有个三病两痛的也有个人照应……

洪江昊　莫盘嫂，不开这个玩笑，还是先想办法把这个苦难的六零年熬过去，等将来我日子好过了再说吧。

莫盘嫂　江昊，我今天来就是想跟你讲……你就搬过去和嫂子搭伙过日子吧……

洪江昊　你头上的白花？嫂子……三哥？是什么时候的事？

莫盘嫂　病了几个月……昨天烧的最后一个七。江昊，眼下的日子再难，我们一起搭伙过日子吧，就算嫂子我求你了好不好？我不能让我身边的第二个男人再离开我，让你去找民政科你不去，你要是再有个三长两短，我这辈子……该怎么活啊？

洪江昊　三哥过世了？他再也不痛苦了……你怎么也来讲一声？救命之恩，再怎么样我也该去给三哥烧一炷香啊……要是有一天我们的事情要是能讲清楚，我要是等不得那一天，你一定要在我的坟上挂上这条红飘带……我就知足了。

洪江昊　现在我又怎么能和嫂子你……潘家的族中老小又会怎么讲你？我们的事不是就更讲不清了吗？

莫盘嫂　我们没做亏心事，我怕谁！二十多年了，我怕镇上的人讲闲话，从来小心处事，白天，怕人多嘴杂我不敢来看你一眼，夜晚，背到人我悄悄流泪，当年的事我们还是洗不清吗？……一句话害了你几十年，难道我莫盘还要永远对不起你？

洪江昊　大半辈子都过来了，只要我们问心无愧就行了。你就安安心心的过日子吧……

莫盘嫂　安心？……我就是不安心，心不安啊！你就跟我一起过吧，让我做一回你的女人，我会心疼你，好好侍奉你的后半生，我会让娃儿孝敬你，给你养老送终。

洪江昊　莫盘嫂，你不要讲了……你永远是我的嫂子。我会一辈子记得你对我的……我真的不能答应你。

[莫盘抹泪离去，在墙角发现一直在偷听他们交谈的姚道姑出来。

洪江昊　你……怎么会在这里？

姚道姑　洪……你们真的不能成一家？

洪江昊　我倒希望……只是，可是我的确不能……这些年你们好像问过我好几次了，我真不配啊，以后不要再来问我这件事情了好吗？

姚道姑　洪江昊，你要真是红军，为什么不去县政府告诉他们？就能吃到白花花的米饭，每个月还有钱领啊？

洪江昊　红军为了天下老百姓的翻身解放，人家拼死拼活好多年，流血牺牲好多人才取得这天下。我这么多年在学校敲钟……再说，还有那些讲不清的事，我不去丢这个人，我怎么能厚着脸皮去享这份富贵。

姚道姑　洪哥，你不好意思去说，我替你去说。镇上的人都在背后说……香火是你和莫盘的儿子。

洪江昊　道姑大姐你是知道当年这档子事的，我背了这么多年的冤枉。

姚道姑　不要急嘛，大家都是明白人，那个娃儿到底是哪个的？横竖我们都讲不清楚。只要你给我一句实话，你到底是不是红军？你要真是红军，娃儿和莫盘就都能跟到沾光……香火那个娃儿就可以进城当干部，领工资。二天你俩都进城去了，也就甩脱这个……名声了。

洪江昊　……我不是红军，我不配做红军。我是对不起莫盘和她的儿子，让他们跟我背了这么多年的黑锅，我不能去向政府提这个要求，不能再给政府增加负担。

［黄百年扛口袋东西过来，见有人在便躲在墙角。

姚道姑　你是不是香火的爹我不晓得，我晓得你是个好人。

洪江昊　我是好人？连我自己都讲不清啊……

姚道姑　莫盘那里你不去，是怕人家讲闲话。我是想……请你到我那里去，有我吃的就有你吃的，你要是愿意就到我家去……不就是添双碗筷，……我大半辈子的寡都守过来了，莫非你还不放心我？

洪江昊　谢谢你的好意，……我不想去坏你道姑的名声。

姚道姑　我早就还俗了，不要以为我是守不住空房，我只是可怜你一个人孤苦伶仃的。

洪江昊　一个人……惯了。

姚道姑　病人家拿来谢我的一点碎米，我舍不得吃，你拿去煮点稀饭。

洪江昊　这……怎么好呢？不好老让你们接济。

姚道姑　记到要保重自家的身体，不要老是吃磨盘送的那个菜粑粑，也要煮点稀饭吃。

［姚道姑离去的脚步声。

［黄百年咳嗽一声从墙角出来。

黄百年　哎呀，你是又有菜粑粑，又有碎米，早晓得我还自作多情来搞哪样呢？

［将口袋扔在地下。

洪江昊　黄大哥，你这是？

黄百年　我早就来了，怕打搅了你的好事，到口的肥肉，你硬是忍得倒——不吃。硬是不公平啊，饱的饱死，饿的饿死。

洪江昊　多亏乡亲们的关照，这年头我才真正体会到什么是危难见真情……

黄百年　那么好个婆娘你怎么就……就不动心嘞？人这一辈子就是几十年的光景，吃一顿得一顿，世上哪样都有卖的，就是没后悔药卖。

洪江昊　黄大哥，我……各有各的脚印，各有各人的命啊。

黄百年　说的也是，要不他们怎么不说我是红军，都说你是红军呢？我实在是饿得遭不住，把我家的狗敲了，也给你送一块来打个牙祭。

洪江昊　怎么把狗都杀了？

黄百年　人都没得吃的，哪个还喂得起它？狗肉吃一锅，当盖一床厚被窝。

[黄百年撕下一块狗肉来递给洪：“来，吃！”

洪江昊　这……多谢你的关照。

[两人大口地吃肉。

八、

[旁白：“这时洪江昊回忆起他刚刚与莫盘嫂相处的那段往事……”

[舂碓声，水磨纸浆的声音。

[洪江昊与莫盘嫂在舂纸浆劳作动效声。

莫盘嫂　洪……洪家表弟，息下儿吧，莫把你累倒了。

洪江昊　没事的，我成天就这么躺着那成什么了？动一动对伤口的恢复有好处。

莫盘嫂　表弟，我硬是不习惯这样喊你，表弟……你怎么会落到这步田地的呢？

洪江昊　我……我的部队被打散了，在逃出去的山路上踩上了野猪夹。在你家养伤也好多天了，我怕……要是有人发现你们家里收留了红军……就会给你们惹祸的。

莫盘嫂　小兄弟，就凭你敢跟我们讲实话，这个表弟我认定了。不要说你是红军，你就是天兵天将我都认了。

洪江昊　大嫂……不，表姐，你给我上的这个刀伤药还真管用，才几天的工夫就好多了。能不能把这个药方告诉我？

莫盘嫂　我也不晓得是些哪样药，你想晓得这个药做哪样？莫非你二天还想做郎中？

洪江昊　我从小就是跟我的外公学草医，家传好几代草医，我外公在乡间还是有名的草医，四乡八村的人都管我外公叫“赛仲景”……就是郎中，我们红军叫卫生员。

莫盘嫂　红军里头还有卫生……郎中？……那你会看病喽？

洪江昊　懂点草药，会一点外伤包扎，治些简单的常见病。

莫盘嫂　那你会不会看……那个不生娃儿的病你能看吗？

洪江昊　不生娃儿？我……我还真知道一个偏方，是我家外公传给我的秘方，就一味药，你要是相信就拿去试试。

莫盘嫂　又不是我……是我的一个姐妹生不出娃儿，那……你就告诉我，有空去抓来试下。

洪江昊　听外公讲这药很灵的，抓几副试试。

［“啊！”洪不慎从舂杠上滑掉下来，莫盘嫂即将他扶起抱到椅子上。

［旁白：“这时潘老三正好从外面回来，老远见磨盘从地上把洪江昊搀扶起来形成的那个亲热的情景。”

莫盘嫂　洪家表弟，你没得事吧？我说不要你舂碓你偏不听，你的那条腿还要养。

洪江昊　没事，是我脚没踩好，这下肯定不会掉下来了。

［旁白：“潘老三这时恰巧回到家中，老远看见洪江昊与莫盘在舂碓，用仅存的那只好脚踩起碓舂高高落下，舂碓的撞击声有力重复，莫盘嫂开心地在与洪舂纸浆，磨盘那幸福的笑容荡漾在脸上。”

［碓窝里搅拌纸浆的声音。

［两人边在舂碓，边在说笑，其乐融融……

［山歌起。

抱了一次磨盘嫂

一辈子都说不清

舂石碓，石碓舂

细舂纸浆黏融融……

第四集

九、时间

地点

［旁白：“故事又回到上世纪八十年代的一个晚上。”

［洪江昊将一炷香点燃，沉重地插在那棵大树下。

干　部　老人家，您说的是那个红军战士，他不会爱上那个莫盘嫂了吧？

洪江昊　他们要是真的相爱，事情倒也就简单了……

干　部　总不会是莫盘嫂爱上那个战士了吧？

洪江昊　那个红军战士在莫盘嫂家养伤几个月就要离开时，一件怪事发生了，莫盘嫂的肚子奇迹般的……大起来了！她终于怀起娃儿了。

干　部　会不会是他们？也是有可能的，……您不会是在给我讲离奇浪漫的爱情故事吧？对了，难道是洪江昊给莫盘嫂的那个偏方起作用了？

洪江昊　当时的潘老三他是一口咬定磨盘是和那个战士怀上的，不管他怎么解释，潘老三就是油盐不进……认定莫盘嫂的肚子里怀的就是个……“小红军”。

干　部　我能理解，只要他一旦认定这个事实，一般在这时候肯定是什么话都听不进去。那……莫盘嫂又该怎么办呢？

洪江昊　当时的莫盘嫂还不知道自己怀有孕，只是感到自己有呕吐症状，误以为生了什么病……

十、

［旁白："故事又回到 1936 年，红二、六军团开始长征，而且还有可能路过古镇的这个当口。这天潘老三带着姚道姑到家里来给莫盘嫂诊脉看病。"

潘老三　有好几天了，吃饭就吐，今天到好不吃饭她也想吐，不晓得是哪样病？

姚道姑　把那只手给我……

［姚在诊脉后突然给了潘老三一巴掌。

姚道姑　狗东西潘老三，明明是你自家干出来的好事，还跟老娘装的憨，当真是只要功夫深，铁棒都磨成针了。你把婆娘搞……怀起娃儿咯！

［潘端的茶碗落地声。

潘老三　这是……真的？

姚道姑　你自己干的事你还装啥子啊？

莫盘嫂　姚道姑，这种事情不要开玩笑？

潘老三　莫盘接进家来好几年了，一直是不得动静……道姑，你不会是看错了吧？

姚道姑　你要是不信，我们打个赌，过几个月肚子要是大了，我们赌好多钱？

莫盘嫂　……是真的？老三，还发哪样呆？赶紧放串八百响的炮仗！要让全镇子的人晓得我磨盘也怀得起仔了！

潘老三　好！太好了，我这就去放炮仗！

姚道姑　看不出你还真的是有本事啊？

莫盘嫂　别人的肚子怀得起，未必我就不能怀一个啊？

姚道姑　到也是，老三，前几年这块地只见你天天出力下种，哪样苞谷洋芋都不见结，今年硬是年春好嘞……

潘老三　年春好？你是说……这里头有什么？

姚道姑　三哥，还不赶紧去跟观音菩萨烧柱香，给我煮一碗荷包蛋吃，上天有眼，硬是给你家派个送子观音来了，你还装哪样憨？

潘老三　要得，……是先跟菩萨烧香还是先给你煮荷包蛋唉？

莫盘嫂　自然是先跟菩萨烧香，我看你硬是高兴颠东了？

潘老三　是、是、是……那道姑你就等到一下，道姑妹儿，哥要给你煮几个蛋？

姚道姑　多子多福，当然是越多越好，就先煮九个荷包蛋，要多加点红糖哦。

潘老三　好好，你等到起，一下就来。

［潘老三、姚道姑等的欢笑声。

莫盘嫂　你这个憨婆娘，当真是吃别个家的蛋，九个蛋吃下去你就不怕嗝食啊？

姚道姑　才吃你家几个鸡蛋就心疼了？你这个娃儿生下来嘛，这个姑妈我是当定了，二天你家这个娃儿求我的时候多呐。

莫盘嫂　就你这个狠心的姑妈？我还不放心拿给你带呐。

姚道姑　莫盘嫂，跟我老实讲，你跟我家三哥是什么时候……是那个种起的呢？

莫盘嫂　当真是个不要脸的骚道姑，这个事情你自家去整一回就晓得了。

姚道姑　莫盘嫂，我在想……你那么多年都没怀起娃儿，……为哪样这个洪家表哥一来你就……怀起了呢？

莫盘嫂　看我不打死你这个不要脸骚道姑……

［两个女人笑作一团，潘正好端了一碗荷包蛋出来，听见了她们后面这句话。

［潘当即愣在那里，片刻。潘突然大叫一声："天那！"随即倒地，一碗荷包蛋打翻在地。

［莫盘将其扶起，大声地呼叫潘："老三！你怎么了？"

［姚道姑懵了，不知发生了什么事。

［以下是三个人的内心独白。

［莫盘嫂的内心独白："老三，你老是神神叨叨的看我干什么？……不认识啊？"

［潘老三的内心独白："……你心里头要是没得鬼，你怕我看啥子？你肚子里头……怀的娃儿？你能告诉我这孩子……是怎么怀上的吗？"

［莫盘嫂的内心独白："净说傻话，怎么怀起的你还不清楚吗？天天晚上你都像头牛，哪回不把我这块'田犁了'你肯歇下来……现在终于怀起了，秋后你就要当爹了……这下，潘家有接香火的了。"

［潘老三的内心独白："我……就是不晓得你肚子头的这根苗是哪个……下的种？我朗格高兴得起来吗？"

［莫盘内心独白："我敢对天发誓，我只和你有过……那种事。莫非我磨盘的锅头还有哪个代你下过米？"

［潘老三内心独白："莫盘啊，我也不是……憨包，我猜你……是不是和那个洪江昊……"

［"啪"一记耳光响，潘老三大叫"哎约！"的反应。

［莫盘嫂气愤。

［潘老三的内心独白："老子没有找你算账，你到先动起手来了？"

［莫盘嫂内心独白："我当初劝过你不要把那个男人背

进家来，你龟儿死活要把他搞进来，还说是“救人一命”就能啥子……糊涂。这下儿又来怀疑我偷人养汉怀野种，你……你还是不是人？”

[潘老三内心独白：“磨盘你轻点好不好？这种事人家躲还躲不赢，你是想让全镇的人都晓得？你不要脸，我还要这块脸，我们潘家还要这块脸……我现在是哑巴吃黄连，有苦说不出啊……”

[姚道姑的内心独白：“三哥，都说你家那个‘磨盘’是放好多豆子进去都存不住浆的，这回好不容易有了喜，你该高兴才是啊？朗格还哭丧块脸嘛？”

[潘老三的内心独白：“道姑妹儿，你是不晓得……我一直都不敢让你晓得，我屋里头还……还藏得有个……男人！”

[姚道姑内心独白：“三哥你不要打胡乱说啊？这种男女之事你讲哪个我都肯信，唯独我家莫盘嫂，你就是打死我也不信。”

[潘老三内心独白：“还记得磨盘去你家讨过刀伤药的事吗？”

[姚道姑内心独白：“你不说我也晓得，那几副刀伤药是给那个“表哥”讨的。”

[潘的内心独白：“你……你是怎么知道的？”

[姚道姑的内心独白：“那药里有一味药气味好重的，老远就闻得见的，你老实跟我讲是不是有别的人受了伤，不是刀伤，我要是猜啊……是伤兵对不对？”

[潘老三和莫盘吓得大叫一声；“啊！”两个人同时吓得坐在了地上。

[山歌起。

好心，怎么就没得好报

烧香，怎么反到惹鬼叫
娃儿，格老子是怀起了
二天，我屋头朗格开交？

十一、

[潘老三家院内大树脚。

[白天。

[潘一人坐在大树脚下唉声叹气，闷闷不乐。

黄百年　老三，好几天都没见你出门了，脚伤还没好啊？

潘老三　老黄哥，你去忙你的去，不要再来烦我了好不好？

黄百年　生气啊？有哪样不顺心的事告诉哥，哥跟你解开不就好了吗？随便你说哪一类，酒、色、财、气？甘溪古镇这块地盘上还没有我黄百年解不开的事。哥就是看不得老实人被人欺负。

潘老三　没人欺负我，我现在是癞格宝（蛤蟆）一肚子气……找不到没地方发出去……

黄百年　我今天就想来讨你一杯酒喝呢，老三，你是为哪样胀气，哥掐指就能跟你算出来，你信是不信？。

潘老三　你？你要是算得出来……我请你喝酒。

黄百年　讲话要算数啊？是不是为婆娘大肚子的事……

潘老三　（吃惊）你……你都看出来了？

黄百年　你不要拿土地爷爷不当神仙，我是谁？黄神仙。白天我算地，晚上我能算天。你家婆娘前天从场坝上过，一眼我就看出来了。

[潘老三一屁股没坐好，掉在了地下。“你……你真是神仙，我天天看她，我怎么就……没看出来？”

黄百年　你肉眼凡胎，怎么能跟神仙比？

潘老三　你说你是神仙？好！……那你看得出来这个娃儿家爹是谁？

黄百年　这还消说么？不是你潘老三，莫非还是别人？

潘老三　（痛哭）要是和我潘老三怀的娃儿……那就好了。

黄百年　老三，这个事开不得玩笑哦，莫盘嫂的人品弄个多年了，是全镇上公认的哦，你要是不想给我酒喝，你就扯点别的故事好不好？

潘老三　你以为我疯了？我吃多了？没事拿自家的婆娘来糟踏？黄哥……我潘老三……心里头难过啊……

黄百年　你……莫盘嫂？你就是打死我也不相信这个事，我走了，不和你扯这些没得鬼影子的事，莫盘晓得了还不骂死我。

潘老三　老黄哥，你坐下陪我喝一杯酒，我有话……要跟你讲。

黄百年　你要是讲酒话我不听也罢，你要是跟我讲的是真话，就去和你家莫盘讲好不好？我胆子小。

潘老三　你先把这碗酒喝了，我……我跟你讲。

［黄与潘将酒一饮而尽，嚎啕大哭起来。

［潘把他窝藏心底的一肚子委屈向黄倾诉。

潘老三　好多天了，……有件事窝在我这心里头，一直没有敢跟你讲，那天我去割竹子，从河边竹林头救回一个脚被野猪夹伤的人，藏在我家里好几个月了。

黄百年　藏在家里？这个人是哪家的？

潘老三　是个外乡人，是不是红军伤兵我搞不清楚，我生怕别人晓得了会引来祸事，成天是提心吊胆，大气都不敢出……没想到他……我硬是讲不出口啊，你都看见了莫盘的肚子，我一片好心，他怎么会和我家磨盘……我不晓得该怎么办？

黄百年　你讲的是真的？那个……人呢？

[这时洪江昊出现在了门前。

洪江昊　我在这里，潘大哥，我感谢你救了我，莫盘嫂这件事我向你保证……是我给了莫盘嫂一个药方，我就是到处在缉拿的红军。

潘老三　你还有脸来？我……还好意思讲你是红军，我们镇上来过好几趟红军，人家是秋毫无犯，从来没见他们祸害老百姓。我敢肯定你是冒充……红军的！

黄百年　这小伙子还真没赖账，他承认是他给莫盘下的那个“药”这就好办了，那头有莫盘鼓得亮堂堂肚子，我们没讲冤枉吧？这叫有凭有证。

洪江昊　我……真的没有……我不会做出这种事，我现在就是跳进黄河也讲不清楚。你们要是不相信我……你们就……我还是要跟你们说莫盘嫂的孩子是潘大哥的。

[黄质疑地：“你……当真是红军？”

洪江昊　我就是红军，如果你们要是不相信我的话，现在就把我绑到国民党县衙去，就是把我杀了……只要能解潘大哥心里的这口气。

黄百年　把你送官？还真是个好主意。把你拿去送官，至少可以换点酒钱。小伙子，要说你还真的是条汉子，敢做敢当，跟我讲老实话，我决不会把你送官。

潘老三　我……我好心好意把你从荒郊野外救回家来，你……真的下得手啊？摸起良心想一想，你……对得起我这救你命的人吗？

洪江昊　如果你坚持相信我会做出这样的事，我……我也实在是讲不清楚，那……（捡起一把柴刀）你就任意发落我吧。

[潘愤怒……犹豫再三，猛地将刀扔在地下。

[潘大吼：“你赶紧走！我一辈子都不想再见到你！”

洪江昊　事情没搞清楚，我决不会就这样走了。

黄百年　小兄弟，你还不赶快走，在这里等死啊？

洪江昊　我没做亏心事，就这样走了，我个人的名声到是不打紧，不能因为我而毁坏了我们红军的名声。

黄百年　这事要是让镇上潘家的人晓得了……你就活不成了。

洪江昊　就是死，我也要把事情讲清楚。

黄百年　死心眼，就是讲不清楚才叫你走。

洪江昊　这事关红军的名声，事情搞不清，我就是不走。

潘老三　你不走，你还想要全镇子的人都晓得我家里藏得有红军？莫非你还想要了我的命不成？

[洪这才意识到严重性。

洪江昊　……潘大哥，请你相信我，我敢对这条红布条发誓，我没有做出过对不起你的事。

[洪江昊将身上仅有的几块大洋递给潘："潘大哥，我会一辈子记得你们的。"

[洪江昊大步走去的脚步声。

[潘大叫："我……这是做的什么孽啊？"

[莫盘嫂回来，见黄和潘的神情有些不对。忙进家后马上冲出轻声问潘："……人呢？"

潘老三　人？做下这样的事情来他还有脸见人？他早就走了，这下怕是都翻过鸭池关了。

莫盘嫂　你怎么就让他走了呢？你还是不相信我的话呀？他就这样走了？……要是半路遇上搜捕红军的中央军……他会没命的！

黄百年　走了也好，大家都可以相安无事了，我们都不晓得你家来过什么人，更不晓得他是红军，你怀的这个娃儿么……自然是老三的了。

莫盘嫂　是谁叫他走的？

潘老三　他做下了这样的事……肯定心虚了，要不他怎么会走呢？

未必他还敢留下来等到认……娃儿？

莫盘嫂　老三啊老三，（哭泣）他……他连死都不怕，还怕承认自己是娃儿的爹么？

潘老三　你敢不敢跟我讲，这娃儿……到底是谁的？

莫盘嫂　我……你不是死活不相信是你的吗？现在……老娘就告诉你！老娘肚子头的这个娃儿……就是他的！

［这时姚道姑领着洪江昊又回到潘家来。

黄百年　你怎么……怎么给老子又回来了嘛？

姚道姑　事情还没搞清楚，凭哪样让他背起黑锅走勒？

洪江昊　莫盘嫂……你不能赌这个气，我感谢你们的救命之恩，我一路上都在想……我不能就这样走，这个孩子的事没有弄个清楚前，我不能就这样一走了之。个人的名声是小，决不能辱没我们红军的声誉。潘大哥，我才决定回来的……

潘老三　你太欺负人！你在我伤口上撒了把盐，我潘老三都忍了，我连杀了你的心都有！我好心让你走，饶你一命！你要是留下来那就是你自家不要命了。

姚道姑　莫盘嫂，这个娃儿真的是……这个当兵的？

莫盘嫂　我说是他老三的，他偏要说是我和他的。我怎么办嘛？惹我鬼火起了，我才说是他的！老三，你不是逼我说吗？老娘就明到跟你讲，这个娃儿就是我和他的！老子看你怎么办！

洪江昊　莫盘嫂……你不能！……三哥，我敢对天发誓！

［黄在潘的耳边耳语，潘气急之下决定。

潘老三　我潘老三是不敢把你怎么样，潘家祠堂会有办法收拾你的。

莫盘嫂　潘家祠堂？

潘老三　有胆子我们到祠堂去，会有人告诉你这个事该怎么办！

[山歌起。

有口难辩他难清白
饭在锅头有锅有盖
敢做敢当他敢担待
放不落的是红飘带

第五集

十二、

[古镇潘家祠堂内。

[祠堂的门慢慢打开的声音。

[潘老三与潘家族长轻声讲述莫盘怀孕的事件经过。

潘老三　……叔公，你们几个老辈子要为我做主啊！

潘叔公　莫盘，你嫁到我们潘家也有好几年了，从来都是规规矩矩，还没有听到这等事。你让我咋个向潘家的老祖宗交代？

[洪江昊要给他们解释，被莫盘拦住。

莫盘嫂　叔公，你老人家要是肯信我的话，我就实话跟你讲。

潘叔公　等一下……你们几个先回避一下。

莫盘嫂　我莫盘没做亏心事，没得哪样好回避的。

潘叔公　莫盘啊，叔公是为你留个面子。你这肚皮都鼓起了，未必我们潘家人还冤枉你不成么？

莫盘嫂　我晓得，我就是说破大天你老人家也不肯信，这个娃儿硬是你们潘家老三的。

潘老三　你这个婆娘自家说出来的话，怎么不敢认账啊？你亲口讲的是你和这个男人……偷人，……才怀起的。

莫盘嫂　那是你一口咬定这个娃儿不是你的，我是一句赌气的话，要是不信就等娃儿生下来看。

潘叔公　不要吵了，这里是在祠堂里头。……你说这个娃儿是你和老三的，好，就算是你和老三的。你这个娃儿是这个男人来你家之前怀起的？还是他来之后怀起的？

莫盘嫂　是……是他到我家后才怀起的，你听我讲句话……

潘叔公　有些话就不要讲了，你也嫁过潘家来好几年了，为哪样肚子一直都没有动静？早不怀晚不怀，怎么这个人一进你家来就怀起了呢？

潘老三　说话呀？你怎么讲不出话了？敢做就敢当嘛。

［莫盘气愤之急，将潘老三推倒在地。

莫盘嫂　敢当就敢当，这个娃儿就是我和野汉子怀起的。你们想怎么发落就怎么发落，我莫盘还怕你啊？

［潘叔公与莫盘轻言细语。

潘叔公　莫盘啊，说近呢，你嫁到潘家做媳妇，我是你家叔公。说远呢，拐不出三代，我们又还是远亲。论辈分潘家把我推到掌管祠堂的位子上，潘家在镇子上有两百多户人家。没有个家规也是不行啊，我不想在我掌管祠堂的这几年间由我来处罚个潘家的儿媳妇。

莫盘嫂　叔公，我说我怀的是潘家的骨血你们死活不信，那我只有说……是别个的了。是杀是剐随你们怎么发落。

潘叔公　按祠堂的规矩，偷奸养汉是要石磨压死。……你看该由哪个来受这个处罚呢？

洪江昊　要处罚也该我来受，莫盘嫂怀有孩子……

潘叔公　这么讲，你是承认和莫盘的奸情了？

洪江昊　我死不足奇，有句话我要讲清楚，我和莫盘嫂是清白的。我愿替她死，是不能让你们误杀了一个无辜的孕妇，她还怀有你们潘家的亲骨肉。

潘叔公　小伙子，你真的不怕死？

洪江旲　我也是人，我也贪生，我又何尝又不怕死？但是我最害怕的还是损害我们红军的声誉！如果以我的生命能换取我们红军的声誉，我愿……选择死。

潘叔公　你……等下，你们几个也先回避。（轻声地）小伙子，你当真是红军？

洪江旲　你可以把我处死，不能把这种事情赖在红军的头上。

潘叔公　你到底是哪样军？只要你讲句实话……说不定老夫还可能饶你一死。这件事以后就不要再提了，我就放你条生路。

洪江旲　我是红军。莫盘嫂怀孕，是我给她开的草药。

族长甲　小娃儿连扯谎都不会，小小年纪你会懂草药嘛？好！就算你懂点，我想晓得你下的是几味哪样药啊？

洪江旲　就一味药。

族长甲　（冷笑）这到是句实话，你要是不下那“一味药”莫盘她凭空怎么会怀起娃儿嘞？

[众族长会心地嘲笑。

洪江旲　我真的懂草药，是我家祖上传下来的秘方。

族长乙　你那一味“药”是个男人都懂得起，说得对，还真是你家祖上传下来的。

[众族长一阵嘲笑。

潘叔公　（制止）还笑哪样？镇里头到处都贴起要抓你们的告示，就算我潘家不杀你，你还是逃不出死字啊？

洪江旲　我也行不更名，坐不改姓，我就是红军。

潘叔公　有种，到是条汉子，敢做敢当，看来还真的像红军。潘家祠堂还从没有处置外乡人的规矩……你赶紧离开这里，今天我就饶你一死。莫盘是潘家的媳妇，犯了家规她要承担的。

洪江旲　不行，我不能让一个孕妇来受这个惩罚，你们不是认定我是这个孩子的父亲吗？那就惩罚我。

潘叔公　小伙子，莫非你真的不怕死？

洪江昊　要杀要剐我认，这件事，我讲不清楚，红军军纪更不会宽容。横竖都是死，还不如早死。

莫盘嫂　叔公，我莫盘做事我自己承担，怎么能让一个外乡人来待我受过呢？你们不是认定我的这个娃儿是野种吗？那就拿杠子把他压出来……

潘老三　想好了，搞不好会要了你的命。

莫盘嫂　要了我的命，不正好一了百了。

潘叔公　这样搞……潘家这根脉到你这代就……断子绝孙了。

[祠堂里的罄“铛”“铛”响起来，事态变得凝重起来。

[洪江昊内心独白：“潘三哥，不管你现在怎么想我，怎么恨我，我都无法争辩。真是对不起你，对不起你的这个家族。都因为我的到来，把你们一个好好的家闹成这个样子。早知道这样还不如让我死在荒郊野外，还落得个一身清白……”

[潘老三的内心独白：“不是我讲你，我家莫盘好多年了都没有怀上身，怎么会你一来她就揣起了呢？不是我要朝这上头想……本来是想救人一命，修点善事，哪个会想到搞出这么个鬼事情来嘛……”

[莫盘内心独白：“天天盼月月想，好不容易才怀起个娃儿，我也是真的舍不得……我莫盘马上就要当娘了，就要当一回女人了，我做梦都想把这个娃儿生下来……我……我又怎么会让一个外乡人来待我受过呢？都怪我，都是我不好，那天我一生气怎么会讲出这个娃儿是他的……是我害了洪江昊。害了你这个红军……说不定他们会杀了你啊！要是那样我这一辈子都不得安生的……

潘叔公　莫盘，你说老实话……他要真是红军，我跟大家讲明这事情，就……放他一条生路。

莫盘嫂　叔公，他是红军。

潘叔公　你又凭什么认定他就是红军呢？

[莫盘从怀里掏出那条红飘带来。

[潘叔公与几个族长窃窃私语商量。

族长甲　这个红飘带上头又没写有红军二字啊？不足为证。

族长乙　这上头倒是有几个孔，会不会是子弹打的？

族长丙　叔公，我拉山货去过黔西，听人讲贺龙的部队又要打过来了，这娃儿要真是红军噻，我们要好生想下哦？

族长甲　红军的军纪严明我晓得，把他交给红军，那红军肯定是不会放过他。……要是我们想留下莫盘肚子头的这个娃儿，这样搞噻，就等于我们潘家向全镇的人宣布莫盘肚子头这个娃儿不是我们潘家的骨血了。

族长乙　这块“地”是我们潘家的，我们自家“种”不出来，人家给潘家“种”出来了，我们还要去处罚他，二天镇上外人讲起来，不成了潘家的大笑话？

潘叔公　你的意思……

族长乙　大事化小。

族长丙　干脆小事化了……好人做到底，赶紧让他走算了，省得让镇上的人都晓得。

潘叔公　这……不妨也是个办法啊。

潘叔公　小伙子，你过来，……你当真是红军？

洪江昊　我是红军伤员，我向你保证我没做违犯纪律的事，请求老人家你能相信我。

潘叔公　你真的是红军，那我们潘家就不难为你了，种，你就留下。马上走人。我保证潘家的人不会难为你。

洪江昊　我留下？我留下什么？……如果是这样说，那我现在就告诉你，我不是……红军。我不能给红军脸上抹黑啊！你们要是认定这个娃娃是我所为，就任凭你们惩罚我吧！我愿意一人承担！

族长甲　小伙子，不要不知趣了，你啊……你这是沾了红军的光。我潘家祠堂这样做，也是破天荒的一次……你还不赶紧走，还想等死啊？

洪江昊　就是死我也要死个明明白白，我不能这样稀里糊涂离开，我就是不要我的名声，也不能不顾红军的名声。

潘叔公　你……怎么还要认死理？大家都是明白人，有些事我们睁只眼，闭只眼也就过去了。你想为莫盘顶罪？这个你放心，祠堂的长者们是要为潘家留下这个骨血……才放你一条生路的。

［几个大汉把洪江昊赶了出去。

［洪还要申辩，被推出大门外来。

［两扇祠堂的大门已重重关上声。

［洪江昊使劲敲打那高高的两扇大门，却无论他怎样地敲，大门仍旧纹丝不动。

洪江昊　潘家叔公，你把门打开我还有话要讲……我是红军！你们开门，我是红军！您们不能让莫盘嫂一个人来承受！你们想把我怎么样都行。我……我还是红军吗？对，我不是红军。红军怎么能做出这种事来？叔公，我真的不是红军，随便你们把我怎么样都行，不能把这样的事抹在红军的身上去。老天爷啊，你把所有的罪过都让我一个人来担待吧！

［大门依旧紧闭不开。无可奈何的洪江昊委屈地哭泣。

洪江昊　你们听着，我没做亏心事，我决不会离开这里。我就在这里等着和你们一起看着莫盘嫂把孩子生下来，看着孩子长大成人，让世人还我一个清白，还红军一个清白。

十三、

[音乐过渡到今天。

干　部　后来呢？那个红军他还活着吗？他后来一直就没有去找部队了吗？

向桂珍　后来我四处打听，我才打听到他一直在甘溪古镇，在一所小学里敲钟，做校工，……我到过古镇寻找过他，听镇上的老人讲的……但是我一直也没有见到他。更不知道他的下落，但我听说古镇上的人们都叫他“红娃儿”在那个有着古老风俗的镇子上，数百年来不管谁家的女人犯下的这类伤风败俗之事，其处罚力度是非常严厉的。这是绝无仅有的一列能被祠堂长老们从宽发落的事件。老人们不让镇上所有的人去追究莫盘嫂生下的那个孩子。这在古镇上，在后来的几十年间不管遇到任何困难，不管来了什么运动，镇上的老人都会像护卫自己的孩子一样维护这个红孩子……

干　部　后来他没有去找到红军吗？后来您还见到过这个红军吗？那时候的老百姓这么信得过红军，那是因为红军有严明的纪律。可是我还是搞不懂这个洪江昊为什么要这样苦苦地度过他的一生？

向桂珍　我一直不明白，他为什么不向当地民政部门申请？就可以享受到红军的一切待遇？

[洪江昊的声音回声效果：“人活在世上就是活块脸，红军当年被追得到处跑的时候，个个都生怕和红军有关系，我的战友们出生入死打天下时，我在这山村里躲起来，享太平。现在红军得天下了，让我去说自己是红军。我说不出口啊，一个人怎么能这么不要……脸呢？”

[在隆隆的枪炮声中渐渐远去。

十四、

[旁白："他为了不给红军铁的军纪上抹黑，解放后，就是在国家三年困难时期也一直没有向民政部门申请享受红军的经济待遇。一直在古镇小学敲钟为生，七十三岁那年冬天老死乡间。古镇上的莫盘嫂给他做了有"红军"字样的石碑一块，却只能深深地埋在地底下。好多年过去了，古镇上的人们每年清明都会来坟上焚香烧纸，迄今从未间断……

干　部　洪江昊同志，这是国防部给你颁发的革命军人证书。

向桂珍　澄清了，但是却永恒了，我们好多忠诚的战士为什么总是永远离开我们以后，我们才会想起该给他一个什么称号？一个什么荣誉呢？

干　部　洪江昊同志，这是国防部给你颁发的革命军人证书。

[祭奠音乐声。

[歌声起。

当了一天红军
用去整整一生
夹断了一条腿
结下不解的情

[列车驶出隧道所发出的剧烈节奏声响。

——剧终——

金山银山

时　间　现在进行时。

地　点　宝盆村。

人物表

1. 严玉江　女，三十多岁，金山乡乡长，搬迁工程驻村干部，原籍宝盆村人。
2. 龙德发　男，三十多岁，宝盆村村委会主任，“斗滩古酒”老板。
3. 杨大鹏　男，二十多岁，乡政府派出驻村干部。
4. 龙庭贵　男，七十多岁，龙德发之父，“斗滩古酒”酒师。
5. 何盛先　男，五十多岁，村里闲汉，风水先生。
6. 王喜和　男，五十多岁，严玉江的舅舅。
7. 严桂花　女，四十多岁，寡妇，严玉江的姐姐。
8. 龙韵霞　女，三十岁，乡政府干部，龙德发之妹。

群众，甲、乙、丙、丁、族长、灯班、群众若干人。

第一集

1. **时间　白天。**

地点　村口江边。

［旁白讲述："这个故事发生在位于贵州黔西北的宝盆村，这里出现了最严重的冷水江水质变坏，影响到县里好几个乡镇的饮水安全，尤其是影响到赤水河的水质，冷水河是赤水河的支流，地处茅台镇的上游，为了保住国酒茅台企业的水质优良，县里毅然做出了宝盆村移民整体搬迁的决定。要求乡镇干部下到村里去，深入调查情况，认真倾听老百姓的"疾苦"。故事就从这个金山镇宝盆村讲起……"

［故事发生在宝盆村口外。

［何盛先躺在江边喝酒。

［远处传来花灯伴唱声。

"世上不论贫和有，
只愿江水变为酒，
闲时躺在江边上，
一浪打来一口酒。"

［喝得半醉的何盛先听见有人在呼唤他。

［严玉江从远处走来:"老乡……这不是我家神仙哥吗？一个人在这儿喝酒呢？"

何盛先　啊！这不是我们村出的大官玉江妹子啊？怎么个会有空回家来看看？

严玉江　这次回来不是光看看，我们啊，以后要天天见面了。这菜长得这么好，你要发大财了？

何盛先　我发财？我帮人家看的。人家发财，我混口酒喝……

严玉江　守着土地你不种些菜，听说菜很好卖的。

何盛先　我啊？还是看风测水，帮人家测测日子，只求每天能换口酒喝就谢天谢地了，发财？命中不得的不去强求。

严玉江　下一步宝盆村要开发成休闲度假村，蔬菜马上就可以变成钱。这几年村办企业发展很快，生态环境的形势不容乐观啊！特别是水生态环境……

何盛先　玉江，冷水江的水烤酒没问题啊……好喝！

严玉江　好喝？行，你先慢慢喝吧……

［严玉江离去，这时有人来打探路。

中年人　老乡，这个村里头有吃饭的小店没有？

何盛先　吃饭就去我家啊，（看他们携带的仪器）……你们也是测风水啊？打算调哪根龙脉？

中年人　我们调的这根龙脉大了，你猜不出。

何盛先　我“何神仙”在这方圆一二十里也是数得上的风水先生，看阴宅，看阳宅，我这里有罗盘。

中年人　（笑）我这个罗盘比你的先进，调得比你准。

青年人　（调皮地）我们一不看阴宅，二不看阳宅，我们吊的这个这是一条百十公里长的龙脉。你那个罗盘太小，吊不下来。

何盛先　百十公里的龙脉？不是冷水江，那要到赤水河了吧？

青年人　你讲对了，我们这条水龙就是冷水江。为了保护赤水河的水质，把冷水江建成自然生态保护区。

何盛先　青年人，看你们这个架势是要动土，会有好大的动静？

中年人　那动静大得很呐！冷水江在这里分流，宝盆村这里的村办企业严重污染了下流的赤水河的水质……我们要马上把水质监测报告交上去。

青年人　老哥，动静大得你都不敢相信！ 至少要有好几个村寨要整体搬迁……

［何惊呆，年轻人笑得前仰后合。

何盛先　小伙子，跟我开玩笑是不是？我在这一带也是数得着的风水先生呢。

中年人　老哥，真不是跟你开玩笑，国家要花好多个亿来移民，来彻底治理这条“水龙”。这个玩笑哪个开得起？这回肯定是大动静！

[何恍然大悟。

青年人　就是说这里的人家都要搬走……

何盛先　搬走？这是真的？真有强龙要压过我们宝盆村？

中年人　我们说的都是可能，这个工程肯定要动你们村龙脉啰。

[陌生的测量人下。

[何盛先连喝几口酒："宝盆村真的动龙脉了！"

2.

[时间　白天。

[地点　宝盆村集镇上最热闹地段。

[龙记"斗滩古酒"作坊外热闹非常。

[肥猪抬上架子要屠宰，尖叫声。

["哗"地一声，筷子散开来，大家喜嚷着"筷落是快乐"从地上拾起筷子。

[民间花灯调。

太阳微微照，霞光万道。

日子过得噻红红火，

全靠那党的政策好。

欢天喜地进新屋哎——硬是好热闹。

[灯头进吉言："主人家高高在上，听我讲几句吉言贺喜你家进新屋！太阳照在冷水江上，财源滚滚进新房，新屋基脚下得稳，五星红旗立在正中央！"

[女子进吉言："我也有四言八句贺喜主人家：太阳照得暖洋洋，发家致富奔小康，龙家烤的斗滩酒，十里八乡美名扬。"

[男子甲进吉言："进新房，祝你们一心一意一世强，

一生一世的安康。”

[男子乙进吉言：“进新房，祝你们年年烤出好酒香，日进斗金常进账。”

[男子丙进吉言：“进新房，祝你们家有男儿中金榜！生个女儿赛凤凰。”

[男子丁进吉言：“进新房，四季风条雨水顺，五谷丰登粮满仓……”

[众人鼓掌叫好！

[龙德发高兴：“把这几坛‘古酒’抬出去。管够的喝。晚上到场坝上跳花灯。”

[龙庭贵领着一帮人吹打锣鼓班子进来。

龙庭贵　来来来，德发，快抬张椅子来把这张匾额挂上去。

[龙廷贵：上好的烫金大字是“宝盆村养老福利院”。

[老人们唱起花灯“开财门”

开财门，财门开，

男女老少都进来，

东边的老人家寿比南山长，（众和）

福如大东海！

南边的读书人勤奋又上进，（众和）

代代出秀才！

北边白银柜是瑞雪兆丰年，（众和）

风调雨又顺！

西边的荷花池跳出鱼摆摆，（众和）

年年有鱼（余）来！

坝坝中央的红旗升，永世得安泰！

[老人送的对子是“社会主义好，改革开放强。”

[众人鼓掌叫好。

龙德发　这两句话写得好。这是农民过上好日子的根本，人啊，要讲良心，哪朝哪代不收田土赋税？还给种田的发种粮补贴的？就凭这一条，我的新屋里头外头都要好好地写几副对子贴上去，赞扬我们的党和政府！……哪样都想到了，就是忘记请“活神仙”过来写几副对子。赶紧去把他喊来，就说我请他。

［有人应声而去。

［有人喊：“花生、瓜子、茶水糖果都摆好了，请老辈子们到堂屋里头坐。”

［严桂花到来。

严桂花　德发，我家玉江都进宝盆村了，说是找你有重要事情，要你赶紧过村委会去。

龙德发　哪回开会不重要？退耕还林重要，计划生育重要，减轻农民负担重要，农药管理也重要；防火、防盗、牛马综合治理更重要。跟你说吧，都是重要的会。你去跟她讲一声我现在走不脱，等下把她喊过来喝酒。

3. 时间　白天。

地点　何盛先家。

［有人喊：“ 神仙哥，德发喊你去一趟！”

何盛先　忙什么？我刚从外头回来，等我歇一下再去。

小伙子　喊你赶紧去，都在等你去写对子……有酒喝的哦？

何盛先　有酒？他家有什么好事？

小伙子　他家今天进新屋办酒，客人都进家了，对子都还没写。你就赶紧去了嘛！晚了德发又要骂我的。

何盛先　今天……这个日子不好噻，进新屋……进去就要哭！

小伙子　你讲哪样？哪个要哭？

何盛先　哪个哭？你马上就能看得见。破土起新屋，敢不来请我看风水朝向？德发德发啊！有他哭的时候……你先走！我马上就来。

4. 时间 下午。

地点 龙德发家新屋。

［何盛先乐呵呵地来到。

何盛先　德发，天天都是我找你讨酒喝，今天也有你找我的时候？

龙德发　今天我的酒让你喝个够，我是专门请你过来写几副对子，喝几碗酒。

［何看了一眼那栋五层高楼。

何盛先　不是我说你啊，破土的时候咋个不请我来帮你看下，掉个高低朝向，我也好给你选个日子？现在才喊我喝酒……怕是喝不下去。

龙德发　我进新屋才找你来，酒都不管够，我龙德发丢不起这个人。

［对里间喊："再拿一坛酒出来，让大家喝个尽兴"！

何盛先　德发，有些事该信的还要信。这风水不是迷信，是科学。大学教授讲的，是……社会科学。

严桂花　"神仙"来了？德发喊你过来写几副对子。

何盛先　我看看，不要吵，（打量）迎面有江水滚滚来，开门就有财运来，可惜这楼的后面是冷水江，缺了靠山白忙一场……桂花，讲句真话，这算不上一块很好地啊！

严桂花　不要打话乱说，尽讲些不吉利的话！大发来了……

龙德发　来来来！纸笔伺候。来人呐，把笔墨纸张铺起。

［作坊工人将笔、墨、纸张摆放好。

［何盛先思索少顷。

何盛先　德发，要想写出好对子来，先拿碗酒来喝。

龙德发　给何三哥上酒，大门上一定要想副好对子。

[何盛先喝一口酒，挥笔写下一副对子。

[众人惊呆。

[龙德发（念）上联："看今朝宝盆村有酒有肉欢天喜地进新屋，"下联："想明天全村人是哭是笑各奔东西谋生路。"横批："各找出路。"

[围观人群发问："你是说我们要各奔东西谋生路"？

[何盛先端起第二碗酒要喝。德发心生不快，将何手中的酒碗夺过，把酒泼在地下。

何盛先　咦……不要浪费嘛，这酒是天底下最绝妙的东西，"何以解忧？唯有杜康"。

严桂花　我看你狗坐轿子，不识抬举。好心好意请你来写副对子，你发哪样酒疯啊？

何盛先　就是喝了点，也没醉，更不会发酒疯……

龙德发　……三哥，今天是我进新屋的日子，专门请你来捧个人场。你要是喝醉了酒我原谅你。你今天要是还没喝醉，就重新好生跟我写副对子，我们还是好兄弟。你刚才写的这副对子我全当是打胡乱说酒话，我不和你认真。

[何先将第三碗就喝下。提笔又写了一副对子。

何盛先　好，再写一副，这一副贴在二门上。

[众人（念）上联："悲只悲五层高楼欠稳固尽是些豆腐砖头泥巴柱，"下联："叹只叹漂落他乡离故土无奈何都要搬出宝盆村。"

[众人问：横批呢？

[众人念：……"不走不行"？

群众甲　"神仙"，不要再装神弄鬼啰，大家都在这里住了几百年了，为哪样都要搬出宝盆村？是斗滩古酒把你灌昏了，满嘴的胡说八道。

何盛先　信不信是你的事，讲不讲是我的事。信则灵，不信也行。

群众乙　你算天测地，咋个就没算出那个浙江裁缝拐走你婆娘呢？

［众人笑。

何盛先　婆娘要跑那是迟早的事情，浙江裁缝不拐走，湖南裁缝也会把她拐走，那个婆娘命中就注定不是我的。

严桂花　何盛先，你要是装疯就跟德发道个歉。

何盛先　我和你也讲不清楚，这副对子不出三个月就要应验，我道个哪样歉？

龙德发　看你不像讲疯话。这副对子要是没应验，我们打个赌？

何盛先　我要是输了就在场坝上敲锣一天，从此金盆洗手，再也不给人看风水。我的话……要兑现了呢？

龙德发　好！大家听好了，何神仙讲的话要是应验了，我送你古酒三坛！

何盛先　此话当真？

龙德发　一言既出，驷马难追！

［“德发！”龙韵霞匆匆进来。

龙韵霞　哥，乡里派下来的驻村干部严玉江都在村委会等你半天了，你怎么还不过去？

龙德发　她来了？看来宝盆村还真的有事了，去告诉她有事来我家头。韵霞，你这是来……

龙韵霞　才几个多月没回来你就盖了五层的高楼。晓得的是你盖起来住的，不晓得的还以为你想和乡政府大楼比高。

龙德发　这个你就放心了，我特意去量过乡政府大楼，都是五层楼，我的新屋比乡政府大楼矮一匹砖……

龙韵霞　矮一匹砖又是为哪样？

龙德发　说明我心中把乡政府看得比我还高。财发得再大，也绝不忘了党的政策。这边是古酒厂，那边是敬老院。你懂不懂？哥告诉你，这是代表最广大人民群众的根本利益……

［韵霞拉德发到一边悄声："你……盖楼也不告诉我一声，你晓得吗？宝盆村马上就要搬迁啦！

龙德发　搬迁？都讲了好多年了，一直没见马在哪里，又来逗起闹。

［韵霞从包里取出文件。

龙韵霞　我逗起闹。好生看下，移民的搬迁的范围……还有搬迁工程的期限。

［德发看文件，愣住。

龙德发　看来何盛先这回还真的测准啦？

龙韵霞　你还有闲心办酒，严玉江在村委会等你半天了。

龙德发　……去！请她过来喝杯酒。

龙韵霞　听人说，严玉江就负责这项搬迁工程。

龙德发　她……严玉江？

［这时驻村干部杨大鹏："龙主任，严乡长过来了。"

龙德发　就跟她讲我不在，把门关起！

杨大鹏　今天说你不在……哪个信？

龙德发　你就告诉她，我……就是不在家！

杨大鹏　欺骗组织……我不敢。她是喊你去是商量宝盆村搬迁的事。

龙德发　嘿，这个娃儿真的烦人呢？我正在办酒，咋个尽拿些倒霉的事来烦我！（何去而复返）

何盛先　德发兄弟，我哪时来搬那三坛酒啊！

龙德发　给你！喝死你！乌鸦嘴！明天你去给老子看块坟地……

［严玉江来到门外，听见德发在暴跳："老话讲得好'田坎不得土坎高'……国家要搬迁，要保住冷水江的水质标准，我肯定要让开这条道……唉！富有富的富烦恼，穷有穷的穷刨躁。"

［"庆坛戏"伴唱起。

今生不求金山银山
何来的富贵无边
今世不求银山金山
何以置办万亩良田
江边看当年的“江西会馆”
马托肩担，数不尽白花花银元
陡滩酿有斗滩古酒
飘酒香四溢，品天上人间
富贵荣华就看过眼云烟
只留下江水悠悠古酒一坛
留青山绿水万代流传……

第二集

5. 时间　白天。
地点　何神仙家门口。

严桂花　神仙哥，何三哥……真的是急死人了，前年我才把村口的那匹坡办下来，满山的花椒才长成半大苗，想搬，又搬不走。想卖，哪个还要……像热锅上的蚂蚁，急得我是双脚跳……

[对何盛先的屋里喊：“何神仙！”

[何应道：“哪个？来了，来了！哪个在喊魂？”

何盛先　是桂花啊？喊得猴急火燎的，有什么急事啊？

严桂花　我都快急开锅了，你还有闲心逗我……

何盛先　买起这么多好菜是要接哪个贵客？……我晓得了，你家有大喜事，还不兴我庆祝一下？

严桂花　喜事？你帮我看的那匹山上的花椒园，说是马上要搬迁，我急的是双脚跳，你还有闲心开玩笑。

何盛先　不开玩笑，你家确实有大喜。赶紧去备一方刀头肉，再买挂鞭炮……你家坟山就要冒青烟了。你家妹子，就是玉江，她这回来做了搬迁的钦差。

严桂花　她做她的官，我搬我的砖。关我哪样事？她能保得住我那匹山坡的花椒树？

何盛先　嘿，当真被你言中了，她还真保得住你的花椒树，说不定还能保住我们宝盆村。你家妹妹严玉江做的不是县官，是专管移民搬迁的现管。

严桂花　现管？

何盛先　跟你说，比县官还管火。我该不该跟你贺喜？

严桂花　三哥，你莫拿我开心啰？……真是老天有眼，活菩萨保佑，只要保住宝盆村，保住我的花椒园！

何盛先　不过呢……先不要高兴得太早，那个负责搬迁的现管玉江能不能给宝盆村行个方便……就看你的了。

严桂花　别个我不敢吹牛，玉江和我……她肯定会帮这个忙的。我先去砍斤肉，等下好接她到屋里头吃晚饭。

［龙德发和几个小伙子抬来三坛酒。

严桂花　德发，你猜是哪个来管移民的事情？是我家妹妹严玉江。

龙德发　……她现管又怎么样？你以为她会为我网开一面？房子还是照样拆。搞清楚，这是国家搬迁。你以为是去买化肥，有个熟人就可以开后门？

严桂花　德发，先莫灰心嘛，事在人为。我的话玉江她敢不听？

龙德发　你以为她还是原来的那个妹？哼！妇道人家！

严桂花　莫急，我先去砍斤肉，再去接她到屋头来吃饭。

龙德发　接她吃饭的人多得很，还轮的上你？

严桂花　……不听你的，我自家的妹妹我晓得。

［严桂花匆匆下。

6. 时间 傍晚。

地点 何盛先家门口。

[德发带了两个人抬了两坛酒过来。

[德发沮丧的在他们后面。

[何盛先围着几坛酒转了一圈，故作不解。

何盛先 德发兄弟，这几坛酒你是……要抬到哪里去？

龙德发 （生气）装哪样憨，我再背时还输得起这几坛酒。

何盛先 哦，说好是你输的，不是我牯到要的哦？我还以为你趁天黑要去给哪个领导送去……

龙德发 （来火）何神仙，酒我可以输给你，我还是要留一句给你，少搞这些迷信活动。

何盛先 德发兄弟这话就伤和气了，看风水是一门科学，古而有之，是老祖宗传下来的文化遗产。你可以不信，不能让人家也不信啊。这宝盆村搬迁是天意，我也不愿算出来。人算不如天算，才进新屋就要拆，你心疼，我也心疼。这国家要修路我就是神仙也算不出来，你还不是要拆房子。

龙德发 你能算算那严玉江哪天走吗？

[何盛先掐掐测算，口中念念有词。

何盛先 玉江……这些天都不会走。还会来找你，你不想见还不行。

[这时有人来报告龙：“德发，玉江朝这边来了。”

龙德发 当真是撞到鬼了。

[龙德发要离去。

[大家对何钦佩不已：“真的是‘活神仙’。”

[王喜和从另一端偷听了半天了，这会儿才过来。

王喜和 德发，你先不要走嘛，就凭你和玉江原来的老关系，也不至于连面都不见嘛。

龙德发　人活口气，让我去巴结她？打死我都做不出来。哼！你们是亲戚，相互有利益。

王喜和　硬气，好汉一条！这三坛酒咋个要天黑了才抬来呢？要是我？就大白天抬来，输得起的才赢得起。

龙德发　你输得起？你村主任落选的那天我请酒，你老哥子咋个没得来？你还不是输不起？哼！

[德发匆匆而去。

7. 时间　下午。

地点　宝盆村村口。

[老槐树上不时传来蝉鸣声。

[远处不时地传来牛叫声。

[王喜和哈哈大笑。

[何盛先发烟给王喜和为其点燃："喜和大哥，我赢了这两坛酒就是小事一桩。二天宝盆村该咋个办，还是想听听你老哥的。"

王喜和　不敢当，我担不起这个大事情。国家有政策，哪个都扳不弯。

何盛先　喜和大哥，在宝盆村我最佩服的高人就是你，凭富贵当数你第一，论见识，论才干，凭能量哪个敢和你老哥比？慢说一个小小的村主任，就是当个乡长你老哥都有富裕。你现在落魄到村里头养鱼，实在是委屈。

[几个闲汉村民跟着附和："是，王大哥真的太委屈。"

[王喜和暗自得意，而故作谦虚："哪里哪里？"

王喜和　我啊？当不当官倒也无所谓，只是咽不下那口气……

众闲汉　是，树活一张皮，人就是活一口气……

王喜和　现在好了，整体搬迁，我们到底搬到哪里去？到那里我们靠什么来维系生计？我不当官可以，你总要挣钱啊？田土没有了，你要钱来买米啊？

何盛先　生活才是大问题，要考虑要考虑。

王喜和　我在乡里也当过几天秘书，要不是有笔工程款……说不清楚，把前程耽误了，真不是吹牛皮，现在我至少也是个副县长。

［村民附和：“是，肯定是副县长，说不定都是县长了。”

王喜和　哪里，哪里，县长我还是不敢奢望。

［几个村民跟着附和吹嘘。

群众乙　那年村里头搞承包土地，众人都挑肥拣瘦，吵得是乌烟瘴气，只有你老人家是一边不言语，把好田好土让出去，最后你要下了这片河沙坝，搞得大家都笑破了肚皮，谁曾想你开了牛马市场，三年翻了几十倍利，这片河沙坝成了各种贸易的集散地，从此后金山乡就变成了宝盆集，团转几个乡镇的牛马贩子都来赶我们宝盆的牛马市场交易。

［引起王的心烦。

王喜和　要不是有人“红眼”，我这个村主任也不会被他们选下来。

群众丙　主要是他们龙姓人太多，我们也是奈何不得。

何盛先　你只要答应重新出山，今年的村民大会我保你当选。

王喜和　龙姓人会投我的票？王家没有龙家人气旺呀！一看风水二看姓，三看天时四看命……村主任也是为大家办点事罢了。

群众甲　“神仙”算出风水要朝王家转了。你外甥女都当副乡长了。

王喜和　（得意）好吧，出来为大家办点事也是应该的，那……

我就拉下这块老脸去试试吧。我这就去见我的那个外甥女严玉江。

［王喜和摸出一支香烟来："还不赶紧……"

［众一起："点起！"

［"庆坛戏"伴唱起。

今生不求金山银山

又何来的富贵无边

今世不求银山金山

何以置办万亩良田

（白） 江边看当年的"江西会馆"

马托肩担，数不尽白花花银元

陡滩酿有斗滩古酒

（唱）飘酒香四溢，品天上人间

富贵荣华就看过眼云烟

只留下江水悠悠古酒一坛

留青山绿水万代流传……

第三集

8. 时间　白天。

地点　严桂花家门外。

［不时地传来狗的叫声。

［"砰"的一声关门声后升光。

［严玉江连人带东西被严桂花扔出来。

［玉江敲门："姐，姐，你开开门，听我跟你讲。"

［屋里传来桂花的斥责声："我没有你这个妹，你做你的官，我搬我的砖。二天不要再登我家门。"

[严敲门，严从地下捡起包来，心情难以平静。

严玉江 姐，你就是再生我的气，也听我把话讲完再撵我走嘛。

[桂花声音：“玉江，你真的变了，你把我们的姐妹情全忘了……”

[严被推出门外：“姐，姐……我怎会忘了我们那段姐妹情。亲不亲，改不了的故乡音；割不断是故乡情，打断骨头还连着筋。记得小时候，寒冬腊月我们同烤一笼火，点点滴滴记在心……忘不了那一年，妹考上学校要出远门。一床薄被子，补丁摞补丁，你怕我到学校见同学难为情，破破烂烂难见人，姐你拿出陪嫁的新被面送给我，不让别人笑我家道清贫。拿出你压在箱子底的一段灯芯绒，给我做了一身衣服，那晚的灯花在不停的笑，玉江我是再也忍不住的泪盈盈……飞针走线姐姐你，一直缝到大天明。你送我过了冷水江，给我买了班车票，送我四个荞麦粑，怕妹路上饿了冷，千嘱咐万叮咛，姐妹情分道不完，姐的恩情我三天三夜都说不尽……”

严桂花 ……玉江啊，爸妈死得早，你自己摸起良心想一下，是姐我背起一家人的生活还要送你进城读书。现在我承包下那匹山来种花椒，我一个寡妇……我容易吗？你也是农村长大的娃儿，从小也受过不少磋磨，你是晓得农民的苦，哪家起一幢新屋都不容易，那颗颗汗水都能打湿脚。如今你才做了好大个官？你吃上了白米就忘记挨过饿，治好了病就忘记了药。姐我守寡这些年，只身单影力气弱，最困难时候是德发他，连拉带扯帮过我把娃娃养大送去上学……你和德发毁婚约，人家龙家没有记你过错，你自家把良心摸一摸，有些难听的话，姐都不好开口对你说……

严玉江　说我什么？

严桂花　有人说你是过了河就拆了桥，抬上了坡就……你就砍断轿夫的脚！

［玉江震惊。

严玉江　姐，我的事你不清楚，近几年村办企业的发展，生态环境受到了严重破坏……现在我们这条冷水江的水质在一天天变坏，严重影响到赤水河的水质。长此以往，后果不堪设想。

严桂花　这和我搬家有哪样关系？你说的那些我听不懂……当初我就不该把德发让给你。

严玉江　你？姐你说哪样？

严桂花　姐是怕伤你的心，看见德发这么热心的帮助你读书，我才把他让给了你……

严玉江　你为什么不早告诉我？

严桂花　姐知恩图报，不像你……太让我伤心了。

严玉江　（伤心）姐，就算我不懂事，你也不该把我撵出来，我跑了一天的路，也该给我吃点东西。

严桂花　（狠心）家里没你吃的，我从来不养白眼狼。

严玉江　……好，我这就走。总有一天你会知道我……

9. 时间　夜晚。

地点　龙家大门口。

［龙廷贵独自一人在门口抽烟。

［何盛先来到龙家

何盛先　龙伯在歇凉啊？德发不在家……您老人家能赊斤酒给我？

龙廷贵　德发不是刚刚给抬去几坛酒吗？你就喝完了？

何盛先　你晓得我欠债太多，我那些朋友都来帮我……早就喝完了。

龙廷贵　你自己去酒缸里头打，赊好多你自己记在心里头。

何盛先　还是你老人家好讲话，我这回赊半斤。

龙廷贵　多赊点吧，二天再想喝我家的酒就难了……

何盛先　是啊！这一搬噻，二天就难说了。

龙廷贵　龙家就是还烤酒，也不是这个味道了……

［远处传来脚步声。“这么晚了还有人来打酒？”

何盛先　我还是先进去把酒打了……

严玉江　……龙大伯，你怎么一个人在这啊？

龙廷贵　玉江啊！……你说要是有一天我们都搬走了，这棵古树也就不在了是吧？那时候你就是想在这里坐会儿都不行了。

严玉江　是啊！要不怎么说故土难离呢？我们乡近几年的工业化和产业化发展，生态环境受到了严峻的考验……其实，想起这些我心里也不是个滋味……

龙廷贵　龙家还有祖坟在这儿呢，逢年过节，他们找得到我们搬的新家吗？

严玉江　政府对这些坟墓的迁移也都作了安排。

［何盛先出来：“龙老伯，我这就走了。”

［龙廷贵叹息：“你在这里坐吧，我先回去了。”

［王喜和来到龙家大门外，发现她在村口大树下。

王喜和　玉江，舅舅到处在找你……

［严委屈：“舅舅……”

王喜和　玉江，怎么一个人在这里哭啊？哪个欺负了我外甥女？

严玉江　桂花是我的亲姐姐，把撵我出了门，舅舅，我……怎么会得罪那么多的人？

王喜和　（安慰）搬迁这个事说难也难，说易也易。有个伟人说得好啊：“工作就是斗争啊！”就像郎中看病，只要拿准脉就好下药。当官的诀窍在哪里呢？其实就是要协调各方面的关系，主要矛盾、解决，其他的矛盾也就迎刃而解了。

严玉江　搬迁讲的是原则，不能和稀泥，涉及到千家万户利益。舅舅，你在和我开玩笑？

王喜和　不是开玩笑。只要是动脑筋总是有个两全的办法的……

严玉江　桂花不同意花椒价格赔付才把我撵出了门。

王喜和　她……哎！赔付价格那都是随便能改变的？玉江啊，你也要理解她，一个女人承包下一匹荒山，种下那么多的花椒，她也实在是不容易。

严玉江　我从小在农村长大，我晓得农民的甘苦，她的这个要求我实在是无能为力。

王喜和　哎，这句话说在点子上了，国家搞建设我赞成，也要考虑到农民的困难。

严玉江　搬迁工作关系到河道治理的全局，刻不容缓。

王喜和　这些舅舅比你懂，我……有点小事要给你商量。玉江，你也不是外人，舅舅有难处也只能对你讲，这宝盆村移民的时间是不是可以有一点退让？哪怕缓个几个月……

严玉江　这又是为什么？

王喜和　舅舅在那边宝盆水库承包了些养鱼的网箱，鱼苗还没有手指头长，要马上迁出去，十几万就等于砸进水塘塘。

严玉江　只要能再过几个月，把鱼苗卖出去……

王喜和　这种鱼要是离开这片水，舅舅怕只好送你干鱼两筐。

严玉江　这的确是个问题……舅舅，你是我的亲戚，玉江希望在搬迁这个时候你能带头，做个榜样。

王喜和　……哎呀！舅舅是求你帮帮忙的，能不能在别的地方给我做点补偿？那些补偿款反正是国家的，不用白不用。

严玉江　话讲到这个份上，我也只好把窗户纸捅破，舅舅，我要是答应了你，群众面前我还怎么做到公平？我现在是负责移民搬迁的干部，我帮不上你这个忙。

王喜和　当真……没得商量？

严玉江　补偿标准，任何人都只能照章执行。不能因为我是你的外甥女你就可以享受特权。舅舅，你原来也当过干部，要谅解我的苦衷……

王喜和　玉江啊，人在世上走一趟，绝情的话不要轻易讲。你要是真的油盐不进，有的事……就怕不是那么好办了。

严玉江　舅舅，你不会是在要挟我吧？

王喜和　六亲不认，我看你二天咋个为人。

［王喜和愤愤离去。

10. 时间　紧接前场。

地点　村口的古树下。

［严玉江呼唤王喜和：“舅舅，你不要走嘛……”

［何盛先答腔：“哎，不听老人言，吃亏在眼前。你在宝盆村得罪了你舅舅噻，以后的事就难办咯。”

严玉江　神仙哥啊？……都说你能测字看地，你也测测我这烦心的事该怎么解呢？

何盛先　你要算卦？你是国家干部嘞？新鲜。玉江啊……来，你要是瞧得起我何神仙，你就先喝杯水酒，一醉可以解千愁。

［严玉江一饮而尽。

严玉江　……到满。

何盛先　慢点喝，酒逢知己千杯少，何必非要一口搞？

严玉江　喝点酒身上热和，我还要去找龙德发。（给酒钱）

何盛先　三叔怕你猛酒伤身。

严玉江　（又喝一碗）猛酒伤身，慢酒伤心……这古酒啊好大的劲，我亲姐姐把我赶出门；亲舅舅骂我……六亲不认！我真的是六亲不认？“……抬上了坡顶，砍断轿夫的脚的人”？三叔，给我再来一瓶，德发和我的事，我原原本本讲给你听……

[这时严桂花正好来找严玉江，在一边听。

[饮了一口酒。

严玉江　……那年才开春，我与德发同路行，组织民工去珠海，劳务输出为了村里头的乡亲们挣几个钱，德发他勤学苦干人精明，才学会技术就要加薪，哪晓得人家厂方不答应，他就鼓动工人把工停，我是乡里的带队干部，怎能为他一个人让大家丢了工作打起铺盖转回城，他当场就翻脸，骂我太绝情，还说我和厂方老板有私隐，我是浑身有口也说不清……

[严玉江有些不胜酒力，趴在小桌上睡着。

[严桂花过来，心痛的脱下外衣给严玉江盖上。

[玉江不胜酒力进入了梦境……

[“庆坛戏”伴唱

世上不论贫和有，
只愿水江变为酒，
闲时躺在江边上，
一浪打来一口酒。

11. 时间　傍晚。

地点　龙大发家门口。

[桂花飘飘欲仙，晃悠悠来到龙家大门口。

[德发要牵狗进屋，被桂花叫住：“你跑什么？”

龙德发　桂花姐，今天你这是碰到什么喜事了？

严桂花　喜事？（哭泣）德发啊，我的好兄弟，再给我一碗酒，姐有话给你讲。

[严桂花“咕嘟咕嘟”喝下一碗酒：“姐心头有千言万语，没想到玉江她会这样无情无义？……我晓得你有一肚子气，手心手背都是肉，我是前后左右不沾地。

[严桂花喝酒“……德发，姐心里清楚，这么多年来是你一直在背地照顾我，几多风风雨雨，又有几多弯弯曲曲，朝朝夕夕，一年四季，巴心巴意……人心都是肉长的，姐心里感激你，真不知该咋个报答你。……德发老弟，今年你也三十好大几了，那水头月亮好看，可惜摸不着捞不起，你要是……不嫌弃姐，我就和你打伙过日子，管好家里油盐柴米……

[德发动情，举酒与她一饮而尽。

龙德发　姐，我晓得你……同情我，我也是个有情有义的人，我和玉江发过誓，只要她玉江一嫁人，我就……

严桂花　德发，你就不要再想那天上的云，水中的月了，记住……好歹有姐在等你。

龙德发　我就不信没有盖的鼎罐煮不熟饭，我讲话算数。

严桂花　可惜这才完工的五层楼，姐心头也难受啊……看来你还是不死心啊？玉江的心太大，你就不要做梦了。

龙德发　你以为我心里不清楚？桂花，我怕你酒后出事……

严桂花　喝！等二天嫁给了你，你再拦我……

[桂花醉醺醺离去。

[德发见前来打酒的王喜和。

[两人面面相视。

王喜和　龙老板，听说方圆几十里都有人来打你家的古酒。眼看就要喝不成了……今天你也打一斤给我喝。

龙德发　（冷冷地）你要喝？……酒好是不掺假，只是不敢让你来夸，听说你从来不沾酒只喝茶，龙家的古酒不会卖给王家！

王喜和　唉！不要讲气话了，德发，我也有过年轻气盛，其实你和玉江的事，都是阳错阴差。刘邦和项羽同室操戈，为的是分天下，你我何必金戈铁马，龙家有好酒，王家有好鱼虾，你我早晚要成一家，还不联起手来一致对外，那才是大傻瓜……

龙德发　哈哈……我晓得你在拉选票，想推翻我龙德发。说你去求玉江，莫非我说瞎话？我晓得你王喜和手段高明，我龙德发也不是小娃娃。

王喜和　我敢给你写保证书，今年的"海选"村长，哥决不再参加。这个时候了，还你争我斗的做哪样？"皮之不存毛将焉附？"

龙德发　什么皮啊，毛啊的？

王喜和　宝盆村都不复存在了，我们两个还争些哪样？

龙德发　国家要治理冷水江的污染，我坚决拥护。有的人几万块钱买的鱼苗……黑天半夜的出来打酒喝，哈哈哈……

[故作轻松。

王喜和　高调，就不要唱了。你天天躲起做什么？是条汉子就不要和我嘴巴犟，你看你都喝成什么样子了？眼看宝盆村就要搬迁，刚刚竣工的新楼房不心痛？肯定是在扯谎。起五更睡半夜，天麻麻亮就起床，酒不知烤好多少缸，猴、马、牛、羊赶乡场。走破了脚板，磨肿了肩膀，晴天汗水滴，雨天泥水淌……那四方瓦盖的房，那条砖砌的墙，那一砖一瓦砌的是你对好日子的梦想……

[德发忍不住失声痛哭。

[喜和见龙已动情，更进一步。

王喜和　那首歌唱得好啊“……时光一去不复回，往事只能回忆……”

看来你们只有在梦中相依偎了。

龙德发　我和玉江那年在珠海，我是因为穷才受她的气，现在有钱了还要受她的气，我这心头堵得慌。

王喜和　你以为玉江还记得你家对她的恩情，她现在是六亲不认。我是她舅舅又该如何？她再来烦你……

[王与龙耳语。

龙德发　这样不太好吧？我好歹还是个村主任，不好这样做。

王喜和　主意，我帮你出了，听不听是你的事。

[这时严玉江来到龙家大门外。

[龙德发见她，立刻进院关上了门。

王喜和　德发，我还没打酒呢。

[严玉江与王喜和打招呼：“舅舅……”

[王喜和理冷冷地“哼”一声便扭头而去。

[严玉江犹豫，还是敲响了龙家大门。

[门里无人答应，只传来“汪汪”的狗叫声、

[江还要敲门时，龙庭贵应道：“玉江，不要再敲了，德发他不愿意见你……”

严玉江　大伯，我是来……

龙德发　你问她是不是来贺喜我……进新屋的？

严玉江　我是严玉江……德发，你先开开门，听我把这次搬迁的意义给你作解释……

龙庭贵　不用了！……这栋新屋是我们龙家辛辛苦苦修起来的，才进来就要拆……

严玉江　大伯，您老人家就让他见见我好吗？

龙德发　……见不见面都要拆，又何必再浪费口舌。

严玉江　我要让大家晓得这次搬迁的重大意义，补偿标准，还有……

龙德发　意义？拆到你家的房子，说起来就不轻松了。我辛苦了这么多年，刚搬进新屋，屁股还没坐热，这一搬，不晓得好久才翻得起身来。

严玉江　正因为这样，才要和你商量“搬得出”“安得稳”“能发展”的具体实施方案。

［龙庭贵：“德发，还是出去见她一面，她守在大门口半天了，人家是代表公家来和你商量公事的。”

［德发的声音：“她愿意守就让她守，又不是我喊她守的。”

［廷贵：“龙家不兴这样不讲理。”

［严玉江又敲门。

严玉江　龙德发，你要是不想让我进你家，那你出来我们找个地方谈好吗？（着急）不见我……你卖一斤酒给我行吗？

［里面仍没有回应。

［严玉江继续敲门，只传来狗叫声。

［情急之下她触到了“斗滩古酒”的招牌！

严玉江　龙德发你要是再不出来，我就砸了你的古酒招牌！

［德发着急。

龙德发　你敢砸？

严玉江　我敢摘下来就敢砸！你敢把我怎么样？

［玉江一气之下摘下招牌要拿走。

［院子里的狗叫个不停。

龙庭贵　玉江，狗没伤到你吧？这德发啊……你就打给她了嘛。

严玉江　（对狗）大龙，别人都不理我，只有你还理我，只有你还记得我……大龙，你为什么不咬我呢？咬我一口我会心里会好受些。

龙庭贵　玉江，招牌是祖上留下来的。搬迁是组织决定，德发会执行。

严玉江　大伯，我就不信德发他永远不出门。

［紧闭的门“咣当”一声被打开了，德发出来。

龙德发　这房子拆了可以再建，我家这眼井搬得走吗？没有了这眼井我们龙江还烤得出古酒吗？农民没有人发工资，搬出去就等于世世代代要点灯、吃水都要花钱。这些你晓得吗？烧红的木炭要是落在自己的脚背上，你说话就不这么轻松了。不是说要带头吗？你先带头把王家祠堂拆了，你给我树个榜样。

［严玉江被龙连珠炮似的一通话给将住了。

严玉江　好，说话要算数，我现在就去找王家的族长前辈们商量……

［王家祠堂内庄严肃穆。

［在“庆坛戏”祭祀乐中王家族长们一个个都不言语。

［龙家的族长也来到现场。上香后，双方为谁家带头拆祖宗祠堂展开激烈争吵。

［严玉江在中间劝阻，被一次次推搡。

王族长　要拆祠堂该你们龙家先拆，宝盆村龙家是大姓，龙家是村主任，说齐天也该龙家先带头拆祠堂。

龙族长　宝盆村的场坝你们王家占一半，卖冷水江鱼的好事都让他占尽了，村里头修桥补路都是由我们龙家承大头，如今，你家出了个管搬迁的大官，拆祠堂也该你们王家来带这个头。

王族长　宝盆村是龙姓事村主任，就凭这一条，龙姓就该带头拆祠堂。

龙族长　你王家出了个拆房子的官，张嘴就要拆祠堂。把祖宗老子撵出去，还有脸来顶我们龙家？我都替你们王家脸红。

［王家人语塞，龙家的人欢呼胜利而去。

[王家人将严玉江团团围住。把一肚子火朝她发泄。

[“庆坛戏”伴唱起。

今生不求金山银山
何来的富贵无边
今世不求银山金山
何以置办万亩良田
江边“江西会馆”
马托肩担，数不尽白花花银元
陡滩酿有斗滩古酒
飘来酒香四溢，逸进天上人间
富贵荣华过眼云烟
陡滩只留下古酒一坛
留青山绿水万代流传……

第四集

12. **时间** 傍晚。

地点 村口。

[严玉江坐在石狮子旁边，思绪万千。

[龙庭贵来到村口，严玉江见龙庭贵。

严玉江　大伯……

龙庭贵　今天的事大伯对不住你，德发自从发财后脾气是越发大了。

严玉江　大伯，您老人家是宝盆村的老辈子，希望您能支持我。

龙庭贵　玉江，我也难啊……都说是我龙庭贵有福分，其实我也有那难言之隐，大发自从发财后，乡长书记都捧着他，如今又是村主任又是老板，有钱人的衣角都能铲倒人，我也算是老党员，前些年我敢“苦战冬春”，我敢斗“狂风暴雨”，面对发了财的儿子，再大的难处我都不怕，就怕和这有钱人斗争。

严玉江　大伯，我们一起来做德发的工作，让他懂得什么叫顾全大局。

[这时龙韵霞和杨大鹏匆匆赶来。

龙韵霞　爹，玉江姐没事吧？

杨大鹏　乡长，听人讲龙王两家差点打起来，你没事吧？

严玉江　没什么……看来搬迁工作没有我们想的那么简单。

龙韵霞　玉江姐你放心，我会把厉害关系跟他们讲明的，实在不行就采取强制措施。

杨大鹏　早就该这样做，要不他们还以为政府拿他们没办法。

严玉江　记住，决不能用简单粗暴的行政命令。搬迁移民关系到千家万户的切身利益。

龙韵霞　听说王家祠堂的族长要去掉你父亲的名字，简直太无理了。

严玉江　思想工作有个过程，要学会换位思考。

龙韵霞　严乡长，你先休息，我和大鹏还要去丈量几家的屋基面积。

严玉江　注意工作方法，要充分理解群众现在的对立情绪。龙大伯，我先赶回乡里去开个会。

[严玉江离去。

13. 时间

地点

[何盛先从王喜和家门口过。

王喜和　神仙，你在掐指好好算一下，请问哪天是晴天？

何盛先　王喜和呀王喜鹊，我这“活神仙”还是赶不上你这小诸葛。

[严桂花风风火火地跑来。

严桂花　不好了，何三哥，有件事你又不得算到。

何盛先　哪样事，你快点讲嘛。

严桂花　有人在量你们家的屋基脚，说你在城里头做生意哪些年你家表哥已经帮你办了“农转非”的城镇居民户口，你好多年都没有农田了，他们说你这回享受不了移民的待遇了。

何盛先　（着急）老子……他们这明明是在欺负人，凭什么我就不能享受搬迁费呢？哦！你们搬迁的补偿，我就白白的搬家？天理何在？天理何在？

严桂花　你不要冒火嘛，我咋个晓得，反正你补的钱要少好多。

何盛先　他们凭什么？走，我看哪个敢动我屋上的一块瓦。

[王喜和暗自叫好：“热闹、热闹！这回我要去看热闹……”

14. 时间：白天。

地点：在何盛先家门前。

[几个人把龙韵霞绑了个结实，龙韵霞在用力挣扎。

[王喜和疾步赶来。

王喜和　“神仙”伤得恼不恼火？

群众甲　伤到哪里搞不清楚，反正人是睡在床上起不来了。

[王喜和见龙韵霞被捆着，旁边有群众围观。

王喜和　马上放人！他哥是宝盆村的村主任，还怕他跑了？

群众乙　那个杨大鹏的就是没捆才跑了。

王喜和　跑得了和尚跑不了庙，我这就去乡政府讨个说法，先把龙韵霞放开。

[龙韵霞被解开。

龙韵霞　喜和叔，幸亏你了。我把事情的经过给你讲……

[王喜和把龙韵霞拉到一边，低声交待。

王喜和　你现在一句话讲不对头，就会引起众怒，你要站在宝盆村的这边讲话听到没有？

龙韵霞　喜和叔……可是我真的没打人啊。

王喜和　老实给你讲，何盛先只要朝法院一告，你还想当干部？马上去坐牢，明白了？

[龙韵霞看着被激怒的人群，默认了王喜和的暗示。

龙韵霞　喜和叔，我错了，我对何三叔态度是有些不好。

王喜和　大家都听见了，云霞认错了，只要她认了错，打人的事情很快就会给大家一个交代。

[龙韵霞忙将王喜和拉到一边。

龙韵霞　（压低声音）喜和大哥，我真的没动手打人。

王喜和　还敢嘴硬！人都打躺在床上了还想抵赖？

龙韵霞　大鹏可以给我作证，我没有打人。

王喜和　你啊！活脱的法盲，还是个干部，那个杨大鹏怎么能作为证人，他是与本案有利害关系懂不懂？

[龙德发匆匆赶到。

龙德发　凶手在哪里，韵霞在哪里？先把她抓起来！

[龙德发冲过来要打龙韵霞，被人拦住。

[众人："韵霞她没跑就是敢做敢当，只要她认了错就放她一马。"

龙德发　不行！把她捆起来……不能因为她是我家妹妹就逍遥法外！现在她代表的是乡政府！

王喜和　村委会（提醒）……我们没有捆人的权利？

龙德发　那是不能捆好人，坏人我还不能捆？打人的凶手我也捆不得？这回我要听她严玉江，严乡长怎么说。

严桂花　德发，韵霞是我们宝盆村的人，又是你的妹妹。

龙德发　韵霞是我妹不假，但法律面前人人平等。

［这时有人来报：“德发主任，严玉江来了。”

龙德发　好，我们就在这里等她，听她给个说法。

［舞台一侧，杨大鹏追上严玉江。

杨大鹏　严乡长，现在群众的情绪太激动……我要不是跑的快，后果不堪设想。

严玉江　这个时候要抓紧解决问题，受伤群众的情况如何？要及时治疗。

杨大鹏　现在讲什么都不管用，群众在气头上，要不……请乡里派出所的干警和你去？

严玉江　这样反而容易激化矛盾，会把事情搞的更僵。龙韵霞是我们抽调出来的干部，不能让她出危险。

［杨大鹏上前拦住了严玉江。

杨大鹏　事情是由我而起，不能让你去冒这么大的风险。（焦急）

严玉江　大鹏啊！我们的身上背的是一份责任，搬迁是我们任务。

杨大鹏　群众的情绪很激动，你现在去和他们见面危险！

严玉江　我们也要设身处地的为老百姓想想，我们的老百姓辛辛苦苦积攒下了这份家业，一下叫人家搬走不是件容易的事，所以我们要把他们当做我们的亲人。

［沉闷的音乐气氛中。

［严玉江走进来到何盛先家门口。

［群众一言不发地朝严玉江走来。

［在这一触即发危险时刻，手持扩音喇叭的龙德发和龙庭贵站了出来。

龙德发　大家要听招呼啊，严乡长是代表政府来解决问题的，相信她会给大家一个说法的。

［将喇叭递给严玉江。

［群众义愤："把人打成这个样子就算了？"

［群众呼声："先把凶手交出来再说！"

龙庭贵　听我讲，乡里领导既然来了，就说明他们解决问题是有诚意的，我们要让人家讲话。

［群众静下来。

严玉江　乡亲们！大家的心情我能理解，大家的要求我们正在调查，调查清楚之前，能不能先把龙韵霞放了？

龙德发　这个你就不要管了，捆不捆是我家里头的事，我是他哥。

严玉江　德发，龙韵霞是你妹妹，但她首先是受法律保护的公民。我有责任告诉你，这样做是违法的。

龙德发　我违法？干部打人不犯法？为群众伸张正义反而犯了法？

严玉江　事情还在调查，这是最起码的法律常识。

［王喜和站了出来。

王喜和　韵霞，你当着大家的面说句话，何三哥是不是你们打伤的？

［龙韵霞在众目睽睽之下不知道如何是好。

龙德发　实话实说，摸起良心讲话。

［龙韵霞犹豫了半天还是没能说出来。

王喜和　坦白从宽，抗拒是要从严的。（威胁）

严玉江　实事求是，不要有什么顾虑。

［龙韵霞憋了半天："我没看清楚……"

［龙德发一听来了火。

龙德发　没出息的，伤在那里了，你都不敢出来讲句实话？

王喜和　韵霞说没看清，不等于人不是他们打的。韵霞，你说是不是打人的那个干部跑了呢？

［群众又激愤起来，要求严惩凶手。

［这时，何盛先站立着出现在大家面前。

龙德发　神仙，伤得怎么样？

何盛先　我？我的伤不要紧。大家的好意我心领了。

王喜和　（暗示）你不在床上睡起，还出来做那样？这辈子你就安安心心养伤，吃喝拉撒，生老病死都有人包了。

严玉江　三哥，伤在什么地方，先去医院做个全面的检查。

王喜和　（暗示）我看肯定是打成……内伤了吧？

何盛先　不，只是脚崴了。

严玉江　何三哥，我受伤的时候龙老伯给了我一瓶跌打损伤的药酒，

给你揉一下。

[说话间拿出药来要给何揉脚伤。

何盛先　这怎么使得？咋个让你给揉脚呢？

严玉江　这药很管火，先试一下无妨的。

王喜和　还有哪里痛跟她讲，二天疼起来不要说没人管你呢。

龙德发　王喜和，病在他身上，哪里痛还怕他不会讲。

[严玉江用药酒给何盛先揉脚。

[有音乐。

[何盛先被严玉江的举动所感动。

何盛先　我算天算地就是没算到你还敢来宝盆村。

严玉江　我在这里土生土长，有什么不敢来的。

何盛先　你就不怕……万一会伤了你的啊？

严玉江　我相信乡亲们能懂这个道理，是我们的干部，伤了乡亲们的心……我欠家乡情太多……

[围观的群众，为严玉江的情所动。

龙庭贵　盛先你讲句老实话，你的脚是怎么被打伤的？

[众人向何盛先发问：“何三哥，你明道说！”

何盛先　是我……一脚踩空，摔下了保坎，乡里的干部没有打我。我穷，我是居民，不能享受移民待遇，但我不能黑起

良心诬赖好人。

[众哗然。龙德发难堪。

15. 时间　白天。

地点　村里。

[何盛先打酒过来，正好与提一腿狗肉的王喜和相遇。

何盛先　喜鹊哥，你这是去哪里发财？

王喜和　发财？我是脚下踩青苔，栽倒就起不来。外甥女的面前丢了人，看来只有敲狗散伙啰。走，我请你搞二两酒。

何盛先　酒我倒是喜欢，等我去村口接个记者就过来。

王喜和　接记者？等下……你回来再把话讲一遍。

何盛先　德发说有记者要来采访这里的搬迁事情，要我打酒买点肉，接他们到村委会吃顿饭。

王喜和　（计上心来）神仙……你相信他真的是记者？把她带到村委会，组织几个会讲话的群众去接受“采访”。

何盛先　“会讲话”的？我懂了……

王喜和　说不定是县里下来考察严玉江的，你们要把她做的这些事告诉记者，玉江肯定就要提拔走了。

[记者：“老乡，请给我介绍一下到你们村的严乡长的事迹好吗？”

[众人异口同声：“……她的表现一般。”

[群众乙：“她都不在村里……你是？”

[群众丙：“你今天肯定找不到她了……听说她还犯了错误……你去问别人吧。”

[龙廷贵：“记者同志，我就实话跟你讲吧……玉江因工作劳累病倒住院了。大家不肯把她的先进事迹跟你讲是……”

[记者：“原来她病了？那……你们这是？

[龙廷贵：“乡亲们是怕她被组织调走……想留她躲在村里再干几年！”

[龙德发搀扶着严玉江回到村来。

[音乐起。重载货车、板车，人的嘈杂声。

[搬迁的队伍慢慢从远处走来。

——剧终——

大庄山日记

[时间　2003 年 5 月—6 月

[地点发生地　北京—贵州，贵州—北京。

人物表

（1）白瑞芳　女　二十八岁　贵州某部队医院护士长。
（2）肖　丽　女　二十二岁　某部队医院护士才子、诗人。
（3）郭　阳　男　三十岁　某部医院科主任、妻子怀孕临产。
（4）首　长　男　五十多岁　某军区后勤部领导。
（5）白　母　女　六十多岁　革命军人（退休）白瑞芳的母亲
（6）修思乡　男　二十九岁　某部医院化验员、肖丽的男友。
（7）严晓萍　女　二十九岁　郭阳的妻子、高龄产妇。
（8）糍　粑　男　四岁　白瑞芳的儿子、幼儿园中班。
（9）陈发贵　男　四十多岁　老板、 私营商店业。
（10）施　廉　患者，全家人最后一个传人，失恋者。
（11）苟斤巴　男　十三岁　中学生　患者。

1. **场景是家庭室内。**

[夜晚，白瑞芳家中，电视里面在不断地播放非典新闻。

[开门声，进门后轻轻地挂衣服。

白　母　是瑞芳啊，又有新入院的病人？

白瑞芳　妈，是个急诊。吵醒你了。

[白母从里面屋出来。

白　母　快两点了，妈给你做点夜宵。

白瑞芳　妈，我不饿。你快去休息吧。

白　母　那给你冲杯牛奶。

[冲牛奶，条羹在玻璃里搅动牛奶的声音。

白　母　乘热快喝吧。

白瑞芳　妈……明天，不，这段时间糍粑吃饭不太好，每天一定要记住给他吃奶。

白　母　每天都给他喝的呀？糍粑是怕别人说他是胖子，在减肥。

白瑞芳　你不要惯他，要让他自己学会生活自理……

白　母　自理？他才多大的人……你这是要出差啊？

白瑞芳　不，噢对，可能要离开家一段时间。妈，你要保重身体。

白　母　你放心吧，我的身体好着呢……你这话好像是要去很远的地方？

白瑞芳　不远，只是时间可能长一些。一个月，还可能更长一些……不论发生什么事情你都要保重身体。

白　母　你这是要去……执行任务？

白瑞芳　妈，你不要紧张，我是去处理一项有一点特殊的医务工作，妈，你别这么看着我呀。

白　母　你说吧，妈也曾经是个军人，你放心大胆地说，你总不会是去大……？

[白瑞芳点头认同。

白　母　大庄山？你，黑天半夜的不许跟妈开玩笑。

白瑞芳　妈，我说的是真话，老话说“国家有难，匹夫有责”我是个军人，能够熟视无睹吗？

白　母　你真是去大庄山呐？

[长时间的安静，只听见墙的时英表在“扎扎”地走。

[白母深情地坐在女儿的旁边。“院里要去多少人？”

白瑞芳　二十一个人，明天就出发。郭阳的妻子快生了，妈你要常去关心一下，不要说我们是去大庄山。

白　母　郭主任也去？

2. 静谧夜晚，场景提示，卧室。

[郭主任家，深夜。

郭在电脑上，键盘发出响声。

郭的心声：“就要做父亲了，但我又不能尽我一个父亲应该负起的责任，电视剧里老讲的一句台词，说是“军人以服从命令为天职”今天我更有了最真切的体会。面对即将临产的妻子，真不知该怎么告诉她，在她最需要我的时候，我还偏要离开她？我真不知怎么开这个口……都说军人是保卫祖国祖国的，现在我们的祖国遇到危难的时候，我一个军人能说我的家里有事离不开？我……我还叫什么军人？谁叫军人也是人，也会有家呢？

[妻子翻身的动静打断他的思路。“郭阳，凉开水。”

[郭阳倒水声。“你慢点，我来扶你一把。”

[妻子大口喝水的声音。

严晓萍　那么晚了还在写日记，明天不能写吗？

郭　阳　习惯了，明天还有明天的事。想吃水果吗，我给你削一个梨。

严晓萍　行，一到晚上就口渴厉害。

郭　阳　你肚子里的这小家伙也要喝水呀，两个人的水要你一个人喝当然渴了。

严晓萍　哎，那么院长把你叫去干吗？

郭　阳　没什么，有点事……你没洗脚吧，我弄盆水来给你洗个脚。

[热水瓶的倒水声。

严晓萍　不用了，每天叫你洗脚怪不好意思的。

郭　阳　有什么不好意思的？你的脚肿成这样，洗个热水脚可以促进血液循环。等你把孩子生下来后，你要是觉得想报恩，可以天天给我洗洗脚嘛。

严晓萍　去你的，院长这么晚把你叫去说什么事？

郭　阳　真的没什么事，……是叫我出趟差，时间可能长一些。

严晓萍　出差？是去南边还是上北边？

郭　阳　上北边。不，好像还要去南边……你别这么看着我，出差嘛，还不是乱跑。

严晓萍　郭主任，郭医生，你不要忘了我是干什么的，新闻记者的职业特点就是敏感，看新闻读报是我生活的一个重要组成部分，电视天天都在抗“非典”流感，你是不是去北京的大庄山？

郭　阳　你……都知道了……还加点热水吗？

严晓萍　别打岔，我想知道你怎么想的，你打算怎么办？

[一片寂静，只有郭阳在洗脚盆里的摆弄水声在响，一下，两下……

[抒情音乐起。

郭　阳　我……真的是难以开口……（深深的叹息）

严晓萍　不好讲是吧？院长是我爸的老战友，让他老人家出面去……

郭　阳　……这……不行，院长问过我，……在大家的面前拍过胸脯的，我是个……

严晓萍　我是个军人对不对？可军人的老婆要生孩子总是个特殊情况吧？

郭　阳　就是个男子汉也不能说话不算数吧？你现在这种情况也真是个叫我……

严晓萍　为难了是吧？一个军人，一个男子汉要对国家负责。一个男人，一个丈夫不该对他的妻子负责吗？你是不是打算明天悄悄地离开我啊？告诉你郭阳，你还别把我的觉悟想得那么低，新闻记者是最有社会责任感的。

郭　阳　是是是，我从来都觉得你们记者是最有责任感，最有正义感的……我不是不告诉你，我是不知道该怎么跟你讲这件事，主要是……怕你担心。

严晓萍　说了半天，就这句话还算点良心。别这么看着我了，快去准备吧。

郭　阳　平时别家都说你比较严肃，对我温柔不够，说你对我不太温柔，他们就看不见你心胸开阔呢？老婆，你真是太好了，我马上打电话叫我妹妹来照顾你的生活……

严晓萍　用不着，我自己能行。（调侃地）军人的妻子吗，哪那么娇气？

郭　阳　（动情地）晓萍，我将来会好好报答你的……让我好好亲一下。

［郭阳抱住严亲吻，严把郭推开了。

严晓萍　好了好了，使那么大劲干什么？别把孩子压着了。

［俩人笑了。

［肖丽在家里与人通电话。

肖　丽　……我最近很好啊，对，嗯……整天上班下班，没什么变化。什么，你要出差？逗我玩是吧？你们放射科不是不出差吗，要出去参观学习？好吧。

你安心学习吧，我听科主任讲，……我也可能要下到乡下去巡回医疗，要是那儿没有网络我就不给你打电话了。我最近写诗啦，想听听？我朗诵几行给你听：
这里有万里海疆
这里有戈壁高原
这里有五千年文明古老
华夏子孙在这里世代繁衍
这里的南国 花红柳绿
这里的塞北 雪花飘飘
这是我的祖国
这是我的家园
这里有我的父老兄弟
这里有我的梦绕魂牵……
可是有好多事总是不遂人愿
一种叫“非典”的疾病
鬼使神差来到我们身边
把我们正常的生活搅乱
突如其来的疾病肆虐凶残……
[电话里传来她男朋友的叫好声。

3.

[喧闹的街市，汽车声中。

白瑞芳　糍粑，你要听老师的话，回家要听奶奶的话……

糍　粑　妈妈，你今天怎么那么多的话？你……是不是要去很远很远的地方？

白瑞芳　妈妈要去北京。

糍　粑　我要去北京，我爱北京天安门，我也要去……

白瑞芳　妈妈是去北京打仗，有一种叫“非典”的敌人在我们的北京作乱，妈妈要去收拾他们。

糍　粑　妈妈要去打仗，那好，我一定听老师的话，等妈妈胜利回来。

老　师　糍粑，跟老师进去吧。白护士长，你就放心去吧。

［远处传来孩子们的朗朗歌声。

［街市。人声鼎沸。

［郭阳进了一家日杂批发门市部。

老　板　兵大哥，要买些什么？

郭　阳　一次性水杯、溲纸、洗衣粉、还有那个尿不湿，多来几包。

老　板　婴儿尿不湿，五包……

郭　阳　要那个大的。

老　板　大的？孩子夹着太热。

郭　阳　是我用。

老　板　你？

郭　阳　我要去出差。

老　板　出差，要用这个？

郭　阳　我要去北京参加抗“非典”我是个医生，上一个班十多个小时不能解溲，只能想这个办法。

［停顿，老板又从货柜上拿来几包尿不湿。

4.

老　板　兵大哥，这些都算我的。

郭　阳　不行，不要这样，部队有纪律的，不能……

老　板　兵哥，你们有纪律，我们也该有良心吧？不要瞧不起我们商人，你们当兵的连死都不顾，我们商人的良心也该面对苍天……人活这一辈子也不只不是光为了赚钱。

［飞机上，军歌嘹亮……

［飞机的着陆声，“立正——向右看齐……”部队在集结。

［队伍整齐的跑步声。

［一个声音在高声叫道：“我现在给大家讲‘隔离服’的穿带和消毒操作规程……”

［汽车声，轻声报数声：“1、2、3、4、5、6、7、8、9……

首　长　同志们，你们已经到了疫区的大门口，按规定我不能再送你们了，你们看见通往病房的那条布幅写的话了吗？“走近‘撒死’一步，就远离你的亲人一步”别的话我就不想讲了，……我当兵也有三十六年了，参过战，送别过战友，今天心情特别……都说‘战争，让女人走开。’今天我这个大男人要把一群女兵娃娃送上战场，……希望你们能尊重科学，严守操作规程，凯旋归来。出发！

［笔记本电脑的键盘上发出的声音。

［白瑞芳的心声：“这是我第一次进入疫区病房，在三十六七度的高温下，三层隔离服，三层口罩，还有帽子，防护镜。整个人变成了一个密封罐一般，炎热。是我们要克服的第一道难关。这是一座仅用八天建成的世界最大的传染病医院，足以见我国政府对“撒死”传染病的重视。我今天在病房里看见一个二岁的孩子时，我真的有些想我的糍粑了。

5.

［键盘在不停的响。

［另一个房间里的声音。

郭　阳　（打电话）晓萍你听我讲，我挺好，这两天感觉怎么样？

我爸爸的病怎么样了？要随时观察他的病变。

严晓萍　（电话声）放心吧，我会照你讲的去做的。你那儿是不是很危险？

郭　阳　我今天一天都挺好，军委首长来到我们医院看望大家，我们的士气到是很高，只是我管的一位患者情绪低落，心事重重，担心自己活不了。我在想办法让他鼓起勇气来。“六一”儿童节就要到了，祝我们即将出生的宝宝节日快乐。

严晓萍　你要帮那个患者过了这一关，人在这时候是最需要有人帮一把。

郭　阳　你要尽快学会接收“衣迈儿”我们就可以节约些话费……

严晓萍　财迷。

6.

[肖丽又在电话里为其男朋友朗诵自己些的诗：

“大庄山，不再是一家医院
医生护士进这里不再只是上班
进入大庄山，就等于走进危险
进入大庄山，就等于披褂参战
这里听不见炮火连天
这里也看不见硝烟弥漫
但这里的的确确是战场
稍有不慎，就会以生命代价来交换
每走进大庄山一步
就接近一步死亡和危险
每走进一步大庄山
就离你的亲人越来有越远

背负这军人的使命
将生与死系于一旦
一次次零距离接近患者
如同在与“撒死”进行一场肉搏战
病人喷出的每一粒饭渣
不亚于拉响的一枚手榴弹

［电话里修思乡的声音：“肖丽，你写得太棒了，……就好像在现场一样，你怎么会知道得这么详细？

肖　丽　我……在报纸上知道的，我休息会儿再给你朗诵，天太热。

修思乡　天太热？贵州的气候不是很凉爽吗？你……不在贵州？

肖　丽　没有啊，我在外地巡回医疗，这儿很热。

修思乡　你那儿有没有座机，我打过来，可以节省你的话费。

肖　丽　不用，我们这儿都是崇山峻岭，哪有什么座机。就说到这吧，明儿见。

修思乡　怪了，崇山峻岭会没有一声鸟叫？

［病房。白瑞芳在给小孩苟斤巴注射。

［以后所有患者都一样戴口罩说话。

苟斤巴　阿姨，你打针这么快是不是怕我把病传染给你？

白瑞芳　阿姨给你打针快了吗？那我慢一点打好了。

苟斤巴　你带那么多口罩，我们真的那么可怕？

7.

白瑞芳　这是进传染病病房的规矩，阿姨这是在尊重科学。

苟斤巴　我妈妈不在了……我爸他也不来看我，我就那么可怕？

白瑞芳　你爸爸一定是很忙，过些天他一定会来看你的。

苟斤巴　阿姨，请您给我爸爸打个电话，就说我太想他们了。

白瑞芳　行，只要你配合我的治疗，小事一桩。

苟斤巴　阿姨你回来，这块巧克力给你……我忘了我是传染病。

白瑞芳　你先留着吧，等你病好了再给我好吗？

[病房。

[暴跳如雷的饭店老板陈发贵在嚎叫，将床头柜上的东西摔在地下。

[郭阳闻讯赶来。

郭　阳　老陈，你冷静一下，我们的护理工作没做好？还是我哪儿不对？您只管提意见，我们好改正啊。

[陈号淘大哭。

陈发贵　我……我的病好不了，我的饭店已经垮台了……

郭　阳　谁说你的病好不了？

陈发贵　我的前妻……她……她发誓一辈子不理我的，她刚才竟然打电话给我了……这不是在和我做永别吗？

郭　阳　你这是多心了，她打电话给你那是让你鼓起勇气，战胜疾病。

陈发贵　你不知道，人之将死，其言也善。鸟之将死，其言也哀啊……她可是从来没有对我这么温柔过啊……我的死期到了。

郭　阳　老陈，你现在最大的敌人是你自己，是病总是可以治的嘛。

陈发贵　郭医生，你说有什么特效药？我心里明镜似的，但凡我这病有治，最好的朋友也不会摧我家里人还钱，这不明摆着怕拖成死账吗？嗨！世态炎凉，人心不古啊

郭　阳　你说的这位就算不上是你的朋友，哪有朋友这会儿来要账的？你啊现在什么也别想，安心治病。

陈发贵　郭医生，你给我句实话，我到底还能活多久？好多后事我得料理啊……

郭　阳　你的毛病就在于太悲观。你告诉我你还想不想活？

陈发贵　谁不想活啊？做梦都想。哎，你说最好的药叫什么？

自费都没问题，咱们有钱。

郭　阳　这最好的药啊就是……信心。

［病房内，肖丽进来。

8.

施　放　（大叫）等等！你别进来。

［肖丽正不知所措。只见施放带好了口罩。

施　放　好了，你可以进来了。

肖　丽　你们这是？

施　放　我们戴好口罩是怕把病传染给你呀，那么多的医生为了治这种病都传染了，有的还……我们不能再传染你们了，你们要是再倒下了，谁来给我们治病？

肖　丽　谢谢你们，我们共同来抗击“撒死”吧。

我……真想朗诵我刚写的诗给你们听吗？

［大家鼓掌欢迎。

肖　丽　（朗诵诗）

“撒死”无情，人有情
人间的爱，在这里得到尽情的展现
战友的爱，可能只是帮助搬运一车饭
女战士每上六小时一个班
流的汗是用公斤来计算
缺氧、胸闷、头疼、晕眩
手脚发软……
进病区送一车饭
等于又经历了一场严峻的考验……
病人主动戴上口罩
这不再是一个简单的动作

这是患者在保护子弟兵的安全
人民爱子弟兵
子弟兵爱人民
这份情这份爱，生生死死，永永远远……

[大家报以热烈的掌声。

[就在这时郭阳进来：“肖丽，你来一下，白瑞芳有点不对，晕倒了。”

[医护人员住处。

[白瑞芳的房间。

肖　丽　白护士长，感觉好些了吗？

白瑞芳　没什么，可能是太热太闷，中……暑了，歇一会儿就好了。

肖　丽　不行，你的脸色很难看，明天的早班我替你上吧，我比你耐高温。

白瑞芳　你这几天不是正在“特殊”吗？你也需要休息啊。

9.

肖　丽　不怕的。我只是担心别因为你虚弱传染上了“撒死”那可是麻烦可就大了。你的孩子又还小……

白瑞芳　肖丽，你真可爱。别忘了我们是军人，你的头发剪得这么短，就不怕男朋友“退货？”

肖　丽　他敢！修思乡他要是为了头发变了卦，我也没有必要嫁给他。

白瑞芳　你呀，就是嘴硬，别望了那回是谁一个礼拜没接到电话就要请假去武汉？

肖　丽　哎呀……姐，你坏，明知道我爱他你还逗我，哎！这人怎么就那么怪，爱一个人会爱的发疯。

白瑞芳　没羞，等这次完成任务后，该喝你们的喜酒了吧？

肖　丽　看吧，要是能等我们凯旋归来的那一天，我马上嫁给他，我要爱死他……

白瑞芳　你呀，真是个诗人的性格。哎，你来之前跟他讲了吗？

肖　丽　你刚才不是还说我们是军人吗？军人上哪还要跟家属打个招呼？

白瑞芳　你真的没讲啊？你呀，是怕他担心吧？

肖　丽　我倒是真的担心他，他们那儿是从来没有出差那么长的，会不会是生病了？还是到哪儿去了？护士长，我感觉现在患者普遍存在恐惧心理，我们要想办法解除他们这种消极态度，能够积极地配合我们的治疗。

白瑞芳　是啊，要想个招啊。在这次抗“撒死”中有三百多个医务人员光荣牺牲，他们能不紧张吗？

[郭阳的房间。

[电脑的键盘在响。

[郭阳的心声，“这是进入大庄山的第十天了，气候的炎热和必须穿戴的防护服所产生后果使越来越多的同志中暑，最多的一天竟有十人晕倒。胸闷气短吃不下饭，长此以往就会减少战斗力。特别是对“撒死”的恐惧心理更是我们急需要解决的困难。我们该怎么办？这是考验我们新时期军人的一个新课题。”

[电话响。

郭　阳　喂，我是，爸爸？你……你最近身体好些了吗？我在外面挺好，你不要担心，我的身体棒着呢。你要记住吃我给你留下的药，心里不舒服就要去医院，心脏病开不得玩笑。

[郭阳父亲的声音：“孩子啊，爸是真的想你，你也是快当爹的人了，不管你多大都是我的孩子……要当心啊。”

郭　阳　爸，我记住了……

[音乐起。

10.

[白瑞芳进病房，发现施放在折叠纸鹤。

白瑞芳　十四床，你折这么多纸鹤干什么？

施　放　你不懂，（唱）其实你不懂我的心……多想靠近你……（咳嗽）

白瑞芳　你能不能听我来给你唱这首歌？真的，这首歌是我也特别喜欢。你的呼吸系统太虚弱，让我给你唱吧。（唱）

[白瑞芳歌罢时，施放泣不成声。

施　放　白护士长，我谢谢你，我可能永远失去爱的资格了，再也不会有爱了……

白瑞芳　我能和你聊聊吗？……这样吧，我送给你一张 CD 吧。

[就在白要离去时，施放叫住了她。

施　放　白护士长，我……很难受，今天是我的生日，明年我不知还能不能过生日了，所以我想在我活着的时候就把纸鹤叠好，到那天麻烦你帮我烧了……远离这里，因为我已经没有爱了。

白瑞芳　爱在每个人的心里，只要你还爱这个世界，世界就会爱你。

施　放　世界还会爱我？

白瑞芳　你相信吗？只要你能勇敢地活下去，你会验证我的这句话的。

[肖丽兴致勃勃地在打电话。

肖　丽　郭医生，你在听我的电话吗？这是北京电信部门特别为我们提供的通讯工具，“小灵通”。我们今天开一个电话会议好吗？我现在正式通知你，今天是白护士长的生日，我特意请食堂买来一个蛋糕。

郭 阳 我也打听到，今天也是九床陈发贵的生日，我们分两个地方为他们办庆祝会好吗？

[对方传来肖丽的欢呼声。

[医院草地上，郭阳划燃了火柴。

肖 丽 点燃蜡烛先不要忙吹，让我拨通电话。

[拨电话号码的声音。“喂，我是肖丽，你是陈老板吗？”

[陈的声音：“我是九床的陈发贵，肖护士你好！”

肖 丽 我们送来的生日蛋糕放在你的床头柜上，你看见了吗？我叫一、二、三你就和我们白护士长一起吹灭蜡烛好，一、二、三！

[陈发贵的声音：“等一会儿，你们听见了吗？”

[电话里传来名曲《地久天长》的音乐。

[电话里，草坪上所有的人都唱了起来。

[肖丽激动地朗诵起她即兴创作的诗：

……大庄山缺氧不缺爱
一句话，一个手势都是爱的誓言

11.

在这里，爱是一个个重复的动作
擦一次澡，翻一个身都是一曲《爱的奉献》
每给患者喂一口饭
都是《生死恋》的又一次重演
爱，不再是卿卿我我
爱，省去了许多缠缠绵绵
爱，在这里就这么简单
爱，在这里是最真切的体验

爱，是用生命和汗水写成的诗篇

[大家热烈的欢呼，音乐声不绝于耳。

[病房内。

苟斤巴　喝点牛奶吧，增强抵抗能力才能有治好病的一天。

施　放　就是治好又能怎么样？人啊，是真没意思。(无望地)啊！我欲乘归去，又恐琼楼玉宇，高处不胜寒……"

苟斤巴　不胜寒？现在是热得出鬼了，那些解放军阿姨都热晕过去好几个了，什么时候凉快些就好了。

施　放　小斤巴，你好像好多了？给我沏杯茶吧。

苟斤巴　你不是说喝茶睡不着觉吗？哎，今天是不是心情好些了？肯定那个阿姨是不是打电话来了。

施　放　电话是不会打来了，我的爱情鸟早已飞走了。留下我的这个躯体还有什么用？魂归何处兮，旷野茫苍苍……

苟斤巴　施叔叔，你还真像个诗人，跟肖阿姨一样没事就来一段诗，可是你的诗挺深沉，我好像听懂了，又好像没听懂。

施　放　听多了你就懂了，沏茶去。

苟斤巴　沏茶没问题，你给我什么奖励？

施　放　奖励？行，你说要什么吧？

苟斤巴　让我给家里打一电话，行吗？

施　放　行，我给你拨号。

苟斤巴　64014904 我舅舅家。

[拨通后对方知道是大庄山医院时放下了电话。施放又一次拨通。

[对方："你不要放电话，我可以和你谈……"

苟斤巴　是我舅舅吗？舅舅，是我是斤巴，你怎么不来看我呢？我想你……我妈妈她也生了病，她好些了吗？你说话呀，你怎么不讲话？

[施放接过电话。

12.

施　放　我是斤巴的同房病友，我叫施放，能跟我……

［对方：“你不要讲话。我可以把实情告诉你。斤巴的妈妈五天前就不在了……麻烦您一定要好好安慰孩子，让他好好配合医生治病。拜托了……”

苟斤巴　施叔叔，我舅舅他怎么说的？我妈妈是不是病得不轻？还是……不，不不不可能！我妈妈她不会的……是吗？叔叔你说话呀，我妈妈她没事对吗？你说话呀！

施　放　孩子，你尽情地哭吧，

苟斤巴　叔叔，我不哭，我哭了也没用。我是在考虑我以后该怎么办？爸爸和我妈妈离婚后我们就没见过他……

［施放被斤巴的身世所同情，更对他的生活勇气所感动。

施　放　……斤巴好样的！我……我现在有一个新的想法，我不应该就这么死了，我要想办法活下去，生活应该是美好的。我们一定要想办法把病治好，我就是你的亲人，好吗？

［斤巴扑进施的怀抱。“叔叔！”

［医护人员的宿舍内。

［郭阳、白瑞方、肖丽等在一起。

郭　阳　我先讲吧，这是我们四十四医院参战分队临时党支部的第一次会议，我们现在首先要解决患者普遍存在的“撒死”恐惧症。关系到我们能不能创造一个良好的医疗心理环境。

白瑞芳　这也是考验我们每一个党员的时候，我们首先要解决心理恐惧感。只有这样才能影响别人，我们昨天的生日庆祝会就开得很好。

肖　丽　我有一个主意，自从发了小灵通电话以后，我曾经几次接到病人要求，要和我通话，我认为这是一个沟通我们思想的一个渠道。

郭　阳　对，这是一个好办法。这就要求我们辛苦一些，发扬特别能战斗的精神，在心理上先战胜这个敌人。

[这时有一位护士来报告：“赶快换好防护服，在操场列队集合。中央首长和军委首长来看望大家。”

[部队的集合跑步声。掌声。

[肖丽激动地拉过白瑞芳：“白护士长，我又些了几句诗，念给你听听？”

[大家欢迎，音乐起。

[肖丽朗诵：我不知道大庄山
离天安门有多远
党中央的关怀
无是时无刻不在我们身边

13.

我无法丈量大庄山
离天安门有多远
祖国的安危冷暖
天经地义应由我们军人来承担

郭　阳　我来。（接过诗稿朗诵：）
我们坚信大庄山
与党中央和全国人民心心相连
决不会因一道“隔离墙”而阻断
我们的安危挂在党中央的心间
我们不是孤军作战

临时党支部是前进的明灯一盏
我们战斗在抗“撒死”的最前沿
党的坚强领导是我们坚定的信念
我们代表的是最广大人民群众的根本利益
这是三个代表的最集中体现

白瑞芳　（朗诵）
岂能让“撒死”肆虐我们的北京
我们宁愿以生命将“撒死 ”阻拦
[众合诵：天安门离我们很近，很近
党中央离我们不远，不远……
[这里是病房。
[白瑞芳进病房后发现他们在锻炼身体。

白瑞芳　你们这是……要注意身体，你们的呼吸系统还很虚弱。

苟斤巴　阿姨，我们的呼吸系统是还差点儿，可是我们的心气高着呢，我们战胜疾病的信心是又强又壮。

施　放　白护士长，我们决定要向解放军学习，敢打敢拼。不是有的病友也好转了吗？我们也会一天天好起来的。

白瑞芳　好啊，你早就该这样。来，你们都躺下配合我做治疗。

施　放　你……推慢点儿。

白瑞芳　行，我推得慢慢的，看见你们今天这个精神头儿我从心里为你们高兴。

施　放　现在每天都能和你们进行电话交流，把心里的忧虑找到了一个倾诉的对象，敞亮多了。

白瑞芳　斤巴，该你了。

苟斤巴　白阿姨，你叫我的名儿时真的像我妈妈的声音，我好想她了……要是她还在，还活着，她肯定会来看我的，你说是吗？

14.

白瑞芳　斤巴，你妈妈会来看你的，但是现在谁也不能进医院来呀，你说是不是？说到你妈妈，我还真的有些想我的儿子了，也不知道他想不想我……

苟斤巴　肯定想，我妈妈和我在一起的时候我嫌她老管着我，现在看不见她了才知道想妈妈的滋味。

白瑞芳　你叫斤巴，我的儿子叫糍粑。我啊，每次叫你的名字就会想起我的儿子。

苟斤巴　……阿姨，你能不能摘下口罩我看看。

白瑞芳　你要看我？我……阿姨长得不好看。

苟斤巴　不，阿姨你肯定漂亮，我不是看你的漂亮，我是要记住你长什么样，我要是有一天病好了我好报答您的救命之恩。

白瑞芳　……好孩子，阿姨理解你的一片好意，但阿姨不能摘下口罩，这是纪律。你记住阿姨是解放军就行了。

苟斤巴　阿姨，你就答应我吧，……等我病好了你也不能摘下口罩吗？

白瑞芳　好孩子，你安心治病，等你出院的那一天我……我一定给你一张我的照片好吗？

苟斤巴　真的？

［静寂的医院里。

［蛐蛐在鸣叫。

［郭阳在自己的房里，电脑的键盘在响。

［郭阳的心声："请允许我叫你一声'孩他妈'，我们的孩子马上就要诞生了，我不在家的这些日子里你一定很辛苦吧，快了，我们马上就要完成任务了，当我们凯旋归来的那一天，我们的孩子一定出生了，也许

会叫爸爸了。”

[键盘在继续响。

[郭阳妻子的心声：“郭阳，你好吗？真的好想你……你现在要是看见我的‘光辉’形象你一定会大吃一惊的，太像大狗熊了。笨重的身体行动起来很不方便，尤其是到了晚上，更是心神不定，怕极了……我现在才知道什么叫离别之苦。要不是孩子不停地踢我的肚子，我真不知该怎么打发这漫漫长夜。”

[郭阳的心声：“我爸爸的身体还好吗？你有空时要多关心他老人家，我这个当儿子的实在是不孝啊，名义上是个医生，连父亲的药都要你去帮着忙活，等这次回到家后我一定抽几天好好陪陪他老人家。”

[郭阳的妻子严晓萍的键盘突然间停下了。

[严晓萍的心声：“爸爸他……他还是那样，心脏病、哮喘是慢性病。你努力完成任务吧，我等着你回来。”

[郭阳的心声：“你能叫我爸爸和我通个电话吗？”

15.

[严晓萍局促的呼吸声，键盘开始又响起来。

[严晓萍的心声：“爸爸他已经睡下了，下次吧……家里的座机坏了，我过几天就叫人来修，就谈到这吧，我累了。”

[严晓萍的哭泣声。

[音乐声起。

[这时雷电交加，下起了倾盆大雨。

[雷电还在继续，雨水还在继续。

[北京的大庄山医院白瑞芳的房内。

[白在与家人通电话。

白瑞芳　妈妈，我的身体很好，你这段时间血压稳定吗？要记住吃药。我们的工作进行得还顺利，就是太热。真希望早一点把非典赶出北京去。……糍粑？

你好吗？妈妈好，妈妈天天都在打胜仗。对，我们快胜利了。你要听话，要好吃饭，妈妈当然想你了。

[电话里传来糍粑的声音："妈妈，我今天特别高兴，今天下雨了，北京下雨了吗？"

白瑞芳　下雨了，北京也在下雨。糍粑，下雨有什么可高兴的？

[糍粑的声音："我在电视里面天天看见你们戴着口罩，现在好了，雨下起来那个"飞点"就飞不起来了，妈妈就可以脱下口罩来好好透透气了。"

白瑞芳　是吗？妈妈谢谢你了……妈妈一定好好透透气。

[白瑞芳放下电话，忍不住泪流满面。

[病房内忙碌的脚步声。

[各种医疗器械的碰撞声。

肖　丽　白护士长，你看那个来拍 x 光的医生像不像修思乡？你看，太像了。

白瑞芳　是有点像，可是你家那位不是在武汉吗？我看你呀是想他给想疯了吧。

肖　丽　身高，胖瘦，动作，连他走路的姿势都像。难道这天底下会有一模一样的人？管他的，我跟他打个招呼总是可以的啊，嘿！白护士长，他也和我打招呼了，你看你看，他也在看我呢，会不会真的是他？

白瑞芳　你还别说，真的有点像。嗨，也真有意思的，要是真的是两口子相见不相认的话，那可真的成了笑话了。

肖　丽　是他，肯定是他。可是他为什么只看了我一眼就走了呢？

你看，他又扭过头来看我了。

白瑞芳　你快给他招招手啊。

肖　丽　你看，他也向我招手了。

16.

[肖丽的房间内。

[肖丽拨通了修思乡的电话。

肖　丽　思乡，你说实话，你是在北京吗？我听见你的电话里有下雨声。

[修思乡的电话声：“肖丽，我们都不要瞒着对方了，我也听见你的那边也在下雨，我……我的确是在北京。”

肖　丽　真的？那刚才你是不是到我们病区来了？

[修思乡的声音：“我去了，你怎么知道的？……我想起来了，那个跟我招手的人就是你？”

肖　丽　对、对、对，那就是我呀，真的是你？……没想到我们会是在这里见面，而且居然会不认识，太有意思了。我……我现在开始又有诗兴了，你别挂电话。

[肖丽朗诵诗：“一对热恋的军人
在大庄山战斗了三十天
为了让彼此放心
他们都相互隐瞒
碰巧有过一次擦肩而过
却未能认出日夜思念的情侣伙伴
凭借着心灵的应
相互做了一个胜利的手势
这是军人在战场上少有的浪漫
‘但愿人长久，千里共婵娟’

假若今生今世爱不成
我们约定还来生缘……

[医院大门口。

施放等一批患者要出院了。

施　放　肖护士，我就要走了，从我们见面的那一天起就没见过你长什么样，但我能从你的举手投足中感受到你的美丽，离别之际我能跟你握个手吗？

肖　丽　当然可以，我希望你能成为一个生活的强者。

[肖丽与施放握手。

施　放　肖护士，我虽然没有看到你的容貌，但我会一辈子记住你的。

[汽车声。

首　长　小家伙，你不简单哪，你这只手可以申报吉尼斯之最了，迄今为止，你这是第一个敢和“撒死”治愈患者握手的第一人。

17.

[礼堂里的回声。

首　长　同志们！我代表军委首长来为大家送行。临别之际，千言万语……我不知从何说起，大庄山医院在大家的共同努力下，一共治愈“撒死”患者六百八十人，除八人死亡外，全部治愈。你们了不起！你们辛苦了！

[大礼堂内女兵的回答声：“首长辛苦！”“为人民服务！”的回答声响彻云霄。

首　长　而且你们还创造了世界传染病医疗史上“零感染”的奇迹！祖国人民感谢你们！北京感谢你们！当我们的祖国遇到灾难时，是我们子弟兵冲在了最前面，我们真正代表了人民群众的根本利益，我在这里向你们敬礼！

[首都机场。

[广播里在不停地播出各个航班的消息。

肖　丽　郭主任，机场发的这个表怎么填？

郭　阳　……实事求是，照实填。

白瑞芳　我们离开大庄山后都隔离了十天了，让别人知道我们是从病区出来，肯定会像躲麻风病一样，我真的有些受不了。

郭　阳　不，我们不能为了自己的感受，不考虑别人的感受。照实填，理直气壮的填。

肖　丽　同志们填好了交给我。

白瑞芳　老郭，干脆叫大伙唱支歌吧？鼓舞一下士气。

郭　阳　好啊，唱首老歌，《进行曲》……

[大家唱起来。“向前、向前、向前……我们的队伍向太阳，背负着人民的希望……

[这时有一位北京人走过来。大声向他们说道：“解放军，北京欢迎你们！是你们还给我们北京一个不戴口罩的夏天！北京人不会忘了你们！

肖　丽　你们看，群众没有躲开我们，他们在向我们招手。

[群众的问候声络绎不绝。

[这时白瑞芳的手机响了，打开时是老板陈发贵的声音："白护士长，我还在家里边听到你们要走的消息，要赶到机场看来是来不及了，我想了很久，献上一支曲子，代表我们北京人的一片心吧。

[乐曲从手机里传出，《致爱丽丝》……

郭　阳　音乐太美了，我们在配上一首诗好吗？

[大家欢呼。

18.

[肖丽开始朗诵：
从小我就渴望去一次北京
八达岭、故宫、颐和园
就要离开北京了
真的想去看一眼
了却童年的心愿
不是没有时间
也不是没有空闲
离开大庄山后我们还被隔离了整整十天

[群诵： 为了北京的安全，我们心甘情愿
为了北京的安宁
我们愿悄悄往返
我们在心里默默祝福
天坛、地坛、社稷坛
华山、泰山、苗岭山
共祝愿我们的祖国 繁荣 昌盛！
共祝愿我们的人民 吉祥 平安！

[在音乐声中飞机起飞。

——剧终——

戏曲剧本

父老乡亲

时　间　世纪之交

地　点　乌江岸边龙家渡

人物表

江玉莲　女，三十多岁，县移民局局长，原籍龙家渡。

龙大发　男，三十多岁，龙家渡村委会主任，“龙记帮珰酒”作坊老板。

龙庭贵　男，七十多岁，龙大发之父，五十年代的老党员。

何盛先　男，五十多岁，龙家渡街市闲汉，风水先生。

唐喜和　男，五十多岁，江玉莲的舅舅。

江桂花　女，四十多岁，寡妇，江玉莲的姐姐。

毛　九　男，二十多岁，县移民局干部。

龙大昌　男，三十岁，乡政府干部，龙大发之弟。

群众若干，甲、乙、丙、丁、老红军。

地戏、傩戏、灯班表演者若干人。

序 幕

[乌江流域的峡谷地。

[坚硬的群山围绕着的龙家渡集镇依稀可见。

[给“红军渡”几个大字上了一半红油漆的何盛先躺在江边，享受喝酒的快乐。

[远处传来伴唱声：

世上不论贫和有，
只愿乌江变为酒，
闲时躺在江边上，
一浪打来一口酒。

[喝得半醉的何盛先见有几个城市装束的人在测量什么，好奇地过去与之攀谈。

何盛先 大哥，你们这是测哪样风水，吊的是哪根龙脉。

中年人 我们吊的这根龙脉大了，你看不懂。

何盛先 我“何神仙”在方圆一二十里也是有名的风水先生，你是看阴宅，还是看阳宅，我保证给你讲个来龙去脉，我这里有罗盘。

中年人 （笑）我这个罗盘比你的先进，吊得比你准。

青年人 （调皮的）我们一不看阴宅，二不看阳宅，我们吊的是水宅，你那个罗盘不行。

何盛先 水宅？头回听说有人要修水宅，只听讲龙王才住水晶宫。

青年人 你讲对了，我们要在龙家渡给乌江里的这条乌龙修一座水晶龙宫。

何盛先 青年人，你跟我讲讲这龙宫要修好大、好高？龙宫拿哪样料子修？请哪家的工匠？

青年人　这龙宫有一两百米高，比两座山连起来还要大，投资四五十亿块钱，请的工匠来自五湖四海四面八方……

［何听得惊呆了。

［年轻人笑得前仰后合。

［何盛先有些生气。

何盛先　小伙子，拿我开玩笑是不是？要说吹牛皮，我在这一带还是找不到对手呢。

中年人　老哥子，还真不是跟你开玩笑，真是要花四五十个亿修一座电站。乌江这条龙真是要在这里抬头了。

［何盛先恍然大悟。

何盛先　说半天是要修电站？都说了几十年了也没见动静，又是在开玩笑。怕是修好电站的那天我都看不见了。

青年人　这句话你又讲对了，修好电站时你还真的看不见了，整个龙家渡早就淹没在水里头了。要是不搬走，你肯定就看到龙王了。

何盛先　你讲的是真的？

青年人　当然是真的。

中年人　千真万确，我们测量的这个水位线，二天都要淹在水底下。

何盛先　这里真的要淹了，乌龙真的要翻过龙家渡了？

［测量人下

［何盛先还在那里发呆，他回过神来后仍然不敢相信。“是我喝醉了还是在做梦。”

［他走到刚才测量人员所在的地方，踢到一个白色水泥墩子，仔细辨认后才认定这的却是真的。

［他连着喝了几口酒后大声喊道：“龙要抬头了，龙家渡真的龙来了！”

［切光。音乐起。

第一场

[这里是龙家渡集镇坝上最热闹的地段。

[龙大发的“龙记帮珰酒”作坊招牌十分醒目。

[龙家新盖的五层新楼房披红挂彩。两大串鲜红的鞭炮从楼上放下，一直拖到大门外两个石狮子下。

[院坝中央有一根可升国旗的旗杆。另一侧放置着三个硕大的酒缸，上写有“龙记帮珰酒”字样。

[一队人将两头肥猪抬了进去。

[一队人抬着各种蔬菜、碗盘、红凳子、红桌面进去，不小心将一把红筷子“哗”一下散落在地下，大家喜嚷着“筷落是快乐”从地上拾起筷子。

[伴唱声中灯班起舞。

太阳微微照，
霞光万道，
日子过得红红火，
全靠党的政策好，
欢天喜地进新屋，
龙家今天好热闹。

女生唱　太阳照在乌江上，
财源滚滚进新房，
新屋脚下站的稳，
五星红旗在中央。

男生唱　太阳照得暖洋洋，
发家致富奔小康，
龙家烤的帮珰酒，

十里八乡美名扬。

[龙大发兴高采烈地叫人抬出来三大坛“帮珰酒”。

龙大发　把酒抬到场上去，就管够。晚上我和你们一起到场坝上跳灯。

[灯班的男女青年欢呼而下。

[龙庭贵领着一帮老年人吹打锣鼓班子进来。

[几个年轻人抬一块大大的匾额进了院子。

龙庭贵　来来来，大发，快抬张椅子来把这张匾额挂上去。

[匾额上的烫金大字是“龙家渡养老福利院”。

[几位老人组成的吹打乐队有位老人唱起了灯词“开财门”

开财门，财门开，

男女老少都进来，

东边的老人家寿比南山长，（众和）

福如大东海！

南边的读书人勤奋又上进，（众和）

代代出秀才！

北边白银柜是瑞雪兆丰年，（众和）

风调雨又顺！

西边的荷花池跳出鱼摆摆，（众和）

年年有余（鱼）来！

坝坝中央的红旗升，永世得安泰！

[老人送的对子是“社会主义好，改革开放强。”

[众人鼓掌叫好。

龙大发　这两句话写得好。哪样都想到了，就是忘记请“何神仙”过来写几副对子。赶紧去把他喊来，就说是我请他。

[有人应声而去。

［有人喊："花生瓜子茶水糖果都办好了，请老辈子们到堂屋里头坐。"

［江桂花上。

江桂花　大发，乡长找你有重要事情，要你赶紧去村委会。

龙大发　那回开会他们说不重要？退耕还林重要，计划生育重要，减轻农民负担重要，农药管理也重要，防火、防盗牛马还是重要。乡里头没有不重要的会。去跟讲一声我这头忙走不脱，等一下请他们过来喝酒。

［何盛先上。

何盛先　大发主任，天天都是我找你，今天也有你……找我的时候。

龙大发　又喝酒了是不是？今天我进新屋，请你过来喝酒。

［何醉眼迷蒙地看了一眼那栋五层高楼。

何盛先　破土下基脚的时候咋个不喊我来看个朝向，选个日子？现在喊我过来喝酒……我喝不下去

龙大发，你喝的下喝不下都要喝。我好歹也是个村委会主任，起栋新屋去找个风水先生来……影响不好嘛。

何盛先　村主任又做哪样？有些事该信的还要信。这风水不是迷信，是科学。

江桂花　"神仙"，你今天又喝多了。大发喊你过来写几副对子，讨个吉利。

［何盛先仔细打量了那栋房子后又朝远处乌江山谷来回测望。

何盛先　好！纸笔伺候。

龙大发　来人呐，把笔墨纸张拿来。

［几个作坊女工将笔、墨、纸张摆放好。

［何盛先思索少顷。

何盛先　大发，要想写出好对子来，先拿碗酒来喝。

龙大发　给何三哥上三碗酒来，大门上一定要想副好对子。

[何盛先喝下一碗酒顿时来了精神，挥笔写出了一副对子。

[众人看时都惊呆了。

[龙大发（念）上联："看今朝龙家渡有酒有肉欢天喜地进新屋，"下联："想明天全村人是哭是笑各奔东西谋生路。"横批："不分贫富。"

[围观的人群中有人发问："各奔东西谋生路？"

[何盛先自得地端起第二碗酒要喝。龙大发强忍心中的不快，将何手中的酒夺过，把酒泼在地下。

何盛先　咦，不要浪费嘛，酒是天底下最妙的东西，"何以解忧，唯有杜康"。

江桂花　我看你狗坐轿子，不识抬举。好心好意请你来写副对子，你发哪样酒疯啊？

何盛先　就是喝了点，没有醉，更不会发酒疯……

龙大发　何三哥，我和你往日无仇，今日无冤。今天是我进新屋的日子，请你来凑个热闹，捧个人场讨个吉利。你要是喝醉了我就原谅你。你要是还没喝醉，重新写对子，我们还是好兄弟。刚才这副对子只当是酒话，我不和你认真。

[何先将第三碗就喝下去。提笔又写了一副对子。

何盛先　好，再写一副，这一副贴在二门上。

[众人（念）上联："悲只悲这五层高楼欠稳固尽是些豆腐砖头泥巴柱，"下联："叹只叹要漂落他乡离故土无奈何都要迁出龙家渡。"

[众人问：横批呢？

[何递过去，众人念："是祸是福"

群众甲　何"神仙"，你不要在这里装神弄鬼了，大家都在这里住了几百年了，为哪样都要搬出龙家渡？是不是酒把你灌得胡说八道。

何盛先　信不信是你的事，讲不讲是我的事。信则灵，不信也行。

群众乙　你算天算地，咋个就没算出那个浙江木匠拐走你婆娘呢？

[众人发笑。

何盛先　婆娘要走那是迟早的事情，浙江木匠不拐走湖南木匠也会把她拐走，这是命中的缘分。

江桂花　何盛先，你平常天只喝酒不发疯，要是装疯就向大发道个歉。

何盛先　疯不疯，我和你也讲不清楚，这两副对子不出一年半载就会应验。我道个什么歉？

龙大发　我看你确实不像讲疯话。要是你写的这两副对子一年之内没有应验，咋个向我道歉？

何盛先　在场坝上敲锣一天，向你认错赔罪。从此金盆洗手，再也不给人测看风水。要是兑现了呢？

龙大发　好！大家听见了，何神仙讲的要是应验了，我龙大发送好酒三坛，一言为定。

[龙大昌急匆匆上。

龙大昌　哥，县里乡里的人都在村委会等你半天了，咋个就是不过去？

龙大发　今天进新屋，我还没怪你咋个这时候才回来，你倒怪起我来了。

龙大昌　才两个多月没回来就盖起这么大栋屋来了？哎呀！还盖了五层。晓得的是你盖起来住的，不晓得的还以为是乡政府大楼呢。

龙大发　这个你就放心了，我特意去量过乡政府大楼的，都是五层楼，但我比乡政府大楼矮一匹砖……

龙大昌　矮了一匹砖又是为哪样？

龙大发　说明我龙大发心中把党委政府放的比我还高。发财再大，也绝不忘了党的英明政策。这边是帮珰酒厂，那边是龙家渡的敬老院。这叫什么你懂不懂？哥告诉你，这就是代表最广大人民群众的根本利益……

[龙大昌急了，把龙大发拉到一边。

龙大昌　你……你还不晓得？龙家渡电站要开工上马了。

龙大发　上马？都讲了一二十年了还没见马在哪里，又来逗起闹。

[从包里取出文件。

龙大昌　自己看吧，是不是在和你逗起闹。好生看下，移民的区域范围，迁出去的期限。

[龙大发看文件后愣住了。

龙大发　这条水龙当真要抬头了？

龙大昌　你还有闲心在这里办酒，县移民局的局长都来了。

龙大发　局长来了我也要办了这台酒再说。你去请他过来也喝杯酒。

龙大昌　我看还是算了，移民局长是玉莲……

龙大发　玉……江玉莲？

[这时有人来报："江玉莲来了。"

龙大发　跟她讲我不在！把大门关起来！

[龙大昌将人群送出去。

[何盛先返回来找龙大发、。

何盛先　我哪时来搬那三坛酒啊！

[龙大发一怒之下将何轰了出去。

龙大发　给你！给你！拿去！喝死你！乌鸦嘴！明天你去给老子看块坟地……

[江玉莲来到龙家门外，听见暴跳的大发在嚎叫。

[切光。

[锣鼓声中音乐响起，一群带地戏面具的舞者上场，跳

“连盖舞”。舞蹈表现龙大发烦乱不安的内心活动。

[伴唱：

世上不论贫和有，
只愿乌江变为酒。
闲时躺在江边上，
一浪打来一口酒。

第二场

（伴唱）

田坎不得土坎高，
电站建设要让道，
富有富的富烦恼，
穷有穷的穷刨躁。
前年才把山承包，
花椒才是半大苗，
搬又搬不走，
卖又没人要，
热锅上的蚂蚁子，
急的大家双脚跳……

[对何盛先的屋里喊：“何神仙！”

[何在她的后面应道：“人来了！”

江桂花　你买起这么多菜是要接哪个来做客？

何盛先　你家有大喜事，还不兴我庆祝一下？

江桂花　我家有喜事？你帮我看的那匹山，说是修电站要被水淹。我急的是双脚跳，你还有脸开玩笑。

何盛先　不是和你开玩笑，你家确实是喜事到。去备一方刀头肉，买两挂鞭炮，你家坟山冒了青烟，玉莲在城头做了官。

江桂花　她？她做她的官，管我哪样事？她能保得住我那匹山上的花椒树？

何盛先　嘿，当真被你言中了，她还真的保得住你的花椒树，说不定还能保住龙家渡。玉莲这回做的官是专管移民的局长。

江桂花　移民局长？

何盛先　就是专管移民的官，比县官还管火。你说我该不该向你贺喜？

江桂花　何神仙，不是在拿我开心吧？

何盛先　千真万确，玉莲还说帮完忙后就来看你呢。

[江桂花心情激动的坐了下来，嘴里念念有词。

江桂花　苍天不负苦命人，我江桂花真的得了好报了。

（伴唱）

老天有眼菩萨保佑，

该龙家渡逢凶化吉，

保住大发家五层楼，

花椒园不用再发愁。

何盛先　玉莲能不能给龙家渡的行个方便就看你的了。

江桂花　别的人我不敢吹这个牛，玉莲和我是交心交肺的姊妹，她肯定会帮这个忙的。我先上街砍斤肉，好接她去屋里头吃晚饭。

[龙大发和几个小伙子抬来三坛酒。

江桂花　大发，你猜是哪个来管移民的事情？是我家玉莲。

龙大发　玉莲又怎么样？房子照样拆。国家在搞建设，你以为是去买化肥，有个熟人就能开后门？

江桂花　大发，先不要灰心，事在人为。别人的话玉莲她可以听不进，我的话她要掂下分量的。

龙大发　你以为她还是原来的玉莲？只要一当官就会变的。

江桂花　不会的，我先去砍斤肉，再去接她到屋头来吃饭。

龙大发　接她吃饭的人多得很，还轮的上你？不要白忙了。

江桂花　……不听你的，我自家的妹我晓得。

[江桂花匆匆下。

[何盛先 围着几坛酒转。

何盛先　大发兄弟，这几坛酒是要抬到哪里去？

龙大发　（没好气地）装哪样憨，我龙大发再走背时运还输得起这几坛酒。

何盛先　哦，是你输的，那我要收下。我还以为你趁天黑要去给哪个领导去送……

龙大发　（来火）何神仙，酒我可以给你送来，但话我还是要留一句，少搞这些迷信活动，蛊惑人心，破坏安定团结。

何盛先　大发兄弟，这话就伤和气了，看风水是是一门科学，古而有之，是老祖宗传下来的文化。你可以不信，不能让人家也不信啊。这水淹龙家渡是天意，我也不愿算出来。人算不如天算，才进新屋就要拆，你心疼，我也心疼。国家要修电站，我就是算不出来，你还不是要拆房子。

龙大发　你能算算那江玉莲今天走？还是明天走？

[何盛先掐掐测算，口中念念有词。

何盛先　玉莲她今天、明天、后天都不会走。她还会来找你，你不见她还不行。

[这时有人来报："大发，玉莲朝这边来了。"

龙大发　当真是撞到鬼了。

[龙大发要离去。

[他们对何的掐算钦佩不已："真的是何神仙。"

[唐喜和从另一端上。

唐喜和　龙大发你不要走嘛，就凭你和她原来……也不至于连面都不见嘛。

龙大发　我活的就是这一口气，巴结她？我龙大发做不出。

唐喜和　硬起，好汉一条。这三坛酒咋个要天黑了才抬来呢？要是我？就大白天抬来，输得起赢得起嘛。

龙大发　你输得起？村主任落选的那天我请你酒，你咋个也没来？哼！

［龙大发匆匆而去。

［唐喜和笑。

［何盛先上来递上一支烟给唐，为其点燃。

何盛先　（唱）

我晓得喜和哥不缺钱和米，

龙家渡论富贵当数您第一，

凭见识、凭才干、凭能力，

哪个敢和您来比，

慢说小小村主任，

就是当个乡长您老人家都太委屈。

［众村民附和：“是，太委屈，太委屈。”

［唐喜和故作谦虚：“哪里哪里。”

唐喜和　（接唱）

当不当官倒也无所谓，

只是咽不下当年那口气……

唐喜和　要不是在公社 当过几天倒霉的秘书，把我定成“三种人”真不是吹牛皮，现在我至少是个县委副书记。

［几个村民附和：“是，肯定是个副书记，副书记。”

［唐喜和：“哪里，哪里。”

［几个村民跟着附和吹嘘。

群众甲　（唱）

记得那年的腊月二十一，
三车生姜拉番禺，
前后六天打来回，
一幢高楼就盖起。

唐喜和　路边一张破报纸上得的信息，才找了几万块钱，雕虫小技。

群众乙　（唱）
那年村里承包土地，
众人是挑肥拣瘦，
争的是乌烟瘴气，
只有你一边不言语，
把好田好土让出去，
最后要了块河沙坝，
众人都笑得捂肚皮，
谁曾想你开了牛马市场，
三年翻了几十倍利，
河沙坝成了各种贸易的集散地，
从此三个县都来赶“龙家集”。
[引起唐喜和的心烦。

唐喜和　要不是有人得“红眼病”，我这个村主任也不会被选下来。

群众丙　主要是龙姓人太多，我们也是无奈何。

何盛先　你只要答应出山，为大家办点事，今年的村民大会我保你当选。

唐喜和　那龙姓人会投我的票？唐家没有龙家人气旺呀。

群众甲　何三哥都算出风水要朝唐家这头转了。你外甥女都当局长了，你当村主任也是群众的呼声。

唐喜和（得意地）好吧，出来为大家办点事也是应该的，那就试试吧。我这就去请玉莲。

[切光]

（伴唱）

狮子滚绣球，

风水轮流转，

昨天山欺水，

今天水淹山。

[傩戏面具舞蹈，表现狮子老虎争斗。

[暗转成江桂花的家门前小院。

[“砰”的一声关门声后升光。

[江玉莲的包被江桂花扔在地下。

[江敲门，传来桂花的斥责声：“我没有你这个妹，你做你的官，我搬我的砖。你不要再登我家门。”

[玉莲敲门，无人答应。她从地下捡起包来，心情难以平静。

江玉莲　姐，你也要听我把话讲完，再撵我走嘛。

[桂花声音：“你真的变了，你把姐全忘了……”

江玉莲　姐，我怎么会忘了呢？

（唱）

亲不亲，

改不了的故乡音；

近不近，

割不断是故乡情。

打断骨头还连着筋。

冷了同烤一笼火，

渴了共饮一眼井，

姐的恩情忘不了，

点点滴滴记在心……

忘不了那一年，
考上学校要出远门。
一床薄被子，
补丁摞补丁，
让我难为情，
实在难见人，
姐你见了好心疼，
拿出陪嫁的新被面，
怕人笑我们家道贫。
一段灯芯绒，
做了衣一身，
那晚的灯花不停的笑，
玉莲我是泪盈盈，
飞针走线是姐姐你，
一直缝到大天明。
新衣穿身上，
温暖妹的心，
送我过乌江，
送我上了班车门，
送我四个苦荞粑，
怕妹路上饿了冷，
一路千嘱咐，
一路万叮咛，
姐妹情分道不完，
姐姐的恩情道不尽……

江桂花　姐一个寡妇把你拉扯大，送你进城读书，承包下那匹山来种花椒，我容易吗？

（唱）

一肚子的气，
硬是鬼火撮。
你是龙家渡长大，
从小受磋磨，
晓得农民的苦，
懂得农民的乐，
起一幢新屋不容易，
颗颗汗水打湿脚。
如今你进城做了官，
吃了白米莫忘挨过饿，
治好了疾病莫忘了药。
姐姐守寡这些年，
只身单影力气弱，
最难时是大发他，
连拉带扯帮助我。
你和大发毁婚约，
龙家没记你的过，
你把良心摸一摸，
有些难听的话，
姐都不好对你说……

江玉莲　说我什么？

江桂花　（接唱）
有人是过了河就拆了桥，
抬上了坡就砍轿夫的脚。
[玉莲震惊，坐在石墩上。

江玉莲　姐，我们的事你不清楚。

江桂花　我和大发从小长大，我还信不过他？早知道你变成个样子，当初……

江玉莲　当初就哪样？

江桂花　当初，我就不该把大发让给你的……

江玉莲　你？姐你说哪样？

江桂花　姐是怕伤你的心，看见大发这么热心的资助你读书，我才把他让给了你……

江玉莲　你为什么不早告诉我？

江桂花　姐知恩图报，没想到，你太让我伤心了。

江玉莲　（难过）姐，就算我不懂事，你也不该把我撵出来，我跑了一天的路，也该给我吃点东西。

江桂花　（狠心）家里没你吃的，我从来不养白眼狼。

江玉莲　……好，我走。总有一天你会知道我的心。

[江玉莲伤心的离开，她一步一回头，依依不舍。

[江桂花家的小院落在灯光中隐去。

第三场

[江玉莲独自一人来到乌江岸边。

[伴唱声起：

乌江水，静静流，

源源不断淌不休，

骨肉情，怎分手？

满腹委屈难开口。

[唐喜和上，发现江玉莲。

唐喜和　玉莲，舅舅到处在找你……

[江玉莲见是舅舅，委屈地。

江玉莲　舅舅，我……自己的亲姐姐，撵我出了门，我怎么会得罪那么多的人？

唐喜和　（安慰的）这工作说难也难，说易也易。就像郎中看病，只要拿好脉就好下药。当官呢，要协调各方面的关系。当年我在公社革委会……那个官不能和你比，道理是相通的。

江玉莲　我的工作讲的就是原则，和不得半点稀泥。舅舅，你不会是来和我商量把电站大坝移到上游几公里的吧。

唐喜和　移坝子？开什么玩笑。

江玉莲　桂花就是因为我不同意移坝址才把我撵出了门。

唐喜和　她……哎！亏她想得出来，那坝址是随便能移的？

江玉莲　我也理解，一个女人承包下一匹山，实在不容易。

唐喜和　哎，这句话说在点子上了，农村人攒下这点家业实在不容易，国家搞建设我赞成，但也要考虑到农民的困难，涉及群众的根本利益。思想工作急不得。

江玉莲　但移民工作关系到电站建设的全局，刻不容缓。

唐喜和　玉莲，……舅有一点小事要给你讲。（略一思索）玉莲，你不是外人，舅有难处也只能对你讲，移动坝址虽然是个笑话，龙家渡移民的时间是不是可以有一点退让？缓个半年一载的。

江玉莲　为什么？

唐喜和　舅在江边承包了几眼鱼塘，鱼苗还没有指头长，要是马上迁出去，十几万就等于砸进水塘。

江玉莲　不能再找个鱼塘，把鱼苗拉过去？

唐喜和　我养的是乌江鱼，离开乌江水，马上就打“翻天亮”舅舅只好送你干鱼两筐。

江玉莲　这是个实际问题。

唐喜和　难道你就不肯帮舅舅这点忙？

江玉莲　你是我的亲戚，更希望你能带头做个榜样。

唐喜和　官腔留着开会的时候讲。舅舅来求你帮忙，能不能在别的地方给我做点补偿？

江玉莲　话讲到这个份上，我也只好把窗户纸捅亮，我们是亲戚，我要是答应了你，群众面前我还怎么讲？我是政府的移民局长，这个忙我可能我可能帮不上。

唐喜和　当真没得……商量？

江玉莲　已经出台补偿标准，只能照章执行。我真的帮不上。

唐喜和　玉莲妹子啊，人在世上走一趟，绝情的话不要轻易讲。你要是真的这样油盐不进，龙家渡的事怕不是那么好办了。

江玉莲　舅舅，你听我给你讲……

唐喜和　六亲不认，我看你二天咋个为人。

[唐喜和气急地下。

[江玉莲欲叫住唐喜和。

江玉莲　舅舅……

[在一旁的何盛先答腔。

何盛先　哎，不听老人言，吃亏在眼前。在龙家渡得罪了你舅舅，办事就难咯。

江玉莲　何三哥，别人都躲着不见我，只有你老人家来给我指点迷津。

何盛先　俗话讲得好“娘亲舅大”，把他得罪了，非吉兆啊。

江玉莲　何三哥，都说你能测字看地，能测出我这烦心的事该怎么解呢？

何盛先　局长要算卦？新鲜。来先喝杯水酒，一醉解千愁。

[江玉莲端起酒一饮而尽，示意再斟酒。

江玉莲　倒满这酒。

何盛先　你慢点喝，酒逢知己千杯少，为哪样非要一口搞？

江玉莲　喝点酒身上热和，我还要去找龙大发。（给酒钱）

何盛先　不要你的钱，我有的是酒，三叔是怕你猛酒伤胃。

江玉莲　（又喝一碗）慢酒伤心……

（唱）

淳淳的香味沁心肺，

浓浓的酒啊好大的劲，

亲亲的姐姐啊，

将我逐出门，

亲亲的舅舅骂我是

……六亲不认，

六亲不认？

无义无情？

抬上了坡顶，

砍断轿夫的脚的人？

何三哥，就再来一瓶瓶，

大发和我的事，

原原本本我讲给你听……

[这是江桂花出来找江玉莲，躲在一边偷听。

那年才开春，

我与大发同路行，

组织民工去珠海，

劳务输出来扶贫，

大发他勤学苦干人精明，

才学会技术就要加薪，

厂方不答应，

他就鼓动工人把工停，

我是县里的带队干部，

怎能为他一个人，

让大家丢了工作打起铺盖转回城，

说我不记恩，

说我太绝情，
说我和厂方老板有私隐，
我是浑身有口也说不清……
只觉得天旋地转有些晕，
脚下像是在踩云……
[江玉莲趴在小桌上睡着。
[江桂花过来，心痛地脱下外衣给江玉莲盖上。
[江玉莲进入梦境。
[暗转成龙家大院。
[一队迎亲的人们吹吹打打，把江桂花迎进大院。
[灯班起舞，把身着红妆的新娘江桂花围在中间。

灯　头　（唱）
新姑娘，咚咚仓，
吹起唢呐，
放起炮仗，
满地撒糖，
迎进新房做哪样？

众　和　（唱）
一看谷仓满不满，
二看人气旺不旺，
三看床板晃不晃，
多子多福金满堂。

灯　头　（插科打诨唱）
计划生育不能忘，
基本国策先要讲。（众笑）
[众接唱。
四季风调雨水顺，
五子登科百事昌，

六只麒麟托福来，
七仙下凡配董郎，
八仙过海样样会，
九龙盘柱饮酒长。

[有人高喊：“县移民局长江玉莲到”！

[乐鼓声、鞭炮声大作。

[司仪高叫：“贵客云集，吉祥如意！”“新郎接礼，恭贺新禧！”

[大发出来接礼。两人见面，尴尬。

[唐喜和故意为难江玉莲。

唐喜和　大发是远近闻名的灯头，玉莲当年也是龙家渡有名的幺妹。今天是大发的好日子，玉莲亲自上门来贺喜，该不该跳一段干哥干妹“踩新台”呀？

[众人拍手叫好呼应：“来一个！”

[龙大发挑衅地递过一付花灯扇帕。

龙大发　江局长给不给我这个面子啊！

[江玉莲犹豫。

唐喜和　是不是进城当了官，抹不下面子，耍这把花灯扇？

江玉莲　不，儿女无论走多远，总有剪也剪不断的记忆，抹也抹不去的思念。不论离开家乡多少年，一直记得这支花灯调，舞得转这把花灯扇。

唐喜和　锣鼓家什要敲响，干哥干妹要上场，一个舞来，一个唱，大家先给他们鼓个掌。

[在锣鼓乐声中，江玉莲与龙大发跳起灯来。

[花灯传统节目“踩新台”一段表演。

[在掌声中结束了跳灯。

唐喜和　大发，你该为荣归故里的江局长，敬酒三碗。

[龙大发正为难，玉莲抢过话头。

江玉莲　今天是大发的大喜之日，这酒我一定要喝的。乡亲们都晓得是龙大伯和大发哥资助我读书，我才有了今天，我该先敬龙大伯一杯。（龙喝酒）再敬大发哥和新嫂子一杯。

［江玉莲将两杯酒举起。“桂花姐，我诚心诚意地敬你们两个。”

江桂花　玉莲，想好了没有？将来后悔就来不及了。

［切光，回到现实中来。

［江玉莲还在梦中叫道：“不，姐姐，我喜欢他我离不开他……”

［从梦中惊醒的江玉莲见江桂花。

江玉莲　桂花，你结婚了？……我……

［意识到失态。

［江桂花莫名其妙。

江桂花　回家吧，我把饭菜热好了。

江玉莲　姐，多谢了，今晚还要去找大发，我就不信他能老躲着我。

［江玉莲消失在黑夜中。

［江桂花心情十分复杂，矛盾。

何盛先　舅舅都靠不住。看来水淹龙家渡已成定数。

江桂花　乌鸦嘴，龙家渡撞到鬼。我那匹山上的花椒看来是无指望了。何神仙，倒碗酒来陪我喝个一醉方休。

何盛先　……你也要我陪喝酒？

［江桂花仰头喝下一碗。

［何盛先喝了一碗后唱了起来。

（唱）

世上无论贫和有，

只愿乌江边成酒，

闲时躺在江边上，
一浪打来一口酒……

第四场

［暗转。桂花飘飘欲仙，晃晃悠悠来到龙家大门口。

［大发要牵狗进屋，被桂花叫住：“你跑什么？”

［大发见桂花有些醉意，忙扶她在石凳坐下。

龙大发　桂花姐，卖了几年的酒从来没见过你喝过酒，今天你这是碰到什么喜事了？

江桂花　（醉态）喜事？（笑，继而转为哭）大发啊，我的好兄弟，再给我一碗酒，姐有话给你讲。

［江桂花喝下一碗酒。

（唱）姐有千言万语，
不知从何讲起，
玉莲无情无义，
过去的事莫再提，
她有她的为难处，
你有你一肚子气，
手心手背都是肉，
我是上下左右不沾地。

［江桂花又喝下一碗酒。

多年来是你照顾我，
风风雨雨，
弯弯曲曲，
朝朝夕夕，
一年四季，

巴心巴意，
人心都是肉长的，
真不知该怎么报答你。
……大发老弟，
年今也三十好大几，
那水头月亮虽好看，
可惜摸不着捞不起，
若是你……不嫌弃，
姐和你打火过日子，
管好家里油盐酱醋米……

［大发动情，举酒与桂花一饮而尽。

龙大发　姐，我晓得你爱我，同情我，我是个有情有义的人，我和玉莲起过誓，只要玉莲她一嫁人，我就……

江桂花　大发，姐等你。

龙大发　我就不信没有盖的鼎罐煮不熟饭，我讲话算数。

［桂花去而复返。

江桂花　这五层楼没保住，我这心头也难受……

龙大发　你不该喝这么多的酒，我怕你酒后……

江桂花　二天嫁给你再管我……

［桂花醉醺醺离去。

龙大发　桂花姐好生走。

［大发遇到前来打酒的唐喜和。

［两人面面相视。

唐喜和　龙老板、龙主任，听说你家的帮珰酒名气很大，方圆几十里都有人来打你家的酒。眼看就要喝不成了……能不能也打一斤给我？

龙大发　（唱）（冷冷的）酒？
好酒不掺假，

不敢让你夸，
你从来不沾酒只喝茶，
龙家的酒不会卖江家

唐喜和　唉！（唱）
我也有过年轻气盛，
也曾有过冲冲杀杀，
其实你和玉莲的事，
都是阳错阴差，
我看不提也罢，
别人同室操戈，
为的是分天下，
你我乡里乡亲，
何必兵戈铁马，
龙家好酒，江家鱼虾，
你我早晚成一家，
倘若还不联起手，
那才是真正的大傻瓜。

龙大发　（唱）
你在拉选票，
推翻我大发。
说你去求玉莲，
莫非是说瞎话？
你手段是高明，
我不是小娃娃。

唐喜和　我敢给你写保证书，选举我决不再参加。这个时候了，还你争我斗的干什么？“皮之不存毛将焉附？”

龙大发　哪样皮啊，毛啊的？

唐喜和　龙家渡都快被水淹了，我们还争哪样？

龙大发　国家建设，我坚决拥护。不像有的人为几万块钱的鱼苗出迹象。黑天半夜的出来打酒喝，哈哈哈……

[故作轻松。

唐喜和　高调不要唱，龙家渡不光是我在出迹象。

（唱）你为什么不肯见江局长，
成天躲起做哪样，
不要和我嘴巴犟，
看你喝成什么样？
眼看就要拆，
刚搬进新楼房，
说是心不痛，
那是在扯谎。
起五更睡半夜，
麻麻亮就起床，
酒不知烤了多少缸，
猴、马、牛、羊、赶乡场。
走大的是脚板，
磨肿的是肩膀，
晴天汗水滴，
雨天泥水淌……
四四方方瓦盖的房，
长长条条砖砌的墙，
那一砖一瓦砌的是，
你对好日子的希望和向往……

[龙大发忍不住呜咽起来。

[江见龙已动情，进一步深谈。

龙大发　玉莲她……那年在珠海是因为穷我才受她的气，现在有钱了还要受他的气，我这心头堵得慌。

唐喜和　你以为她江玉莲还记得你家对她的恩情，她现在是六亲不认。她再来烦你……

［唐喜和与龙大发耳语。

龙大发　这样不好吧？我好歹是个党员，还是村主任。

唐喜和　主意，我帮你出了，听不听是你的事。

［这时江玉莲来到龙家大门外。

［龙大发见她，立刻牵狗进院关上了门。

唐喜和　大发，我还没打酒呢。

［江玉莲主动上去与唐喜和打招呼：“舅舅……”

［唐喜和理也不理的扭头而去。

［江玉莲望着远去的唐喜和，不由得一阵心酸。

［江玉莲犹豫再三，还是决定敲响了龙家大门。

［大门里无人答应，只传来“汪汪”的狗叫声、

［江还要敲门时，龙应道：“玉莲，不要再敲了，大发他不愿意见你……”

江玉莲　大伯，我是来……

龙庭贵　你是来来贺喜我家进新屋的？

江玉莲　我……

龙庭贵　大道理我懂，这栋新屋是我们龙家辛辛苦苦修起来的，才进来就要拆，你晓得我们的心里不痛快……

江玉莲　大伯，我来找大发商量事情，他总不见我不好吧？

龙庭贵　见不见面都要拆，何必浪费口舌。

江玉莲　让大家晓得移民的意义，搞清楚搬迁的补偿标准。

龙庭贵　意义我们都懂，就是心头难受。这日子才好过一点，这一搬又不晓得好久才翻得起身来。

江玉莲　正因为这样，才要和大发商量“搬得出”“安得稳”“能发展”的具体实施方案。

龙庭贵　发展？说起容易，做起来难呀。我去喊一声，出不出来

是他的事。

[龙庭贵的声音：“大发，还是出去见她一面，玉莲守在大门口半天了，是来和你商量公家事的。”

[大发的声音：“她要守就让她守，又不是我喊她守的。”“龙家不兴这样不讲理的。”龙庭贵制止他。

[江玉莲听见大发的声音，上去敲门。

江玉莲　龙大发，我听见你讲话了，不让我进屋，你出来我们谈谈好吗？（玉莲着急）不见我，卖一斤酒给我喝都不行吗？

[里面仍然没有什么回应。

[江玉莲继续敲门，只传来狗叫声。

[情急之下她触到了“龙记帮珰酒”的招牌！

江玉莲　龙大发你要是再不出来，又不肯卖酒给我，我就摘走你的招牌！

[大发着急。

龙大发　你只要敢摘招牌……

江玉莲　我摘下来了，看你敢怎么样？

[玉莲一气之下摘下招牌要走。

[龙家院子里的狗叫个不停。

[大发放出那条狗，狗猛地冲到玉莲面前却停下。狗认出了玉莲后，摇着尾巴和她亲热起来。

[玉莲一把抱住狗，喊它：“大龙。”

[龙庭贵出院门，叫狗回去。

龙庭贵　玉莲，狗没伤到你吧？这个大发啊……

[玉莲抱着狗，流泪。

江玉莲　（对狗说）大龙，别人都不理我了，只有你还理我，只有你还记得我……大龙，你为什么不咬我呢？咬一口我心里会好受些。

龙庭贵　玉莲，你先回去，我会劝大发来见你的。移民工作室组织决定的，大发他一定会执行的。

江玉莲　大伯，你让我在这里等他，我就不信他龙大发永远不出门。

［紧闭的门“咣当”一声被打开了，大发出来。

龙大发　这房子拆了可以再建，这眼井搬得走吗？没有了这眼井我们龙江还烤得出帮珰酒吗？还有大家集资修建的那个小电站咋个搬？农民没有人发工资，搬出去就等于世世代代点灯、吃水都要花钱。这些你晓得吗？木炭要是落在自家的脚背上，说话就不会这么轻松了。不是说要带头吗？你是移民局长，该你先带头。先把江家祠堂拆了，给我们树个榜样。

［江玉莲被龙大发连珠炮似的一通话将住了。

江玉莲　好，你说话要算数，我现在就去找江家的族长前辈们商量，我江家先带个头。

［切光，暗转成江家祠堂的门楼前。

［江家的族长前辈们均以地戏面具的形象出现。

［龙家的族长是以傩戏面具的形象出现。

［双方开始了激烈的争吵。

［江玉莲在中间劝阻。

江家族长　要拆祠堂也应该你们龙家先拆，龙家渡龙家是最大姓，说齐天也该龙家先带头拆祠堂。

龙家族长　龙家渡的场坝你们江家也占一半，围堰鱼塘全部姓江，卖乌江鱼的好事都是那么全占了，修小水电站又是由我们龙家承大头，说齐天这拆祠堂也该你们江家带个头。

江家族长　龙家渡是龙姓在当村主任，就这一条，龙姓就该先带头拆祠堂。

龙家族长　江家不是出了个拆房子的大官吗？不为龙家渡做好事也就罢了，张嘴就要拆祠堂。把祖宗老子撵出去，还有脸来顶我们龙家，我都替你们江家脸红。

［江家的人语塞，龙家的人欢呼胜利而去。

［江家人将玉莲团团围住。把一肚子火朝她发泄。

［暗转到乌江边。

［江玉莲独自坐江边，望着奔流的江水，心潮起伏，思绪万千。

（伴唱）

望乌江滚滚浪，
浩浩荡荡东流去，
洋洋洒洒注入那，
万里长江。

江玉莲　（唱）

喝一口乌江水，
最难忘是故乡，
江水好生凉，
沁透我心房，
酸甜苦辣在心头，
总也不能忘，
从小没爹娘，
穿的百家衣，
吃的集体粮
乡亲们把我养，
乡亲们把我帮，
眼看龙家渡将被淹，
何尝不心痛，
何尝泪不淌，

“西部大开发”贵州争创能源省，
“西电东送”抢抓机遇大干快上，
富民兴黔才有望。
[龙庭贵来到江边。
[江玉莲见龙庭贵。

江玉莲　大伯，你这是……

龙庭贵　玉莲，今天的事大伯对不住你，大发他自从发财后脾气越发大了，组织观念也大不如以前了。

江玉莲　大伯，您老人家是龙家渡的老党员，希望您多支持我的工作。

龙庭贵　玉莲，我也难啊……
（唱）
都说是我龙庭贵有福分，
其实我也有那难言之隐，
儿子自从发财后，
评上“劳模”“先进”，
乡长书记都捧着他，
如今又当上村主任，
组织生活讲平等，
有理却只好忍气吞声。
我敢“清匪反霸”，
我敢“苦战冬春”，
我敢斗“狂风暴雨”，
面对发了财的龙大发，
我是水牛落在泥塘头——
浑身有劲我是使不上，
再大的困难我都不怕，
就怕和有钱的人作斗争。

江玉莲　大伯，让我们一起来做好大发的工作，先要让他懂得什么叫顾全大局。

龙庭贵　玉莲，大伯支持你。

[这时龙大昌和毛九匆匆赶来。

龙大昌　爹，玉莲姐妹受伤吧？

毛　九　江局长，听人讲龙江两家差点打起来，你没事吧？

江玉莲　没什么，只是工作进展的很不理想。

龙大昌　玉莲姐你放心，我会把厉害关系跟他们讲明的，实在不行，乡政府会拿出组织措施的。

毛　九　早就该这样做，他们还以为我们胆小怕事。

江玉莲　决不能用简单的行政命令。移民关系到千家万户的切身利益，体现政府对老百姓的关心。

龙大昌　听说江家祠堂的族长要去掉你的江姓？太无法无天了。大发怎么连个态度都没得呢？

毛　九　对这些不讲理的人不能一味迁就，昨天我们在堆窝井那边量土地屋基，就有人阻拦，还是村主任出面干预，要不，这工作真的搞不下去。

江玉莲　思想工作有个过程，要学会换位思考。

龙大昌　玉莲姐，你先到乡政府去休息一下，我和毛九还要去量几家的屋基面积。

江玉莲　注意工作方法，要理解群众的对立情绪。大伯，我先回乡里去。

[江玉莲下。

[望着远去的江玉莲，毛九表现出不满情绪。

毛　九　稀奇古怪，只准群众有情绪，我们就只能扛到起？我们又不是受气包。

龙大昌　走，抓紧时间量。爹，中午我们到家里来吃饭。

[三人进龙家渡，集镇去。

［何盛先提一小桶油漆上，正好和提一腿狗肉的唐喜和相遇。

何盛先　喜鹊哥，这是去哪里发财？

唐喜和　发财？我是脚下踩青苔，栽倒了罗。外甥女的面前丢了人，看来只有敲狗散伙了。走，到我屋头搞二两酒。

何盛先　酒我倒是喜欢，等我去把“红军渡”这几个字修一下，就过来。

唐喜和　也好，我等你哦。

［唐刚走几步又返回。“等一下，神仙你刚才说你要去做哪样？”

何盛先　去江边修“红军渡”那几个字。龙大伯交代的事，他嫌别人填得不好，今天喊我再去修一下。

［唐喜和脑子一转，来了主意。

唐喜和　有了！这盘棋可能是个活局。去找几个石匠来，把“红军渡”这三个字刻进岩壁去，工钱算我的。

何盛先　你……（拍大腿）我懂了，妙计，妙计，好主意。

唐喜和　这三个字是龙大伯请了个老红军写的，我马上去申请个文物批件。想搬这三个字，够他们扯半年的皮。

何盛先　喜鹊呀喜鹊，我这活神仙还是赶不上你这小诸葛。

［江桂花风风火火的跑来。

江桂花　不好了，何三哥，不好了。有件事你又不得算到。

何盛先　哪样事，你快点讲嘛。

江桂花　有人在量你们家的屋基脚，说你是居民，不享受移民待遇。

何盛先　（着急）凭哪样我不能享受呢？

江桂花　我咋个晓得，反正补钱没得你。

何盛先　（摔了油漆桶）他们凭什么量我的屋基脚？走，我看哪个敢动我屋上的一块瓦。

[何与江跑下。

[唐喜和正在擦溅在身上的油漆点，远处传来“干部打人了！”的呼叫声。

[唐喜和叫好。

唐喜和　热闹、热闹。

[切光。

[戴傩戏、地戏面具的舞者跳斗笠蓑衣舞，表现与大自然搏斗抗争的战斗场面。

第五场

时间紧连前场，地点在何盛先家门前。

[几个年轻人把龙大昌绑了个结实，龙大昌还在用力挣扎。

[唐喜和疾步上。

唐喜和　神仙伤得恼不恼火？

群众甲　伤到哪里还搞不清楚，反正人是睡在床上。

[唐喜和见龙大昌被捆着，旁边有许多群众围观。

唐喜和　马上放人！他哥是龙家渡的村主任，还怕他跑了？

群众乙　另外一个姓毛的就是没捆才跑了。

唐喜和　跑得了和尚跑不了庙，我去和移民局讨个说法的，先把大昌放开。

[龙大昌被解开。

龙大昌　喜和大哥，幸亏你了。我把事情的经过给你讲……

[唐喜和把龙大昌拉到一边。

唐喜和　（压低声音）你现在一句话讲不对头，就会引起众怒，万一失手打死你，好汉不吃眼前亏，要站在龙家渡的这边讲话。

龙大昌　我们真没打人啊。

唐喜和　老实给你讲，何盛先只要朝法院一告，你还想当干部？马上去坐牢。明白了？

［龙大昌看着被激怒的人群，默认了江的暗示。

龙大昌　喜和叔，我错了，我对何三哥态度不好。

唐喜和　大家都听见了，大昌认错了，只要他认了错，打人的事情很快就会给大家一个交代。

［龙大昌忙将唐喜和拉到一边。

龙大昌　（压低声音）喜和大哥，我们真的没动手打人。

唐喜和　你还要嘴硬，人都睡在床上了，你还要抵赖是不是？

龙大昌　毛九可以给我作证，我没有打人。

唐喜和　活脱的法盲，还是个干部，那个毛九不能作为证人，他是个有利害关系的人，懂不懂？以后学习点法律常识。

［龙大发赶到。

龙大发　凶手在哪里，大昌在哪里？

［唐喜和忙上去拦住龙大发。

［龙大发冲过来要打龙大昌，被众人拦住。

［众人："大昌没跑就是条汉子，敢做敢当，还认了错。""就放他一马。"

龙大发　不行！把他捆起来……

唐喜和　村委会没有捆人的权利。

龙大发　那是不能捆好人，坏人我还不能捆？打人的凶手我也捆不得？这回我要听她江玉莲，江局长怎么说。

江桂花　大发，大昌是我们龙家渡的人，又是你弟。

龙大发　大昌是我兄弟不假，法律面前人人平等。

［这时有人来报："大发主任，玉莲要渡江过来了。"

龙大发　好，我们就在这里等她，听她给个什么说法。

[切光暗转。

[转台解决时空的转换。

[江玉莲正欲渡江，毛九追了上来。

毛　九　江局长，现在群众的情绪太激动，会出人命的……我要不是跑的快，后果不堪设想。

江玉莲　这个时候，越是要抓紧解决问题，受伤的群众情况如何？要及时治疗。大昌的情况不明，必须到现场了解事情发生的全部经过，尽快拿出处理意见。

毛　九　现在去讲什么都不管用，群众又在气头上，要不……请乡派出所的干警和你去？

江玉莲　这样反而容易激化矛盾，会把事情搞的更僵。龙大昌是我们抽调出来的干部，他不能出危险。

[毛九上前拦住了江玉莲。

毛　九　江局长，事情是由我惹起，不能让你去冒这么大的风险。（急哭）

江玉莲　毛九呀，老百姓辛辛苦苦积攒下了这份家业，一下叫人家搬走不是件容易的事，所以我们要把他们当做我们的亲人来对待。

[江玉莲往前走去。

[在沉闷的鼓声中，带傩戏面具的舞者出现。

[转台完成江玉莲走进来到何盛先家。

[龙家渡的群众一言不发地朝江玉莲走来。

[在这一触即发的危险时刻，手持扩音喇叭的龙大发和龙庭贵站了出来。

老大发　大家听招呼，冷静些，江局长是代表政府来解决问题的，她会给大家一个说法的。

[将喇叭递给江玉莲。

[群众义愤的声音：“打了人就这样算了？”

“先把那一个凶手叫出来再说！”

龙庭贵　大家听我讲句话，上级领导既然来了，就说明他们解决问题是有诚意的，我们要让人家讲话。

［群众开始静下来。

江玉莲　大家的心情我能理解，大家的要求我们一件一件的办，在调查清楚之前，能不能先把龙大昌放了？

龙大发　捆不捆他，是我家里头的事情，我是他哥，有教育弟的权利。

江玉莲　大昌不仅是你的弟，他是受法律保护的公民。我有权利和义务告诉你，这样做是违法的。

龙大发　笑话，我违法？干部打人不犯法？我为群众伸张正义反而犯了法？

江玉莲　事情还在调查，这是最起码的法律常识。

［唐喜和站了出来。

唐喜和　大昌你站出来说句话，何三哥是不是你们打伤的？

［龙大昌在众目睽睽之下不知道如何是好。

龙大发　实话实说，摸起良心讲话。

［龙大昌犹豫了半天还是没能说出话来。

唐喜和　坦白从宽，抗拒是要从严的。（威胁的暗示他）

江玉莲　实事求是，不要有什么顾虑。

［龙大昌憋了半天：“我没看清楚……”

［龙大发一听来了火。

龙大发　这没出息的东西，人都伤在那里了，你都不敢出来讲句实话？

唐喜和　大昌说没看清，不等于人不是他们打的。是不是打人的那个干部跑了呢？

［群众一时又激愤起来，要求要严惩凶手。

［就在这时，何盛先站立着出现在大家面前。

何盛先　乡亲们，我的伤不要紧。你们的好意我心领了。

唐喜和　（关心的）你不在床上睡起，出来做那样？

江玉莲　三哥，伤在什么地方，先去医院照个片，做个全面的检查。

唐喜和　（暗示）我看是不是打成内伤了？

何盛先　只是脚受了点伤。

江玉莲　何三哥，我来时带了瓶专治跌打损伤的药酒，给你揉一下。

[江玉莲说话间拿出药来要给何揉脚伤。

何盛先　这怎么使得？咋能让你给我揉脚呢？

江玉莲　这药是祖传秘方，效果蛮好的，先试一下无妨的。

唐喜和　还有哪里有伤赶紧讲，二天疼起来不要说没人管你呢。

龙大发　喜鹊，病在他身上，哪里痛你还怕他不会讲。

[江玉莲给何盛先揉脚。

[何盛先被江玉莲的举动所感动。

何盛先　我算天算地就是没算到你赶到龙家渡。

江玉莲　我这里生来在这里长，有什么不敢来的。

何盛先　你就不怕……万一失控会伤了你的。

江玉莲　我相信家乡人懂道理，能宽容。是我没有管好我的干部，伤了乡亲们的心……

（唱）

我欠家乡的情太多，

离家路再远，

千丝万缕磨不脱，

魂牵梦绕的乌江河。

我欠山间的田土情，

从小养活我，

春天秧苗栽下去，

秋实得收获。
我欠西边的石磙磨，
岁岁年年不停的转，
勤勤恳恳碾出米，
唱的是一支永恒的歌，
我欠枝头花万朵，
本该春天竞婀娜，
为了电站早建成，
忍痛不能再结果，
我欠家乡情太多，
再别家乡一百年，
藕断还有丝连着，
魂牵梦绕的乌江河。

[围观的群众，为江玉莲的情所动。

龙庭贵　盛先你讲句老实话，你的脚是怎么被打伤的？

[众人向何盛先发问：“何三哥，你明道说！”

何盛先　是我……一脚踩空，摔下了保坎，没有人打我。我穷，我是居民，不能享受移民待遇，但我不能黑起良心诬赖好人。

[众人哗然。

[龙大发十分难堪的低下头去。

[这时有人悄悄告诉龙庭贵：“有石匠在江边凿“红军渡”三个大字”

龙庭贵　谁请来的石匠，凿了几个字来做那样？

何盛先　（底气不足的）是我……

[何用征询的眼神看着唐喜和。

龙大发　唐喜和是不是你做的好事？

[唐喜和无言以对。

［龙大发气的直跺脚。

龙大发　你呀……

［切光。

［面具舞者起舞，舞蹈表现乌江，绞滩拉纤的拼搏精神，展现男性的阳刚之美。

尾　声

［据前场数日后

［乌江“红军渡”。

［岩壁前。

［幕起。

［升光时，只见毛久和龙大昌等，在用皮尺量岩石。

［唐喜和领着龙大发来到江边岩石下。

龙大发　你们这是要干什么？

龙大昌　哥，你来了，我正要去跟你和爹讲一声，这几个字具有革命传统教育意义，我们准备把岩石刻字的部分，切割下来，搬到山顶上去。

龙大发　你以为这是块豆腐，随便搬？这是革命文物你懂不懂？

唐喜和　幸亏我们来的及时，再晚来点你就犯破坏文物罪了，老弟。

毛　九　你少装鬼吓人，上次我来到龙家渡，这三个字还是油漆写的，才刻了头十天就成文物了？

龙大发　你是外乡人，不懂。这几个字是一个老红军写的。

唐喜和　少和他啰嗦，让他们把犯罪事实构成了，法官会跟他讲，犯的是哪条哪款。

［毛九和龙大昌一时不知道如何是好。

[江玉莲来到江边岩石旁。

江玉莲　哟，龙主任和舅舅也来帮年轻人出主意想办法了？

龙大发　江玉莲，你……你真的听我一句，我有一千个错，一万个错，你的批评我接受，我已经带头拆了五层楼的新房，向乡党委承认错误。“红军渡”这几个字，在龙家渡人心里的地位你是晓得的，建设要搞，革命传统还是要啊。

江玉莲　就是为了保护好这三个大字，才想出了这个办法，怎么说是不要革命传统呢？

唐喜和　江局长，舅舅有对不住你的地方，大发是为你好，不是谁都在跟你作对。我不提醒你，那是我们没有尽到责任。

江玉莲　大发，说这几个字被列为国家文物，批件和证书在哪里？拿来看看，才好妥善处理。

龙大发　文件？听我爹说，确实是一位老红军写的。我是真心实意的劝你，搞清楚再动。

江玉莲　大发，我真不是和你打官腔，“西电东送”是我们贵州在西部大开发中千载难逢的机遇，如果不抓住这个大好时机，抢占能源市场的有利位置，将是最大的憾事。

龙大发　我爹真没在家，你可以到我家去看。

[龙庭贵赶来。

龙庭贵　不用去了，我自家来了，还请来了我们龙家渡的老朋友，老红军！

[一位白发老人被扶着走来。

龙庭贵　我专门去请来了写“红军渡”几个字的老首长，请他来告诉你们这几个字的处理方法。

唐喜和　（幸灾乐祸）我说不能动吧？

龙大发　你看看，都惊动老红军了。玉莲，千万莫再提切割石头搬字的事。

老红军　乡亲们，当年红军在这里渡乌江取得了胜利，龙家渡的人民家家献出了门板。今天在这里修大电站，龙家渡的人民又要做出更大的贡献。故土难离啊！龙家渡是中国革命和现代化建设的风水宝地。建成水电站，才能真正实现革命先烈的理想。为了国家建设，“红军渡”几个字淹进水里不要紧，要紧的是能不能融进广大人民群众的心里。

［江玉莲上去握住老红军的手。

江玉莲　老前辈，谢谢你……谢谢你们，父老乡亲。

［音乐起。

［天幕出现无数载有各式家具的货车、客车，在地平线撒谎那个缓缓的移动。

［所有人肩扛手提各种包袱杂物造型。

［“红军渡”几个字格外醒目。

［伴唱声起。（《父老乡亲》歌曲）

“我生在一个小山村，
那里有我的父老兄弟……”

——剧终——

音乐剧

冬去春来

时　间　故事正在进行时。

地　点　可自由转换空间。

人物表

雷　锋　男　二十多岁、解放军某部战士雷锋塑像可以在每一个场景出现，他还可以和台上的情节、人物、事件中对话，与台下的观众进行交流。（用戏剧的间离效果艺术手段来完成）

大　婶　女　四十多岁、农村妇女

大　娘　女　六十多岁、水灾难民

老　师　女　二十多岁、学校教师

刘　柳　女　七八岁、在校小学生

余老板　男　四十多岁、建筑行业的“包工头”

大发妻　女　三十岁

林医生　女　三十多岁、医院的外科大夫

小胖墩　十二岁、余老板的儿子

护士、排长、童年雷锋、战士、地主婆、小眼镜、小队长、群众若干、舞蹈演员若干。

[幕起时，绿树成荫的公园，台阶的高处有一座雷锋汉白玉半身像，碑座上书写着毛泽东主席的题词“向雷锋同志学习”烫金大字格外醒目。

[阳光下，公园的高处雷锋雕塑像前，一群少先队员。

[他们列队向雷锋像敬礼，整齐稚嫩的宣誓：“准备着，时刻准备着，我们是共产主义的接班人。胸前的红领巾是红旗的一角……”

[音乐声中，一群少先队员在老师的引领下来到纪念碑前，他们献上鲜花。

革命先烈的鲜血染红……”

[传来现代风格的少儿合唱“我们是共产主义接班人，继承革命先烈的光荣传统，爱祖国，爱人民，鲜艳的红领巾飘扬在前胸。不怕困难，不怕牺牲……少先队员是我们骄傲的名称。”

老　师　同学们，现在大家自由活动，解散。

[同学们在老师身边团团围住。

小胖墩　老师，您老是说要我们向雷锋叔叔学习，能不能给我们讲讲雷锋是怎么当上解放军的，好吗？我将来长大了也要当解放军。

老　师　雷锋叔叔给我们做少先队辅导员的时候我也才和你们一样大，记得他经常来给我们讲故事……

[舞台中央的雷锋塑像动起来，他来到同学们中间：“说起我当兵啊，还真是不容易。我的个子不高，身材也瘦小，但我渴望能参军入伍，早就渴望能成为一名革命战士……

[闪回，在六十年代的音乐中闪回。

[天幕上钢铁厂的厂房依稀可见，广播里传来应征入伍的通知。

［雷锋在《骑兵进行曲》的音乐声中跑步赶来。

［舞台上是以一个红色的十字来表示这里是一家医院。

［雷锋跑得满头大汗，第一个来到医院“征兵体检处。”

雷　锋　（唱）

冰雪化　天晴朗
祖国大地百花绽放
好一派明媚春光
广播里　传佳讯
保家卫国征兵忙
疾步匆匆来报名
止不住心情激荡
日日盼来天天想
当一名解放军，军歌嘹亮……
“我们的队伍向太阳……”

［接兵军人、医生、护士刚出现就来了一大帮工厂的工人，雷锋急忙抢先一步站在了头一个。

［其他的工人们也争先恐后，抢着要进去。

雷　锋　大家不要挤，大家先排队。我是头一个到的，你们都排在我的后头。

工人甲　我第一个报的名，该我第一个先体检。

雷　锋　你是先报的名，我也算抢到了体检的第一名。

工人乙　雷锋，你为什么非要抢个第一名呢？先进去体检，你也不一定就能合格啊，就凭你这个儿，我看啊——悬。

雷　锋　个子高有高的用，摘个梨啊，摘个桃啊，还有就是挂个灯笼还行。要是穿越敌人的封锁线，隐蔽行军的还是我们小个子，个子大——暴露目标啊……

［大家哄堂大笑，

护　士　既然他这么着急，就先让他先体检吧，你叫什么？

雷　锋　我叫雷锋，雷厉风行的雷，冲锋的锋，我要求第一个体检。其实我的身体一点问题都没有，我们厂的工人身体都棒极了，身体不好的进不了厂啊。

护　士　你，还有你跟我先进去。

［雷锋和另一名工人满怀信心地进去。

［少先队员小胖墩亟不可待地向雷锋追问："雷锋叔叔，你体检合格了吗？"

［雷锋把孩子们围在自己的身边，深深地叹了一口气。

雷　锋　我体检下来各个方面都很健康，可是有一个意想不到事情发生了……

小胖墩　雷锋叔叔，发生了什么事情？是单位不同意你去当兵？

雷　锋　都不是，记得当时医生对我说……

［切光暗转，闪回到体检的那个场景。

［工人们见医生和一位护士送雷锋出来。

雷　锋　（亟不可待）医生，我的身体没问题吧？

医　生　你的身体健康状况很好……

雷　锋　我早就说过，这儿的小伙子个个身体都很棒，要不钢铁厂也不会让我们进厂当工人啊。

医　生　你身体的各个机能应该说都没问题，只不过……

我们对参军的……体检要求要更高一些。

雷　锋　医生，……我要是哪儿不合适你就直接告诉我。

医　生　小伙子你先不要着急，听我慢慢跟你讲。

雷　锋　我怎么能不着急呢？你告诉我，我到底哪儿不合格？

医　生　你……主要是，你的胳膊上有三道疤痕，已经伤到了你的筋络，影响到你手指的灵活度。所以……你要有充分的思想准备，你……可能要接受这个现实

［雷锋抬起的左胳膊，露出了三道明显的疤痕。

雷　锋　要是别的事我可以接受……要不是这三道疤痕我还没这

么大的决心要当兵呢。

护　士　这三道疤痕是怎么落下的？

雷　锋　……那是在暗无天日的旧社会，那是一个大雪飘飘的数九寒天……

[暗转切换。

[音乐声、呼啸的风声中，一个衣衫褴褛的孩子背着比他身体大好几倍的一捆柴禾，艰难地走来。

[伴唱起

大雪飞，天地昏

跌撞撞坎坷坷艰难站稳

寒风凛冽透心凉

饥寒交迫走来个雪中人

背上柴禾压得沉

总算来到赵家门……

[又冷又饿的他来到地主的大门前，那头面目狰狞的大狮子张牙舞爪，显示着这家地主的威严。

[雷锋放下柴禾，在大石狮子下暂避风寒。无意之中发现一个狗食碗，里面还剩有食物。饥饿的雷锋抓起来要吃。

[突然传来狗的嚎叫声，雷锋拿起一根柴棍子自卫，狗叫得越来越凶恶，雷锋将那棍子扔了过去，那狗被击中，应声退了回去。

[这时大门打开了，从里面冲出一大帮家丁。他们一个个气势汹汹，地主婆手拿皮鞭冲出。

地主婆　谁吃了豹子胆，竟敢打我家的狗，原来是个要饭的……

雷　锋　你家的狗要伤人。

地主婆　哼！别说是伤个把人，像你这样的穷小子，就是吃个把人又有什么大不了的？

雷　锋　你……你家的狗要是敢咬我，我就敢打。

地主婆　你还敢嘴硬？要么你给大黄狗下跪赔个不是，要么就把你的柴禾挑进我家，我今天就饶了你。

雷　锋　给狗赔不是？是你家的狗要咬我。

地主婆　你没错，难道我家的狗还错了？去！把柴跟我搬进去。

雷　锋　凭什么搬我的柴！

［地主婆见家丁有些犹豫，亲自走下台阶。

［他抓起雷锋打了一个耳光，一脚把他踢出老远。

地主婆　穷小子还敢跟我顶嘴。

［雷锋从地上爬起来，紧紧抓住柴禾就是不放。

［地主婆过去还是抢不过来，恼羞成怒的她抓起雷锋在地下的柴刀，连砍了三刀。雷锋的柴被他们抢了去。地主婆的皮鞭一下抽在雷锋的身上。

［雷锋的妈妈闻讯跑了出来见状惊呆了，忙以自己的身体去挡家丁抽来的皮鞭。

［雷锋母子被皮鞭子抽的满地乱滚，他们在躲避挣扎。

［地主婆和家丁见雷锋晕过去了，这才罢手回去。

［雷锋的妈妈抱住雷锋大声呼叫，雷锋苏醒过来。

雷　锋　（手捂鲜血的手）妈……他们为什么打我，（妈妈只能无奈地哭泣）妈，你怎么不说话？

伴唱　喊天天不应

喊地地不灵

旧社会 恶地主的鞭子抽我身

母亲只会泪淋淋……

［暗转到军营。

［雷锋和战友们在操场上进行军事操练。

［音乐声“共产党号召我闹革命，夺过鞭子，夺过鞭子抽敌人……”

[战士们一个个生龙活虎，做着各种军事科目的训练。

[闪回雷锋塑像前。

老　师　（唱）

实现理想展翅蓝天
穿上了期盼的军装
分配到汽车驾驶班
发奋向上努力实践
做毛主席的好战士
实现保家卫国的心愿
曾记得那是一个夏天
雷锋刚开罢“标兵会”
当天要就要把连队转
急急匆匆来到火车站
忽听得一位大娘在犯难
她丢失了车票进不了站……

[暗转到车站的一角。

雷　锋　大婶，马上就要开车了您怎么还不进站？

大　婶　这叫我怎么办？是啊，就要开车了……可我的车票丢了（寻找）要是今天回不去……出门的时候儿子只给我带了这张车票的钱，我这里又没有亲人。

[大婶焦急万分。

雷　锋　大娘您别着急，我就是你的亲人。你这是要去那里？

大　婶　我这是买了长春的票，转眼就不见了。

雷　锋　大婶，我这儿正好有一张去长春的车票，您赶快上车。

大　婶　……解放军同志，叫我怎么感谢你？你给我留个地址，我也好叫我儿子给你把钱寄过来。

雷　锋　（唱）为人排忧解难是子弟兵应尽的份

互帮互助又何必留下什么姓和名

老百姓和解放军
几多军民鱼水情
您非要问我叫什么名
那就记住我叫解放军

[闪回。同学们议论纷纷。

小眼镜　老师，后来那位大婶把钱还给雷锋叔叔吗？

老　师　雷锋叔叔做好事从不留名，那位大婶也没办法还他钱。

小眼镜　雷锋叔叔这亏真是吃大了，搭上钱还不说，还跑了两百多里地。那……那我爸爸有一天在“的士”车上捡到一部手机……他

小胖墩　你爸爸肯定把手机“昧”了。

小眼镜　你爸爸才昧了，我爸爸他……也学雷锋了。只不过我爸没这么傻，接到机主的电话后他立刻主动向他表示原物交给失主。只是……当那个失主在拿到手机从兜里掏出了五百块钱表示感谢我爸他……就收下了。

小胖墩　啊！你爸爸这还叫学雷锋啊？你爸爸这是趁人之危敲诈勒索别人的钱财。

小眼镜　我爸又没跟人要钱，是那个人非要给的。只要我爸把手机还给了那个失主就应该叫学雷锋。徐老师，你说这是不是学雷锋？难道我爸这不是在拾金不昧吗？

老　师　这个……应该讲，你爸爸把捡来的手机归还给失主，这个行动的本身是在学雷锋。但是后来他又收受了别人的酬谢，这就成了有偿服务了，你说对吗？

小眼镜　可是我爸爸在那里等了他两个小时，耽误了他给学生上钢琴课，我爸爸的损失由谁来承担？我爸爸给学生上一节课就是五百块钱，关键那五百块钱是那个失主甘心情愿给我爸的。五千多的一个手机，才谢我爸五百块钱，他不还是挺划算的吗？

小胖墩　徐老师，我觉得眼镜的爸爸……不是在学雷锋。

小眼镜　我觉得总比捡到了别人的东西就占为己有要好。

［同学们你一言我一语，议论纷纷。

老　师　同学们，这是在社会主义市场经济下所滋生出来的一个新的社会问题，我们现在还不能给它下一准确的定论。这样吧同学们，我接着给你们讲一个雷锋的故事，也许我们会从里面找到答案。

［音乐起，暗转闪回。

［这时同学们都沉浸在刚才的故事里，只有一位肩佩戴少先队员小队长的小姑娘却在一旁哭了起来。

小胖敦　戴雪梅，你哭什么？

戴雪梅　我，我是在为我妈妈难过……

小胖墩　你为妈妈难过什么？你妈怎么了？

戴雪梅　我妈妈去年在街上看到一群孩子在溜旱冰不慎摔倒，面对摔晕的那个孩子，所有路过的人都熟视无睹，便径直离去。这时正好妈妈骑车上班，路过那里看到率晕倒过去的孩子，好心把他送到医院去抢救。没想到那个孩子的妈妈却认定是我妈妈的自行车撞倒了那个孩子，她认定要由我妈妈来支付这笔医疗费，现在我们家的钱都花光了……妈妈就是为了学雷锋，弄得我们家一年了都不得安宁。

［戴雪梅难过地在一边擦泪。

［同学们议论纷纷。

老　师　雪梅同学的妈妈遇到的这种情况，在现今社会的确存在。但它毕竟是少数个别，它不会成为我们这个社会发展的主流。不妨我们可以就这个问题展开一下讨论。

［一位少先队员将一个话筒拿下台来交给一位观众，让他发表意见……

老　师　我们还是看一看雷锋同志是怎么做的。

[切光暗转到医院。

[医院，雷锋正在为医护人员拖地板。（大娘上）“我一定要找到他。”

[这时一位护士进来。

护　士　大娘，那个战士连个名字都没留下，我们上哪去找啊？

大　娘　这钱包里还留下一张条。

护　士　（念信）“大娘，家乡遭了水灾我心里别提多难受了……这一百块钱可能帮不了您什么忙，但这是儿子的一片心意……”

大　娘　这孩子有钱也该寄给他家里啊”

[护士念：“我从小没有家，祖国处处都是我的家。妈妈您就收下吧。一位解放军战士的一点心意……他没有留下姓名怎么找啊？”

大　娘　对了，我这还有那个战士留下的包。

护　士　有了这个包看看，找到他就不成问题了。

[雷锋瞬间变成了一尊石膏像。

[护士打开包，里面有一个纸包，里面是一双补了又补的“千层底”袜子。

大　娘　这孩子一双袜子补了那么多层……却把钱支援了我，叫我这个老太婆说什么好？

（唱）

千份爱啊万份情

点点滴滴滴滴点点

铭记在心

子弟兵爱人民

一辈子忘不了的是解放军

护　士　大娘你看，这儿还有一个笔记本我给你念念这一段……

“人民的困难，就是我的困难，帮助人民克服困难，贡献一点力量，是我应尽的责任。我是广大劳苦大众中的一员，我能帮助人民克服一点困难，无比幸福快乐！——雷锋”

［以上这一段摘自《雷锋日记》

大　娘　雷锋？

［舞台灯光聚光在雷锋的塑像向上。

［戴雪梅走进雷锋的塑像。

戴雪梅　雷锋叔叔，都说助人乐，我和妈妈现在很痛苦……一点也乐不起来。

［戴雪梅失声哭泣。

［面对极其痛苦的孩子，那尊雷锋的石膏像走下来走到戴雪梅的面前为她擦去泪水。

［雷锋又走到病床前，端水给那个小女孩喝，帮助她慢慢坐起来：“孩子，我们从小就要学做个诚实的的人，做个有诚信的人，你能跟我讲讲真实的情况吗？”

［小姑娘突然地抬起头：“是……是那个阿姨的单车撞倒的我，我的腿就……就是让那个阿姨撞断的！”

［雷锋：“孩子，不要激动，我们来好好回忆一下事故当时的情况好吗？只要我们是凭良心良知来做事，我们就会问心无愧。”

［小姑娘突然一把抱住雷锋：“雷锋叔叔，我不想这样，我又不敢讲出真情，我怕我妈妈和家里的人会说我傻，其实我心里很难受，很内疚，我甚至不敢正眼看戴雪梅更不敢看她的妈妈……

戴雪梅　你成天……

［切光暗转。

［小胖墩满脸稚气地走向老师和同学们。

小胖墩　现在也不是没有“红包”就什么事情都办不了，我爸爸那次住院作阑尾手术就遇到过这样的事……

[暗转到某医院手术室的门口。

[大发，大发妻和胖墩上。

大发唱）求生财，求发达

人家门前是喜鹊叫

我是生意忙运气差

成天不发大财也就算了

偏偏肚子头生个大疙瘩

小胖墩　爸，医院到了。

大　发　儿啊，万一爹要有个山高山水险，你要照顾好你家奶奶，照顾好我多年挣下那份家业，还有生意上的事情你也要招呼好哦……

小胖墩　这个也要照顾好，那个也要照顾，哪个来照顾我呢？

大　发　这个就用不着我担心的了，只要我这一走还怕没人来照顾你？等一等，我觉得像是在写遗嘱？

大发妻　你不要想那么多了，先把刀开了一切都会好的。

大　发　说的那么容易，开刀你以为是好玩儿的，我真的感觉像是赴刑场。

[林医生走过来。

林医生　准备好了吗？请病人家属在这个地方签字。

大发妻　签了字又怎么样？

林医生　看看上面的条款，病人和医院双方都要承担手术责任，是必须履行的一项手续。

大发妻　我不能签这个字，要是万一有个三长两短……

林医生　不行，家属必须签字。别人签字都不具备法律效力。

大发妻　大发，还是你自己签字吧，我真的害怕。

[大发疼痛得哇哇的叫唤。

大　发　啊，我疼得实在受不了了，你赶快签字吧，是死是活我都认这一刀了。医生我头一回做手术心里头……

林医生　我必须跟你说清楚，任何手术都有风险性，谁也不能百分之百的打包票。就你目前的身体检查情况来看是符合做手术条件的。

大　发　医生，我能不能问一下是哪个医生给我做手术？听说你们这儿有一个开刀的好医生，别人都叫她“第一把刀”。

林医生　我们这儿都是好医生，谁给你做手术这重要吗？

大　发　（唱）听说要上手术台
犹如站在悬崖边
人家拿着手术刀
就像掌握生杀权
她要是朝那边推一推
立马就进阎王殿
她要是朝这边拉一拉
欢天喜地回人间……

[大发肚子一阵疼痛：“哎哟，疼死我了。”

林医生　这样，为了让你心中有数，减少恐惧，我告诉你你的手术由我来主刀。

大　发　什么……由你来下刀？

林医生　怎么，你不放心？

大　发　放心？我倒是放心，看来今天我是要放血了。……（问小胖墩）小胖墩你不是说请的是医院的第一把刀吗？

大发妻　是啊，她就是这家医院的第一把刀。

大　发　医生，你就是……这家医院的第一把刀？

林医生　（笑）什么第一把刀，第二把刀，医院的医生做手术都是一把刀。

（唱腔）

手术要想做得好
方方面面都重要
麻醉师，助手和护士
各个部门少不了
血库负责备好血
心电图负责测心跳
动刀要求技术高
缝针的护士手要巧
保证绝对无差错
齐心协力才协调
病人的合作尤重要
少了一样都难治疗

林医生　您还是抓紧签字，我去叫各部门做好准备。

［林医生朝里头走去。

［大发拉过小胖墩。

大　发　听见了没有？方方面面都要配合好，我叫你准备的红包呢？（小胖墩拿出红包）不够，多包几个红包。你没听人家说“方方面面都要配合好”吗？你还没听懂？就是说方方面面都要打点到。

大发妻　那要多少钱？

大　发　钱算什么，只要保住这条命，将来还可以找钱嘛。快点包啊，你没听林医生说手术要想成功，病人的配合尤其重要。我们能配合什么？不就是配合点钱吗。

大发妻　忙什么配合不好，……非得拿钱来配合。

大　发　你不能拿钱来配合你拿什么来配合？只要红包送到位，这条小命就保了。要是红包没送好，谁知道呢刀会哪儿划啊。

大发妻　看来红包还真是重要。

大　发　如今啊，就实行这红包。

（唱）　切莫小看这红包

威力大来本领高

逢山能开路遇水能搭桥

逢凶能化吉打鬼又除妖

办事只要有红包

一帆风顺就成交

红包送到学校里

傻儿子可以进好学校

红包交到老医生手里

就能指挥手术刀

[大发叫“哎约……”

大发妻　轻点喊，人家生孩子都没你喊的那么难听，我马上把红包送到医生的手里头。人家这里的墙上明明写着“全心全意为人民服务”的牌子，我们这么去送红包好不好？

大　发　为人民服务？……他们写掉一个字了，现在好多医院是全心全意为“人民币”服务。你听我的，把红包送到医生的手里我这心里才塌实，就这么进去，你知道站着出来还是躺着出来？

[林医生过来。

林医生　不管什么病人出来都是躺着出来。怎么样，你们准备好了吗？

大发妻　准备好了，一点小意思请你一定不要嫌弃，我们一家人吃饭全靠大发他，求求你一定刀下留人……不，求医生刀下留情。

林医生　不是我说你们，你老公的手术必须签字。你们的心情我理解，外科那么多医生护士，你要是都要表达点心意，你表达得过来吗？

[余大发站了起来。

[小胖墩不知该如何是好。

大　发　怎么样？我说她不肯收是有原因的吧？她怕一个人吃独食摆不平。看来方方面面都要打点到。

小胖墩　爸要多少红包？多少钱？

大　发　钱、钱、钱，留得青山在，不怕没柴烧。我接的哪个工程都要发出去好多红包。哪个根柱子垫不稳，都要扯皮。只要他讲出来就好办，就怕他闷到起，那就难猜了，赶紧拿给他。

小胖墩　医生，这几个红包就请你拿给手术室的那几个医生，只求你们刀下留情，让我爸爸活着进去，活着出来……

林医生　你的心情我理解，你把字签了我们才能进行手术。

小胖墩　我都送了这么多红包了还要签字？

林医生　这签字和红包是两回事。必须在这个手术报告上签个字。

[余大发忍痛站了起来。

大　发　林医生，你……听我讲，要觉得我们的这点意思不够意思你就明着讲，你是这个医院的一把刀，我也是我们那一方的第一把刀。当然，你是手术刀，我只是一把砍砖的刀。道理都差不多。六百六一个红包是小气了点，这六六是为了求一个顺字。你说手术室的那些方方面面……我也都答应了，你到底是什么意思？

林医生　你不痛了？

大　发　痛，痛得厉害。

林医生　还想不想做这个手术？想做就赶紧签字。

大　发　不想做手术我到这里来做什么？（急得直跳）今天你不收这个红包，我就不签！

林医生　你不签就等着，我到要看一下今天是你硬还是我硬。

［余大发痛得忍无可忍。

大发妻　算了嘛，爸爸，你肚皮在痛，人家医生的肚皮又不痛，你挨得过他？

大　发　我就搞不懂，这天底下还有不爱钱的，我从来没见过这样的人。

林医生　我也从来没见过你这样的人，不收你的钱你就不签字，不做手术。你的钱找不到地方搁了？你脑筋有毛病？

大　发　我的脑筋才不得毛病，我看你……稀奇了，有人会不喜欢红包？不喜欢钱的？

大发妻　大发，林医生好事实在不要红包，就算了。人家医生都说我们脑筋有毛病。

大　发　你以为她真的不要？你拿一万块钱出来，我就不信，还有不喜欢烧香的菩萨。林医生，这一万块钱，请你收下。这点意思够了吧？

林医生　我看你这个人是无药可医了，我就搞不懂，你为哪样就偏偏要送这个红包？

大　发　哎呀，林医生，我虽然只是个包工头，大大小小工程也接了百把个，不敢说是老社会，一般的人情世故我还懂，更何况我这是开肚皮，一辈子开得了几回？花两个钱算什么……哎哟！

［痛得又回到椅子上。

林医生　你这个人就是想得太多，你放心，我们会尽最大的努力做好每一例手术的。

大发妻　大发，是不是再加点钱？

［大发痛得只能点头同意。

［林医生仍拒绝。

［大发痛得直喘粗气。

大　发　好，再加五千，好！两万，该可以咯？

林医生　别说是两万，就是五万也不行。还是得把这个签了才能动手术。

［痛得更厉害了。

［大发妻将两万元钱给林，林不收。

大发妻　医生，你就救他一命了嘛，我求求你啦。

林医生　我也求求你收起这个东西。（红包）赶紧签字。

［大发妻无可奈何，只得在上面签了字。

大发妻　管他的，好！签！

［大发在他们两人的帮助下，进了手术室。

大发妻　（唱）这个事情该怎么才好
送钱都找不着门道道
要是为红包得罪人
大发的性命就难保
万一他有个三长两短
一家大小咋个开交
坐立不安心头好烦躁
分分秒秒时间好难熬
求菩萨保佑大发死里把生逃

［林医生出来，上去询问“林医生……”

林医生　手术很成功，你家男人一切都好，你就放心吧。

［大发竟从里面走了出来。

大发妻　大发！你咋个就能走出来了？

大　发　林医生不是说做手术的人都是横到出来的吗？我就是要站到出来。我是告诉我家婆娘，我是活到出来的。

林医生　快到病房去卧床休息，两三天后才能下床，小心伤口粘连。

大　发　林医生，这下可以收下我的红包了吧？

林医生　余老板，你们农村人挣两个钱不容易，一个人生了病，本来就够不幸的了，如果我们医生还要在病人身上增加额外的负担，那就太不应该了。你看，全心全意为人民服务，这几个大字绝不是一句空话，这是我们医务人员学习雷锋的具体表现。

大　发　我晓得你们读书人好面子，但这是我的一点心意，无论如何都要收下，给我个面子，如今是市场经济了，跟哪样赌气，都不要和钱赌气嘛……

林医生　余老板，你的钱什么都能买，但我们的医德不能买。

大　发　医德？（音乐起）

林医生　德字里面有个心，各行各业都在呼唤学习雷锋，努力为人民服务，是要用心来学习，要用实际行动来学，我们医生如果没有医德，那还叫什么医生呢？

[大发夫妻两感动不已。

大　发　林医生，你真不愧是第一把刀啊！

[他们下。

[一束光射在林医生的身上，她感慨万千地："学习雷锋怎么这样难？"

[这里把话筒交下去，观众发表自己的看法。

[舞台背景转换成美丽的城市街景。

[远处传来柳柳的歌声："我在马路边捡到一分钱……"

[放学回家的柳柳发现地上有一枚硬币，捡起。

柳　柳　我真的捡到一分钱，（思考）对，交给警察叔叔。

[要交给警察叔叔，被交警叫住。" 小孩儿别过来，汽车太多，危险！

柳　柳　警察叔叔，我捡到钱要交给你。

[警察的声音："这边车多危险，交给你的老师！"

[柳柳发现老师朝这边走，"唐老师，唐老师！"

[唐老师手里拿着一大堆作业。

唐老师　柳柳同学有事吗？

柳　柳　老师我捡到一分钱请你给我登记一下。

老　师　柳柳，老师实在太忙，有好多作业要改，去找你们班主任老师好吗？

［老师匆匆离去。

柳　柳　班主任在开会……

［柳柳沮丧地要走，见到了来接她的妈妈。

柳　柳　妈妈、妈妈！

妈　妈　好孩子，你今天怎么了？老师批评你了？

柳　柳　不是，我今天在马路上捡到钱了。

妈　妈　捡到钱应该高兴啊，以后走路多留神，最好能多捡点。

柳　柳　妈妈，我在认真的和你讲话。我交给警察叔叔……他说没空，叫我去交给老师。我交给老师，老师也说他没空。没空没空，他们就这么忙吗？平时上课要我们学雷锋，要拾金不昧。今天我捡到钱了，但他们怎么都不理我？

妈　妈　孩子，你到底捡到多少钱？

柳　柳　我捡到一分钱。

妈　妈　一分钱？（大声笑）

柳　柳　你笑什么？有什么好笑的？

妈　妈　柳柳，要是想得到表扬很容易，（掏出五块钱）把这五块钱交给老师，保证你明天得表扬。

柳　柳　（生气）这不是我捡的钱，我不是为了表扬，你不是教我做个诚实的孩子吗？你这是弄虚作假。

妈　妈　好啊好啊，傻孩子不要生气了，饭还热在锅里呢，吃了饭就做作业，妈妈还要去加班，自己早点睡。

柳　柳　又加班，又加麻将班。

妈　妈　不许胡说，明天妈妈给你做好吃的。

［柳柳望着妈妈远去。忽然想出了一个主意。

柳　柳　我就不信没人理我，我找雷锋叔叔去。

［柳柳从书包里取出纸笔留条，然后跑下。

［这时风声骤起。

［妈妈和唐老师即从四处寻找，累得已经拖不动脚步。

老　师　天气预报说马上就要有寒流。都怪我，都怪我，当时我就是再忙，也不忙那一会儿啊。

妈　妈　这孩子从小就是一根筋，爱钻牛角尖。三岁的时候就非要打开电视机，说里面有小白兔和小朋友。怎么说都不行，后来打开给他看了，里面没有小白兔，这才算完事儿。

老　师　（唱）孩子她是对的

不能说她是一根筋

老师这么教育她

说明她在认真听

她照我们说的去做

是我们没能兑现诺言和诚信

是我们说一套做一套

是我们伤了孩子纯洁稚嫩的心

妈　妈　我还以为她是为了得表扬，我给了她五块钱，可是做梦也没想到她会离家出走啊。

老　师　我们还是抓紧时间找吧，起风了，马上就会有寒流。

［两人焦急万分地走下。

［又冷又饿的柳柳在寒风中走来，他看见雷锋叔叔的雕像。

柳　柳　雷锋叔叔，我今天捡到一分钱，我是不是该交给他的主人？可是警察叔叔没有空，他不理我；老师也没空，她也没理我；最叫我难过是妈妈还以为我是为了得表扬……他们都不理我。雷锋叔叔，难道我捡到钱上缴错了吗？

（唱）雷锋叔叔柳柳……

我是一肚子委屈

老师常给我们讲

拾金不昧从小事做起

传统美德铭记心里

可他们言行不一

他们说话还算不算数

这些大人们怎么一点不讲信誉

[说到伤心处她忍不住哭了。

[看到孩子伤心委屈样子，雷锋雕像动了起来。雷锋走过来抚摸着孩子的头，语重心长地。“小同学不要哭，你能拾金不昧交给老师，你这样做是对的。”

柳　柳　你说我是对的？那……那他们为什么都不理我？

他们说话还算不算数？

[暗转明

雷　锋　小同学，

（唱）在物质生活日渐丰富的今天

别看不起这微不足道一分钱

拾金不昧　克勤克俭

传统美德要世代相传

美好精神要继承永不改变

认定的真理就应该理直气壮

坚持真理不怕困难

努力学习勇敢实践

做一个品学兼优的学生

接好建设国家的班

柳　柳　（认同）雷锋叔叔，我很难受，你能和我唱一支歌吗？

雷　锋　当然可以啊。

［雷锋和柳柳唱起了大家熟悉的那支儿歌《我在马路边捡到一分钱》

［歌声分贝越来越大，台下所有的人都一起唱。

［这时灯光把舞台分割成几个画面空间。

［画面里出现少先队员们在搀扶老人过马路。

［画面里出现少先队员在帮扶上坡的平板车爬坡。

［画面里出现年轻的儿媳妇在给老人梳头。

五、结尾

［音乐声中，所有的少先队员们列队将鲜花向雷锋塑像敬献。

［集体朗诵："向雷锋同志学习，憎爱分明的阶级立场，言行一致的革命精神，公而忘私的共产主义风格，奋不顾身的无产阶级斗志。"

［在《接过雷锋的枪》的歌声里军乐鼓号齐鸣。

［雷锋塑像向前走来，一直走向台口，在歌声中把那支大家都熟悉的苏制的冲锋枪传给一位少先队员，由她一直传到舞台下去。在前排的学生们中间传递，最后传到舞台上来，雷锋与大家造型结束。

［幕落

——剧终——

擎天柱石

时　间　很久以前。

地　点　侗民族世代劳作生息的青山秀水间。

人　物　金凤　女　侗族姑娘，美丽善良，侗寨歌王。

石柱　男　侗族小伙，清水江边放排人，身强体壮。

银凤　女　侗族姑娘，金凤妹，嘴巴乖巧，聪明过人。

督霸　男　天神大王，是主宰一重天的霸主，蛮横无理。

央符　男　统管一重天的祭祀司仪官，油嘴滑舌。

撒乜　女　金凤的祖母

老牛牯　　侗寨老耕牛

八大天王、天兵天将、数人。

侗寨民众男女若干

第一场　四季青石庆万寿

［天宫祥云瑞彩飘忽其间，逍遥花园辉煌气派。

［鼓、丝、笙、乐中不时有行行宫女穿梭如织。

（唱词）

看天宫逍遥花园百花盛开

彩蝶纷飞翩翩起舞多姿态

呈现出姹紫嫣红皇家气派
飘飘欲仙任逍遥好不自在

［天宫司仪官央符高声宣道：“二重天王督寅驾到！”

［督寅在宫女的引领下来到逍遥花园。

［央符有高声宣道：“三重天王督庚驾到！”

［“四重天王督乙驾到！”“五重天王督戊驾到！”“六重天王督卯驾到……”

［天王们都在宫女的带领下来到逍遥花园。

［央符见中天王都来到花园，接着又大声宣：“一重天王督霸驾到！

［督霸身体肥硕浑圆，双目炯炯有神，满面春风地来到花园，向大家施礼：“见过众位天王兄弟！”

［众天王：“众兄弟见过天王兄长！”

督　霸　过几天就是我们皇母的万寿大庆之日，我特地为庆典建造了这座逍遥大花园，不日就将竣工。届时定当请众位天王兄弟驾临逍遥大花园赏花饮酒，为皇母老人家献寿。

众天王　呃！我们兄弟自家都有花园，听说你在人间寻到一方“四季常青”的奇石，我们是特地来一睹为快！

督　霸　哦！原来如此？这个好办，央符，把那方“四季常青石”打开，让我众位兄弟们先睹为快！

央　符　（高喊）将“四季常青”奇石纱幔打开，恭请众位天王大人一睹为快！

［宫女揭开纱幔，呈现出奇丽无比的“四季青奇石”众位王子蜂拥而上一看究竟。

［只见“四季青奇石”绿色光芒四射，犹如天仙一般端庄秀美的身姿，翩翩起舞，姿态万千。

二天王　大哥，你这是何处寻觅来的宝贝？天下竟有这般奇妙的四季常青石，可谓美轮美奂，用四季常青石呈献给皇母做万寿庆典礼物，绝妙绝妙！

[众兄弟纷纷献上贺礼：“我备下的是北方的天山白玉石”“我敬献的是东海采来的鸡血玛瑙石”“我的贺礼是南海珍珠”“我备下的是千年山参……”

督　霸　要说四季常青就是万古长青，这个名字寓意深远，绝妙绝妙，愿我皇母四季常青！万寿无疆！

[就在这时，那方四季青奇石突然间黯然失色，原来的四季青色退去，变成土灰一般。

[众王子与督霸一齐上去围观。

众天王　督霸，这四季常青色怎么忽然消失了？你不会是在跟我们众兄弟闹着玩吧？

[众天王：“眼睛一眨，老母鸡变鸭！”众开怀大笑。

督　霸　刚才还是四季常青色啊？怎么就变成这土灰色了？

二天王　大哥，你拿我们哥几个玩耍不打紧，这要是到给皇母庆寿的那天这四季常青石要是变了死灰……那就不得了。

督　霸　央符，这是怎么搞的？这“四季常青色”怎么会变成这样土灰了？你倒是说清楚啊？

[央符嗫嚅半天说不出话来。

督　霸　本王在问你话，这“四季常青”石怎么会变这样子？

[央符见督霸发怒，立刻跪下回话。

央　符　央符在人间采集“四季青奇石”时，那采石人就告知这“四季常青”奇石离不开人间土地，需用清江水浸泡，特别是要有侗歌滋养，否则青色石就会变成死灰。

督　霸　那你拿回来好些时候了，刚才怎么还是青色呢？

央　符　那是我回天宫时取来了少许清水江水，四季青奇石的颜色这才养到今日。

督　霸　你说的那个……侗歌为何物？

央　符　禀天王（唱词）
清水江边有一些爱唱歌的侗民
歌声犹如天籁之音般悦耳动听
侗民们说有清澈的江水和侗歌
方可滋养常青奇石能四季常青

督　霸　哦！人间竟有这样的歌声？本王都没有享用？令你即刻到人间把这歌声拿到天宫，供本王独自享用。

央　符　这恐怕不行，那歌声已经散落在清水江两岸的侗家四十八寨，那侗家人生下来会说话就会唱歌，会走路就会跳舞。

督　霸　哦！看来他们的日子比本王过得还好？去！把侗歌唱得最好的姑娘给我迎娶到天宫来，让她唱歌给本王一人听，那四季常青奇石不就能四季常青啦？

央　符　天王高见，央符即刻办理。
[切光暗转。

众　人　（合唱）
歌落侗寨大家养
歌连男女爱久长
侗乡山青水长绿
歌声常伴百花香

第二场　侗乡寻歌

[宽阔清澈的清水江面烟波浩淼，两岸风光迤逦。
[金凤撑竹排小舟从江上而来。
[石柱在木排上整理上面的奇石。
[远处传来金凤的歌声。
清水江　清悠悠

竹篙一点顺江流
金凤坐在船中间
等哥你来坐船头

[这时的央符已经装扮成商客。听见江上姑娘侗歌唱得如此悦耳，兴奋不已。

[央符大喊："下滩的妹子，是不是你在唱歌！"

[石柱也喊："下滩的妹子，求你带我一程！"

金　凤　（唱）
春来侗乡花满坡，
桃花才红李花落，
花香惹得人心醉，
花香引出妹的歌。
姐拿侗布漂江面，
溅起浪花一朵朵，
妹把歌声浸江水，
一江春水尽是歌。

[央符被歌声听得入迷，几乎掉进江里头。

央　符　哎！敢问唱歌的姑娘你贵姓？

金　凤　我叫金凤，就在竹林寨种田为生。

央　符　我叫央符，是从远处赶来玩山的银匠商客。

石　柱　我叫石柱，见你常来常往，好像认得有好多年了，我也是去赶玩山会歌的。

金　凤　你们去哪里赶歌会啊？为哪样偏要搭我的竹排？

央　符　求姑娘搭我一程，姑娘去哪里赶歌会我就去哪里。

石　柱　我也是……

央　符　你不是有木排吗？为哪样还要搭人家的竹排？

石　柱　我就想搭她的竹排去赶歌会，关你哪样事？

金　凤　两个哥哥莫伤和气，都上妹的竹排来，这就赶路。

[两人争相上了竹排，各自坐在竹排的一头。

[金凤竹篙一点，排就离岸而去。

[舞蹈表现竹排的行走。

石　柱　（唱）

竹篙一点闪悠悠

石柱心头在发愁

江水映出妹的脸

不知她心在哪头

央　符　（白）妹撑稳点，莫把我摇落下江去。

（唱）

竹篙一点闪悠悠

江水平静我心在抖

别看他气壮力如牛

央符我早有小九九

金　凤　（唱）

竹篙一点闪悠悠

两个哥哥坐两头

石柱他力大能撑排

那央符肚里多计谋

[央符见下滩心惊胆战。

[石柱悄声对央符：“你要是害怕现在回去还来得及。”

央　符　我……还想劝你回去。金凤姑娘，这排要好久才到歌场？

金　凤　歌场啊，该到的时候就到了。

石　柱　听金凤姑娘的歌比……吃酒吃肉还安逸。

央　符　只要有银子，就有酒、有肉，实在不是一件难事。

石　柱　好像有银子哪样事都办得成！

[央符一听来了气。

央　符　瞧不起银子？我哪样人没见过，爹喊不到，娘喊不到，银子喊他可以立马学狗叫。

石　柱　你成天就是银子，银子！

金　凤　不要再吵了，姑娘们听见都要走了。

央　符　你说……姑娘在哪里？

[央符朝岸边张望。“姑娘，莫走！我要问句话！”

[这时有着百折长裙的姑娘出现在江边。

[金凤突然悟出什么。

金　凤　你们看江里的鲤鱼美不美？

央　符　你们是不是去赶歌会？歌场还有好远？

[音乐声中出现一群着各色长裙的鲤鱼姑娘。

[金凤问她们：“姊妹们，你们这是去哪里？”

（女声合唱）

（唱）

小小鲤鱼红脸腮
上江游到下江来
闯过了九十九道拦河网
绕过了九十九座钓鱼台
上江吃的是灵芝草
下江吃的是苦青苔
要问我们到哪里去
不为会歌我才不来

央　符　（惊喜）搞半天她们也是去赶歌会的。

鲤　鱼　听说姑娘也去赶歌会，我们也是赶去听她唱歌的。

央　符　哦？你们说的金凤是不是这个金凤姑娘？

金　凤　央符啊，侗家有好多姑娘都叫金凤。

（鲤鱼姑娘唱）

江边停船要靠绳
莲花好看牵着根

这方地盘妹我熟
有话只管朝我问
不知要找哪个寨
不知要寻哪个人

央　符　（唱）

不见天黑不点灯
不见花开不是春
听见妹你唱得美
问妹出自哪家门

鲤　鱼　（唱）

哥讲笑话宽妹心
妹的歌声不算美
那天我从林中过
拣得几句学到哼
前头有滩好划船
雨露才是歌的神

央　符　这么说，你要找的这个雨露是哪家的女？她就是歌王？

金　凤　种不出谷子烤不出酒，酿不出酒来唱不出歌，我要赶路去找她给侗家降雨露，秧才插得下去，田土干成这个样子我心头急啊。

央　符　雨露到底是那个寨子的姑娘？

[这时传来了姑娘的歌声。

[听着美妙的歌声都惊呆了。

央　符　这声音真好听，莫不是我们要找的雨露？把竹排撑过去，看看是谁唱的？多给他点银子，买它几斤回去。

石　柱　动不动就是银子，不是哪样都能用银子买得到的。

央　符　金凤妹子，这歌场还要走好久？

金　凤　这清水江岸边四十八寨，都是唱玩山歌的歌场。

央　符　那群姑娘好漂亮……你们说的那个雨露姑娘到底在哪里？

［央符：“姑娘，莫走！我们问个路！”

［一群姑娘出现在岸边。

央　符　你们晓得歌王雨露在哪里？

金　凤　没有雨露就找不到歌啊，侗家的日子就无法过呀。

（唱）

没有太阳谷子不黄

没有雨露没有清江

男女不爱人丁不旺

没有歌声没有情长

就像金银不会发亮

没有情意生活无望

人间无爱死水一塘

如同花开没有花香

金　凤　牛头山上的水最好喝，清水江边上最好听的是“玩山歌”一匹叶子就是一首歌。那雨露就是盼老天下场雨来湿润田土，要不明年吃饭都无望。

央　符　喔！你是说想要老天下场雨啊？这个好办，这个太好办了！

石　柱　你不要吹牛，好多日子都没下雨了，莫非你有办法？

央　符　让老天下场雨不就一句话的事么？

金　凤　你要能让老天下场大雨，把秧苗插下去，我一定重重谢你。

央　符　谢我？咋个谢？

金　凤　侗寨有的你只管拿走！

央　符　我要……歌唱得最好，我要……我要姑娘你嫁给我家主人。

金　凤　只要你能下场大雨，我答应嫁给你家主人。

央　符　石柱，你做证人啊？　一言既出，驷马难追哦？

金　凤　铁板钉钉，雨落土地，就来接亲！

[央符手指上天，口中念有词。

[顷刻间雷鸣电闪，大雨如注。

[央符大笑："金凤姑娘，你莫忘记哦，明天我来接亲哦？"

[石柱和侗家姑娘都在欢天喜地，金凤却笑不起来。

[切光。

第三场　姐妹情长

[升光，那是一张硕大的侗家所特有的"家基布"被里展开，然后是侗家手工绣的背面覆盖整个舞台。

[妇女们依依不舍地给新娘缝制嫁妆，一边向金凤叮嘱：

金凤娘　金凤，不要再忙了，今天是你做新娘的日子，那些事我自己能做的。

金　凤　（唱）挑满水缸，再帮妈舂回碓……

碓舂谷子破了皮啊

金凤流的是离别的泪……

红烛闪闪亮

流的是娘的泪

红烛闪二回

娘今夜难入睡

撒乜（唱）

……碓窝响一声

娘的心都碎……

碓窝声声响

震裂娘的肺……

[楼下传来木叶声。

[石柱在楼下张望。

（唱）

窗楣映出她身影

金凤好像在擦泪

为何她要躲着我

可曾听我的木叶吹

为何应了央符的媒？

我的心在疼……我要使劲吹！

[有人劝阻："石柱，回去吧，都是命中注定，金凤她心头也难过，好生送她去嫁人吧……"

[这时有人报信："迎亲的来了！"

[接亲鼓乐声大作。

男人甲：沿江四十八个寨，

问声客从哪里来？

你家靠着哪匹山？

你家门从哪边开？

寨上水井有好大？

山上竹林那个栽？

寨上田土有几担？

花桥要等哪个抬？

侗家甲　我家住在竹林寨

鼓楼四面八方开

千里江河千里井

竹林是我祖先栽

寨上田土有几块

够吃九朝九十代

侗家世代最重情

花桥只供男女爱

接亲甲　迎亲彩礼你摆开看

鸡鸭鱼肉有十八担

客人你要请好多桌

已备下米酒八十坛

石　柱　你们要比钱财？瞧不起侗家就不要来！

接亲乙　大哥……能不能借一步讲话。

石　柱　树上无枝花不开，有田无沟水不来。有话就当着全寨子的人讲。寨上的老人在问姑娘金凤要嫁到哪里去，你们总该让我们晓得。

［央符从人群里出来。

央　符　……这件事我们是理亏，确实讲不得，请各位绕了我们，我们甘愿认罚。就时间不得……

石　柱　不讲？就不让出寨子。

央　符　那我只能讲一半……

（合唱）

那里比山高却没有山

那里有雨水却没有河

那里有太阳不育谷种，

那里有宫殿却没有歌

今天迎得金凤姑娘去

从此听见歌声伴欢乐

石　柱　你们那是个哪样地方？

央　符　……我还是不能够说。金凤姑娘快点出门，太阳出来就上不去啰。

［金凤出来："石柱哥，这是我给侗寨赔礼的酒，为了侗寨的田土风调雨顺，我才远嫁他乡，你喝下这碗酒，我也舍不得离开侗寨。

[石柱端过酒“咕咚咕咚”喝下去。

[天降云雾，待雾散去时金凤和结亲人等已不见了踪影。

[听见远处传来歌声。

（众伴唱）

月亮出来弯勾勾
两颗星星挂两头
一颗挂在月亮上
一颗挂在妹心头

石　柱　（唱）

勾勾月亮挂天上
织满人间情丝网
妹是北斗星光点
轻轻落在水中央

[切光，暗转成天堂之上。

第四场　苦难天堂

[天宫一角。

督　霸　金凤姑娘，我专门派人把你娶到天宫来，就是请你来为我唱歌的，为何紧闭双唇一句都不唱？

金　凤　这里四季不分，五谷不生，我……唱不出歌来，侗歌浩如烟海，我哪里记得那么多？

督　霸　赶紧把天灯地灯点起，在天书里到把侗歌找来。

[央符四处寻找。

[在神兵勇将天灯点燃。

[天灯光芒四射，把天宫照得通明。

[升光，通天亮。金凤眼睛睁不开。

［打开天书一刹那，传来悠远的无字歌“啊！”

金　凤　央符，我唱不出来。

央　符　金凤姑娘，你在人间的时候不是唱得蛮欢的？

金　凤　看见不到侗乡的山和水，看不见大地万物生，见不到乡亲，我一句歌都记不起来。

［天宫四周，云海茫茫，远处传来“啊！”无字歌，深长而悠远。

天　官　启奏天神大王，翻遍天书八百卷，没有找到侗歌在哪里。

［一声沉闷的雷声，一道金光射在金凤的身上。

督　霸　（发怒）没有找到？想我天宫已赐给侗家人五谷、棉花，让你们有吃有穿还不满足？你们山民居然还要听什么歌？

金　凤　饭只能养身，歌才能养心。天宫大王，侗家要是只有饭没有歌，只有人没有心，活人没就没有了魂。

督　霸　一介草民，竟然还有这样的享受？气死本王了！

金　凤　大王……你不该把我诓骗到上天来，天宫这天宫死气沉沉，没有泥土就没有农耕，没有劳作就没有劳累和欢乐，种不出五谷就酿不出美酒，没有美酒哪来的歌？

央　符　天宫的祭祀礼乐都是每年到人间采摘，宫中音律皆来自人间，金凤一个乡间女子，要不……把她放了算了？

督　霸　不行，她让本王不痛快，我也不能容忍那些草民百姓成天对酒当歌，我督霸岂不是白做一回天王？不行，绝对不行！

央　符　那天王的意思……

督　霸　放她回去可以，只要把她歌留下才能放她回去。

金　凤　天宫大王啊！（唱）

一棵树上一窝雀

一个人有一个活

歌从来在人间
侗歌生在田地角
求你让我回人间去
那里有田土要耕作
那里有侗歌才能活
那里有爱藤在蔓延
爱在哪里哪就有歌
歌种人世间才得活

督　霸　喔！有土就能种活歌的树？不就是一点土吗？这个好办！

（唱）
借你彩虹三千丈
织根绳索到侗乡
彩虹编个大箩筐
装些歌土回天堂
种棵歌树结歌果
天籁之音归我独有
归本王一人来独享
福寿延绵万世悠长

央　符　那……那人间的歌树我们天宫种不活！

[气急败坏的督霸盛怒：“种不活？你是说本王听不到歌？我听不到歌！那些草民百姓也休想再听歌！下条禁歌令，让侗乡人永世也别想唱歌！听歌！禁歌！

金　凤　神仙大人，这……怎么行？这个禁令你千万下不得啊！

督　霸　老子听不见大家也都别听！把这女子逐出天宫去！

[这时天上出现了一道彩虹。

天　神　众神兵听令，将彩虹织绳三千丈，把这个侗家女子放回侗乡。

金　凤　（唱）

歌是金　歌是银
禁歌要我侗家命
神不安，心不定
歌本是我侗家魂
（众伴唱）
饭养身　歌养心
歌本是我侗家魂

［五彩云霞飘荡其间，金凤回到人间。

［切光，暗转成侗家山寨。

第五场　没歌的日子

［升光、音乐、舞蹈表现生存的原始荒蛮。

［寂静荒凉的侗乡。

［牛与一群男人在耕种。

［无伴奏（男女合唱）

天连水　水连天
一片荒野少人烟
女人找来一头牛
男人犁出一块田
男人播下一粒种
女人育成苗一片
男人烧炭来取暖
女人种棉又养蚕
男人打得谷桶响
女人酿酒不香甜
如今侗乡禁了歌

日子过得哀声叹……

[男人们拍打着谷桶喝醉后在舞蹈。（醉舞）

[在“嘭嘭”的拍打声中起舞。

（女人合唱）

树上百鸟不鸣叫

江边坡上花萎靡

花鸟鱼虫都离去

寨边清泉变混泥

[这时一男子来报信。

央　符　不好了，寨上老牛冲出牛圈要离开我们。

石　柱　这还了得，去把它们拦到，不听劝就杀了。

撒　乜　不讲蛮话，把牛杀了，开年你去犁田？

[人们意识到牛离开的事态严重。

众　人　牛不犁田打不出谷子，拿哪样烤酒？

撒　乜　全寨的男人都出来，拼了命也要拦住耕牛。

众　人　听见了！

[喊声震天，牛的奔跑声越来越大，爬在地下的石柱听得真切，石柱大叫：“快跟我去拦住牛群！”

[众人手执木棒扁担阻拦牛。

[牛群与寨民们冲撞，寨民们奋力抵抗。

[以侗家特有的“面具牛”展开“斗牛舞”。

[寨民终因抵不住牛群的力量，眼睁睁看着牛群奔跑而去。

[这时有人大喊道：“金凤回来了！”

[金凤上场，众人将她团团围住。

撒　乜　先让她把水喝下去。

撒　乜　金凤啊，我们侗家要大难临头了……

金　凤　啊！祖母你慢慢说。

石　柱　寨头的牛都跑了，明年哪个来犁田？

金　凤　……寨上的牛要跑？

众　人　是啊，大家都急死了。

金　凤　祖母，这是为哪样呢？

撒　乜　我见过洪水滔天，见过旱灾荒年，还从未听说过牛要离寨的。这是老天灾降临我们侗寨。

金　凤　谷子年年收，米酒家家烤，老牛为哪样要离开我们？

［这时有人喊道："寨上的老牯牛来了！"

［一头步履蹒跚的老牛走来。石柱拦住牛的去路。

［金凤制止石柱。

金　凤　老牛，您老这是要去哪里？

［老牛望着众人，摇头无语欲离去。

撒　乜　老牛你听着，我替寨上的人求你了，不要走了好吗？

众　人　拦到它，拦到它，不放走！不放走！

金　凤　不要拦它，老牛犁不动田了，它愿留下来，寨上为它养老。硬是要走就放它走吧。

金　凤　老牛你莫急……

由此走过竹林间

抬头有座牛头山

山下有个天河潭

常年有瀑布飞溅

拐九百九十九道弯

爬九百九十九道坎

进得岩洞去

点天灯一盏

点地灯一片

那里有你要喝的清泉

清凉甘甜无比好天然

[老牛要离人们而去，峡谷岩壁奇迹般地慢慢合拢，形成了“一线天”景观。

[老牛费尽力气也没能过去，老牛长叹：“和人一起，这是天意！”

（男声合唱）

没有酒，歌无魂

没有爱，歌僵冷

没有牛，田不耕

没有歌，闷死人……

[老牛回来。

金　凤　（喂青草）让我给老牛再喂回草，心头也好过些。

[金凤喂牛，牛不肯吃。

金　凤　老牛啊，我们侗家素来爱牛，你就是要走，总要告诉我们是哪样事情得罪了你？

[老牛唉声叹气。

老　牛　金凤小妹啊

老　牛　（唱）

你们成天是吃了睡

睡了吃，吃了又睡

喝了醉，醉了又喝

喝了又醉……

我们牛吃草

你们吃谷穗

听不见歌的日子太难过

我不想和你们再活受罪

［众恍然大悟。

众　人　（唱）

不怪老牛它发脾气
不怪那老牛不拉犁
寨上四季悄声无息
沉闷的日子好难过
没歌的日子太孤寂
这场灾难由谁来医

金　凤　没有花鸟鱼虫，侗家分不出四季，没有牛犁田土，打不出谷子，侗家没有活命。老牛……今天我们就把歌唱起来！

［群情激愤：“对！就是和老天爷拼命，也要唱我们的歌！”

金　凤　老牛都爱听我侗家歌？我们把歌唱起来！

石　柱　金凤，我们领头把四十八寨侗家都邀来我们竹林寨开歌会！

撒　乜　好，我们就把歌唱起来，看他老天爷有哪样办法？

众　人　山崖做证，侗家讲话，落地有声！

（男女合唱）

不求仙　不怕神
人生活得要开心
江边舀得一瓢水
土得生来地得润
早晚要唱侗家歌
饭养身来歌养心

［金凤等听见后欣喜万分。

（女声合唱）

歌把一切变得简单
歌把人间打扮好看
歌把忌恨融成爱恋
歌把冷淡变成火燃
[暗转。

第六场 顶天立地

[灯光暗转成天堂。
[高处出现愤怒的督霸。
督 霸 大胆草民，竟敢抗禁歌令！本王听不见的歌，他们倒蛮快活，天天唱歌，成天快乐！风、雨、雷、电令你们给那些竟敢抗命的唱歌侗民们一点颜色看看！

[四位神仙领命："得令！"
[顿时狂风暴雨大作，雷电交加，侗家人却磐石一般岿然不动，依旧引吭高歌不止。
（女声合唱）
任你暴雨再疯狂
舍出性命还要唱
借得人间情和爱
编出歌来大家唱
（男声合唱）
借你百里杜鹃花
酿出琼浆比花香
引得彩蝶送歌来
酒香飘处歌声扬

[光升起时，金凤顶着狂风暴风雨前行。
[她望着这瓢泼大雨，感慨万千。
（男声合唱）
美酒是我侗歌源
融合情爱涌歌泉
美酒侗歌天地合
涓涓细流不枯竭
（女声合唱）
歌是桥来歌是船
承载几多情和恋
歌是灯来爱是捻
男女相爱才点燃
饭养身，歌养心
歌是人间爱的源
[切换成天宫，风、雨、雷、电复命：“大王，我们手段用尽，那些侗家人还是唱歌不停，看来他们唱歌的决心已定！”

督　霸　好啊！看来他们是要歌不要命了，我现在就把一苍天压下人间去，看他们还唱不唱？来啊，乌云翻滚！

[昏天黑地，狂风在轰鸣。
[只见黑压压的乌云压了下来，石柱和五个侗族小伙毫不犹豫地顶了上去，扛住了黑鸦鸦的乌云。
（男女合唱）
啊——擎天柱石
侗家人一万年的积蓄
擎天柱石爆发出惊呼

是爱和美在尽情倾诉
毫不犹豫，义无反顾
（童声合唱）
哪怕压碎自己的筋骨
如光明之烛高耸入云
歌是生养我侗家故土
歌是照亮人生的火烛
（老人合唱）
永远将邪恶横蛮顶住
是美好的做一次重铸
你坚定不移敢笑敢哭
赞浩气长存是擎天柱

［六根擎天柱石拔地而起，硬是将那乌云黑天生生顶了上去。

［见顶天立地的六根石柱矗立在天地间，巍然屹立。

［督霸无奈大败而归了。

［天依旧蓝，水变清，侗乡又恢复往日的山清水秀。

［金凤问："几位大哥，你们都是哪里来的？"

［分别答道："我是溜溜歌，我是拦路歌，我是试探歌，我是敲窗歌，我是饮酒歌，我是迎亲歌。我们是擎天柱石六兄弟！"

金　凤　你们是我们侗家的英雄。

众　合　从今往后我们就能唱世上最好听的歌。

［人们欢欣鼓舞，兴高采烈。

（男女声合唱）
从此水牛不冲圈

从此侗家好种田
从此山上开杜鹃
从此男女才爱恋
生生不息，世代相传

[侗族男女从四面八方而来，把擎天柱石围在中间。
[侗家起舞，歌唱。

—全剧终—

校园剧

背篼的梦想

人物设置表

1. 三辈　男，十八岁，进城打工的背篼。
2. 白眼　女 十八岁　三辈的女同学
3. 虚荣　女　十八岁，三辈的女同学
4. 孙立　四十多岁、某镇办公室主任。
5. 孙超　十六岁，高中生，孙立之子。
6. 老师，妈妈由一人扮演。
7. 吴丽芸　女，初中三年级学生“班花”
8. 陆芒芒　男，初中三年级学生，胖子。
9. 孟子高　男，初中三年级学生，“尖子生”
10. 蒙嘟嘟　男　十岁　小学生。
11. 杨校长　女　二十多岁 小学校长。
12. 蒙婆婆　女　五十多岁 街道居民老人。
13. 嘟嘟叔　男　四十多岁
14. 背篼爹　男　四十多岁，农民。
15. 背篼妈　女　四十多岁，农民。

校园剧 1

[三辈、老人、父亲、母亲、白眼、虚荣

[是以朗诵者来组合成。

[音乐表现高原的雄浑苍劲，悠远厚重。

甲　　这是贵州高原上一片厚重土地
她承载着财富也承载着贫瘠
这也是一片平凡的土地
生长着贵州人不屈不挠的精气

乙　　这是一片神奇的土地
一种百折不挠的性格在这里孕育
不是年复一年的周而复始
也不是月复一月的花红柳绿

丙　　山不在高，只要他敢于坚定的崛起

丁　　花不在艳，绽放就是对春天的参与

众　诵　是座山，就应该承担起顶天立地
是条河，就敢于浩浩荡荡东流去
沧海桑田，雨打雷击
顽强拼搏，自强不息

甲　　有位大山里的学生
为了减轻家庭负担
只身来到城里打工挣钱
是为解燃眉之急？还是渴望改变命运？

[身背篼的小伙子从地平线上走来。

[音乐，远处老牛漫步的铃当声响。

乙　　（叙事体）他生长在黔西北偏远的农村
无法选择出生的富有和清贫
为了读书，他扛起了沉重的家庭重任

背着父母悄悄出来打工挣钱
卖报、磨刀、做过保洁工
背篼里装着一份沉重
还有一颗充满理想跳荡的心……

三　辈　我一千遍寻问路在何方
路却在自己的脚下
太阳的红唇亲吻着厚厚的高原
那水又百折不回，义无反顾淌下去
大山，最可贵是那不屈的高昂
人，只要敢于积极向上
背篼也会被春风搅得呼呼作响……

[抒情音乐过渡。

[主持人在这里上场。

男主持人："渴求知识，积极向上，应该说是我们这一代青少年的主流，三辈的艰辛代表了我们这一代青少年神圣的人生轨迹"。

女主持人："但我们也不回避有的学生家长，因为不能身体力行，给孩子做出好的表率，于是有的孩子出现了世界观、人生观的变异……以下这个故事是其中的一个例子。"

男主持："这是发生在父子之间的一个故事，几乎有些荒诞，但的确是真实的例子，有的家长啊，由于他们不注意平时修养，染上了不良的嗜好——赌博。于是就有了这个让人哭笑不得的故事，我们每个家庭都可以引以为戒。"

[故事发生在荒郊野外。

校园短剧二单元

《赌友》

人　物　孙　立　四十多岁、某乡镇办公室主任。
孙　超　十六岁、高中生孙立之子。

[音响传来悄悄喊声："快跑！公安来了！"
[一阵慌乱，桌子、椅子的碰撞声急促的脚步奔跑声。
[这个单元运用方言表演。
[节奏明快的音乐，惊险、滑稽均可。
[孙立：（数板）
摸红中麼钓妖鸡，服牌的是笑嘻嘻，
连遭几把清一色，眼看腰包的钱没得。
四方的麻将像砖头，
有人欢喜有人愁，
听见"公安"就赶紧跑，
一脚低来一脚高，
欢喜不知愁来到，
一脚踩空——糟糕！
[音乐物体滑过的怪诞声音。
孙立：掉进了这倒霉的红苕窖。
[少顷，轻声的呻吟中升起一束顶光。
[孙立在期盼着有人来救他。
[孙超寻找的音乐，表现鬼祟惊恐。
[孙超蹑手蹑脚走来轻声喊："老者，稀奇啰，莫非老者比我还溜刷？车个背背就闪不见了，真的有前途……"

［忽听有微弱声音在呼救，顺声音便找到孙立。

孙　超　哎呦！老者，你真的可以和“小强”比命大。这么高下去，居然还健在，老者你真的很牛，你，当之无愧的“大侠”你这是练的哪门子功？都说狡兔三窟，你老人家这个窟……是不是太深了点？

孙　立　老子都快死了，你还洗刷我。哪样狡兔三窟，我是一脚踩空打进了……这红薯窖的。

孙　超　哦！我还以为是你老人家早就瞄好的逃生路，公安早都走了，你还躲在下面做哪样？

孙　立　说得轻巧……我要是上得来还躲在这里做哪样？

孙　超　哦？老者……你确定真的爬上不来啊？

孙　立　你默到这下头舒服啊？烂红薯、烂洋芋，都熏死老子了。

孙　超　老者，你也有悖时到坎的时候。刚才在桌子上你老人家是庄上连和三把“龙七对”亲兄弟明算帐……（孙立：你说哪样？）……我好歹是你儿子，肯定是要救你的，就是不晓得……咋个救法？

孙　立　赶紧找根索子（绳子）把我拉上去。

孙　超　我还怕不晓得找根索子来，你气粗哪样？搞错不得，现在是你在求我，不是我在求你嘞？

［孙超从地下捡来一根草绳慢慢接成绳后放下来。

［音乐怪异、喜感。

［孙立见草不解其意。

孙　立　孙超，你脑壳不得遭门挤到吧？这么一根草绳能拉得动我啊？

孙　超　老者，不是我在装憨包，就是你真的是有点憨！

孙　立　你意思是……

孙　超　我的意思……你还不懂吗？

孙　立　做人啊，不要鼠目寸光，今天积点德，二天老天爷会保佑你……赢钱的。

孙　超　少来这一套，如今是市场经济。我又不是白要你的。你就是请个背篼扛煤汽罐上楼，还要付人家几块钱。除了皮毛你也是百多斤的一个人，总不能让我白拉嘜？

孙　立　你这狗……好！好！好！既然你都话都讲白了，我也就不和你打绕张了，你说，你打算要老子开好多钱？

孙　超　好多钱？还不是看你的……经济承受能力？

孙　立　（无可奈何）今天我适赢了几把牌，最多才赢了……几千块钱……

孙　超　哪样？我真的“晕倒”了，要诚实做人，我要听实话，要不你就在下头好生想一下，我回去睡觉瞌睡，明天我去请镇长、书记来给你开个现场会，让你好好的出一把名，我先走了！

孙　立　（急了）哎！孙超，先莫走嘛……听我跟你讲好不好，一共赢了一万三。

孙　超　哦！这就对了嘛，我的数学虽然从来都不及格，这点钱还算得清楚。这样，对撇……二一添着五，把零头踩了，我只要六千。

［孙立一阵心痛，痛不欲生。（形体表现）

孙　立　（气急）你他妈的……也太黑了嘛。

孙　超　请你不要讲流话，上路过桥都要收点费，我还要把你从这深沟沟里拉上来，几千块钱你还嫌贵？看在两兄弟的份上，收你这点钱，你还在皮翻哪样？

孙　立　你狗……你再讲一遍，我和你是兄弟？老子看你是脑筋锴了，连你家爹都不认了？

孙　超　哪样？你还算是爹？这些年你把家头都赌成一块白板了，我家妈都遭你气跑了，不提这件事还好，再讲你是我家爹，老子马上走！

孙　立　（着急）哎！……好！兄弟就兄弟。就算我是你大哥你也不能见死不救吧？

孙　超　少给我说这些，兄弟归兄弟，生意归生意，先把你的舌头刮干净，一手交钱，一手再放索索来救你！

孙　立　你……不是我舍不得拿点钱给你，问题是你要这么多钱去做那样？难道，你还要去赌？

孙　超　哈哈，你真了解我，我不赌搞哪样？读书？我不行。做生意？我不懂。想来想去，玩牌还算我的一技之长，一百三十六张牌我闭起眼睛都审得出来，从您老人家算起，我也算是孙家第二代麻将传人了。

孙　立　孙超，钱我可以给你，你要这么多钱来做哪样……

孙　超　暂停、暂停！老者，你不会跟我讲你要金盆洗手不赌了吧？

孙　立　我以后……终身戒赌，洗心革面、重新做人。男子汉讲话，一言既出，驷马难追。

孙　超　哈哈哈，好好好，既然你都金盆洗手不赌了，那你就把身上的钱全部给我，说不定哪天我还扳得回来！

孙　立　你走，我……我不上去了！

［孙立：“莫奈何，莫奈何，看得见，摸不着。子不教，父之过。满腹苦水……向谁说？”

［音乐沉重、悲惨。

［主持人到观众的席里进入观众席，这一段是主持人与观众的互动环节。

［音乐声中互动环节结束。

［访谈时间。

［主持人：“同学们，刚才大家都看了这段情景剧的表演，这对父子的奇异关系。大家一定关心孙超后来到底把他父亲拉上来没有？还有的人会关心孙立摔死没

有？对不对？而我，特别想知道您看完这个故事，看到父子关系到达这个地步，我现在想请几位观众谈谈，看了这个戏剧片段后都有什么直接的或间接的感受？”

观众甲　我赞成不要把那个父亲拉上来，就让他在那个红薯窖里待几天，好好反省一下自己的行为对他儿子的影响。正　因为他不是个合格的父亲了，才会出现这样的恶日子。老话说得好：“子不教，父之过”。

观众乙　我觉得这个儿子的行为也很不妥。再怎么说也是他的父亲。他的父亲都掉到红薯窖里了，儿子不把他拉上来我觉得很不合适……养育之恩是人之常情。

观众甲　我倒觉得“子不教，父之过……”。

观众乙　对于这对父子而言，把他拉上来和不拉上来都没有什么意义……大家都清楚，我们每一个孩子的成长过程中，父母就是子女的第一个老师……

主持人：“我们父母是孩子成长当中的第一老师，他们的一举一动对孩子的成长至关重要。甚至会影响他们一辈子……[接下来是一段孩子对爸爸，妻子对丈夫的对话。这是一位法官与家人的对话，也是他发自肺腑的内心独白：“……剥夺孩子的独立思考，也是严重的违法。大脑残疾退化，难道是由我们这些父母亲一手造成的吗？”

[振奋情绪的音乐起，朗诵者上场。

[背篼的梦想朗诵第二段

甲　人生理想，核心价值观的树立
决不是一句空话
是坎坷和崎岖的一次次碰撞

三辈怀揣着一个沉甸甸的理想
寻找心中的那一缕阳光
也许只是冥冥中的巧合
渴求知识的那根弦
终于有一天被叩响……

[进入情境表演。

老　人　小伙子，小伙子……天快黑了，你还打算收这些书吗？

[三辈着迷地看书，根本没有听见。

三　辈　哦！我看着迷了，你老人家刚才讲什么？

老　人　我说你还打算收这些书吗？你看的这……这是中学课本，有这么好看吗？

三　辈　好看，这些书你老人家都卖吗？是你儿子的课本吧？

老　人　是我孙子的课本，他读大学去了……看你这个年纪应该是读书的时候吧？

三　辈　我的家里弟弟妹妹……父母身体都不好，来打工是为了帮家里补贴家用……

老　人　就为了帮补家用，你就不读书了？

三　辈　是的，我进城做背篼都半年了，从不敢走都学校边……听见读书的声音我心里就难过……

老　人　哦！看来你还想读书？喜欢读书是好事，一旦考上学校就可以改变你现在的命运，离开贫穷的农村。

三　辈　不！老人家……我读书不是为了离开那穷乡僻壤！

老　人　不想进城过好日子？那你读书是为了什么？

三　辈　我读书是为了改变生我养我的家乡，学成以后，我要回到生我养我的地方，用我学知识改变我的家乡。

老　人　好！看来小伙子有抱负！这些书我分文不取，你等会儿，我去煮碗面条。

[三辈难以置信。

三　辈　老人家……你真的把这些书送给我了？

老　人　我送的这些不是书，我送给你的是希望……

[老人欣喜不已进屋去。

乙　老人结识了这位专注看中学课本的年轻人……
决定把所有的中学课本无偿奉送
一股暖流悄悄地走进他的心底……

丙　昏黄的灯下他在专心致志地读书
一起打工的同伴们见他没日没夜地读书
被他痴迷的读书精神所感动
纷纷拿出自己微薄的一块钱来支助他

丁　收下吧，这是我们的一点心意
为我们打工仔争口气
一块钱只能买一个馒头
指望你将来能有大出息

甲　他不是一时兴起，更不是莫名的猎奇
对知识的渴求，让他不能自己
一面要承担着全家人的生计
一面还要把上大学的梦继续

丁　三辈以他顽强刻苦的毅力
起早贪黑在昏黄的灯下
进入了一种深深的痴迷
春来冬去，斗转星移
他竟然奇迹般地考入了商学院
谁敢说这个背篼还是一贫如洗
学子的内心是那么充实富裕

甲　天道酬勤，经过不懈的努力
他终于如愿以偿
跨入了这块心驰神往的圣地

乙　　他背着背篼走进了大学校园里
　　　他的生活仍旧还是那么大汗淋漓
　　　那只坚实的背篼仍旧放在他的床底……
　　　[第二段朗诵结束。诵者在舞蹈中退下。

校园剧3

《都是"班花"惹的祸》

时　间　正在进行时。
地　点　学校教室内。
人　物　吴丽芸　女，初中三年级学生"班花"
　　　　陆芒芒　男，初中三年级学生，胖子
　　　　孟子高　男，初中三年级学生，"尖子生"

[男主持人："我们的青少年正处在成长发育阶段，生理发育期也使他们最容易误入歧途；并且易受到外界感染、刺激，产生感情冲动，走向极端的一个极其敏感的阶段。最容易出现严重伤害，或暴力抢劫，或实施强奸，甚至……带有一定程度的疯狂性。接下来我们再看一段发生在我们同学们身边的"班花"一段故事……"

[一位漂亮的女学生走到讲台上。

女学生　各位家长好，大家好，感谢大家在百忙之中来到学校参加家长会。家长会开始之前，我给大家介绍一下，这是我们班的班长，也是学校广播站的播音员，特约记者。

吴丽芸　我叫吴丽芸，我很想借这个机会听各位叔叔阿姨对我们班这个学期的教学，以及每位学生家长对我们班干部的意见和建议……

[话音没落就见孟子高的家长就“腾”地跳起：哦，“你就是吴丽芸？你就是那个所谓的“班花”？总算找到你了，你晓不晓得，我家孟子高这个学期的学习成绩出现下滑都是你害的……”

[舞台另一端陆茫茫的妈妈迫不及待地插进来：“我家茫茫的电脑里头，手机里面都是你的图像，搞得我家娃娃一天到晚神魂颠倒就是她！你叫什么名字？（吴回答：“吴丽芸”）甚么吴丽芸……狐狸精？真的是长得太像妖精……”

[老师为她辩解：“吴丽芸同学是我们班的优秀学生，这人长得漂亮不是她的错吧，不应该把责任归结于她，我们的同学正处在一个青春期的朦胧段……”

孟子高家长

老师，我打断你一下，这姑娘长得漂亮是没哪样错，但是她已经间接地影响了我儿子的学习，现在我家孟子高放学不晓得回家，每天都这样守着她……好不容易回来一趟，作业不做，就在那里不停地发短信，这个肯定影响学习，现在娃娃学习下降，这个是事实吧。我恳请老师考虑一下，为了我的儿子安心学习，能不能把这位姑娘调到别的班去？

茫茫母亲

对！对！对！我赞成，为了我的孩子能够成材，我也请校方考虑我们的这个请求，把这个吴丽芸换个班，最好是换到别的班去，杨老师，你要是答应我们的这个要求，你们学校的电脑软件，我全部给你们换，明天就派人给你们装上，我说话算数”

[老师为难：“这恐怕不太合适吧，我们学校还从来没

有因为哪位同学长得漂亮，就把这个同学调到别的班去，好像没有这个先例吧！

［几位家长争论得面红耳赤，有反映教师日光灯管的照明问题；有反映桶装水的温度问题；还有学校的小卖部能不能保证食品安全的问题……吴丽芸感到无地自容，她的身子越来越低，直至萎缩到讲台下面去了。

［这时也有别的家长站起来表示反对学校这样做，对这个漂亮的吴丽芸同学不公平。

［孟子高和茫茫也极力反对他们这样的建议。

孟子高　你们要是把吴丽芸调到别的班去，我……我就不上学了！

［家长急得团团转。

陆茫茫　妈，你们这是欺负人，我在这里郑重地告诉你，吴丽芸调到哪个班我就调到哪个班！

［双方吵得不可开交时，老师制止他们："大家别吵了！别吵了！……要不我们也听听吴丽芸同学自己的想法好不好？"

［全场安静，只见讲台下冒出个奇怪的吴丽芸来（由男演员表现精神失常的吴丽云。）

吴丽芸　这下好了嘛？好了嘛？这下你们满意了吗？这下你们该放心了吧？

［主持人上台心情沉重地："一个热情阳光的吴丽芸就这样出现了精神失常，其实就是由于我们的个别家长说话不当，给这个孩子造成了严重的损害，我们在观看这个戏剧片段的同时，难道不该好好思考一下吗？国家制定的《妇女儿童保护法》第十六条：学校和有关部门应当执行国家有关规定，保障女童在入学、升学、毕业分配、授予学位、派出留学等方面享有与男子平等的权利。"

[男主持人："我们的同学和家长要是知道了《义务教育法》就会知道我们的孩子应该享受怎样的教育？在我们的子女的成长过程中更要提醒各位家对子女的《交通法》教育，我们的孩子就会减少许多不必要的危险。接下来请看有这样一家人……

校园剧 4

《要命的玩笑》

时　间　今天。

地　点　室内。

人　物　爸爸　男　三十多岁，干部。

妈妈　女　三十多岁，职员。

小龙　男　十五岁，学生。

[家里饭桌上。

[小龙兴高采烈地从外面进家："爸爸，院里停的那辆新"马 6"车是我们家刚买的吧？"

爸　爸　嗯，……你快洗洗手吃饭吧。

小　龙　爸爸，你知道二十一世纪的文盲标准是什么吗？

爸　爸　文盲还要什么标准？不识字就是文盲。

小　龙　错了，二十一世纪的文盲是不懂电脑等于脑残，不懂外语等于是哑巴，特别是不会驾车，那就等于是腿残疾。

妈　妈　小龙，听话，快洗手吃饭。

小　龙　我不想吃。

妈　妈　小龙，吃块鱼，这对于你们学生是最好营养品。

小　龙　那……我吃了鱼，你要答应我的要求。

妈　妈　……想坐爸爸的车出去兜风？你快答应孩子啊？

［爸爸勉强点头。

小　龙　说话算数？爸爸，现在学车成风了，我的好几个同学都学会开车了。

爸　爸　小龙，我先警告你啊，没我的同意你不能随便动我的车……等你到了学驾照的年龄，我会让你去学的。

小　龙　好几个同学都学会驾车了，只有我还是个“陆”（路）军。

妈　妈　想学车？先把学习搞上去，我会让你爸爸提前教你的。

［小龙看介绍汽车性能的说明书，兴奋不已。

小　龙　爸爸，这是什么？

爸　爸　这个……离合器。

小　龙　爸爸，这又是什么？

爸　爸　这个都不知道？控制拐弯灯的。

小　龙　这个呢？

爸　爸　你能不能消停一下？我要歇会儿，下午还有好多事。

小　龙　妈妈，这个是什么？

妈　妈　我哪儿知道？等你学了驾照就什么都明白了。

爸　爸　（有些犯困）小龙，我先跟你打招呼，不能乱动我的车啊，不能乱动的啊……

妈　妈　你就不能好好说啊？上车玩玩可以，别开去出就行……

［爸在沙发上传来呼噜声。

妈　妈　你小声点，别把你爸爸吵醒了。

小　龙　爸……爸……（发现爸睡着）

［妈从丈夫衣兜里把钥匙给小龙。

［小龙接钥匙高兴地出去。

［听见院坝里传来汽车马达的发动声，紧接着就听得一声“咣当”的剧烈碰撞声。

［闻声赶出来的爸爸大惊。

爸　爸　哎呀，怎么了？谁叫你到车上来的？是谁把钥匙给你的？

[小龙吓哭："爸爸，我……搬不动方向盘。"

爸　爸　车撞在墙了不要紧，这要是撞到人该怎么办？

[主持人："小龙所幸是撞到墙上，要是把车直接开到了河里，或是掉下山谷，一场悲剧就会发生。我们国家的《交通法》第八条：国家对机动车实行登记制度。机动车经公安机关交通管理部门登记后，方可上道路行驶。尚未登记的机动车，需要临时上道路行驶的，应当取得临时通行牌证。同学们，广大未成的青少年一定要记住，在没有学习驾照之前是切记不可以驾车出行的。我们这个小故事就讲完了，但我在这里要提醒你的是：您家里买车了吗？您家的孩子也有这样的想法吗？切记！要当心啊……

[段落结束。

校园剧情景表演 5

背篼的梦想朗诵

[振奋、昂扬的音乐又一次将朗诵进行。

丙　这段讲述奋斗的故事

少了些风花雪夜的雅趣

面对城里生活殷实的同学

每当看见他在做勤杂工时

他第一次感到有些犹豫……

[着时尚妖艳时装的美女。

徐蓉蓉　我叫徐荣荣，我的脸皮很薄很薄的，经不起风，经不起雨，要是太阳晒，我就会阳虚，阴虚，肝火旺，肾火旺……

我生性飘逸高贵，雍容华贵。

［一个身着全身白衣的美女也出来。

白骨精　我姓白，喜欢白眼。我看谁都不顺眼，见谁我都要白你一眼。你有钱我嫉妒你，白你一眼。你没有钱我瞧不起你，还是要白你一眼。没事就白你几眼。反正只要你难过，我痛快就行。

徐蓉蓉　白骨精姐？你“肿么”取了这么个名字？

白骨精　白领+骨干+精英，白骨精。

徐蓉蓉　哦！听说你们班来了个“背篼大学生”？你怎么容得下那一身臭汗的家伙，据说他还在学校大门口给人擦鞋？你“肿么”不多给她几白眼？

白骨精　又土又肥，又圆又讨嫌的二百五，整个一“土、肥、圆、嫌、二”居然还坐在我身边，烦死了。他的作业居然还比我强，真气死我了……

徐蓉蓉　哈哈哈……悲催悲催。

白骨精　你看，学校门口那边，那个背篼好像在在盆里烤什么东西吃？

徐蓉蓉　嗯！我好像闻到烤洋芋的香味了，走，过去看看。我太喜欢吃烤洋芋了。

［她们两人下，背篼推一个烤洋芋的铁盆上。

［见有女同学来到烤盆面前，他把一顶草帽拉得很低很，挡住他的脸，害羞地低下头去。

徐蓉蓉　你洋芋有辣椒面吗？怎么不说话？哎！怎么是哑巴？

白骨精　来两个，要烤糊的那个。（打量，然后揭开他的草帽）……别躲了，好歹我们是同学，你躲什么？

背　篼　……对不起，我没看见是你们。

徐蓉蓉　是没看见？还是看见了故意躲我们？

白骨精　太香了！再来一个大的。三辈，我好像有几天都没见你到食堂吃饭了？

背　篼　我……我忙些事，没空去……

徐蓉蓉　是太忙？是饭卡里没钱了？还是怕被别人白眼啊？

[背篼语塞。

白骨精　（假打徐蓉蓉）讨厌！多少钱？

背　篼　不用不用，这回就算我请你们吃吧。

徐蓉蓉　别，我们可不想领你这份情，你要是真的大方……以后帮我们做作业好吗？给你付费啊。

背　篼　不要……有不懂的地方，我们可以互相学习。

白骨精　你就说吧，多少钱？

背　篼　三块钱一个，共……九块钱。

白骨精　这是十块钱，别找了。

背　篼　这怎么行？你等我找给你……

[她们要离去时遇到了一对农村打扮的中年人向她们询问。

背　篼　我以前成天背背篼走街串巷，从来没有不好意思的，怎么现在看见那些漂亮的女生我竟然会脸红？……难道是我脑子里面哪道程序出现了病毒？

[他用劲地打自己。

背　篼　我忘不了那句永远不变的格言——劳动光荣！

[这时背篼的父母推一车土豆到来。

妈　妈　……三辈？

背　篼　爸，妈？你们咋个来的？

父　亲　我和你妈找了个亲戚的便车拉些洋芋来城里头卖，都好几天了都没有卖出去，你的学费怕是没指望了，才来找你……

背　篼　我妈身体不好，真的不要你们为我操心，我会找到学费的……

父　亲　娃儿，你体谅家头的难处，也实在是对不起你啊，一边读书一边还出来卖烤洋芋……要不你就跟我们回家去？这个书我们不读了好不好？

［拉着三辈就要走，背篼死活不肯。

背　篼　爹，求求你不要让我回去，我要读书！

［母亲在中间左右为难。

父　亲　娃儿，就听爹一句话，哪一窝泥巴点不出包谷？你硬要读这个书做哪样？

背　篼　爹！娘！儿子求求你让我把这个书读完，二天我要是有了出息，一定忘不了你老人家……妈！妈啊！帮我劝我爹啊……

父　亲　娃儿，你妈劝我？就是你妈让我来喊你回去的。

［抒情音乐。

［母亲端详打量儿子。

妈　妈　三辈，家头但凡有点办法也不会喊你退学……妈晓得你想读书。

背　篼　妈！三辈读书就是为了为我们家乡想出办法来，二天也过上好日子。

［情急之下给爹妈下跪："爹！娘！儿子求求你们了！我以后再也不会让家里为我的学费操心，我就是天吃洋芋也要把这个书读下来……我求求你们了。"

［母亲开始犹豫，从爹的一边站到儿子那边。

［徐蓉蓉和白眼为这眼前一幕所感动，上前拉住了背篼的手死死不放。

徐蓉蓉　大叔，阿姨，我们也求求你不要让三辈回家……你们把这些洋芋留下，我们会天天跟他买洋芋！

白　眼　我们一定帮他把土豆卖出去，想办法帮他解决学费。

父　亲　姑娘……这么多的洋芋你卖得完？

徐蓉蓉　我……爸爸是加工土豆片的厂长。

[爹娘无语，定格。

[主持人深情感慨："我们大家看到的这个故事并非虚构，生活的原型就在我们毕节的织金县……

现在我们有的人成天迷恋于花天酒地，纸醉金迷。丧失了人生理想。贪图享受安逸成了他们追求的人生最高目的地。在他们的心里从来就没有考虑国家的建设发展，只有他们的个人利益，没有民族强盛，这些人的心里只有他们自己。

有的人却在努力学习，为建设家乡，改变家乡面貌在艰难地跋涉，用他们的热情和智慧在做不懈的积极进取。青少年的励志，教育，成长决定了我们中华民族的未来。随着教育体制的改革，在中央 35 号文件的指引下，贫困生上学难已经成为昨天的一页，我们的祖国已经逐步走向繁荣，愿我们的校园里充满阳光！

[这时音乐起，一段男子拼搏强劲的街舞表演。

《发芽长大》（歌词）

今天的中华少年，成长正发芽

明天我们少年强，绽开五彩花
今天的少年梦想，努力在描画
明天我中华少年，齐心筑大厦
今天的少年先锋，德智体发展
明天我们骏马驰骋，纵横遍天下
今天的中华少年，遵纪又守法
明天的祖国栋梁，共建我中华

校园剧情景 6

“三房一子”

时　间　白天。

地　点　校园内。

人　物　蒙嘟嘟　男　十二岁　小学生。

杨砚婉　女　二十多岁　小学校长。

蒙婆婆　女　五十多岁　街道居民老人。

嘟嘟叔　男　三十多岁。

［下课铃声响起，一群学生出来玩耍，挑起了橡皮筋。

“35356，35357，3536701……”

创新跨越毕节真美丽
二十年前建成试验区
开发扶贫我们奔富裕
生态建设荒山变绿地
人口控制确定三主题
35356，35357，3536701
优化国土战略新格局
科学发展建立试验区
现代产业形成集聚区
创新扶贫争做示范区
生态文明毕节先行区
多党合作形成示范区
和谐发展毕节有生气
同心工程夺取新胜利

[这段跳皮筋的歌谣可事先录制。

[蒙婆婆带着被打的嘟嘟来到学校，杨校长要接待她却被她推开:“闪开！你们都跟我闪开！我要找你们校长，我要到医院跟我家孙孙作鉴定！”

[杨校长：“我就是校长，你有什么话慢慢讲。”

蒙婆婆　哦？搞半天你就是校长？你来看，我家蒙嘟嘟被打成这个样子，你看，你看，你看看，这些地方被打青了，这些地方都紫血了，还有这里，这里，最恼火的是它的这里……

[要脱裤子嘟嘟拒绝。

杨校长　老人家，你先不要激动，同学之间发生斗殴打架，这是常有的事，请你相信我们会调查后给你一个满意的答复，请你不要影响学校的正常教学秩序。有话慢慢讲，不要激动……

蒙婆婆　我还不要激动？你晓不晓得嘟嘟是我家的什么人？我蒙家三代单传，到他家爹这一代是“三房一子”是我家传宗接代唯一的一颗种子，独苗苗！

杨校长　什么“三房一子”你能不能把话再说得明白些。

蒙婆婆　三房……就是我的三个儿子娶了三房媳妇，就生了蒙嘟嘟这一个独丁丁的可传宗接代的孙儿。

嘟嘟叔叔　妈，你跟人家讲这些做哪样？我不就是生个姑娘了嘛，你犯得着捞起到处去讲……

蒙婆婆　我为哪样不讲？你家大嫂生个姑娘，你家婆娘又生个姑娘，要不是老三家媳妇争气，给我生了个嘟嘟，蒙字写到你们这一代就等于画了个句号。 我蒙家就靠这个孙孙来传宗接代了，嘟嘟要是有个好歹，二天哪个来接我家的这个香火？

蒙嘟嘟　奶奶，为哪样偏要我来接香火啰？姐姐她们莫非点不燃？

我给他们几个打火机……

蒙婆婆　你这个憨包儿，不要乱说！

杨校长　老人家你的孙子是独生子女，我们理解你的心情，但是他鼻子的伤我们会及时处理，你交给我们学校的医务室好不好？

蒙婆婆　不行，我要到国家的大医院去作伤情鉴定，该咋个赔偿就咋个赔偿。

杨校长　伤情赔偿是需要的，蒙嘟嘟的伤我看了，学校医务室也具备处理一般外伤的条件。如果你坚持要到大医院检验伤情，这笔费用就只能由你先垫付。

嘟嘟叔　凭什么要我们支付？让那个打我家嘟嘟的那个娃娃家来出这笔医药费！

蒙婆婆　他家要是敢不出这笔医药费，我就到法院告他家！

杨校长　这个孩子的父母在外省打工，在没有伤情鉴定的情况下，他家里的老人能否有能力赔偿我们还不得而知。

[蒙婆婆坐在地下大吼大叫："……天哪！我家嘟嘟被打成这个样子，嘟嘟二天咋个给蒙家传宗接代啊！"

蒙嘟嘟　奶奶，我要去屙尿。

蒙婆婆　你刚才不是说拉不出屙来吗？

[蒙婆婆爬起来："你不是说打到你的命根根了吗？"

嘟嘟叔　我看了的，没打到那里……打偏了。

蒙婆婆　偏了？校长……我求求你，明天我家嘟嘟不来学校了，这个书不能读啦，嘟嘟是我家的命根子。

杨校长　老人家，请你相信我们会把所有的同学都教育成遵纪守法的好孩子……

蒙婆婆　你要跟我做保证，保证以后我家的嘟嘟不再挨打，要不我就要娃儿退学。

杨校长　老人家，同学之间出现打架的现象我们要批评教育，但是不能因为这个就剥夺孩子受教育的权利。中华人共和国义务教育法第十一条规定："父母或其他监护人必须使适龄的子女或者被监护人按时入学，接受规定年限的义务教育。"

蒙婆婆　我不管你哪样义务教育？我蒙家要的是传宗接代的这棵独苗苗！走，嘟嘟孙儿，我们今天就退学回家去。

蒙嘟嘟　奶奶，我要读书，我不回家去……

蒙婆婆　你还要读书？命根根都差点不在了，听奶奶的话，我们退学回家，奶奶天天顿猪脚给你吃……

蒙嘟嘟　我不要吃猪脚，我要读书……杨校长，你跟我奶奶讲，我要读书……今天打架是我先动的手，打倒命根子……是我编的。

杨校长　我们为嘟嘟同学的诚实鼓掌！

[所有参演演员上台。

[女合诵："我把青春伴理想
撒在这高原之上
我把青春伴绿水
洋洋洒洒任其淌
我把青春铸人生
铸成一座勤劳、智慧的青铜像

男女合诵　我们不再数完星星数月亮
我们迎着太阳放声高唱
释放青春所积蓄的能量
托起我们这代人拼搏和自强！"

——剧终——